# Przekłuwacze

# Przekłuwacze

MARIUSZ KASZYŃSKI

CZWARTA STRONA

Redaktor prowadząca: Dominika Kuczyńska
Redakcja: Katarzyna Gwincińska
Korekta: Aleksandra Powalska-Mugaj
Ilustracja na okładce: Mateusz Wilma
Projekt okładki: Paweł Stelmach / www.nietypowo.com
Opracowanie grafik: Paweł Sroczyk
Projekt typograficzny i łamanie: Justyna Nowaczyk

ISBN 978-83-7976-387-0

CZWARTA STRONA
Grupa Wydawnictwa Poznańskiego sp. z o.o.
ul. Fredry 8, 61-701 Poznań
tel.: 61 853-99-10
fax: 61 853-80-75
redakcja@czwartastrona.pl
www.czwartastrona.pl
Druk i oprawa: WZDZ - Drukarnia „LEGA"

Część I

# PRZEKŁUWACZE

# I

– Nadciąga burza.

Marki oderwał spojrzenie od horyzontu. W jego zielonych oczach pojawił się błysk niepokoju, ale nawet bez patrzenia w nie Angelka wiedziała, że nie chodzi o zwykłą burzę z deszczem i piorunami. Zdradzał to ton głosu chłopaka. Słowa zmroziły ją do szpiku kości.

– I co zrobimy? – szepnęła.

Na usta wpełzł mu łobuzerski uśmiech. Fałszywy. Wcale nie był tak pewny siebie, jak chciałby okazać.

– Damy sobie radę, Angel.

Poczerwieniała.

– Nie mów tak do mnie! Wiesz, że nie lubię!

Posłał jej kolejny uśmiech.

Angel. Jej prawdziwe imię. Starożytne, jeśli wierzyć przepowiadaczowi. Nie znosiła go. Tak zwracali się do niej rodzice. Angel. Wymawiali, jakby na to jedno słowo na języku wyrastała im guzowata narośl. Dawno temu Marki przezwał ją Angelką. Postarała się, by od tamtej pory wołali tak na nią wszyscy. Prócz rodziców, ale na to nic nie mogła poradzić.

– I nie szczerz się głupkowato! Chyba że zamierzasz ugotować się z tą idiotyczną miną. Zostanie ci na zawsze.

– Nie zamierzam się ugotować.

Objął ją wpół i przyciągnął do siebie. Pocałował. Wyrywała się, lecz oboje wiedzieli, że to tylko gra. Nie po to pozwoliła się zabrać na Pustkowie, by bronić mu kilku pocałunków.

Marki często myślał, że Pustkowie to nie jest najwłaściwsza nazwa dla kipiącego życiem, rozległego obszaru. Nie było tu ludzkich osad. Jednak ogromne połacie gęstych lasów liściastych i mieszanych i żyzne łąki przechodzące w stepy stanowiły nieprzebrane królestwo zwierząt. Wędrowiec, podróżujący przez te tereny, mógł napotkać przemykające stada saren, ryjące w ziemi watahy dzików, czasem drapieżniki, przed którymi musiał się mieć na baczności. Wokół bez chwili wytchnienia brzęczały świerszcze, latały chmary motyli i uwijały się setki różnokolorowych żuków. Tę rajską obfitość dopełniały ptaki, nieprzebrane rzesze ptaków. Leśne ostępy i stepowe przestrzenie pożółkłych traw wypełniał świergot i dziesiątki wyśpiewywanych melodii. Błękitne niebo nieustannie przecinały drapieżniki bezszelestnie szybujące w poszukiwaniu zdobyczy.

Kto i dlaczego nazwał to Pustkowiem? Tego Marki nie wiedział. Mógłby spytać Amerikena, ich przepowiadacza, ale podejrzewał, że nie uzyskałby satysfakcjonującej odpowiedzi. Zapewne starzec uraczyłby go legendami o dawnych czasach, dniach, gdy przybyli Przekłuwacze. Istoty, przez które mocarni pradawni ludzie utracili skrzydła i zostali strąceni na ziemię, a ich wielkie, ukryte w chmurach miasta uległy zagładzie. Bajki. Podobne opowieści pasowały do piastunek, nie do mędrców wykształconych w Akademii.

– Kieł! – zawołał.

Z gęstwiny wysokiej trawy wyskoczył rosły pies. Miał szaroczarną kędzierzawą sierść, a w jego żyłach płynęła krew tak zmieszana, że nie przypominał żadnej znanej rasy. Zatrzymał się przy chłopaku i zamerdał ogonem.

– Ty też nie boisz się burzy, prawda?

Kieł szczeknął i Marki podrapał go za uchem. Obecnie imię pupila wydawało mu się niepoważne i nawet lekko napuszone, ale gdy je nadawał, nie miał nawet dziesięciu lat i sądził, że to idealne miano dla czworonożnego towarzysza. Groźne i wyzywające. Imię dla poszukiwacza przygód.

– Chodź – ścisnął dłoń Angelki – trzeba się ukryć.

Zdmuchnęła opadający na oczy kosmyk. Niesfornie wrócił na poprzednie miejsce, więc poprawiła go dłonią. Natura obdarzyła ją ciemnymi, delikatnie falowanymi włosami, spływającymi na ramiona. Marki uwielbiał błądzić w nich palcami, równie mocno, a może nawet mocniej niż wpatrywać się w jej brązowe oczy. To jednak nie była chwila na czułości. Naprawdę potrzebowali kryjówki.

– Gdzie?

Myślał o tym od kilku minut. Od momentu gdy... poczuł?... burzę. Był w tym lepszy od innych. I rzadko się mylił. Znacznie rzadziej niż ich przepowiadacz. Ojciec nie raz powtarzał, że powinien kiedyś zająć miejsce starca. Marki jak mógł, sprowadzał to do żartów, lecz w głębi ducha bał się, że kiedyś prośba padnie zupełnie poważnie. Nie zamierzał zostać przepowiadaczem, nawet jeśli natura obdarzyła go niekłamanym talentem do wyczuwania nadchodzących burz. Akademia wymagała szeregu poświęceń, na które nie był gotowy, a rozłąka z Angelką była największym z nich.

– Jaskinia – mruknął.

– Gdzie znajdziesz tu jaskinię? – Roześmiała się.

Zabrzmiało to szczerze. Jeśli wciąż potrafiła się śmiać, znaczyło, że mu ufa. Bardziej niż on sam sobie.

Robił wszystko, by nie poznała, jak bardzo jest przerażony. Nigdy dotąd nie przeżył burzy z dala od domu. Ta ich zaskoczyła. Przyszła wcześniej, niż należało oczekiwać. Co prawda nie było pory roku całkowicie wolnej od burz, lecz wiosną i z początkiem lata bywały całe tygodnie, gdy się nie pojawiały. Ustępowały miejsca tym zwykłym, siekącym deszczem i straszącym piorunami. Za miesiąc lub dwa, gdy słońce wypali na szarozłoty kolor trawy, a zieleń drzew straci intensywność, burze entropiczne uderzą z całą mocą. Będą pojawiać się nawet codziennie. Jesienią zaczną słabnąć, by ustabilizować swą częstotliwość, gdy opadną ostatnie liście. Nadal co kilka dni przypomną o sobie, krótsze jednak i zdecydowanie mniej śmiercionośne. I tak do kolejnej wiosny ponownie niosącej krótkie wytchnienie.

Dzisiejsza burza wydawała się jednak zupełnie nie w porę.

– No... gdzieś niedaleko – odpowiedział niezbyt pewnie.

Nie miał pojęcia, gdzie szukać schronienia. Najlepszą ochronę przed niszczycielską siłą stanowiły grube mury lub solidna warstwa ziemi bądź skały nad głową. W tym burza entropiczna nie różniła się od zwykłej. W innych kwestiach...

Raz jeszcze wbił wzrok w horyzont. Nie dostrzegł nic, lecz... To burza, przeczucie go nie myliło. Może ich zaskoczyła, może nie zwiastowało jej nic poza subtelnymi, uchwytnymi jedynie podświadomie symptomami, ale wiedział, że się zbliża. Nadciągała niespodziewanie jak zawsze. Nigdy nie wiadomo, kiedy dokładnie zaczyna się i kończy. Nie pada deszcz, nie biją pioruny, nie słychać echa grzmotów. Po prostu jest i biada temu, kto ją zlekceważy.

Skrzywił się mimowolnie. Tylko trzy razy w życiu widział człowieka, który padł ofiarą burzy. To zdecydowanie o trzy za dużo. Za każdym razem trudno mu było zasnąć przez tydzień. Co prawda ostatnim razem był jeszcze dzieciakiem, lecz nie sądził, by to cokolwiek zmieniało, dziś wcale nie czułby się lepiej. Rzecz jasna ludzie nie bywali jedynymi ofiarami. Znacznie częściej napotykał ugotowane ptaki, koty, czasem psy lub świnie. To też nie był przyjemny widok.

– Jeśli nie znajdziemy szczeliny w skale, schowamy się między drzewami.

– Myślisz, że będziemy bezpieczni?

Nie przekonał jej, prawdę mówiąc, siebie też nie. Coś jednak musieli zrobić. Pozostanie na wzgórzu było najgorszym z możliwych rozwiązań. Wśród zarośli powinni być nieco mniej narażeni na wyładowania. W gęstwinie burza zyskiwała więcej potencjalnych celów, a ich szanse rosły. Burze entropiczne były loterią. Zabawą w chowanego z losem. Usłyszał to kiedyś od przepowiadacza. Przynajmniej w tej jednej kwestii w pełni się z nim zgadzał.

Zamiast schodzić łagodnym, za to długim stokiem, którym się wspięli kilka godzin temu, pociągnął Angelkę ku stromej grani. Gdyby nie krzaki, marsz tędy równałby się samobójstwu, dzięki gęstym zaroślom ryzykowali jedynie podrapaniem przez tysiące ostrych kolców. Co rusz któreś z nich chwytało wystającą gałąź, by utrzymać równowagę, i natychmiast syczało cicho, gdy twarde haczyki przebijały skórę. Wyszarpywanie ich z ciała było równie, a może nawet bardziej bolesne. Marki znosił to w milczeniu, Angelka też.

– Jeśli okaże się, że to nie burza, zrobię ci krzywdę – uprzedziła.

– Dużą? – starał się nadać głosowi wesoły ton, jednak słowo zabrzmiało smętnie.

– Wydziobię ci tyle dziur, ile mam na nogach i rękach.

– Oby nie nożem.

Zerknął na nią przelotnie. Gdyby założyła spodnie, poruszałaby się sprawniej. Miała jednak na sobie długą ciemnofioletową sukienkę. Gruby materiał, z którego ją uszyto, jako tako dawał radę na Pustkowiu, gdy wybierali łatwiejsze do pokonania ścieżki. W kolczastej plątaninie nie sprawdzał się jednak najlepiej. I tak dobrze, że nie była to jedna z tych lekkich, zwiewnych sukni, w które tak lubiła się stroić. Już dawno zaplątałaby się w krzaczyskach i dziewczyna utknęłaby lub porwawszy doszczętnie tkaninę, stała teraz przed nim goła, a w najlepszym razie przysłonięta zaledwie strzępami. Wizja wydawała się nawet pociągająca i usta Markiego wykrzywił blady uśmieszek. Szybko jednak znikł, to nie była odpowiednia chwila na marzenia, nie, gdy w każdej minucie groziła im śmierć.

– Obiecuję pocałować każdą rankę – dorzucił, gdy nie odpowiedziała.

– Ha, najpierw musiałbyś zasłużyć!

Ścisnęła mu dłoń.

– Chyba już zasłużyłem, skoro ze mną uciekłaś?

Zacisnęła usta.

– Nie uciekłam. Wybrałam się na małą wyprawę. Nie wyobrażaj sobie zbyt wiele. To wszystko. A teraz przez burzę ojciec da mi popalić...

Odsunął gałąź, by podeszła bliżej. Na skórze dłoni pojawiły się krople krwi. Starł je niedbale.

– Przecież nie mogliśmy jej przewidzieć.

– Uzna ją za znak. Przecież go znasz.

Czy znał? Nie posunąłby się do podobnego stwierdzenia. Ojciec Angelki, Warus, był hrabią. Panem Gniazda Dębów. Trzy rosłe drzewa widniały na rzeźbionym herbie, umieszczonym nad wjazdem do jego siedziby, najwspanialszego gniazda w okolicy, a może nawet całej Strefie. Taki człowiek nie zwraca uwagi na byle kogo. Zwłaszcza, jeśli to młody chłopak, najmłodszy syn hrabiego jednego z okolicznych gniazd, niemogącego nawet w połowie równać się znaczeniem z Dębami.

– Znak? – podchwycił, choć wiedział, co chciała przez to powiedzieć.

– Że nie powinniśmy się spotykać. Już wcześniej próbował to na mnie wymusić, ale...

Nie dokończyła. Angelka nie była osobą, na którą łatwo było wywrzeć presję, niezależnie kto naciskał. Z pewnością niechęć ojca do Markiego nie robiła na niej większego wrażenia. Może nawet dodawała ich spotkaniom uroku.

Ta myśl go rozbawiła.

– Ale ty na złość mu pojechałaś ze mną. Tylko jemu na złość?

Kopnęła go w kostkę.

– Ojciec nie rozważał, czy nie trzymać cię związanej? Byłabyś mniej niebezpieczna.

– Podsuń pomysł, na pewno mu się spodoba.

Zastanawiał się nad jakąś kąśliwą odpowiedzią, gdy dostrzegł przebijający przez zarośla fragment skały. Szary kamień sterczał z lekka ukośnie. Mógł być tylko przypadkowo wystającym szpikulcem, ale serce Markiego zabiło mocniej. Czy któryś z wędrowców, których tak namiętnie gościł jego ojciec, nie opowiadał, że w stromym zboczu Wzgórza Jelenia można znaleźć jaskinie? Nie był pewien, może wspomnienia stanowiły tylko pobożne życzenia wywołane strachem przed burzą i nadzieją na uzyskanie w miarę bezpiecznego schronienia. Bo nie było całkowicie bezpiecznych kryjówek. Burza potrafiła pokonać najgrubsze ściany i najgłębsze piwnice. Docierała wszędzie. Wyładowania za murami były rzadsze niż na nieosłoniętym terenie, co sprowadzało się do zmniejszenia ryzyka, nie zaś wyeliminowania go całkowicie.

– Tam! – Marki wskazał kierunek.

Z trudem przedarli się do skały. Chronił ją kordon grubych splątanych zarośli. Ich kolce sprawiały wrażenie większych i bardziej haczykowatych. Zostawały w ranach i trzeba je było wyszarpywać. Poświęcenie jednak się opłaciło. Za kamieniem ujrzeli wąską szczelinę. Kieł znalazł się przy niej pierwszy. Stał przy wylocie i węszył.

– Czujesz coś niepokojącego, druhu? – Zachowanie psa temu przeczyło, niezmiennie merdał ogonem. Marki uznał, że może podjąć ryzyko. – Powinienem się tam zmieścić – oznajmił. – Sprawdzę ją.

– Tylko uważaj.

– Na co? – Uśmiechnął się szeroko.

– Wiesz na co. – Popisy jej nie rozbawiły.

Wiedział. Żmije, zdziczałe psy, szerszenie, lista była długa. Nora mogła stać się domem dla wielu potencjalnie niebezpiecznych stworzeń. Powinien rozpalić ogień i zbadać szczelinę z prowizoryczną pochodnią. Zajęłoby to jednak zbyt wiele czasu. Jeśli się nie mylił i nadciągała burza, potrzebowali schronienia natychmiast. W każdej chwili mogli znaleźć się w poważniejszych tarapatach niż nawet stawienie czoła rojowi poirytowanych szerszeni.

Po raz ostatni spojrzał na horyzont. Krzaki przysłaniały widok, lecz i tak odniósł wrażenie, że burza jest bliżej.

– Tak, jakbyś mógł ją zobaczyć – mruknął.

Może nie widział, lecz czuł w kościach, jak mawiała niegdyś jego babcia. A jeśli nie miał racji?... Cóż, mimo wszystkich zadrapań byłby bardziej niż szczęśliwy.

Wsunął się w skalny otwór. Kieł zamierzał ruszyć za nim, lecz Marki go odgonił. Pies za plecami utrudniłby szybkie wycofanie się. Musiał sam sprawdzić jaskinię. Przystanął, gdy zrobiło się ciemniej. Potrzebował chwili, by wzrok przywykł do nowych warunków. Szczelina biegła wgłąb zaledwie dwa metry, potem się kończyła. Szkoda. Jednak lepsza taka kryjówka niż żadna. Chociaż... Przecisnął się nieco dalej. Wcale się nie kończyła. Skręcała! Kilka uderzeń serca później był już tego pewien. Skręcała pod ostrym kątem, co czyniło załom niemal niewidocznym. Musiał się do niego dostać.

Na moment zamknął oczy. Nie usłyszał nic podejrzanego, żadnego brzęczenia, szelestu ocierającego się o kamień ciała. Parł dalej.

Za załomem szczelina była szersza. Już nie musiał przeciskać się, tłumiąc obawę, że utknie. Teraz, posuwając się w kucki, szedł w miarę wygodnie. Ta część – o ile mógł to ocenić w mroku – mierzyła zaledwie kilka metrów, było jednak wystarczająco dużo miejsca, by zmieścili się oboje wraz z psem.

– Angelka! – zawołał. – Chodź!

Dla pewności raz jeszcze rozejrzał się po wnętrzu. Nie dostrzegł wiele, docierało tu zdecydowanie zbyt mało światła. Uznał jednak, że jest bezpiecznie. Czuł pajęczyny lepiące się do twarzy i dłoni, ale pająki nie stanowiły zagrożenia. Ukąszenia najniebezpieczniejszych kończyły się zaczerwienieniem. Nimi się nie przejmował.

– Gdzie jesteś? – usłyszał szept.

Dziewczyna, gramoląc się do środka, odcięła resztkę światła. Marki wyciągnął dłoń, lecz nie sięgnął jej.

– Dalej – podpowiedział.

Chwilę później dotarła do niego, a za nią Kieł.

– A jednak znalazłeś dla nas jaskinię.

Szeptała mu wprost do ucha i z trudem powstrzymał chęć odnalezienia jej ust i ponownego wpicia się w nie. To jednak nie był najlepszy moment. Może potem...

Przesunął dłonią w ciemności i natrafił na włosy Angelki. Przeciągnął po nich dłonią.

– Odsuń się – polecił.

Sądził, że zaprotestuje, jednak posłusznie się przesiadła. Od dziecka wpajano im, że w czasie burzy bliskość bywa niebezpieczna.

Zapanowała cisza. Słyszał lekko przyspieszony oddech dziewczyny. Jej zdenerwowanie wydawało się niemal namacalne.

– Muszę wyjść – rzucił w pewnym momencie. Przysiągłby, że siedzą w ciemności godzinami, z pewnością jednak minęły zaledwie minuty.

– Zwariowałeś?!

– Trzeba... – wcale nie miał ochoty wyściubiać nosa z zapewniającej złudne bezpieczeństwo jaskini, jednak musiał – ...coś przynieść.

Złapała go za nadgarstek i mocno ścisnęła.

– Nie znajdziesz wody ani naczyń.

– Może liście spełnią ich zadanie, nie wiem, nie zaszkodzi spróbować.

Uścisk zelżał, lecz jeszcze go nie puściła.

– A jeśli już się zaczęło?

Wolał o tym nie myśleć, lecz prawda była taka, że jeśli burza nadeszła, tu nie był wiele bezpieczniejszy niż na zewnątrz.

– Wrócę, nim policzysz do pięciu.

– Raz, dwa, trzy, cztery, pięć.

Mimo to puściła go. Przecisnął się obok i wydostał na czworaka ze szczeliny. Kieł również ruszył ku wyjściu, lecz Marki nakazał mu pozostać na miejscu.

Na zewnątrz pozornie nic się nie zmieniło. Świeciło słońce, po błękitnym niebie sunęły leniwie białe obłoczki. Lecz nie wszystko było takie jak poprzednio. Markiego uderzyła cisza. Jakby zabrakło zwierząt.

Wyczuły burzę.

Powszechnie uważano, że najlepiej sprawdzają się koty. Niektórzy przepowiadacze otaczali się nimi do granic absurdu. Marki słyszał o mędrcu, który hodował siedemdziesiąt trzy sztuki. Bure, rude, czarne, białe i wszelkie mieszańce. Ponoć pamiętał wszystkie z imienia, a te przychodziły na jego wołanie. Może to prawda, a może jeszcze jedna bzdurna historyjka. Jeśli kryło się w niej ziarnko prawdy, nie była aż tak sensacyjna, przepowiadacz musiał doskonale poznać swoje stadko. Bez wiedzy o zwyczajach każdego z kotów nie wyczytałby z ich zachowania subtelnych wskazówek świadczących o nadciągającym zagrożeniu.

Zdaniem Markiego inne zwierzęta sprawowały się równie dobrze. Pamiętał z dzieciństwa psa ojca, który zawsze charakterystycznie skomlał, gdy wyczuł nadchodzące wyładowania. Za to wiele innych psów, w tym Kieł, było bezużytecznych. Tak samo zresztą jak niektóre koty. To, czy dany zwierzak był lepszym czy gorszym przepowiadaczem, zależało raczej od jego wrodzonych cech, a nie od gatunku. A że w Akademii ponoć wpajali coś innego... W opinii Markiego nie pierwszą i nie ostatnią głupotę.

Zacisnął zęby. Nie da się tam wysłać. Co prawda ojciec jeszcze nigdy nie zaproponował tego wprost, ale Marki czuł, że taki dzień nadejdzie. Wychwytywał to podskórnie jak nadchodzącą burzę. Wciągnął głęboko powietrze do płuc i westchnął. Prawdziwa burza z deszczem i piorunami charakterystycznie pachnie. Ma także swój smak i temperaturę. Ta była niewyczuwalna.

Czy już się zaczęła?

Tego wolał nie sprawdzać. Podbiegł do najbliższego krzewu i nie bacząc, że rani sobie dłonie, zerwał garść liści. Wepchnął je do zawieszonej na ramieniu podróżnej sakwy i sięgnął po kolejne. Zapełniał torbę, póki nie zrobiła się pękata. Gdy już nie mógł więcej zmieścić, urwał trzy długie gałązki. Po raz ostatni rozejrzał się dokoła i wcisnął się na powrót w szczelinę.

W środku było równie cicho jak na zewnątrz.

– Angelka?

– Jestem.

Odetchnął z ulgą. Przez moment bał się, że pod jego nieobecność wydarzyło się nieszczęście, że starania były próżne. Gdyby nie dziewczyna, pewnie po prostu przeczekałby burzę zwinięty w kłębek w jaskini. Obecność Angelki sprawiła, że zdecydował się podjąć wszelkie możliwe zabezpieczenia. Nieważne, że jedynie zgadywał, czy mają sens.

– Przyniosłem liście.

– Pomogą?

W jej głosie przebrzmiewał strach.

– Jasne.

Jak gładko przeszło mu przez gardło to kłamstwo. Za nic nie przyznałby się, że nie ma pojęcia.

Rozsypał liście, uważając, by żaden nie znalazł się na nim lub Angelce. Kilka rzuconych na skalne ściany zatrzymało się na niewidocznych w ciemnościach pajęczynach. Uznał, że to dobrze, burze nie są dwuwymiarowe. W schronie w gnieździe całą dostępną przestrzeń wypełniano naczyniami z wodą. Dużymi i małymi, wszystkimi, jakie wpadały w ręce. Stały na stołkach, półkach i podłodze. Wisiały na licznych łańcuchach mocowanych w stropie. W szczelinie większość liści mimo starań opadła na skalne podłoże.

Na koniec wykorzystał gałązki. Ułożył je w skos, by nieco wypełnić pustą przestrzeń. Więcej już nie mógł zrobić.

– I co teraz? – usłyszał szept.

– Czekamy.

To było najtrudniejsze. Usiąść i czekać. Z burzami nie było żartów, nie ryzykowano. Zazwyczaj opuszczano schronienie po przynajmniej trzech godzinach. Czasem oczekiwanie trwało nawet pięć. Ameriken twierdził, że to przesada, że burza przemija po godzinie lub nawet szybciej, ale sam nigdy nie odważył się wyściubić nosa z piwnic, by to sprawdzić. Marki powiedział mu kiedyś, że udowadniając ten fakt lub choćby ginąc przy próbie, oddałby wielką korzyść nauce, jednak starzec zbył uwagę milczeniem. Oto cała korzyść z mędrców z Akademii – potrafią opowiadać bajki i wymądrzać się. Marki wolał przepowiadaczy bez dyplomu. Zdarzało się, że zyskiwali funkcję, kupując ją sobie lub wkradając się w łaski starszego przepowiadacza, lecz zazwyczaj zasługiwali na swą pozycję. Jak nikt inny potrafili przewidywać burze, a bez lat nauki czerpanej z bezwartościowych ksiąg przynajmniej nie puszyli się dumni z wiedzy, która tak naprawdę okazywała się bezużyteczna.

Wyciągnął zza paska mały zegarek na łańcuszku. Otworzył kopertę i dotykiem sprawdził położenie wskazówek. Było dość wcześnie, a czekały ich długie godziny bezczynności. Najrozsądniej byłoby się zdrzemnąć. Nie liczył jednak, że uda mu się zasnąć, gdy nad głową szaleje burza. Gdy w każdej chwili on – albo Angelka – mogą zostać rażeni wyładowaniem i ugotować się. Aż tak twardy nie był.

Obrócił zegarek w dłoni. Oto jego dziedzictwo. Gniazdo ojca, Natabana z Brzóz, słynęło z wyrobu precyzyjnych czasomierzy i innych mechanizmów, w których przekładnie mieszały się z kołami zębatymi. Marki był mistrzem w tym fachu, tak jak przed nim ojciec, dziad i pradziad na wiele pokoleń wstecz. Pogładził grawerowaną powierzchnię. Wykonał ją sam i znał najdrobniejsze elementy rysunku. Na wierzchniej stronie wyrył trzy brzozy, symbol swego rodu, na spodniej trzy dęby, symbol rodu Angelki. Połączyły ich drzewa, lubił tak myśleć. I drzewa mogły rozdzielić.

*Łamliwa brzoza jest zbyt krucha dla twardego dębu.*

Angelka usłyszała te słowa od ojca. Lecz nie chodziło przecież o symbole. Wprost brzmiałoby to tak: skromna brzoza jest zbyt biedna dla bogatego dębu. Gdyby choć Marki był najstarszym synem i mógł liczyć, że kiedyś zostanie panem rodowego gniazda.

Ale nie był.

Zacisnął dłoń na zegarku tak mocno, że poczuł ból. Może brakowało mu bogactwa i odpowiedniej pozycji, ale Angelka wybrała właśnie jego, choć Warus dbał, by wokół niej kręcili się właściwi zalotnicy. Tej wiosny skończyła siedemnaście lat, była w odpowiednim wieku do wydania za mąż. Gdyby tylko zgodziła się naprawdę z nim uciec... Zawsze się śmiała, gdy to proponował. Wyruszyli na Pustkowie, lecz bez większych planów. Nawet jeśli nazwali to ucieczką, była to jedynie krótka eskapada. Za kilka dni powrócą i sprawy zaczną toczyć się dawnym torem.

Położył dłoń na karku Kła. Czuł jak pies drży. Szybko cofnął rękę. To pierwsza rzecz, jakiej uczą się dzieci po przyjściu na świat – w czasie burzy bliskość jest zakazana, zwiększa niebezpieczeństwo. Nawet bezradne oseski są odrywane od piersi. Ich płacz jest zazwyczaj jedynym dźwiękiem burzy. Ludzie milczą, zwierzęta kulą się w kryjówkach, tylko niemowlaki drą się wniebogłosy.

Na zewnątrz zatrzęsły się zarośla i Kieł zjeżył sierść.

– Spokój – nakazał Marki.

Pies przysiadł.

– Coś tam jest – szepnęła Angelka.

– Zbłąkany zwierzak szuka schronienia.

Marki sprawdził, czy sztylet gładko wysuwa się z pochwy. Potem ostrożnie wydobył pistolet. Jedna kula, jeden strzał, potem broń stawała się bezużyteczna.

Kieł wypadł z jaskini. Tak szybko, że chłopak nie zdążył zareagować. Usłyszał tylko głuche szczeknięcie i psa już nie było.

– Kieł! Wracaj, do diabła!

Ruszył za pupilem.

– Marki, dokąd?

Obejrzał się. Powinien zostać z Angelką i powinien odszukać przyjaciela. Na zewnątrz było cholernie nie bezpiecznie.

– Zaraz wracam! – odkrzyknął. – Zostań tu.

Przynajmniej ty nie rób mi problemów.

Wypowiedzenie tych słów na głos byłoby błędem. Angelka obraziłaby się. Jej duma niewiele ustępowała dumie jej ojca, choć wściekłaby się na to porównanie.

Wydostał się z jamy, wołając psa. Kieł musiał go słyszeć, lecz nie reagował. Zapewne pognał za zwierzakiem, który kręcił się przy wejściu. Co to było? Zając? Sarna? Wilk? Ta ostatnia ewentualność zmroziła Markiego. Kieł był dużym psem, jednak nie mógłby równać się ze zdesperowanym wilkiem. Nawet jednym, a przecież na wzgórze mogło zawędrować spłoszone burzą stado.

– Wracaj! – wrzasnął.

Przedramieniem odsunął najbliższą kolczastą gałąź. Znalezienie pupila w tej plątaninie nie było proste. Zaklął cicho. Kieł nie należał do najodważniejszych psów.

Co go ugryzło, by wybiec podczas burzy na zewnątrz? Do tego stopnia nie wyczuwał zagrożenia? Niektóre zwierzęta zdawały się przewidywać burze, jednak niemal wszystkie kuliły się ze strachu, gdy już nadeszła.

– Kieł!

Przystanął. Bieganie na ślepo po stoku wzgórza było głupie i niebezpieczne. Znieruchomiał i zaczął nadsłuchiwać. Już po chwili dobiegł go szelest. Dochodził z bliska, gdzieś na prawo. Ruszył w tamtym kierunku. Zawołał czworonoga, lecz tylko raz. Jeśli Kieł nie zamierzał usłuchać, wydzieranie się nie miało sensu.

Pies szczeknął, po czym zaczął warczeć. Na pewno nie reagowałby tak, widząc zająca. Marki przyspieszył. Przedarł się przez drapiący krzew i stanął jak wryty. Zobaczył przed sobą na oko czterdziestoletniego, łysego mężczyznę. Ogorzałą twarz zdobił nierównomierny, kilkudniowy zarost. Mężczyzna golił się, ale albo robił to niedbale bądź nieudolnie, albo wyjątkowo tępym ostrzem. Brudne i podarte łachmany wskazywały, że dawno nie widział domu. Zapewne nie przynależał do żadnego gniazda. Włóczęga. Od psa odganiał się grubym sękatym kijem. Nie zdradzał strachu ani zniecierpliwienia, zdawał się ledwie dostrzegać czworonoga, choć trzymał go na dystans.

– Twój psiak – zauważył zachrypniętym głosem.

Marki nie bardzo wiedział, czy to pytanie czy suche stwierdzenie faktu.

– Mój. Kieł, chodź tu!

Psisko wreszcie posłuchało, choć wyraźnie niechętnie.

– Nie jest niebezpieczny. – Marki nie zamierzał tego mówić, wędrowiec niewiele go obchodził. Nie musiał się tłumaczyć, słowa jednak popłynęły odruchowo.

– O wielu można powiedzieć, że nie są niebezpieczni. Lecz co nam daje prawo tak twierdzić? Ludzie przyciśnięci przez los się zmieniają. I zwierzęta też – dodał jakby od niechcenia. Jego usta wykrzywił uśmiech, raczej niepokojący niż uspokajający.

Wyciągnął kij i wycelował grubszy koniec w czworonoga. Pies warknął, więc Marki położył mu dłoń na grzbiecie, by go uspokoić. Sądząc po sękatej lasce, mieli przed sobą wędrownego kaznodzieję zachwalającego Probablę, boga losu. Laska bądź kij oraz kości do wróżby – to dwie rzeczy, z którymi głosiciele Probabli nigdy się nie rozstawali. Nieznajomemu brakowało jedynie tatuaży na twarzy, choć nie wszyscy kapłani je nosili.

– Co tu robisz? – spytał obdartusa.

Guzik go to obchodziło, ale jasne oczy włóczęgi dziwnie hipnotyzowały. Przyciągały i sprawiały, że zamiast obrócić się na pięcie i wrócić do Angelki, stał w miejscu, przypatrując się mężczyźnie.

– Czemu miałbym się tłumaczyć? Ciebie przecież mógłbym spytać o to samo. – Nieznajomy zaśmiał się cicho. – I dlaczego wylazłeś z kryjówki? Mimo burzy poszedłeś za psem? Tak bardzo cenisz jego życie czy tak mało swoje?

Marki zawahał się. Nie podobał mu się przybysz, lecz z Angelką dysponowali schronieniem i ludzki odruch nakazywał zaprosić do niego wędrowca. W czasie burz znikały wszelkie podziały. Odwieczne niepisane prawa nakazywały przyjąć każdego. Wskazał w stronę jamy.

– Nie – zaprzeczył mężczyzna, nim Marki zdążył się odezwać. – Ty tam wracaj. Ja zostanę.

Przeciągnął kijem po ziemi i rozgarnął na bok trawę, szykując sobie miejsce. Opuścił ciężko wędrowny tobołek, jakby nagle zauważył, że bagaż waży niemało, a potem usiadł obok, skrzyżowawszy nogi. Wystawił twarz ku słońcu.

– Ale burza... – zaczął zdezorientowany Marki.

Nieznajomy machnął dłonią, ucinając dalsze słowa.

– Zmykaj.

Marki ugryzł się w język, powstrzymując się przed dosadnym stwierdzeniem, co myśli o nieznajomym. W jednym jednak mężczyzna miał rację, powinien jak najszybciej stąd odejść, ukryć się w skalnej szczelinie. Zostając, niepotrzebnie ryzykował.

Po lewej gałąź buchnęła dymem. Marki drgnął zaskoczony. Wyładowanie. Zaledwie dwa metry od niego. Odwrócił się, ale wędrowiec nawet nie zmienił pozycji. Poczerniałe liście nie robiły na nim wrażenia. Uniósł ręce, trzymając je lekko zgięte w łokciach. Sprawiał wrażenie, jakby czekał na deszcz.

Marki przelotnie zerknął na błękitne niebo.

Nie dostaniesz niczego prócz ognia.

Nakazał psu schować się do jamy, po czym wpełzł za nim.

– No i? – spytała Angelka.

Nie zrozumiał.

– Co to było? Ten hałas. Zwierzę?

Zaprzeczył ruchem głowy, dopiero po chwili zdając sobie sprawę, że mogła nie dostrzec gestu.

– Włóczęga. Chyba kapłan Probabli.

– Nie przyprowadziłeś go tu?

Gniazda zazwyczaj niechętnie witały wędrowców, chyba że byli to kupcy ze swymi ciągnionymi przez psy wózkami. Gdy jednak oczekiwano burzy, drzwi stawały otworem przed każdym, kto poprosił o schronienie. Nikomu nie odmawiano gościny. Przyjmowano nawet wykluczonych – złodziei i ladacznice. Każdy miał prawo przekroczyć bramę i ukryć się przed zabójczym żywiołem.

– Wolał pozostać na zewnątrz.

Poczuł lekkie wyrzuty sumienia, że nawet nie próbował naciskać. Tym mniejsze, że – jak podejrzewał – niczego by nie wskórał. A gdyby jednak namówił mężczyznę? Przecież tak naprawdę nie chciał dzielić jamy z nieznajomym i był rad, gdy ten z własnej woli zdecydował pozostać na stoku.

– Może więc nie ma burzy?

Jeden z liści na gałązce opartej o ścianę rozżarzył się, skurczył i zwinął w kłębek. Marki odczekał minutę, nim odważył się go dotknąć. Liść wciąż był gorący.

– Potrzebujesz kolejnego dowodu?

Nie oczekiwał odpowiedzi.

Angelka wyciągnęła rękę i ścisnęła jego dłoń. Zaraz ją puściła.

– Będzie dobrze – powiedział głośno. – Drugi raz tu nie uderzy.

Ledwie domówił te słowa, Kieł zerwał się z miejsca. Wydawało się, że zwierzę ponownie zamierza wybiec na zewnątrz, ale pies rzucił się na ścianę. Uderzył w nią z rozpędem, raz i drugi. Tarzał się po podłożu, skomląc niemiłosiernie. Rozszedł się ledwie wyczuwalny swąd przypalonego mięsa. Marki poczuł mdłości. Rzucił się na czworonoga, starając się przycisnąć go do skały i unieruchomić.

Wiesz, co trzeba zrobić!

Nie – chciał zaprotestować, jakby stwierdzenie padło na głos. Kła nie można było uratować, a w każdym razie szansa była znikoma. Udałoby się, gdyby wyładowanie dotknęło kończynę. Jednak nawet w takich wypadkach większość ofiar umierała, tylko niektórzy – ludzie lub zwierzęta – przeżywali, by na zawsze pozostać kalekami.

Ruchy czworonoga słabły. Opętańczy taniec zastąpiły drgawki. Do uszu Markiego dotarł płacz Angelki i to wróciło mu świadomość.

Wiesz, co trzeba zrobić!

Tak, wiedział. Przytrzymał psa lewą ręką i całym ciałem przycisnął do ściany, a prawą wydobył sztylet.

Wystarczy poczekać, on już dogorywa.

Nie mógł posłuchać tego głosu.

– Przepraszam.

Przeciągnął ostrzem po gardle pupila. Tak mocno i głęboko, jak tylko zdołał. Pies już nie walczył, lecz wciąż wstrząsały nim przedśmiertne podrygi. Chłopak poczuł, że spływa na niego ciepła krew. O wiele cieplejsza niż powinna. Jak grzane wino, które ktoś odstawił na chwilę, ale tylko na chwilę.

– Marki?

Rękawem otarł łzy. Nie chciał, by Angelka dostrzegła, że płacze. Na pewno by zrozumiała, jednak...

– Trzeba było. Nie wiadomo, ile by to jeszcze potrwało, gdybym...

...gdybym pozwolił ugotować mu się do końca.

Zrobiło mu się niedobrze. Ruszył w stronę wyjścia, lecz dziewczyna zatrzymała go, obejmując ramionami.

– Nie idź. Tam jest niebezpiecznie.

– A tu?

Nie odpowiedziała.

Odetchnął głęboko. Fala mdłości minęła, mimo to pragnął się stąd wydostać, uciec z ciemnej skalnej jamy. Gdzieś za nim, blisko, na wyciągnięcie ręki, leżało truchło Kła. Pies już z pewnością nie żył, jednak martwe oczy czworonoga być może nadal wbijały się w plecy Markiego. Czy gdyby mógł, podziękowałby za skrócenie mąk, czy raczej obwiniał pana?

– To moja wina – powiedział. – Gdybym nie wyciągnął cię na Pustkowie, siedzielibyśmy w domu, tam by nic mu się nie stało.

– Nie wiesz tego.

– Wiem!

Nie miał racji, lecz co z tego? Nieporadnie spróbował wyszarpnąć się z uścisku, lecz Angelka trzymała go zbyt mocno.

– Zostaniemy tu do końca burzy – szeptała do ucha jak małemu dziecku, które koszmarny sen obudził w środku nocy. – Tu jest dobrze, bezpiecznie. Niezależnie, co się wydarzyło, na zewnątrz jest tylko gorzej. A Kieł... Byłby dumny z takiego pana, nie pozwoliłeś mu długo cierpieć. Zrobiłeś, co należało.

Wielokrotnie był świadkiem, jak po burzy jego ojciec obchodził gniazdo, szukając zniszczeń i rannych zwierząt. Nie znajdowano ich często. Kilkugodzinny pobyt w piwnicy sprawiał, że większość z tych, które nie padły natychmiast, zdążyły zdechnąć same. Gdy jednak natykał się na wciąż żywe, na wpół ugotowane stworzenie, wyciągał nóż i dobijał je. Robił to własnoręcznie, lecz zawsze dbał, by byli z nim synowie.

Każda chwila cierpienia dłuższego niż konieczne obraża bogów, mawiał, choć Marki do dziś nie spytał go, jakich bogów ma na myśli. Nataban nie modlił się do żadnej siły wyższej. Przyjmował wędrownych kaznodziei, niezależnie od tego, co głosili, choć ich słowa spływały po nim jak woda. To jednak, że bramy zawsze stały dla nich otworem, sprawiało, że zlatywali się jak muchy. Głosiciele miłości Dawnego Boga, przybitego do drzewa w niezrozumiałym akcie przemocy, który miał ponoć coś wspólnego z miłosierdziem, wyznawcy Przekłuwaczy, modlący się o to, by ich bogowie, władcy burz, trzymali się od nich z daleka, Zakon Świętego Drzewa, których bóg był wszędzie i nigdzie, mający swój Święty Ogród gdzieś na dalekim Pustkowiu, Świadkowie Probabli, boga losu, członkowie najbardziej rozpowszechnionej w Strefie religii, niepodejmujący żadnych ważniejszych działań bez dokonania wróżby, a także inni. O niektórych pomniejszych bogach i bóstwach Marki słyszał tylko raz, bo odchodziły na zawsze w dal wraz z wychwalającym je kapłanem, inne wracały cyklicznie, choć zmieniali się ich głosiciele.

Teraz zastanawiał się, który bóg sprawił, że wyładowanie obrało na cel właśnie Kła. Każdy z żarliwych kapłanów wskazałby własnego, w zagmatwały sposób tłumacząc i usprawiedliwiając wyrok. A Nataban? Powiedziałby, że to przypadek. Nic prócz zwykłej ironii losu, choć pachniałoby to nieco Probablą.

Jeszcze raz odetchnął. Nie poczuł się lepiej, to nie było możliwe, jednak nie chciał już uciekać. Oparł się o ścianę i syknął z bólu. Dopiero teraz zauważył, że ma poparzone dłonie. Jakaś część ciała psa rozgrzała się tak bardzo, że na skórze Markiego pojawiły się bąble.

– Gdy już stąd wyjdziemy, nigdy tu nie wrócę – oznajmił cicho.

– Nie będziesz musiał.

Miał taką nadzieję.

Burza odeszła niepostrzeżenie, a oni tkwili w jamie kolejne godziny, rozważając, czy mogą już wyjść na zewnątrz. Wędrowiec się nie pojawił. Usmażyło go jedno z wyładowań albo oddalił się, nie zawracając sobie nimi głowy.

Marki po raz kolejny otworzył zegarek. Upłynęły trzy godziny, odkąd schronili się w skalnej szczelinie. Przemoczone krwią psa ubranie zdążyło już wyschnąć.

– Chodź. – Wyciągnął rękę do Angelki.

Słońce pochyliło się nad horyzontem, choć było jeszcze na tyle wysoko, by ogrzewać wzgórze. W oddali wypatrzyli kilka smużek dymu. Pożary po burzy, nic niezwykłego.

Na nieznajomego natknęli się nieopodal groty. Siedział ze skrzyżowanymi nogami i jak wcześniej wpatrywał się w niebo. Na jego twarz padała mozaika cieni i światła przebijającego przez korony drzew, czyniąc plamy dziwnymi, fantasmagorycznymi tatuażami. Ręce nadal trzymał uniesione. Być może przetrwał w tej pozie całą burzę. Markiego zbytnio by to nie zdziwiło. Już dawno nauczył się, że świat wypełniają dziwacy. Jedni byli niebezpieczni dla innych, drudzy tylko dla siebie.

Jeśli nawet na nich czekał, nie okazał tego. Obrzucił Markiego i Angelkę krótkim spojrzeniem, mniej dociekliwym niż zawziętą muchę, która uparcie siadała na jego twarzy. Dziewczyna pomachała przyjaźnie, lecz nie zareagował. Gdy mucha znudziła się i odleciała, wstał, wspierając się na lasce, choć nie sprawiał wrażenia słabego. Był szczupły i żylasty. Obrócił się w stronę Angelki i Markiego i w tej pozie zastygł.

– Chcesz czegoś od nas?! – Marki nie wytrzymał świdrującego spojrzenia. Drażniło go.

– Wy ode mnie.

– Niby czego?!

Poczuł dłoń Angelki na ramieniu. To prawda, niepotrzebnie się denerwował.

– Brzoza jest twarda jak każde drzewo, nie jest jednak najtwardsza na świecie. – Mężczyzna złożył ręce na piersi.

– Znasz mnie? – Po twarzy Markiego przemknął cień zdziwienia.

– Mam oczy i patrzę.

– A ja mam pięść i zaczyna mnie ona coraz bardziej świerzbić. Gadaj, co masz do powiedzenia, i zejdź nam z oczu!

Nieznajomy przymknął powieki.

– Chyba się jednak pomyliłem.

Odwrócił się.

– Nie! – zawołała Angelka. – Powiedz. To nie był najlepszy dzień. Pies Markiego...

– Wiem, zginął. – Nim dziewczyna zdążyła otworzyć usta, dodał: – Mam uszy i słyszę.

– Masz także nos i wąchasz, i ręce, którymi czujesz dotyk. Coś pominąłem?!

Marki nadal uważał, że nie powinni rozmawiać z wędrowcem. Ten człowiek nie wzbudzał w nim zaufania, a jedynie złość. Najchętniej przyłożyłby mu w nos. Gdyby nie kij obdartusa, pewnie by tak zrobił. Potrafił walczyć wręcz. Choć był najmłodszy, w niczym nie ustępował braciom, ba, zdarzało mu się ich pokonać. Z łysolem zapewne też by sobie poradził, gdyby ten stanął do równej walki. Uzbrojony jednak w sękatą lachę miał znaczną przewagę, bo zapewne potrafił jej użyć w potrzebie...

– Głowę, której używam, w przeciwieństwie do niektórych. – Nieznajomy wyszczerzył zęby. Brakowało mu kilku na samym przedzie. Reszta była pożółkła i krzywa. Mimo wszystko był to raczej ciepły uśmiech, na swój sposób przyjazny.

Marki zacisnął pięść.

– Czego chcesz lub też raczej czego, jak uważasz, my chcemy od ciebie?

Uśmiech znikł.

– Mam dla ciebie, chłopcze, informację i radę. Za informację mnie przeklniesz, rady nie usłuchasz.

– Więc jednak to ty masz coś dla nas. – Marki zadowolony, że ostatecznie wyszło na jego, nie zwrócił uwagi na posępny ton ostatniego zdania. – Cóż to za objawienia?

– Brzozowy gaj przestał istnieć. Nie szukaj zgliszcz, uciekaj od nich.

Marki w trzech skokach znalazł się przy nieznajomym. Złapał go za poły szaty i mocno potrząsnął. Mężczyzna stał niewzruszony.

– Burza – wyjaśnił. – Równie intensywne nie powstają same, może nigdy nie powstają same. Zawsze jest przyczyna i skutek. Oni przybyli. Wielu. Coś ich przywołało. Czy wiesz, chłopcze, co to było? – Nie czekał na odpowiedź. – A gdy już nadciągnęli, nic nie mogło stanąć im na drodze, nic i nikt.

– Co?!

– Przekłuwacze.

– Ale... – Marki spoglądał na wędrowca jak na szaleńca. Wreszcie wybuchnął śmiechem. – Przekłuwacze nie istnieją. Bajki opowiadasz. To stwory z legend, którymi piastunki straszą niegrzeczne dzieci. Nikt przy zdrowych zmysłach ich nigdy nie widział. Zgadnij dlaczego!

Na twarzy mężczyzny nie drgnął żaden mięsień.

– Od bardzo dawna, to prawda – przyznał – ale nie nikt i nie nigdy.

Marki cofnął się.

– Nie, nie, bredzisz. Próbujesz mnie wystraszyć, prawda?!

Niedawny gniew minął. Był zbyt zaskoczony i skołowany, by nadal rwać się do bitki.

Włóczęga odwrócił się.

– Idę – rzucił przez ramię. – Jeśli zechcesz dowiedzieć się więcej, odnajdziesz mnie przy Studni. Taka burza musiała pozostawić ślad. Gdzieś niedaleko otworzyła się nowa Studnia. Znajdę ją. – Wycelował paluch wskazujący w chłopaka. – Zaczekam tam na ciebie. Do pełni. Przybądź do tego czasu lub nie przybywaj wcale.

Niespiesznie ruszył w dół zbocza. Marki spoglądał za nieznajomym, póki nie skryły go zarośla.

– Nie wierzysz mu, prawda? – spytał wreszcie Angelkę. – No powiedz, że mu nie wierzysz! Przecież to bzdury!

Dziewczyna nie odpowiedziała natychmiast, a Marki dłużej nie czekał. Zbiegł ze wzgórza. Nie za wędrowcem, lecz prosto na północ, w stronę rodzinnego gniazda.

Gniazdo Brzóz okalał wysoki na trzy metry kamienny mur. Wystarczające zabezpieczenie przed wędrownymi bandami rzezimieszków, którym z rzadka zdarzało się zawędrować w te strony. Osada nie była duża. Za ogrodzeniem kryło się kilkanaście wielorodzinnych domostw, w większości drewnianych. Siedzibę ojca Markiego zbudowano z kamienia i ona jedna wyraźnie wystawała ponad obmurowanie. Wysokością dorównywały jej jedynie wieże strażnicze, wzniesione w miejscach, gdzie kamienne ściany muru załamywały się, by biec w nowym kierunku.

Gniazda nie usytuowano na planie czworokąta ani żadnej innej regularnej figury. Widziane z lotu ptaka musiało przypominać szarą kanciastą plamę w morzu otaczającej ją zieleni. Lekkie wzniesienie, na którym się mieściło, trudno było nazwać wzgórzem. Mury dodatkowo maskowały pagórek i sprawiły, że zdawał się ich częścią. Wokół ciągnęły się pola. Dopiero kilkaset metrów dalej wyrastały pierwsze drzewa, głównie brzozy. Z początku pojedyncze, zapewniające swym cieniem schronienie zmęczonym słońcem rolnikom, szybko przeradzały się w gęsty las. Ginęła w nim niezbyt szeroka droga. Zazwyczaj pokonywana przez pieszych, tylko od czasu do czasu gościła niewielkie wozy zaprzężone w pociągowe psy.

Marki wiedział, że coś jest nie w porządku, nim jeszcze wydostał się poza zwartą linię drzew. W nozdrza uderzył dym i ostra woń spalenizny, jakże inna od kojącego zapachu domowych palenisk lub ognisk palonych jesienią na polach.

Prawie biegł, wstrzymywała go jedynie Angelka. W uszach wciąż brzmiały mu słowa obdartusa: „Brzozowy gaj przestał istnieć". Rozsądek uspokajał, że mężczyzna kłamał. Nawet gdyby coś wydarzyło się w gnieździe, nieznajomy nie mógłby o tym wiedzieć. Marki wyruszył z domu przed pięcioma dniami. Nie zachodził do Gniazda Dębów, Angelka czekała na niego w umówionym miejscu w połowie drogi. Potem od razu ruszyli na Pustkowie, i choć nie spieszyli się, to aż do Wzgórza Jelenia niemal się nie zatrzymywali. Nieszczęście musiałoby wydarzyć się zaraz po wyjściu Markiego z osady. Tylko wtedy łysolec zdążyłby dowiedzieć się o nim i zawędrować na wzgórze.

Powinien o to spytać, jednak w pierwszej chwili nie uwierzył, potem ponad wszystko pragnął przekonać się, że wędrowiec łgał. Nie tracił czasu na dogonienie go, pognał wprost do osady. Teraz jednak, gdy zbliżał się do domu, a złe przeczucie narastało, znajdował dziesiątki pytań, które powinien zadać mężczyźnie. Skąd pewność, że nie brał on udziału w tragedii? Zwalenie wszystkiego na Przekłuwaczy było bardzo wygodne. Choć głupie: to nie ja, to stwory z legend...

Czy jego ojciec, hrabia Nataban, wierzył w Ity? Ity, Przekłuwacze, jakkolwiek ich zwał, pojawiały się znikąd i tak samo znikały. Przepowiadacze opowiadali, że dopiero stosunkowo niedawno przeminęły czasy, gdy były czymś powszechnym. Tyle że przepowiadacze twierdzili bardzo wiele, a gdy prosiło się ich o dowody, bezradnie rozkładali ręce, wymawiając się wiedzą z Akademii.

Księgi Akademii. Przyjdźcie, zobaczcie, przeczytajcie. I zmarnujcie kilka lat życia... Marki nie sądził, by w nadgryzionych zębem czasu woluminach znalazł cokolwiek interesującego. Na pergaminach z koziej lub świńskiej skóry spisano idiotyczne, niczym nie poparte bajeczki. Dowody na nieudowodnione zjawiska, istoty, wydarzenia. Wystarczyłaby iskra, by zmienić strony w popiół, z korzyścią dla wszystkich.

„Popiołów nie pyta się o treść – tak mawiał Nataban. – Synu, usłyszysz o miastach, które już nie istnieją, cywilizacjach o mocach równych bogom, powstałych w czasach, gdy nam, ludziom, z ramion wyrastały skrzydła. Może tkwi w tym ziarenko prawdy, tylko czy to cokolwiek zmienia? Jaką wartość miałby dziś choćby worek dawnych piór? Niektóre rzeczy odchodzą bezpowrotnie".

Marki wyszedł z lasu i zatrzymał się raptownie. Angelka wpadła na niego, delikatnie popychając, lecz nie zwrócił na to uwagi. Wpatrywał się w odległe o kilkaset metrów dymiące zgliszcza.

Niektóre rzeczy odchodzą bezpowrotnie...

Miał ochotę zawyć, lecz tylko rzucił się biegiem w stronę gniazda.

– Zaczekaj! Nie wiesz, czy jest bezpiecznie!

Puścił wołanie mimo uszu.

Jego dom spłonął. Miejsce, które poznał i pokochał, jeszcze zanim nauczył się chodzić i mówić, ludzie, którzy byli dla niego całym światem. W tej chwili pragnął zginąć razem z nimi. Dopadł bramy. Spoczywała na solidnych zawiasach. Zamknięta od środka. Gdyby nie to, że lewe skrzydło w połowie strawił ogień, nie przedostałby się do wewnątrz. Dotknął poczerniałych resztek. Były wciąż ciepłe. Przywodziło to na myśl krew Kła. Opadł na kolana. Zwymiotował.

– Marki? – Angelka dyszała zziajana. Położyła dłoń na jego ramieniu. Strącił ją. – Może...

Wiedział, co chciała powiedzieć. Może przeżyli, może uciekli na czas? Sam czepiał się tej nadziei, jednak widok zaryglowanej od środka bramy pozbawił go złudzeń. Byli wewnątrz. A gdy już to coś nadciągnęło, znaleźli się w pułapce. Ślepe pisklęta w gnieździe czekające tylko, aż chciwy lis wybierze je jedno po drugim.

– Ich już nie ma. – Z niemałym trudem dźwignął się z kolan. Musiał wejść i przekonać się na własne oczy. Nie potrafił uspokoić drżenia rąk. – Zaczekaj tu.

Usłuchała.

Minął pozostałości bramy i wszedł na dziedziniec. Pod nogami walały się nadpalone belki, porozrzucane narzędzia i rzeczy codziennego użytku. Sprawiały wrażenie, jakby jakaś zawierucha porwała je, a potem porzuciła bez ładu gdzie popadnie. Zauważył dwie czy trzy szable, z których jedna tkwiła wbita w ziemię. Nie dostrzegł za to ciał. Nie tylko ludzi, ale i zwierząt.

Drewnianą, większą część osady spustoszył pożar. Budynki ucierpiały w różnym stopniu, jedne wydawały się niemal kompletne, z innych zostały czarne zapadłe szkielety, w których trudno było dopatrzeć się dawnego kształtu. Kamienne zabudowania również nie pozostały nietknięte, choć na pierwszy rzut oka zdawały się nienaruszone. Marki podszedł do ściany i z niedowierzaniem przeciągnął po niej ręką. Głazy, z których ją zbudowano, stopiły się niczym wykonane z wosku. Powierzchnia stała się równa i gładka. Kamień rozlał się, a potem na powrót zastygł.

– Już wystygł – szepnął.

Nie znał siły, która mogłaby to sprawić.

Wszedł do budynku. Podobne ślady otaczały go zewsząd. Nie stopiła się cała powierzchnia ścian. Energii, która dokonała zniszczeń, poddały się tylko niektóre miejsca. Przypominały rozrzucone w nieładzie plamy. Większość widniała na ścianach, na różnej wysokości, jednak dostrzegł też kilka na podłodze i stropie.

– Jest tu ktoś?! – zawołał.

Cisza przygnębiała bardziej niż jakikolwiek płacz lub jęki.

Ruszył schodami w dół. Ku podziemiom, gdzie mieszkańcy chronili się podczas niezliczonych burz. Na ścianach, w opasłych żelaznych koszach wciąż tkwiły łuczywa. Po każdej burzy uzupełniano je, gdyż zapas szybko się wyczerpywał, a było to jedyne źródło światła w lochach. Skoro nadal tu były, znaczyło to, że nikt nie próbował uciekać do podziemnych tuneli.

A może jednak... Może choć kilka osób... Musiał sprawdzić.

Zapalił pochodnię i skierował się ku głównej sali. Była obszerna, mogła pomieścić nawet dwieście osób. Oprócz niej było jeszcze pięć nieco mniejszych. Do tego dochodziły spiżarnie, magazyny i kilka pustych pomieszczeń. Podziemna część siedziby była znacznie większa od naziemnej. Pochodził z rodu, gdzie z dziada pradziada nie dbano o luksusy i prestiż, a na pierwszym miejscu stawiano względy praktyczne.

Teraz przemierzał puste korytarze, szukając tego, czego wiedział, że nie znajdzie. Ludzi. Nie było ich tu. Cokolwiek się działo, uznali, że nie ma potrzeby chronić się w podziemiach lub po prostu nie zdążyli tego zrobić.

Zamierzał już zawrócić, gdy jego wzrok zatrzymał się na małym srebrnym przedmiocie. Rozpoznał go natychmiast. Brosza przepowiadacza – księga przebita błyskawicą, niewielka odznaka wręczana po ukończeniu Akademii, symbol funkcji społecznej osoby służącej radą i nauką mieszkańcom gniazd, strzegącej ich bezpieczeństwa. Schylił się po nią. Dopiero przyświecając pochodnią, dostrzegł, że brosza leży tuż przy plamie stopionego kamienia.

Przepowiadacz schodzi do lochów ostatni, a wychodzi pierwszy.

Ile razy to słyszał? Tyle że starszy przepowiadacz Gniazda Brzóz był już zgrzybiałym starcem. Póki dość trafnie przewidywał burze, piastował swoją funkcję, lecz inne obowiązki pełnili za niego młodsi. Nie schodził do podziemi ostatni, a raczej jako jeden z pierwszych. Zazwyczaj uczepiony ramienia matki Markiego. To jego pomocnicy – a miał ich trzech – ogłaszali alarm i pilnowali, by wszyscy mieszkańcy osady udali się do schronu. Oni zamykali okute wrota, za którymi kryły się schody do lochów. Wtedy ich mentor siedział już na dole, jedynie ze względów bezpieczeństwa nie ściskając rękawa swej hrabiny.

Czy była tu również? W powietrzu zdawał się unosić delikatny aromat jej konwaliowych perfum, lecz równie dobrze mógł być jedynie złudzeniem.

– Ameriken? Mamo?

Nie uzyskał odpowiedzi. Przeszedł go dreszcz, choć nie od chłodu głębokich korytarzy o grubych murach. Pobiegł do głównej sali. Nie znalazł w niej nikogo, tylko te same plamy, które widział na górze i przy broszy. Jeśli nawet ktoś się tu ukrył, podziemia nie zapewniły mu bezpieczeństwa.

Wrócił na górę. Pobiegł do własnego pokoju, po drodze zaglądając do każdej mijanej izby. Pomieszczenia zostały zdemolowane. Nic nie znajdowało się na swoim miejscu. Zebrał nieco ubrań i wcisnął je do sakwy. Spod przewróconego stołu wyciągnął szablę. Należała do Batima. Przed oczami stanęła mu postać najstarszego brata, wysoka i smukła, z ustami nieustannie wykrzywionymi w lekko kpiącym uśmieszku. Batim nie żałował mu nigdy kuksańców i kąśliwych uwag, ale też pomocnej dłoni, gdy tego naprawdę potrzebował. Przeciągnął palcami po rękojeści. Przywarło do niej coś szorstkiego i dopiero po chwili zrozumiał, że to spalona skóra. Odrzucił broń ze wstrętem. Gdy ponownie spoczęła na podłodze, dostrzegł, że jej czubek jest sczerniały i skręcony.

Wróciły mdłości, ale i strach. Co się wydarzyło? Kto zniszczył gniazdo i dlaczego? Na żadne z pytań nie znajdował odpowiedzi. Pragnął uciec jak najdalej, lecz wcześniej musiał sprawdzić jeszcze jedno miejsce. Komnatę ojca.

Wspiął się po schodach. Z każdym stopniem nogi zdawały się coraz cięższe. Gdy wreszcie wdrapał się na najwyższe piętro, ledwie szedł. Jakaś jego część pragnęła zawrócić, obrócić się na pięcie i uciec, nie oglądając się za siebie. Nie mógł tego jednak zrobić, nie gdy dotarł tak daleko.

Pchnął nienaruszone drzwi. Przez ułamek sekundy wydawało mu się, że zobaczy za nimi ojca siedzącego przy stole, pochylonego nad dokumentem bądź książką. Obok palić się będzie lampa lub chociażby zwykła świeczka. Ojciec podniesie głowę zaciekawiony, kto przeszkadza mu w lekturze. Nie powie nic, a w jego wzroku będzie więcej żalu niż złości.

Gabinet był pusty. We wnętrzu panował totalny chaos, który nie obejmował jedynie stołu. Wokół niego walały się pergaminy, mapy i stare książki. Kilka z nich było naprawdę wiekowych, kruchych, o stronicach niezwykle cienkich, pokrytych dziwnym pismem, które zdawało się nie wykaligrafowane, a odciśnięte na jakiejś tajemniczej matrycy. Odmienność sprawiała, że książki te były cenne, choć ojciec Markiego lekceważąco wyrażał się o ich treści. Spomiędzy papierów wystawały pozrywane ze ścian półki, a także kałamarze, pióra, linijki. Wszystko to tworzyło dziką plątaninę wokół nienaturalnie pustego, jakby uprzątniętego stołu. Na środku blatu stała zamknięta niewielka ołowiana szkatuła.

Marki przyglądał się jej dłuższą chwilę, nim wreszcie położył dłoń na wieku. Zawartości strzegł zamek, jednak klucz leżał obok, porzucony być może w pośpiechu. Nie wiedzieć czemu, Marki był przekonany, że ojciec przebywał właśnie tutaj, gdy wszystko się zaczęło.

Co robiłeś? I czy wiązało się to z...

Plam stopionego kamienia było tu więcej niż gdziekolwiek indziej.

Sięgnął po klucz. Pasował. Pośród martwej ciszy gniazda szczęk zapadki sprawił, że Marki podskoczył. W środku spoczywało urządzenie, którego nie rozpoznał. Właściwie wyglądało zaledwie na część całości. Delikatnie wyjął je i obrócił w dłoni. Nie kojarzyło mu się z niczym, co znał.

Z zadumy wyrwał go krótki okrzyk. Marki wcisnął przedmiot do sakwy i zbiegł na dół. Pokonywał po dwa a nawet trzy stopnie na raz, pewny, że za moment poślizgnie się i skręci kark. Prawie słyszał głos matki, upominającej, by uważał. Tyle że jej już nie było, najprawdopodobniej nie żyła, a on musiał zadbać, by coś złego nie przytrafiło się również Angelce. Dopadł bramy, lecz dziewczyna zniknęła. Nie odeszła – jak na dłoni widział drogę prowadzącą do lasu. Musiała wejść do gniazda. Rozejrzał się dokoła. Zapewne ktoś jeszcze był w osadzie. Angelka nie bawiłaby się z nim w chowanego, nie w takiej chwili. Bywała złośliwa, ale nie bezduszna.

Przy odrobinie szczęścia przeciwnik był tylko jeden... Czy to ktoś, kto zniszczył gniazdo? Wątpliwe. Chyba że Angelka już nie żyła, a za chwilę śmierć wyciągnie łapska również po niego.

Stanę oko w oko z Przekłuwaczem i przez jedno uderzenie serca, nim wyparuję, przekonam się, jak bardzo się myliłem, nie wierząc w ich istnienie.

Próbował przypomnieć sobie, co legendy mówiły o Itach, jednak przywołał jedynie strzępy informacji. Istoty pojawiały się znikąd i tak samo przepadały bez śladu. Uwielbiały burze entropiczne. A ich dotyk sprawiał, że ciało topniało lub parowało. Tyle. W czym mogło mu to pomóc?

To człowiek. To musi być człowiek...

Nadal nie potrafił uwierzyć, że ma do czynienia z Przekłuwaczami. Nie znał rozwiązania zagadki, co nie znaczyło, że pomocy należało szukać w bajkach. Ruszył ostrożnie między zgliszcza. Zaglądał w zakamarki lepiej zachowanych domostw. Raz jeszcze przekonał się, że gniazdo opustoszało nie tylko z ludzi, lecz również ze zwierząt. Przepadły psiaki, koty, gołębie, nawet owady wydawały się nieliczne. Jakby wszystkie stare zniknęły, a nowe jeszcze nie zdążyły odkryć ogromnego bezpańskiego terytorium czekającego na kolonizację. Kilkakrotnie otwierał usta, by zawołać Angelkę, jednak w ostatniej chwili powstrzymywał okrzyk. Nie powinien zdradzać swego położenia. Jeśli miał rację i ktoś krył się w ruinach, liczył, że odnajdzie go pierwszy.

Podniósł jedną z porzuconych szabel. Rękojeść wydawała się czysta, lecz i tak wytarł ją starannie o poły bluzy. Uzbrojony nie poczuł się lepiej. Angelka nie była aż tak bezbronna, jak mogłoby się wydawać. Potrafiła walczyć, jej ojciec zadbał, by pobierała stosowne lekcje, a przecież i tak przepadła. Przeciwników było więc najprawdopodobniej kilku, bądź był to nieprzyjaciel nieznany...

Przekłuwacze.

...z którym nie wiadomo, jak walczyć.

– Nie ruszaj się! – usłyszał nagle.

Dotyk zimnej stali na policzku sprowadził go na ziemię. Jak mógł choćby przez ułamek sekundy podejrzewać, że ma do czynienia z siłami nadprzyrodzonymi? Intruzi byli ludźmi, jakże inaczej? Sprawnymi w swym fachu. Zaszli go od tyłu. Powoli uniósł ręce.

– Rzuć szablę.

Spełnił żądanie. Opór byłby głupotą. Wszystko, co pozostało mu po ojcu, to wspomnienia. Tysiące rad, które trudno było spamiętać. „Nie atakuj, jeśli nie masz szans na wygraną. Poczekaj".

– Mogę się odwrócić? – spytał Marki. Jeśli pisane było mu zginąć, wolałby widzieć z czyjej ręki.

– Tylko powoli.

Właściwie spodziewał się odmowy. Przeciwników było dwóch. Skórzane kurty, na rękawach których wyhaftowano dwie skrzyżowane strzały, zdradzały ich tożsamość. Najemnicy. Ludzie do wynajęcia dla tego, kto zapłaci odpowiednią cenę. Bliższy trzymał w garści szablę, drugi celował z pistoletu. Mógł oddać zaledwie jeden strzał, lecz z pewnością by nie chybił – do Bractwa nie przyjmowano byle pętaków. Nie potrzebowali nieudaczników niepotrafiących posługiwać się bronią. Przeciwnie, szczycili się, że rekrutują wyłącznie najlepszych. Tego z szablą chyba nawet znał. Przyjrzał się dokładniej nieogolonej twarzy. Jak żołdak miał na imię? Zamus? Tamus? Tomus, tak Tomus. Czasem bywał gościem Natabana, jak zresztą też inni postawieni wyżej w hierarchii najemnicy. Z Bractwem należało żyć w zgodzie.

Dwóch. Czy to na pewno wszyscy?

– Gdzie Angelka? – spytał Marki.

Zza rogu ocalałego domostwa wypchnięto dziewczynę, zakneblowaną, z nadgarstkami związanymi konopnym sznurem. Pilnujący jej najemnik trzymał łuk. Niedbale nałożył strzałę na cięciwę, jednak Marki nie wątpił, że nim zdążyłby mrugnąć, grot przeszyłby wybrany cel. Wytrawny łucznik był większym zagrożeniem niż tamci dwaj razem wzięci. Dziewczyna mruczała coś, lecz knebel nie pozwalał zrozumieć słów.

– Nie róbcie jej krzywdy! – zażądał Marki. To były puste słowa, byli zdani na łaskę i niełaskę najemników. Mężczyźni zarechotali. – Nie żartuję, to...

– Nie pękaj, dzieciaku, przysłał po nią ojciec – łucznik nie pozwolił mu dokończyć. – Nie spadnie jej włos z głowy.

Marki bezgłośnie odetchnął z ulgą. Przynajmniej Angelka była bezpieczna. Jego szanse ujścia z życiem również wzrastały.

– Dlaczego ją związaliście?

– By nie protestowała.

Krzywy uśmiech najemnika wcale mu się nie podobał.

– Przed czym?

– Tym.

Ktoś uderzył go w potylicę. Opadła nań ciemność. Na wpół przytomnie zdążył jeszcze pomyśleć: „Więc był jeszcze co najmniej jeden".

Pierwsze, co przedarło się do świadomości, to szczęk jego własnych zębów. Było mu zimno. Leżał na gołej ziemi, na brzuchu, z dala od ogniska. Dopiero potem wychwycił gwar obozowiska. Uchylił powieki. Obraz początkowo rozmywał się i naliczył dziewięciu żołdaków. Zamrugał, by lepiej widzieć, i zredukował ich liczbę do sześciu. Nie dałby im rady, nawet gdyby nie został związany jak czekające na zarżnięcie prosię. Po cichu liczył, że nie czeka go właśnie taki los, nie mógł tego jednak wykluczyć.

Angelka siedziała przy ogniu. Zdjęto jej knebel, choć ręce pozostały skrępowane. Nie odzywała się, okrzyki i śmiechy wydobywały się z gardeł najemników. Zerkała w jego kierunku, ale nie wiedział, czy dostrzegła, że otworzył oczy. Porzucono go w półmroku, odwróconego do niej bokiem. Próbował poprawić pozycję, jednak zdrętwiałe ciało odmówiło posłuszeństwa. Mógł jedynie leżeć i patrzeć. Jeden z najemników powiedział coś cicho, a jego towarzysze zarechotali. Angelka poderwała się, lecz żołdak mocnym szarpnięciem osadził ją na powrót na niewielki pniak. Dziewczyna splunęła. Mężczyzna uchylił się, co wywołało nową falę wesołości.

W pewnym momencie ciszę przerwał ostry gwizd. Najemnicy zerwali się z miejsc. W jednej chwili rozluźnieni, w drugiej stali gotowi do walki. W pełni zasługiwali na renomę, którą się cieszyli. Nie sześciu, a siedmiu, poprawił się w myślach Marki. A może nawet więcej, czyżby tylko jeden stał na czatach? Nie miało to większego znaczenia. Siedmiu czy siedmiuset, i tak mógł zapomnieć o oporze.

Na polankę wjechała dwukółka ciągnięta przez parę rosłych psów zaprzęgowych. W półmroku ich sierść wydawała się czarna, lecz Marki wiedział, że w rzeczywistości jest kasztanowa. Znał je i znał wózek z wymalowanym na boku rozłożystym dębem. Nie musiał nawet patrzeć na symbole na tarczach żołnierzy, którzy biegli przed i za pojazdem. Dwukółka zatrzymała się raptownie i ze środka przy dużej pomocy strażników wysiadł hrabia Warus.

Ojciec Angelki był potężnym mężczyzną. Ponoć niegdyś niezwykle silnym i sprawnym. Obecnie ledwie się poruszał. Po cichu spekulowano, ile w tym winy choroby, która ponoć atakowała jego członki, a ile obżarstwa. Hrabia Warus był nieprzyzwoicie gruby. Powoził osobiście, bo woźnica nie zmieściłby się już do pojazdu – smukłej wyścigowej dwukółki. Kiedyś zapowiedział córce, że tylko raz powiozą go dużym wozem: na czele pogrzebowego konduktu przed szeregami żałobników. Dotrzymywał słowa. Była to kwestia dumy, dorównującej rozmiarami jego olbrzymiej tuszy – rosły obie wraz pozycją i majątkiem hrabiego Dębów. Opowiadano legendy o bogactwie Warusa. Z pewnością były przesadzone, kryły jednak ziarno prawdy. Dysponował trzema oddziałami żołnierzy. Zwali się Dębowymi Tarczami, a każdy oddział liczył dwieście osób. Żadne inne gniazdo nie mogło wystawić równie imponującej armii. Większość hrabiów w ogóle nie posiadała stałych garnizonów, a ich bezpieczeństwa strzegli mężczyźni z osad, wzywani pod broń tylko wtedy, gdy zachodziła potrzeba. W razie problemów najsilniejsi mogli zwołać w ten sposób do stu, dwustu szabel. Twierdzono, że Warus, gdyby naprawdę poczuł się zagrożony, mógłby liczyć na tysiąc.

– Ojcze! – Angelka zerwała się z miejsca.

Hrabia dał znać najemnikom, by ją rozwiązali, aczkolwiek widok pęt na nadgarstkach córki nie zaskoczył go ani nie rozgniewał. Wydawał się nieco rozbawiony. Grymas ten szybko zniknął z jego twarzy.

– Moja nieposłuszna dziewczynka – zagulgotał.

Dźwięk, który wydobywał się z jego gardła, zawsze przypominał odgłos bąbli wydostających się spod wody. Marki czasem żartował, że powietrze musi przebić się przez sadło. Dziś jednak nie było mu do śmiechu. Warus, zawsze poważny, teraz sprawiał wrażenie wyjątkowo rozgniewanego.

– Każ uwolnić Markiego! – zażądała Angelka.

– Czemu?

Dziewczyna przystanęła wyraźnie zaskoczona.

– To mój towarzysz!

– Chciałaś powiedzieć: porywacz.

– Powiedziałam to, co chciałam powiedzieć! – nie ustępowała. – Poszłam z nim, bo miałam taki kaprys!

Warus zmarszczył brwi.

– I jakie kaprysy jeszcze miałaś?! – ostry ton w połączeniu z gulgotem czynił jego słowa niemal niezrozumiałymi.

– Nawet jeśli coś między nami zaszło, to nie twoja sprawa!

Marki przełknął ślinę. Nie tak. Powinna go ugłaskać, a nie dodatkowo rozdrażniać. Nie miał ochoty umierać, zwłaszcza za marzenia. Nigdy nie kochał się z Angelką, chyba że liczą się również sny.

– Więc porywacz i jeszcze gwałciciel.

– Puść go, proszę – Angelka chyba wreszcie zrozumiała powagę sytuacji. Jej ojciec nie był osobą, z którą można było żartować. Długo puszczał płazem wybryki córki, lecz widocznie czara się przebrała. – Chronił mnie podczas burzy. Wyładowanie zabiło mu psa.

– Bogowie pewnie ich ze sobą pomylili – wtrącił jeden z najemników.

Warus spojrzał na niego z pogardą. Żołdak cofnął się do ogniska. Pojął, że do tej rozmowy nikt go nie zapraszał.

– Chłopak pozwolił sobie na zbyt wiele.

Angelka stanęła między ojcem a Markim, jakby chciała zasłonić przyjaciela własnym ciałem.

– To syn hrabiego. Syn Brzóz.

Warus prychnął pogardliwie.

– Dziecko gniazda, które przestało istnieć. Był prawie nikim, a stał się mniej znaczący od pcheł na moich psach. Ośmielił się przyjść i spróbować zerwać kwiat, który nie rośnie dla niego. To nie drobne przewinienie, to zdrada. I namawiasz mnie, bym puścił go wolno? Co pomyślą sobie inni? Że można bezkarnie przyjść i mnie okradać? Taką mam dać im lekcję? Nie, córko. – Pokręcił głową, a sadło na jego szyi zatrzęsło się.

Dziewczyna pobladła. Spoglądała nerwowo to na Markiego, to na ojca.

– Oszczędź go, błagam. – Opadła na kolana. – Jak mówiłeś, stał się nikim, wypędź, ale oszczędź.

Nie jestem jej obojętny.

Na usta wpełzł mu blady uśmiech. Ich ucieczka nie była więc jedynie zachcianką rozkapryszonej panny, czego się obawiał. Szkoda tylko, że wiedza ta przyszła równo z zagładą jego świata. Stracił bliskich, dom, a zaraz mógł stracić również głowę.

– Hrabio... – mówił z trudem, w gardle mu zaschło.

– Czyżby szczur piszczał? – Warus teatralnie nadstawił ucho.

– Tragedia, która dotknęła mój ród... – zaczął Marki, lecz mężczyzna gwałtownie mu przerwał:

– Była karą za pogardę okazywaną najwyższemu. Twój ojciec nie czcił Probabli. Nie czcił niczego prócz rozumu i cóż osiągnął? Czy wiedza go uratowała? Gdzie jest? Schował się za drzewem i zaraz do nas podejdzie? Nie! Sięgnął po zakazane i dłoń, którą to zrobił, została mu odrąbana. Razem z resztą członków.

– Co masz na myśli? – Marki wbił wzrok w grubasa. Czyżby Warus znał przyczynę masakry w Gnieździe Brzóz? A może nawet wiedział dokładnie, co tam się wydarzyło, bo sam za tym stał? Marki potrząsnął głową. Nie, to niemożliwe. To nie najemnicy ani nie Dębowe Tarcze spustoszyli osadę, ślady byłyby inne. Zrobiło to coś nieznanego...

Hrabia wykrzywił usta w pogardliwym grymasie.

– Czyżbyś nie znał własnego ojca? – spytał – Zaprzecz, że gardził bogami!

Przed Markim pojawiła się szansa. Niewielka.

– Nie przeczę! – zawołał. – I dlatego ja sam oddaję się osądowi Probabli. Żądam wróżby!

Warus nie mógł odmówić, słynął z pobożności. Złośliwi twierdzili, że nawet do wychodka nie idzie bez akceptacji uwielbionego boga losu.

– Chcesz mnie omamić? Sądzisz, że wtedy się ugnę? – Hrabia go przejrzał, lecz to nie miało znaczenia. – Ale owszem, jeśli sobie życzysz...

Skinął dłonią. Towarzyszący mu kapłan oddał jednemu ze strażników długą zdobioną laskę. Z woreczka przy pasie wyciągnął garść małych pożółkłych kosteczek. Tatuaże na twarzy, niesymetryczne spirale na policzkach zdawały się obracać, gdy bezgłośnie poruszał ustami.

Probabla, Bóg Szansy. Jego kapłani głosili, że życie jest loterią. Za każdym razem, gdy chodziło o najbłahszy nawet wybór, beznamiętny bóg chwytał kości zrobione z czaszek zmarłych, by rzucić je na niebiańskim stole i z położenia pustych oczodołów odczytać wynik wróżby, która jednocześnie stawała się jego nakazem. Ponoć nigdy nie oszukiwał. Dla Markiego ta opowiastka nie miała sensu. Albo Probabla z góry znał wynik i wtedy był jedynie cynicznym kuglarzem, albo rezultat był również dla niego zaskoczeniem, co stawiało jego boskość pod dużym znakiem zapytania. Wyznawcy jednak zdawali się nie zauważać tego paradoksu i naśladowali swego pana, odczytując z rzutów kości, jak należy postąpić.

Tym razem ślepe koło losu zadecyduje o nim.

Zagryzł wargę, by się mimowolnie nie uśmiechnąć. Był nieodrodnym synem Natabana, nasłuchał się tak wielu krytycznych uwag na temat wszelkich możliwych bogów, że nie uwierzyłby w żadnego z nich, nawet gdyby się o niego potknął. Przed oczami stanęła mu twarz hrabiego Brzóz. W ułamku sekundy wesołość prysła. Ojciec nie żył, gniazdo spłonęło, a on sam mógł zginąć za moment.

Szaman odnalazł skrawek terenu wolny od trawy. Opadł na kolana, bezustannie potrząsając kośćmi. Tułowiem wykonywał okrężne ruchy, jakby, niczym gigantyczny korkociąg, próbował wwiercić się w ziemię.

– Żądam Wielkiej Próby! – zawołał Marki.

Wielka Próba nie mogła odbyć się tu, na polanie. Kapłani przeprowadzali ją w świątyniach Probabli, a od najbliższej dzieliły ich dni wędrówki. Warus tylko na ułamek sekundy oderwał wzrok od przybocznego wróżbity.

– Nie jesteś jej godzien – zagulgotał.

– Ojcze... – Angelka próbowała wstawić się za przyjacielem, lecz hrabia uciszył ją, podnosząc w górę dłoń. Nie znosił sprzeciwu.

– Wydałem wyrok. Teraz niech zaakceptuje go najwyższy. Zapewniam, to czysta formalność. Moje słowa są jego słowami. Czyż doprowadziłby siedzibę tego nikczemnika do upadku, gdyby on i jego ród nie budzili w nim wstrętu? Odpowiesz mi, córko?

Angelka milczała.

– Widziałaś ruiny. Jak tam było? – drążył. W głosie słychać było autentyczną ciekawość.

– Strasznie – szepnęła.

Szaman wzniósł ręce. Nadgarstki zataczały niewidzialne spirale. Początkowo wolno, z każdym ruchem coraz szybciej i szybciej. Z ust mężczyzny wydobyło się zawodzenie, które z pewnością było pochwalnym psalmem na cześć Pana Losu. Wróżbita był gibki i szybki. Pieśń również nabierała tempa. Wreszcie, gdy ruchy i słowa osiągnęły apogeum, rozwarł palce i wypuścił kości. Potoczyły się, wirując niczym małe tornado. Obracały się długo, zdając się przeczyć prawom przyrody. Oczy zebranych śledziły każdy ich ruch. Wszyscy pochylili się, by zobaczyć układ objawiony przez Probablę. Jedynym, który nie spoglądał na kości, był Marki. Sycił się widokiem pobladłej Angelki. Być może patrzył na nią po raz ostatni.

– To wygląda jak wrota, drzwi! – zawołała dziewczyna. – Pan Szansy nakazuje go uwolnić.

– Angel! – gwałtowny gulgot przywołał ją do porządku. – Jak śmiesz odczytywać wyroki?! Czyżbyś została kapłanką?!

Marki zmusił się, by spojrzeć na kości. Faktycznie drobne kosteczki ułożyły się na kształt, który od biedy można było zinterpretować jako uchylone wrota.

To wejście czy wyjście?

Jakie to ma znaczenie? Problem z wróżbami polegał na tym, że cokolwiek ukazywał układ, prawda była objawiana ustami szamana. A ten był człowiekiem Warusa. Mówił to, czego żądał jego pan. Kapłan Probabli położył dłoń pomiędzy kości, po czym rozrzucił je kilkoma szybkimi ruchami. Zaintonował gardłową pieśń, w której nie sposób było rozróżnić słów. Wzrokiem chłonął nowe ułożenie kosteczek. Wydawało się dla niego nie mniej ważne niż poprzednie.

– Twoja córka, hrabio, niewiele się pomyliła. – Uniósł wreszcie głowę. – To faktycznie wrota. Przejście bez powrotu. Studnia.

Angelka krzyknęła. Zrobiła dwa kroki w stronę ojca, ale widząc jego zaciętą w złości twarz, odwróciła się na pięcie i ruszyła w las. Kilka Dębowych Tarcz skierowało się za nią, lecz Warus zatrzymał ich ruchem ręki.

– Niech idzie. Ochłonie, to wróci.

Podszedł do Markiego. Kroki były wolne i ciężkie, nieustannie w pogotowiu czekało dwóch strażników gotowych go podtrzymać. Dłuższą chwilę mierzył chłopaka wzrokiem, jakby dopiero teraz go zauważył. W końcu splunął.

– Bóg przemówił – gulgotał. – Jak zresztą chciałeś. Jesteś zadowolony?

– Przemówił, lecz twoimi słowami.

Warus roześmiał się.

– Bogowie dają posłuch pragnieniom serc mądrych ludzi. Ojciec cię tego nie nauczył? Skąd! Potrafił jedynie patrzeć przez to swoje szkiełko. Powiedz mi, co przez nie widział? Chyba możesz zdradzić tę tajemnicę. Już niedługo nie powiesz nic. Czy Nataban przewidział własną śmierć? Dostrzegł, że kostucha czai się za rogiem? Jestem pewien, że nie! Widział koła zębate, maleńkie trybiki, z których wyrabialiście te wasze zbędne cacka. Maszynę bez ducha, ciało bez krwi.

Marki pomyślał o szkle powiększającym ojca. O stopionej łzie, którą zauważył wśród papierów na podłodze pracowni. Co hrabia Brzóz potrafił przez nią dostrzec? Dotąd uważał, że prawdę.

– Widział to, czego ty nigdy nie dojrzysz! – odparł, ukrywając wątpliwości. – Potrafił spojrzeć spoza miejsca, na którym inni tylko sadzają swe tłuste dupsko.

Warus zasapał gniewnie. Nachylił się, na tyle na ile mógł, nad więźniem i wyszeptał:

– Bogowie są łaskawi. Pragnąłem dla ciebie bolesnej i długiej śmierci, wybawili cię jednak z jej objęć. Studnia to prawdziwa łaska, muszą cię lubić.

– Może mnie wybrali – Marki odpowiedział głośno. – Wraz z zagładą mego gniazda otworzyła się nowa Studnia. Czyż ich wyrokiem nie powinienem trafić właśnie do niej?

Szaman zerwał się na równe nogi.

– Nowa Studnia? Gdzie?!

Marki uśmiechnął się złośliwie.

– Szukajcie.

Warus nie wydawał się przekonany, lecz Marki podejrzewał, że ustąpi. Wróżbita był zbyt podekscytowany perspektywą odnalezienia objawionego miejsca. „Wszystkie religie uważają Studnie za święte bądź przeklęte i wszystkie się mylą" – Marki przywołał z pamięci głos ojca.

To się okaże, ojcze. Jeśli jednak dane nam będzie się spotkać, nie martw się, nie omieszkam ci powiedzieć. Będę to już wiedział.

– Skąd pewność, że ona istnieje? – hrabia zwrócił się do kapłana.

Szaman w mig znalazł się przy Markim. Chwycił chłopaka za włosy. Zdawało się, że za moment go poliże, jednak tylko przystawił policzek do policzka i głęboko wciągnął powietrze do płuc. Wytatuowane spirale zdawały się parzyć.

– Nie kłamie – oznajmił krótko.

– Świetnie. Poderżnijmy mu gardło, a potem poszukamy Studni. Wystarczy, jeśli oddamy jej truchło.

– Nie! – szaman zaprotestował gwałtownie. – Probabla chce go nietkniętego. Widziałem to we wróżbie.

– Niech i tak będzie. – Warus przywołał najemników. – Zajmiecie się tym. Odprowadzicie gnojka do Studni i dopilnujecie, by w niej wylądował. Zdrowie nie pozwala mi na tułanie się po bezdrożach. Towarzyszyć wam będzie mój kapłan. – Odwrócił się do wróżbity. – Z pewnością zamierzasz czuwać nad ceremonią?

Mężczyzna skinął głową.

– Wasza hrabiowska mość pomylił nas z katami – zaprotestował Tomus. – Zgodziliśmy się odnaleźć twą córkę i przyprowadzić chłopaka, który z nią będzie. Wywiązaliśmy się z zadania. Czekamy na zapłatę za wynajem naszych usług, a potem nasze drogi ponownie się rozejdą.

Warus zagulgotał coś niezrozumiale. Szybko się opanował. Nawet on nie mógł pozwolić sobie na otwarty konflikt z Bractwem. Byli mniej liczni od jego wojowników, za to każdy wart był pięciu Dębowych Tarcz.

– Widziałem to raczej jako dokończenie rozpoczętej misji. Postawienie kropki nad i. Przykro mi, że mamy tak rozbieżne spojrzenia. Nie zwykłem jednak narzekać i wszczynać waśni tam, gdzie nade wszystko cenię zgodę. Za eskortę proponuję orła na głowę za każdy dzień i po pięć dodatkowych za szybkie odnalezienie Studni.

Tomus uśmiechnął się chytrze. W myślach zapewne przeliczał już zarobione pieniądze. Warus był szczodry. Najemnik jednak nie zamierzał podejmować się zadań, które splamiłyby jego honor. Bractwo kierowało się ściśle określonymi wewnętrznymi zasadami. Przyjmowali zlecenia zabójstw, ale nie mordowali bezbronnych.

– Za eskortę. Egzekucji dokona twój szaman.

– Zenko poradzi sobie z takim drobiazgiem, nieprawdaż?

Kapłan wyszczerzył zęby.

– Zrobię to z przyjemnością.

– Została jeszcze jedna sprawa. – Tomus wyciągnął podróżną sakwę Markiego. – Rzeczy chłopaka.

– Znikną wraz z nim w Studni – zawyrokował wróżbita.

– Panie – najemnik obrzucił szamana niechętnym spojrzeniem – jest wśród nich coś dziwnego.

– Probabla... – zaczął Zenko.

– Chcę to zobaczyć! – uciął Warus.

Przywódca najemników pogrzebał w sakwie. Wyciągnął przyrząd, który Marki znalazł na stole w gabinecie ojca.

– Nigdy nie widziałem niczego podobnego. Zapewne jest wiele warte – podsunął je hrabiemu pod nos.

– Tym bardziej należy się Probabli. – Szaman wyciągnął rękę po urządzenie, lecz żołdak nie zamierzał mu go oddać. – Cóż znaczy ofiara, jeśli nie jest szczodra? Pożałuj bogu, a bóg pożałuje tobie.

Tomus splunął.

– Trzeba było po prostu poderżnąć gnojkowi gardło.

Warus wydawał się zakłopotany.

– Nie wolno kwestionować woli Pana Losu – oznajmił wreszcie. – Wsadźcie to z powrotem do sakwy i ciśnijcie wraz z chłopakiem do Studni. To zadowoli Probablę, więc także i moje serce. A waszą stratę pokryje rekompensata. Tuzin orłów.

– Dwa.

– Niech będzie. Ruszajcie już!

– Chcę iść z nimi! – rozległo się żądanie Angelki. Marki nawet nie zauważył, kiedy wróciła. Stała niedaleko, bezsilnie zaciskając pięści.

Hrabia poczerwieniał.

– Nigdy! Wracasz ze mną! Dobrowolnie albo związana, wybieraj. Mnie to naprawdę obojętne. Nie wiem jednak, co powie twoja matka i ludzie z gniazda, gdy zobaczą cię w pętach.

Angelka otworzyła usta, lecz nic nie powiedziała. Marki żywił nadzieję, że dziewczyna nie zamierza się upierać. Nie chciał, by była świadkiem egzekucji. Pożegnają się tu. Rzuciła się w jego stronę. Nim zdążyła podbiec, na twarzy Markiego wylądował sękaty kij szamana. Z rozbitego nosa pociekła krew.

– Dostanie cios za każdy dotyk, słowo bądź spojrzenie – uprzedził wróżbita.

Warus wyszczerzył zęby, z zadowoleniem obserwując, jak córka spuszcza wzrok, by ten przypadkiem nie powędrował w stronę przyjaciela.

– Jak dla mnie możesz mu paść w ramiona, córko – zarechotał. – Z przyjemnością popatrzę, jak skóra młokosa spływa posoką.

Odebrał z rąk kapłana zdobioną laskę i uderzył Markiego w brzuch. Ruchy były powolne i nieprecyzyjne, a uderzenie niezbyt mocne. Mimo to grubas aż się zasapał.

– Za to, że w ogóle spojrzałeś na moją córkę. A teraz jedziemy! Pragnę jak najszybciej wrócić do gniazda. Mam dość pokrzyw i burz. Nie chciałbym poparzyć mojej szlachetnej dupy.

Odnalezienie Studni zajęło pięć dni. W tym czasie błądzili, kierując się mglistymi wskazówkami szamana odczytywanymi z układów kości. Zenko co dzień o świcie radził się Pana Losu. Probabla pozostał głuchy lub bawił się ze swym wróżbitą, bo ten obierał kierunki marszu zupełnie bezsensownie. Czasem kręcili się w kółko albo wracali niemalże po własnych śladach. Najemnicy z początku niecierpliwili się, jednak z każdym mijającym dniem ich ponaglenia słabły. Zapewne doszli do wniosku, że pewny orzeł za dobę jest o wiele więcej wart od mglistych pięciu orłów za szybkie odnalezienie celu. Słowa Warusa były śliskie i hrabia mógł je dowolnie interpretować. Wreszcie członkowie Bractwa przestali się już gdziekolwiek spieszyć, choć nie można było powiedzieć, że opóźniają wędrówkę.

Przemierzali głównie lasy, choć Zenko zawsze trzymał się skrajów, nie zapuszczając się w głąb. Za to, gdy tylko pojawiła się taka możliwość, sprawdzał łąki i polany.

Studnię łatwo przeoczyć, zwłaszcza młodą. Tak w każdym razie wynikało z opowieści, które pamiętał Marki, bo ostatnia Studnia w okolicy pojawiła się, gdy jego dziadek ganiał jeszcze z gołym tyłkiem po dziedzińcu gniazda. Nikt nie wiedział, jak powstają ani dlaczego. Być może miało to związek z burzami. Równie dobrze jednak była to zwyczajna plotka.

Piątego dnia dotarli na suchą łąkę. Ziemia wokół była piaszczysta i nieurodzajna. Miejscami spośród traw wyłaniały się olbrzymie głazy lub fragmenty skał. Zenko podbiegł do jednej z takich brył, dorównującej mu niemal wzrostem i długiej na dobre pięć metrów. Obchodził ją metodycznie i gładził. Patrzył jednak nie na głaz, a na ziemię dokoła i wystające spod skały chwasty.

– Jesteśmy na miejscu – oznajmił.

Najemnicy wcale nie wydali się uradowani.

– Skąd pewność?!

Wróżbita nie przejął się agresywnym tonem.

– Oślepliście? Wyrzuciła go Studnia. Spod spodu wystaje połamane zielsko. Nie wyrosło tak, jest zniszczone, stratowane. Ten głaz tu spadł i to całkiem niedawno, chwasty nie zdążyły jeszcze na dobre sczernieć.

Perspektywa odnalezienia Studni z oczywistych przyczyn nie cieszyła Markiego. Wolałby, tak jak najemnicy, szukać jej jeszcze choćby i tydzień.

– Studnia może być nadal wiele kilometrów stąd – oponował Tomus.

Wróżbita poruszył ustami tak, że spirale na jego policzkach zawirowały. Prosta sztuczka podziałała na żołdaków, umilkli. Marki pożałował, że sam nie potrafi poszczycić się podobnymi kuglarskimi umiejętnościami.

– Gdyby kamień przyleciał z daleka, wbiłby się głęboko w ziemię – wyjaśnił Zenko. – Tak się nie stało. Dlaczego? – Zrobił dłuższą pauzę. – Bo jesteśmy na miejscu lub niemal na miejscu.

Rozejrzał się, osłaniając oczy przed słońcem. Łąkę zewsząd otaczały lasy, była jednak wystarczająco wielka, by ukryć nie jedną a tuzin Studni. – Zostawcie szczeniaka i szukajcie. Przypatrujcie się głazom. Opadały wokół Studni i teraz wyglądają jak koncentryczne zęby potwora. Znajdźcie kręgi, a znajdziemy cel.

Żaden z najemników nawet nie drgnął.

– Eskortujemy ciebie i więźnia. To nasze zadanie. Nie jesteśmy chłopcami na posyłki. Chcesz znaleźć, szukaj. Powodzenia. Z przyjemnością popatrzymy, jak się bawisz.

Marki parsknął śmiechem.

– Może jeszcze raz poruszaj policzkami – zasugerował.

Szaman uderzył go pięścią. Chłopak splunął krwią, nie przestając się uśmiechać. Mogą go zamordować, proszę bardzo, lecz nie zabiją w nim ducha. Był synem hrabiego Brzóz, trzeba czegoś więcej niż wizji śmierci, by go złamać.

– Gdyby nie to, że niedługo poszybujesz, sprawdziłbym, jak walczysz. Podoba mi się twój charakter, chłopcze. – Tomus obdarzył go krótkim, wcale nie wesołym uśmiechem. – Bractwo ceni takich, co potrafią kpić kostusze prosto w oczy.

– I nie zawiódłbyś się. Cóż, zawsze mógłbyś skrócić o głowę wytatuowanego szarlatana, a przygarnąć mnie. – Kosztowało go to kolejny cios, lecz musiał spróbować. Nawet jeśli właściwie był pewny, że nic nie wskóra.

– Utrata złota za eskortę i honoru za zdradę? – Najemnik pogardliwe wydął wargi. – Nie, chłopcze, aż tyle wart nie jesteś. Nie zapłaciłbym podobnej ceny za moją własną parszywą matkę.

Marki spodziewał się odmowy. Bractwo zawdzięczało swoją opinię również temu, że niezależnie od okoliczności lojalnie wypełniało zadanie. W każdym razie tak długo, póki najemca terminowo płacił.

Zenko zdawał się dłużej nie słuchać rozmowy. Rozglądał się po okolicy, wreszcie zdecydował:

– Tam.

We wskazanym miejscu nie znaleźli niczego, prócz kolejnych głazów i porośniętych skąpą roślinnością piaszczystych wzgórków. Nieopodal znajdował się dół, który początkowo wzięli za Studnię. Jednak, gdy szaman wrzucił do niego grudę ziemi, ta spoczęła na dnie. Wróżbita ostrożnie wychylił się za krawędź otworu, przyglądając się wgłębieniu.

– Szukamy dalej.

Ruszył przed siebie, nie oglądając się na innych. Pokonał zaledwie kilkanaście metrów, gdy przyspieszył. Po chwili już biegł. Zaciekawieni najemnicy ruszyli za nim, ciągnąc za sobą związanego Markiego.

Kapłan zatrzymał się raptownie. Drżącą dłonią chwycił kamień i cisnął go do dołu przed sobą. Pocisk na moment zniknął, po czym pojawił się ponownie. Zawisł w powietrzu, obracając się leniwie. Trwało to jednak tylko mgnienie oka. Potem wystrzelił w górę. Leciał coraz szybciej i szybciej, by po chwili zniknąć z oczu.

– Jest! Młoda Studnia! – Zenko wrzasnął w niebo.

Sypnął w jej gardziel garść piachu. Chmura przybrała kształt wirującego wachlarza, zdawała się namacalnym tworem, bytem z tunelu Studni. Drobne przerwy w fakturze piachu wyglądały jak przypatrujące się im oczy. Setki oczu. Nagle wszystko znikło.

Marki zafascynowany obserwował zjawisko. Na moment zapomniał, że dziura, w której prawa przyrody stawały na głowie, ma stać się jego grobem. Nigdy dotąd nie widział Studni, słyszał o nich jednak wystarczająco wiele. Były rzadkie i potężne. Nikt nie potrafił wytłumaczyć ich pochodzenia i działania. Wiedziano tyle, ile można było zobaczyć. Każdy przedmiot, który znalazł się w środku, był porywany w górę. Nic nie potrafiło się uwolnić od tajemniczej siły. Był tylko jeden wyjątek. Gdy oddziaływanie Studni nie zdołało objąć całego przedmiotu, zdarzało się, że udawało mu się wyrwać z macek wypychającej mocy. Marki czytał o próbach wrzucania do Studni olbrzymich głazów. Dobrze wycelowane znikały na zawsze niezależnie od swej wielkości. Inne, które tylko zahaczały o światło tunelu, uwalniały się wreszcie i spadały. Niektóre opadały z tak dużej wysokości, że niemal całe wbijały się w ziemię.

Zagadką pozostawało także, gdzie kończyły się powietrzne korytarze. Niezależnie, czy do Studni został wrzucony głaz czy człowiek, obiekt już nigdy nie wracał.

Pytań dotyczących Studni było więcej niż poznanych odpowiedzi. Nikt nie wiedział nawet, jak głębokie są doły, w których Studnie brały początek. Wszyscy, którzy podjęli próbę sprawdzenia tego, zostali porwani niewidzialną siłą. Niektórzy spadali, skręcając sobie kark lub wręcz zamieniając się w krwawą miazgę, inni znikali na zawsze.

Może ja się dowiem, na moment przed śmiercią.

Zaśmiał się ponuro. Oto jego kres. Jeden skok, a potem... Starał się przypomnieć sobie wszystkie domysły, jakie snuto w księgach. Spali się w Słońcu, zamarznie wysoko ponad atmosferą, będzie leciał nieskończenie długo, a przynajmniej jego zasuszone ciało, gdy on sam już umrze z pragnienia i głodu, lub trafi do innego świata, gdzie Studnie kończą swój bieg, bo przecież jeśli mają początek, muszę mieć też koniec. To ostatnie założenie dodawało nieco otuchy, choć i tak wątpił, że przeżyje lądowanie. Ciała w polu działania Studni z każdą sekundą lotu nabierały prędkości. Jeśli gdzieś faktycznie krył się koniec tej podróży, rozpłaszczy się tam jak naleśnik. Gdzieś na krańcu kosmosu, skąd nie ma już powrotu do domu.

Już nie masz domu...

Co nie znaczy, że za nim nie tęsknił.

– Kopnij chłopaka w zadek, niech już będzie po zabawie. Chciałbym wreszcie zobaczyć moje orły. – Tomus przestąpił z nogi na nogę.

Kapłan obrzucił go pogardliwym spojrzeniem.

– Najpierw wróżba – odparł.

– Wróżyłeś przy Warusie! Wróżyłeś każdego ranka, łącznie z dzisiejszym. Ile jeszcze?!

Szaman usiadł na piachu, skrzyżowawszy nogi. Wydobył woreczek z rytualnymi kośćmi.

– Studnia dodaje mocy – rzucił do wszystkich i do nikogo. – Probabla czyni wizje jaśniejszymi.

Zaintonował jedną ze swoich niezrozumiałych pieśni.

Najemnicy przysiedli na głazach. Płacił im hrabia. Jeśli jego człowiek zamierzał pobawić się nieco egzekucją, nie pozostawało im nic innego, jak na to przystać.

Zenko rozłożył kości na dłoni, przyglądając im się w skupieniu. Wreszcie zacisnął pięść i cisnął je w Studnię. Kostki zniknęły, lecz tak jak kamień przed nimi tylko na krótką chwilę. Potem pojawiły się, tworząc w powietrzu wirujący układ. Kapłan wpatrywał się w niego z napięciem. Oddychał szybko i głęboko, jego spodnie wybrzuszyły się, ukazując, że ma wzwód. Gdy wreszcie kości odleciały, wydał z siebie głębokie westchnienie i opadł twarzą w piach.

Gdy się podniósł, na jego policzkach widniały zaschłe ślady łez. Drobne ziarnka obkleiły je, wyraźnie uwidaczniając.

– Te, czarodziej – zarechotał jeden z najemników – twoje kości trafił szlag.

– Uzbieram nowy komplet z waszych.

Śmiech żołdaka urwał się gwałtownie.

– Co tam widziałeś?! Naszą śmierć?! Gadaj! – zażądał.

– Tajemnice Pana Losu pozostaną jego tajemnicami. – Zenko zazgrzytał zębami. – Zdradził je tylko mnie i tak pozostanie.

Najemnik wyciągnął pistolet. Wycelował w szamana.

– Spokój! – Tomus przywołał go do porządku.

Żołdak powoli skierował broń w stronę Studni. Wypalił. Kula wleciała w niewidoczny tunel, zatrzymała się, a potem pomknęła w górę. Wszyscy przypatrywali się temu osłupiali. Namacalny dowód potęgi niezrozumiałych sił. Dowódca najemników przyciągnął Markiego i pchnął na ziemię. Obok w piach rzucił sakwę chłopaka.

– Skończyłeś zabawę? – zwrócił się do kapłana. – To zróbmy wreszcie to, po co tu przyszliśmy.

Marki niepewnie dźwignął się na kolana. Nie chciał umierać szarpany przez wszystkich. Jeśli miał trafić do Studni, zamierzał wejść do niej sam.

Mój ostatni krok.

– Rozetnijcie mi więzy – poprosił.

Zenko kiwnął głową i jeden z wojowników rozciął sploty.

– Otwórz sakwę – polecił kapłan. – Wyjmij to, co tam masz.

Marki zignorował ubrania i jedzenie, wiedział, że nie one interesują szamana. Grzebał chwilę, nim wyciągnął przedmiot znaleziony w gabinecie ojca. Choć sporo o nim myślał, nadal nie miał pojęcia, z czym ma do czynienia. Urządzenie nie przypominało niczego znanego. Był to raczej splot nawiniętych na walec drutów niż mechanizm z kół zębatych. Jego ojciec potrafił wyczarować prawdziwe cudeńka, lecz to nie przypominało żadnego z jego dzieł. Zresztą wydawało się bardzo stare. Miedź zaśniedziała, a inne metalowe elementy zdobiły plamki starannie usuwanej rdzy.

– Bierz w zęby ustrojstwo i wskakuj! – Tomus zarechotał chrapliwie. Zawtórowali mu podwładni.

– Stój!

Okrzyk zaskoczył wszystkich. Łucznik sięgnął po broń, lecz w tym samym momencie jego gardło przeszyła strzała. Zgiął się w pół i przechylił w stronę Studni. Upadając, zahaczył o nią głową, lecz to wystarczyło, by rzuciło nim w górę. Po kilkunastu metrach odpadł i runął między sterczące kamienie.

– Ktoś jeszcze będzie równie głupi?

Unieśli ręce, po czym wolno odwrócili się w stronę, skąd dobiegał głos. Na jednym z wyższych głazów wygodnie usadowił się nieznajomy, którego Marki spotkał kilka dni wcześniej na Wzgórzu Jelenia. Chłopak dobrze pamiętał jego słowa: „Gdzieś niedaleko otworzyła się nowa Studnia. Znajdę ją. Zaczekam tam na ciebie. Do pełni. Przybądź do tego czasu lub nie przybywaj wcale...". Nie oczekiwał, że wędrowiec naprawdę tu będzie ani że mu pomoże. Jak widać w obu przypadkach się mylił. Mężczyzna mierzył w żołdaków z łuku, gotów wypuścić kolejną strzałę. Dowiódł już, że jest dobrym strzelcem.

– Nie dopadniesz wszystkich! – zawołał jeden z najemników. – Zabijesz dwóch czy trzech, ale ostatecznie wyprujemy ci flaki! – Oparł dłoń na głowicy szabli.

– To Szymon Wiarołomca. – Słowa Tomusa ostudziły zapał żołnierza. Zesztywniał, a po chwili ponownie uniósł dłonie na znak, że nie próbuje żadnych sztuczek.

Marki znał to imię. Szymon Wiarołomca, czasem zwany po prostu Zdrajcą, był chyba najsłynniejszym członkiem Bractwa, jednym z najlepszych jego wojowników. Tak było jednak kiedyś, bo potem zdecydował się odejść. Tyle że w Bractwie służyło się aż do śmierci, nie można było z niego wystąpić. Dawni towarzysze, kierując się zasadami kodeksu, wysłali za nim ludzi. Pięciu zabójców, potem kolejnych pięciu, jeszcze sprawniejszych. Gdy jednak dwudziestu nie wróciło, dali wreszcie spokój, ogłaszając jedynie bajeczną cenę za głowę byłego kamrata. Czy było wielu, którzy zaryzykowali jej zdobycie, wiedział jedynie sam Szymon.

– Chyba nie lubicie chłopaka?! – krzyknął Szymon do najemników.

– Ani nas grzeje, ani ziębi. Wyrok wydał Warus. Robimy wyłącznie za eskortę.

– Czyli powinienem zabić jedynie kapłana? Tak, Zenko?

Szaman zazgrzytał zębami. Wyraźnie znali się z Szymonem i nie darzyli sympatią.

– Mój człowiek ma rację! – zauważył Tomus – Nie dasz rady nam wszystkim. A nawet jeśli dasz, to chłopak i tak zdąży zginąć.

Wiarołomca zachichotał i odparł:

– Znam trzech z twoich psów. Wiem, ile są warci, byli i moimi braćmi. Nowych na wszelki wypadek załatwię w pierwszej kolejności. Jednego już nauczyłem latać. Dobry był?

– Kiepskich nie przyjmujemy!

– O mistrzów też trudno. Dopiero lata ćwiczeń sprawiają, że ciało zmienia się w żelazo. Jesteś już żelaznym człowiekiem, Tomus?

Przywódca najemników splunął.

– Zejdź i się przekonaj! – powiedział pogardliwie.

– By skończyć z ostrzem w plecach? – Wiarołomca potrząsnął głową. Wydawał się dobrze bawić.

– Więc co proponujesz? – zapytał Tomus.

– Załatwię kapłana. Wy stracicie kontrakt, więc sobie grzecznie pójdziecie.

Tomus zaśmiał się ponuro.

– Stracimy kontrakt i honor. Nie. Gdybyś załatwił kapłana, my musielibyśmy załatwić chłopaka. Czemu ci na nim zależy?

– Ma gładką buzię...

– Nie chrzań, nie gustujesz w chłopcach. Albo inaczej... Czy tobie w ogóle kuśka staje? Nawet dawniej nie goniłeś za babkami. Co robisz, by sobie ulżyć? Szukasz dziupli? Lubisz to? Uważaj, byś kiedyś nie trafił na gniazdo os.

– Lubię sieroty i pokrzywdzonych. Ile razy wynajmował cię jego ojciec? Kłaniałeś mu się nisko w pas, dziękowałeś za miejsce przy stole, gdy cię gościł, a teraz chcesz zdeptać ostatni pęd jego rodu. Sądzisz, że byłby ci za to wdzięczny?

– Po co mi wdzięczność umarlaka? Bractwo ma swoje zasady.

– Te zasady brzęczą w kieszeni. Brak brzęczenia to brak zasad. Zenko, jak bardzo Warusowi na tobie zależy? Będzie płakał?

– Uroni więcej łez, gdy się dowie, że młoda Brzoza przeżyła – w głosie szamana brakowało emocji i trudno było zgadnąć, czy perspektywa śmierci go przeraża. Może cieszył się na rychłe spotkanie z ukochanym Probablą.

Szymon nawet na moment nie stracił pewności siebie.

– Mam propozycję, która zadowoli wszystkich! – zawołał. – Chłopak wrzuci urządzenie do Studni. Zaczekamy chwilę, dajmy na to pięć minut, a potem wskoczy za nim.

Marki mocno zacisnął pięści. Przez moment sądził, że nadeszło wybawienie. Wiarołomcy jednak wyraźnie nie zależało na ratowaniu mu tyłka. Miał swój cel, choć pozostawał on zagadką.

– Może ja się nie zgadzam?! – odkrzyknął ze złością. – Może chcę umrzeć z dziełem ojca?!

– Hrabia Nataban nie wykonał tego cacka. Posiadał je, to wszystko. Równie dobrze możesz skonać, ściskając jego gacie – rzucił złośliwie Wiarołomca.

Najemnicy roześmiali się szyderczo. Marki poczerwieniał. Zamachnął się urządzeniem, gotów raczej rozbić je o kamień niż cisnąć do Studni.

– Poczekaj, chłopcze! – powstrzymał go Szymon. – Więc jak, Zenko, przystajesz na moją propozycję?

Szaman wbił spojrzenie w Wiarołomcę.

– A co ty z tego będziesz miał? – spytał.

– Mój zysk jest równie niewielki jak twoja strata. Chyba odżałujesz odwleczenie egzekucji o pięć minut?

Zenko świdrował oczami Szymona. Nie ufał mu.

– Dajesz słowo, że jeśli się zgodzę, pozwolisz przeprowadzić rytuał do końca?

Wiarołomca uderzył się pięścią w pierś. Z jego ust nie schodził uśmiech.

– Przysięgam, że nie przeszkodę ci wrzucić chłopaka do dołu, w który tak uparcie zamierzasz go wpakować. Wystarczy?

– A potem?

Szymon parsknął śmiechem.

– Nie jesteś nazbyt dociekliwy? Nie wiem, co będzie potem, to ty tu uchodzisz za wróżbitę. Ja zaplanowałem przyszłość na pięć minut naprzód. To mi wystarcza, przynajmniej w tej chwili.

– Zgódź się i kończmy to wreszcie – wtrącił Tomus.

Zenko spiorunował go wzrokiem, dłużej jednak nie protestował.

– Nie pozostawiłeś mi wyboru. Niech będzie. Wrzucimy najpierw zabawkę, potem chłopaka, a ty powstrzymasz się przed wystrzelaniem nas. Na taki układ mogę przystać.

– Świetnie. – Wiarołomca nie krył zadowolenia. – Chłopcze, trzymasz w dłoni przedmiot, który liczy sobie co najmniej pięć wieków, może więcej. Włącz go i ciśnij do Studni!

Markiego na moment zatkało. Nawet przez myśl mu nie przeszło, że urządzenie może być aż tak stare. Jeśli faktycznie powstało przed wiekami, czy nadal działało? I do czego służyło?

– No włączaj! – ponaglił Wiarołomca.

– Jak?!

– Czerwony przycisk.

Marki obrócił przyrząd w dłoni. Rzeczywiście, na jego boku znajdował się czerwony przełącznik. Oznaczenia były nazbyt wytarte, by zdołał je odczytać. Sam przycisk zrobiono z materiału, którego nie znał. Z całą pewnością nie był metalowy. Przypominał raczej szkło, choć w dotyku nie był tak zimny. W dodatku jego znaczny fragment pękł i odleciał. Gdyby wykonano go ze szkła, rozsypałby się cały.

Nacisnął przycisk. Rozległo się ciche brzęczenie. Zobaczył iskrę. Przypatrywał się jej zafascynowany. Czy to była elektryczność? Zakazana siła skradziona bogom? Marki nigdy jej nie widział, ba, nie znał nikogo, kto mógłby się tym poszczycić. Wyznawcy Przekłuwaczy oddawali jej cześć, choć jednocześnie uznawali, że obecnie żaden człowiek nie jest godzien jej okiełznać i użyć.

– No rzucaj! – wrzasnął Szymon.

Głos Wiarołomcy przywrócił go do rzeczywistości. Z żalem cisnął urządzenie do Studni. Przechwyciła przedmiot, zatrzymując na moment jak wszytko, co wpadnie w jej gardziel. Niewielka początkowo iskra przeobraziła się w kilkumetrowe promienie. Pełzły po wewnętrznej niewidzialnej ścianie tunelu, sprawiając, że wreszcie można było ją zobaczyć. Nie przebiły się jednak dalej. Wirowały i pulsowały, wywołując wrażenie, że kryje się w nich życie. Wreszcie zostały porwane w górę. Marki w życiu nie widział niczego piękniejszego. Błękitnobiałe światła pomknęły w niebo, rozbłyskując i gasnąc. Spojrzał na Szymona. Wędrowiec wyciągnął z kieszeni spory zegarek. Jednym okiem zerkał na jego wskazania, drugim nieustannie kontrolując najemników i szamana. Nawet teraz nie stracił czujności.

– Pięć minut! – krzyknął do niego Zenko.

– Dałem słowo.

Po plecach Markiego przebiegł dreszcz. Więc tyle mu zostało? Pięć minut nim pomknie na spotkanie przeznaczenia...

Czas wlókł się niemiłosiernie. Wszyscy milczeli, spoglądali tylko na Wiarołomcę lub na Zenko. Wróżbita nie wyciągnął zegarka. Marki mógłby jednak przysiąc, że kapłan również odlicza upływ czasu. Też tak potrafił. Ojciec ćwiczył ich w tym, odkąd byli dziećmi. Zliczali kolejne sekundy i rzadko kiedy mylili się o więcej niż pięć na każde dziesięć minut.

Jeśli chcecie konstruować zegary, musicie czuć upływ tego, co mierzą.

Wzdrygnął się. Gdy on odejdzie, nie będzie nikogo, kto pamiętałby te słowa.

Dłużącą się ciszę przerwał Zenko.

– Dość! – warknął. – Minęło.

Wiarołomca najpierw skinął głową, dopiero potem zerknął na zegarek, upewniając się, że się nie myli.

Marki zrobił krok do przodu. Nie będzie się opierać. Nie da nikomu tej satysfakcji.

– Chcesz chłopakowi dać ostatnią radę? – Tomus wydawał się ubawiony z żartu.

– Nie zamykaj oczu – rzucił Szymon.

Nie zamierzam, odpowiedziałby Marki, gdyby ściśnięte gardło pozwalało to wykrztusić. Wolno zbliżył się do krawędzi. Granice Studni zawsze były niewidoczne. Póki coś nie dostało się do tunelu, niemal niemożliwe było ich wykrycie. „Nie zbliżaj się do okrągłych dziur!" – krzyczały matki i babki na dzieci. Głupie gadanie! Dopiero przy świetle Studni uwidaczniał się ich kształt. Tyle że wtedy było już za późno.

Postawił kolejny krok. Wciąż nic nie czuł. Jeszcze nie dotarł do celu. Stare Studnie tworzyły rozległe kratery. Otaczający je piach z czasem osuwał się do środka, a potem był porywany w górę. W ten sposób dość szybko wokół studni powstawał głęboki lej. Rósł, póki podłoże nie wypłukało się ze wszystkich luźnych ziaren. Można było nawet do niego zejść, choć niewielu podejmowało takie ryzyko. Brakowało pewności, gdzie dokładnie zaczynają działać mordercze siły. Za lejem najczęściej usypywał się niski wał resztek, które opadły.

Młode studnie były znacznie bardziej nieprzewidywalne.

– Dalej, dzieciaku! – Tomus oficjalnie nie przykładał ręki do egzekucji, lecz nie miał nic przeciwko wzięciu w niej udziału jako widz. Zarechotał.

Marki zerknął przelotnie na Wiarołomcę. O co chodziło temu człowiekowi? Nie był pewien, ale zobaczył delikatne skinienie głowy. Cóż miało oznaczać? Zachętę, by szedł dalej? Dotarł do krawędzi. Jeszcze krok i jedną nogą znalazłby się w Studni. Tak nie mógł do niej wejść. Zostałby porwany w górę za kończynę i być może odczepiłby się od tunelu.

Żebym choć miał pewność, że spadnę na Zenko.

Skoczył do środka. Już w powietrzu zrozumiał, że coś jest nie tak. Wszystkie przedmioty po wrzuceniu do Studni na moment zawisały w bezruchu. On nie wyhamował. Leciał dalej i to nie w górę, a zgodnie z parabolą skoku. Zamachał rękoma. Przeciwległa ściana Studni zbliżała się nieubłaganie. Wiedział, że za moment w nią uderzy. Szukał wzrokiem czegoś, czego mógłby się uchwycić, lecz ściana wydawała się gładka. W ostatniej chwili dostrzegł gruby korzeń, barwą zlewający się z ziemią. Siła Studni nie porwała go, musiał tkwić głęboko w podłożu. Sięgnął do niego, przekonany, że wysiłki okażą się daremne. Dłonie ześlizgnęły się po gładkiej powierzchni, oskubanej z choćby pojedynczych grudek ziemi. Wydawało się, że za moment runie w dół, jednak palce znalazły punkt zaczepienia. Zawisł.

Podciągnął się niepewnie. Studnia nie zamierzała go unieść. Dlaczego? Czy wiązało się to z urządzeniem wrzuconym do niej kilka minut wcześniej? Wydawało się to mało prawdopodobne, jednak nie potrafił znaleźć innej przyczyny. Nie słyszał, by za jego życia zniknęła jakaś istniejąca Studnia. Ponoć tak się nieraz działo, lecz wkładał podobne twierdzenia między bajki.

– Gdzie on jest?! – usłyszał krzyk Zenko.

Szaman nie odważył się zajrzeć do Studni. W każdym razie jeszcze nie. Prędzej czy później zrobi to, wrzucając najpierw kilka kamieni, by upewnić się, że nic mu nie grozi. Marki spojrzał w dół. Zobaczył czarną dziurę, która zdawała się nie mieć dna.

Jak długo będę spadać?

Myśli rozproszył kamień, który przemknął mu tuż obok głowy.

– Zniknęła! – Nie rozpoznał wołającego. Chyba był to Tomus, lecz równie dobrze mógł krzyczeć któryś z jego kompanów.

– Sztuczka Wiarołomcy! – Zimnego głosu Zenko nie pomyliłby z żadnym innym.

Na zewnątrz narastał szum. Przypominał wiatr przeciskający się przez niewielką szczelinę. Nie gwizdał jednak, raczej syczał.

– Co do diabła?!

– Sprawdź, czy dzieciak jest w Studni! – wydał polecenie szaman.

Odpowiedzią na polecenie wróżbity było siarczyste przekleństwo. Najemnicy ani śnili usłuchać kapłana. Szum potężniał. Rozległy się trzaski, przypominające odległe grzmoty. Nim dobiegły końca, podniósł się wrzask. Marki nie potrafił rozróżnić poszczególnych słów pośród mieszaniny krzyków i błagań.

Na jego głowę posypała się lawina kamyków. Potem pojawił się Wiarołomca. Przypadł do korzenia, do którego przywarł Marki. Widocznie nie wahał się zajrzeć do Studni, nim do niej wskoczył.

– Co się dzieje?! – chłopak musiał podnieść głos, by Szymon go usłyszał.

– Przekłuwacze!

Marki poprawił się na korzeniu. Bolały go ręce.

– Oni nie istnieją! – odkrzyknął, potrząsając głową. – To tylko bajki do straszenia dzieci!

– Wyjdź i im to powiedz!

Odniósł wrażenie, że Wiarołomca dobrze się bawi. Jemu samemu nie było do śmiechu. Poza korzeniem ściana zdawała się zupełnie gładka, a krawędź wznosiła się co najmniej trzy metry nad ich głowami. Nie mogli wisieć tu bez końca.

Krzyki na górze wreszcie ucichły, lecz szum nie ustawał.

– Jak się wydostaniemy?!

– Nie ruszam się stąd! I tobie też nie radzę!

Marki zamierzał zaprotestować, ale ostatecznie milczał. To, że wciąż żył, dobitnie dowodziło, że Szymon wie, co robi. Jego poczynania od początku do końca były dokładnie przemyślane. Jeśli nawet na zewnątrz wcale nie szaleli Przekłuwacze, tylko coś znacznie bardziej realnego, to widocznie w Studni byli bezpieczni. W każdym razie tak długo, póki korzeń utrzyma ich ciężar.

– I co teraz?! – zapytał Marki.

– Czekamy. – Wiarołomca nie musiał już krzyczeć. Hałas na zewnątrz zauważalnie ścichł.

– Długo?

– Ile będzie trzeba i jeszcze trochę.

Owo „ile będzie trzeba" trwało co najmniej godzinę. Przez ten czas milczeli, nasłuchując. Już dawno zapadła cisza, lecz Szymon nawet nie drgnął. Zamknął oczy i zdawał się spać. Marki zdążył cały zdrętwieć, nim wreszcie mężczyzna wyciągnął zza pasa nóż i wbił go w ścianę.

– Twarda – mruknął.

– To źle?

– Przeciwnie. Zostań na miejscu.

Posługując się ostrzem, Wiarołomca wyrąbał w ziemi oparcie dla rąk i nóg. Wspinał się szybko, lecz ostrożnie. Nim zaufał jakiemuś uchwytowi, sprawdzał go bardzo uważnie. Marki przyglądał się jego kocim ruchom i zastanawiał się, czy dałby radę zrobić to, co on. Miał nadzieję, że nie będzie musiał. Dotąd sądził, że wspina się całkiem nieźle, jednak nie mógł równać się z Szymonem. Zwłaszcza ze świadomością, że pod jego stopami zieje dziura, która być może nie ma dna.

Czy gdybym splunął, usłyszałbym w tej ciszy, gdy ślina uderzy o ziemię?

Nawet tego nie mógł sprawdzić. Zaschło mu w gardle. Oderwał wzrok od ciemności pod sobą i wbił go w Wiarołomcę. Mężczyzna był już niemal na górze. Przy wylocie zwolnił. Być może ziemia była tam luźniejsza, bo dłużej szukał kolejnego miejsca, w którym znajdował oparcie. Wreszcie sięgnął za krawędź. Znalazł coś, na czym mógł się podciągnąć. Zamachał w powietrzu nogami i znikł z pola widzenia Markiego.

– Hej! – zawołał za nim chłopak. Zabrzmiało to cicho i pusto.

Przez głowę przemknęła mu paskudna myśl, że Wiarołomca sobie poszedł. Zważywszy jego imię, czyż nie byłoby to niczym niezwykłym?

Nie. Zyskał to miano, bo porzucił Bractwo. Tylko dlatego.

Cisza trwała dłuższą chwilę, nim wreszcie Marki usłyszał chrzęst piachu.

– Mały, jesteś tam nadal?

Ukazała się twarz Szymona. Przez kilka sekund spoglądał w dół, mrużąc oczy. Wreszcie sięgnął za siebie i spuścił linę.

– Przewiąż się w pasie – polecił. – Długo tam wisisz, nie chciałbym, byś przecenił swoje siły i teraz mi spadł.

– Tobie? – Pytanie miało być w zamierzeniu zaczepką, jednak z ust Markiego wyrwał się tylko głuchy jęk.

– Mnie, sobie, rezultat będzie ten sam.

Marki odruchowo zerknął w dół. Ciemność pozostawała nieprzenikniona. Chwycił sznur i posłusznie się nim obwiązał. Nie było to łatwe, nie mógł puścić korzenia. Wreszcie zacisnął ostatni węzeł i dał znać, by Wiarołomca wciągnął go na górę.

Świat na zewnątrz już dawno nie wydał mu się tak piękny. Opadł na piach, chłonąc wszystko wokół. Piaszczyste pole rzadko porośnięte chwastami zdawało się najpiękniejszym ogrodem, jaki widział w życiu.

– Oddychaj – zaśmiał się Szymon. – Rób to, czego już nie spodziewałeś się robić.

Marki odwzajemnił uśmiech. Nadal jednak pozostał ostrożny.

– Dlaczego to zrobiłeś?

– Co?

– Uratowałeś mnie.

Odniósł wrażenie, że mężczyzna wzruszy ramionami, ten jednak klapnął przy nim na ziemię. Miał na sobie to samo zniszczone ubranie, był tylko znacznie staranniej ogolony niż podczas ich pierwszego spotkania. Może to właśnie sprawiło, że wyglądał nieco przyjaźniej.

– Przyznaję, miałem swój cel. – Przejechał dłonią po łysej głowie. – Nie dąsaj się. Ciesz się, że nasze dążenia były zbieżne. Obaj chcieliśmy, byś przeżył. Naucz się doceniać takie chwile. Ludzie rzadko chcą dokładnie tego samego, więc gdy się już to zdarzy, bądź wdzięczny losowi.

– Probabli?!

Szymon machnął ręką.

– Losowi. Zbiegowi okoliczności. Nigdy fałszywym bogom.

– Są inni? Tacy, którym można zaufać?

– Nie spotkałem ani ich, ani ich wyznawców – w głosie Wiarołomcy pobrzmiewał smutek. – A ścierałem przez dwadzieścia lat podeszwy butów, by tego dokonać. Może więc nie istnieją. Zawsze jednak lepiej dla tego – klepnął się w pierś – dla siebie samego, wierzyć, że dopiero są przed nami. Że przyjdzie dzień, jutro, pojutrze, za tydzień, gdy staniemy z nimi oko w oko. I będziemy mogli wsunąć w ranę palec Tomasza, a może i całą rękę.

– Co? – Marki nie zrozumiał.

– Nie znasz nauk Dawnego Boga – stwierdził Wiarołomca. – Nie szkodzi, coraz mniej ma wyznawców, choć kiedyś było inaczej. Ponoć...

Wzrok Markiego zatrzymał się na leżącej w piachu szabli i chłopak zerwał się na równe nogi. Zupełnie zapomniał o najemnikach i szamanie. Mogli nadal czaić się w pobliżu. Rozejrzał się nerwowo.

– Nie ma nikogo – mruknął uspokajająco Szymon. Bez trudu odgadł myśli chłopaka. – Siadaj. Odpocznij przed drogą.

„Drogą dokąd?" – chciał zapytać Marki, lecz w tej chwili były ważniejsze rzeczy do wyjaśnienia.

– Uciekli? – dociekał.

– Albo zginęli. Obstawiam raczej to drugie. Ity mają ponoć świetne zmysły, a w każdym razie bez trudu nas odnajdują, gdy tego chcą. Liczyłem jednak, że nie zajrzą do Studni, i miałem rację.

Marki nie spuszczał wzroku z polany.

– Zachowaj bajki dla siebie – rzucił.

– Zdaje się, chłopcze, że zbyt dużo w tobie niewiary. Trzeźwy osąd jest dobry, niestety czasem zawodzi. Są chwile, kiedy lepiej zaufać nie rozsądkowi, a szeptom w mroku.

– Gadaj zdrów.

Wiarołomca nie wydawał się przejmować słowami Markiego.

– Masz ochotę wypatrywać wiewiórek, to wypatruj. A gdybyś dostrzegł zająca, daj znać, robię się głodny. – Zaśmiał się.

Intuicja podpowiadała Markiemu, że powinien zaufać Szymonowi, niezależnie jak bardzo absurdalne tezy głosił. Mężczyzna miał rację w zbyt wielu sprawach. Kilka dni temu wiedział, że nadchodzi burza i przewidział pojawienie się Studni. Potrafił też ocaleć podczas burzy, nie szukając schronienia, choć chłopak kompletnie nie rozumiał, jak to się stało.

Odszukał sakwę i wyciągnął z niej ubrania. Te, które miał na sobie, wciąż były ozdobione plamami zaschłej krwi Kła. Najemnicy nie pozwolili mu się przebrać, co teraz z ulgą uczynił. Wrzucił stare rzeczy w dziurę po Studni. Patrząc, jak znikają w ciemnościach, pożałował, że już nie mogą zostać porwane jak najdalej od niego. Potem ponownie usiadł przy Wiarołomcy. Chwycił garść piachu i powoli wypuścił ją z dłoni.

– Mam wiele pytań – przyznał.

Szymon stuknął go palcem w pierś.

– Mnie ciekawi tylko jedno, czy jesteś gotowy na odpowiedzi? Czy potrafisz się na tyle otworzyć, by je przyjąć?

– Jasne.

– Jasne! – Wiarołomca prychnął. – Wielkie zapewnienie, tylko ile warte?

– Przekonajmy się.

Szymon wbił w niego wzrok. Spojrzenie zdawało się przewiercać chłopaka na wylot.

– Wiesz, dlaczego cię uratowałem? – ściszył głos. – Bo uznałem, że może dasz mi coś, czego nie chciał dać twój ojciec. – Gestem powstrzymał niewypowiedziane pytanie Markiego. – Od ponad dwudziestu lat szukam prawdy. Słyszałeś, czemu zwą mnie Wiarołomcą? – Poczekał, aż chłopak skinie głową. – Pewnie, że coś słyszałeś. Ile jednak w tym prawdy? Ciekawi cię? Zaciągnąłem się do Bractwa, przyjęli mnie za jednego ze swoich. Byłem dobry, nieskromnie powiem, świetnie strzelam i rzucam nożem, mówią, że urodziłem się z szablą w garści. Mimo to wybrali mnie, bym udał się do Akademii, bym został gryzipiórkiem, a nie wojownikiem. Potrafiłem lepiej od innych wyczuć burzę, tylko tyle. To zaważyło na decyzji Rady. Mój los zmienił się, bo Bractwu zamarzyło się posiadać własnego przepowiadacza. Wiernego, zaufanego, kogoś z ich grona. Padło na mnie. Wysłali mnie więc na nauki, nie bacząc, że wcale się do nich nie palę. Wtedy gardziłem takimi, którzy nie wyściubiają nosa spoza papierów. To się zmieniło dopiero później. – Uśmiechnął się do własnych myśli. – W Akademii spędziłem trzy lata, nie skończyłem jej, o nie. Postawa niektórych z tamtejszych mędrców, nielicznych prawdę mówiąc, zdołała mi jednak zaszczepić pociąg do prawdy. Przestałem przyjmować za pewnik ich wizje i ich słowa, a zacząłem patrzeć naprawdę i widzieć naprawdę. Rzuciłem Akademię i oznajmiłem Bractwu, że nie wracam również do nich.

– Naprawdę wysłali za tobą zabójców? – Marki nie wytrzymał, musiał zadać to pytanie. W opowieściach o Wiarołomcy, które gawędziarze snuli przy wieczornych ogniskach, stanowiło to zawsze główny wątek.

Szymon skarcił go wzrokiem.

– Czy to ważne? Nie byli zadowoleni z faktu mojego odejścia. Uznali za zdrajcę. Stąd mój przydomek. Nie nazwałbym go zbyt trafionym. Owszem, złamałem przysięgę złożoną przed Radą Bractwa, ale był to jedyny raz, gdy sprzeniewierzyłem się zasadom, które wyznawałem. Choć może inaczej, sprzeniewierzyłem się im, bo przestałem je wyznawać. W Akademii otworzyły mi się oczy. Zacząłem poszukiwania. W pierwszym okresie uskrzydlało mnie złudne poczucie, że prawda jest gdzieś blisko i wystarczy się rozejrzeć, by ją złapać za złote pióra. Dałem się oczarować kultowi Probabli. Z tamtych czasów został mi sentyment do kija podróżnego, wielce użyteczna rzecz, i w walce, i w drodze. Potem słuchałem nauk kapłanów Dawnego Boga, jeszcze później byli inni, tak wiele innych bóstw i bóstewek, że wreszcie nie pozostało mi nic innego, jak odrzucić je wszystkie. Jeśli każdy wokół ciebie krzyczy, że tylko on zna prawdę, to zapewne nie zna jej nikt. Już wcześniej wędrowałem, ale wtedy moje podróże stały się dłuższe i sięgały miejsc, do których ludzie nie zapuszczają się dobrowolnie. Czytałem dawne księgi, dzienniki ludzi, którzy chodzili po tym świecie, nim zaczęliśmy liczyć upływające lata i zapisywać ich wydarzenia w annałach.

– Relacje sprzed początku lat?

Szymon zignorował pytanie. Ciągnął dalej:

– Dowiedziałem się wielu rzeczy, które mogły być prawdami albo jedynie pobożnymi życzeniami. Trafiłem na ślad elektryczności. – Przerwał, delektując się osłupieniem Markiego. – Tak, zakazanej elektryczności. Wiesz, co trzymałeś w dłoni? Przedmiot, który znalazłeś u ojca?

– To był... prąd?

– Przyrząd, który go wytwarzał. Jak podejrzewam, liczył sobie przynajmniej czterysta, pięćset lat, zapewne nawet więcej.

Marki uprzytomnił sobie, że gapi się na Wiarołomcę z otwartymi ze zdumienia ustami. Elektryczność, kolejna rzecz, w której istnienie nie wierzył. Siła obdarzana boską czcią przez wyznawców Przekłuwaczy. Zakazana pod karą śmierci, choć przecież nikt nie potrafił jej wytworzyć i ujarzmić. Zgodnie z legendami przyciągała Ity. Pożądały jej i pewnego dnia postanowiły skraść ją ludziom. Innym, dawnym ludziom. W czasach, gdy człowiek posiadał skrzydła i mieszkał w chmurach, w wielkich podniebnych miastach. Przekłuwaczom nie wystarczyło jednak poznanie mocy, postanowili zagarnąć ją dla siebie. Wtedy nastąpił upadek. Wielkie gniazda, tak potężne, że później nie powstało już nigdy nic wspanialszego, obróciły się w ruinę. Czy w tych podaniach kryło się ziarno prawdy?

Nie, to niemożliwe.

– Czemu służą te kłamstwa?! – Marki poderwał się na równe nogi.

– Usiądź! – spokojny głos Wiarołomcy zabrzmiał jednak groźnie.

– Uratowałeś mnie. Nie wiem, jak to zrobiłeś, ale jestem wdzięczny. A teraz powiedz, co wiesz o zagładzie mojego gniazda i będziemy mogli się rozejść każdy w swoją stronę.

– Usiądź.

Nie zamierzał. Ruch Szymona był tak szybki, że niemal niezauważalny. Były najemnik podciął mu nogi.

– Nic nie rozumiesz – rzucił, upewniwszy się, że Marki nie próbuje wstać. – Nie proszę cię o pomoc, wymagam jej. Kupiłem twoje życie, jesteś mi dłużny niemałą zapłatę. Liczyłem, że spłacisz ją chętnie, gdybyś jednak nie zamierzał wywiązać się z umowy, zmuszę cię do tego.

– Nie zawierałem z tobą żadnych umów!

– Ja zawarłem ją za obie strony. I nie twierdź, że nie jesteś zadowolony. Gdybym tego nie zrobił, już by cię nie było.

– Tego nie wiesz. Nikt nie wie, dokąd prowadzą Studnie. Może leciałbym po kres czasu...

– Ja wiem – mruknął Szymon. – W każdym razie sądzę, że wiem. I uwierz, nie czekałoby cię nic dobrego.

– Dokąd?

– Kiedyś się dowiesz. – Wstał i wyciągnął rękę do chłopaka. – Potrzebuję pomocnika. Możesz zostać nim lub moim niewolnikiem, mnie jest wszystko jedno. Tylko nie próbuj mnie wykiwać, jestem starszy i źdźiebko sprytniejszy. Nigdy o tym nie zapominaj. Beze mnie jesteś nikim, ze mną możesz zostać bohaterem. – Splunął. – Nie napuszaj się zbytnio. W przeciwieństwie do legend, prawdziwi bohaterowie rzadko kiedy bywają zadowoleni z tego, że musieli nimi zostać. Woleliby siedzieć na dupie w domu, podszczypywać tyłki swoim babom, dłubać w nosie i przeminąć niezauważeni, lecz szczęśliwi.

Poszedł za najbliższy głaz i wyciągnął stamtąd łuk, torbę i sękaty kij.

– Gdzie teraz? – burknął Marki.

– Najpierw na polowanie, a potem odpokutować moją głupotę. Dążyłem dwa lata, by coś odszukać, lecz gdy wreszcie znalazło się w zasięgu ręki, intuicja kazała mi to porzucić, by ratować ciebie. Twój dług wobec mnie, dzieciaku, jest większy niż sądzisz.

*

Pieczony zając okazał się wyśmienity. Zapewne duża w tym zasługa ziół, których Wiarołomca nie żałował.

Część wydała się Markiemu znanymi chwastami, na które nie zwracał dotąd większej uwagi, innych nie rozpoznawał. Musiał jednak przyznać, że znakomicie poprawiły smak. Mimo to jadł bez apetytu. Wystarczyło, że przymknął powieki, a przed oczami stawał mu widok opustoszałego gniazda: spalonych zabudowań, rozrzuconych bezładnie przedmiotów, bezużytecznej broni, stopionych kamiennych ścian i stropów. Czasem zamiast nich pojawiał się serwujący wyrok śmierci Warus i zapłakana Angelka. Szymon zjadł swoją porcję i sporą część, która pierwotnie miała przypaść Markiemu. Potem oblizał palce i oparł się o pień brzozy, nieopodal której urządzili ognisko.

– Chodź! – Kiwnął zachęcająco głową.

Marki podszedł niepewnie. Wiarołomca sięgnął do pasa i wydobył niewielki woreczek. Wyglądał jak sakiewka, lecz gdy wytrząsnął na dłoń zawartość, okazało się, że kryje nie monety, a małe kosteczki. Chłopak cofnął się o krok. Zawadził o wystający z ziemi korzeń i o mało się nie wywrócił.

– Zamierzasz wróżyć?!

– Nie – Szymon gestem zachęcił Markiego, by jednak podszedł bliżej – rozerwać cię nieco. – Umilkł na moment, zamykając kości w pięści, jakby chcąc je schować. – Kiedyś wiele czasu przebywałem w towarzystwie głosicieli Probabli. Zenko i ja podążaliśmy za tym samym nauczycielem. Tyle że ja w porę przejrzałem na oczy...

– To was poróżniło?

– Według niego pobłądziłem. Nie był w stanie tego wybaczyć. Ale dość o nim. Proponuję ci grę. Kapłani Probabli wykorzystują swe kostki na wiele sposobów, również dla zabicia czasu. Myślałem, że może masz ochotę...

Wyciągnął dłoń, ale chłopak ją odtrącił.

– Nie mam!

Wiarołomca spokojnie schował kosteczki do woreczka.

– Sądziłem...

– Że będę się bawił na grobach rodziny?!

Do oczu Markiego napłynęły łzy. Bezsilnie zacisnął pięści. Stał nad Szymonem, czując trudną do opanowania chęć rzucenia się na niego. Byłby to jednak najgłupszy z możliwych sposobów rozładowania złości. Zadałby góra cios lub dwa, bo Wiarołomca szybko by go pokonał. Poza tym doskonale rozumiał, że nie ku niemu powinien kierować złość. Szymon nie był winny temu, że nie pogrążył się w żałobie. To nie jego bliscy przepadli. Mężczyzna niespiesznie wstał. Zamierzał położyć ręce na ramionach Markiego, lecz chłopak się wyrwał.

– Groby zostały za tobą, chłopcze. To już inne miejsce i inny czas. Wiem, że niełatwo się od nich uwolnić, ale nie masz wyboru, to naturalna kolej rzeczy.

– Mam machnąć na to ręką? Wzruszyć ramionami?

– Tego od ciebie nie wymagam. Nie możesz jednak iść do przodu, spoglądając wyłącznie w tył. Na to ci nie pozwolę. Jeśli chcesz, buntuj się. Może nawet powinieneś. Jednak kierunek jest tylko jeden.

Następne dni minęły im na wędrówce. Wiarołomca nie szczędził sił. Robili jedynie krótkie postoje, rzadko dłużej niż kwadrans. Gdy zapadał wieczór i Szymon oznajmiał, że rozbijają obóz, Marki padał z wyczerpania. Dotąd uważał się za dobrego piechura, jednak marsz z byłym najemnikiem zmusił go do weryfikacji oceny własnych zdolności. Inna sprawa, że to on niósł większość ich rzeczy. Wiarołomca z lekkim rozbawieniem rozdzielił bagaż na dwie nierówne części – jedna trzykrotnie większa od drugiej – i właśnie tę większą wskazał Markiemu. Protesty na nic się zdały, kilka kuksańców, niezbyt mocnych, ale celnych i bolesnych, przekonały chłopaka, że sprzeciw jest bez sensu. Mężczyzna przez większość drogi nie odzywał się, a jeśli już, to wyrzucał z siebie narzekania i zmuszał Markiego do zwiększenia tempa. Sam wydawał się odlany z żelaza. Na jego czole nie pojawiła się nawet kropelka potu. Pytania ignorował.

Pod koniec czwartego dnia zarządził odpoczynek na niewielkiej polanie. Nie musiał nic mówić, wystarczyło, że upuścił na trawę tobołek. Wokół rosły niemal wyłącznie brzozy, nie przynosząc Markiemu ukojenia. Za bardzo kojarzyły się z utraconym domem.

– Nazbierajmy drewna na ognisko. – To były pierwsze słowa Wiarołomcy, jakie wypowiedział od dobrych dwóch godzin. Jednocześnie gestem wskazał, że będzie miał Markiego na oku.

Chłopak zbył to milczeniem. Gdy zaczynali marsz, przysięgał sobie, że pierwszej nocy ucieknie. Minęła jednak druga, potem kolejna. Nie podjął próby, nie znalazł w sobie dość sił. Teraz również był tak zmęczony, że nie myślał o niczym, prócz złapania kilku godzin snu. Ucieczkę przesuwał na później. Nawet wizja, że jutro czeka go kolejny dzień morderczego marszu, w tej chwili wydawała się mało znacząca.

Szybko nazbierał dwa naręcza suchych gałęzi, a potem zataszczył na polanę gruby, nieco nadpróchniały pieniek. Razem z tym, co przyniósł Szymon, był to wystarczający zapas na całą noc. Przysiadł pod jedną z brzóz i zamknął oczy. Spokój nie trwał długo. Wiarołomca podszedł do niego i trącił go nogą.

– Co cię pcha do przodu? – spytał.

Marki nie zrozumiał.

– Co sprawia, że czekasz na kolejny dzień? Jest coś takiego? Ludzie zazwyczaj obierają sobie cele, choćby na wpół świadomie. Część jest chwilowa i odchodzi, gdy dorastamy lub osiągniemy to, co zamierzyliśmy, inne wyryte są w nas na stałe. Choć dążeń jest tyle, ile osób, które trawią, łatwo je pogrupować. Tacy jak Warus lub Zenko pragną władzy, nad ludźmi bądź duszami, co w końcu wychodzi na jedno. Wielu innym wystarcza bogactwo. To zapewne najobszerniejsza banda głupców. Orłów nie da się zjeść ani nie ogrzeją cię w nocy, a to, co za nie kupisz, jest tylko pozornie twoje, bo zawsze ktoś może cię złupić. Cała masa ludzi szuka zaspokojenia żądz. Zatraca się lub przynajmniej stara się zatracić: w pieprzeniu, jedzeniu, piciu, a czasem jeszcze dziwniejszych obsesjach. Kolejni tworzą z potrzeby ducha i są gotowi dla tego celu znosić wszelkie niedostatki. Jeszcze inni, podobni do twego ojca bądź do mnie, pożądają wiedzy. Dążyliśmy do niej różnymi drogami, w zupełnie odmienny sposób, lecz tak, byliśmy do siebie podobni. – Zaśmiał się. – Nie patrz tak na mnie. Wbrew temu, co myślisz, nie jestem potworem. Czasami trzeba zrobić coś dla drugiej osoby wbrew jej samej. Jeszcze mi podziękujesz.

– Za niewolę?

– Za nią może też. Zresztą, co to za niewola? Nawet nie rozumiesz tego słowa.

– Ty za to tak?!

– Ja byłem w Bagiennych Osadach. Chyba nie muszę ci mówić, że to jedyne trzy gniazda w Strefie, które sankcjonują niewolnictwo. Inni patrzą na to z obrzydzeniem, lecz nie protestują. Co ich obchodzą tragedie w jakimś zapomnianym przez bogów zakątku świata?

Miejscu do cna przegniłym na wszelkie możliwe sposoby.

– Dlaczego to robią? Dlaczego niewolą ludzi?

Wydawało się, że Wiarołomca nie odpowie.

– Z biedy i z rozpaczy – mruknął po dłuższej ciszy. – Nie ma tam prawie pól, na których idzie coś uprawiać. Ciężko nawet znaleźć ścieżki, którymi bezpiecznie się poruszać. Polują i z tego żyją. Zwierzyny jednak nie starcza. Dawno przeniosła się jak najdalej od ludzkich siedzib, a ta, która była na to zbyt głupia, została przetrzebiona.

– Więc nie ma tam niczego dobrego?

Szymon gwałtownie potrząsnął głową. Tak żywa gestykulacja była do niego niepodobna.

– Jest. Jest wiele, choć ukryte,

Nie było sensu prosić o wyjaśnienia. Nie pomogłyby ponaglenia czy prośby, jeśli mężczyzna coś wyjawiał, robił to sam z siebie. Cisza przeciągała się.

– Spotkałem tam dziewczynę – powiedział wreszcie. – Była piękna, choć nie w takich kategoriach, w jakich zwykło się to oceniać. Niewinna i delikatna, w tym tkwił jej urok Jeśli kogoś kochałem przez te wszystkie lata... – nie dokończył. Podrapał się po łysej głowie. – Jej rodzina popadła w tarapaty. Próbowałem pomóc, lecz nic nie wskórałem. W tamtej części Strefy nawet imię Wiarołomca niewiele znaczy...

Marki zdusił w sobie chęć protestu. Według niego Szymon znany był wszędzie. Gdzie jednak był, jakie gniazda odwiedził, by mieć prawo tak twierdzić? Czekał więc cierpliwie na ciąg dalszy. Wiarołomca nie spieszył się. Snuł zwierzenia powoli i nieskładnie.

– Sprzedali ją. Szaleliśmy z rozpaczy, ja i jej brat. Błagał rodziców, by to on poszedł w niewolę, lecz nie zamierzali usłuchać. Syn jest cenniejszy niż córka, w każdym razie tam gdzie prawo do przeżycia kolejnego dnia trzeba z trudem wydzierać losowi.

– I nic nie zrobiłeś?! – wyrwało się chłopakowi.

– Zrobiłem. Niestety.

Umilkł na dobre, Marki jednak nie zamierzał ustępować. Pragnął poznać historię do końca. Opowieść zaciekawiła go, wreszcie usłyszał coś, co konkurowało z ponurym mitem niezłomnego, nieustraszonego Wiarołomcy, z jakim stykał się do tej pory. Spodziewał się relacji z walk, przygód. Czegoś, co sprosta legendzie.

– Co się stało?!

– Nic dobrego. – Bał się, że Szymon nie podejmie opowieści, jednak mężczyzna po przerwie kontynuował: – Straciłem ją. Umarła na moich rękach. A jej brat i ja musieliśmy uciekać. – Widocznie dostrzegł pełne rozczarowania spojrzenie chłopaka, bo dodał: – Życie nie jest bajką.

– Ale co się wydarzyło? – nie ustępował Marki.

Wiarołomca wzruszył ramionami.

– Więc co pcha do przodu ciebie? – powrócił do pierwotnego tematu. – Sława? Też nie? Nie władza, nie bogactwo, nie mądrość i sława, więc co? Dziewczyna? Trafiłem? W twoim wieku nie byłoby to niczym nadzwyczajnym.

Marki mimowolnie się zaczerwienił.

– Powiedź coś o niej. – Oberwał solidnego kuksańca w bok, który chyba w zamierzeniu miał być przyjacielski. – Lubię słuchać o miłostkach, być może dlatego, że sam nie mam do nich szczęścia. Ani wtedy, ani teraz. – Na moment sposępniał, lecz szybko roześmiał się w głos. – Baby, które spotykam na mej drodze, są albo paskudne, albo nie chcą mnie znać. Mów. Jak na imię tej piękności?

– Angelka – wyznał niechętnie chłopak.

– Córka Warusa. – Szymon gwizdnął. – To z nią byłeś wtedy na wzgórzu? Wysoko celujesz.

Marki chwycił pobliski patyk i zaczął przeczesywać nim trawę. Spuścił głowę.

– Było wysoko – westchnął. – Teraz jest za wysoko.

– Dla Warusa z biednego stałeś się żebrakiem.

Chłopak przemógł się i spojrzał Wiarołomcy prosto w oczy.

– I co? Udzielisz mi jakiejś mądrej rady?

Mężczyzna bezradnie rozłożył ręce. Wydawał się rozbawiony.

– Nie. A spodziewałeś się tego? Zamierzałem się jedynie dowiedzieć, co ma dla ciebie wartość. Jaki cel kusi na widnokręgu... Nie martw się, nie wypadłeś w teście najgorzej, było i jest wielu, których myśli i dążenia są znacznie bardziej robaczywe. Ty jesteś tylko zakochanym szczeniakiem.

– To źle?!

– Przeciwnie, całkiem nieźle. To uleczalne.

Wiarołomca odszedł, raz po raz zanosząc się śmiechem. Przełamując wyczerpanie, Marki ruszył za nim. Przez kilka minut przyglądał się, jak Szymon układa gałęzie, a potem rozpala ogień: szybko i sprawnie. Szczerze wątpił, czy mógłby mu w tym dorównać.

– Długo jeszcze? – przerwał milczenie.

– O co pytasz?

– Marsz. Długo jeszcze będziemy tak gnali donikąd na złamanie karku?

Szymon dołożył do ognia.

– Ani nie gnamy na złamanie karku, twój w każdym razie nadal nietknięty spoczywa na właściwym miejscu, ani nie donikąd. Mówiłem już, ratując twój tyłek, poniosłem pewne straty. Z twoją pomocą zamierzam to sobie odbić. Tyle dobrych wieści. – Marki prychnął pogardliwie, ale mężczyzna ciągnął dalej: – Złe są takie, że nie załatwimy tego ot tak. – Pstryknął palcami. – To będzie trudne. I zapewne czasochłonne. Obecnie zmierzamy do Gniazda Psów. W przeciwieństwie do herbu twojego, wasza szczenięca hrabiowska mość, i herbu Warusa ich przynajmniej coś oznacza.

– Najlepsze psy w Strefie – wszedł mu w słowo Marki.

– Psy i wozy. W każdym razie te ostatnie również są niezłe. Będziemy podróżować szybciej, a twoje nogi wreszcie odpoczną.

– Dokąd?

Wiarołomca zmrużył oczy. Przez moment nad czymś się zastanawiał, potem pokręcił głową.

– Jeszcze za wcześnie – oznajmił.

– Na co za wcześnie? – żachnął się chłopak. – Rozumiem, że planujesz kolejną niespodziankę. Powiesz mi dopiero, gdy znajdziemy się przed legowiskiem smoka?!

– Nigdy nie spotkałem smoka. Obstawiałbym, że nie istnieją.

W Markim wezbrała złość.

– Skąd mam wiedzieć, co istnieje, co nie?! Wyciągasz z rękawa Przekłuwaczy, kto wie, jakie inne stwory z legend za chwilę przywołasz?!

Szymon roześmiał się i położył dłoń na ramieniu Markiego. Ciągła wesołość wędrowca drażniła chłopaka. Odnosił wrażenie, że z twarzy Wiarołomcy nie schodzi uśmiech. Strącił dłoń.

– Daję słowo, że koniec z mitycznymi stworami – usłyszał.

– Czy... – zaczął.

– Chciałbym powiedzieć więcej – mężczyzna spoważniał – ale nie zamierzam cię straszyć. Idź, odpocznij.

Do Psów zostały nam jeszcze dwa dni drogi. Jeśli nie zwolnimy tempa.

Marki powlókł się pod brzozę. Wiedział, że nie wyciągnie od Szymona więcej informacji, w każdym razie nie dziś. Wiarołomca serwował informacje bardzo oszczędnie. Teraz jednak Marki przynajmniej poznał cel wędrówki, w każdym razie najbliższy cel.

Gniazdo Psów. Z tego co pamiętał, leżało blisko północnej granicy Strefy. Dalej nie było już niczego. Nawet kolejnego Pustkowia, tylko pola magmy i szczyty gór. Szymon mógł jedynie zawrócić. Co zamierzał? Objechać wszystkie gniazda? W Strefie było ich kilkadziesiąt, może koło czterdziestu. Gdyby Marki był bardziej sumiennym uczniem, być może przepowiadaczowi udałoby się wpoić mu nazwy wszystkich. A tak pamiętał najwyżej z dwie trzecie długiej listy. Na pewno te nieliczne, które kiedyś odwiedził – Dęby, Lisy, Sosny, Skóry – i kilka bardziej znaczących lub łatwiejszych do zapamiętania. Spora część określała, czym zajmują się mieszkańcy, inne wprowadzały w błąd. W Gnieździe Wilków nikt nie hodował wilków, słynęli z tłustych świń, choć ponoć dawniej wyszywali znakomite płaszcze z futer drapieżników widniejących w ich godle. Jeśli nawet to prawda, te czasy dawno minęły. W Gnieździe Os można było kupić najlepszy miód pod słońcem. Za to nazwa Gniazda Maukiego nie nasuwała żadnych skojarzeń i dlatego była łatwa do zapamiętania. Ona jedna wprowadzała zamęt do zdawałoby się uporządkowanego systemu.

Psy. Nigdy tam nie był, nikt stamtąd nie odwiedził też Gniazda Brzóz, w każdym razie Marki nie pamiętał takiej wizyty. Choć osady położone były stosunkowo blisko siebie, żyły w odizolowaniu. Handlem zajmowali się obwoźni kupcy, którzy nie bali się w niewielkich wozikach stawiać czoła niespodziewanej burzy. Prócz nich podróżowali jeszcze wędrowni kaznodzieje, głosząc wiarę w jedno z wielu bóstw, z których każde ponoć było tym jedynym prawdziwym. Jedni i drudzy pojawiali się zazwyczaj wiosną i wczesnym latem, gdy burze stawały się rzadsze i traciły na intensywności. Inni ludzie trzymali się blisko domostw, gotowi schronić się w głębokich piwnicach na pierwsze oznaki, że nadciągają wyładowania. Nawet kilkudniowe wyprawy, takie jak jego i Angelki, należały do rzadkości.

Marki jeszcze nigdy nie zawędrował równie daleko od domu. Gniazda. Zacisnął kurczowo dłoń na myśl, że lista, którą próbował odtworzyć w głowie, skurczyła się o jedną pozycję.

Brzozowy gaj przestał istnieć.

Torturując się tą myślą, zasnął.

## II

Wino było dobre i mocne, a kurczak ciepły i aromatyczny, mimo to Drewal nie przejawiał zainteresowania posiłkiem. Wlał w siebie pół kubka i przełknął trzy kęsy z uda. Reszta dania, zwłaszcza warzywa, za którymi nigdy nie przepadał, leżała rozgrzebana na obszernym drewnianym talerzu. Odgarnięte ziemniaki przypominały wał ochronny wokół mięsa. Ostatnio jego posiłki sprowadzały się niemalże wyłącznie do tego – siedzenia za stołem i pozornie uważnego studiowania kształtu potrawy.

Myślami był daleko. Nie bardzo, bo rzadko i niechętnie opuszczał mury rodzinnego gniazda, ale jednak sporo dalej niż ściany knajpy, w której tkwił ciałem, niemal po drugiej stronie osady. W wyobraźni cicho, lecz pospiesznie, pokonywał kolejne stopnie prowadzące ku komnacie ukochanej. Westchnął. Nawet w myślach uważał, by ściemniałe belki nie wydały z siebie jęku, który mógłby go zdradzić.

– Nie smakuje?

Oderwał wzrok od talerza. Wiotka Morgot z dzbanami wina w każdej ręce z dezaprobatą patrzyła na niemal nietknięte danie. Przyrządziła je, więc pozostawienie go w podobnym stanie stanowiło swego rodzaju obrazę.

Wiotka Morgot była wiotka jedynie z nazwy. Baba mierzyła metr pięćdziesiąt w dowolnym kierunku, w którym komuś ciekawskiemu zachciałoby się ją mierzyć. Inna sprawa, że gdyby się poważył, zapewne zarobiłby w gębę. A choć wydawała się wielką kulą tłuszczu, była silna i krzepka. Przekonał się o tym niejeden, kto późno w nocy nie chciał – lub nie mógł – opuścić gospody, gdy ona stwierdziła, że już zamyka. Brała za szmaty i wyrzucała na dwór. Dosłownie.

– Jak zawsze wyśmienite. – Zmusił się do uśmiechu. – To rozstrój żołądka...

– Te rozstroje dręczą cię od kilku tygodni.

Już jej nie było. Nawet na minutę nie pozostawała w bezruchu. Stawiała wino przed spragnionymi klientami, z których większość już lekko się chwiała. Z każdym zamieniła dwa zdania i parła dalej. Znała tu wszystkich. Choć Gniazdo Psów należało do najbardziej ludnych osad w Strefie, nie liczyło nawet tysiąca mieszkańców. Wszyscy stanowili w pewnym sensie jedną wielką kochającą się – bądź przeciwnie – skłóconą rodzinę. Każdy wiedział o każdym wszystko lub niemal wszystko i niewiele dało się ukryć.

Na przykład kochankę.

Jemu jak dotąd się udawało. Patrzył przez całą izbę na żwawo gestykulującego męża ukochanej. Nie wątpił, że gdyby Kufro o nich wiedział, skończyłoby się pojedynkiem. A Kufro zapewne dowiedziałby się, gdyby sprawę wywęszył ktokolwiek inny. Wieści i plotki rozchodzą się z zawrotną prędkością.

Jakaś jego część pragnęła, by tajemnica się wydała. Zabiłby wtedy konkurenta i przestał się ukrywać. Zabiłby lub zginął, co również rozwiązywałoby problem. Potrząsnął głową do własnych myśli. Nie zginąłby. Kufro walczył sprawnie, lecz sprawność to jeszcze nie wszystko. Pokonałby go. Tyle że rozwiązując jeden problem, wpakowałby się w większe kłopoty. Jego konkurent nosił pas pułkownika. Każde gniazdo powoływało, przynajmniej okresowo, zbrojne oddziały. Na czele grup stali dowódcy zwani pułkownikami. Funkcję pełniło się nawet wtedy, gdy ludzie siedzieli spokojnie w domach, zapominając, że w razie potrzeby zostaną wezwani pod broń. Kufro był jednym z pięciu pułkowników w Gnieździe Psów, a Drewal przełożonym ich wszystkich, marszałkiem. Reakcją hrabiego na burdę między dowódcami mogłaby być jedynie wściekłość, a hrabia Galu był surowy. I nie wahał się karać. Drewal musiał zaczekać. Niedługo na stołku hrabiego zasiądzie Perseu. W każdym razie powinien zasiąść, bo ta chwila już się opóźniała. Wtedy konsekwencje nie byłyby tak poważne, jednak...

Raz jeszcze pokręcił głową. Owa roszada niczego nie zmieni. Perseu był dla niego niczym syn. Przepowiadacz nauczył chłopaka czytać, pisać i podstawowej wiedzy o świecie, on całej reszty. Jak walczyć, ale i jak rządzić. Jak podążać ścieżką życia, by nie wstydzić się niczego, co minęło. Zachować dumę i honor.

Co Perseu powiedziałby na to, że ja własny straciłem?

Nie zniósłby rozczarowania w oczach młodego hrabiego. Wolałby już stawić czoła gniewowi Galu. Lecz to nie wszystko. Przysiągł konającej matce, że zaopiekuje się chłopcem, i tak zrobił. Włożył w to o wiele więcej wysiłku niż ktokolwiek inny. Nie mógłby przysparzać młodzieńcowi problemów już na początku rządów.

Jednym haustem wychylił kubek do dna. W stojącym obok dzbanie wina było nadal pod dostatkiem, ale choć ta myśl korciła, nie wolno mu było się upić. Przeniósł wzrok na salę. Właśnie do środka wszedł jeden ze strażników. Choć gniazda powoływały mężczyzn pod broń jedynie w chwilach zagrożenia, zawsze utrzymywano niewielką straż. Od kilku do kilkunastu osób. Można ich było nazwać porządkowymi, rozdzielali kłócących się, przerywali bójki, pilnowali więźniów – o ile więzienne cele w wieży nie świeciły pustkami – lecz w Gnieździe Psów byli raczej chłopcami na posyłki Galu. Hrabiego zawsze pilnowało przynajmniej dwóch strażników, zazwyczaj więcej. Właściwie to on wydawał im rozkazy, choć oficjalnie musieli słuchać każdego pułkownika i oczywiście Drewala.

Strażnik podszedł do Kufro. Wymienili kilka zdań, po czym obaj ruszyli ku wyjściu. Od stołu, blisko miejsca, gdzie siedział Kufro, podniósł się jeszcze jeden mężczyzna. Lekko chwiejnie wyminął przeszkody dzielące go od Drewala i ciężko klapnął na ławę naprzeciw marszałka.

– Będziesz, chłopcze, to pił? – Gość wskazał dzban.

Drewal uśmiechnął się półgębkiem.

– W twoim wieku, Marus, nadmiar wina szkodzi - odparł.

Mężczyzna, na oko liczący koło siedemdziesiątki, szpakowaty i chudy, wręcz zasuszony, potrząsnął przecząco głową.

– Są tacy, którym szkodzi w każdym wieku, i tacy, którym nie szkodzi nigdy.

– Nie muszę zgadywać, do której kategorii, jak mniemasz, należysz...

Drewal machnął zapraszająco dłonią i Marus napełnił swój kubek i kubek marszałka. Starzec upił łyk i mruknął z zadowoleniem.

– Zawsze wiedziałem, że ta kutwa ma też lepsze wino – powiedział. – Żebyś wiedział, jak smakuje to, którym co dzień próbuje mnie otruć.

– Może w takim razie nie powinieneś tu codziennie przychodzić?

– Własną beczułkę osuszyłem do dna, nim jeszcze stopniały śniegi. Już nie pamiętam, jak smakował wypełniający ją trunek. Choć, ma się rozumieć, znacząco przewyższał serwowane mi szczyny. Ciebie jednak Wiotka Margot nie próbuje zabić. Może więc powinienem zostać marszałkiem?

Drewal zaśmiał się cicho.

– Chciałbyś zwolnić mnie z funkcji?

W głębi duszy niczego więcej nie pragnął. Trzymała go przysięga, że będzie chronić i pomagać Perseu. Zapewne w najbliższym czasie nic się nie zmieni, przecież młodzieniec, gdy wreszcie obejmie rządy, będzie potrzebował pomocnej dłoni. Kilka lat powinno wystarczyć, by poczuł się pewnie, i dopiero wtedy wolno mu będzie odejść. Może uciekną wraz z Alise? Inne gniazda ich przyjmą, a to lepsze niż krwawy rozrachunek ze zdradzanym mężem.

Kilka lat. Cała wieczność!

– Ja nie mam takiej władzy. Ale inni...

Marszałek złapał dłoń Marusa, skutecznie uniemożliwiając mu podniesienie kubka.

– Co masz na myśli?

– Lubię cię, chłopcze, ale uczucie to może minąć, jeśli nadal będziesz uniemożliwiał mi ugaszenie pragnienia.

Drewal puścił nadgarstek Marusa, a ten chciwie pociągnął kolejny łyk wina.

– Masz pragnienie niczym smok – stwierdził marszałek.

– Nie wiem, żadnego nie spotkałem, ale gdybym spotkał, gotów jestem przyjąć wyzwanie. Bylebyśmy nie musieli pić wody. Nie znoszę wody – odparł Marus.

– Woda orzeźwia.

– Może warzywa. Czy ja, chłopcze, wyglądam jak warzywo? Może jak burak?

– Jak stara, zasuszona pietrucha. – Drewal uniósł kubek w niemym toaście i umoczył wargi w czerwonym trunku.

– Z lekko posiwiałą nacią, lecz wciąż twardym korzeniem – zgodził się Marus. Jego odpowiedzią na toast był osuszony do dna kubek. Wyszczerzył zęby. Nadal miał wszystkie, przynajmniej na przedzie. W jego wieku nieliche osiągnięcie. – Uważaj, chłopcze – wrócił do tematu.

– Na...?

Marus z namaszczeniem napełnił kubek, dopiero potem kontynuował:

– Człowiek z twoją pozycją powinien wiedzieć na co. Choćby, że w gnieździe pojawia się ktoś obcy i Galu posyła po pułkownika, nie po ciebie.

– Po Kufro?

– Uhm.

– A skąd ty o tym wiesz? Strażnik?

– Rozmawiali cicho, ale nie jestem głuchy, chłopcze. Codzienna porcja wina działa ożywczo na ciało. Wyczula zmysły!

– Z całą pewnością! – Drewal nie krył sarkazmu.

Marus wydawał się przez moment urażony. Napił się.

– Śmiej się, śmiej. Bylebyś kiedyś nie udławił się tym śmiechem.

– Może przybysz nie jest na tyle ważny, by hrabia zamierzał zawracać mi nim głowę?

– Kto powiedziałeś?

Drewal doskonale wiedział, do czego zmierza starzec. Nie miał ochoty poruszać spornego tematu.

– Galu pełni obowiązki hrabiego – wycedził.

Starzec zdawał się nie zauważyć zimnego tonu.

– A Perseu? – zapytał.

– Kiedyś zdejmie z jego barków ten ciężar!

– Kiedyś... Ciężar... Wy młodzi bardzo lubicie żartować. – Marus chwycił dłoń marszałka. Jego uścisk był nadspodziewanie silny. – Kiedy niby nastąpi dawno oczekiwana zmiana? – Ściszył głos i mówił szybko: – Gdy dzieciakowi stuknie czterdziestka, jak tobie, chłopcze? Nie dostrzegasz tego, bo jesteś ślepy, czy też nie chcesz dostrzec? Galu nie odda władzy, nie podzieli się nią. Jest jak kleszcz, który wpił się w skórę. Nawet gorzej, bo kleszcz opije się i odpadnie, on będzie tkwił na stołku hrabiego do śmierci.

Drewal wyrwał rękę.

– Czego chcesz?! – wysyczał.

– A czego może chcieć stary miłośnik wina? Jedynie spokojnych czasów, bo gdy zbiera się na burzę, znacznie trudniej o trunki.

– I to wszystko?

– A może tęsknię za młodością i szukam jej wyblakłych cieni. Pamiętam dziada Perseu i pamiętam jego ojca. Obaj byli wspaniałymi hrabiami. W dzieciaku płynie znakomita krew, krew przywódcy. Galu to uzurpator.

Marszałek żachnął się.

– Zapewniam cię, że gdy nadejdzie czas... – zaczął.

– Nie zapewniaj o rzeczach, które nie zależą od ciebie – przerwał mu Marus.

– Jeszcze coś tu znaczę!

Starzec po raz kolejny osuszył kubek.

– I wracamy do początku naszej rozmowy. – Wstał i skłonił się. – Pora już na mnie, pijaczyna wraca do domu. Ty też chyba nie powinieneś tu dłużej siedzieć.

Drewal zmarszczył brwi. Marus sugerował, że Galu zamierza zastąpić go Kufrem. Miałoby to sens, gdyby

Galu rzeczywiście nie zamierzał rezygnować z przywództwa. Miast marszałka wiernego prawowitemu rodowi panów Gniazda Psów, miałby własnego człowieka, który w razie potrzeby opowiedziałby się za nim. Tylko że Galu był chory. Już teraz praktycznie nie mógł się poruszać. Za parę lat nie będzie w stanie sprawować rządów. Nie doczekał się dzieci z Lalineą, zmarła w połogu. Jego jedynym naturalnym spadkobiercą był pasierb, Perseu, w imieniu którego teraz sprawował władzę. Prędzej czy później będzie zmuszony ustąpić. Chyba że w grę wchodziło wyłącznie to „później".

Drewal uderzył pięścią w stół. Bzdury! Wstał, kładąc obok talerza zapłatę za posiłek. Wyszedł pospiesznie, lecz nie skierował się ku siedzibie hrabiego, a w przeciwną stronę. Skoro Kufro był zajęty, mógł udać się pod okno tej, ku której płynęły jego myśli. Może jeszcze nie spała.

Zakraść się jak lis do kurnika... Pal licho honor i wyrzuty sumienia.

– Sprawdziłem, był sam. Za gniazdem również nikt na niego nie czeka.

– Tuż za gniazdem.

– Wysłałem najlepszych, znaleźliby ślady.

– Nie, jeśli jego towarzysze obozują dzień drogi stąd.

– Tak, hrabio, wtedy nie.

Wielką salę wypełniała czerń. Nie paliła się żadna lampa ani świeczka. Tylko przez matowe szyby okien wpadało nieco światła księżyca w pełni. Sącząca się poświata sprawiała, że ludzie zdawali się zatracać zewnętrzne cechy. Gdyby siedząca postać zamieniła się ze stojącą, nikt z zewnętrznych obserwatorów – gdyby tacy byli – nawet by tego nie zauważył.

– Mogę spytać, czy to ma znaczenie?

– Kufro, wszystko może mieć znaczenie.

– Nie rozumiem.

Mrok przeszył zduszony śmiech.

– Twoim powołaniem jest szabla. Ją musisz poznać i zrozumieć. Gdy powiem „Bij!", masz bić. To proste życie, uwierz mi, poniekąd ci zazdroszczę. Gdybym mógł wyskoczyć z mojego gnijącego ciała i wskoczyć w inne, na przykład twoje, nie zawahałbym się. Ale to niemożliwe, ja jestem i pozostanę sobą, ty sobą, nie zmienimy ról. Te zostały dawno rozdane.

– Jednak los hrabiego...

Galu nie pozwolił mu dokończyć.

– Nie mogę chodzić. Są dni, gdy tak bolą mnie ręce, że nie jem sam! To, że siedzę na tym stołku, niczego nie zmienia, niczego nie osładza! Chciałbyś, by każdego dnia nosili cię do sracza, bo sam nie jesteś w stanie tam pójść?! Spuszczali i podciągali ci gacie, podcierali dupsko?

Nie oczekiwał odpowiedzi. Cisza przeciągnęła się.

– Jest Perseu. Może cię zastąpić – powiedział wreszcie cicho pułkownik. – Ulżyć.

– Na czym ma polegać owa ulga? Że już w ogóle przestanę być potrzebny? Wiesz, co się wtedy ze mną stanie? Wyniosą mnie stąd do jakiejś małej przytulnej sali, bym zdechł w samotności, gapiąc się bezczynnie w sufit. Potrwa to miesiąc, rok lub dekadę. Bezczynność i zapomnienie, tortura gorsza niż wszystko inne. Już wolałbym, by gnojek wbił mi pod żebra sztylet. Marzę o tym. Ale nie zrobi tego, nazbyt przesiąkł naukami swojego mentora, marszałka pozornie bez skazy. Będzie hrabią dobrym i sprawiedliwym, chyba że nigdy nim nie zostanie.

Kufro nie ruszył się z miejsca.

– To groźne słowa – powiedział cicho.

– Groźne są czyny i myśli, które do nich doprowadziły. Słowa same w sobie jeszcze nigdy nie wytoczyły nawet kropli krwi – odparł hrabia.

– Gdybym powtórzył je Drewalowi...

– Straciłbyś szansę.

– Mam go więc utłuc?

– A dałbyś w ogóle radę? Nie, nie. Nie potrzebuję rozruchów w gnieździe. Zbyt wielu mogłoby się opowiedzieć przeciw nam. Zdławiłbym ich, ale koszt mógłby okazać się zbyt wysoki. Jeśli się nie mylę, nadciągają ciężkie czasy. Przyprowadź go tu. Tylko tyle masz dziś zrobić.

– Chcesz go przekonać, hrabio?

– Daremny wysiłek. Spróbuję omamić.

Kufro ruszył ku wyjściu.

– Zaczekaj – powstrzymał go Galu. – A oprócz tego szukaj przyjaciół i licz wrogów. Po cichu, niezauważenie. Nasz gość złożył mi ciekawą propozycję. Jednak zanim się zgodzę, muszę wiedzieć, na kogo mogę liczyć, gdyby cokolwiek poszło nie tak.

Drewal leżał w pościeli, wpatrując się w sufit. Do jego boku przywarła naga kobieta. Jej długie sięgające połowy pleców kruczoczarne włosy spływały kaskadami na nich oboje. Muskała palcami jego pierś, rysując na niej niewidzialne wzory.

– Muszę iść, Alise – powiedział, ale nawet nie drgnął.

– Jeszcze trochę.

Przytuliła go mocno.

– Twój mąż...

Za oknem rozświetlona księżycem czerń nocy coraz bardziej bladła. Wstawał świt. Kufro mógł wrócić lada moment.

– Pocałuj.

Spełnił prośbę. Prawą ręką objął szyję kochanki, gładził chwilę, po czym dłoń zsunęła się w dół. Błądziła po ramieniu, potem piersi, ściskając ją lekko, wreszcie przejechała po brzuchu, sięgnęła łona i wewnętrznej części uda.

– Zostań jeszcze.

– Nie mogę.

Odsunął się sztywno, wbrew sobie. Sięgnął po leżące na stołku ubranie. W niespełna minutę był gotów do wyjścia.

– Wiesz, że nie mogę – powtórzył.

Skinęła głową. Wciąż panował półmrok, więc nie był pewny, lecz wydawało mu się, że w jej oczach dostrzegł łzy. Nie podszedł bliżej, by się upewnić.

– Wyjdź drzwiami.

Zaprzeczył gestem. Nie mógł sobie na to pozwolić. Lis nie wkracza ani nie opuszcza obejścia głównym wejściem. Szuka dziury w płocie. Chwycił szablę i już siedział na parapecie. Sięgające dachu grube pędy bluszczu zastępowały linę. Po chwili był już na ziemi. Zerknął w okno, w nadziei, że choć jeszcze przez mgnienie oka ujrzy ukochaną, po czym pospiesznie ruszył uliczką. Przeszedł kilkadziesiąt metrów, gdy zatrzymał go znajomy głos.

– Wszędzie cię szukałem.

Zesztywniał. Przed nim stał Kufro. Czyżby domyślił się ich zdrady i czekał tu gotów do walki? Odrzucił tę myśl. Pułkownika cechowało gwałtowne usposobienie, zbyt gwałtowne jak na dowódcę, lecz jego nominacja nie zależała od Drewala. Z całą pewnością, gdyby w jego głowie powstał choć cień podejrzenia, nie wykazałby cierpliwości ani opanowania. A mając pewność, wparowałby do komnaty, by zdybać kochanków na gorącym uczynku, lub szarżowałby teraz z obnażoną szablą.

– Znalazłeś.

– Czemu marszałek jeszcze przed świtem włóczy się uliczkami gniazda?

– Czemu szuka go pułkownik?

Mimowolnie położył dłoń na szabli. Najchętniej kazałby Kufro dobyć broni. Alise pasowała czerń – do ciemnych włosów, do brązowych oczu – a jako wdowa stałaby się dla niego dostępna. Świt dopiero się zbliżał i zapewne nikt nie usłyszałby walki.

Nadszarpnąłeś honor, zgub go do reszty.

Nie mógł tego zrobić.

– Galu cię wzywa. Masz stawić się natychmiast.

Kufro odwrócił się i odszedł. Marszałek, ściskając rękojeść szabli, spoglądał w ślad za nim, póki pułkownik nie znikł w bocznej uliczce. Wracał do domu. Do żony. W takich chwilach nienawidził go i zazdrościł mu najbardziej.

Siedziba hrabiego była największym budynkiem w Gnieździe Psów. Teraz wydawała się pusta. Nie napotkał nikogo, prócz dwóch strażników pilnujących wejścia. Marszałek skierował się do głównej sali, spodziewając się właśnie tam zastać Galu. Nie mylił się. Hrabia był sam.

– Jesteś wreszcie – przywitał Drewala sucho. – Kufro biega za tobą pół nocy. Chyba nie szukał tam, gdzie powinien. Mogłem mu może coś podpowiedzieć...

Po plecach marszałka przebiegł delikatny dreszcz.

– Co masz na myśli, panie?

– Jedynie to, co powiedziałem, nie sądzę, bym musiał tłumaczyć marszałkowi równie proste słowa.

Drewal obrzucił wzrokiem kilka stojących nieopodal krzeseł, lecz nie usiadł.

– Czemu zostałem wezwany o tak dziwnej porze?

– Wybacz choremu. Nie mogę spać i chyba zapominam, że inni z lubością oddają się tej rozkoszy. Ale nie wydajesz się wyrwany ze snu...

Hrabia uniósł pytająco brew.

Wie? Podejrzewa? Czy to jedynie kolejne głupie, nic nieznaczące słowa?

– Dobry marszałek to taki, o którym ludzie myślą, że nigdy nie śpi. Usłyszałem to od ojca Perseu w dniu mianowania – oznajmił Drewal.

– To musiało być na krótko przed jego śmiercią? – zapytał Galu.

Drewal zbył pytanie milczeniem. O ile to było pytanie.

Odpowiedź jednak znał. Słowa padły jakieś pół roku przed śmiercią Perela. I mniej więcej trzy lata nim matka Perseu, Lalinea, związała się z byłym doradcą męża. Ciągle pamiętał, jak niedługo później poszedł do niej i próbował wyperswadować myśl o ślubie. „Bądźcie kochankami, ale nie wychodź za niego". Za te słowa dostał w twarz, lecz nie zwolniła go z funkcji. W jakim stopniu tamte słowa podyktowała nieufność do Galu, a w jakim jego miłość do Lalinei? Bo kochał ją, nie mógłby temu zaprzeczyć, choć jak zawsze skrywał uczucia. Czy gdyby się przed nią otworzył, wybrałaby jego? Nie ustępował pozycji Galu, może nawet – jako marszałek – przewyższał go. W wyznaniu miłości przeszkodził mu honor, była jego panią. To w dniu ich ślubu, patrząc na olśniewającą Lalineę i jej już wtedy lekko kulejącego wybranka, przysiągł sobie, że nigdy więcej honor nie odgrodzi go uczucia. Nawet gdyby miał go stracić.

I straciłeś.

– O czym myślisz? – spytał hrabia.

– O dawno minionych dniach.

Na usta Galu wpełzł nikły uśmiech.

– Ja również coraz częściej wracam do nich wspomnieniami. Ale moje członki unieruchomiła choroba, nic dziwnego, że lubię zanurzyć się w przeszłości, w pamięci o chwilach, gdy jeszcze mogłem nazwać się mężczyzną, nie pokraczną, zrośniętą ze stołkiem kukłą. A co tobie każe oglądać się za siebie? Jesteś zdrowy i wciąż nie taki stary. Decydujesz o własnym życiu. Ja przestałem, tylko siłą rozpędu prę naprzód, od czasów prostych po trudne.

Ostatnie słowo przykuło uwagę Drewala.

– Trudne?

– Idą ciężkie czasy, wszawe, nie sposób temu zaprzeczyć. I zapewne gdyby nie kalectwo, pozostałbym równie ślepy jak inni.

– Nie rozumiem.

– Oczywiście. Choć, ubolewam, bo dużo w tym mojej winy, powinienem częściej konsultować się z własnym marszałkiem. Widzisz, choroba zmienia... Czy studiujesz księgi, Drewal?

– Nie, nigdy mnie ku nim nie ciągnęło.

– A mnie tak, w czasach, gdy mogłem biegać, a przynajmniej kuśtykać przed siebie. Teraz, gdy zostałem przykuty do tego cholernego fotela, znienawidziłem je. Ironia losu, w chwili, gdy mogłyby stać się dla mnie oparciem, wytchnieniem, nie potrafię na nie patrzeć bez wstrętu. Zanadto kojarzą się z moim stanem, z niemożnością niemal wszystkiego. Zdają się szydzić ze mnie i śmierdzieć! Oglądasz się za ładnymi kobietami, mój drogi marszałku? Oj, głupie pytanie, obaj znamy odpowiedź. Dla mnie nagie ciała stały się paskudne niczym książki, obrzydliwe jak wszystkie inne rzeczy, które znalazły się poza moim zasięgiem. Ale nie chciałem cię zanudzać ani ględzeniem o książkach, ani o jędrnych cyckach. To jedynie przykłady wpływu choroby na duszę.

Galu przerwał na moment i Drewal cierpliwie czekał na ciąg dalszy.

– Lecz choroba ma też dobre strony. Kazała otworzyć mi oczy. Nie własne, bo me chciwe ślepia zawsze uważnie spoglądały dokoła, wypatrując szans i zagrożeń, ale dziesiątki innych oczu, pozwalających spojrzeć spoza drewnianego więzienia, które stopiło się z ciałem. – Uderzył oparcie fotela i aż jęknął z bólu. – Gniazda uważa się za samotne wyspy. Burze odstraszają podróżnych, a handel nigdy nie był duży. Na szczęście nie zanikł zupełnie, inaczej biadolenie naszych sprzedawców psów i wozów niosłoby się aż do Ściany, dręcząc moje biedne uszy. Lecz nie wszyscy tak drżą przed wyładowaniami, by ich głód władzy ograniczył się do rodzinnej osady. Są tacy, którzy patrzą łakomie w dal.

– Do czego zmierzasz? Czego się spodziewasz?

– Wojny, drogi marszałku, wojny.

– To żart?

Galu oparł dłonie na poręczach, jakby zamierzał wstać. Było to jednak bezsprzecznie niemożliwe.

– Nie byłby w najlepszym guście – powiedział. – Zbieram informacje i staram się mieć oczy wszędzie, w każdym gnieździe. Prócz mnie jest jeszcze ktoś, kto tak robi. Jaki mógłby mieć cel?

– Kto? – zapytał Drewal, nie kryjąc zdziwienia.

– Nie zasługujesz na swoją funkcję, jeśli się nie domyślasz.

Nasuwała się jedna osoba. W całej Strefie tylko jeden hrabia wydawał się na tyle potężny, by móc rzucić wyzwanie reszcie. Tylko czy naprawdę zamierzał?

– Może chce jedynie wiedzieć, co dzieje się wokół niego? – spekulował marszałek.

– Może... – ton głosu Galu zdradzał, że ani trochę w to nie wierzy. – Kiedyś, gdy jeszcze zaglądałem do ksiąg, znalazłem w jednej z nich ciekawe zdanie. W naszym podzielonym świecie nie wydawało się aktualne aż do teraz: „Pragniesz pokoju, gotuj się do wojny".

Drewal w zamyśleniu chodził po sali.

– Jeśli to prawda, mamy wiele do zrobienia. Palisada jest w opłakanym stanie, a nasi ludzie rozleniwieni. Żadnej z tych rzeczy nie zmienimy z dnia na dzień, ale nie wolno nam zwlekać.

– Nie! – sprzeciwił się Galu.

– Nie rozumiem.

– Czy nie mówiłem, że nasz przeciwnik wszystkim się bacznie przygląda? Również nam. Chyba nie sądzisz, że umkną mu podobne działania? Cokolwiek postanowimy, zrobimy po cichu, jakby nic się nie działo i jakbyśmy nie mieli najmniejszych podejrzeń. Naszym sprzymierzeńcem nie jest siła, lecz zaskoczenie. Rozumiesz?

Drewal skinął głową.

– Idź już. Przemyśl to. Chociaż nie, zaczekaj. Muszę poruszyć jeszcze jeden temat.

– Tak?

Galu chrząknął głośno. Zawiercił się w fotelu, choć nie zmienił pozycji nawet o jotę. Jeśli czymkolwiek poruszył, to jedynie ramionami.

– Perseu. Stał się pełnoletni i powinien przejąć to, co do niego należy...

Marszałek, będąc już w połowie drogi do wyjścia, wolno zawrócił.

– Powinien – przyznał. – Ale...

Hrabia pochylił się lekko.

– Słucham.

– Perseu będzie doskonałym hrabią, lecz w czasie pokoju. Jeśli się nie mylisz, uważam, że nadal ty powinieneś kierować gniazdem.

– Dziękuję. – Galu dał znać, że Drewal może się oddalić. – Zawołaj strażników – polecił mu na odchodne. – Są ze mną cały dzień i tylko nocą mogę od nich odetchnąć. Ale teraz ponownie są mi potrzebni. Pora na codzienną uwłaczającą toaletę.

Oparł głowę na fotelu. Odezwał się cicho dopiero, gdy Drewal odszedł na tyle, by go nie słyszeć:

– „Nadal ty powinieneś kierować gniazdem"... Cóż za zbytek łaski, drogi marszałku.

Gniazdo Psów zaskoczyło Markiego rozmiarami. Okazało się znacznie bardziej rozległe, niż się spodziewał. Osada, otoczona drewnianą palisadą w dużej części spróchniałą i pozbawioną wartości obronnych, leżała w widłach dwóch dopływów rzeczki, którą być może ze względu na bystry nurt zwano Siłaczem. Sforsowanie Prawej i Lewej Nogi Siłacza nie byłoby wcale proste, tak więc ewentualny atak groził gniazdu głównie z północny, od strony równin przechodzących dalej w pola magmy. Każda większa grupa, która jednak chciałaby tamtędy nadejść, z daleka byłaby widoczna jak na dłoni, dając czas obrońcom na przygotowanie się. Obrona byłaby tym łatwiejsza, że od północy usypano ziemny wał jako drugą linię obrony. Po części zarosły go już krzewy i małe drzewka. Od ostatnich większych niepokojów w Strefie minęło ponad pięćdziesiąt lat, od otwartej wojny trzysta. Nikt specjalnie nie dbał o zabezpieczenia z bardziej burzliwych czasów.

Jedyne wejście do gniazda również usytuowano od północy. Podróżni musieli więc obejść całą osadę i pokonawszy jeden z dwóch drewnianych mostków, przedostać się pod bramę strzegącą przekopanego w wale przejścia. Drugą bramę, z palisady, dawno rozebrano, o czym świadczyły resztki poczerniałych belek. Przy wrotach stało dwóch strażników, niezbyt zresztą zainteresowanych tym, co dzieje się dokoła. Pełniona przez nich służba była raczej zaszczytną funkcją mającą pokazać ich status. Zapewne stawali tu raz w tygodniu, a może nawet rzadziej.

– Kaznodziejo! – zawołał jeden z nich na widok Wiarołomcy. – Kogóż to do nas prowadzisz? Czyżbyś przysposobił sobie ucznia?

Drugi burknął coś niewyraźnie i obaj zanieśli się śmiechem.

– We dwóch raźniej znosić trudy podróży – odparł pokornie Szymon.

– I łatwiej o pochówek, gdy towarzysza załatwi wyładowanie.

Marki z ciekawością przyglądał się strażnikom. Nie sprawiali wrażenia groźnych. Obaj mieli nadwagę, jeden z nich nawet sporą. Poruszał się ciężko i powoli, a gdy się śmiał, jego podwójny podbródek trząsł się groteskowo. Ich miejsce było za stołem gospody, nie na warcie. Tam wydawaliby się naturalni, tu byli jedynie przystrojonymi pajacami. Hrabia Nataban nigdy nie dopuściłby do podobnej sytuacji. Gniazda Brzóz strzegli żołnierze, nie przebierańcy.

Czy to cokolwiek zmieniło?

– Dobrze jest znaleźć godny grób – zgodził się tymczasem Wiarołomca.

– Chłopcze, jaką wiarę obecnie wyznaje twój nauczyciel? – grubszy ze strażników zwrócił się do Markiego. – Za każdym razem, gdy się tu zjawia, modli się do innego boga – wyjaśnił. – Nie dostał jeszcze poplątania kiszek mózgowych?

– W mózgu nie ma kiszek – zaprotestował drugi, uwalniając Markiego od konieczności odpowiedzi.

– Co ty na to, Kaznodziejo?

– Łatwo ten spór rozstrzygnąć – odparł Szymon z uśmiechem. – Pożyczcie mi tylko na chwilę wasze szable i pochylcie głowy.

Wartownicy zarechotali.

Wiarołomca złapał Markiego za przedramię i minęli śmiejących się wciąż mężczyzn.

– Nazwali cię Kaznodzieją – zauważył chłopak. – Dlaczego?

– W paru innych miejscach jestem zwany jeszcze inaczej. Czasem to nader użyteczne. Ty też na jakiś czas zapomnij o Wiarołomcy.

– A gdybym zdradził twoją tajemnicę?

Kąciki ust mężczyzny uniosły się, najwyraźniej ta groźba nie zrobiła na nim wrażenia.

– Zdziwiliby się nieco. A ja musiałbym zedrzeć gardło na opowieściach, na które nie mam czasu ani ochoty. Chyba zauważyłeś, że nie lubię bez potrzeby mielić ozorem. A teraz chodź. – Pociągnął Markiego między zabudowania.

Gniazdo Psów różniło się znacznie od Gniazda Brzóz i tych kilku innych osad, które dane było odwiedzić Markiemu. Przede wszystkim – co zauważył, jeszcze zanim się w nim zagłębił – było rozleglejsze, to rzeki wytyczyły granice, w niektórych miejscach pozwalając nawet uprawiać wewnątrz osady niewielkie poletka. Po drugie, nie dostrzegł tu murowanych budynków. Wszystkie, nawet siedzibę hrabiego, zbudowano z drewna.

Wiarołomca pewnie kroczył między chałupami, mijając kilka, przed którymi stały budowane właśnie lub gotowe już wozy. W większości były to tradycyjne dwukółki, do których zaprzęgano parę pociągowych psów. Przy równomiernie rozłożonym ładunku potrafiły pomieścić naprawdę sporo towaru. Trafiały się i większe, czterokołowe pojazdy, wszystkie cechował jednak ten sam wygląd: płaskiej od spodu i zaokrąglonej na górze bańki, z korpusu której wystawała niezliczona masa skierowanych we wszystkie możliwe strony krótszych i dłuższych wypustek, na końcach zawsze zaopatrzonych w hak. Bywały drewniane lub metalowe, proste, wykonane w pośpiechu, i pięknie rzeźbione dla bogatszych i bardziej wymagających. W czasie podróży wieszano na nich naczynia z wodą. Pojemniki nie musiały być duże, najważniejsze, by było ich jak najwięcej. Wozy czekające na sprzedaż lub wciąż wykańczane jeszcze nie zostały w nie wyposażone. Marki widział z dala stragany pełne naczyń. Okrągłych lub kwadratowych, cienkich i długich lub płaskich, za to szerokich. Wieszało się je zarówno na zewnątrz, jak i wewnątrz wozów tak, że gotowy do drogi pojazd przypominał zdobnego jeża, jak też często nazywano drewniane konstrukcje na kołach. Szansa, że wyładowanie trafi jadącego wozem człowieka lub towar malała wraz z liczbą pojemniczków, więc umieszczano je w każdym możliwym miejscu. Taka ochrona była niezła, ale do końca nie zapewniała bezpieczeństwa. Nie było miesiąca, w którym Marki nie słyszałby wieści o ugotowanym handlarzu lub przynajmniej ładunku strawionym przez płomienie.

Jako takie bezpieczeństwo dawał jedynie gruby kamienny strop na głową i równie grube ściany. Profesja wędrownego handlarza była niebezpieczna, za to wyjątkowo zyskowna. Towary, w które jedne gniazda opływały, w innych kosztowały majątek. Ceny rosły jeszcze dodatkowo późnym latem i w kolejnych miesiącach, gdy burze stawały się częstsze, a handel, nigdy zbyt intensywny, niemal zupełnie zamierał. Właściwy sezon handlowy trwał mniej niż pół roku, bo tylko najwięksi straceńcy bądź desperaci odważali się wyruszać w trasę między sierpniem a październikiem. Wielu, nie zamierzając podejmować niepotrzebnego ryzyka, czekało nawet do marca, aż aura znów zacznie sprzyjać podróżom.

Wiarołomca zatrzymał się przy chacie, przed którą stał niepozorny wóz. Mijali wiele większych lub lepiej chronionych, ten sprawiał wrażenie wykonanego niedbale i w pośpiechu. W dodatku jego konstrukcja wydawała się dziwna: miał tak wysokie boki, że przypominał spory, lekko jajowaty kocioł, poza tym nie wyposażono go w przypominający kopułę dach – znak rozpoznawczy wszystkich wozów z Gniazda Psów.

– Harki! – krzyknął Szymon.

Z domostwa wybiegł niski człowiek. Jego twarz zdobiła długa i gęsta brązowa broda, na czubku głowy lśniła łysina, a drobne loczki wokół niej zdawały się zupełnie nie na miejscu. Od pasa w górę był nagi. Ozdobioną paskudnymi bliznami pierś pokrywała czarna szczecina, co dziwnie komponowało się z brązowym zarostem. Długie umięśnione ręce i krótkie nogi dopełniały całości. Zdawał się poskładany z niepasujących do siebie elementów.

– Kaznodzieja! Jesteś!

– Czemu miałbym się nie pojawić? – zdziwił się Szymon.

– Burze! – wyrzucił z siebie człowieczek podniesionym głosem. – Ponoć na południowym wschodzie niedawno szalała wyjątkowo potężna! Handlarze, te psie dupy, są przerażeni jak króliki.

– Słyszałeś o niej? Sądziłem, że będę pierwszy, który przyniesie nowinę. Lecz nie ma o czym rozprawiać. Burza jak burza. Na moich oczach ugotowała srokę i trochę robactwa. Chłopak stracił psa. – Wiarołomca kiwnął głową w stronę Markiego.

Marki zacisnął pięść. A sześćset osób z jego gniazda? Zniknęli w trakcie burzy? Nie do końca potrafił w to uwierzyć, choć inne wyjaśnienia były jeszcze bardziej wątpliwe i traktował je na równi z legendami o miastach w chmurach. Zagryzł wargę tak mocno, że poczuł smak krwi. Harki zauważył jego ponurą minę.

– Co z nim? – zapytał.

– Sierota – wyjaśnił Szymon. – Wziąłem go pod opiekę.

– To już niemal dorosły chłop – zaprotestował handlarz wozami. – Ile liczysz zim? Piętnaście?

– Siedemnaście – sprostował Marki.

Kaznodzieja chrząknął znacząco.

– Przecież nie ciągnąłbym ze sobą dzieciaka. Nie nadaję się na mamkę.

– Przeciwnie, twoje powołanie to snucie bajek.

– Masz zamówiony towar? – Wiarołomca zmienił temat.

– Stoisz przed nim.

Szymon nawet nie spojrzał na wóz.

– To tylko część – zauważył.

Harki przez ułamek sekundy wydawał się urażony.

– Resztę trzymam pod dachem. Jest zbyt delikatna – wyjaśnił. – Nie nadaje się, by leżała w dwukółce.

– Miała być wytrzymała!

– I będzie, gdy... no wiesz... Na wozie jednak łatwo o coś zaczepić, rozedrzeć. Nie chciałem ryzykować. Poza tym oczy, za dużo oczu dokoła...

Szymon skinął głową. Wyciągnął z sakwy dwa orły i wcisnął je Markiemu w garść.

– Idź i kup tyle naczyń, ile zdołasz. Wolę te podłużne, woda się z nich mniej wylewa na wertepach. Nie lubię być mokry, gdy nie pada deszcz. Harki, daj mu jakiś worek.

– Robi się. – Handlarz ruszył w stronę domu, lecz zatrzymał się po dwóch krokach. – A moja zapłata?

Wiarołomca przeszył go zimnym spojrzeniem.

– Cenę uzgodniliśmy. Nie zmieniła się!

– Nie zmieniła się – powtórzył Harki, po czym dodał cicho: – tylko czy będziesz w stanie ją zapłacić?

Zniknął w budynku. Po chwili wrócił z płóciennym worem ozdobionym brzydkimi brązowymi plamami, coś w nim wcześniej gniło. Rzucił go chłopakowi.

– Leć zrobić, co kazał Kaznodzieja! – polecił opryskliwie.

Marki nie protestował. Pojemniki były jedynie pretekstem, Wiarołomca chciał się go na chwilę pozbyć, a jeśli chciał, to lepiej było udać się spokojnie na zakupy.

Ruszył w stronę straganów, obracając w dłoni monety. Jeszcze niedawno zamierzał uciekać. Lepszej okazji nie znajdzie. Mógł po prostu odejść. Nim Szymon zorientowałby się, że go nie ma, już dawno opuściłby Gniazdo Psów. Tylko co dalej? Wróci do domu? Do pustych kamiennych murów? Jego osada na dobre wymarła. Może kiedyś napłyną tam kolejni mieszkańcy, niechciani gdzie indziej, ale miną lata, a może nawet dziesiątki lat. Po Strefie podróżowało niewielu. Ilu z nich dobrowolnie osiadłoby tam, gdzie wcześniej tajemnicza zagłada spotkała całą społeczność? Więc co? Udać się do Gniazda Dębów? Liczyć na to, że Warus ochłonął i nie każe powiesić go na najbliższym drzewie? Patrzeć z dala na Angelkę, wiedząc, że dla niej jest już na zawsze stracony? Jak długo by to wytrzymał?

Pozostało jeszcze kilkadziesiąt innych gniazd.

A w każdym byłby równie obcy, o ile w ogóle do któregoś by dotarł. Prędzej czy później napotka burzę... Równie dobrze mógł nadal podróżować z Wiarołomcą, którego w jakimś sensie polubił. Wędrowiec omawiał teraz z Harkim swoje sekretne interesy, Marki jednak nie wątpił, że kiedyś je pozna. Jeśli dotyczyły wozu, który Szymon zamierzał nabyć, zapewne prędzej niż później.

Podszedł do najbliższego straganu. Pilnowała go pomarszczona babinka w szarej chuście zawiązanej na głowie, spod której wystawały skołtunione kosmyki zupełnie białych włosów. Dałby jej co najmniej osiemdziesiąt lat. Gdy się uśmiechnęła, zobaczył, że został jej jeden ząb.

– Potrzebuję naczyń – rzucił niedbale.

Jego myśli wciąż krążyły wokół ucieczki, jednak z każdą minutą wizja samotnej podróży stawała się coraz bardziej odpychająca. Nie miał dokąd iść i nie miał po co.

Staruszka podniosła się ciężko z zydla.

– Mamy – zatoczyła ręką wkoło – małe i duże, proste i zdobione. Popatrz na ten. – Wcisnęła mu w garść miseczkę wielkości niewielkiego kufla. Na boku naczynia wystrugany chłopak całował się ze swoją drewnianą towarzyszką. – W sam raz na wóz młodego chłopaka. To działa na dziewczyny, wiem coś o tym. Zwłaszcza jeśli szepniesz do ucha, że woda w nim gotuje się nader często. To nie musi być przecież nawet prawdą, chłopcze. Dziewczyny lubią bajki. Nie patrz na pomarszczone ciało, jeśli potrafisz, wejrzyj w młodą wciąż duszę.

– To nie mój wóz – zaprotestował. Naczynie było naprawdę ładne, ale zapewne drogie. – Szukam prostych naczyń, bez zdobień. Podróżuję z Kaznodzieją.

– Z kim? – zaskrzeczała staruszka.

Marki wskazał ręką Wiarołomcę. Dom Harkiego był z tego miejsca nadal widoczny.

– Mam cynowe...

– Drewniane wystarczą – przerwał. – Mają być długie, by woda się nie wylewała. Ile za zapełnienie worka?

Staruszka obrzuciła wór krótkim pogardliwym spojrzeniem. Pochyliła się i spod straganu wyciągnęła inny. Większy, w dodatku nowy i w dobrym stanie.

– Orzeł. Dla Kaznodziei orzeł, a worek w prezencie. Wciąż pamiętam jego historie. Siedział na głównym placu przy jednym z wielu ognisk i opowiadał z zapałem do samiutkiego świtu. O świecie większym niż Strefa, o takim, w którym nie ma granic, o wielu, wielu cudach. To było dawno... Potem się zmienił, stał się oschły, a przynajmniej skrył się za skorupą jak ślimak w muszli. Jednak u mnie zawsze będzie miał specjalną cenę. – Zaczęła napełniać worek naczyniami. – Pomóż mi, chłopcze, zaraz zrobi się ciężki. A to – postawiła przed nim naczynie z całującą się parą – dla ciebie. Niech ci przyniesie szczęście.

Pakowanie zajęło im sporo czasu. Worek był duży, a większość naczyń mała. W czasie burzy liczyła się ilość, nie rozmiary. Beczka wody ustawiona na środku pomieszczenia znaczyła mniej niż kilkanaście, a najlepiej kilkadziesiąt kubków rozstawionych we wszystkich możliwych kątach. Drewniane pojemniki były tanie, lecz zdaniem Markiego pełen wór powinien kosztować co najmniej trzy orły. Jeden był rozbojem na staruszce. Spróbował jej to uświadomić, jednak kobieta nie chciała słuchać.

Wcisnął więc srebrną monetę w dłoń babinki i odszedł, bardziej ciągnąc niż niosąc ciężki pakunek. Nim jeszcze dotarł przed chatę Harkiego, zlał go pot. Szymon i handlarz wozami już nie byli sami. Wokół zebrał się spory tłumek ciekawskich przyciągniętych pojawieniem się Kaznodziei.

– Co tak długo?!

Marki zatrzymał się zdziwiony. Złość nie pasowała do Szymona. Chłopakowi wydawało się, że nieco poznał Wiarołomcę. Owszem, mężczyzna być może był nazbyt skomplikowany, by kiedykolwiek poznać go w pełni, jednak Marki sądził, że wie, czego może się spodziewać. Najwyraźniej się mylił. Nagle pożałował, że nie odszedł, gdy nadarzyła się okazja. Teraz było za późno, zmarnował szansę.

Harki wyszczerzył zęby w niemym zadowoleniu. Marki z trudem zwalczył pokusę, by zetrzeć mu z ust ten bezczelny uśmieszek. Wystarczyłby jeden porządny cios. Podejrzewał jednak, że nim przyskoczyłby do handlarza, kij Wiarołomcy obaliłby go na ziemię.

– Spieszyłem się – usprawiedliwił.

– Do dupy z takim pośpiechem. Zdążyłbym wyhodować sad, zanim ty uwiniesz się z prostym poleceniem. Na cholerę mi taki pomocnik? – Splunął na ziemię. – Harki, co powinienem z nim zrobić?

– Porządnie obić kijaszkiem. – Uśmiech handlarza stał się niemal obleśny. Brzydki człowieczek z obrzydliwym wyszczerzem.

– Jakoś wątpię, by poobijany nabrał szybkości – w głosie Szymona brzmiała wyłącznie wzgarda. – Nie mam czasu go leczyć, chcę natychmiast ruszać w drogę.

– To nie daj mu żryć. Głód ściśnie dupsko, to zacznie się uwijać.

Wiarołomca kiwnął głową z aprobatą, a Harki zachichotał, zadowolony, że jego propozycja zyskała akceptację Kaznodziei.

– Zapraszam do stołu – pokraka zwrócił się do Szymona. – Czym chata bogata.

Marki zacisnął pięści. Tego było już za wiele. Ruszył w stronę Harkiego, lecz nim zrobił krok, kij Wiarołomcy podciął go i obalił na ziemię. Dokładnie tak, jak wcześniej przewidywał. Szymon uderzył pięścią w bok chłopaka. Cios wydawał się potężny, lecz był albo źle wymierzony, albo umyślnie wyprowadzony w pas, który nosił Marki, bo nie sprawił wiele bólu.

– Zbyt wiele wrogich oczu – szept Wiarołomcy był tak cichy, że Marki nie był pewny, czy go sobie nie uroił.

Podniósł się niezgrabnie na kolana. Czy Szymon chciał mu coś przekazać? Tylko ta myśl sprawiła, że nie zerwał się ponownie do walki, choćby z góry przegranej.

– Spuść mu lańsko – usłyszał zachętę Harkiego.

– Nie trzeba. Zrobi, co mu kazano. Prawda?

Marki niechętnie skinął głową.

– Tylko tym razem się pospiesz!

Wiarołomca nie czekał na odpowiedź. Zniknął w budynku, a Harki za nim. Handlarz dreptał na swych krótkich nóżkach, sprawiając wrażenie, że tańczy w miejscu jakiś pokraczny taniec. Gapie rozeszli się, a Marki ze spuszczoną głową poszedł po worek. Oparł go o koło wozu. Zakupione naczynia miały już ponawlekane sznurki, należało jedynie powiesić je na dziesiątkach prętów i listewek umocowanych na wozie, a potem napełnić wodą. Praca raczej żmudna i monotonna niż trudna.

Wdrapał się na pojazd. Po bliższych oględzinach, konstrukcja okazała się jeszcze dziwniejsza niż początkowo sądził. Dwukółka była toporna i niewygodna, zwłaszcza dla prowadzącego, którego wysoka burta odgradzała od psów. Wnętrze również zostało niespotykanie rozplanowane. Wielu handlarzy preferowało dużą liczbę mniejszych skrytek, by dzielić towar na partie, chroniąc się przed ewentualnym pożarem całości, tu skonstruowano dwa duże pojemniki. Pierwszy, owalny, w centrum wozu, okazał się nawet metalowy, tylko obity listewkami, by to ukryć. Z boku, bliżej góry, miał otwór, do którego zdawała się idealnie pasować rura ukryta w drugim schowku z tyłu pojazdu.

Dziwny człowiek i dziwny wóz.

Marki nie zamierzał się dłużej zastanawiać nad konstrukcją tego cuda. Czekała go praca. Rozwieszenie wszystkich naczyń zajęło godzinę. Gdy skończył, obdarzył dwukółkę krytycznym spojrzeniem. Zostało jeszcze kilka wolnych prętów, jednak zdecydowana większość już była zaopatrzona w niewielkie naczynko. W worku pozostało tylko jedno, zdobione, które dostał od staruszki. Wolał wstrzymać się z powieszeniem go, by nie wpadło komuś w oko. Nie chciałby go stracić. Wystrugana dziewczyna przypominała Angelkę. Podobieństwo nie było duże, bo postać była mała i nie zawierała zbyt wielu szczegółów, jednak dla niego to była ona. Ukrył naczynie wraz z workiem w centralnym schowku.

Pod ścianą chałupy Harkiego stało drewniane wiadro. Wziął je i ruszył w stronę rzeki. Naczynia same w sobie nie zapewniały żadnej ochrony, a w każdym razie niewielką. Dopiero po napełnieniu wodą zaczynały pełnić właściwą funkcję – piorunochronu chroniącego przed wyładowaniami burzy entropicznej.

W połowie drogi do rzeki dostrzegł studnię. Woda w niej śmierdziała identycznie jak pobliski brzeg.

Skrzywił się z obrzydzeniem. Jeśli mieszkańcy gniazda używali jej do picia i przygotowywania potraw, to nawet cieszył się z przymusowej głodówki. Do wozu nadawała się jednak doskonale. Nie miało znaczenia, czy naczynia napełnione są czystą czy brudną wodą.

Byle była to woda.

Zdjął jedno z bardziej płaskich naczyń i za jego pomocą napełnił pozostałe. Okazało się to znacznie bardziej czasochłonne niż samo rozwieszanie pojemników. Do studni musiał wracać jeszcze trzy razy. Niemal kończył, gdy za jego plecami rozległ się mocny głos:

– Ty jesteś chłopakiem Kaznodziei?

Odwrócił się powoli.

– Ja. – Zdecydował się nie wychodzić z roli. Zresztą, na dobrą sprawę, sam nie wiedział, kim był. Pomocnikiem, więźniem czy towarzyszem Wiarołomcy? A może tylko idiotą pragnącym spłacić dług, którego nie rozumie?

– Gdzie on jest?

– Tu go nie ma – odparł ostrożnie.

Kim był nieznajomy i czego chciał? Ubiór wskazywał, że zajmuje w gnieździe wysoką pozycję. Na rękojeści szabli lśnił duży, czerwony klejnot. Broń musiała być warta fortunę. Postawa zdradzała człowieka obeznanego z walką.

– Nie jestem ślepy! Nie pytam, gdzie go nie ma, a gdzie go znajdę. Wymienienie całej listy miejsc, w których z pewnością próżno szukać, trwałoby za długo. Zgodzisz się ze mną? – Spojrzał przenikliwie na chłopaka. – Nie musisz się obawiać, nic mu nie grozi. Przeciwnie, hrabia zaprasza na skromny poczęstunek. – Przy słowie skromny mrugnął do Markiego.

– Czy gdybyś zamierzał go zabić, powiedziałbyś mi o tym? – Chłopak zeskoczył z wozu.

– Gdybym zamierzał? Zapewne tak, nie powstrzymałbyś mnie.

Słowa zabrzmiały szczerze. Marki nie wątpił, że mężczyzna jest groźny. Choć w gniazdach rzadko zdarzały się kłopoty wymagające zbrojnej interwencji, mieszkańcy byli zawsze dobrze zorganizowani i zdolni błyskawicznie wystawić gotowe do działania oddziały. Marki znał typ ludzi, którzy zazwyczaj dowodzili takimi grupami, zwano ich pułkownikami. Nad nimi pieczę sprawował marszałek. Sądząc po kosztownej broni, przed sobą miał właśnie jego.

Dyskretnie rozejrzał się wokoło. Gdyby mężczyzna zamierzał pojmać Wiarołomcę, nie przyszedłby sam. Nikogo jednak nie dostrzegł.

– Jest tam. – Kiwnął głową w stronę chaty Harkiego.

– Zdecydował się dobrowolnie popełnić samobójstwo? – marszałek zaniósł się śmiechem. – Harki mieszka sam, a jego potrawy smakują gorzej niż pomyje. Kiedyś miałem nieszczęście spróbować. Nie martw się, chłopcze, że cię nie zaproszono. Powinieneś być wdzięczny, że ten pokraczny cwaniaczek postanowił otruć jedynie Kaznodzieję.

Mężczyzna ruszył w stronę domostwa.

– Nazywam się Drewal! – krzyknął do Markiego od drzwi. – Ty też się zbieraj, chłopcze. Hrabia wie, co to gościnność. Pójdziecie do niego obaj.

Nie pukając, wszedł do środka. Zabawił tam najwyżej minutę. Wyszedł w towarzystwie Szymona i kuśtykającego za nimi Harkiego. Handlarz nie wydawał się zadowolony.

– Przerwałeś nam interesy – żalił się.

– Chcesz powiedzieć, że interesy hrabiego są mniej ważne? – Drewal groźnie zmarszczył brwi. – Powinien zaczekać, przybłędo?

Harki cofnął się o krok.

– Nie, oczywiście, że nie. – Skłonił się niezgrabnie. – Jestem wdzięczny za opiekę. Gdzieżbym znalazł lepsze gniazdo, które chciałoby mnie przygarnąć? To już mój dom.

Uśmiechnął się bez cienia sympatii i lekko kołysząc długimi rękoma, wrócił do chaty.

– Nie pochodzi stąd? – zainteresował się Marki. Szybko zreflektował się, że pewnie nie uzyska odpowiedzi, Drewal jednak nie zignorował pytania.

– Przywędrował przed piętnastoma laty. Pokiereszowany i ledwie żyw. Chodziły słuchy, że uciekał. Jedni gadali, że był zbiegłym mordercą, inni, że prześladowaną za szpetotę ofiarą. Do dziś nie wiem, co było prawdą. Nie interesuje mnie to właściwie.

– Marszałka nie interesują ludzie przybywający do gniazda? – zdziwił się Marki.

Drewal zatrzymał się w pół kroku.

– Skąd wiesz, jaką funkcję pełnię?

Chłopak zmieszał się.

– Zgadłem. Widać, że potrafisz rozkazywać, a ta szabla musiała kosztować majątek. – Wskazał kamień na rękojeści. – Dziwne, że hrabia wysyła aż marszałka po Wia... po Kaznodzieję – poprawił się – ale jeszcze dziwniejsze byłoby, gdybyś był zwykłym pułkownikiem.

– Bystry młodzieniec. Czy nie aż za bardzo?

Szymon prawie niezauważalnie pokręcił głową. Marki prawie przegapił ten gest. Szedł zły na siebie. Nie zamierzał zdradzać tajemnicy Wiarołomcy, o ile prawdziwe imię naprawdę było tajemnicą. Bo to, że prości ludzie wołali go Kaznodzieją, wcale nie oznaczało, że hrabia i jego zaufani także nie znali tożsamości wędrowcy.

– Czego chce ode mnie ta opuchnięta glizda? – spytał Szymon. Zdaniem Markiego zamierzał w ten sposób zmienić temat.

– Nie powinieneś tak o nim mówić. – Na twarzy Drewala odbiło się niezadowolenie.

– Więc czego chce?

– Nie ufa ci.

– Ja jemu też nie. – Wiarołomca nie płaszczył się przed marszałkiem. – Od dawna nie powinien rządzić, Perseu jest już pełnoletni.

– To jeszcze dzieciak, ma mleko pod wąsem – nie zgodził się Drewal, choć bez większego przekonania.

– Co nie zmienia faktu, że jest pełnoprawnym władcą tego gniazda. Galu powinien już dawno usunąć się w cień. Czyżby kończyny spuchły mu już tak bardzo, że nie jest w stanie tego uczynić?

Marszałek zatrzymał się gwałtownie, spoglądając gniewnie na Szymona. Palcami wodził po klejnocie na głowicy szabli. Nie powiedział jednak nic. To Wiarołomca pierwszy przerwał ciszę:

– Zastanów się, komu służysz, Drewal.

Marki przysłuchiwał się rozmowie z obawą, że mężczyźni lada moment rzucą się sobie do gardeł. Nic takiego nie nastąpiło. On sam niewiele rozumiał z wymiany zdań. Domyślał się, że hrabia Galu sprawuje władzę w imieniu Perseu, nie ośmielił się jednak dociekać, jak do tego doszło. Niewłaściwe pytanie zaogniłoby atmosferę. Drewal przez resztę drogi się nie odzywał. Przyspieszył, zmuszając i ich do zwiększenia tempa.

Siedzibę hrabiego zbudowano na kamiennej podmurówce. Wszystko powyżej – trzy piętra mieszkalne i górującą nad nimi wieżę – wykonano z drewna. Marki przyglądał się ociosanym kamieniom, zastanawiając się, jak głęboko w dół prowadzą podziemne korytarze rodzinnego gniazda Galu, czy też może raczej Perseu. Bezpieczeństwo wymagało, by zejść jak najniżej, jednak bliskość rzek i w związku z tym słaby grunt z pewnością bardzo utrudniały wykonanie piwnic. Nie chciałby tu mieszkać, burze w tej osadzie musiały zbierać krwawe żniwo.

Już na nich czekano. O ile Drewal poszedł po nich sam, to od wejścia nie odstępowała ich pięcioosobowa obstawa. Strażnicy nie uśmiechali się, nawet nie próbując sprawiać wrażenia, że są przyjaźnie nastawieni. Wykonują rozkazy. A jeśli padnie komenda „zabij", zrobią to bez wahania. Ta myśl nie była przyjemna.

Poprowadzono ich wąskim korytarzem do obszernej sali. Została usytuowana nieco poniżej poziomu gruntu, lecz jej ściany tylko w połowie wykonano z kamiennych bloków. Na wysokości około półtora metra kamień zastępowały pociemniałe belki.

Sala była niemal pusta, co sprawiło na Markim przygnębiające wrażenie. Główna sala w Gnieździe Brzóz zawsze tętniła życiem. Roiło się w niej od ludzi. Tu dostrzegł jedynie strażników i przepowiadaczy. Starszy przepowiadacz liczył najwyżej czterdzieści lat i gdyby nie brosza oraz krwista błyskawica na rękawie – tradycyjny znak pełnionej funkcji – chłopak wziąłby go za jednego z pomocników. Młodszych przepowiadaczy było czterech. Ich błyskawice wyszyto bladą, żółtą nicią. Cała piątka nosiła pobrudzone, zszargane stroje, co świadczyło, że nie cieszą się zbyt wielkimi względami pana gniazda. Z drugiej strony znaleźli się tu, nie zostali więc zupełnie odrzuceni. Któż by zresztą poważył się na coś takiego? Nic nie było ważniejsze od wykrycia w porę nadciągającej burzy.

– A więc wróciłeś! – zagrzmiał głos.

Marki przez dobrą chwilę nie wiedział, skąd dobiegał. Wreszcie dostrzegł parawan z luźno plecionej trzciny, na którym namalowano rosłego, czarnego psa. Ktoś za nim siedział.

Mężczyzna machnął ręką i parawan zabrano. Jego poorana bruzdami twarz świadczyła, że liczył co najmniej sześćdziesiąt lat. Dodatkowo postarzały go białe jak śnieg włosy, spadające w nieładzie na czoło. Zielone oczy świdrowały przybyłych. Nie wydawał się wysoki, choć trudno było to stwierdzić z całą pewnością. Siedział na drewnianym fotelu, a widok napuchniętych kolan wskazywał, że zapewne dawno już minęły chwile, gdy zrobił samodzielnie choćby krok. Nie był gruby, ale też nie wysuszony.

– Los wędrowca każe często wracać – odpowiedział Wiarołomca, kłaniając się nisko. Marki powtórzył gest. – Jesteśmy jak liście przeganiane wiatrem w tę i z powrotem. Często sami nie wiemy, gdzie zagna nas kolejny podmuch.

– I obszarpany jak zawsze... Już twój pomocnik wygląda lepiej. Powiedz mi, Kaznodziejo, nie stać cię na lepsze stroje? Może przyjmiesz ode mnie kilka w prezencie?

– Nowe też zniszczeją w podróży, a nie nawykłem zbyt długo zostawać w jednym miejscu. Próżny trud zmieniać je zbyt często. Poza tym nie spodziewałem się zaproszenia.

– Zapewne powinienem kazać cię wpierw wykąpać i przebrać, byś nie zniechęcił nikogo do posiłku, ale ja wiem, że to nie szata zdobi człowieka. Pamiętaj też, że czasem wystarczy słowo, by znaleźć nowy stały dom.

Szymon pochylił głowę.

– Czy wolno mi złożyć uszanowanie także Perseu? – rzucił.

Galu skrzywił się z niechęcią.

– Mój pasierb zjawi się za chwilę. Obowiązek gospodarza nakazuje mi jednak na niego nie czekać i od razu poprowadzić was do stołu.

Na środku sali umieszczono długi i masywny dębowy stół. Mogłoby zmieścić się przy nim kilkadziesiąt osób, był jednak zastawiony tylko dla pięciu. Drewal poprowadził ich do niego, wskazując, gdzie powinni usiąść. U szczytu zasiadł Galu. Dwóch krzepkich służących podniosło jego fotel i postawiło we właściwym miejscu. Drewal zamierzał usiąść po lewej stronie hrabiego, jednak Galu złapał go za nadgarstek, wskazując, że ma zająć miejsce po prawej. Po lewej zostało nakrycie dla Perseu. Marki i Wiarołomca siedzieli dalej, naprzeciw siebie, Marki po lewej a Szymon po prawej stronie gospodarza.

Przepowiadacze skłonili się i wyszli. Zdawało się, że zwołano ich tu jedynie po to, by przywitali gości. Teraz stali się zbędni. Kolejna rzecz nie do pomyślenia w Gnieździe Brzóz. Starszy przepowiadacz zawsze zajmował ważne miejsce przy stole Natabana, a jego pomocnicy dołączali do niego nader często.

– Obmyjmy ręce.

Do stołu podbiegł sługa z cynową misą napełnioną wodą. Hrabia zanurzył w niej dłonie. Nadgarstki również miał opuchnięte, choć dłonie zachowały jeszcze sprawność. Ich ruchy były jednak powolne, być może także bolesne. Marki podejrzewał, że niedługo, najdalej za parę lat, Galu straci możliwość poruszania i nimi. Spuścił wzrok, udając, że niczego nie dostrzega. Wiarołomca jednak nie był aż tak taktowny.

– Choroba postępuje – zauważył.

Hrabia obrzucił go nieprzychylnym spojrzeniem.

– Wszyscy się starzejemy.

– Czyż to nie inny sposób powiedzenia, że ktoś powinien nas zastąpić?

Marki zacisnął dłoń na poręczy krzesła. Bał się, że słowa Szymona spowodują wybuch gniewu Galu. Hrabia pozostał jednak niewzruszony. Tylko Drewal naprężył się, jakby niepewny, czy nie powinien zerwać się z miejsca.

– Dlatego wędrujesz teraz z pomocnikiem? – odciął się Galu.

Wiarołomca uśmiechnął się pod nosem.

– Poniekąd – przyznał.

Zamierzał dodać coś jeszcze, lecz w tym momencie do sali wparował młody chłopak. Był niewiele starszy od Markiego, ale wyższy i zdecydowanie bardziej barczysty.

– Nie powiadomiono mnie! – zawołał.

Wiarołomca wstał, zgrzytliwie odsuwając krzesło. Skłonił się. Marki poszedł w jego ślady.

– Sprawdzimy, kto zaniedbał obowiązki – oznajmił Galu obojętnym tonem – ale to potem. Teraz dołącz do nas. Jak widzisz, nie zapomniałem o tobie.

Drewal zamierzał wstać, ustępując chłopakowi miejsce po prawej stronie hrabiego, lecz Galu położył marszałkowi dłoń na kolanie, zmuszając do pozostania na krześle.

– Usiądź, synu – wskazał miejsce po lewej – i wybacz, że na ciebie nie zaczekaliśmy. Sądziłem jednak, że nie ciekawi cię spotkanie z Kaznodzieją. Lubię rozmawiać z ludźmi, którzy przywędrowali z dalekich miejsc. Lubię ich opowieści. Zwłaszcza od czasu, gdy zostałem przykuty do tego gniazda okowami silniejszymi niż żelazo. Jednak wędrowiec to tylko wędrowiec. Nie wiedziałem, czy zechcesz tracić na niego czas.

– Kaznodzieja nie jest pierwszym lepszym wędrowcem – zaprzeczył Perseu. – By zasłużyć na to miano, wystarczy zawędrować z jednego gniazda do drugiego, w naszych czasach to już wyczyn, na który niewielu się poważa. Kaznodzieja jest inny, zwiedził całą Strefę.

– Pochlebiasz mi, ale twój opiekun ma rację – wtrącił się Wiarołomca. – Jestem prostym łazikiem. Moja wartość jest mniejsza od kupca, bo nie wiozę ze sobą towarów. Nic prócz słów.

Uwadze Markiego nie uszło, że przy słowie „opiekun", kąciki ust Galu drgnęły. Nazywając Perseu synem, naturalnie przedłużał swoje prawo do sprawowania rządów. Jeśli zaś był tylko opiekunem, powinien usunąć się w cień z chwilą, gdy chłopak osiągnie pełnoletniość, a to przecież już nastąpiło.

– Twoje słowa są warte więcej orłów niż towary niejednego kupca. Są jak lekcje najlepszego nauczyciela – zaprzeczył Perseu.

– Ale moje nauki nie są na sprzedaż. Ofiarowuję je darmo tym, którym zechcę. Inni, choćby mogli zapłacić wiele, nie dostają nic.

Galu zaśmiał się sucho.

– A czy dla nas masz słowa, czy jedynie puste wydmuszki wylatujące z ust? – zapytał.

Wiarołomca skłonił się delikatnie.

– A co byś wolał, panie?

– Ty wiesz najlepiej. – Na ustach hrabiego zakwitł zimny, uprzejmy uśmiech.

– Oczywiście, że mam słowa. Niepośledniej lekcji. Mógłbym opowiedzieć o burzy, która pojawiła się na południu, o znakach, nowej Studni, lecz te wieści, choć ważne, nie są najważniejsze. Są jak orły. Dobrze je mieć, ale są rzeczy, na które nie ma ceny w orłach – mówił zwrócony do Galu, ale wydawało się, że słowa kieruje raczej do Perseu.

Po plecach Markiego przebiegł zimny dreszcz. Zagryzł usta, aż na języku poczuł miedziany smak krwi. Czy zagłada Gniazda Brzóz była dla Szymona mało znaczącym epizodem? Nie obchodziła go zguba sześciuset osób? Czyżby tak bardzo pomylił się co do niego?

– Jakaż to informacja jest aż tak cenna, że nie kupisz jej za pieniądze? – mruknął kpiąco hrabia.

– Rzeczy najistotniejsze widoczne są zawsze. Zwykle jednak patrzymy na nie i ich nie dostrzegamy. Czasem więc dobrze, jeśli ktoś zada nam najprostsze pytanie, bo często to właśnie one prowadzą do najważniejszych odpowiedzi. Na tym polega ma nauka. Mogę? – Wiarołomca wskazał na szablę u boku Drewala. Marszałek zerknął na Galu i nie dostrzegając zakazu, podał broń Szymonowi. Ten rzucił ją na stół. Zabrzęczała. – Proszę!

– I? – chyba nikt nie pojął, o co chodzi Kaznodziei.

– Później. Obiecałem wam lekcję, problem do rozwiązania, niełatwe odpowiedzi. Wytężcie głowy, umysł trzeba ćwiczyć w wyciąganiu wniosków jak rękę w posługiwaniu się szablą.

Galu przymknął oczy. Być może rozważał, jak zareagować na zuchwalstwo Wiarołomcy. Nie powiedział jednak nic. Sięgnął po pieczoną kaczkę, gestem zachwalając ją gościom. Wszyscy prócz Perseu zajęli się posiłkiem. Chłopakowi zagadka nie dawała spokoju.

– Nic z tego nie pojmuję, Kaznodziejo.

– To w dużej mierze zrozumiałe. Pewne rzeczy są trudne. Tym bardziej jednak nadają się do ćwiczeń. I dlatego też nie podaję odpowiedzi, a jedynie wskazówki. Pomyśl. Gdy patrzymy w niebo, widzimy błękit, czasem chmury, nie to jednak co naprawdę mamy nad głowami. Lubimy się łudzić, że pewne rzeczy po prostu są. Takie, a nie inne. Nie zadajemy pytań „dlaczego?".

To nas gubi. Kaczka jest naprawdę wyśmienita – pochwalił danie, po czym umilkł na moment.

– Jak z nim wytrzymujesz? – Perseu zwrócił się do Markiego. – Do ciebie też mówi wyłącznie zagadkami?

– Cały jest dla mnie zagadką – odparł Marki, wywołując salwę śmiechu.

Perseu nie zamierzał jednak ustąpić, nawet nie tknął jadła.

– Nie lubię dręczyć się pytaniami bez odpowiedzi.

– Ależ odpowiedzi istnieją zawsze – oznajmił Wiarołomca. – Czasem tylko są dla nas niedostępne. Nie wolno jednak myśleć, że nie sposób ich zdobyć. W Akademii studiowałem księgi. Zawarta w nich wiedza przekraczała możliwości jednego człowieka. Można było ją przeczytać, choć z trudem, bo ksiąg jest więcej niż liści na dorodnym dębie, niemożliwością było ją opanować w pełni, a już w żaden sposób nie mógłby dojść do niej jeden człowiek. To wiedza pokoleń. To nas wyróżnia od zwierząt, gromadzimy mądrość. Z cząstkowych odpowiedzi, które znajdujemy my, nasi synowie, wnukowie, a może dopiero ich wnukowie będą wciąż uzyskiwać, opracowywać nowe, bardziej kompletne teorie. Być może jednak okaże się, że owe teorie postawią przed nimi kolejne pytania. Może proces nigdy się nie kończy. To jednak w żadnym wypadku nie oznacza, że odpowiedzi nie ma lub nie warto ich szukać.

– Męczące słowa. Coś z nich wynika? – Galu uniósł brew.

Perseu wiercił się na krześle.

– Ciężko odpowiedzieć, gdy nie rozumie się pytania. A ja chciałbym wiedzieć! – oznajmił stanowczo.

– Może zatem, synu, powinieneś wstąpić do Akademii?

Żart opiekuna nie rozbawił chłopaka. Żadna tajemnica, że schorowany hrabia byłby wielce rad z takiego obrotu sprawy. Wstępujących do grona przepowiadaczy obowiązywał nie tylko celibat, ale też wyrzeczenie się majątku. Odtąd liczyła się dla nich jedynie wiedza, którą mieli zgłębiać i którą mieli służyć innym.

– Hrabio... – zaczął, lecz Wiarołomca nie pozwolił mu dokończyć, być może obawiał się, że Perseu powie coś, czego potem będzie żałował.

– W tej samej lekcji mam inną zagadkę, daje tę samą odpowiedź.

– Więc to ta sama zagadka – wtrącił Drewal.

– Inna. Pytania bywają jak włókna sznura, splatają się ze sobą i wydaje się, że to jedna lina, a nie kilkadziesiąt drobnych nitek. Gdy jednak znajdziemy odpowiedź, to jakbyśmy ścięli cały sznur. Moje pytanie brzmi: jak wygląda świat?

Perseu prychnął.

– Ty nie wiesz? Mam w pokoju mapę!

Zerwał się z miejsca, ale Wiarołomca zatrzymał go gestem.

– Nie chcę map. Pytam, jak wygląda świat.

Chłopak usiadł i gorączkowo zaczął przestawiać naczynia i dania, by jako tako oddać topografię.

– Strefa posiada sześć boków. Zapewne ma kształt sześciokąta foremnego, choć nasz przepowiadacz twierdzi, że nie mamy dowodów, by potwierdzić te założenia. Niemniej jednak z grubsza z całą pewnością odpowiada tej figurze, choć istnieją opracowania, w których twierdzi się, że to koło i jedynie góry i pola magmy zniekształcają obraz. Na środku, no dobrze, niezupełnie na środku, jednak w miarę w centrum znajduję się podłużne jezioro. Do niego właśnie, do Jeziora Łez, wpadają płynące przez Strefę rzeki. To nad jeziorem i rzeczkami leży większość z czterdziestu dwóch gniazd. O, na przykład – Perseu porwał chleb i lepiąc kulki, zaznaczał położenie na tworzonej przez siebie mapie – tu leży Gniazdo Dębów. Tu jesteśmy my – rzucił kulkę tuż przy północnej granicy Strefy – tu Gniazdo Brzóz. Tu Os. A tu...

Marki chwycił kulkę oznaczającą położenie jego domu i stracił ją ze stołu.

– Brzóz już nie ma – oznajmił ponurym tonem. – Pozostało czterdzieści jeden gniazd.

Galu przeniósł na niego zaciekawione spojrzenie.

– O, wreszcie coś ciekawego, nie nauki, z których nic nie płynie. Co się stało z hrabią Natabanem? Osobiście spotkałem go tylko raz, gdy obaj byliśmy młodzi, można więc powiedzieć, że go nie znałem. Otaczała go jednak pewna sława, zarówno jego osobę, jak i mechaniczne cudeńka, które wytwarzał. Zapewne wiele bym znalazł także u siebie. Przykro słyszeć, że gdy przestaną działać, nikt ich nie naprawi ani nie zdobędę już nowych...

– Ity – Wiarołomca nie pozwolił Markiemu odpowiedzieć – spustoszyły całą osadę, co do ostatniej duszy.

– I nie został nikt?

– Nikt – potwierdził z naciskiem Szymon.

Marki wreszcie otrząsnął się na tyle, by spojrzeć na innych. Galu nie sprawiał wrażenia zbyt przejętego, raczej znudzonego lub rozczarowanego. Perseu siedział blady, pogrążony w bezruchu, a Drewal wiercił się na krześle. Wreszcie marszałek nie wytrzymał.

– One nie istnieją!

– Zapewniam cię, że Ity, Przekłuwacze, czy jak jeszcze chciałbyś je zwać, są równie realne jak kaczka, którą zajadałeś. – Wiarołomca mówił wolno, z naciskiem. – Z pewnością twój hrabia to potwierdzi.

Galu chrząknął cicho.

– Nie mogę potwierdzić realności czegoś, czego nigdy nie widziałem. Czy ta dziwna rozmowa, lekcja, chore zagadki do czegoś prowadzą?

Szymon wydawał się go ignorować, wbił wzrok w Perseu.

– To wszystko, co miałeś do pokazania?

Chłopak zaczerwienił się.

– Właściwie tak. Są jeszcze Studnie oraz pustkowia, dzikie ostępy porośnięte łąkami bądź lasami, rzadko odwiedzane przez kogokolwiek.

– Oraz?! – Wiarołomca podniósł głos. Galu, przed chwilą wyraźnie zły, rozpogodził się.

Perseu szukał czegoś chwilę w myślach.

– Akademia! – krzyknął wreszcie. Złapał łyżkę i położył ją w południowo-zachodniej części Strefy.

– Oraz?!

Chłopak ogarnął wzrokiem stworzony plan.

– Nie ma już nic!

– Jest – głos Szymona był na powrót spokojny. – Ściana. Co o niej powiesz?

– Otacza Strefę. – Perseu wydawał się zdezorientowany. – Ciężko o niej mówić, że jest jej częścią. Ogranicza ją. Nie sposób się przez nią przebić. Odrzuca każdego, kto chciałby ją pokonać. Za Ścianą jest jedynie morze ognia. Piekło.

Wiarołomca obrzucił wzrokiem prowizoryczną mapę. Poprawił położenie łyżki symbolizującej Akademię i zaśmiał się.

– Więc to, według ciebie, już wszystko? Cały świat?

– Tak.

Szymon ponownie podniósł szablę Drewala.

– Więc skąd wzięło się to?! – Rzucił ją przed młodzieńca.

Marszałek był wyraźnie niezadowolony z podobnego traktowania swej broni. Porwał ją i schował do pochwy.

– Co próbujesz przez to powiedzieć?!

– To, od czego zacząłem. Że patrzycie, a nie widzicie. Przejdźmy więc do sedna lekcji. Żelazo. Szable, siekiery, groty strzał, gwoździe spajające drewniane konstrukcje. Skąd się wzięły? Kto z was wskaże miejsce, skąd mogę zaczerpnąć świeżego nieprzetworzonego żelaza? Wydobywa się je spod ziemi? Łowi w wodzie? Spada z nieba? No, skąd je bierzemy?

– Przetapiamy starsze narzędzia, broń z ostatniej wojny – mruknął Drewal wyraźnie zbity z tropu.

– Stare narzędzia, broń z wojny, od której minęło trzysta z górą lat! Jak się pojawiły? Zadowala was stwierdzenie, że nie wiecie, bo jeszcze się nie narodziliście? To jest odpowiedź, która pozwala wam zasnąć? Po prostu są... Nie widzicie wniosku? Odpowiedzi?

Galu chrząknął. Tym razem głośno. Szczęka drżała mu z oburzenia, lecz jeszcze panował nad sobą.

– I jaka ona jest? – wycedził.

Zapadła cisza. Przerwał ją Marki.

– Że Strefa to nie cały świat – powiedział cicho.

Hrabia wyprostował się, jakby zamierzał wstać. Było to jednak niemożliwe. Sapnął głośno.

– Teraz ja udzielę wam nauk. Jak mniemam prostszych, nieporównanie mniej mglistych. Prócz was zawitał do nas jeszcze jeden gość. Marszałku, proszę wezwać pułkownika Kufro. Proszę mu powiedzieć, że kazałem wypełnić rozkaz.

Drewal podniósł się z miejsca.

– Rozkaz? – spytał zdziwiony.

– Tak. – Galu ponaglił go ruchem dłoni. Syknął przy tym cicho. – Będzie wiedział, o co chodzi.

Po chwili w wejściu ukazał się Zenko. Szło za nim dziesięciu żołnierzy. Pięciu uzbrojonych w szable, pięciu w łuki. Kierujący nimi pułkownik warknął jakieś niezrozumiałe polecenie. Żołnierze rozstawili się tak, że równie dobrze mogli przeszyć strzałą szamana, jak też kogoś z siedzących przy stole.

Drewal zjawił się ostatni. Był wyraźnie zdezorientowany.

– Panie? – rzucił krótko, czekając na polecenia.

Galu dał znać, by słudzy obrócili jego fotel. Siedział teraz bokiem do stołu i widział wszystkich.

– Pora na moją zagadkę. Przyznam, że wasze, nazbyt chaotyczne i nieskładne, mnie zmęczyły. Czekam więc na odpowiedź Kaznodziei i jego chłoptasia. Kto to?

Szymon dał znać Markiemu, że może mówić.

– To Zenko – oznajmił chłopak. – Szaman hrabiego Warusa z Gniazda Dębów. Kapłan Probabli.

– Nie jestem zbyt religijny, nie tracę czasu na modlenie się do kogoś, kogo być może nie ma – wyznał Galu – lecz nie jestem też wrogiem żadnego z wyznań. Z Zenko łączą mnie jednak inne sprawy. Jego obecność pozwoliła mi zadać zagadkę, której i wy nie zgadliście. Wasza odpowiedź jest niepełna. Zapomnieliście dodać, że jest jeszcze, w każdym razie w ostatnich dniach, łowcą zbiegów, morderców.

Drewal wyciągnął szablę, a łuki żołnierzy już jednoznacznie skierowały się ku Wiarołomcy i Markiemu.

– Kogo według niego zabiliśmy? – spytał spokojnie Szymon.

– Członków eskorty, która prowadziła chłopaka do Studni. Został skazany na śmierć za porwanie i zhańbienie córki Warusa. Był podejrzewany również w sprawie zagłady Gniazda Brzóz.

Wiarołomca uśmiechnął się kpiąco.

– Naprawdę sądzisz, że chłopak sam zabił kilkaset osób? Jak? I po co miałby to robić? On, syn hrabiego Brzóz?

Drewal nieco opuścił szablę. Nie spodziewał się, że Marki może być kimś ważnym.

– Może już wtedy mu pomagałeś? – odparł zimno Zenko.

– To Przekłuwacze! – pisnął Marki.

Czy naprawdę w to wierzył? Chyba nie, nawet mimo niezrozumiałych śladów na kamiennych ścianach, których nie potrafił inaczej wytłumaczyć.

– Mój marszałek chyba jasno powiedział, co sądzi o bajkach? – Galu uniósł brwi. – Zresztą pozostaje drugi zarzut, czy z niego też spróbujecie się wykręcać? Drewal, do wieży z nimi! Jeśli stawią opór, zabij!

Marki zamierzał protestować, lecz na jego ramieniu spoczęła dłoń Wiarołomcy. Zrozumiał, że dyskusje nie mają sensu.

– Hrabio, nie rozumiem! – Drewal odczekał z protestem do wyprowadzenia więźniów.

– Czego nie jesteś w stanie pojąć, drogi marszałku?

Drewal obrzucił posępnym spojrzeniem Zenko. Przy nim nie mógł mówić otwarcie. Jeśli Gniazdo Dębów szykuje się do wojny, czemu im pomagają? To było główne pytanie, którego nie wolno mu było zadać wprost.

– Kaznodzieja cieszy się w naszym gnieździe dobrą opinią. Dlaczego słuchamy przybysza? Nie zamierzam zarzucać ci kłamstwa – skłonił się lekko w stronę szamana – lecz nie znam cię. Nawet nie mam pewności, że jesteś tym, za kogo się podajesz.

Galu zaśmiał się. Krótko, nienaturalnie.

– Wybacz, drogi gościu, lecz rolą marszałka jest dbać o bezpieczeństwo gniazda. Mój marszałek aż nadto wywiązuje się z zadania.

Twarz Zenko wykrzywiła się, być może w jego mniemaniu miał to być wybaczający uśmiech.

– Rozumiem i nie chowam urazy – zapewnił, po czym zwrócił się do Drewala: – Przemyśl jednak to, co, jak mniemam, nie uszło twojej uwagi. Chłopak nie zaprzeczył zbrodni, próbował ją jedynie zrzucić na fantastyczne twory.

– Nie było to jednak przewinienie, za które Warus skazał go na śmierć – wtrącił Perseu.

– Prawda, nikt go za to nie osądził – przyznał Zenko. – Nie było już takiej potrzeby.

– A kto osądził Kaznodzieję? – drążył młody hrabia.

– Zabił najemników.

– Ty tak twierdzisz. Poza tym, nawet jeśli to prawda, Bractwo to nie niewinne jagniątka. Jeśli stoczył walkę i ją wygrał, była z pewnością uczciwa.

– Dość! – ryknął Galu. – Ja siedzę na tym fotelu i ja podejmuję decyzje!

Perseu zrobił krok w jego stronę.

– Może pora, byś ustąpił miejsca mnie?

Galu poczerwieniał.

Drewal przypatrywał się temu zdezorientowany. Całym sercem przyznawał rację wychowankowi, pamiętał jednak niedawną rozmowę o niepokojach w Strefie. Galu, jako bardziej doświadczony, lepiej nadawał się do rządzenia w trudnych czasach. Z drugiej strony mógłby zostać cennym doradcą przejmującego władzę młodego hrabiego. O ile Perseu zechciałby go słuchać, a to wcale nie było pewne.

– Zrobię to – wysyczał Galu – gdy nadejdzie odpowiednia chwila. Jeżeli taka nadejdzie!

– Nie tobie o tym decydować! – Perseu odwrócił się do marszałka: – Czemu milczysz? Jestem już pełnoletni!

Drewal zaczerpnął tchu.

– To nie najwłaściwszy moment, by o tym dyskutować, mamy gościa...

Perseu ruszył ku wyjściu.

– Tchórz – rzucił, nie odwracając się.

– Zaczekaj, synu – dogonił go głos Galu.

– Nie jesteś moim ojcem!

Chłopak wyszedł, a Galu zaprosił gestem Zenko do stołu.

– Taka jest właśnie dzisiejsza młodzież – powiedział. – I oni chcieliby kierować losami tego świata. Chwyćmy puchary i wznieśmy toast za pokój między Dębami a Psami. Ostatnie minuty utwierdzają mnie w przekonaniu, przyjacielu, że podjąłem słuszną decyzję.

Podłogę celi wyłożono słomą. Starą, miejscami wręcz przegniłą i cuchnącą moczem. Rojącą się od robactwa. Ani Wiarołomca, ani Marki nie zostali skrępowani, nie zmieniało to jednak zasadniczo ich sytuacji. Grube dębowe drzwi zaopatrzone w żelazne okucia były nie do sforsowania. Za nimi czuwali uzbrojeni wartownicy. Przez jedyne okienko w pomieszczeniu być może dałoby radę się przecisnąć, lecz tylko po to, by skręcić kark na twardej glinianej uliczce u stóp wieży.

Zapadła ciemność i przez okno widoczna była jedynie czerń nocy przyozdobiona setkami mrugających gwiazd. Marki drgnął, gdy niespodziewanie szczęknęła zasuwa i w drzwiach ukazał się Drewal. Marszałek obejrzał się za siebie. Za nim majaczyły niewyraźne sylwetki dwóch strażników. W świetle odległej pochodni trudno było się im przyjrzeć. Marki dostrzegł jedynie, że trzymają w dłoniach coś na kształt maczug.

– Upewnijcie się, że wychodzę tylko ja – nakazał im Drewal. – W razie czego raczej mnie ubijcie niż pozwólcie uciec więźniom.

Marszałek wszedł do celi i zatrzasnął za sobą drzwi. W dłoni trzymał pochodnię. Nie miał szabli, zapewne w obawie, że Wiarołomca spróbowałby mu ją odebrać i uciec.

– Żelazo – mruknął, pstrykając w zamyśleniu w metalowe okucia. – W dużej mierze przez nie się tu znaleźliście. Po co drażniłeś Galu? – Marki zignorował go, lecz Szymon zaśmiał się chrapliwie. – Nie wierzysz mi? – Drewal wydawał się urażony.

– Nie rozumiem, jak możesz wierzyć samemu sobie.

Marszałek rozejrzał się za czymś do siedzenia, lecz niczego nie znalazł. Słoma nie zachęcała, by na niej spocząć.

– Co chcesz przez to powiedzieć? – spytał. – Sam się skazałeś na tę celę, opowiadając głupie zagadki i bełkotliwe nauki. Galu wcale nie był zbyt skłonny do spełnienia żądań szamana. Nigdy nie lubił się z Warusem, delikatnie mówiąc, zresztą. Gniazdo Psów woli rządzić niż być rządzonym, a ten dębowy prostak wszędzie próbuje się panoszyć. I szykuje coś złego.

Wiarołomca wzruszył ramionami.

– Założę się, że Galu i Warus nadal się nienawidzą, ale interes to interes.

Drewal spojrzał na niego bez zrozumienia.

– Przehandlowali ciebie? To ten interes?

– Nie, przyjacielu – Wiarołomca podszedł i stuknął palcem w pierś marszałka – ciebie. To ty, twoja służba jest tu monetą. Uprzedzałem. Zastanów się, komu służysz.

– Ostatnio sam wspominał o oddaniu władzy...

– I z pewnością zrobił to tak, byś mu odradził. Powiedz, czy jest lepszy sposób, by uśpić twoją czujność?

Drewal sposępniał. Nie odzywał się dłuższą chwilę, nad czymś rozmyślając.

– Przyszedłem w innej sprawie – zaczął powoli – ale jeśli masz rację, to już nieważne.

Szymon splunął przez okienko.

– Mam rację.

– Przypuśćmy – podjął marszałek. – Co byś radził?

– Jak rozkładają się siły?

Drewal ponownie zatopił się w myślach. Kilka razy cicho westchnął, nim wreszcie powiedział:

– Chłopak nie ma szans.

– Tak myślałem, w innych okolicznościach handel by się nie odbył. Możesz tylko jedno, bierz go i uchodźcie jak najdalej. Bądź jednak pewien, że nigdzie nie znajdziesz w pełni bezpiecznego schronienia.

– To prawowity pan gniazda – zaprotestował jakby wbrew sobie marszałek.

– Co ma większą siłę przebicia, prawowitość czy miecz?

Drewel zaczął chodzić po celi.

– Więc już po nim – rzucił. – Nie wyjedziemy, przy bramach wzmocniono ochronę, niby przez was. Zajął się tym Kufro, zastąpił baranów z Reprezentacji Honorowej swoimi ludźmi. Tylko czemu tak pilnują gniazda, skoro siedzicie pod kluczem? Kontrolują każdy wóz, patrzą w twarz każdemu wchodzącemu i wychodzącemu.

– Jesteś marszałkiem – przypomniał Wiarołomca.

– Jestem nim, bo uparła się przy tym matka Perseu. Jej już dawno nie ma, to tylko Galu nie zwolnił mnie z funkcji. Może, by sobie mnie zjednać, mam posłuch u ludzi, a może tylko, by trzymać blisko i patrzeć na ręce. Zaraziłeś mnie paranoją lub otworzyłeś oczy, Kaznodziejo, lecz nagle milion drobnych spraw nabiera posępnego sensu. Wzmocnienie straży, dobór ludzi, to wszystko nie wydaje się już przypadkowe. – Uderzył pięścią w drzwi. – Cóż – warknął – skrzyknę tych, których jestem pewny, i wyjdziemy z chłopakiem przez główną bramę. Jeśli mamy umrzeć, zrobimy to przynajmniej z honorem.

– Czekaj – zatrzymał go Szymon. – Nie masz wiele czasu, lecz wykorzystaj ten, który ci pozostał. Galu zwali winę na mnie lub Markiego, a zapewne na nas obu. Ogłosi, że wydostaliśmy się z celi i zamordowaliśmy Perseu. Potem oczywiście zginiemy przy próbie ucieczki. Martwi nie zaprzeczają. To bezpieczniejsze niż zwyczajne zgładzenie chłopaka lub nawet nieszczęśliwy wypadek, który kogoś może zastanowić. Po co mu niesnaski w gnieździe? Ciebie w najlepszym wypadku zwolni ze służby za nieudolność, bo nie zapobiegłeś zamachowi. Nasze głowy zatknięte na kijach spodobają się Warusowi, więc jeśli ktoś zakwestionuje przebieg wydarzeń, Dęby pomogą Psom. Galu upiecze trzy pieczenie na jednym ogniu. To zapewne nie stanie się dziś, ale jutro... pojutrze... Kto wie?

W świetle pochodni twarz Drewala wydawała się upiornie blada.

– Co mogę zrobić?

– Po pierwsze, nie zdradź się. Nie mogą poznać, że się domyślasz. Jeśli Galu zaprosi cię na kolację, usiądź przy nim i śmiej się z jego żartów. Zresztą sam wiesz, co jest naturalne dla ciebie, co nie. Po drugie, skontaktuj się z Harkim i wypełnij sumiennie wszystkie jego polecenia. On wie, co robić. Tylko nie idź wprost do niego. Na pewno cię dyskretnie obserwują, jeśli nawet nie robili tego dotąd, już zaczęli. Znajdź zaufanego pośrednika.

– Z Harkim? – po twarzy marszałka przebiegł cień obrzydzenia. – Z tą pokraką?!

– Tak, właśnie z nim. Od teraz on wydaje ci polecenia. Jeśli będzie kazał wysmarować ci twarz gównem, zrobisz to z zapałem, z jakim dotąd polerowałeś buty Galu. Zrozumiałeś?

Drewal sapnął ciężko.

– Nigdy!

Wiarołomca złapał marszałka za ramiona i przycisnął do drewnianej ściany.

– Znamy się od wielu lat. Zawsze byłeś dumny i hardy. Zdecyduj teraz, co jest dla ciebie ważniejsze: duma czy życie tego, którego przysiągłeś bronić. Możesz zasłonić się honorem i zginąć jak idiota, poświęcając również chłopaka, bądź ugiąć karku i uratować coś, w co wierzyłeś.

Drewal skulił się w sobie.

– Może kiedyś byłem hardy i dumny, ostatnio niewiele z tego zostało. – Skinął głową. – Dobrze, postąpię, jak poleci ten... – nie dokończył.

Złapał za drzwi, gotów je otworzyć.

– I jeszcze jedno – zatrzymał go Wiarołomca. – Oferuję ci pomoc, lecz pamiętaj, że to jedynie szansa. Nie wiem, czy nam się uda, a jeśli nawet wydostaniemy się stąd, czy nie trafimy do o wiele gorszego miejsca.

Marszałek zaprzeczył gestem.

– Nie ma gorszych miejsc – rzucił i wyszedł.

Szymon wpatrywał się w drzwi, jakby nadal widział przez nie niedawnego rozmówcę. Wreszcie drgnął.

– I ponownie się mylisz – szepnął.

– Dokąd chcesz nas zabrać? Do piekła? – zapytał Marki.

Wiarołomca odwrócił się do chłopaka.

– O, hrabiątko przestało się dąsać...

– Nie dąsałem się!

– Po prostu nie miałeś ochoty na rozmowę.

Szymon ulokował się wygodnie na stercie w miarę świeżego siana. A właściwie najczystszego, jakie wypatrzył, bo w całej celi nie znalazłby nawet garści takiego, o którym można powiedzieć świeże.

– Z tobą nie da się rozmawiać! Całymi dniami milczysz, nie odpowiadając na pytania, albo wyrzucasz z siebie same polecenia lub zagadki. Poza tym, to przez ciebie się tu znaleźliśmy!

– Kolejny. – Wiarołomca westchnął. – Każdemu muszę tłumaczyć z osobna? Znaleźliśmy się tu, bo okazaliśmy się doskonałymi kozłami ofiarnymi. Żadna w tym moja zasługa. To raczej za tobą przywędrował Zenko.

– Gadaj zdrów! – Marki obrócił się do niego plecami. – A mogłem być już daleko, zabrać te marne dwa orły i zwyczajnie wyjść z gniazda, zamiast robić zakupy dla ciebie. Nigdy byś mnie nie znalazł!

– Nigdy to bardzo poważne słowo. Inna sprawa, że zapewne wcale bym cię nie szukał. Nie schlebiaj sobie, chłopcze. Bez ciebie mój świat się nie zawali. I skoro ponownie zacząłeś mnie zauważać, zapamiętaj jedno: jeszcze żyjemy i zrobię wszystko, by ten stan utrzymać jak najdłużej. Więc głowa do góry.

Uliczki osady tętniły życiem. Większość mijanych osób stanowili miejscowi, było jednak też nieco przyjezdnych, zainteresowanych psami bądź wozami. Ci nigdy nie zostawali długo. Załatwiali niezbędne interesy i wracali do rodzinnych gniazd. Gwar rozmów mieszał się z nieustającym ujadaniem, wizytówką Gniazda Psów.

Drewal szedł niespiesznie w kierunku domu Harkiego. Pomysł, by wysłać kogoś w swoim imieniu, wydał mu się niedorzeczny. Galu, jak sam przyznał, miał oczy wszędzie, jednak jak by się nie starał, nie mógł śledzić każdego. Dom pokraki znajdował się już na wyciągnięcie ręki. Obok stał wóz, który tak pracowicie obwieszał pojemnikami Marki. Konstrukcja wyjątkowo brzydka i niekształtna.

Szpetna niczym jej twórca.

Marszałek nie wątpił, że Harki potrafi zbudować pojazd z prawdziwego zdarzenia. Choć był przybyszem jak wielu rdzennych mieszkańców gniazda, opanował sztukę konstruowania wozów do perfekcji. Czemu więc stworzył podobnego potworka? Czy to również nie było dziełem przypadku? Tylko jaki miało cel? Okrążył pojazd. Przez wysokie boki nawet samo wejście do środka sprawiało pewien problem. Który handlarz chciałby się męczyć? No tak, pojazd zbudowano dla Kaznodziei, być może według jego wskazówek, lecz mimo że wędrowiec był sprawny fizycznie, po co miałby utrudniać sobie życie?

Drewal trącił jeden z wiszących pojemników. Po ściance pociekło kilka kropel wody. W uliczce, którą przed chwilą przyszedł, dostrzegł zaufanego człowieka Kufro. Mężczyzna stał przed straganem, bacznie przyglądając się sprzedawanym naczyniom.

A więc jednak...

Marszałek uśmiechnął się ze smutkiem. I znów Kaznodzieja miał rację. Mieszkaniec Gniazda Psów nie kupowałby naczyń na straganie. Nawet jeśli sam nie potrafił wytworzyć pojemników na wodę, dogadałby się z którymś z sąsiadów bądź znajomych. Stragany stały tu tylko i wyłącznie dla przyjezdnych. Raz jeszcze obszedł wóz, starając się, by oczom śledzącego go człowieka nie umknęło jego zainteresowanie nietypową konstrukcją, którą zamierzał nabyć Kaznodzieja, po czym wciąż niespiesznie ruszył w stronę gospody Morgot.

Załomotał w drzwi i nie czekając na odpowiedź, wszedł do środka.

– Kto tu?

Przez moment szukał źródła dźwięku. Niewielkie okienka pomieszczenia zostały zasłonięte i w środku panował półmrok. Oczy musiały przyzwyczaić się do nowych warunków.

– Przyniosłem wino.

Marus błyskawicznie znalazł się przy marszałku i odebrał dzban.

– Siadaj – zaprosił do stołu. – Wpuszczę nieco światła.

– Nie – Drewal rzucił szybko. – Ciemność mi nie wadzi, dziś nawet sprzyja.

Starzec już nalewał wino do kubków. Poruszał się sprawnie, jakby liczył zaledwie połowę swych lat. Spojrzał bystro na marszałka i zapytał:

– Co cię, chłopcze, do mnie zagnało?

Drewal rozsiadł się wygodnie i odparł:

– Poniekąd nasza ostatnia rozmowa...

Kobieta zastygła w bezruchu. W dłoni ściskała kościany grzebień, którym czesała włosy. Minęło kilka długich sekund, nim odłożyła go i odwróciła się. Izba tonęła w mroku, blask jednej niewielkiej świeczki stojącej na stoliku w kącie nie rozpraszał ciemności. Płomyk zatańczył, cienie zafalowały.

– Jesteś? – szepnęła.

Wydawało się, że nikt nie może jej odpowiedzieć, jednak po chwili rozległo się ciche potwierdzenie. Podeszła do okna.

– Tylko ruch powietrza cię zdradza. Przychodzisz niczym cień.

Zza kotary wyłonił się Drewal. Odpiął szablę z klejnotem w rękojeści i położył ją na wąskim parapecie.

– Raczej jak szczur lub złodziej – sprostował. – Brać, co nie jest moje.

Objął kobietę i przytulił twarz do jej piersi. Miała na sobie jedynie długą, cienką koszulę nocną. Wzniosła ręce, jakby zamierzała ją ściągnąć i w tej pozie zamarła.

– To nie jest dobry czas. Wyszedł, ale zapewne zaraz wróci – szepnęła.

– Nie tej nocy – zaprzeczył. – Ma swoje ciemne sprawki, które knuje z Galu.

– Czy nie ty jesteś marszałkiem, czy to nie powinny być twoje sprawki?

Pocałował ją.

– Moim panem jest Perseu. Zresztą marszałek to ktoś, kto posiada honor. Nie zdrajca, który zakrada się do cudzej żony niczym lis do kurnika.

Kobieta wyrwała się z uścisku.

– Ty i twój honor – syknęła, choć nie było w tym krztyny gniewu. Raczej żal.

– Alise...

– Nie jesteś zdrajcą.

– Nie – zgodził się. – Tym jednym nie jestem i nie będę. Choć kosztuje mnie to więcej, niż może znieść moje serce.

Przywarła do niego. Czuł, jak drży.

– Czyli? – spytała. – Co tracisz?

– Ciebie.

Próbowała się odsunąć, ale jej nie pozwolił.

– Pamiętasz, jak proponowałem, że rozniosę twojego męża w uczciwej walce? Powiedziałbym, że cię kocham i że nie jestem ci obojętny, a pierwszy sięgnąłby po broń. I nawet gdybym po wszystkim musiał złożyć funkcję, przynajmniej miałbym cię tak naprawdę... Choć na jakiś czas. Bylibyśmy razem, dni czy tygodnie, nieważne, ale razem.

– Lub byś zginął...

– Ja? – Zaśmiał się cicho. – Wykluczone. A teraz już na to za późno.

– Dlaczego?

Zamiast odpowiedzi ponownie wpił się w jej usta.

– Tak słodkie... Zawsze je będę pamiętał. Nieważne, gdzie trafię.

– Odchodzisz?

– Odchodzą ci, którym pozostawiono wybór. Ja go nie mam. Straciłem jak honor, a dziś również dumę. Wymykam się.

Alise ścisnęła go mocno.

– Kiedy?

– Jeszcze nie wiem, wkrótce. To pożegnanie.

Cofnęła się o krok i ściągnęła koszulę. Stała naga, przyglądając mu się niemo. Wreszcie chwyciła jego dłoń i położyła na swojej piersi.

– Opuścisz mnie, ale nie dziś. Tej nocy jesteś mój i tylko mój. Sam powiedziałeś, że on się nie zjawi...

Główna sala tętniła życiem, rzecz niezwykła w Gnieździe Psów, w każdym razie w ostatnich latach. Wcześniej, owszem, bywało w niej gwarno, ale odkąd rządy objął Galu z miesiąca na miesiąc robiło się tu coraz bardziej pusto. Coraz rzadziej przychodzili przepowiadacze, pułkownicy, a zwłaszcza zwykli mieszkańcy gniazda. Galu nie znosił tłoku, wolał samotność i dawał temu wyraz tym wyraźniej, im bardziej choroba jego członków postępowała. Dziś odżyły dawne czasy. Drewal przyglądał się temu z zaciekawieniem, ale już bez nadziei. Ostatnia rozmowa z Kaznodzieją pozbawiła go złudzeń. Albo zaraziła paranoją.

Chciałbyś, by tak było.

Owszem, wolałby wierzyć, że wszystko sobie ubzdurał. Że Galu trzyma się władzy jedynie dla dobra społeczności, a Perseu wcale nie grozi śmiertelne niebezpieczeństwo. Tyle że gdy raz połączyło się subtelne symptomy w jedną całość, nie dało się patrzeć na całą sprawę inaczej. Obraz był jednoznaczny. A jeśli tak, to dzisiejsze ożywienie było jedynie szopką. Przedstawieniem dla gawiedzi. Być może sam miał być jednym z głównych gapiów. Musiał przyznać, że jak dotąd nie wykazał się spostrzegawczością. Za dobrą monetę brał wszystkie zapewnienia hrabiego. Nie hrabiego, uzurpatora. Tak należało go nazywać. Teraz jednak podszedł do fotela owej napuchniętej pijawki i skłonił się nisko.

– Panie. Wzywałeś.

– Marszałku. Nareszcie jesteś, w sumie w samą porę. Zaprosiłem nieco osób, byśmy wspólnie podjęli pewne decyzje.

Drewal obrzucił wzrokiem zebranych.

– Zamożniejszych handlarzy też?

Nie potrafił ukryć zdziwienia. Wiedział, że Galu nimi gardzi. Nie okazywał tego, ale byli dla niego jedynie robactwem, z którym należało się użerać.

– Dlaczego nie? Mieszkańcy gniazda powinni brać większy udział w jego życiu.

– W pełni się zgadzam.

Ale nie wierzę.

– Zajmijmy miejsca – polecił Galu.

Tym razem usadzono ich jak należy. Miejsce u szczytu stołu zajął Galu, po jego prawej stronie Perseu, a po lewej Drewal. Obok młodego hrabiego jako honorowy gość zasiadł Zenko, a naprzeciwko niego starszy przepowiadacz. Reszta miejsc została rozdzielona już bez zbytniej staranności.

W tym przedstawieniu liczą się tylko główni gracze. Reszta to publiczność.

Marszałek zerkał wyczekująco na Galu, chciał wreszcie poznać sens spektaklu. Nie wątpił, że za chwilę usłyszy wyjaśnienia, a z nich być może uda mu się wyłuskać drugie dno.

– Moi drodzy – zaczął Galu – zaprosiłem was, bo musimy podjąć pewną decyzję, a po namyśle doszedłem do wniosku, że ciężar odpowiedzialności za nią nie powinien spoczywać jedynie na moich schorowanych barkach. Jak zapewne wiecie, gościmy, choć to słowo nie oddaje w pełni sytuacji, troje przybyszów. Obecnego tu kapłana Probabli, przybyłego z Gniazda Dębów, którego chciałbym byście wysłuchali za moment, oraz Kaznodzieję wraz z pomocnikiem, paniczem Gniazda Brzóz. Nasz znamienity gość, Zenko, wysuwa wobec nich poważne zarzuty. Radźcie, jak powinniśmy postąpić.

Perseu zamierzał zerwać się z miejsca, lecz Galu przytrzymał go.

– Niech najpierw wypowiedzą się mniejsi. My, jako głowa gniazda, powinniśmy przemawiać ostatni – szepnął. Drewal siedział na tyle blisko, że jeszcze zdołał usłyszeć te słowa, zapewne nikt więcej ich nie pochwycił.

Czyżbyś wreszcie zaczął wypełniać swoje obowiązki względem pasierba?

Chyba domyślił się sensu przedstawienia. Musiał tylko poczekać na potwierdzenie.

– Nie znam zarzutów, a więc i rozmiarów winy – zabrał głos starszy przepowiadacz – ale moim zdaniem powinni zostać osądzeni według naszego prawa.

Wiele osób pokiwało głowami.

– Zgoda, rozstrzygnijmy winę lub jej brak, ale wyrok powinno wydać Gniazdo Dębów, bo jak rozumiem tam doszło do przewinienia – odezwał się jeden z handlarzy.

– Boisz się, że ukaranie Kaznodziei popsuje ci handel? – mruknął marszałek znacznie głośniej, niż zamierzał.

Kupiec poczerwieniał.

– Na pewno nie przysporzy nam miłośników, ale moim zamiarem nie było odsuwanie odpowiedzialności! Uważam jedynie, że karę powinien wymierzyć pokrzywdzony.

– Może wpierw usłyszmy, o co są oskarżeni – zaproponował jeden z pułkowników.

– Niech i tak będzie. – Galu wskazał na Zenko.

Szaman wstał i przemówił:

– Zarzuty są dwa. Pierwszy, owszem, mglisty i trudny do udowodnienia, ale zacznę właśnie od niego. Nie upłynęły jeszcze nawet dwa tygodnie, gdy stało się coś niewyobrażalnego. – Poczekał, aż zapadnie absolutna cisza. – Zginęli wszyscy mieszkańcy Gniazda Brzóz. Wszyscy, poza jednym, najmłodszym synem hrabiego Natabana, który w tej chwili siedzi pod kluczem w waszej wieży. To prawda, nie mam żadnych dowodów jego winy, lecz ku temu tropowi prowadzą liczne poszlaki.

– Jakie? – przerwał szorstko Perseu.

– To, że ów młodzian jako jedyny przeżył zagładę. Czemu sprawca, czy sprawcy mieliby ominąć wyłącznie jego? Poza tym, gdy został schwytany, w jego sakwie znaleźliśmy tajemnicze urządzenie. Włączył je przy mnie, wytwarzało elektryczność. Siłę zapomnianą, ale i zakazaną. Nie twierdzę, że sam zamordował rodzinę i sąsiadów, choć i tego nie mogę wykluczyć, lecz z pewnością to on jest odpowiedzialny za ich śmierć.

– Bo miał maszynę z bajek? – prychnął Perseu. – Czy nie ponosi cię wyobraźnia?

– Synu! – skarcił go Galu. – Wysłuchaj oskarżenia do końca, tak jak ja wcześniej.

Zenko odczekał chwilę, by upewnić się, że Perseu nie zamierza dalej protestować, i ciągnął:

– To jeden zarzut, podkreślam raz jeszcze trudny do dowiedzenia. Ale jest i drugi. Tuż przed zagładą rodzinnego gniazda młodzian, którego ukarania się domagam, zhańbił córkę pana Gniazda Dębów, czcigodnego Warusa. Za czyn ten skazano go na śmierć i poprowadzono do Studni, by wykonać wyrok zgodnie z boskimi wskazówkami przekazanymi mi podczas wróżby. Nim jednak doprowadzono egzekucję do końca, przy pomocy człowieka znanego wam jako Kaznodzieja uwolnił się, zabijając całą eskortę.

– Słyszałem, że byli to członkowie Bractwa. Jak mniemam, wcale nie bezbronni. – Perseu nie dawał za wygraną.

– Czy zabójstwo należy karać wyłącznie wtedy, gdy ofiarą padnie dziecko, kobieta czy starzec? – spytał Zenko. – Czy prawo ma nie chronić mężczyzn?

– Śmierć w walce nie zawsze jest morderstwem!

– A kto ma to rozstrzygnąć?

– Sąd!

– Więc proszę o ten sąd!

Galu spojrzał na Perseu.

– Czy, synu, dalej chcesz oponować?

– Nie. Przychylam się do wniosku o sąd. Sprawiedliwy sąd.

– Doskonale, czy ktoś jest innego zdania? – hrabia powiódł spojrzeniem po zebranych.

Nikt nie zabrał głosu.

– Doskonale, ustalmy więc jego skład. Proponuję trzech sędziów. Zdecyduje głos większości. Ja, by ustrzec się zarzutów o stronniczość, wycofuję swą osobę. I sądzę, synu, że powinieneś zrobić tak samo.

Drewal drgnął zaskoczony. Nabrał przekonania, że zebrali się tu tylko po to, by wybrać Perseu na głównego lub przynajmniej jednego z sędziów procesu. Procesu, który się nigdy nie odbędzie, bo oskarżeni go nie dożyją. Tak samo zresztą jak sędzia... A szalona próba ucieczki, która zakończy się tragedią i morderstwem, wzburzy mieszkańców gniazda, odsuwając wszelkie podejrzenia od Galu.

Twoje ręce pozostaną czyste. Oficjalnie.

– Dlaczego? – zaprotestował młody hrabia. – Potrafię wydać sprawiedliwy werdykt. Zapewniam wszystkich tu zebranych, że nie wypuszczę ich wolno, jeśli powezmę przekonanie o winie.

– Ja wierzę w te słowa. – Zenko ponownie wstał i skłonił się nisko przed Perseu.

– Niech i tak będzie – zgodził się Galu. – Kto jeszcze? Może ty, marszałku?

– Jestem gotów. – To wszystko, co przeszło mu przez gardło.

A więc miał rację. Aż dziw, że Galu nie poszedł jeszcze dalej i nie ogłosił, że przekazuje gniazdo następcy. Przecież nic by go to nie kosztowało. I tak jego ukochany pasierb, wyczekiwany przez wielu przyszły hrabia, zostanie zamordowany przez tych, których w swej uczciwości zamierzał sprawiedliwie osądzić. A jego śmierć pozwoli Galu dochodzić zemsty. Nad marszałkiem, który nie ustrzegł Perseu, nad strażnikami, którzy nie upilnowali więźniów – zapewne będą nimi ci, którym hrabia nie mógł zaufać – i nad każdym, kto stanie mu na drodze. A mieszkańcy gniazda będą żądali jedynie więcej krwi, nieświadomi, że karmieni są starannie wyreżyserowaną farsą.

– Proponuję też naszego znakomitego starszego przepowiadacza. – Dalsze słowa marszałek słyszał jakby z oddali. – Czy ktoś jest przeciwny?

Bądź gotowy, to stanie się dziś w nocy – zapowiedział wcześniej Wiarołomca i myśl ta błądziła nieustannie po głowie Markiego. Ale co się wydarzy i jak miał się na to przygotować? Tego nie wiedział. Próba wydobycia tych informacji od Szymona oczywiście spełzła na niczym. Mężczyzna nie zamierzał niczego zdradzać. „Ściany mogą mieć uszy" – uciął.

Na pytanie, czy w takim razie już nie usłyszały zbyt wiele, nie odpowiedział. W ogóle niewiele mówił. Gwizdał cicho albo siedział w bezruchu zatopiony w myślach. Zdawał się wpatrywać w ścianę. Czasami zrywał się i podbiegał do okna. Uśmiechał się wtedy z zadowoleniem. To właśnie w jednej z takich chwil, po słowach „wietrzny dziś dzień", kazał szykować się Markiemu na nieznane.

Chłopak gubił się w domysłach. Podejrzewał, że Szymon ma na zewnątrz cichych wspólników, którzy dopomogą im w ucieczce. Wątpił jednak, by byli tak liczni i silni, by pokonać załogę wieży i uwolnić ich z celi. Zaczął zastanawiać się, czy jego towarzysz nie zwariował. Na duchu podtrzymywała go myśl, że już nie raz Wiarołomca znajdował wyjście z beznadziejnej sytuacji. Czyż nie przetrwał burzy na pustkowiu, nawet nie próbując chronić się przed wyładowaniami? Albo czy nie uratował go przed wystrzeleniem przez Studnię w nieznane? Tym razem najwyraźniej również opracował plan. I jak zwykle nie zamierzał się nim dzielić.

Tej nocy Drewal nie mógł posłużyć się pośrednikiem. Przemykał uliczkami, kierując się do domu Harkiego. Nikt go nie śledził, a w każdym razie nikogo nie zauważył. Jeszcze wczoraj podążał za nim człowiek Kufro, jednak od rana dali mu spokój. Pytanie brzmiało: dlaczego? Domyślał się złowieszczej odpowiedzi.

Cokolwiek planuje Galu, wydarzy się wkrótce. Tej nocy, może przyszłej.

A więc dziś. Nie mogli czekać, musieli wyprzedzić ruch hrabiego. Tylko jak dokładnie wyglądał plan? Harki zdradził Marusowi jedynie zarys wszystkiego, a nawet mniej, kilka nieskładnych wskazówek, które zdawały się prowadzić donikąd. Gdyby nie zostali przyciśnięci do muru, Drewal nigdy nie zgodziłby się w tym uczestniczyć. Czuł się jak kukiełka, dziecięca zabawka, którą czyjeś ręce przekładają z boku na bok. A przecież powinien wiedzieć, znać szczegóły!

Gniazdo wydawało się wymarłe. Jak zawsze po zapadnięciu zmroku. Ostatnie świece pogasły dobrą godzinę temu. Niektórzy jednak czuwali, Galu z pewnością o to zadbał. Marszałek zatrzymał się przy studni. Mocniej otulił się zakrywającym całą sylwetkę płaszczem z kapturem, choć było mu w nim gorąco.

Nikogo. Niedobrze.

Tu umówił się z Perseu. Chłopak wiedział jeszcze mniej od niego. Jedynie tyle, że muszą uciekać. Co dziwne, przyjął tę decyzję nadspodziewanie dobrze.

Nie protestował i nie próbował niesiony młodzieńczą zaciekłością nawoływać, by zamiast się wymykać, stanąć do walki. Czy on sam w wieku Perseu był równie posłuszny i rozważny? Z pewnością nie. Czy powinien uznać, że odniósł sukces – uczeń prześcignął mistrza, czy też odwrotnie, porażkę, bo chłopak zatracił dumę i ambicję?

Nie teraz... Na rozważania przyjdzie czas później. Jeśli uda im się opuścić gniazdo, w przeciwnym wypadku nie będzie żadnych rozważań.

– Drewal! – Głos chłopaka poznałby wszędzie.

– Jesteś sam? – upewnił się. Mogli zrezygnować z pilnowania marszałka, lecz z pewnością Perseu nie był spuszczany z oka.

– Ktoś za mną szedł, ale chyba go zgubiłem.

– Idź do chaty Harkiego. Zjawię się za dziesięć minut.

Drewal stopił się z cieniem najbliższego budynku. Niewidoczny sprawdzał, czy ktoś podąża za chłopakiem. Minęło kilka minut, lecz nikt się nie pojawił. Odczekał drugie tyle, po czym ruszył w ślad za Perseu, który czekał w chacie Harkiego. Pokraka był nie mniej tajemniczy niż wcześniej. Wskazał jedynie wóz, wywołując gniew marszałka.

– Wóz?! – krzyknął do Harkiego. – Chcesz uciec wozem? Sądziłem, że nad brzegiem czeka na nas łódź. To jedyna szansa, by wymknąć się z gniazda. Brama jest pilnie strzeżona!

Harki przeciągnął palcami po swej gęstej brązowej brodzie.

– O łodzie też zadbałem – przyznał. – Są trzy.

– Więc wybierz jedną...

– I wszystkie trzy pilnie obserwowane – przerwał mu Harki. – Nawet mysz się do żadnej nie wśliźnie, by nie wywołać alarmu. Galu przewidział twoje ruchy.

– Nawet nie wie, że coś planujemy – odparł Drewal.

– Co nie znaczy, że zaniechał środków ostrożności! Czyżbyś nie znał go dłużej ode mnie?

Marszałek skinął głową. Pokraka miał rację. Jeśli Galu zaplanował zabójstwo Perseu, zabezpieczył się na wszystkie możliwe sposoby. Należało więc przyjąć, że brama wyjazdowa z osady była równie pilnie strzeżona.

– Niepotrzebnie was słuchałem! To przez Kaznodzieję! Trzeba było zebrać ludzi i walczyć!

– Tęsknisz do jatek? – mruknął Harki. – Na razie czeka cię nieco pracy.

Zaprowadził obu mężczyzn do warsztatu. Wewnątrz stał drugi wóz, identyczny z tym sprzed chaty.

– Porozwieszajcie naczynia, ja muszę przygotować coś innego – polecił.

– Drugi pojazd? Po co? – Drewal położył dłoń na szabli, coraz mniej mu się to wszystko podobało.

– Jak myślisz, na kim Galu wyładuje gniew, gdy stwierdzi, że ty, chłopak i więźniowie zniknęliście, tak samo jak wóz sprzed mojego domu? Dbam również o własny tyłek. Jeśli wszystko zrobimy po cichu i nikt nas nie zauważy, będę mógł spać spokojnie.

– A jeśli coś pójdzie nie tak?

– Już kiedyś uciekałem... – mruknął Harki do siebie i ruszył ku wyjściu.

Marszałek bez słowa złapał wór i wysypał naczynia na klepisko. Faktycznie, dotąd nie zastanawiał się, jakie koszty ich ucieczki poniosą ludzie w gnieździe.

– I pospieszcie się – usłyszał.

Gdy Harki wrócił nieco ponad kwadrans później, większość naczyń wisiała już na swoim miejscu. Drewal i Perseu uwijali się za czterech.

– Dobra, wystarczy, rzucajcie resztę – zakomenderował pokraka. – Czas ucieka, musimy zaczynać.

– Nie podoba mi się twój brak szacunku! – warknął marszałek.

– Gdy kiedyś powrócicie, pochylę się nisko przed moim hrabią i będę tytułować go panem. Teraz jednak słuchacie mnie. Od tego zależy życie nas wszystkich. Wyprowadźcie wóz!

– Nie zamierzam... – zaczął Drewal, lecz przerwał mu Perseu.

– Zrób, co mówi!

Marszałek popatrzył na chłopaka.

Więc jednak potrafi rozkazywać.

– Oczywiście.

Wypchnęli pojazd przed dom, ustawiając tuż obok pierwszego.

– Dobra, tu zostaje. Teraz łapmy się za właściwy. Jest cięższy, załadowałem go, a trzeba go dopchnąć aż pod wieżę. Nie żałujcie sił!

– Co chcesz za pomoc? – spytał Perseu. – Życz sobie, czegokolwiek pragniesz.

Harki zaśmiał się cicho.

– Drogi hrabio, najpierw wydostań się cało z pułapki, potem przyznawaj nagrody. Poza tym płaci mi Kaznodzieja.

– Mogę dać więcej – nie ustępował młodzieniec.

– On nie płaci orłami – skwitował Harki.

Mimo dziwacznej konstrukcji wóz prowadziło się nadzwyczaj lekko. Był dobrze wyważony i dawał świadectwo kunsztu jego twórcy.

– Nie będzie zapłaty – dodał po pewnym czasie Drewal.

– Dlaczego tak twierdzisz? – głos Perseu nie zdradzał strachu.

– Bo się stąd nie wymkniemy. Niby jak on to sobie wyobraża? – Wskazał głową Harkiego. – Jeśli, jak twierdzi, pilnują łodzi, to tym bardziej obstawili bramę. Sądzi, że ot tak sobie przez nią przejedziemy? I czy w ogóle zaplanował psy, czy mamy do następnej osady pchać dwukółkę sami?!

– Jak on to sobie wyobraża... – powtórzył Harki z delikatnym uśmiechem. – Prawdę mówiąc, nie wyobrażam sobie. To będzie coś naprawdę niebywałego. Według Wiarołomcy uda się, ale on był zawsze przesadnym optymistą.

– Nazwałeś go Wiarołomcą, nie Kaznodzieją – podchwycił marszałek.

– Poznałem go dawno temu, jeszcze zanim tu zawędrowałem... – Przerwał, bo na jego łysą głowę spadło kilka kropel deszczu. – Zaczyna padać. Dobrze, bo nikt bez potrzeby nie będzie plątał się po placu. I źle, bo musimy rozpalić ogień.

– Ogień? – Drewala aż zatkało. – Może od razu zacznijmy wołać: „tu jesteśmy"?!

– Plan naszego wspólnego przyjaciela zakłada ogień – uciął Harki. – Bez tego nic nie wskóramy. A jeśli plan zawiedzie, to mogą wam pomóc jedynie bogowie.

Zmierzch tego dnia wcale nie nadszedł niepostrzeżenie. Marki wpatrywał się przez okno w niebo, które w najmniejszym stopniu nie zamierzało ciemnieć. Gdy już straciło odcień rażącego błękitu poprzetykanego pierzastą bielą, długo pozostawało po prostu niebieskie. A i potem wszelkie zmiany barw były tak powolne i niemal niedostrzegalne, że wydawało się, iż minęła cała wieczność, nim wreszcie rozbłysła pierwsza gwiazda. Może byłoby mu łatwiej, gdyby mierzył upływ czasu, spoglądając na zegarek, lecz ten, jak i wszystkie inne drobiazgi, zabrali im strażnicy.

– Czy już? – spytał Marki.

Burczało mu w brzuchu. Przez cały dzień nie dostali niczego do jedzenia. Zdaniem Wiarołomcy mocna wskazówka, że nie zamierzają ich długo trzymać w celi. „Po co marnować żarcie dla kogoś, kto praktycznie jest już trupem? – oświadczył podczas dyskusji na ten temat. – Gdyby zamierzali więzić nas choćby kilka kolejnych dni, rzuciliby jakieś ochłapy".

Zapewne miał rację.

– Za wcześnie. – Spokój Wiarołomcy działał mu na nerwy.

– To kiedy?

– Gdy będą gotowi.

Szymon ponownie znalazł się przed oknem. Dziś podchodził do niego tyle razy, że Marki nie po raz pierwszy ugryzł się w język, by nie zaproponować, aby po prostu przy nim usiadł, zamiast chodzić w tę i z powrotem. Nie wiedział jednak, jak jego towarzysz odbierze kąśliwą uwagę. Nie zamierzał go drażnić i tak prawie nie rozmawiali, a to właśnie upiorna cisza i bezczynność najbardziej męczyły Markiego.

– Aby tylko nie wiało zbyt mocno.

– Zamierzasz stąd wyfrunąć?

Uśmiech, który na ułamek sekundy zajaśniał na twarzy Wiarołomcy, przeraził Markiego.

– A jeśli tak?

– To zapomniałeś, że nie mamy skrzydeł. Straciliśmy je przed wiekami. Tak w każdym razie opowiadają mamki.

– Chmurom też brak skrzydeł, a wędrują po niebie – odparł obojętnie Szymon.

– Chmury...

Marki machnął ręką. Nie zamierzał się kłócić. Jeśli Wiarołomca postanowił skakać, licząc, że podczas lotu w dół zamieni się w kruka bądź srokę, nie będzie go powstrzymywać. Nie jemu przypadnie w udziale zeskrobanie ciała z ubitej ziemi.

Szymon położył chłopakowi ręce na ramionach.

– Będąc w Akademii, najbardziej lubiłem Starą Bibliotekę. Prawie nikt do niej nie przychodził, uważano, że nie ma tam niczego ciekawego. Księgi uznane za wartościowe przeniesiono do nowego budynku. Ja jednak znajdowałem tam prawdziwe skarby. Jednym z powodów, dla których odszedłem, był fakt, że tylko ja tak uważałem, moi nauczyciele śmiali się ze mnie. A w każdym razie większość z nich. Dali się opętać Fałszywej Wiedzy.

– Czym jest Fałszywa Wiedza? – przerwał Marki.

– Nigdzie nie spotkasz tego terminu, sam go ukułem. Problem z ludźmi jest taki, że zbyt często kierują się rozumem zamiast sercem i sercem zamiast rozumem. Czasem trzeba coś czuć, nie wiedzieć, a w innej sytuacji na odwrót. Wystarczająco zamotałem? – Uśmiechnął się szeroko. – Błądzimy. Kierujemy się wiedzą, gdy trzeba zapomnieć, co wiemy, i po prostu wyciągnąć dłoń do drugiego człowieka. Za to nieraz zapominamy o tym, czego nas uczono, bo jesteśmy wewnętrznie przekonani, że świat jest taki, za jaki my go uważamy, jak go czujemy. A to błąd. Zbyt wielu mędrców przyjmuje za pewnik zasady i reguły, które ostatecznie okazują się fałszywe. Co gorsza nie odrzucają ich wtedy. Walczą z nową wiedzą, by zatrzymać własną, skostniałą ułudę rzeczywistości. Tak było w Akademii. Grzebiąc w Starej Bibliotece, znalazłem zbyt wiele przesłanek wprost krzyczących, że świat nie jest takim, jakim przedstawiają go nauczyciele. Jednak wymagano ode mnie, bym to zignorował.

Zamilkł na moment i ponownie wyjrzał przez okno. Po chwili kontynuował:

– Nic nie lata w powietrzu prócz ptaków i chmur, mówili. Ja jednak przekonałem się, że to nieprawda. A właściwie przekonam się dziś.

– Jeśli masz rację – dopowiedział Marki. Niewiele zrozumiał z całej tej przemowy.

Wiarołomca obdarzył go najszerszym uśmiechem, jaki chłopak dotąd widział na twarzy towarzysza.

– Na tym polega nauka. Sprawdzaniu kolejnych „jeśli mam rację".

Marki spuścił głowę.

– Mój ojciec myślał podobnie.

– Wiem. Bywają jednak „jeśli", poza które nie wolno wychodzić, a w każdym razie należy robić to niezwykle ostrożnie. Zapomniał o tym. Właśnie dlatego spotkał go taki koniec. To nie była kara, nie myśl tak. Raczej przypadek, pech. Sprawka nieistniejącego Probabli. Ciiii... – Przyłożył palec do ust. – Ktoś idzie.

Marki wytężył słuch, nie wychwycił jednak odgłosu kroków. Miał już oznajmić, że Wiarołomca się pomylił, gdy rozległ się zgrzyt rygla i do wnętrza zajrzał Zenko. Za nim pojawił się Kufro. Pułkownik nie wszedł jednak do celi, pozostał w korytarzu. Kapłan Pana Losu zamknął za sobą drzwi. Umieścił trzymaną w dłoni pochodnię w uchwycie na ścianie. Belki w tym miejscu zostały obite blachą, by płomienie nie sięgnęły drewna.

– Co za niespodziewana wizyta! – Szymon rozłożył ręce w geście udawanej radości. – I to w środku nocy. Zapraszamy, czym chata bogata. Przyszedłeś ostatni raz rzucić nam kości?

– Kpij sobie, kpij! – warknął szaman.

– Kpię, póki żyję, potem może to okazać się ździebko utrudnione.

Kapłan zmarszczył nos.

– Cuchnie tu.

– Nie uprzedziłeś, że wpadniesz, inaczej byśmy posprzątali.

– Dość! – Wróżbita tupnął nogą. – Przyszedłem z propozycją, do obu, a może tylko do jednego z was. Macie umrzeć, domyślacie się zapewne. Tylko idiota nie pojąłby całej sytuacji. Mogę jednak przedłużyć waszą nędzną egzystencję.

Wiarołomca wyszczerzył swe pożółkłe krzywe zęby.

– Wolno spytać o cenę tej wspaniałomyślnej oferty?

– Chcę wiedzieć, co wydarzyło się przy Studni. Zniszczyłeś ją. W jaki sposób? Tym urządzeniem? Skąd pochodziło? I czy to właśnie ono sprowadziło Przekłuwaczy? Ci durni najemnicy próbowali z nimi walczyć. Tylko dzięki opiece Probabli udało mi się uciec.

Twarz Wiarołomcy nie zdradzała niczego. Może rozważał propozycję szamana, a może z góry ją odrzucił.

– Wiele tych pytań. Poza tym oferujesz nagrodę, którą nie dysponujesz – powiedział tylko. – To Galu rządzi naszym życiem.

Zenko złożył ręce na piersi.

– Galu zrobi to, o co go poproszę. Nie ma wielkiego wyboru, nawiasem mówiąc. Podobnie jak wy. Powiecie lub umrzecie naprawdę powoli.

– To mogłoby pokrzyżować plany niektórych mieszkańców tego gniazda. Chcą ujrzeć nasze głowy na pikach tak szybko, jak to możliwe.

– Rozczaruję cię. Nikomu się nie spieszy. Macie jedynie umrzeć. I milczeć. Na szybko stracicie wyłącznie języki, by dłużej nimi nie mielić. Właściwa egzekucja będzie publiczna i niemiłosiernie bolesna. Zapewniam was. Wszyscy będą zadowoleni, tłuszcza nie może się już doczekać przedstawienia.

Wiarołomca roześmiał się.

– Nowa moda, kara przed występkiem. Tłuszcza, jak ich sympatycznie określiłeś, wciąż o niczym nie wie. Przecież nie popełniliśmy jeszcze owej straszliwej zbrodni, która da wam pretekst. Kiedy chłopak ma zginąć? Jego łaskawość cię wtajemniczył?

Na zewnątrz rozległy się krzyki. Słowa mieszały się ze sobą, tworząc niezrozumiałą kakofonię. Szymon podszedł powoli do okna. Przez ułamek sekundy wydawał się zaniepokojony, potem jego twarz ponownie zamieniła się w kamienną maskę i kontynuował:

– Nie? A może Galu właśnie rozpoczął zabawę? – spytał od niechcenia. – Jeśli tak, spóźniłeś się chyba z propozycją?

Szaman wyjrzał niespokojnie przez okno, lecz niewiele przez nie zobaczył.

– Za wcześnie – mruknął, po czym dodał głośno: – Tym bardziej to ostatnia szansa. Który z was chce żyć? Chłopcze? – Wyciągnął dłoń w stronę Markiego. – Powiedz, a wrócisz ze mną, cały i zdrów. Nie obiecuję ci Angelki, Warus nigdy się na to nie zgodzi, lecz będziesz mógł spoglądać na nią z daleka. To chyba lepsze niż nicość?

Marki przełknął ślinę. Cóż za piękna wizja. Ponownie ujrzeć Angelkę.

– Na to Warus również by nie przystał – oznajmił po chwili. – Wiedziałby, że sama by mnie znalazła, gdybym tylko był w pobliżu. Twoje słowa ociekają kłamliwą trucizną. Wynoś się!

Wiarołomca stanął obok chłopaka.

– Uzyskałeś odpowiedź. A teraz łaskawie zostaw nas samych, przed śmiercią wypada się wyciszyć. To taka tradycja. Chyba. Pierwszy raz umieram.

Zenko obrzucił go wściekłym spojrzeniem, ale posłusznie ruszył ku wyjściu. Zrozumiał, że nic nie wskóra.

– Sami odrzuciliście pomoc – burknął.

Był już przy drzwiach, gdy do celi przez okno wpadł metalowy hak z uwiązaną na końcu liną.

– Diabli... – jęknął Wiarołomca, rzucając się w stronę Zenko.

Pierwszy cios pozbawił szamana na moment tchu, drugiego zdołał jednak uniknąć.

– Straż! – wrzasnął.

Krzyk kosztował go dwa zęby. Szymon uderzył tak potężnie, że wróżbita nieprzytomny osunął się na podłogę.

Drzwi otworzyły się gwałtownie. Na zewnątrz stał pułkownik i dwóch strażników. Wszyscy z bronią w dłoni.

– No rusz się! – dopiero krzyk Wiarołomcy wyrwał Markiego z otępienia. Chłopak stał jak wmurowany, z niedowierzaniem, ale i fascynacją przyglądając się rozwojowi wydarzeń. – Zaczep go!

Marki rzucił się do haka. Ledwie zdołał go uchwycić, sznur naprężył się, o mało nie wyrywając zdobyczy z rąk. Na szczęście lina szybko ponownie się zluzowała. Co dziwne sterczała pod skosem, ale nie w dół, lecz w górę. Chłopak nie miał jednak czasu tego rozważać. Zastanawiał się gorączkowo, gdzie i w jaki sposób zaczepić hak. Wbił wygięty czubek w spód belki stanowiącej podstawę otworu okiennego. Uznał, że pomysł nie jest najlepszy, lecz gdy tylko spróbował wyrwać żelazo, lina ponownie się naprężyła, a hak wszedł w belkę niemal do połowy. Mocowanie, choć dość przypadkowe, wydawało się solidne.

Odwrócił się w stronę walczących. Wiarołomca stał nad trupem jednego ze strażników, w garści trzymając szablę pokonanego. Spod rozdartej koszuli wyłaniała się długa rana, która jednak zdawała się zaledwie płytkim zadrapaniem. Drugi strażnik cofnął się, przodem puszczając pułkownika.

Kufro szedł niespiesznie, dla rozgrzewki świszcząc w powietrzu bronią. Przystanął przed Szymonem. Postawa, jaką przyjął, zdradzała, że zna się na rzeczy. Zrobił prawą nogą niewielki wykrok w przód. Pozostał w małym półprzysiadzie, ciężar ciała rozłożywszy równomiernie na obydwie nogi. Prawe ramię i prawy bok zwrócił w stronę przeciwnika. Skierował śmiało spojrzenie na Wiarołomcę, zadzierając nieco nos. Lewą pięść zacisnął od niechcenia. Na widok jego pewnych ruchów Markiemu przypomniały się słowa, które wielokrotnie słyszał od swojego nauczyciela: „Zawsze staraj się mieć przeciwnika na prawo w skos w stosunku do siebie". Ćwiczył to latami, a i tak walczył gorzej od swoich starszych braci. Szablą, bo w potyczkach na pięści mógł się z nimi spokojnie równać.

Wiarołomca przeszedł spokojnie nad trupem, by zbliżyć się do Kufro.

– Jak dobry jesteś w tej zabawie? – spytał.

– Przekonasz się! – oparł pułkownik i zaatakował.

W jednej chwili zrobił daleki wypad prawą nogą w kierunku przeciwnika, przerzucając na nią ciężar ciała. Natarł na Szymona, lecz ten zasłonił się od niechcenia. Szable skrzyżowały się raz i drugi. Walczący krążyli wokół siebie jak para zadziornych kogutów. Czasem któryś atakował, lecz cios natychmiast był odbijany przez przeciwnika.

– Gdzie uczyłeś się fechtunku?

– Tutaj – sapnął Kufro – od najlepszych.

– Ja w Bractwie.

Tym razem to on natarł.

– Na co czekasz?! – wydarł się na Markiego. – Właź na linę!

Chłopak raz jeszcze obrzucił spojrzeniem walczących, po czym przecisnął się prze okno. Padało. Lina stała się śliska i ciężko było po niej się wspinać. Gdyby nie rozmieszczone co kilkadziesiąt centymetrów węzły, byłoby to wręcz niemożliwe. Zadarł głowę. Nie widział nad sobą niczego. Co prawda przez moment na czarnym niebie dostrzegł coś w rodzaju jeszcze ciemniejszej plamy, lecz mogło to być jedynie złudzenie, spowodowane tym, że bardzo chciał coś zobaczyć. Cokolwiek.

Do czego się zbliżał, pokonując metr za metrem? Logika podpowiadała, że niczego tam nie powinno być. Rzeczy nie unoszą się w powietrzu, ich ciężar sprawia, że spadają. Nawet rzucona w górę chmura pierza prędzej czy później opadnie na ziemię. A to coś – cokolwiek kryło się w mroku – utrzymywało jego ciężar i ciężar przynajmniej jeszcze jednej osoby, która rzuciła hak. Dawało opór ciążeniu i – kto wie – może gdyby nie naprężona lina, uniosłoby ich jeszcze wyżej.

Zerknął w dół, ale tam również zobaczył niemal wyłącznie ciemność. Słaba poświata, jaka biła z okna celi, rozmazywała mu się przed oczami. Nie potrafił dostrzec, czy Wiarołomca ruszył za nim. Może jeszcze walczył.

Albo zginął.

Odegnał tę myśl. W dalszym ciągu się wspinał. Bolały go ręce i plecy, jednak świadomość, że ziemia znajduje się daleko w dole, dodawała sił. Nie chciał ginąć, nie teraz, gdy już niemal ponownie czuł smak wolności. „Bolałoby tylko ułamek sekundy" – szeptał jakiś złośliwy głos w jego głowie.

Podciągał się wyżej i wyżej. Wreszcie to, co mogło być jedynie złudą, okazało się namacalne. Nad nim rozpościerało się coś, co przypominało spód wozu. Tak, to na pewno był wóz, zobaczył koło, a potem drugie.

W kilku miejscach, nieco wyżej, kołysały się niespokojnie pojemniki na wodę. Gdy jeden z nich przechylił się bardziej od pozostałych i na głowę Markiego wylał się strumyczek stęchłej cieczy, pozbył się resztek wątpliwości. Wspinał się do latającej dwukółki, która wcześniej stała przed domem Harkiego.

Lina uwiązana została na solidnym metalowym uchwycie. Gdy Marki dotarł do jej końca, walnął pięścią w bok pojazdu.

– Jest tam ktoś?! – wrzasnął.

Wyłoniła się ręka i chwyciła go na przegub. Po chwili pojawiła się jeszcze jedna. Zadarł głowę, ale nie rozpoznał zakapturzonej postaci. Z niemałą pomocą wgramolił się do pochylonego wozu.

– Jesteś – usłyszał znajomy głos, choć nie potrafił go z nikim skojarzyć. – A gdzie Kaznodzieja?!

– Walczył. Z Kufro. Może już idzie za mną. Jeśli wygrał...

– Bądź spokojny. Kufro to dobry szermierz, ale nie na tyle, by dać radę Kaznodziei.

Dopiero teraz Marki rozpoznał rozmówcę. Miał przed sobą Drewala. Obok zobaczył drugą osobę, Perseu. Po Harkim nie było jednak śladu.

– Kto prowadzi? – spytał.

– Słucham?

Musiał krzyczeć, bo bębnienie deszczu o coś na górze, jeszcze nad nimi, zagłuszało słowa. Poza tym mocno wiało.

– Kto prowadzi ten pojazd?!

– Nikt.

– A Harki?

– On tylko sprawił, że całość uniosła się w górę. Potem dał drapaka. Nakryli nas strażnicy, więc musi teraz uciekać. A to... – Drewal popatrzył bez entuzjazmu w górę. – Wszystko działa zgodnie z instrukcją twojego przyjaciela. – Nim domówił te słowa, wozem mocno zakołysało. Gdy pojazd się uspokoił, nie był już tak mocno przechylony. Hak rozerwał belkę lub ktoś przeciął linę. W każdym razie nie byli już związani z wieżą, uwolnili się. Drewal zerknął w ciemność pod nimi. Chwycił sznur i zaczął go powoli wciągać. – Módl się, by na końcu był cały i zdrów Kaznodzieja. On jeden wie, co to za piekielna machina.

## III

– Słońce!

Okrzyk Perseu sprawił, że Marki otworzył oczy. A jednak zasnął. Wcześniej myślał, że to niemożliwe. Nie na drgającej w podmuchach wiatru, kołyszącej się z boku na bok, zawieszonej gdzieś w przestworzach dwukółce. Przetarł powieki. Faktycznie, daleko na horyzoncie ukazał się szczyt krwistego krążka, rozświetlając czerwonawo świat pod nimi.

Poruszył się i zsunęła się z niego kurtka, którą ktoś go nakrył. Skórzana, gruba i na pewno ciepła. Naciągnął ją na siebie i od razu poczuł się lepiej. Zaryzykował szybkie spojrzenie w dół. Nie podobało mu się to, co zobaczył. Ziemia nie wydawała się naturalna. Lasy, pola, rzeki, wszystko znikło, zmieniło się w mozaikę różnokolorowych plam. Do głowy po raz kolejny wdarło mu się pytanie, jak długo leciałby w dół, nim roztrzaskałby się na końcu tej podróży w jedną stronę. Opadł na podłogę, oddychając głęboko, by się uspokoić.

– Jesteś już mniej zielony.

Ten głos sprawił, że się odwrócił. Wiarołomca stał w środkowej części wozu. Też miał na sobie kurtkę, widocznie przygotowano je dla wszystkich. Nie zapiął się jednak. Rozcięta koszula ukazywała, że ranę na piersi obwiązano mu jakąś szmatą. Wydawał się obojętny jak zawsze, wysokość nie robiła na nim wrażenia. Obsługiwał umieszczony centralnie zamaskowany listwami wielki żelazny gar pełen węgla drzewnego oraz na wpół spalonych szczap. Od czasu do czasu, gdy zniżali lot, Szymon unosił jego pokrywę, by żar buchał wprost do otwartej od dołu płócienno-pergaminowej czaszy zawieszonej nad wozem. To z kolei sprawiało, że się wznosili. Gdy zamykał pokrywę, dym uchodził poza dwukółkę wkręconą w kocioł rurą. Była porządnie rozgrzana i należało uważać, by odruchowo się jej nie chwycić.

Od czasu do czasu Szymon dorzucał do gara trochę drewna lub węgla drzewnego. Oszczędzał paliwo, a i tak zapasy już się kończyły. Marki z niepokojem pomyślał o chwili, gdy opadną na tyle, że uderzą w ziemię. Niezależnie jak bardzo to odwlekali, ten moment musiał nadejść. Poczuł, że żołądek ponownie podchodzi mu do gardła. Byłby wychylił się za krawędź i zwymiotował, gdyby nie wymagało to nadmiernego jego zdaniem zbliżenia się do ziejącej pod nimi przepaści. Z trudem stłumił mdłości.

– W nocy nie mogłeś widzieć, czy byłem zielony – wysapał.

– Widziałbym to nawet, gdyby słońce zaszło już na zawsze. – Wiarołomca uśmiechnął się. – Przyjrzyj się, nareszcie widać co nieco. To nazywa się balon. Znalazłem jego plany w jednej ze starych ksiąg, jeszcze w Akademii. Gdy pokazałem je nauczycielowi, wyśmiał mnie. Miałem ochotę rozkwasić mu nos. To był stary, chudy patyczak. Jak oni wszyscy. Sam jeden bez broni rozprawiłbym się z całą Akademią. Tylko po co? Nabraliby przez to rozumu? Nie.

– Czekałeś tyle lat, by to zbudować? – Ponownie mocniej zakołysało i Marki chwycił kurczowo jedną z desek wbudowanych w bok wozu.

– Miałem wiele innych ciekawszych rzeczy do zrobienia – mruknął Szymon.

On jeden zdawał się bawić wyśmienicie. Drewal nie okazywał strachu, ale też ani grama entuzjazmu, natomiast Perseu siedział cichy w kącie. Trudno było określić, czy jego milczenie wywołane było lotem, czy też okolicznościami, w jakich przyszło mu uchodzić z rodzinnego gniazda, które przecież powinno należeć do niego.

– Dokąd to nas unosi? – zaryzykował pytanie Marki. Nurtowało go to już od chwili, gdy wdrapał się do wozu, jednak nie wiedział, czy naprawdę chce poznać odpowiedź.

– To jest najlepsze! – krzyknął Wiarołomca. – W nieznane!

– Czyli gdzie? – Drewal krytycznie przyjrzał się pozostałym zapasom węgla drzewnego i pociętych szczap.

– Tam, dokąd zawieje wiatr. – Szymon machnął ręką. – Tym wehikułem nie można sterować, w każdym razie ja tego nie potrafię.

– Nie wpadło ci do głowy, że to wyklucza jego zastosowanie?

– Niby czemu? Jeśli nie wiem, dokąd chcę lecieć, to co za różnica, gdzie dolecę? Zresztą jest dobrze, nie wieje z północy, a tylko ten kierunek byłby mi nie w smak.

– Czemu?

– Bo nie wylecielibyśmy poza Strefę.

– Chcesz powiedzieć... – Drewal nie dokończył.

– Jasne, przypatrz się!

Wszyscy, łącznie z Perseu i Markim rzucili się do boków wozu. To, co wcześniej brali za kępy zarośli porastające pola, okazało się czarną, spaloną ziemią, wyspami w morzu popękanej cienkiej skorupy, spod której wypływała magma, sprawiając, że te obszary zdawały się jaśniejsze. Dotąd sądzili, że to łąki. Teraz, gdy zrobiło się jaśniej, mogli dostrzec strzelające w górę gejzery gorącej wody, magmowe jeziorka, a także rozliczne wzgórza, z których, a w każdym razie z ich części, ulatywały stróżki szarego dymu. Znajdowali się blisko Ściany, ostatecznej granicy wszystkiego, co znali. Według wielu za nią nie było już nic.

– Zabiłeś nas – jęknął Drewal.

Wiarołomca wskazał szablę marszałka.

– Żelazo. Pamiętaj, ja nie zgaduję. Widziałem dokumenty, stare pergaminy. Rozlatywały się w proch, a jednak wyczytałem w nich o handlu, znalazłem schemat balonu. To oni przylatywali do nas. Nie wiem, kiedy zaczęli ani dlaczego przestali. Wiem jednak, że ostatnia wymiana miała miejsce ponad trzysta lat temu. Od tamtej pory w Strefie nie pojawił się nawet gram nowego żelaza. Potem, pięćdziesiąt czy sto lat później, zdecydowano, że pamięć o handlu pozostanie tajemnicą największych rodów, panów gniazd. Podejrzewam, że część z nich, jeśli nawet nie wszystkie, zupełnie o tym zapomniały. Kolejne pokolenia potraktowały sekret jako bajanie starych głów i nie przekazywały go dalej.

– Ale Akademia pamięta? – spytał Marki.

– Fałszywa Wiedza. Już zapomniałeś? Byli strażnikami tajemnicy, ale sami w nią zwątpili, by ostatecznie wyśmiać. Prawda, która nie pasuje do ich wizji rzeczywistości, zostaje odrzucona.

Drewal wyciągnął broń.

– Zawróć! – Skierował ją w stronę Wiarołomcy.

– Bo inaczej mnie zabijesz? – mruknął ironicznie Szymon. – Muszę cię zmartwić. Po pierwsze, nie zamierzam tego robić. Po drugie, nawet gdybym uległ naciskom, nie mam bladego pojęcia, jak się zawraca, nie mówiąc o tym, że – jak przypuszczam – jest to niemożliwe. Po trzecie, wierzę, że honor nie pozwoli ci zabić bezbronnego.

– Gdzie twoja szabla? – Drewal nie żartował.

– Ostatnia, jaką walczyłem, była jedynie wypożyczona od pewnego umarlaka. No, może gdy ją brałem, on jeszcze żył. Zwrócić jednak nie miałem już komu. Co się z nią stało? – Zrobił zmartwioną minę, jakby nie potrafił sobie przypomnieć. – O, wiem. Spadła w dół, gdy przecinałem więzy łączące mnie z Kufro.

Marszałek opuścił ostrze.

– Nie zabiłeś go? – w głosie słychać było rozczarowanie.

– Wbrew kłamliwym pogłoskom nie lubię zabijać. Skoczyłem na linę, przecinając ją za sobą. Nie wiem, czy to, co zobaczyłem na twarzy twojego byłego podkomendnego, było zdziwieniem czy zawodem, że nie dokończyliśmy. Obiecuję zapytać, jeśli jeszcze kiedyś go spotkam.

Drewal zaklął siarczyście.

– Więc odbierz broń mnie, jeśli potrafisz. Jeśli nie...

– Zostaw go – głos Perseu był cichy. – Polecimy za Strefę. Jeśli to w ogóle możliwe.

– Ale...

– Zdecydowałem. – Zamilkł na moment. – Czy nadal mi służysz? – upewnił się.

– Zwolnić ze służby może mnie jedynie śmierć. – Marszałek wyprostował się dumnie.

– Wystarczy słowo, a zwolnię cię z przysięgi – oznajmił młody hrabia. – Żywego. Póki jednak to się nie stało, nie podważaj moich postanowień. Galu nigdy nie dałby mi spokoju. Nie zamierzam całe lata ukrywać się i uciekać z miejsca na miejsce, oglądając się trwożnie za siebie. Jeśli faktycznie istnieje inny świat, miejsce, gdzie on nigdy nie dotrze, chcę je zobaczyć. Może nada się, by zacząć wszystko od początku.

Drewal skrzywił się. Słowa Perseu nie były mu w smak.

– Powinniśmy wrócić. Zebrać ludzi, walczyć. Gdy usłyszą prawdę, pójdą za nami – perswadował.

– Jedni za nami, inni przeciwko nam. – Chłopak pokręcił głową. – Nie bierz mnie za tchórza, ale nie mam ochoty na rozlew krwi. Prawdziwy hrabia dba o swych ludzi, nie wysyła ich na bratobójczą rzeź.

Marszałek skinął głową.

– Jak każesz, panie.

– Nie nazywaj mnie tak. Hrabia bez gniazda. Cudak. Jedyny w swoim rodzaju.

– O nie – zaprotestował Marki. Wstał chwiejnie. Nie była to pozycja, o której marzył, najchętniej nadal siedziałby na podłodze, sytuacja tego jednak wymagała. – Jest nas dwóch, pamiętaj o tym.

Perseu wciągnął rękę i Marki na czworaka poczłapał do niego, by ją uścisnąć.

Drewal schował szablę do pochwy. Czepiając się elementów wozu, podszedł do Wiarołomcy, po czym omiótł wzrokiem horyzont. Z każdą chwilą robiło się jaśniej. Wzgórza, nad którymi lecieli jeszcze kilka minut temu, stawały się coraz wyższe, sprawiając wrażenie, że balon leci niżej.

– Jak to planujesz? – spytał.

Szymon mruknął coś niezrozumiale. Po chwili jednak dodał:

– Postawiłem wszystko na jedną kartę. Zakładam, że Ściana nie jest ciągnącą się w nieskończoność barierą. Jak sądzę, nie sięga wyżej niż góry. Wędrowne ptaki ją pokonują. Musimy się jeszcze trochę wznieść, a powinniśmy bez trudu nad nią przelecieć.

Wiarołomca uniósł pokrywę kotła. Żar wypełniał wnętrze, lecz większość drewna i węgla zdążyła się już wypalić. Drewal pomógł mu dorzucić szczap. Drewno szybko zajęło się ogniem i buchnęły płomienie.

– Czy w księgach doczytałeś, jak daleko jest do kolejnej Strefy?

– Nie było o tym słowa.

– Szkoda – mruknął zgryźliwie marszałek. – Niedługo nie będziesz miał czym podsycać ognia. Jeśli nie dolecimy za kolejną Ścianę, utkniemy pośrodku.

– Sądzisz, że są dwie? – Marki włączył się do rozmowy.

Drewal skrzywił się.

– To logiczne – odparł. – Czyżbyś nigdy nie widział jej z bliska? Ta, którą znamy, nie biegnie w górach, a znacznie przed nimi. Podejrzewam, że jesteśmy tuż przy niej. Po drugiej stronie powinno być podobnie, a to znaczy, że pośrodku leży pas ziemi niczyjej. Skalista miedza, która nie należy do żadnej ze Stref.

Wytężyli wzrok, choć wiedzieli, że to daremne. Ściana była niewidzialna. Nie pozwalała pójść dalej, spychała cię z powrotem, lecz póki się z nią nie zderzyłeś, nie wiedziałeś o jej obecności.

– Dotarłem do Ściany tylko raz w życiu – ciągnął Drewal. – Byłem jeszcze podrostkiem. Nigdy nie zapomnę chwili, gdy ojciec złapał garść piachu i cisnął przed siebie. Piach zamiast polecieć do przodu, rozpłaszczył się na niewidzialnej barierze. Część opadła przy niej, reszta odbiła się, sypiąc nam drobinami w oczy.

– Czyli jest jak Studnia, nie sposób jej zobaczyć? – dociekał Marki. Nie znał nikogo, kto dotarłby do Ściany, zapewne tylko mieszkańcy najbliższych jej gniazd, i to nieliczni, odważali się na podobne wyprawy. Mieszkańcy i być może wariaci tacy jak Wiarołomca.

Marszałek zaprzeczył gestem i wyjaśnił:
– Ich natura wydaje się podobna, lecz skala bardzo je różni. Z bliska można wywnioskować obecność bariery, przyglądając się terenowi. Przez setki lat wiatr i deszcz naniosły pod nią sterty piachu i drobniejszych kamieni. Nie sądzę jednak, by z góry były widoczne.
Marki zmusił się, by raz jeszcze wyjrzeć poza wóz. Tuż przed nimi, na ziemi, ciągnęła się nienaturalnie prosta linia. Trudno było dostrzec, co ją tworzy, po prostu tam była. Przy Markim stanął marszałek. Także ją zauważył.
– Przygotujcie się! – krzyknął. – Ściana!
Uczepił się mocno boku pojazdu, gotowy na zderzenie. Kaznodzieja zakładał, że przelecą nad nią, on jednak wolał się przygotować. Odszukał wzrokiem Perseu. Dziedzic Gniazda Psów i Marki nie zlekceważyli ostrzeżenia. Opadli na dno wozu, szukając czegoś, czego mogliby się przytrzymać.
Otwierał usta do kolejnego ostrzeżenia, gdy czasza balonu uderzyła w niewidzialną przeszkodę. Potężne szarpnięcie o mało nie zwaliło go z nóg. Zacisnął ramiona na belce przy krawędzi wozu. Cała konstrukcja wibrowała. W uszy wdzierał się narastający huk, podobny do wycia wiatru, tylko wzmocniony tysiąckroć.
– Drewno, więcej drewna! – przez wycie ledwie przebiło się wołanie Wiarołomcy.
– Za późno, już się nie wzniesiesz! – odkrzyknął marszałek, choć szczerze wątpił, by jego głos dotarł do Szymona. Sam też przestał cokolwiek słyszeć, wszystko pochłonął rozdzierający uszy trzask.
Uniósł głowę. Czasza rozpłaszczyła się na przeszkodzie, potem jednak powoli ponownie przybrała kolisty kształt. Ściana nie odepchnęła jej, lecz niespiesznie wciągała. To właśnie zagłębianie się w barierze

wywoływało ów niemal pozbawiający przytomności hałas. Drewal poczuł ciepłą ciecz spływającą z ucha. Gdyby odważył się puścić belkę i sprawdzić, zapewne okazałoby się, że krwawi, jednak rozluźnienie chwytu groziło wyrzuceniem z wozu. Zerknął na Wiarołomcę, akurat w momencie, gdy tuż koło głowy Szymona przemknęła ciężka pokrywa kotła. Jeśli stracili ją, zapewne uciekły również skąpe zapasy drewna i węgla, jedzenie i wszystkie inne pozostawione luzem przedmioty.

– Niech cię szlag, Kaznodziejo! – wrzasnął, choć ten nie mógł tego usłyszeć.

Dwukółka zatrzęsła się potężnie, jakby miała się rozpaść na kawałki, po czym huk i wibracje ustały. Przebili się na drugą stronę.

Nim ktokolwiek zdążył wydać z siebie westchnienie ulgi, balon gwałtownie opadł. Trwało to zaledwie kilka sekund i potem ponownie uniósł się w zawrotnym tempie. O ile dotąd czuli ostre powiewy wiatru, teraz wydawało się, że dostali się w sam środek przezroczystej burzy. Nie było chmur, deszczu, błyskawic, a jednak wóz kręcił młynki, gnając przed siebie jak szalony. Czasem opadał, czasem wznosił się raptownie lub niespodziewanie zmieniał kierunek lotu.

Próba wyjrzenia, co dzieje się pod nimi, była nazbyt niebezpieczna. Tylko w chwilach, gdy przechył wzrastał tak, że dwukółka niemal kładła się na boku, uczepieni belek, mogli dostrzec, że ostre szczyty przesuwają się pod nimi z zawrotną prędkością. Podmuchy dorwały balon w swe szpony, bawiąc się nim jak podskakującą na sznurku piłką. A wszystko w blasku słońca, w przejrzystym powietrzu zapewniającym doskonałą widoczność.

– Zniżamy się! – Marki pierwszy to zauważył.

Zwariowany taniec nie kończył się, trwał w najlepsze, lecz skały były coraz bliżej. Minęli już wiele szczytów, lecz nic nie wskazywało, by kolejne, nad którymi właśnie przelatywali, miały być ostatnimi. Nie wydawały się też wyższe, to oni wyraźnie zniżyli pułap. Wcześniej zdawały się wygładzonymi przez olbrzymy zaostrzonymi szpicami, teraz można było rozpoznać w nich pęknięcia, wyrwy i skalne półki. Na stokach zalegały większe i mniejsze głazy, osuwiska kamieni, a miejscami błyszczały niebieskawo połacie lodu ukryte w cienistych rozpadlinach.

Chłopak ostrożnie przesunął się w stronę kotła. Wiarołomca nadal przy nim stał, lecz przestał go obsługiwać.

– Drewno! – krzyknął Marki.

Nie zrozumiał odpowiedzi, więc przysunął się jeszcze bliżej. Zyskał zaledwie trzydzieści centymetrów. Dwa razy belka, której się trzymał, o mało nie została wyrwana z jego rąk. Mimo to szedł dalej.

– Dorzuć drewna! – wrzasnął wreszcie do ucha Szymonowi, gdy udało mu się do niego zbliżyć.

– Nie ma!

– Co?!

Zaryzykował szybkie wychylenie się, by zerknąć za Wiarołomcę. Rzeczywiście, schowek, w którym zgromadzono zapasy, był pusty.

– Wypaliłeś?

Szymon pokręcił głową. Ruchem głowy pokazał, że opał został wywiany.

– Więc po nas – chłopak powiedział to cicho, zbyt cicho, by ktokolwiek wychwycił słowa pośród wszechobecnych świstów.

Kucnął, łapiąc się niższej belki. Ta pozycja wydawała się bezpieczniejsza. U jego stóp walało się kilka drewnianych naczyń, które jakimś cudem nie zostały porwane razem ze szczapami. Pociągnął Wiarołomcę za nogę, by mu je pokazać. Akurat w tym momencie przez gwałtowne szarpnięcie balonu jedno z naczyń podskoczyło i nim jeszcze opadło na dno wozu, stanęło w płomieniach.

Szymon uwolnił jedną rękę, odchylił się i gołą dłonią chwycił płonące naczynie. Cisnął je do kotła. Gdyby doszło do pożaru, byliby zgubieni. Pojemnik spłonął, lecz żar nie zwiększył się istotnie, naczynia były małe, nawet wszystkie nie były w stanie zastąpić utraconych zapasów drewna.

– Zapalił się sam z siebie! – wrzasnął Marki.

Wiarołomca skinął głową. Myślał o tym samym. Nie tylko znaleźli się na łasce niosącego ich na oślep wichru, trafili także w objęcia burzy entropicznej. Burzy potężniejszej od jakiejkolwiek, o której słyszał Marki. Drewno nie zapalało się. Zazwyczaj kończyło się na zagotowaniu wody w naczyniu. Silniejsze wyładowania potrafiły wywołać zapłon liści bądź słomy, lecz to wszystko. Ciała trafionych zwierząt były ciepłe, nie stawały jednak w płomieniach. Burza, która ich otoczyła, musiała mieć niespotykaną siłę.

Marki prześlizgnął się wzrokiem po wozie. Większość naczyń nadal wisiała na swoich miejscach. Zapewne podmuchy sprawiły, że pozostało w nich niewiele wody, jednak długie i wąskie nie powinny być zupełnie puste. „Ochronią nas?" – chciał zapytać, ale zaschło mu w gardle i nie mógł wydobyć głosu. Przed burzą nie było w pełni bezpiecznego schronienia, a przed taką burzą z pewnością nie zabezpieczyłyby ich nawet trzykrotnie głębsze lochy niż te, które kryło Gniazdo Brzóz.

Jedno z naczyń buchnęło dymem. Inne, rozkołysane, chlapało dokoła wrzątkiem. Chłopak syknął, gdy kilka kropel wylądowało na jego dłoni. Stanął na równych nogach. Od ciągłego huśtania żołądek podchodził mu do gardła, lecz strach sprawił, że niemal tego nie zauważał. Pociągnął Wiarołomcę za rękaw.

– Jak?! – wrzasnął.

– Co jak?!

– Jak przeżyłeś burzę, wtedy na pustkowiu?! Nie schroniłeś się w jamie.

Szymon pokręcił głową.

– Nie poszedłem do jaskini, bo to nie miało sensu – przyznał. – Chroniły mnie drzewa, ich listowie, owady, ptaki, inne drobne zwierzęta. Wyładowania miały mnóstwo potencjalnych celów. Tu – przełknął ślinę – musimy liczyć na szczęście.

Marki poczuł, jak uginają się pod nim nogi. Szczęście. Dawno przestało mu sprzyjać. Od dnia, gdy stojąc z Angelką na wzgórzu, wyczuł nadciągającą burzę, nie spotkało go nic dobrego. Wciąż żył, lecz kłopoty wyłącznie narastały.

Jakiś pojemnik wiszący w szczycie dwukółki eksplodował. Posypały się drzazgi. Chłopak przechylił się przez bok wozu i zwymiotował. Widok nie dodał mu otuchy. Skalny szczyt zdawał się być na wyciągnięcie ręki. Zmierzali wprost w jego stronę. Za minutę, najdalej dwie roztrzaskają się o ciemnoszarą skałę.

Szczęście.

Zaśmiałby się, bał się jednak, że bardziej przypominałoby to płacz.

Nagłe szarpnięcie zwaliło go z nóg. Lecieli nadal wprost w stronę szczytu, lecz wyraźnie wznosili się. Spod czaszy balonu buchało rozgrzane powietrze. Wyładowanie – zrozumiał. Potężne wyładowanie, które spaliłoby w jednej sekundzie cały ich wóz, podniosło temperaturę wewnątrz czaszy. Gwałtownie unosili się, coraz wyżej i wyżej.

Zmusił się, by wstać. Czasza balonu znalazła się już ponad górą, lecz sama dwukółka jeszcze nie. Nadal sunęła na jej spotkanie, wprost na sterczącą skałę. By nad nią przelecieć, brakowało metra, może tylko pół. Poruszali się tak szybko, że nawet gdyby tylko otarli się o kamień, ten strzaskałby pojazd, a przynajmniej rozpruł jak szmatę.

Balon wzniósł się jeszcze odrobinę wyżej. Wóz podskoczył, uderzając kołem w sam wierzchołek. Na ułamek sekundy sczepił się z nim, po czym koło oderwało się z trzaskiem. Przez głowę Markiego przemknęła myśl, że mógł wyskoczyć. Był tak blisko góry, że bez trudu zszedłby na nią, by tam, na samym szczycie, spoglądając na oddalający się pojazd, czekać na przeznaczone dla niego wyładowanie.

Kto umarł równie piękną śmiercią?

Natychmiast usłyszał inny głos, brzmiący jak głos ojca, mówiący, że w śmierci nie ma niczego pięknego. Czy hrabia Brzóz kiedykolwiek powiedział mu coś takiego? To możliwe, ale nie pamiętał.

Wiarołomca krzyknął, po chwili zawtórował mu Drewal. Marki musiał się skupić, by pojąć powód ich radości. Dopiero po chwili dotarło do niego, że kolejne wzniesienia są coraz niższe. Zostawiali góry za sobą. Wiatr niósł ich nadal jak opętany i przestali się wznosić, ale w tym tempie najdalej za kwadrans powinni dotrzeć do kolejnej Ściany. Jeśli rzeczywiście gdzieś tam była. Uśmiechnął się blado.

Burza osłabła, czuł to wewnętrznie. W jednym z naczyń ponownie zabulgotała woda, lecz wyładowania nie miały już siły zdolnej spalić lub rozerwać pojemnik. Świadomość tego sprawiła, że poczuł się lepiej. Również przyprawiające o zawroty kołysanie, które nawet na moment nie osłabło, nie robiło już na nim takiego wrażenia.

– Trzymajcie się, to nie koniec! – Okrzyk Drewala sprawił, że mocniej uczepił się wozu. Marszałek dodał coś o linii na ziemi, ale dla Markiego nie miało to sensu.

Balon uderzył w niewidzialną przeszkodę i zatrząsł się. Belka, którą ściskał Marki, została wyrwana z jego objęć, a on sam poleciał do tyłu, uderzając głową w nagrzaną, drewnianą obudowę kotła. Myśl, że się pali, przemknęła niczym błyskawica, a zaraz po niej nadciągnęła ciemność.

Ktoś tarmosił go za ramię. Angelka? Czyżby słyszał jej głos? Nie, zdecydowanie nie, to raczej wołanie matki. To miało większy sens. Zapewne już dawno minął ranek, a on wciąż wyleguje się w łóżku. Dobrze, że nie poprosiła o pomoc któregoś z braci. Kiedyś zawołała Batima. Skończyło się wylanym na głowę wiadrem zimnej wody. Ponownie wsłuchał się w głos. To jednak nie była matka. Słyszał mężczyznę, z całą pewnością. Ojca? Brata? Któregoś z pułkowników?

*Cóż pułkownik robiłby w twojej sypialni?*

Faktycznie, to idiotyczne. Dowodzili ludźmi, nie budzili rozleniwionych paniczyków.

– Marki!

Tak, tak, już wstaję, dajcie mi jeszcze minutkę.

– Sprawdź, czy w którymś z naczyń nie zostało trochę wody.

Krople sprawiły, że otworzył oczy. Nad nim, ściskając pusty pojemnik, stał Perseu. Obok klęczeli Wiarołomca i Drewal. Nad ich głowami majestatycznie unosiła się ciemna czasza balonu. Za krtań ścisnęła go tęsknota. Jego rodzina już nie żyła. Tak samo przyjaciele i znajomi z Gniazda Brzóz. Angelka też była daleko, w innej...

– Przedarliśmy się? – spytał, gdy mógł już wydobyć głos z gardła.

Wiarołomca skinął głową.

– To inny świat, inna Strefa, zobacz! – wykrzyknął stojący nieco za nim Perseu.

Marki próbował się podnieść, ale Szymon przytrzymał go w miejscu.

– Jak się czujesz? – spytał.

– Chyba w porządku... – Chłopak wciąż miał problemy z zebraniem myśli.

Wiarołomca położył mu dłoń na ramieniu i lekko ścisnął.

– Będzie dobrze. Uderzyłeś się w głowę, przy okazji poparzyłeś, ale to nic poważnego. W każdym razie na razie nie wstawaj bez potrzeby. Jeśli jesteś ciekaw, Perseu opisze ci, co widzi.

– Dokładnie, co do joty – zgodził się chłopak. – Jak bezdomny hrabia bezdomnemu hrabiemu. Rzeka, potężna rzeka – zaczął, nie czekając na prośbę. Był wyraźnie podekscytowany. – Nigdy takiej nie widziałem. Wypływa z gór i wije się przez spaloną ziemię. Miejscami jest tyle pary, że niewiele widać. Sądzisz, że tu też mieszkają ludzie?

– Z kimś przecież handlowaliśmy – mruknął Szymon. – Ale do najbliższych osad na pewno jeszcze daleka droga. Pola magmy nie są bezpieczne i często nawiedzają je trzęsienia, nikt by się tu nie pobudował.

– O ile kupcy byli z tej Strefy – oponował Drewal. – Jeśli istnieje nasza i ta, jest z pewnością wiele innych, być może nieskończenie wiele.

Wiarołomca podniósł się.

– Ocuciliśmy naszego na wpół nieboszczyka, więc zajmijmy się teraz drugim palącym problemem. Lecimy nisko, zbyt nisko. Daleko tak nie uciągniemy.

– Kiedyś i tak musimy wylądować – stwierdził Drewal.

Szymon skrzywił się z niezadowoleniem.

– Lecz nie tu. O wóz tak bardzo nie musimy się troszczyć, konstrukcję, lepszą czy gorszą, stworzylibyśmy nawet sami, jeśli ktokolwiek tu mieszka, udałoby się nam zapewne również zdobyć kocioł, choć u nas taka ilość żelaza kosztowała majątek, jednak czasza balonu to inna sprawa. Gdzie ją schowamy? W dole z magmą? Balon może okazać się niezbędny, bez niego nie wrócimy do domu. Trzeba go zabezpieczyć.

Drewal energicznie pokręcił głową.

– Jeszcze raz przez to wszystko? Nigdy! Za drugim razem możemy już nie mieć tyle szczęścia. Chcesz ponownie bawić się w ptaka, droga wolna, ale beze mnie!

– Nie masz do czego wracać?

Marszałek spochmurniał.

– Mam... ale nie łudźmy się. Nie wrócimy.

– Wrzućmy do kotła naczynia – jęknął Marki, przerywając dyskusję.

– Co?

– Naczynia – zatoczył ręką wkoło. – Burza się skończyła, zresztą większość i tak jest już pusta.

Nawet razem wzięte stanowiły skromny zapas opału, zawsze jednak były lepsze niż nic. W kilka chwil pozdejmowali niemal wszystkie.

– A to? – Drewal wyciągnął w stronę Markiego zdobione naczynie z całującą się parą. – Harki mówił, że to twoje specjalne.

Chłopak odebrał pojemnik z rąk marszałka. Skąd pokraka wiedział, że ma dla niego znaczenie? Nie mówił o tym nikomu. Dziewczyna wyryta na boku zawsze pozostanie dla niego Angelką. Ale Angelka stała się niedostępna, została w świecie, do którego być może nigdy nie wróci.

Spal to i uwolnij się.

Wcale nie miał ochoty słuchać wewnętrznego głosu. Ale jednak... Pozbycie się naczynia było niczym zerwanie ze starym życiem. Wkraczali w nową Strefę. Zaczynali od początku.

– To sporo drewna – oddał pojemnik Drewalowi. – Więcej niż w innych.

– Ale nie szkoda?

Niemo pokręcił głową.

Bywaj, Angelko. To prawdziwe i ostatnie pożegnanie. Odtąd nic nas nie łączy.

Patrzył, jak marszałek wrzuca pojemnik do ognia. Musiał zamrugać, by rozpędzić łzy, które nagle zebrały mu się w oczach.

– To i tak na wiele nie wystarczy – Szymon sprowadził ich na ziemię.

– Spalmy ubrania – zaproponował Perseu.

Ściągnął kurtkę i podał ją Wiarołomcy.

– Zmarzniesz, jest zimno.

– Nie tak jak między Ścianami. – Chłopak uśmiechnął się łobuzersko. – Tam dopiero gwizdało. Tu wytrzymam.

Wiarołomca również zdjął kurtkę, a potem obie cisnął do kotła. Drewal, przyglądający się temu bez entuzjazmu, także się rozebrał. Marki poszedł w jego ślady.

– Co potem? – Perseu nie zrozumiał pytania, więc Marki uściślił: – Buty czy spodnie?

Uciekinier z Gniazda Psów zaśmiał się dźwięcznie.

– Wolę spodnie. Na pewno się nachodzimy, buty się przydadzą.

– Niekoniecznie chciałbym świecić gołym tyłkiem przed miejscowymi. – Drewal zmusił się do uśmiechu.

– Przekonasz ich, że taka panuje u nas moda.

# IV

Wylądowali wcześniej niż sądzili, że będą do tego zmuszeni. Na szczęście pola magmy zdążyły zniknąć, zastąpione przez pokryte drobną roślinnością łąki. Nawiedzające je dość często pożary nie pozwalały wyrosnąć większym drzewom, choć pojawiały się też kępy zarośli dorównujące wysokością wzrostowi dorosłego mężczyzny.

Wiarołomca nie wydawał się zadowolony perspektywą ukrycia balonu w tak niepewnej okolicy, jednak ze względu na wielkość czaszy nie mógł go zabrać ze sobą. Zwinął luźną teraz powłokę w możliwie ciasną kulę, dokładnie oglądając przy tym każdy centymetr jej powierzchni. Kilka razy przeklinał głośno, pokazując rozdarcia i dziury.

– Szybko opadliśmy. Nic dziwnego – mruczał. – Jeśli mamy go jeszcze użyć, trzeba będzie to załatać.

Dopiero po dwóch godzinach byli gotowi do drogi. Z marszu najbardziej zadowolony był Drewal. Co jakiś czas tupał z zadowoleniem, czując pod stopami twardą stałą ziemię.

– Nikt już nigdy nie wsadzi mnie do tego piekielnego pojazdu – powtarzał. – Niebo zostawiam ptakom.

Humory dopisywały. Szli, nie spiesząc się. Tylko Wiarołomca czasem zwiększał tempo, jakby nie mogąc doczekać się tego, co znajdzie w nowym świecie. Po chwili jednak zwalniał, dostosowując się do kroku towarzyszy. Marsz był łatwy, teren dość równy, a porastająca go trawa niezbyt wysoka. Nie napotkali też większych przeszkód. Raz natknęli się na strumyk. Pokonanie go nie sprawiło im problemu, za to mogli uzupełnić zapas cennej wody.

Na nocleg zatrzymali się, mimo że wciąż było jasno. Napotkali miejsce, które wydawało się stworzone na obozowisko. W okolicy było kilka pagórków, w tym wzniesienie kończące się niemal pionową ścianą, która znakomicie chroniła przed wiatrem. Nawet problem z opałem okazał się chwilowy. Teren był niemalże pozbawiony drzew, a suche patyki ogień pochłaniał zbyt szybko, by mogli uzbierać zapas, który pozwalałby im podsycać płomienie do rana. Na szczęście Drewal natknął się na obalony pień, na wpół strawiony przez jakiś wcześniejszy pożar.

Szymon upolował gęś i posiłek zapowiadał się obiecująco. Wszystko zdawało się im sprzyjać.

– Czego będziesz szukał? – Wiarołomca skierował pytanie do Perseu. Oblizał palce z resztek tłuszczu, a następnie wytarł je o nogawki.

– Miejsca, gdzie mógłbym zacząć wszystko od początku. Zwykły banał, Kaznodziejo, dachu nad głową, ludzi, których będę mógł kiedyś nazwać przyjaciółmi...

– I piersiastej dziewuchy – wtrącił marszałek.

Marki parsknął śmiechem.

– Przepraszam, paniczu. – Drewal zagryzł wargi, by ukryć uśmiech.

Perseu uniósł głowę.

– Tu już nie jestem paniczem. Nowy świat zrównał wszelkie pozycje. Za to chcę być twoim przyjacielem. A co do dziewuchy... Tak, też była w tym planie, choć niekoniecznie głównym kryterium będzie... – Odsunął dłonie od piersi na kilkanaście centymetrów. – A ty nie szukasz miłości?

Marszałek potrząsnął głową.

– Już nie.

– Nie szuka jedynie ten, który już znalazł – skwitował Wiarołomca.

Perseu zachichotał.

– A to niespodzianka! Ty? Wieczny kawaler? Kim jest?

– Może Kaznodzieja uraczyłby nas opowieścią. Jak dawniej... – Drewal zdecydował się zmienić temat.

– On? – zdziwił się Marki. – On jedynie milczy.

Marszałek wrzucił w ogień suchy patyk, którym wcześniej się bawił, grzebiąc w żarze.

– Więc poznaliśmy dwóch różnych ludzi.

– Mówię, gdy czas ku temu skłania – wyjaśnił Szymon. – A pełen żołądek, ognisko i gwiaździste niebo – zadarł głowę, przypatrując się pierwszym gwiazdom, które właśnie zaczęły się pojawiać – to właśnie atrybuty takiej chwili.

– Jeśli jeszcze wytrzaśniesz skądś kufel piwa, jestem cały twój – zaśmiał się Drewal.

– Dziś obejdziesz się smakiem i wodą źródlaną. Lecz kto wie, jeśli żyją tu jacyś ludzie, zapewne nie raz jeszcze umoczysz wąsy w pianie.

– I oby to były prorocze słowa.

Marki wygodniej oparł się o ściętą ścianę wzgórza i zapytał:

– I co z tą opowieścią? Zacznie się wreszcie?

Wiarołomca przesunął dłoń po łysej głowie.

– Młodzież. Za grosz cierpliwości. Na wszelkich możliwych bogów, których nie ma, jak ja wam zazdroszczę. – Odczekał chwilę, nim zaczął mówić: – Nie będę truł o burzach czy Itach, nie tej nocy. Nie będzie też o biuściastych panienkach. Lecz jak najbardziej o pięknie. Nie zewnętrznym jednak, a nieco bardziej ukrytym i mniej oczywistym. To historia, którą zasłyszałem dawno temu i która wydarzyła się dawno temu. Rozegrała się w Bagiennym Trójkącie...

– Słyszałem o osadach, ale nie Trójkącie – wtrącił Marki.

– Gdybyś mniej biegał z drewnianym kijaszkiem udającym mieczyk, a więcej słuchał przepowiadacza, wiedziałbyś, o czym mówię. Prawda, Perseu?

– Prawda – zgodził się chłopak. – Bagienny Trójkąt i Bagienne Osady to niemalże to samo – wyjaśnił. – Nazwa tego pierwszego wzięła się stąd, że na mapie gniazda tworzą niemal idealny trójkąt równoramienny. Gniazdo Ważki, Gniazdo Olszy i Gniazdo Żab. Otaczające je moczary wcale nie są tak regularne i przypominają raczej owal, a przynajmniej tak powiadają, bo granice bagien są zbyt płynne, by ktoś je wyraźnie nakreślił.

Marki chwycił ogryzioną kość i rzucił nią w Perseu. Drewal, tłumiąc śmiech, pogroził im palcem.

– Znacie reputację tamtejszych gniazd – Wiarołomca na nowo rozpoczął opowieść. – Odwiedziłem je i zapewniam was, nie jest przesadzona. To obraz nędzy i rozpaczy, ludzi gotowych sprzedać bliskich, by utrzymać siebie i resztę rodziny. Tylko tam, w tych zapomnianych przez bogów naszego świata mokradłach, jeden człowiek może stać się właścicielem drugiego człowieka. To najlichsza część znanej nam Strefy, lecz nawet tam od czasu do czasu zawędruje jakiś kupiec, by sprzedać towary lub przynajmniej wymienić je za bobrze futra i sadło. Mieszkańcy Bagiennych Osad chciwie czekają wszelkich dóbr. Nic więc dziwnego, że gdy wreszcie pojawi się wóz zaprzężony w rosłe psy, na główny plac ściągają wszyscy. Tak mniej więcej zaczyna się ta historia. Od rwetesu dzieciarni, przekrzykiwania się i przepychania dorosłych, gdy do Gniazda Żab zajechał kupiec. Zazwyczaj handel w takim miejscu nie trwa długo, większość ogląda, nie kupuje. Ci nieliczni, którzy mają czym płacić, targują się i szybko dobijają interesu. Potem wóz zatacza koło i jedynym śladem, który po nim pozostaje, są nietrwałe, napływające wodą koleiny na błotnistych uliczkach. Tym razem też zapewne tak by było, gdyby wzrok kupca nie spoczął na niej, młodej dziewczynie z bagiennej wioski. Nie była piękna w klasycznym znaczeniu tego słowa. Biło jednak od niej coś, przez co każdy, kto potrafił patrzeć, nie mógł oderwać od niej oczu. Wdzięk i niewinność, dobroć i jasność, której nawet nie będę próbował zdefiniować. Po prostu lśniła własnym światłem niczym świetlik. I taką ją zobaczył kupiec. Nim jednak nasycił oczy, zmieszała się z tłumem i znikła. Nie był nawet pewien, czy nie miał do czynienia z widziadłem, zjawą, jedną z tych, o których słyszy się, że zwodzą wędrowców na moczarach, by podążyli ścieżkami, z których nie będzie już powrotu.

– Może właśnie była upiorem? Strzygą z bagien – rzucił Perseu.

– Mógłbyś nie przerywać? – Marszałka wyraźnie zainteresowała opowieść Wiarołomcy.

Szymon pogrzebał patykiem w ognisku. Chwilę milczał, być może zbierając myśli.

– Była kobietą – powiedział wreszcie – bagienną lilią. Na czym skończyłem? Aha, kupiec zakończył interesy, lecz nie odjechał. Jego wóz pozostał na placu. Dzień, drugi, trzeci. Gdy już wydawało się, że wyczekuje nadaremnie, zjawiła się. Słońce zachodziło. Dziewczyna miała na sobie długie, szkarłatne szaty, spłowiałe już i wyblakłe, jednak ostatnie krwiste promienie dodały im blasku. Zdawało się, że żarzą się wewnętrznym blaskiem.

– Rzuciła mu się na szyję – wyraził przypuszczenie Perseu.

– Nasłuchałeś się romansideł od kucharek – mruknął zirytowany marszałek. – W prawdziwym życiu kobiety nie rzucają się na szyję nieznajomym mężczyznom. A nawet gdyby, czy ceniłbyś taką?

Chłopak lekko zawstydzony spuścił głowę.

– Gdyby tak postąpiła, jej czar rozwiałby się w mgnieniu oka. Kupiec bez słowa opuściłby gniazdo, nie oglądając się za siebie. Ona jednak stanęła i bacznie mu się przyglądała. Wpatrywali się w siebie. Wreszcie, gdy milczenie zdawało się trwać wieki, spytała, czemu nie wyjechał, co go zatrzymuje. Ty, odpowiedział. Odwróciła się, gotowa uciec, lecz nim ponownie zniknęła, być może tym razem już na zawsze, zawołał za nią...

– Nie bardzo rozumiem – przerwał Marki. – W największym choćby gnieździe wszyscy znają wszystkich. Czemu kupiec czekał trzy dni? Gdyby naprawdę zamierzał odszukać dziewczynę, wypytałby miejscowych. Odnalazłby ją w trzy kwadranse.

Drewal zamierzał coś powiedzieć, ale Szymon go ubiegł:

– Masz pozornie rację, ale to zakłóciłoby magię. Tych dwoje połączyła niewidzialna nić, równie nieuchwytna jak ślad skrzydeł motyla w powietrzu.

– Nadal nie łapię – chłopak dostrzegł chmurne spojrzenie marszałka, niezadowolonego, że ktoś wciąż przerywa opowieść – ale mów dalej...

– Zawołał, by zaczekała. Oświadczył, że pragnie zatrzymać się w wiosce i prosić jej rodziców o nocleg. Nasza chata nie jest duża, odparła. Przekonywał, że potrzebuje jedynie małego kąta, a za gościnę szczodrze zapłaci. Dziewczyna wysłuchała do końca, obiecała, że powtórzy te słowa rodzicom, i odeszła. Wkrótce wróciła w towarzystwie ojca i młodszego brata. Zgodzili się przyjąć mężczyznę pod swój dach. Dom, w którym mieszkała bagienna lilia, faktycznie okazał się skromny, ale jej rodzicom udało się przygotować osobną izbę dla kupca. I tak zamieszkał z nimi, najpierw tydzień, potem drugi, wreszcie trzeci. Nie był uciążliwym gościem, za pobyt płacił orłami i ciężką pracą, od której nie stronił. Rozmawiał z dziewczyną, poznawał ją i każdego dnia umacniał się w przekonaniu, że zostali dla siebie stworzeni. Ona również coś poczuła, ale... – Szymon zerknął na Perseu i zaśmiał się – nadal nie rzuciła mu się na szyję.

Drewal z Markim zachichotali.

– Aż nadeszła burza – głos Wiarołomcy sposępniał. – Nie była pierwszą, jaką kupiec przeżył w Gnieździe Żab, lecz ta konkretna odmieniła jego los. W większości gniazd na czas wyładowań mieszkańcy chronią się w głębokich piwnicach, ale w Bagiennych Osadach, grzebiąc w ziemi, można jedynie wykopać kolejne bajoro.

– W Gnieździe Psów teren również jest podmokły – wtrącił Perseu. – Mamy jednak schron, w którym kryjemy się przed burzą. Nie jest głęboki, jednak to lepsze niż nic.

– Oni nie mają nawet tego. Podczas burz rozstawiają naczynia z wodą i zamierają w pierwszym z brzegu kącie lub na łóżku, licząc upływający czas i modląc się w duchu o zmiłowanie do swoich mrukliwych, przegniłych, bagiennych bogów.

– Dziewczyna zginęła? – spytał Drewal, zapominając, jak bardzo sam był niezadowolony, gdy przerywali inni.

– Nikt nie zginął. Los pod tym względem okazał się łaskawy. Wyładowania jednak wywołały kilka pożarów. Między innymi spłonął warsztat ojca bagiennej lilii.

– Każdy budynek można odbudować.

– Owszem, gdy jest dobra wola i chęć pomocy. Ojciec dziewczyny toczył jednak spór z hrabią gniazda i za zgodę na ponowne wzniesienie budynku musiał zapłacić. Cenę wyznaczono wysoką. Zbyt wysoką. Kupiec zaoferował się oddać swój wóz wraz z towarem, ale hrabia nawet nie chciał o tym słyszeć. Przedstawił za to inną ofertę. Jak pamiętacie, Bagienne Osady to jedyne miejsca w Strefie, gdzie sankcjonuje się niewolnictwo. Zażądano od rodziców lilii, by oddali jedno z dzieci na pokrycie kosztów.

– Żaden hrabia nie jest tak okrutny! – zaprotestował Perseu.

– Faktycznie, niewielu byłoby zdolnych do podobnej podłości.

– Mogli się nie zgodzić! – zawołał Marki.

– Musieli. Bez warsztatu czekała ich powolna śmierć z głodu. Ojciec dziewczyny miał chromą nogę i nie mógł polować, brat zaś nie byłby w stanie wykarmić całej rodziny. Bagienny Trójkąt to niewielkie, nieurodzajne poletka i podmokłe lasy, w których trudno o zwierzynę.

– Więc oddali dziewczynę? – chciał wiedzieć marszałek.

– Kupiec powinien z nią uciec – oburzył się Perseu.

– Proponował, lecz odmówiła. Wiedziała, co czekałoby jej rodzinę. Uszanował to.

– Głupia – stwierdził młody hrabia Gniazda Psów.

– Czemu troskę o bliskich nazywasz głupotą? To postanowienie odważne, tragiczne, ale w najmniejszym stopniu nie głupie.

– A jej brat? Czemu nie wybrali jego?

– Zabrzmi to okrutnie, ale dla rodziny toczącej każdego dnia bój o przetrwanie mężczyzna jest cenniejszy niż kobieta. Jakkolwiek była to ciężka decyzja, rodzice lilii wybrali słusznie. Wybrali wbrew błaganiom jej brata, by to jego ręce skuły pęta.

Wiarołomca dorzucił do ognia.

– A kupiec? Nie zrobił nic? Był ponoć tak zakochany? – Drewal sprawiał wrażenie oburzonego.

– Niestety zrobił – westchnął Szymon.

– Dlaczego niestety?!

Wiarołomca uśmiechnął się blado do marszałka.

– Bo aż nazbyt często z dobrych intencji, zrodzonych w desperacji, wynikają złe rzeczy. Kupiec szalał. W pierwszym odruchu gotów był udać się do hrabiego i rozpłatać go na pół. Z trudem mu to wyperswadowano. Może nawet nikt nie odwiódłby go od próby wywarcia zemsty, gdyby nie brat dziewczyny. Dzięki przyjaciołom dowiedział się, że siostra, jak też kilkunastu innych niewolników, ma zostać podarowana hrabiemu Gniazda Ważki. Ponoć pan Gniazda Żab przegrał ich w kości, choć to mogło być jedynie plotką. Chłopak przedstawił plan oswobodzenia nieszczęśników. W tajemnicy przed rodzicami lilii wraz z jej ukochanym wymknął się z osady. Wiedzieli, którędy będzie szła grupa, nie mieli jednak pojęcia kiedy ani też jak liczna będzie eskorta. To drugie zresztą ich nie obchodziło. Porwaliby się i na setkę strażników. Starannie wybrali miejsce i przyczaili się

Wiarołomca zadarł głowę i przez jakiś czas przypatrywał się ciemnemu niebu.

– Nie odpuściliby nawet, gdyby żołnierzy było tyle, ile gwiazd. Choć marzyli o sukcesie, gotowali się na śmierć. Wreszcie nadszedł dzień próby. Zaatakowali i dzięki zaskoczeniu wszystko zdawało się iść po ich myśli. Kupiec zabił trzech strażników i powalił kolejnego, w tym czasie brat dziewczyny uporał się z dwoma przeciwnikami. Niestety jeden z żołdaków rozpoznał ich. To przecież nie było trudne, jak wspominaliście, w gnieździe każdy zna każdego. Dopadł lilii i przyłożył jej ostrze do gardła. Zażądał, by rzucili broń.

– Przegrali – szepnął Perseu.

– Jeszcze nie wtedy. Kupiec był doskonałym łucznikiem. Wypuścił strzałę, która przemknęła tuż obok głowy ukochanej i wbiła się strażnikowi wprost w oko. I wtedy któryś z pozostałych przy życiu żołnierzy strzelił do dziewczyny.

– Dlaczego? – wyrwało się marszałkowi.

– Może by odebrać im to, o co walczyli...? Tego nigdy się nie dowiemy. Kupiec dopadł do ukochanej. Trzymał w ramionach. Jego bagienna lilia więdła w oczach. Żyła, lecz rana była zbyt poważna, by pozostawić choć cień nadziei. „Chciałam umrzeć przy tobie" usłyszał. Nie odpowiedział, nie mógł. Łzy przesłoniły mu świat, a w gardle narosła twarda gula. Aż dziw, że nie podzielił losu dziewczyny, w tym momencie był bezbronny. Pocałował ją i odeszła.

– Przynajmniej dany mu był ostatni pocałunek – rzucił Perseu.

Szymon splunął do ognia. Zaskwierczało.

– Czy może być coś gorszego? To obietnica szczęścia, którą mu natychmiast i nieodwołalnie odebrano. Po latach brzmi romantycznie. To umieranie w ramionach, pierwsze i ostatnie zetknięcie warg, ale nie ma w tym niczego romantycznego i pięknego. Ja słyszę jedynie ponury, złośliwy chichot losu. I oto cała opowieść. Na tyle, na ile ją zapamiętałem.

Marki popatrzył na pochylonego nad ogniskiem Wiarołomcę. Wiedział, że Szymon opowiadał o sobie, ale nie mógł powiedzieć tego głośno.

– A co stało się z kupcem i bratem dziewczyny? – dociekał Perseu.

– Kupiec zdołał uciec. Przez długi czas tułał się po bagnach. Grząskie pułapki, jakby wyczuwając otulającą go obojętność na kwestie życia i śmierci, nie zamierzały wyciągnąć po niego swych lepkich łap. Brat miał mniej szczęścia. Został schwytany i uwięziony. Słyszałem, że żyje, lecz tortury zmieniły go na zawsze.

– Liczyłem na weselszą historię – oświadczył Drewal. – Mogłeś choć zmienić zakończenie.

Szymon wzruszył ramionami.

– Nikt nie jest w stanie zmienić nawet jednej przeszłej chwili. Gdybym tylko miał taką moc, zrobiłbym to bez wahania.

– Miejmy nadzieję, że trafiliśmy do świata, gdzie nie ma miejsca na podobne zło – powiedział Perseu.

– Oby – rzucił ponuro Wiarołomca.

Pierwsze promienie słońca sprawiły, że Marki otworzył oczy. Przywykł już do tego podczas wędrówek z Szymonem. Wstawali o brzasku i ruszali w drogę zaraz po niewielkim śniadaniu i uporządkowaniu obozowiska. Wiarołomca zawsze dbał, by porządnie zdusić tlący się jeszcze żar nocnego ogniska i by nie pozostawić po sobie więcej śladów niż to konieczne. Czasami sprawiało to wręcz wrażenie małej obsesji.

Tego ranka wszyscy wstali przed Markim, lecz nikt się nie spieszył. Nie było do czego. Marszałek siedział wygodnie oparty o skałę i czyścił szablę. Szymon krzątał się przy ogniu, starając się podgrzać niedojedzone resztki z wczoraj. To był cały ich prowiant. Skromne zapasy zabrane na drogę zostały wywiane wraz z zapasem drewna, gdy przelatywali pomiędzy Strefami. Perseu stał nieopodal, nagi od pasa w górę. Skądś chyba wracał.

– Ani śladu – rzucił niezadowolony.

– Śladu czego? – spytał Marki.

– Rzeczki, strumienia, czegokolwiek, w czym mógłbym się zanurzyć, a przynajmniej ochlapać i obmyć.

Napotkany wczoraj potoczek zostawili daleko za sobą. Wiarołomca wydawał się rozbawiony.

– Oto życie wędrowca. Kiedyś zwierzyłeś się mi, że chciałbyś go posmakować. I oto życzenie się spełniło. Ze wszystkimi konsekwencjami. Zapomnij o codziennych kąpielach w Siłaczu.

– Uważaj, czego pragniesz, bo jeszcze możesz to dostać – powiedział Marki. Nataban często powtarzał te słowa, wyczytał je w jednej ze swoich ksiąg. Po krótkiej przerwie chłopak dodał: – Naprawdę kąpaliście się w Siłaczu? Obie Nogi mają silny nurt.

Perseu uśmiechnął się.

– Większa część rzeki jest zdradliwa i groźna i biada nierozważnym, ale jeśli zna się właściwe miejsca...

Dziedzic Gniazda Psów znalazł koszulę i narzucił na siebie.

– Jak podejrzewam, mogę zapomnieć też o wielu innych rzeczach?

– Pełny żołądek, dach nad głową, gdy z nieba siąpi deszcz – wyliczał Szymon – i kilka innych przyjemności. Za to zupełnie darmo dostaniesz szereg bonusów: zmęczenie, obolałe nogi i oblepiającą wszystko warstwę kurzu z drogi. Zresztą nowych przyjemności jest zbyt wiele, bym chciał je tu wyliczać.

– Potrafisz zachęcić – przyznał Perseu.

– Musisz świetnie pływać – Marki zmienił temat. Zdążył już poznać „zalety" wędrowania i nie miał ochoty o nich rozprawiać.

– We wszystkim jest dobry – pochwalił wychowanka Drewal.

– W walce?

– Szablą operuje sprawnie. Jeszcze mi nie dorówna, ale pewnego dnia z pewnością tak.

– A wręcz? – chciał wiedzieć Marki.

– Nie jestem najgorszy.

– To może się spróbujemy?

– To chyba nie najlepszy moment...

Drewal zaśmiał się cicho.

– A czemu nie? Byleście nie zrobili sobie nawzajem krzywdy.

– W Gnieździe Brzóz obwiązywaliśmy ręce szmatami. Dzięki nim nie rozbiłem paru głów.

– U nas używaliśmy rękawic.

– A w Bractwie korzystano wyłącznie z gołych pięści – wtrącił Wiarołomca. – Gdaczecie jak kury, które właśnie zniosły jajo, a ja chciałbym wreszcie zobaczyć tę potyczkę kogutów.

Marki wstał i podszedł do Perseu. Młody hrabia Gniazda Psów był od niego starszy i roślejszy, lecz to jeszcze nie przesądzało o wygranej.

– Gdzie? Tu?

Teren był w miarę płaski.

– Czemu nie – zgodził się Perseu. Uniósł ręce na wysokości twarzy.

– Moi bracia byli starsi od ciebie, a i tak nie raz ich pokonałem – uprzedził Marki.

– Nie mam rodzeństwa, ale dołożyłem niejednemu. – Na Perseu nie zrobiło to wrażenia. – I dawno nie przegrałem – dorzucił.

Perseu pierwszy zadał cios. Marki zasłonił się. Szybko wyprowadził kontrę, lecz nic nie wskórał, pięść przeszyła powietrze.

– Podstawa to szybkość – powiedział Perseu ze śmiechem.

To kosztowało go rozbitą wargę. Marki tym razem trafił. Młody hrabia Psów przetarł usta, zerkając na małą smużkę krwi, która pozostała na dłoni.

– Jeden zero da ciebie – skwitował.

Ponownie natarł, zmuszając Markiego do obrony. Niedoszły dziedzic Gniazda Brzóz próbował przejść do kontrataku, lecz daremnie, wciąż był spychany przez przeciwnika. Wreszcie udało mu się zadać cios, ale na tym jego sukcesy się skończyły. Perseu zdwoił szybkość. Dalej sprawy potoczyły się błyskawicznie. Marki zasłonił się przed gradem ciosów, a chwilę potem leżał na ziemi.

– Wystarczy? – Perseu wyciągnął do niego rękę.

Marki chwycił dłoń i wstał wciąż lekko oszołomiony. Czuł, że nie ma szans w ponownym starciu, lecz duma nakazywała mu kontynuować walkę. W rodowym gnieździe niewielu mu dorównywało, a dziś dał się pokonać niczym szczeniak. Ogarnął go bliżej nieukierunkowany gniew.

– Jeszcze!

– Nie! – sprzeciwił się Wiarołomca. – Dosyć. Wyglądem obtłuczonych śliwek żaden z was nie zdobędzie zaufania mieszkańców tej Strefy.

Miał rację. Niewinna potyczka zostawiła ślady. Perseu z rozbitej wargi sączyła się krew, a Marki czuł, że już wkrótce pod okiem narośnie mu solidne limo.

– Jeszcze raz. Teraz nie pójdzie mu tak łatwo! – zaprotestował jednak.

– Może, ale poczekasz na kolejną próbę do bardziej sprzyjających okoliczności. Na teraz koniec! – zdecydował Szymon.

Marki bez słowa odwrócił się. Narosła w nim złość, choć walka była uczciwa, a Perseu wcale nie chełpił się przewagą i zwycięstwem. Nie patrząc na towarzyszy, ruszył w stronę ogniska. Perseu zamierzał pójść za nim, ale zatrzymał go marszałek.

– To było dobre starcie – powiedział cicho.

– Więc? – chłopak wskazał Markiego.

– Urażona duma. Przejdzie mu.

Ruszyli przed południem. Do tego czasu Marki zdążył przełknąć gorzki smak porażki i pogratulował Perseu, humoru jednak nie odzyskał. Ostatnio nic nie szło tak jak powinno. Najgorzej, że nie potrafił wskazać winnego tego stanu rzeczy. Kogoś, kogo obarczyłby odpowiedzialnością za wszystkie nieszczęścia i problemy, jakie go dotknęły. Nikt taki nie istniał, a w każdym razie nie była to jedna osoba, której mógłby rzucić wyzwanie. Gdy wczoraj opadli wreszcie na ziemię w nowej Strefie, poczuł, że zaczyna nowy rozdział, bez ciężaru poprzedniego życia, a właściwie uwolniony od niego na tyle, na ile to było możliwe. Poranna przegrana sprawiła, że tamto odczucie zniknęło. Świadomość, że nie może winić za to Perseu, nie pomagała.

Szli kilka godzin, nim wreszcie Wiarołomca gestem nakazał ciszę.

– Tam. – Wskazał niedalekie zarośla.

Była to zbita kępka wysokich krzewów i pierwszych drzewek, jakie napotkali. Mierzyły najwyżej cztery metry, ale rosły tak gęsto, że wraz z niższą roślinnością tworzyły grubą zasłonę. Skierowali się w jej stronę, nadsłuchując. Minutę później dźwięk, który zaniepokoił Wiarołomcę, powtórzył się. Był to zduszony, przeciągły ryk. Nie przypominał niczego znajomego.

– Jeleń? – szepnął Perseu.

Drewal pokręcił głową w odpowiedzi i powoli wyciągnął szablę.

To coś znajdowało się po drugiej stronie. Szymon rozchylił gałęzie. Krzaki okazały się zbyt gęste. Spróbował w innym miejscu. Tu również widok nie był najlepszy, ale przez uzyskany prześwit mogli już wypatrzyć nieco szczegółów. Brodząc w wysokiej trawie, zaledwie kilka metrów od nich ociężale dreptało duże, nieznane zwierzę. Było masywne, brązowe i poruszało się na czterech kończynach. Drugie, tego samego gatunku, leżało nieopodal, chroniąc się w cieniu drzew. Nie sprawiały wrażenia groźnych, lecz żaden z ich czwórki nigdy nie widział równie wielkiego stworzenia.

– Chyba możemy iść – rzucił cicho Wiarołomca i wtedy duży rogaty łeb wynurzył się spoza krzaków. Trzeci osobnik, którego dotąd nie zauważyli.

Drewal wrzasnął i odruchowo ciął szablą. Zwierzę ryknęło z bólu. Nie uciekało. Rana była tak poważna, że przednie nogi ugięły się pod nim i zwaliło się na ziemię. Ryczało żałośnie i głośno. Dopiero teraz zauważyli, że na szyi uwiązano mu grubą konopną linę. Nie było więc dzikie.

– Lepiej się stąd wynośmy! – krzyknął Drewal.

Wiarołomca próbował oponować, lecz ostatecznie pobiegł za innymi. Przed nimi otwierało się schodzące w dół zbocze. Po jego prawej stronie widniało coś na kształt wydeptanej ścieżki. Pozostała część była gęsto zarośnięta, zmuszając ich do wyboru łatwiejszego zejścia. Na samym dole ścieżka zakręcała, wypadając wprost na szeroką łąkę.

Zatrzymali się gwałtownie. Zaledwie piętnaście metrów przed nimi stało trzech mężczyzn. Jednakowy ubiór świadczył, że mają na sobie coś w rodzaju munduru. Nosili zgniłozielone kurtki, takie same spodnie oraz wysokie czarne buty. Na ich czapkach żółtą nicią wyszyto sześciokąt foremny. Przez moment zaskoczeni, szybko opanowali się i ściągnęli wiszącą na plecach broń palną. Przypominała rusznicę, którą uwielbiał posługiwać się dziadek Markiego. Strzelba była wielka, głośna i wyjątkowo nieskuteczna. Dużo dymu i huku, nic poza tym, mawiał senior z niezrozumiałym samozadowoleniem. Broń miejscowych była jednak nieco inna. Koniec lufy nie rozszerzał się na podobieństwo lejka, a same strzelby zdawały się o połowę cieńsze, choć niemal równie długie.

– Ręce do góry! – Słowa były zrozumiałe, choć przebrzmiewał w nich dziwny akcent.

Wiarołomca wystąpił w stronę celujących w nich żołnierzy. Posłusznie podniósł ręce, nie przestając się uśmiechać.

– Nie mamy złych zamiarów – oznajmił.

– Zamknij gębę niepytany! – warknął jeden z żołdaków. – Co to były za ryki?

Podeszli bliżej, nie opuszczając broni.

– Zaatakował nas... potwór – wyjaśnił Drewal, nie bardzo wiedząc, jak określić zwierzę.

– Iwa, sprawdź.

Najniższy z żołnierzy strzelił obcasami i pobiegł wykonać rozkaz. Po chwili zza zarośli na wzgórzu dobiegł huk wystrzału. Żołnierz wrócił minutę później.

– Ranili krowę, sierżancie ojcze – zameldował. – Poważnie, musiałem dobić.

Sierżant splunął. Broń trzymał przed sobą, jakby rozważając, czy jej nie użyć.

– Wywrotowcy – mruknął i zazgrzytał zębami.

– Nie rozumiem, lecz w sumie można nas tak określić, wywróciliśmy się balonem... – Drewal był lekko zdezorientowany. Jeśli zamierzał powiedzieć coś jeszcze, nie zdążył.

Sierżant uderzył go kolbą. Z roztrzaskanego nosa popłynęła krew, a były marszałek osunął się na kolana. Nie stracił przytomności. Klęczał, trzymając ręce przy twarzy i cicho jęcząc. Marki zamierzał pomóc mu wstać, lecz zaledwie drgnął, gdy żołnierze zatrzymali go wrzaskiem:

– Nie ruszaj się!

– Stój!

Byli gotowi strzelić. Jeśli ich broń była równie skuteczna, co dziadkowa, chłopak miał szanse. Obaliłby na ziemię najbliższego przeciwnika, towarzysze z pewnością przyszliby mu z pomocą. W czwórkę spokojnie poradziliby sobie z trójką żołnierzy. Gdyby się jednak pomylił w tej kwestii, kule podziurawiłyby ich jak sito. Wolał nie ryzykować. Zwłaszcza widząc, że Szymon nie rwie się do bójki. Spokojnie czekał na rozwój wypadków.

– Dokumenty!

– Nie mamy książek – powiedział ostrożnie Wiarołomca.

Wydawało się, że sierżant zdzieli go kolbą, jednak tylko pchnął w pierś. Mocno, Szymon zamachał rękoma, by się nie wywrócić.

– Żartowniś czy idiota? – wycedził żołnierz.

Nie uzyskał odpowiedzi.

Trzeci z żołdaków kiwnął niemo głową w stronę zarośli. Sierżant spojrzał na niego zamyślony.

– Nie, jeszcze nie. Wyglądają na zdrowych i silnych, w większym stopniu przydadzą się ojczyźnie, pracując niż użyźniając glebę. Przeszukajcie ich!

Żołnierze pospiesznie wykonali polecenie. Drewal stracił szablę, a Iwa zabrał Peresu nóż. Innej broni nie znaleźli.

– Dokumentów brak. – Sierżant przyjrzał się rękojeści szabli. Cicho gwizdnął z podziwem. Okrążył zatrzymanych. – Gdzie to ukradłeś?

– Nigdzie. To moje.

Marszałek nie przekonał żołnierzy. Iwa zaśmiał się cynicznie.

– Skąd jesteście? – drążył sierżant.

– Urodziłem się w Gnieździe Psów – zaczął Perseu. Nie zważając na wesołość żołnierzy, ciągnął dalej: – Jestem hrabią. Należy mi się...

– Kim? – przerwał sierżant.

– Hrabią – Perseu powtórzył to wolno i wyraźnie, ale na twarzy sierżanta nie pojawiło się zrozumienie.

– Pozostali trzej to też psy?

– Jestem hrabią Gniazda Brzóz – Marki z trudem wydobywał słowa ze ściśniętego gardła.

Czegokolwiek chcieli od nich żołnierze, nie mieli dobrych zamiarów. Nie znał tego świata, ale coś szeptało mu do ucha, że w porównaniu z nim miejsce, z którego przybyli, jest rajem.

– Za pozwoleniem, sierżancie ojcze – odezwał się trzeci żołnierz – ale chciałbym zobaczyć, jak pies leje na brzozę.

– Zostaw żarty na potem, Serijo. – Sierżant ledwie się uśmiechnął. – Zabierzcie z Iwą tych czterech na stację, a potem wróćcie po mnie. Dostarczcie ich w jednym kawałku, żadnej przemocy, chyba że będzie konieczna. I przekaż to dowództwu. – Wręczył podwładnemu szablę. – I niech nie zginie, bo zawiśniecie obok nich.

– Tak jest!

Żołnierze poprowadzili ich wzdłuż łąki. Serijo i Iwa szli z tyłu z bronią gotową do strzału. Za polem widniał metrowej wysokości nasyp, na którym ułożono dwie żelazne sztaby połączone ze sobą poprzecznymi drewnianymi belkami. Sztaby biegły w lewo i w prawo i nigdzie nie było widać, by się kończyły.

– Na tory, no już!

Posłusznie wdrapali się na nasyp. Między torami – jak nazywali to żołnierze – leżało mnóstwo kanciastych kamieni. Wypełniały całą wolną przestrzeń. Trudno się było po nich poruszać. Szli kilka minut. Celem okazał się stojący kilkaset metrów dalej płaski pojazd. Na jego tyle sterczało ukośnie długie ramię.

– Na drezynę. Jazda!

Marki, który wdrapywał się na pojazd ostatni, zarobił cios kolbą w plecy. Żołnierz celował w nerki, jednak źle wymierzył i uderzył za wysoko.

– Nic nie zrobiliśmy... – pisnął chłopak, za co otrzymał kilka dodatkowych razów.

– Dalej! Ruszamy! – ponaglił Iwa.

Widząc bezradne miny zatrzymanych, wskazał lufą ukośną wajchę. Wiarołomca naparł na nią. Pochyliła się, z drżeniem wprawiając drezynę w ruch. Naprzemiennie podnosząc ją i opuszczając, potoczyli się torami. Pracowali we czterech. Żołnierze nawet na moment nie spuszczali z nich oczu, gotowi w każdej chwili użyć broni, gdyby jeńcy spróbowali uciekać lub zaatakowali.

– Daleko? – spytał Drewal.

Nie doczekał się odpowiedzi.

Stację, jak nazwał to miejsce sierżant, zobaczyli po kwadransie. Żołnierze nakazali, by przestali pompować, a gdy dotoczyli się do szeregu niskich drewnianych budynków, Serijo opuścił hamulec. Drezyna zatrzymała się z cichym zgrzytem kół. Wokół baraków kręciło się mrowie żołnierzy. Marki przestał liczyć przy czterdziestym żołdaku i choć cały czas uwijali się, utrudniając rachunki, był pewien, że nie zliczył nawet połowy.

– Co się dzieje? – Iwa zaczepił jednego z nich.

– Diabli nadali pułkownika. Łazi wściekły i o wszystko się dopieprza. Lepiej się gdzieś zadekuj.

Iwa splunął na tory.

– Cholera, nie da rady. Prowadzę więźniów. Ale odstawię ich i spływam po sierżanta. A gdzie stary jest teraz?

– U siebie.

Pomagając sobie kolbą, poprowadził jeńców w stronę najbliższego budynku. Największego i zdecydowanie najbardziej okazałego. Nad wejściem umieszczono duży mechaniczny zegar o sześciennej tarczy. Wskazywał piętnaście po czwartej. Wydawał się nie działać – uwijało się przy nim na drabinach kilku żołnierzy z kluczami i zapasowymi kołami zębatymi w dłoniach – jednak zdaniem Markiego czas mniej więcej się zgadzał. Nie mógł tego sprawdzić, własny zegarek stracił w Gnieździe Psów.

Za budynkiem wzniesiono długą szubienicę. Zwisało z niej pięciu mężczyzn i jedna kobieta, lecz nadal cztery pętle pozostawały wolne. Stan zwłok wskazywał, że egzekucja odbyła się już kilka dni temu, rozsiewały straszny odór, a twarze napuchły tak, że niemożliwym stawało się określenie wieku zamordowanych. Koszmarny widok zdawał się nie wadzić jedynie czarnym ptaszyskom, które licznie pożywiały się w darmowym bufecie.

– Wywrotowcy – wyjaśnił Serijo, zauważywszy spojrzenie Markiego.

Uśmiechając się, zrobił gest, jakby zakładał sznur na szyję, a potem wskazał czwórkę przybyszów, dając im do zrozumienia, jaki los ich czeka.

Stanęli przy drzwiach. Iwa załomotał w nie, a następnie wszedł do środka.

– Panie pułkowniku biskupie, prowadzę jeńców. Schwytaliśmy czterech wywrotowców. Zabili krowę – zameldował. – Nie posiadają dokumentów.

– Ta krowa – dotarł do nich gruby, ochrypły głos – była chłopska?

– Nie, państwowa.

– Wprowadź.

Wnętrze budynku składało się z trzech dużych pomieszczeń ograniczonych cienkimi ściankami, podzielonymi tak, że przez środek, wzdłuż całości, biegło coś w rodzaju szerokiego korytarza. W części, w której się znaleźli, prócz dużego stołu i dwóch ław nie było zupełnie nic. Przez okna wpadało niewiele światła i wnętrze tonęło w półmroku.

– To oni?

– Tak jest!

Pułkownik zlustrował wzrokiem więźniów. Sam był mężczyzną przed pięćdziesiątką, średniego wzrostu, szczupłym, o krótkich siwych włosach. Jego głowa wydawała się śmiesznie mała, za to zdobiły ją nieproporcjonalnie duże wąsy. Bluzę munduru miał zarzuconą na ramiona, a czapka z niewielkim złotym sześcianem foremnym leżała na stole.

– Dziwni jacyś.

– Jeśli wolno mi zauważyć, sprawiają wrażenie psychicznych. I mieli to przy sobie.

Oficer odebrał szablę, lecz obdarzył ją zaledwie krótkim spojrzeniem. Rzucił broń na stół.

– Czterech czubków naraz? – Zmarszczył brwi. – Może to i sposób na kamuflaż, ale przesadziliście. Nazwiska! – krzyknął głośno, a jeńcom wydało się dziwne, że tak donośny dźwięk może wyrwać się z płuc tego niezbyt dużego przecież mężczyzny.

– Czy możemy wytłumaczyć...

– Nazwiska! – pułkownik przerwał Wiarołomcy. Szturchnął go palcem w pierś. – Jakie nazwisko znalazłbym w twoich papierach, gdyby się cudem znalazły?

– Nie rozumiem.

– Jak ci na imię?!

– Szymon.

– Brawo, imię posiadamy, tylko pogratulować. A teraz dalej. Szymon jak?

– Tylko Szymon.

Pułkownik dał znać i Serijo uderzył Wiarołomcę kolbą w brzuch. Wędrowiec opadł na kolana.

– Szymon jak? – powtórzył oficer.

– Zwą mnie Wiarołomcą.

– Szymon zwany Wiarołomcą. Szymon Wiarołomca – powtórzył cicho pułkownik. – Dobre nazwisko dla zdrajcy. Czym się zajmujesz?!

– Wędruję.

Po twarzy wojskowego przebiegł cień rozbawienia.

– Włóczęga – w głosie brzmiała odraza. – Wędrowny szczur. Pozostali!

– Marki. Brzoza – dodał po krótkim wahaniu. – Jestem hrabią.

– Kim?

– Nie wiem, jak zwie się to w waszym świecie. Mój ojciec władał gniazdem.

Pułkownik dał znać i Serijo uderzył Markiego. Chłopak wylądował na kolanach, zgięty w pół.

– W moim świecie zwą to kłamstwem. Jeszcze raz, kim jesteś?

– To praw... – zaczął Marki, lecz nie dokończył, bo but Serijo wylądował na jego twarzy. Nos chrupnął, na drewnianą podłogę grubymi kroplami popłynęła krew.

– Jego ojciec rządził w małej osadzie – wytłumaczył pospiesznie Wiarołomca.

– Wójt? – Pułkownik zatoczył spojrzenie po twarzach więźniów. – A więc mamy syna wójta, tego się można było spodziewać. Dać odrobinę wolności, a we łbach im się przewraca! Burzą system, którego są częścią. A co zaśpiewa nam kolejny ptaszek?

– Perseu Pies. Też jestem synem wójta.

Pułkownik skrzywił się.

– Nigdy nie lubiłem kundli. Następny!

– Drewal Pies. Jestem... byłem – poprawił się – marszałkiem.

Oficer zarechotał. Dopiero po chwili do jego śmiechu dołączyli Iwa i Serijo.

– Marszałek. Więc zapewne łaskawy pan chciałby rozmawiać z naczelnym wodzem?

– Tak – odparł niepewnie Drewal.

Najpierw dostał w brzuch, potem w głowę. Iwa uniósł ponownie karabin, gotów zadać kolejny cios kolbą, lecz pułkownik pokręcił głową.

– Wystarczy. Musi jakoś prezentować się na spotkaniu z generałem kamerlingiem. – Zaśmiał się sucho, po czym zwrócił się do Perseu: – To twój ojciec?

– Nie.

– Krewny?

Przeczący ruch głową.

– Tylko zbiegiem okoliczności nosicie to samo nazwisko?

– Tak.

Pułkownik przeciągnął się niedbale.

– Chyba wciąż nie dostrzegacie, że potrafimy dociec prawdy. Ale zostawmy wasze pokrewieństwo. Gdy wrony będą wydziobywać wam oczy, nie będzie ono miało większego znaczenia. Jakie zadanie wam przydzielono? Mówcie! Ten, który pierwszy udzieli szczerej odpowiedzi, zamiast na szubienicę trafi do obozu resocjalizacyjnego. Chciałbym, żebyś to był ty – zwrócił się do Markiego – powiesiłbym wtedy wiarołomcę i dwa psy. Wiarołomca, pies i brzoza nie brzmi już tak dobrze, choć ujdzie.

– Przybyliśmy zza Ściany – wyjaśnił Szymon.

– Tej? – Pułkownik zapukał w belki, o które się opierał. Iwa uniósł karabin, lecz oficer dał znać, by jeszcze nie bił.

– Bariery za morzem magmy, które rozciąga się na południe stąd – Wiarołomca mówił szybko, bojąc się, że lada moment przerwie mu kolejny cios. – My nazywamy ją Ścianą, zapewne wy inaczej. Zrobiliśmy to w powietrznym statku, balonie. Nic nie wiemy o waszym świecie, Strefie, jak my ją nazywamy.

Pułkownik chwilę rozważał to wyznanie.

– I zapewne jesteś w stanie to udowodnić?

Widać było, że nie wierzy w ani jedno słowo.

– Popatrz na szablę. – Szymon wskazał broń. – Drewal jest u nas ważną osobistością.

– Pewnie kradziona – burknął pułkownik. – Jeszcze jeden powód, by was powiesić.

– Zaprowadzimy was do balonu! – pisnął Marki.

Szymon łypnął na niego ze złością. Oddając statek, mogli zapomnieć, że kiedykolwiek się stąd wydostaną. Z drugiej strony bez tego koronnego dowodu czekała ich pewna śmierć.

– Zaprowadzimy – zgodził się niechętnie.

Pułkownik parsknął śmiechem.

– Powiem wam dlaczego wy, wywrotowcy, nie odniesiecie sukcesu w waszej małej rebelii. Nie potraficie walczyć, jak należy. Podkładacie bomby, zatrzymujecie zegary, wysadzacie tory, by wykolejać parowozy, czasem atakujecie wprost naszych żołnierzy. A potem nagle w waszych pustych mózgownicach świta plan typu: powiedzmy im, że przybywamy z gwiazd. Uwierzą nam i padną na kolana. Prawdę mówiąc, szybciej dałbym wiarę, że zeskoczyliście z Księżyca, niż że pochodzicie zza Bariery, czy też Ściany, jak ją zabawnie nazwaliście. Wiecie dlaczego? Bariery nie są w stanie skruszyć największe działa. Robiliśmy setki prób, zginęło w nich na chwałę ojczyzny wielu dobrych żołnierzy. I co? Nic. To przeszkoda nie do ruszenia. Nawet jeśli coś za nią jest, a nie jedynie wieczny ogień dla potępionych grzeszników, takich jak wy, to nie mogliście stamtąd przywędrować. I jeszcze te wasze poobijane mordy, poszarpane ubranie... Czy wysłannicy z...

Przerwało mu pukanie.

– Wejść!

Do wnętrza zajrzał żołnierz. Stanął na baczność.

– Panie pułkowniku biskupie, schwytano rodzinę wywrotowców. Powiesić?

– Zaczekaj – oficer lekko potarmosił jeden z wąsów – skoro przesłuchuję już jednych, mogę zająć się i drugimi. Wprowadzić i odejść.

Żołnierz zasalutował, a po chwili wrócił z trójką więźniów.

– Jazda! – ponaglił.

Weszli do środka. Kobieta i mężczyzna, oboje około czterdziestoletni i młoda, może osiemnastoletnia dziewczyna. Kulili się ze strachu.

– Wywrotowcy – zazgrzytał pułkownik.

– Nie, panie oficerze. – Mężczyzna złączył ręce jak do modlitwy i osunął się na kolana. – My tylko, my... – błądził rozbieganym wzrokiem po żołnierzach i pozostałych schwytanych, jakby szukając kogoś, kto zechciałby go wesprzeć – uciekaliśmy... Tu się nie da żyć, te walki... – nie dokończył. Rozpłakał się.

Na twarzy pułkownika zastygł grymas odrazy.

– A więc uciekaliście? Mimo świętego komunikatu nakazującego na terenach należących do Linii Południowej nie opuszczać rodzinnych miejscowości?!

– Moja córka...

Pułkownik zbliżył się do dziewczyny i złapał za włosy. Mocno szarpnął, przyglądając się schwytanej. Nawet brud, potargane włosy i ubranie w strzępach nie odbierało jej uroku.

– Jest zdrowa. Mogłaby pracować na chwałę Państwa, miast siać panikę, opuszczając dom.

– Błagam – załkała jej matka – wyślijcie nas gdzieś, gdzie będziemy mogli pracować. Chcemy pracować, chcemy budować nasze Państwo. Służyć Podwójnej Trójcy. Ale nie tu...

– Ale nie tu – powtórzył pułkownik z zastanowieniem. Splunął. – Powiem wam coś, jesteście gorsi od zwykłych heretyków. – Wskazał Markiego i jego towarzyszy. – Oni... może akurat nie ci konkretnie... otwarcie zaprzeczają naszym prawdom, naszemu porządkowi, chcą go zburzyć i głośno o tym krzyczą. Wy burzycie go po cichu i od środka. Chcecie uciec, opuścić to miejsce, siać zamieszanie tutaj i tam, dokąd zawędrujecie. Niszczyć morale i wzbudzać niepokoje. Jeśli oni są gangreną zżerającą Państwo, to wy tkanką, która się temu poddaje, zamiast walczyć, odrzucić zgniliznę. I tak jak ciało przeżarte gangreną trzeba was usunąć.

– Pozwólcie nam wrócić – pisnął mężczyzna. – Odpracujemy winy.

– Pokazaliście, ile jesteście warci.

Pułkownik wyciągnął pistolet.

– Jedna kula, druga, trzecia, heretyka zabij, śmiecia – rozpoczął dziecinnie brzmiącą wyliczankę, przystawiając w jej rytm każdemu z siódemki więźniów lufę do czoła.

Wypadło na Perseu. Szymon i Drewal wyprężyli się, ale wartownicy ściągnęli karabiny, gotowi strzelać. Marki stał w absolutnym bezruchu, nazbyt oszołomiony, by choć drgnąć. Nie mieli szans. Z odległości dwóch metrów żołnierze nie mogli chybić. Zresztą huk ściągnąłby tu kolejnych żołdaków.

Pułkownik zawahał się, palec na spuście zadrgał.

– Ze skrzyni wyjmij sznur, by zachować więcej kul – dodał.

Tym razem los wskazał dziewczynę. Nim zdążyła otworzyć usta, pułkownik wypalił. Matka zastrzelonej zawyła z rozpaczy, ojciec łkając przypadł do ciała córki. Czwórka przybyszy z innej Strefy spoglądała na to w milczeniu, zaskoczona i zszokowana. Drzwi otworzyły się gwałtownie i do środka wparował zdyszany żołnierz.

– Panie pułkowniku biskupie – wyprężył się jak struna – zła prognoza. Wskazanie na burzę.

– Teraz? – Pułkownik poprawił zsuwającą się bluzę.

– Tak. Mogę wprowadzić zabezpieczenie?

– Róbcie, co należy. Aha, potem zawołajcie kogoś, niech wyniosą zwłoki.

Żołnierz dał znać i do budynku wparowało dwóch kolejnych. Każdy dźwigał dwie spore druciane klatki. Otworzyli drzwiczki, wysypując na podłogę dziesiątki różnokolorowych myszy. Białych, brązowych lub łaciatych. Każda z nich miała związane tylne łapy, tak że poruszała się z trudem. Wynieśli puste klatki i zaraz wrócili z kolejnymi, wypuszczając w pomieszczeniu gołębie. Gruchanie i łopot skrzydeł stworzyły prawdziwy harmider. Jeden z ptaków usiadł pułkownikowi na ramieniu, ale ten strącił go brutalnie.

– Kiedyś próbowałem nakłonić Święty Sztab do użycia much – powiedział. Trudno było powiedzieć, do kogo kierował te słowa. Może do żołnierzy wypuszczających zwierzęta, a może tylko do siebie. – Łatwo je uzyskać w dużych ilościach, rzadziej siadają, a gdy się zesrają, nie jest to tak uciążliwe dla oczu i nosa. Z gołębi po kilku minutach już żaden pożytek i tak wszystkie pochowają się po kątach, równie dobrze można wrzucić więcej myszy. Wniosek odrzucono ze względu na małe rozmiary pojedynczej muchy. Tylko czy wyładowanie kieruje się rozmiarem? Gdyby tak było, zawsze wybrałoby człowieka, nie mysz czy ptaszysko.

Nałożył rękawy bluzy i zapiął guziki.

– Jeśli mam się ugotować, chcę wyglądać jak żołnierz. – Wskazał więźniów. – Zabrać ich, przesłuchanie skończone! Tę dwójkę zamknąć w celach – wskazał rodziców dziewczyny – resztę wsadzić do klatek na peronie. Zobaczymy, jak zniosą burzę.

– Jeśli przeżyją, powiesić? – Iwa strzelił obcasami.

– Wysłać do obozu w Rudzie. – Widocznie dostrzegł zdziwienie w oczach podwładnego, bo dodał od niechcenia: – Z dawna nauczyłem się, że czasem trzeba poczekać z rozgnieceniem niektórych insektów.

Dymiący czarny pojazd, pociąg – jak się później dowiedział – który ociężale wtoczył się na stację, wzbudził w Markim strach. Chłopak nigdy nie widział niczego podobnego. Pojazd był ogromny i nie ciągnęły go zwierzęta ani ludzie. Nie poruszał się też jak drezyna. Pracę wykonywaną przez mięśnie zastąpiła w jakiś niewytłumaczalny sposób para, buchająca kłębami spod kół i z komina.

Gdy otworzono drzwi klatki, bez sprzeciwu wyszedł z niej i skierował się do wagonu. Było to olbrzymie pudło, w którym bez problemu zmieściłyby się trzy takie wozy, jakim przylecieli tu z Gniazda Psów. W środku nikt ich nie pilnował. Wystarczającym zabezpieczeniem były zamknięte i zaryglowane od zewnątrz drewniane wrota.

Wciąż byli w czwórkę, burza ich oszczędziła, tak samo zresztą jak pułkownika. Zginęło jednak trzech żołnierzy, a także kilka wron zajadających się trupim mięsem. Gdy już z całą pewnością wyładowania ustały, przyprowadzono skądś trzech mężczyzn, w tym ojca dziewczyny, którą zastrzelił pułkownik, i postawiono przed murowaną ścianą. Naprzeciw nich stanęło pięciu wojskowych. Marki naocznie przekonał się, że broń tutejszych żołnierzy jest o wiele skuteczniejsza od rusznicy dziadka. Wystarczyła jedna salwa z kilkudziesięciu kroków, by wszyscy trzej więźniowie padli martwi.

– Burzę wywołuje grzech, a grzech czynią wywrotowcy! – zakrzyknął po wszystkim dowódca grupy egzekucyjnej. – Wszelka ofiara zostanie pomszczona!

Nawet po zamknięciu w ciemnym wagonie, kilka godzin po śmierci zakładników, na wspomnienie tych słów po plecach Markiego przebiegał dreszcz.

Nie myśl o tym, skup się na tu i teraz.

Uśmiechnął się ponuro do własnych myśli. Tu i teraz nie było lepsze. Przestrzeń zamkniętą z sześciu stron nierównymi deskami wypełniał straszliwy fetor brudu, moczu i odchodów. Ledwie dawało się oddychać.

– Chyba zwymiotuję – usłyszał szept Perseu.

– Wymiotuj, ile chcesz – w ciemności zabrzmiał zachrypnięty, ledwie możliwy do zrozumienia głos. – Zapraszam.

Śmiech, który rozległ się po tych słowach, krył w sobie mieszaninę wesołości i obłędu. A także sporą dawkę wyraźnie wyczuwalnego cierpienia.

– Kto tu? – spytał Wiarołomca.

– Rezydent. Tak mnie nazywają: rezydent. Rezydent, bo nie ruszam się stąd. Nie mogę.

Zabrzęczały łańcuchy.

– Kim jesteś i jak długo tak cię więżą? – dociekał Drewal.

Ruszył na oślep w stronę, skąd dobiegał głos, lecz szybko przystanął. Fetor wypełniał cały wagon, ale tam był najintensywniejszy. Dusił. Marszałek odkaszlnął i zawrócił.

– Kim? Mówiłem... rezydentem... Nie jestem już nikim więcej, nie pamiętam, bym był kiedykolwiek kimś więcej. Jestem tu zawsze, to tylko wy się zmieniacie, niezależnie czy jedziecie ze stacji na stację, do Rudy czy do Bliźniaków.

– Kim są bliźniacy? – chciał wiedzieć Marki.

Śmiech Rezydenta przypominał płacz.

– Kim są Bliźniaki? Kim?! Strażnikami spokoju, aniołami zagłady, krwiożerczymi bestiami na centralnym placu stolicy. Kto o nich nie słyszał?

– My.

– Więc musiałeś oszaleć chłopcze, bo o Bliźniakach słyszał każdy. Każdy! Dzieci w kołyskach płaczą, bo ich posępna wizja przenika do nich wraz z mlekiem matek. Płaczą, bo jeszcze zanim nauczą się mówić, widzą ich cienie, a może i cienie rodziców dyndających na ich sznurach.

– Kto to?!

– Nie kto, a co. Dwie krwistoczerwone murowane wieże. Strzeliste wieże z mrowiem krążącego nad nimi czarnego ptactwa. Spoglądające w sześć głównych świętych kierunków świata. Wieże bez sal i krużganków. Jedynie strome schody i szubienice. Wiele szubienic, jedna obok drugiej i jedna nad drugą. Jednocześnie na obu można powiesić stu dwudziestu skazańców.

Strzeżcie się, by kiedyś wzrok ich nadzorców nie padł na was.

– Nie mogą być aż tak strzeliste, jeśli na jednej jest miejsce na sześćdziesiąt osób. To daje zaledwie dziesięciu na ścianę – sprostował Szymon.

Rezydent zaczął coś szaleńczo i niezrozumiale bełkotać. Szarpał łańcuchami. Nie zrozumieli ani słowa.

– Nie odpowiedziałeś, jak długo tu jesteś? – spytał Perseu, gdy więzień wreszcie się uspokoił.

Wydawało się, że nie doczeka się odpowiedzi.

– Dni, tygodnie... A może miesiące... Któż wie, któż jest w stanie zliczyć... – Rozpłakał się.

Marki po omacku dotarł do ściany. Deski były nierówne, tylko mniej więcej wygładzone.

– Czy właśnie tu chciałeś trafić? – spytał Wiarołomcę.

Mężczyzna milczał. Odezwał się dopiero, gdy pociąg ruszył:

– Nie.

Marki był bliski rzucenia się na niego, choć wiedział, że mężczyzna bez trudu pokonałby go w walce.

– Więc gdzie?

Szymon wzruszył ramionami.

– Gdybym tylko to wiedział – mówił cichym, złamanym głosem. – Urządzenie, które wrzuciłeś do Studni, to zabrane z pracowni Natabana, pochodziło z innej Strefy, może tej, może jakiejś znacznie szczęśliwszej. Potrzebowałem go, bo wierzyłem, że mogę walczyć z Przekłuwaczami, mogę zmienić świat na lepszy. Teraz nie wydaje mi się, bym cokolwiek mógł zmienić. Nie mówię o Itach, raczej o ludziach. Po co się starać, jeśli sami sobie gotujemy cierpienia?

– Gotuje je grzech! – zakrzyknął Rezydent. – Wszyscy pokutujemy za grzechy!

Marki rozluźnił pięści. Klapnął ciężko obok Wiarołomcy. Wzrok przyzwyczaił się do mroku, widział już towarzyszy i tylko więzień w rogu tonął w ciemnościach.

– Nie wszędzie jest źle – rzucił, jakby chciał go pocieszyć. – W moim gnieździe nie było cierpienia, w każdym razie więcej, niż to konieczne. Czasem bolały zęby lub brzuchy, ktoś kogoś porzucił lub pobił w złości, ludzie umierali, pogrążając w bólu najbliższych, ale... To wszystko tu... takie rzeczy nie śniły nam się w najgorszych koszmarach. Pułkownik... – zamilkł, nie wiedząc, co powiedzieć.

– Nie jest gorszy od Warusa.

– Jest – oznajmił z uporem Marki.

– Nie przyszło ci nigdy na myśl, że ludzie wszędzie są tacy sami, różnią ich jedynie możliwości? Mali ludzie rodzą małe zło nie dlatego, że nie chcą, lecz że nie potrafią większego. Warus trzęsie całą Strefą, lecz gdyby okazał prawdziwe bestialstwo, zostałby rozniesiony na szablach. Brakuje mu szansy, nie chęci. W gruncie rzeczy nie jest nikim wielkim, za takiego się tylko uważa.

Marki zamknął oczy.

– Świat z twych słów jest nazbyt ponury.

– Dlatego, choć dostrzegłem tę zależność już dawno, odpychałem ją od siebie. Ale po dzisiejszym dniu, po tym, co usłyszeliśmy... – Szymon urwał wyraźnie przygnębiony.

Marki położył mu dłoń na ramieniu, ścisnął najmocniej jak umiał.

– Nadal możesz walczyć.

– Tylko po co?

– Dla ludzi wolnych od zła. Muszą być i tacy.

Marki wstał. W desce na jednej ze ścian odnalazł już wcześniej niewielką dziurę po wybitym sęku. Właściwie nie sposób było ją przegapić. Stanowiła praktycznie jedyne źródło światła w zamkniętym wagonie. I jedyne źródło świeżego powietrza. Stał przy niej Perseu, ale widząc Markiego, przesunął się na bok i oznajmił:

– Nic nowego. Lasy, łąki, czasem pola. Wszystko znika zbyt szybko, by się porządnie przyjrzeć. Ale można tu odetchnąć...

– Widziałeś domy? – zapytał Marki.

– Kilka – Perseu skinął głową potakująco – jedynie mi mignęły. Nie poznałbym nawet, gdyby były to tylko ruiny i zgliszcza.

– Nadal sądzisz, że w tym świecie moglibyśmy zacząć wszystko od nowa? – Marki wychwycił spojrzenie Drewala, lecz były marszałek natychmiast spuścił wzrok. Perseu potrząsnął przecząco głową. Marki potwierdził: – Ja również.

– No to mamy problem – Szymon włączył się do rozmowy.

Wbrew wszystkiemu Marki czuł, że nie powinni się poddawać.

– Uciekniemy, zobaczycie – zapewnił.

– Ponownie statkiem powietrznym? – Drewala nie zachwycał ten pomysł.

– Znasz inny sposób?

– Nie uciekniecie, nie – zapiszczał Rezydent. – Nikt nie ucieka! Można jedynie wyczekiwać śmierci. Modlić się o nią!

Wiarołomca podniósł się z podłogi. Przechodząc, ścisnął ramię Markiego.

– Dziękuję – szepnął. – Muszę wam coś wyznać – dodał głośno. – To dotyczy balonu. Podróż była ogromnym ryzykiem. Ukryłem przed wami wiele dręczących mnie wątpliwości. Nie wiedziałem, czy powłoki nie rozklei deszcz. W pierwotnym zamierzeniu mieliśmy wylecieć ze spokojnego miejsca przy ładnej pogodzie. Stało się jednak inaczej, a powłoki wytrzymały. Bałem się nie tylko deszczu. Zbyt silnego wiatru, zbyt wysokiej temperatury w czaszy. Przypadkowej iskry, burzy, która spaliłaby balon, strącając nas na ziemię. Napotkaliśmy wiele problemów i przeszkód, a jednak jesteśmy cali i zdrowi.

– Czemu nam to mówisz? – Perseu zerknął na niego zdziwiony.

– Bo trafiliśmy do sennego koszmaru i jeśli mamy stąd uciec, to tylko tak, jak się tu dostaliśmy. I tym razem nie chcę ukrywać przed wami ryzyka. To, że żyjemy, to cud, więc niech doda wam to sił, bo cuda nie zdarzają się ot tak sobie. Ja...

Nie dokończył, bo gdzieś z przodu rozległ się straszliwy huk, a wagon podskoczył. Na moment podłoga stała się ścianą, a ściana podłogą, potem trudno było już stwierdzić, co jest czym.

Marki nie stracił przytomności. Pamiętał uderzenie o ścianę, a potem to, jak deski pękły i przez powstałą wyrwę wyleciał na zewnątrz. Na jego drodze znalazły się rosnące przy torach zarośla. Być może to one zamortyzowały upadek. Wstał pokłuty i podrapany, ale wciąż w jednym kawałku.

Duża część pociągu leżała na boku. Na torach stały jedynie dwa ostatnie wagony. Lokomotywa, czarny, buchający parą potwór, który tak go przeraził, gdy wtoczył się na stację po raz pierwszy, zamieniła się w kupę poskręcanego złomu. Gdzieś w pobliżu rozległy się strzały. Marki nie potrafił określić, skąd padły. Dla niego świat nadal był wirującym bączkiem w oceanie bólu. Utykając, ruszył chwiejnie w stronę wykolejonych wagonów. Musiał odnaleźć towarzyszy.

Postać, która wynurzyła się z zarośli, dostrzegł w ostatniej chwili. Przeładowała broń – poznał to słowo, obserwując ćwiczących na stacji żołnierzy – i wycelowała w niego.

– Bóg nie istnieje! – wrzasnęła.

Pod umorusaną twarzą kryła się młoda, niewiele tylko starsza od niego dziewczyna. Długie rude włosy spływały jej na ramiona.

Milczał.

– Jesteś jednym z nich! – krzyknęła.

– Nie – odpowiedział spokojnie, choć nie miał bladego pojęcia, o jakich „nich" jej chodziło. Przyjął, że żołnierzy.

– Więc podaj odzew!

– Bóg nie istnieje – powtórzył, zastanawiając się, czy odzew może być tożsamy z hasłem, nic innego nie przychodziło mu jednak do głowy.

Opuściła broń.

– Mogłam cię zastrzelić! – fuknęła.

– Tak – zgodził się.

– Nie obchodzi cię to?

Zaczął zastanawiać się, jakie ma to dla niego znaczenie. Od momentu, gdy podniósł się z krzaków, czuł się dziwnie bezcielesny, zupełnie jakby wszystko, co się wydarzyło i dalej działo wokół niego, było jedynie snem.

– Nie wiem – odpowiedział zgodnie z prawdą, bo do takiego wniosku właśnie doszedł.

– Jesteś w szoku. – Dziewczyna złapała go za rękę. – Chodź. Trzeba uciekać, nim zjawią się żołnierze.

– Nie. – Po co właściwie szedł do wywróconych wagonów? Trudno mu było sobie przypomnieć. – Moi towarzysze...

– W którym wagonie jechaliście?

Teraz, gdy leżały na boku, wszystkie wydawały się identyczne. Gdy wsiadali, na froncie wagonu, który im przydzielono, widział wydrapany znak. Dwie duże przecinające się pochylone linie. W wykolejonym składzie nie wiedział nawet, gdzie go szukać.

– Tu – wymamrotał, machając ręką. Gest mógłby wskazywać najbliższy wagon, jak też i jakikolwiek inny.

Dziewczyna rozejrzała się. Była niespokojna.

– Chcesz ich szukać? – Skinął głową. – Mamy mało czasu – ostrzegła. – Nigdy nie wiadomo, kiedy zjawi się patrol. Daję ci pięć minut.

Marki stał, bezradnie przyglądając się powypadkowej scenerii. Olbrzymi pociąg przypominał porzuconą przez kapryśne dziecko zabawkę. Zostawioną w nieładzie na zapomnienie. Dostrzegł, że jedno z kół nadal się obraca, coraz wolniej i wolniej.

– No dalej, czy będziesz się tylko przyglądał?! – ponagliła.

Na sztywnych nogach podszedł bliżej. W zagłębieniu przy torowisku dostrzegł leżące ciało. Było pokiereszowane, a ubranie przesiąkło krwią. Dopiero gdy je obrócił, przekonał się, że nie ma przed sobą Wiarołomcy, Drewala ani Perseu.

– Maszynista – rzuciła obojętnie dziewczyna, wskazując naszywkę na rękawie nieboszczyka. Kopnęła trupa w głowę. Markus spojrzał na nią tępo. – Prowadził pociąg – dodała. – To sługus żołnierzy.

– Sługus żołnierzy – powtórzył, sam nie bardzo wiedząc, czy potwierdza jej słowa, czy prosi o wyjaśnienie.

– Jest tu ktoś?! – krzyknęła dziewczyna. Jej głos odbił się echem po okolicy. – Należę do ruchu oporu. Wychodźcie, jesteście bezpieczni. Bóg nie istnieje!

Do lotu w oddali poderwało się kilka ptaków. Poza tym panowała cisza.

Marki ruszył dalej. Uszedł kilka kroków, gdy dostrzegł nogę wystającą spod sterty resztek wagonu. Była bosa i niemiłosiernie brudna, wokół kostki zaciskała się metalowa obręcz. Rezydent. Przypadł do niego, starając się odsłonić ciało. Udało mu się jedynie częściowo. Obrażenia jednoznacznie wskazywały, że więzień jest martwy, ale chłopak nie przestawał odsuwać skrywających go potrzaskanych desek. Wreszcie zobaczył brodatą twarz. Biło z niej jednak nie przerażenie, a spokój, wyraźna ulga.

Zrozumiał, że ginie, czekał na to...

– To wasz wagon?

Potwierdził gestem, nie znalazł sił na słowa.

– Twoi towarzysze nie żyją. Przykro mi. – Dziewczyna pociągnęła Markiego za rękaw. – Musimy iść. Nie widać wojska, ale to o niczym nie świadczy. Mój brat... – urwała na moment. – Mój brat zginął przy takiej akcji jak ta. Wysadziliśmy pociąg, a ponieważ wydawało się spokojnie, postanowił sprawdzić, czy nie znajdzie w wagonach broni lub lekarstw. Żołnierze pojawili się nie wiadomo skąd.

Pozwolił się jej poprowadzić.

– Moni – powiedziała i wyciągnęła rękę, gdy znaleźli się w jakimś domu.

Uchwycił ją niepewnie. Nienaturalny spokój, w którym jeszcze niedawno był pogrążony, został zastąpiony tępym hukiem. Harmider tkwił wewnątrz głowy, w dalszym ciągu nie pozwalając się skupić. Do tego doszedł ból. Objął całe ciało, nie było kosteczki, która by go nie bolała.

Mimo to ścisnął dłoń dziewczyny.

– Marki.

– Dziwne imię, jesteś z północy? To znaczy, miło cię poznać – potrząsała jego ręką, póki nie syknął. – O, przepraszam. – Zmarszczyła nos, przyglądając mu się uważnie. – Trzeba cię dokładnie obejrzeć i doprowadzić do stanu używalności. Wyglądasz jakbyś przeszedł przez maszynkę do mięsa.

Nie miał pojęcia, o czym mówi dziewczyna, ale z przyjemnością słuchał jej głosu. Przytaknął więc.

– Rozbieraj się.

Brak reakcji z jego strony wzięła za skrępowanie.

– No dalej, spójrz na mnie jak na pielęgniarkę. W szpitalu nie byłoby miejsca na wstyd.

Ściągnęła z niego ciuchy. Nie protestował. Byli sami w domku gdzieś w głębi lasu. W budynku było sporo izb, ale większość wyglądała na od dawna nieużytkowane. Moni mieszkała tu prawdopodobnie sama. Przytachała skądś miskę z ciepłą wodą i czystą szmatkę. Co rusz ją mocząc, zmywała z Markiego brud i oczyszczała drobne rany. Poświęciła się temu bez reszty.

– A teraz nieco zaboli – powiedziała w pewnym momencie, ścierając zaschniętą krew z nosa. – Ale będziesz wyglądał nieco lepiej. Kto cię tak urządził?

Nie czekała na odpowiedź.

Bolało bardzo. Musiał zagryźć wargi, by nie krzyczeć. Potem, na wpół oszołomiony, nie czuł już nic. Nim Moni wreszcie skończyła, woda dwukrotnie zrobiła się czarna z domieszką czerwieni. Kilka ran wciąż lekko krwawiło, więc założyła opatrunki.

– Wykaraskasz się – oznajmiła na końcu. – Chyba niczego nie złamałeś, choć podejrzewam pęknięte żebro.

Przypomniał sobie ból, który poczuł, gdy obmywała mu bok. Huczenie w głowie ustawało i zaczynał myśleć znacznie przytomniej. Narastał za to ucisk w żołądku. Cierpienie nie było w większości fizyczne, rozrywało go od środka. Na wspomnienie towarzyszy miał ochotę wyć. Jeśli naprawdę zginęli, został sam. Nikt poza nim nie znał innej Strefy niż ta i nikt też z pewnością nie dałby wiary jego zapewnieniom, że przybył zza Ściany.

Bariery nie są w stanie skruszyć największe działa.

Czymkolwiek były owe „działa", nie wątpił, że to potężna broń. Ten świat nie był tak niewinny jak ich Strefa.

Moni ponownie zniknęła na kilka minut. Gdy wróciła, wręczyła mu spore zawiniątko.

– Sprawdź, powinny pasować.

Rozwinął je powoli. W środku były ubrania. Czyste, starannie poskładane.

– To...

– Po moim bracie. Jemu już się nie przydadzą.

– Nie mogę.

– Musisz. Twoje poprzednie łachy nie nadają się nawet na szmaty. Są doszczętnie podarte. Nie wybrzydzaj. Pamięci Robeta nie zaszkodzi, że założysz jego ciuchy. Przeciwnie, to tak, jakby on też ci pomagał.

Ubrał się. Spodnie i koszula okazały się odrobinę za długie, ale nie aż tak, by nie mógł w nich chodzić. Brat Moni musiał być podobnej budowy.

– Pewnie chciałbyś coś zjeść.

Jakby na te słowa zaburczało mu w brzuchu. Długo nie potrafił przypomnieć sobie, kiedy spożył ostatni normalny posiłek. Wreszcie przed oczami stanęła mu gęś upolowana przez Szymona. To było tak niedawno, a jednocześnie wydawało się, że minęły całe wieki. Potem już tylko głodował. W niewoli dostali jeść raz. W brudnej drewnianej misce, a właściwie na jej dnie znalazł szarą, wilgotną maź. Nie miała zapachu ani smaku. Przełknął ją jednak, wdzięczny, że może czymkolwiek napełnić żołądek. Jedzenie podane przez Moni wyglądało o niebo lepiej. Dwie pajdy chleba ze smalcem i skwarkami, kiełbasa i cebula. Nawet wyrafinowanie przyrządzona pieczona kaczka u Galu nie smakowała mu tak bardzo.

– A teraz mów – rzuciła, gdy zaspokoił pierwszy głód. – Kim jesteś? Gdzie was wieźli, za co?

– Do Rudy, do obozu. Ja... – zawahał się. Wdzięczny za pomoc nie chciał okłamywać dziewczyny, nie sądził jednak, by uwierzyła w prawdziwą opowieść. Zapewne, podobnie jak pułkownik, potraktowałaby ją jako naprędce zmyśloną bajeczkę. A gdyby uznała ją za kłamstwo, musiałaby zadać sobie pytanie, czemu jej gość kłamie. Co ukrywa. – Ja... nic nie pamiętam. To znaczy trochę tak. Stację, żołnierzy, przesłuchanie i klatkę, w której mnie trzymali, i wagon później, ale... Ja nawet nie wiem, co to za wojna.

Ostatnie zdanie wypowiedział jednym tchem. Było tak bliskie prawdy, jak to tylko możliwe. Moni drgnęła zaskoczona, jednak wyraz niepewności malujący się na twarzy Markiego przekonał ją, że chłopak nie zmyśla.

– Nie martw się, pamięć wróci. Przypomnę ci tyle, ile zdołam. Poczekaj.

Wróciła z papierami. Rzuciła mu je na kolana. Wygładził pierwszą z brzegu kartkę. Nie była tak gruba jak pergaminy z jego świata, przypominała raczej dziwny papier niektórych ksiąg, które jego ojciec trzymał w biblioteczce. Nataban dbał o nie bardziej niż o inne, choć często wypowiadał się lekceważąco o ich treści. Raz Marki zabrał się za lekturę jednej z nich. Opowiadała historię, w której roiło się od niezrozumiałych opisów i słów. Szybko dał sobie spokój. Teraz w dłoni trzymał pojedyncze kartki. Nie były częścią książki, widniały na nich wezwania.

BÓG TO ŚCIEMA głosił pierwszy napis, wielkimi prostymi literami.

– Ściema? – Spojrzał na Moni.

– Oszustwo – wyjaśniła. – Nie wiesz?

Uśmiechnął się z zakłopotaniem. Przeczytał treść poniżej. Litery były inne niż te, do których przywykł, jednak potrafił je rozpoznać.

„Rodacy! Święta Armia Podwójnej Trójcy już zbyt długo zwodzi nas, obywateli, bajeczkami, które mają usprawiedliwić jej wyższość, a co za tym idzie prawo nadane przez jakoby nadprzyrodzoną istotę do kierowania krajem. Naczelny Wódz Generał Kamerling i jego świta pławią się w luksusach, gdy tymczasem my: chłopi, robotnicy, wszyscy prości obywatele zmuszeni zostaliśmy do walki o przeżycie w godności każdego kolejnego dnia. Mit o nieomylności osób rządzących Państwem musi wreszcie upaść. Pora, by przestali mydlić oczy narodowi i na każdym kroku zasłaniać się wymyślonym na ich potrzeby stwórcą.

Czego nie widać, tego nie ma!

Bóg nie istnieje!

Bóg nie istnieje!

Bóg nie istnieje!"

– I jak? – Moni delikatnie się zaczerwieniła. – Zamierzałam to jeszcze poprawić, ale ilekroć przysiadłam do zmian, znajdowałam mnóstwo rzeczy, które mi się nie podobały. Gdybym poddała się wątpliwościom, nigdy bym tego nie wydrukowała.

– Ty to napisałaś? – Podał jej kartkę. – Tę jedną? – Odczytał odpowiedź z jej twarzy. – Wszystkie?

Kiwnęła głową. Może bała się krytyki, ale widać było, że jest z siebie dumna.

– Jak?

– Usiadłam i napisałam, takie rzeczy się czuje...

– Nie – przerwał. – Jak przelałaś słowa na papier?

Popatrzyła na niego zdezorientowana.

– Faktycznie z twoją głową nie jest najlepiej. Ale nie martw się, potrzebujesz tylko czasu i dojdziesz do siebie. To wszystko tam jest. – Dotknęła palcem jego czoła. Chwilę milczała. – Ulotki są banalne do wykonania – wyjaśniła wreszcie. – Mam czcionki drukarskie, takie literki. Na matrycy układam z nich treść wezwania, zabezpieczam, by się nie rozleciały, a potem jedynie pokrywam farbą i odbijam na kolejnych kartkach. Podobnie drukuje się gazety i książki.

– Genialne! – Nie potrafił powstrzymać się przed wyrażeniem zachwytu.

Pomyślał o bibliotece ojca. Zawierała całą masę ręcznie pisanych manuskryptów, jednak wśród nich kryło się kilka naprawdę starych książek, w których litery były tak do siebie podobne, że wydawały się odbite z wzorca. Czy pochodziły z tego świata?

Moni roześmiała się szczerze.

– Zwyczajny druk, nic więcej. Popatrz, tu masz gazetę, jeśli się przyjrzysz, przekonasz się, że na dobrą sprawę niczym się nie różni.

Chciwie chwycił zwinięte w rulon arkusze. Były duże i rozkładały się jak książka. By całość się trzymała, przeszyto je nicią.

– KURIER PODWÓJNEJ TRÓJCY – przeczytał tytuł.

Dziewczyna skrzywiła się.

– To państwowe pomyje. Nie mam dostępu do naszej prasy, jedynie do ulotek. Na północy, jak słyszałam, wydawane są dzienniki rewolucyjne, ale tam zwyciężono już Świętą Armię.

Chciała mu zabrać gazetę, ale nie pozwolił.

Strony podzielone były na krótsze lub dłuższe informacje. Wszystkie poprzedzały tytuły.

„ZAMACH. Generał kardynał Tomasz Reni padł ofiarą ohydnej zbrodni dokonanej przez coraz bardziej rozzuchwalone bandy wywrotowców. Grupy te o charakterze zbrojnym działają już na terenie całego kraju. Nie jest od nich wolna nawet stolica, o czym przekonaliśmy się zaledwie trzy dni temu. Generał wraz z grupą oficerów udawał się do Bliźniaków na uroczystą zmianę ich dekoracji, którą dodatkowo miało uczcić spalenie na stosie grupy heretyków. Docierali już na plac Kapelana, gdy z jednego z okien budynku, obok którego przechodzili, zrzucona została bomba. Wśród zabitych znaleźli się także: sierżant ojciec..."

Bliźniaki... Czy to o nich mówił brodacz? Czy zbiorową egzekucję ponad setki osób można nazwać zmianą dekoracji? Markiego ogarnęły zawroty głowy, lecz chciwie czytał dalej.

„HEREZJA A BURZE. Z rosnącym niepokojem społeczeństwo obserwuje pogarszające się prognozy entropiczne. Burze stają się częstsze i przybierają na sile. Nie powinno to dziwić na tle bieżącej sytuacji w Państwie, Państwie, którego święty sześcienny kształt wskazuje nam więź, jaka łączy go z Podwójną Trójcą. Jesteśmy tak silni, jak silna jest nasza wiara. Jak przed wiekami pisał Święty Kapelan, założyciel naszego Kościoła i Jego Świętej Armii – burze powstają przez grzech, odrzućcie grzech, a Pan uwolni was od burz".

Nagłówków było więcej.

„BÓG CIĘ WIDZI – CZY TY WIDZISZ JEGO?"

„STOS CZY SZUBIENICA – JAK ZBAWIĆ WYWROTOWCA?"

„PAŃSTWO NIE PŁONIE. USPOKAJAJĄCE WIEŚCI Z PÓŁNOCNEGO FRONTU".

Już nie czytał całości, przebiegał tylko oczami po poszczególnych linijkach. Wzywano w nich do ochotniczego wstępowania do armii, obiecując zbawienie, do krwawej walki z heretykami i wywrotowcami, które to słowa zdawały się występować wymiennie, do dalszej rzetelnej pracy na rzecz Państwa, a także do codziennej i sumiennej modlitwy połączonej z żalem za grzechy. Zdania i poszczególne litery zbiły się w plątaninę, z której nie potrafił już nic więcej wyłowić. Moni wyrwała mu gazetę.

– To stek bzdur, poczytaj lepiej nasze pisma.

Wepchnęła mu do rąk stosik kartek. Musiał kilkakrotnie zamrugać, by przestały być jedynie mozaiką znaków.

„KULA W ŁEB ŻOŁNIERZOM ŚWIĘTEJ ARMII PODWÓJNEJ TRÓJCY. Komisarze Ruchu Ateistycznego wzywają do krwawej rozprawy z żołnierzami kościoła. Te plugawe zwierzęta, zaślepione bredniami, którymi karmią je ich cyniczni dowódcy, nie zasługują na litość. Są bestiami, które raz nauczone nienawiści, nie są w stanie zejść z obranej ścieżki. Schwytani żołnierze powinni być natychmiast likwidowani. Nie dajcie się nabrać na prośby o zmiłowanie i nie wierzcie im, że w głębi duszy są tacy jak wy. To kłamstwo. Psy zasługują na śmierć! Kula w łeb!

Bóg nie istnieje!"

– Już nie mogę! – Odrzucił ulotki. Opadły po całym pokoju. Było mu słabo, pragnął stąd wybiec, ale nie znajdował siły. – To wasz świat?

– I twój.

Stanęła za nim. Położyła mu ręce na ramionach, powoli wsunęła dłonie pod koszulę i zaczęła go masować.

Obudziło ich łomotanie do drzwi. Natrętny dźwięk wdzierał się w głąb czaszki. Słońce zdążyło już wstać, lecz nadal było bardzo wcześnie. Moni wyskoczyła z łóżka, zrzucając kołdrę na podłogę. Wciągnęła spodnie i narzuciła koszulę, w pośpiechu krzywo ją zapinając.

– Żołnierze? – spytał Marki.

– Nie wiem. Lepiej też się ubierz.

Nie ociągał się. Jeszcze przed chwilą bezpieczny, w błogim objęciu jej ramion, ponownie poczuł się jak zaszczute zwierzę. Znaleźli ich? I kogo szukali? Jego jako zbiega, czy jej, heretyczki wysadzającej pociągi? A może obojga?

– Otwierać! – dał się słyszeć krzyk. – Święta Armia!

Moni nagle przestała się spieszyć. Mruknęła coś niezrozumiale pod nosem i poszła otworzyć drzwi.

– Musisz mnie zrywać w ten sposób? – rzuciła z wyrzutem, gdy tylko je uchyliła.

– Powinnaś być przygotowana. – Zza drzwi rozległ się śmiech. – Nie znasz dnia ani godziny.

– Powinieneś mieć nieco oleju w głowie – odcięła się.

– Nie dąsaj się. Ślicznie wyglądasz z samego rana.

Teraz, gdy napięcie opadło, Marki musiał przyznać rację nieznajomemu. Była śliczna i ponętna, w ubraniu czy bez.

– Nie dla psa kiełbasa – oznajmiła tymczasem Moni. – Jesteś sam?

– Nie. Mamy dla ciebie niespodziankę. Jest bezpiecznie?

– A jak ma być? Fillap, coś ty znowu wymyślił?

Rozległ się przeciągły gwizd.

Marki podszedł do drzwi. Moni otworzyła je szerzej umyślnie, by pokazać go niespodziewanemu przybyszowi.

– Masz gościa? – zdziwił się. Miał około dwudziestu lat, krótkie szare włosy i brzydką twarz z grubymi mięsistymi wargami i wydatnym nosem.

– Mam.

– Robetowi to by się nie spodobało.

– On już nie żyje od ponad roku, a ty gówno wiesz, co by się mu podobało, co nie.

Fillap cofnął się o krok, zaskoczony lodowatym tonem.

– Był moim przyjacielem.

– A moim bratem.

Przybysz obejrzał się niespokojnie za siebie. Z lasu, trzydzieści metrów dalej, wyszły trzy osoby. Dwóch chłopaków, na oko rówieśników Fillapa, prowadziło związanego żołnierza. Był to jeszcze niemal dzieciak, znacznie młodszy nawet od Markiego, liczył góra piętnaście lat. Nosił za duży mundur, który wisiał na nim jak na wieszaku. Ręce mu związano, a na szyję zarzucono grubą linę.

– Jesteś go pewna? – Fillap wskazał głową Markiego.

– Tak. Jechał do Rudy pociągiem, który wysadziłam. Nie martw się, potrafię odróżnić więźnia od eskorty.

Przyjaciel Robeta uśmiechnął się.

– Tak myślałem, że ta wczorajsza heca na torach to twoja sprawka. Kolejny prztyk w nos Nadętej Armii. Wyraźnie poczuli. Wczoraj biegali po wsi jak oparzeni. Sprawdzali chałupy, wysyłali patrole do lasu. Z jednego z nich pożyczyliśmy sobie chłopaczka.

Towarzysze Fillapa podeszli z więźniem.

– To jeszcze gówniarz – zauważył Marki.

– Żołnierz to żołnierz – zaprzeczyła Moni, podchodząc do schwytanego. Uderzyła go na odlew w twarz.

– Proszę... – zaczął dzieciak, ale nie dane mu było dokończyć.

Jeden z prowadzących obalił go na ziemię wciskając bucior w tył kolana, a wtedy drugi kopnął leżącego w brzuch.

– Nie spodziewaliśmy się nikogo u ciebie.

– To Marki – przedstawiła Moni. – Można mu ufać, jest rewolucjonistą jak my. A to... – wskazała kopiących i zawahała się, dostrzegając niezadowolenie na ich twarzach – ...Malarz i Kosa. Na dziś wystarczą pseudonimy, jeśli dzięki anonimowości mają poczuć się lepiej... – Wydęła lekceważąco wargi.

– To nie tak – burknął Kosa. – Zwyczajnie go nie znamy.

– Co zrobić z tą gnidą? – Malarz raz jeszcze kopnął więźnia.

– Dawajcie swołocz do piwnicy.

Przeszli wzdłuż domu do zaryglowanej, dwuskrzydłowej klapy. Po jej otwarciu ukazały się biegnące w dół schody. Pierwsza zeszła Moni. Zapaliła świeczkę, by oświetlić nieco pozbawione okien pomieszczenie. Na środku stał duży masywny stół, a przy ścianach rząd regałów, zastawionych narzędziami oraz glinianymi pojemnikami różnej wielkości. Dziesiątki pajęczyn świadczyły, że dziewczyna rzadko tu schodziła.

– Zamknijcie klapę – zarządziła.

Dopiero, gdy Kosa spełnił prośbę, zbliżyła się do jednego z regałów i przekręciła umocowany w jego górnej części hak. Pchnęła szafkę, a ta obróciła się, ukazując ukryte przejście.

Krótki korytarz kończył się drugim pomieszczeniem niewiele mniejszym od jawnej części piwnicy. Stało tu kilka stołów zawalonych różnej wielkości kosteczkami, które jak ocenił Marki w półmroku musiały być owymi czcionkami, o których dziewczyna wspominała mu wczoraj. To tu drukowała ulotki. W rogu ustawiono kosz pełen czystych kartek. W drugim, tuż obok, na dnie leżało kilka zadrukowanych stron. Przy nich stała drewniana maszyna ze sporym blatem. Zapewne na niej układane były kostki.

– Zdradzasz swoje tajemnice – zauważył Fillap.

– Jeszcze raz okażesz Markiemu brak zaufania, a wsadzę ci nóż w oko.

Marki nie wiedział, czy dziewczyna żartowała, czy mówiła jak najbardziej serio. Chłodny ton sugerował to drugie.

– Nikomu ich nie wyjawię – zapewnił.

Niepokoiło go coś innego. Jeśli nawet ufała mu, to dlaczego prowadziła do ukrytego pomieszczenia pojmanego żołnierza? Odpowiedź, która się narzucała, odstręczała. Dzieciak w mundurze miał nie wyjść stąd żywy.

– Usadźcie go wygodnie – nakazała. Cały czas to ona wydawała polecenia. W hierarchii miejscowych wywrotowców musiała zajmować wysoką pozycję. Może nawet im przewodziła. Malarz i Kosa dowlekli więźnia do masywnego drewnianego fotela usytuowanego w rogu. Posadzili go siłą, unieruchamiając ręce i nogi metalowymi obręczami. Chłopak przez moment szarpał się, wreszcie przestał, zrozumiawszy, że wysiłki są daremne.

– Czego chcecie? – załkał.

Moni nachyliła się nad żołnierzem i przeciągnęła palcem po jego policzku.

– Może jedynie dobrej zabawy...

Kosa i Malarz zaśmiali się. Tylko Fillap pozostał poważny.

– Przynależność do oddziału! – zażądał.

– Nie wolno mi. – Dzieciak płakał.

Dziewczyna zapaliła knoty w mocowanych do ścian świecznikach. Zrobiło się znacznie jaśniej, ale to, co wyłoniło się z półmroku, wcale nie spodobało się Markiemu.

Fotel, na którym siedział pojmany, zdobiły ciemne brązowawe plamy. Nie mogły być niczym innym jak zaschniętą krwią poprzednich ofiar. Chłopak nie był pierwszym żołnierzem Świętej Armii, który tu się znalazł.

Ilu ich zabiła?

Ta myśl nie była przyjemna. Nawet jeśli mściła się za śmierć brata, nic nie usprawiedliwiało tortur. Bo mogło chodzić wyłącznie o nie. Wiszące na metalowych hakach nieopodal fotela narzędzia nie pozostawiały wątpliwości. Było ich całe mnóstwo, zajmowały ścianę od podłogi po strop.

– Radzę gładko śpiewać. – Moni przeciągnęła dłonią po żelastwie, aż zabrzęczało.

– Nie – Fillap uśmiechnął się lekko – niech milczy. Po co przedwcześnie kończyć zabawę?

– Chodzi wam o zdobycie informacji czy zadanie mu bólu? – nie wytrzymał Marki.

– Mamy kilka celów – wyjaśniła dziewczyna. – Również wypełnienie luk w twojej pamięci. Nie żałuj go, to żołnierz. Wiesz, co wyprawiają psy Podwójnej Trójcy? Czy to też zapomniałeś? Przypomnę ci! Mordują mężczyzn i gwałcą kobiety. Wystarczy, że uznają ją za heretyczkę, a każda może być ich. By chwilę później zawisnąć.

Z jej słów emanowała nienawiść, ale i ból.

– Czy ciebie...? – Marki nie wiedział, jak sformułować pytanie.

– Nie. Zabili naszych rodziców, owszem, ale ja miałam szczęście, Robet nadszedł w samą porę. Potem... – Zamilkła, ślizgała się wzrokiem po zabójczych narzędziach zwisających z haków. – Potem wszystko było już inne...

– Ale nie zrobił tego ten dzieciak – zauważył cicho Marki.

– Ale inni w tych samych mundurach – odparł Fillap.

– W tych samych mundurach – powtórzyła za nim Moni.

– Przynależność do oddziału!

Więzień trząsł się ze strachu.

– Wyjawienie informacji to zdrada, powieszą mnie.

O to się nie martw, nie wyjdziesz stąd, w każdym razie nie żywy...

Po plecach Markiego przebiegł dreszcz.

– Śmierć nie jest gorsza niż to, co czeka cię przez milczenie – Kosa uderzył dzieciaka w twarz.

– Pierwszy Pułk Diecezji Czwartej Seksty.

Fillap zaśmiał się głośno. Przerażenie żołnierza zdawało się go cieszyć.

– I widzisz, potrafisz mówić. Skoro padło A, powiedz B, czekam na resztę informacji. Jak duży oddział stacjonuje w Bożej Łasce, kto dowodzi?

– W Bożej Łasce? – zdziwił się Marki.

– Najbliższa stacja – wyjaśniła Moni. – Mimo że jest pod nosem, niewiele o niej wiemy, nie wpuszczają tam cywili, bo to główny posterunek na tej linii kolejowej. Obserwujemy ją, ale odkąd wybudowali palisadę, trudno o konkrety.

Więzień wodził oczami po twarzach swych prześladowców.

– Jeśli powiem, wypuście mnie? – w głosie brzmiał lęk, ale i nadzieja.

– Jeśli powiesz, nie utnę ci palców albo nie zerwę paznokci – Fillap nie pozostawił dzieciakowi złudzeń. – Mniejszy ból, oto twoja nagroda. Zbyt wiele zobaczyłeś, byś mógł stąd wyjść.

Jeniec rozpłakał się.

– Nic nie powiem, przysięgam na boga!

– Twój bóg nie istnieje.

– Błagam!

Marki poczuł mdłości. Zachwiał się i musiał przytrzymać się ściany.

– Co się dzieje? – Moni popatrzyła na niego z niepokojem.

– Słabo mi. To pewnie przez wczorajszą eksplozję...

Kłamał. Czuł obrzydzenie na myśl, co ta czwórka zamierza zrobić z więźniem. Było to tak obezwładniające, że kręciło mu się w głowie.

– Wyprowadzę go na świeże powietrze, a wy kontynuujcie – zarządziła Moni.

– Miałem ci pokazać, jak zrywam paznokcie i kilka innych fajnych sztuczek – Fillap wydawał się zawiedziony.

– Następnym razem.

Dziewczyna wsparła Markiego, prowadząc go do wyjścia.

– Oni...

– Dadzą sobie radę! – Źle odczytała jego wątpliwości. – To Fillap zawsze prowadził przesłuchania, ja jedynie się przyglądałam. On to lubi. Bawi go zadawanie cierpienia. Czasem, gdy widzę ten błysk w jego oczach, przeraża mnie.

– Dziś nie oponowałaś. Zachęcałaś go.

– To tylko żołnierz. Zasługuje na śmierć. Tyle że ja zadałabym mu ją szybko.

– Będzie taka, jeśli wszystko powie.

Moni pokręciła głową.

– Nie sądzę.

Siedzieli w głównej izbie przy stole. Z piwnicy nie dochodziły żadne dźwięki, gruby strop tłumił wszelkie odgłosy. Moni w zamyśleniu bawiła się małą drewnianą laleczką. Jej podstawa była półokrągła i tak wyprofilowana, że krzywo postawiona zabawka zawsze ustawiała się w pionie.

– Należała do mojej babci – powiedziała w pewnym momencie.

– Czy ona też... – nie dokończył, w ogóle nie wiedział, czy powinien o to pytać.

– Tak, nie żyje. Ale to była dobra śmierć. Umarła we własnym łóżku we śnie. Byłam jeszcze smarkulą, ale to i tak ostatnia naturalna śmierć, jaką pamiętam. Później widziałam wiele innych, lecz przyczyną żadnej nie była starość lub choroba. Tylko kule, sznur lub ostrze...

Położył dłoń na jej dłoni. Uśmiechnęła się z wdzięcznością.

– Świat zamienił się w piekło, czy zawsze nim był, tylko tego nie zauważyłam?

– Są lepsze miejsca.

– Nieprawda, wszędzie jest tak samo.

Kusiło go, by wyznać prawdę, opowiedzieć o swojej Strefie, bał się jednak reakcji Moni, tego, że nie uwierzy.

– Gdyby to była prawda i świat byłby wyłącznie jednym wielkim bagnem niedoli i rozpaczy, ludzkość już dawno by wyginęła. Nie można żyć bez nadziei. Trzeba ją mieć, by walczyć, a przecież wy walczycie.

– Wy? – podchwyciła.

– Wy i ja – sprostował. Powinien bardziej uważać na słowa. Według dziewczyny należał do grona heretyków i niech tak zostanie. Poza tym, tak, walczył, lecz nie o to, co Moni i jej towarzysze. Dla niego celem było wyrwanie się stąd. Wbrew własnym słowom nie potrafił znaleźć w tym świecie nadziei dla siebie.

Rozległy się kroki i Moni zabrała dłoń. Do pomieszczenia weszli Fillap, Kosa i Malarz.

– Po wszystkim? – spytała.

– Zabawiliśmy się, ale zostawiłem go przy życiu i właściwie niemal nietkniętego. Obiecałem ci małą lekcję i będziesz ją miała.

– Dziś nic z tego, jestem zajęta. Poza tym przesadzasz, wystarczy użyć młotka i wyśpiewają wszystko. Niepotrzebne są wymyślne zabawki.

Fillap skrzywił się z niechęcią.

– Młotek, jakie to prostackie. Ale w porządku, nie dziś, to jutro. Nawet lepiej, skończę nową, jak to ładnie określiłaś, zabawkę.

– Co to? – zainteresował się Kosa.

– Metalowe szczęki ze śrubą. Wkładasz je do gęby parszywcowi i nie jest w stanie zamknąć ust. Przeciwnie, ty możesz je dowolnie rozszerzyć. A wtedy grzebiesz w nich śmiało, bez obawy, że odgryzie ci palce.

– Jesteś chory – wyrwało się Markiemu.

Fillap przysunął sobie krzesło i opadł na nie naprzeciw Markiego. Z jego ust nie schodził kpiący uśmieszek.

– Czyżbyś ich żałował? To zwierzęta.

– Nawet zwierzę zasługuje na godną śmierć.

– Oni nie – Moni stanęła po stronie przyjaciela brata.

– Czemu więc wcześniej mówiłaś o szybkiej śmierci? Zadałabyś ją, bo brzydzisz się pobrudzić ręce torturami, jednak spokojnie patrzysz, jak zadają je inni?! Bez oporów stoisz z boku i kibicujesz?!

– Uspokój się – poprosiła.

– Nie potrafię! Czy nie walczymy dlatego, że jesteśmy od nich lepsi? – Tym razem pamiętał, by utożsamiać się z wywrotowcami. – A jeśli tak, to czy wolno nam przyjmować ich metody? Gdzie nasza wyższość?

– Nie chodzi o wyższość – sprostował Malarz – ale o prawdę. Wciskają nam ideę boga, który nie istnieje. Nie możemy jej przyjąć, więc chwytamy za broń.

Marki zerwał się z miejsca. Zaczął chodzić wokół stołu.

– I to wszystko? Ten okaleczony chłopak z piwnicy różni się tym od ciebie, że wierzy w boga, a ty nie? Tylko tym? To już pozwala ci znęcać się nad nim i w końcu odebrać mu życie?

Uderzył Fillapa w ramię. Cios nie był mocny, lecz żywił nadzieję, że sprowokuje brzydala. Ostatnią walkę, jaką stoczył, przegrał z kretesem, ale sądził, że tym razem sobie poradzi. Perseu po prostu okazał się wyjątkowo dobry.

Udało się. Fillap wstał i popchnął go mocno. Marki zatoczył się i wpadł na ścianę. Pozbierał się jednak błyskawicznie. Przypadł do przeciwnika i dwukrotnie uderzył go w twarz. Włożył w to tyle siły, ile tylko zdołał. Kątem oka zobaczył, że Kosa i Malarz zrywają się z krzeseł. Fillap okazał się słaby, ale walka z trzema wyrównywała szanse.

– Dość! – przerwał im wrzask Moni. – Wynocha z mojego domu!

Wszyscy czterej ruszyli ku wyjściu.

– Ty nie! – Złapała Markiego za ramię. – Zostajesz.

– Przygarnęłaś zdrajcę – wysyczał Fillap. – Powinnaś...

– Wypieprzaj! – Dziewczyna nie dała mu dojść do słowa.

W progu odwrócił się.

– Wrócę jutro. Dokończyć, co zacząłem. I liczę, że do tego czasu ochłoniesz.

Spoglądali za nimi, póki cała trójka nie zniknęła w lesie.

– Coś ty narobił? – jęknęła Moni.

– Ja?

– To moi towarzysze broni, nie wolno nam skłócać się wewnętrznie. W jedności siła, inaczej Święta Armia wyłapie nas po kolei.

– Odniosłem wrażenie, że słuchają twoich poleceń.

Skinęła głową.

– Poniekąd. Przejęłam schedę po bracie.

– Więc każ im zachowywać się po ludzku.

Stanęła za nim i objęła go mocno. Poczuł dłonie ślizgające się po jego piersi. Gdy niechcący dotknęła bolącego boku, z trudem stłumił syk.

– Nie mogę i nie chcę.

Wyrwał się z uścisku i obrócił twarzą do niej.

– Dlaczego?

– To zemsta. Za moich rodziców, za brata, za wiele, wiele innych dusz...

– W takim razie przestań pisać o prawdzie i wolności, a zacznij wyłącznie o nienawiści. Wtedy przynajmniej nie będziesz kłamać!

– Czego ty chcesz?!

Popatrzył na Moni ze smutkiem. Wczoraj poznał dziewczynę, która niespodziewanie dla niego samego stała się dużą częścią jego świata. Gdzieś tam daleko, poza zasięgiem, istniała dalej Angelka, jednak zdawał sobie sprawę, że musi o niej zapomnieć. Już nigdy się nie spotkają. Szymon, Drewal i Perseu zginęli, więc marzenia o powrocie do domu nie były niczym więcej jak mrzonkami. Oni jedni wiedzieli, jak wystartować balonem. Głęboką wyrwę w sercu nagle wypełniła Moni, lecz bywały chwile, gdy budziła w nim wyłącznie obawę.

*Kim jesteś naprawdę? Wrażliwą dziewczyną czy okrutną bojowniczką gotową mordować bezbronnych?*

Nie potrafił odpowiedzieć na to pytanie.

– Chcę, byś żyła powietrzem, słońcem i błękitem nieba, a nie zemstą...

– Marzysz.

– To nierozerwalna część istnienia.

– Nie dla mnie.

– Dla ciebie. Jesteś dobrym człowiekiem.

– Poznałeś mnie wczoraj i uważasz, że tyle o mnie wiesz? Nic nie wiesz. Może kiedyś byłam dobrym człowiekiem, ale to przeminęło lata temu. Już nie wróci...

– Nie bez włożenia w to wysiłku.

Moni sprawiała wrażenie, że zamierza ponownie go objąć, lecz ostatecznie cofnęła się.

– Czego oczekujesz?

– Wypuść dzieciaka. Przysiągł, że niczego nie zdradzi.

– I wierzysz mu? Świętej Armii też przysięgał. Nie, nie mogę. Naraziłabym nas wszystkich na niebezpieczeństwo.

– Więc zakończ sprawę.

Pokręciła głową.

– Wykluczone.

– A ja? Mogę to zrobić?

Czy byłby w stanie zabić bezbronną, związaną osobę? Nie znał odpowiedzi. Być może świadomość, że w przeciwnym wypadku więźnia czekają okrutne tortury, dodałaby mu sił.

– Zapomnij o nim. Żyj swoim powietrzem, słońcem i błękitnym niebem...

Sierp Księżyca był nazbyt wąski, by rozjaśnić noc. W ciemnościach majaczyły jedynie kontury. Choć leżała od niego na wyciągnięcie ręki, Marki ledwie widział sylwetkę Moni. Regularny oddech świadczył, że spała. Ostrożnie wysunął się z łóżka. Jeszcze w drzwiach upewnił się, że dziewczyna się nie obudziła.

Jak zareaguje?

Nie miał pewności. Co gorsza, liczyła się nie tylko jej reakcja.

Ale musiał to zrobić. Sumienie nie pozostawiało mu wyboru. Gdy tego dnia, nieco po południu, Moni zeszła do piwnicy, zająć się drukiem ulotek, poszedł z nią. Dziewczyna zdawała się nie zauważać za swoimi plecami na zmianę jęczącego i chlipiącego żołnierza, ale dla Markiego obecność więźnia była straszliwą katuszą. Starał się nie patrzeć w kierunku dzieciaka, lecz wzrok bezwolnie wciąż kierował się w stronę schlapanego krwią drewnianego fotela. Fillap twierdził, że nie wyrządził ofierze większej krzywdy, jednak Marki nie mógł się z tym zgodzić. Lewa ręka żołnierza zamieniła się w powykręcany strzęp mięsa. W dodatku drżała, sprawiając, że śruba łącząca obie części przytrzymujących ją okowów wydzwaniała posępną melodię.

– Nie zmieniłaś zdania? – spytał tylko raz.

Tak, jak się spodziewał, odpowiedź była odmowna.

Gdy wreszcie wyszli z piwnicy, odetchnął z ulgą, lecz przez pozostałą część dnia obraz więźnia stał mu przed oczami. Wystarczyło, że przymknął powieki, a widział przerażoną twarz dzieciaka, który zdecydowanie zbyt wcześnie poszedł bawić się w wojnę.

Sam się na nią wybrałeś czy kazano ci walczyć?

Tego również nie miał się dowiedzieć.

Nie potrafił zasnąć. Gdy wreszcie mu się udało, koszmary sprawiły, że szybko się przebudził. Długo leżał, bijąc się z myślami, nim wreszcie podjął decyzję. Bez względu na konsekwencje musiał pomóc jeńcowi. Stał już przy wejściu do piwnicy, nadsłuchując. Prócz dobiegającego gdzieś z lasu hukania panowała cisza. Zawiasy mocujące klapy zasłaniające zejście na dół były stare i zardzewiałe, Marki pamiętał ich zgrzyt, gdy wprowadzali więźnia. Było to jednak ryzyko, które należało podjąć. Do piwnicy co prawda prowadziło jeszcze jedno zejście, prosto z domu, jednak tamte drzwi wydawały z siebie równie upiorne odgłosy. Pocieszał go fakt, że Moni nie trzymała psów. Twierdziła, że do chaty ciężko trafić, a ich ujadanie jedynie naprowadziłoby ewentualnych nieproszonych gości. Dziś szczekanie by go zdradziło. Jednym szarpnięciem otworzył klapy. Zaskrzypiały, lecz nie aż tak głośno, jak się spodziewał. Odczekał chwilę, po czym zbiegł na dół. Nie zapalał światła. Po omacku zbliżył się do regału zasłaniającego ukryte przejście.

– Kto? – usłyszał, gdy przedostał się dalej. Żołnierz nie spał. Zapewne na jego miejscu też nie zmrużyłby oka.

– Cicho – syknął.

– Czego chcesz? – w głosie więźnia wychwycił jedynie strach. Nadzieja, którą słyszał rano, znikła.

– Ile warte jest twoje słowo?

– Nie rozumiem.

– Powiedzmy, że uwolnię cię, ale jaką mam pewność, że za kilka godzin nie zjawisz się tu z kolegami?

– Nie zrobię tego! Błagam! Puść mnie, będę milczał!

– Cicho! – poczekał, aż więzień umilknie. – Twój dowódca zażąda od ciebie informacji.

Mimo ciemności dostrzegł łzy w oczach żołnierza.

– Przysięgam na boga, nie zdradzę was. Powiem, że zarzuciliście mi worek na głowę.

Marki odetchnął głęboko. Czy mógł mieć pewność? Absolutnie nie. Więzień powiedziałby wszystko, byleby tylko zyskać wolność. Chłopak wolał jednak zaryzykować bezpieczeństwo swoje i Moni niż przykładać rękę do morderstwa.

– Ufam ci.

Choć nie powinienem.

Wykręcił śrubę łączącą okowy prawej ręki. Żołnierz spróbował drugą wykręcić sam, ale jego dłoń tak drżała, że Marki musiał zrobić to za niego. Potem wyswobodził nogi dzieciaka. Jeniec zerwał się z fotela i gdy już Marki sądził, że rzuci się na niego, opadł na kolana, obejmując wybawcę w pasie.

– Dziękuję, dziękuję – łkał.

– Nie dziękuj, wynoś się stąd. Uciekaj do lasu. Musisz radzić sobie sam, nie znam okolicy, nie pomogę.

Żołnierz wybiegł przez ukryte przejście do jawnej części piwnicy. Wpadł na stół, aż zabrzęczało, a potem rozległ się tupot buciorów na schodach.

Do diabła, ciszej!

Po chwili wszystko ucichło. Stało się, więzień uciekł. Marki powoli ruszył ku sypialni. Zamierzał zamknąć za sobą wejście do piwnicy, jednak po namyśle zrezygnował. Wrócił do łóżka. Moni spała, jak ją zostawił. Położył się obok. Tym razem zasnął błyskawicznie.

Przeciągłe gwizdy zmusiły ich do otwarcia oczu. Pod oknem stał Fillap. Tym razem był sam.

– Czemu nie wszedłeś?

– Nie wiedziałem, czy twój wyrywny chłoptaś znów mnie nie pobije.

– To nie jest... – nie dokończyła. Zerknęła z ukosa na Markiego. Chłopak tylko pokręcił głową. – Właź, nie wygłupiaj się.

– A już skończyliście się zbawiać?

– Jeszcze słowo, a sama poproszę, by ci rozkwasił nochala – uprzedziła Moni.

Fillap wszedł do środka i wygodnie rozparł się na krześle przy stole.

– Mam nadzieję, że dziś znajdziesz chwilkę, by dokończyć zabawę. Patrz, przyniosłem nowy wynalazek. – Zza pazuchy wyciągnął obły przyrząd.

– A jeśli nie? – warknęła dziewczyna.

– To jeszcze nam żołnierzyk zejdzie z głodu. Chyba nie zamierzasz być aż tak okrutna?

Moni prychnęła.

– Jasne, że nie. Ulżę mu, wyrywając po kolei paznokcie prawej dłoni.

– I o to chodzi – uśmiechnął się obleśnie Fillap. – A przy okazji mam nowinę. Tuż przed świtem zdziczałe psy rozszarpały jakiegoś junaka Świętej Armii.

– Gdzie?

– Niedaleko wsi. Chciałbym tylko, cholera, wiedzieć, co on tam robił.

Uciekał. A więc tylko po to go wypuściłem...

Moni wzruszyła ramionami.

– Co za różnica? Najważniejsze, że jednego mniej.

– Więc chodźmy załatwić drugiego. Zabierasz chłoptasia?

Moni pytająco spojrzała na Markiego.

– Pójdę – przyznał niechętnie. Wolał być obecny, gdy odkryją nieobecność więźnia. – Ale nie liczcie, że będę uczestniczył w chorej zabawie.

Fillap wstał i delikatnie poklepał go po plecach.

– Nie obawiaj się, nie będziemy nalegać.

Marki miał ochotę dać mu w zęby, ale wiedząc, co zastaną na dole, wolał już teraz nie zaogniać atmosfery. I tak zaraz mogą skoczyć sobie do gardeł.

Moni pierwsza zeszła do piwnicy. Usłyszeli jej krótki okrzyk, więc obaj w mgnieniu oka zaleźli się na dole. Klapy prowadzące na zewnątrz były otwarte. Wpadające promienie rozjaśniały całe pomieszczenie, w oczy rzucało się uchylone tajne przejście. Dziewczyna złapała oparty o ścianę drągal i ostrożnie zbliżyła się do regału. Pchnęła go i sprawdziła korytarz, nie było nikogo.

– To twoja sprawka? – syknęła do Fillapa.

– Moja? – obruszył się. – Pytaj swojego kochasia!

– Nie mam z tym nic wspólnego – zaprzeczył Marki. Kłamstwo gładko przeszło mu przez gardło. To jego wersja zdarzeń. Jeśli dzieciaka w mundurze rozszarpały psy, nikt temu nie zaprzeczy.

– Sam się uwolnił?

– Może, nie ja go pętałem!

Moni stanęła między nimi. Marki nawet tego żałował, okazja była idealna, by raz jeszcze przywalić brzydalowi.

– Jeśli zdołał odkręcić śrubę... – dziewczyna mruknęła zamyślona. – Zmasakrowałeś mu lewą rękę.

– Prawą zostawiłem tobie, moja droga.

– Ten błąd mógł nas kosztować dekonspirację.

Fillap sapnął oburzony.

– Sadzałem na tym krześle wielu i nikt nigdy...

– Zawsze musi być pierwszy raz – przerwała. – Powinieneś być uważniejszy.

– Jasne, osłaniaj go. – Fillap wskazał paluchem Markiego. – Zrzuć winę na mnie! Tylko co o nim wiesz?! Poznałaś coś więcej prócz gładkiej buzi i być może tego, co ma w majtkach?

Moni uderzyła go w twarz.

– Gdyby żył Robet!

– Nie żyje! Jak i ten żołnierzyk, którego wczoraj torturowałeś! Oba rozdziały zostały już zamknięte! Rozumiesz?! Zasługi i błędy obu się nie liczą!

– Idę. – Fillap kopnął stolik, strącając część czcionek na podłogę, potoczyły się po całym pomieszczeniu. – I nie licz, że będę dalej roznosił twoją bazgraninę. W tej walce liczy się krew, nie tusz.

Marki zamierzał pójść za nim, ale dziewczyna złapała go za przedramię.

– Zostaw. Przejdzie mu.

Nie zamierzał dyskutować. Zostali sami. Spodziewał się, że za moment padnie pytanie, czy naprawdę nie pomógł więźniowi, jednak Moni milczała, być może bała się odpowiedzi. Schylił się, by pozbierać czcionki drukarskie.

– Odbijesz coś dla mnie?

– Co?

Nie wiedział. Zapytał pod wpływem impulsu, a teraz poczuł się głupio. Nie miał niczego do przekazania. Żadnej mądrości ani przesłania, którymi mógłby się podzielić z tą Strefą. Nawet prawdy, bo jej też nikt by nie przyjął.

– Nie mam pojęcia – spróbował obrócić wszystko w żart. – Może moje imię?

– Lepiej nazwę miejscowości, z której pochodzisz.

– Mojej osady?

– Tak.

– Gniazdo Brzóz – wymówienie tych dwóch słów przyszło mu z trudem. Moni nie zwróciła na to uwagi lub wzięła jego wahanie za jeszcze jeden objaw amnezji.

– Dziwna nazwa. Daleko to?

– Najdalej jak to tylko możliwe. W innym czasie. Mój dom już nie istnieje...

– Żołnierze?

Nie odpowiedział.

Coś.

Moni wpadła do domu jak burza. Rzuciła w kąt siatkę z ziemniakami i marchwią i wcisnęła do ręki Markiego zmięty w kulkę papier.

– Patrz!

Chłopak rozprostował kartkę. W pierwszej chwili sądził, że to kolejna ulotka wydrukowana przez dziewczynę, jednak ta wiadomość była pomarszczona i sztywna, jak papier, który zmókł, a potem wysechł, i miała pooberywane rogi. Wyraźnie została skądś zdarta.

– Do okolicznych mieszkańców – przeczytał na głos. – W wyniku niedawnej katastrofy pociągu, do której doszło z przyczyn technicznych i zaniedbań ukaranych już pracowników kolei – spojrzał na dziewczynę, ale ta wskazała, by czytał dalej – doszło do ucieczki przewożonego zamkniętym wagonem niebezpiecznego więźnia o nazwisku Marki Brzoza. Apelujemy o czujność i zgłaszanie nam wszelkich podejrzeń o obecnym miejscu pobytu zbiega. Jednocześnie uspokajamy, że jego trzej towarzysze nadal znajdują się w areszcie i z ich strony nie grozi najmniejsze niebezpieczeństwo. Grupa, której przewodził poszukiwany, zasłynęła z rozbojów, morderstw i gwałtów popełnianych w całej południowej części Państwa.

Umilkł. Pod tekstem było kilka wolnych linijek, a poniżej dopisek drobniejszą czcionką:

„Do Markiego Brzoza. Heretyku, jeśli nie oddasz się w ciągu tygodnia od daty katastrofy w ręce jednego z najbliższych posterunków wojskowych, twoi towarzysze zostaną publicznie powieszeni. Zgłoś się, a ochronisz życie i dusze – swoje i ich".

Marki starł papier w dłoni. Targały nim sprzeczne uczucia. Z jednej strony radość, że Wiarołomca, Perseu i Drewal żyją, z drugiej przerażenie, bo pozostawali w niewoli i nadal groziło im niebezpieczeństwo.

– Chyba nie zamierzasz się zgłosić? – Moni odgadła jego myśli.

– Muszę.

– Nie wolno ci!

Uniosła ręce, jakby zamierzała go uderzyć, lecz jedynie zastygła w tej dziwnej pozycji.

– To moi towarzysze. – Złapał ją za przedramiona. – Nie potrafię zostawić ich w potrzebie.

– Po co?! – krzyknęła. – By powiesili czterech zamiast trzech?! Dalej, zgłaszaj się! Zużyją kilka metrów sznura więcej! To bestie, nie ludzie!

Nie wiedział, czy bardziej chce ją uderzyć, czy przytulić. Od chwili katastrofy wydawała mu się bliska. Jedyny znajomy punkt na mapie obcego wszechświata. Na wszelki wypadek cofnął się dwa kroki.

– Po obu stronach są ludzie. Wy o tym zapomnieliście. Ty o tym zapomniałaś. Układasz te swoje klocuszki, z których odciskasz ulotki nakazujące zabijać, albo bezpiecznie schowana za drzewami wysadzasz pociągi. Czym zawinił ci tamten maszynista? Trzymał karabin? Celował do ciebie? Pewnie jedyne, czego chciał, to żyć. Albo ten dzieciak, może i nosił mundur...

– Uwolniłeś go? – weszła mu w słowo.

– Tak – nie zamierzał tego dłużej ukrywać.

Zbladła.

– Oni zabili moich rodziców, i Robeta!

– I dlatego są źli? Wszyscy? Twój brat nie podłożył bomby, nie trzymał karabinu w dłoni, gdy do niego strzelali? A twoi rodzice? Nie zginęli przez niego? Czy wojsko nie zjawiło się u was, szukając Robeta?

Strzelał, ale czuł, że jest dość blisko prawdy. Moni zacisnęła zęby.

– Wyjdź! – było to bardziej warknięcie niż słowo.

Nie czekał, by powtórzyła. Minął ją i skierował się ku drzwiom. Obejrzał się dopiero w progu. Nie zdziwiłby się, gdyby płakała i podnosiła broń w jego stronę, ona jednak tylko stała, nieruchoma jak posąg.

Wybiegł na zewnątrz. Dzień był pochmurny, choć nie padało. Las otaczał szczelnie podwórko i dom. Marki zanurzył się w nim na chybił trafił. Nie miał pojęcia, gdzie powinien iść, wiedział tylko, że ma niewiele czasu, by oddać się w ręce żołnierzy.

Przedzierając się przez las, mógł wreszcie zapomnieć, że znajduje się w obcym świecie. Wokół rosły dobrze mu znane drzewa, może jedynie dostrzegał więcej iglaków niż w otaczających Gniazdo Brzóz zagajnikach.

Za to śpiew ptaków nie wyróżniał się zupełnie niczym. Wśród setek głosów słyszał stukanie dzięcioła, kilka razy z oddali – kukułkę.

Z początku oglądał się za siebie, by sprawdzić, czy nie idzie za nim Moni. „Wzgardzona dziewczyna jest groźniejsza niż wściekły wilk" – przypomniał sobie słowa brata i choć nie uważał, że wzgardził Moni, dopiero teraz zaczynał rozumieć, co Batim miał na myśli. Gdyby kiedykolwiek znów się spotkali, mógłby mu powiedzieć: „Nieładnie, bracie", ale wiedział, że ta refleksja już na zawsze zostanie jedynie z nim. Nie podzieli się nią z Batimem. I nie usłyszy kpiącej riposty, bo z całą pewnością jakaś by padła. Jego najstarszy brat posługiwał się językiem nie mniej sprawnie niż szablą, a w fechtunku był mistrzem.

Czy sprostałby Wiarołomcy?

Zapewne nie, ale w niczym mu to nie uchybiało.

– Mamo, tato, jesteście tu? – spytał cicho.

Jeśli jacyś przeoczeni przez nich bogowie sprawili, że wciąż istnieli, nieważne stawały się Ściany i granice. Mogli być z nim wszędzie. Ba, nie opuszczali go nigdy.

Bo trwacie wyłącznie w moim sercu.

Czasami przeklinał się za to, że był synem Natabana. Rozum nie koił duszy. Pomóc mogła jedynie wiara, ale ją należało pielęgnować i karmić. Jeśli nawet kiedykolwiek się w nim tliła, słowa ojca były dla niej taką samą pożywką, jak kubeł wody dla ledwie żarzących się węglików. „Bogowie ponoć wynagradzają sprawiedliwych i dobrych, ale co z tymi, co wyrządzają zło, nie dostrzegając nawet tego, bo sądzą, że takich właśnie czynów oczekują od nich ich bogowie?"

– Tato, zamilcz – powiedział Marki na głos.

Prośba oczywiście nie poskutkowała. Hrabia Nataban siedział w jego głowie, a usunąć z niej mogły go jedynie czas lub śmierć. A może wyłącznie śmierć?

– I co teraz? Cóż poradzisz zagubionemu synowi? – Markiego otaczała cisza przerywana jedynie krzykiem ptactwa. – To niepodobne do ciebie. Zawsze udzielałeś odpowiedzi. Choćbyś nawet przyznawał się do niewiedzy, nie milczałeś! – wrzasnął.

Czemu? Przecież nie spodziewał się, że martwy ojciec odpowie. Pytał własną pamięć, nie rzeczywistą osobę.

Wariuję?

Ta myśl krzepiła. W tym świecie lepiej było być pomylonym. Tylko wariat mógł spokojnie iść przed siebie, nie krzycząc na widok napierającego ze wszystkich stron zła. Usłyszał głosy i odruchowo skierował się w stronę, skąd dobiegały. Las był stosunkowo rzadki i obranie właściwego kierunku nie sprawiało trudności.

Ile już szedł? Dwie godziny? Trzy? Nie wiedział, nie potrafił nawet przypomnieć sobie całej drogi. W pamięci miał luki. Pamiętał, jak wyszedł z domu Moni, potem rozmawiał z rodzicami i braćmi i czas znikł, znikł też las. W pełni pojawił się ponownie, gdy rozległ się wrzask. Mieszał się ze szlochem i był coraz bliższy. Marki przyspieszył. Po chwili biegł. Wypadł zza krzaków i zatrzymał się gwałtownie. Kilkanaście metrów od niego dwóch żołdaków pochylało się nad leżącą dziewczyną. Nie widział jej twarzy, słyszał jedynie płacz. Żołnierze zdzierali z niej ubranie, nie szczędząc ciosów.

– Zamknij się, heretycka dziwko!

Byli tak pochłonięci ofiarą, że nawet go nie zauważyli. Karabiny porzucili nieopodal. Jeśli mieli przy sobie jakąś broń, były to wyłącznie noże. Jeden opuszczał spodnie.

Marki podniósł zagrzebany w ściółce kamień. Ważył co najmniej pięć kilo. Niczym w amoku zbliżył się do żołnierzy. Uniósł głaz nad głowę i opuścił go na łepetynę napastnika ze spuszczonymi gatkami. Rozległo się nieprzyjemne plaśnięcie, a wokół prysnęły krople krwi. Nie musiał poprawiać, wiedział, że żołdak nie żyje. Drugi spojrzał na niego zaskoczony. Wahanie trwało tylko ułamek sekundy, po czym skoczył w stronę porzuconej broni, ale Marki był szybszy. Dopadł karabinu, wycelował w nadbiegającego i pociągnął za spust. Broń nie wypaliła.

Nie przeładowałeś, cokolwiek to znaczy.

A może nie zrobił jeszcze czegoś innego. Żołdak znalazł się na wyciągnięcie ręki, więc chłopak pchnął go bagnetem. Ostrze gładko weszło w ciało. Marki gorączkowo pociągał za wystające elementy broni, by zrobić to, co żołnierze na stacji, zanim oddawali strzał, lecz bezskutecznie. Nie wiedział, jak w praktyce korzystać z karabinu.

Dopiero po chwili zdał sobie sprawę, że nie musi strzelać. Przeciwnik był właściwie martwy. Choć nadal stał, jego wzrok był mętny, a z ust sączył się strumyczek krwi. Ojciec nie pozwoliłby na bezsensowne męczarnie. Niewiele myśląc, wyszarpnął bagnet i wbił go ponownie. Mocniej i głębiej. A potem jeszcze raz i jeszcze. Nie przerywał, nawet gdy nabrał pewności, że żołdak nie żyje.

Wreszcie, wyczerpany, przestał i wsparłszy się na broni, tępo patrzył na martwe ciało. Do przytomności wrócił go płacz. Dziewczyna klęczała na piachu. Starała się otrzeć łzy, rozmazując dłońmi już i tak brudną twarz. Nie liczyła więcej jak czternaście lat.

– Nie rób mi krzywdy! – załkała.

– Ja nie... – wyjąkał, odrzucając karabin.

Pomógł jej wstać. Ubranie dziewczyny zwisało w strzępach. Drżącymi dłońmi naciągała jego resztki, by zakryć odsłonięte piersi. Marki podniósł leżącą na ziemi chustę. Wydawała się niemal nietknięta. Zarzucił jej na ramiona.

– Masz krew na twarzy – powiedziała. Wytarł się rękawem. – Teraz lepiej. Jeszcze tu – wskazała.

Nie sięgnął, więc dziewczyna, prawą ręką przytrzymując chustę, lewą nieporadnie starła resztki posoki. Skinął jej głową i ruszył dalej. Obrócił się po kilku krokach. Dziewczyna nie ruszyła się z miejsca.

– Gdzie znajdę posterunek? – spytał.

Skuliła się w sobie, lecz drżącą dłonią wskazała kierunek.

– Uciekaj – szepnął, być może zbyt cicho, by go usłyszała. Ruszył w dalszą drogę.

– Nie idź tam – dogonił go głos.

Nie obejrzał się więcej.

Pukanie żołnierzy nigdy nie przypominało zwykłego pukania, zawsze było to łomotanie zdolne poderwać na nogi umarłego. Tym razem prowadzący go żołdak również nie okazał cienia delikatności.

– Kapitanie prałacie – zameldował – prowadzę zbiega. Marki Brzoza. Mam obwieszczenie, które o nim wspomina. – Podał przełożonemu zmięty niemalże w kulkę papier, ale oficer nawet na niego nie spojrzał.

– Schwytany?

– Zgłosił się dobrowolnie.

Kapitan, gruby mężczyzna po czterdziestce, obszedł więźnia dookoła.

– Niepozorny – zauważył. – Ale heretycy zawsze wyglądają niepozornie. Dlaczego? – Spojrzał na podkomendnego. Żołnierz wyprężył się, nie bardzo wiedząc, czy powinien spróbować odpowiedzieć, czy czekać na objaśnienie kapitana. Wybrał to drugie, jak się okazało słusznie. – Bo na zewnątrz to pozornie zwykli ludzie – kontynuował oficer. – Dopiero zaglądając w ich dusze, można się przekonać, jakie pokłady zgnilizny tam się znajdują. Odmaszerować. Poradzę sobie z jeńcem.

Poczekał, aż żołnierz wyjdzie.

– Ty – szturchnął Markiego łokciem – czemu Bóg nie istnieje?

Chłopak zachwiał się, ale ustał. Kuksaniec nie wydawał się złośliwy, raczej był to gest niezdarnego słonia w składzie porcelany. Ogólnie kapitan sprawiał wrażenie rubasznego swojaka. I tylko mundur psuł ten obraz.

– Nie wiem nic o bogu – odparł Marki.

– Ale wiesz, że go nie ma?

Po raz kolejny pomyślał o wierze. Nataban nie wyznawał żadnego z bogów, więc nie wpoił religijności swym dzieciom. Ich matka czciła Probablę, choć „czciła" nie było najbardziej adekwatnym słowem. Przyznawała się do niego i tyle. Marki nigdy nie widział jej modlącej się. A więc i on automatycznie, niemal bezwiednie, uznawał, że bóg to jedynie wymysł ludzi szukających czegoś, co wprowadzałoby nieco ładu do świata chaosu. Mógł co prawda udawać, lecz nie sądził, by pozorna religijność mu teraz pomogła. Zwłaszcza, że nie znał tutejszych obrządków i zwyczajów. Poza tym teraz było mu naprawdę wszystko jedno, co się z nim stanie. Przyszedł tu ratować towarzyszy.

– Nie wiem, czy jest, czy go nie ma. Nigdy tego zbyt głęboko nie rozważałem.

Kapitan podrapał się po czubku głowy, jedynym miejscu, gdzie pozostało mu jeszcze trochę włosów. Były długie i zaczesywał je tak, aby zamaskować olbrzymie łyse place, co w żaden sposób nie mogło się udać.

– Ale, gdy przyszło co do czego, wybrałeś tamtą stronę barykady – mruknął. – Dlaczego?

Marki wzruszył ramionami. Nie było sensu przekonywać, że nie jest po żadnej stronie.

– Tak po prostu wyszło? – kapitan sapnął z wysiłkiem, jakby chodzenie podczas rozmowy strasznie go zmęczyło. Odsunął krzesło i spoczął na ustawionej pod ścianą ławie. – Powiem ci coś, chłopcze. Szczerze, bo przecież i tak niedługo zawiśniesz, poza tym nikt by ci nie uwierzył, gdybyś zamierzał kłapać jęzorem. Ja czasem też mam wątpliwości, czy Bóg istnieje. Patrzę na głupie ryje dowodzących Świętą Armią i pytam: Czemu, Boże, wybrałeś podobnych baranów? Przecież gdybyś wskazał pierwszą z brzegu maciorę, byłaby i ładniejsza od nich, i mądrzejsza. Nigdy nie dostąpiłem łaski odpowiedzi. Może dlatego, że mówiłem do pustki... – Przełknął ślinę. – Nieważne. Możesz modlić się do mysich bobków, błyskawic czy przedwiecznego, jednak zawsze pamiętaj ustawiać się po wygranej stronie. To podstawa. A ty, jak ten dureń, wybrałeś heretyków. Owszem, odnoszą jakieś tam zwycięstwa na północy. Widzisz, jaki jestem wspaniałomyślny? Dzielę się ściśle tajną informacją. A więc odnoszą je, o czym nie wolno pisać, mówić, a nawet myśleć, lecz prędzej czy później zostaną zgnieceni. Baranów, które drepczą przed siebie, usprawiedliwiając dobro własnej życi dobrem i nakazem Pana, jest więcej niż baranów, które podążają za jego nakazem, wmawiając sobie, że wcale go nie słyszą.

Marki spuścił głowę. Ci ludzie żyli nienawiścią, jedni do drugich. A tych, których nie trawił jej ogień, strach, kaprysy losu lub zwykła troska o wygodę ustawiły losowo po jednej ze stron barykady. Moni miała rację. Zgłoszenie się nie miało większego sensu. Lecz

jeśli nawet szansa na uratowanie towarzyszy była znikoma, musiał spróbować. Nie żałował decyzji.

– Kim jesteś? Co robisz? – Kapitan musiał powtórzyć to pytanie, by zatopiony w wewnętrznych wątpliwościach chłopak go usłyszał.

– Naprawiam zegary – szepnął. To wydało mu się lepsze niż „syn wójta".

Kapitan okazał szczere zaskoczenie.

– Powtórz głośniej!

– Naprawiam zegary. I inne mechanizmy z kół zębatych i przekładni – dodał.

Pomyślał o wiszącym na zewnątrz zegarze. Tu, jak i na stacji, gdzie przesłuchiwał ich pułkownik, zegar był zepsuty. W obu przypadkach widział grzebiących w nim żołnierzy.

– Jak to możliwe?

Chłopak nie zrozumiał pytania.

– Robił to mój dziad, mój ojciec i robię ja – wyjaśnił.

Kapitan ponownie podrapał się po głowie, tym razem zrobił to tak nieudolnie, że popsuł całą starannie ułożoną fryzurę, mającą maskować łysinę.

– Skąd jesteś? – Spojrzał przenikliwie na Markiego. – Zza siódmej góry, siódmej rzeki, jak w opowieściach dla dzieciarni? Nie nadążasz, widzę to w twoim spojrzeniu zbitego psa. Wyjaśnię ci więc jedną rzecz, o której wie cały świat, a ty zdajesz się nie wiedzieć. Żaden heretyk nie naprawia zegarów. Przeciwnie, to główne cele wywrotowców. Mając do wyboru strzelić do zegara czy do oficera, wybraliby bezmyślną skrzynkę z przekładniami. Mają na tym punkcie pierdolca.

– Dlaczego?

Przez chwilę bał się, że jego ciekawość zostanie ukarana, ale kapitan w przeciwieństwie do pułkownika nie należał do typów uważających, że tylko im wolno zadawać pytania.

– Bóg stworzył czas i nakazał go odmierzać, albowiem... – nie widząc zrozumienia na twarzy Markiego, umilkł zakłopotany. – Tego też nie znasz? Jak mogłeś nigdy nie słyszeć Podstawowej Modlitwy? Potrafi wyrecytować ją każde dziecko, wierzące czy nie.

To był moment, gdy mógł spróbować powiedzieć prawdę. Nie łudził się, że przekona kapitana, i nawet specjalnie mu na tym nie zależało, lecz zrozumiał, że nie nadarzy się lepsza okazja.

– Przybyłem z towarzyszami w latającym pojeździe zza Bariery, jak ją nazywacie. My mówimy na nią Ściana. Odrzuca wszystko, lecz tylko przy ziemi, wyżej, dużo wyżej – sprostował – można się przez nią przebić.

Kapitan wyciągnął z kieszeni kartkę, którą wręczył mu żołnierz. Rozprostował ją na kolanie i uważnie przestudiował, potem zwrócił wzrok w stronę jeńca. Przyglądał mu się długo, nim wreszcie się odezwał:

– Tymi towarzyszami, z którymi jechałeś pociągiem?

– Tak.

– Zdaję się, że są u mnie. Pociąg wykolejono niedaleko Bożej Łaski. I masz szczęście, bo jeszcze nie zdążyliśmy ich powiesić. Co, jeśli ich przesłucham?

– Powiedzą to samo. Jeśli się odważą – dodał niepewnie.

– Dlaczego tu przybyliście? To zwiad? Zamierzacie nas zaatakować? Nawracać?

Marki delikatnie pokręcił głową.

– To domena waszego świata. My uciekaliśmy. Zresztą nasza Strefa nie rozwinęła się tak technicznie. Nic wam nie grozi.

– A nasze zegary? Potrafiłbyś je naprawić?

– Nie widziałem żadnego z bliska. Może przekraczają moje możliwości.

– Dobre chęci mogą uratować życie. Twoje i twoich pobratymców. Spróbujesz?

Marki skinął twierdząco.

Kapitan otworzył drzwi i zagwizdał głośno. Niemal natychmiast zjawił się żołnierz.

– Chłopak ponoć zna się na zegarach, sprawdźcie, czy to prawda. I obchodzić się jak z jajkiem, zwłaszcza jeśli nie kłamał.

Żołnierz wskazał, by Marki szedł za nim. Doprowadził go do zegara na budynku i lekko trącił nogą stojącą przy ścianie drabinę.

– Właź, chłopaki są już na górze, użyczą ci narzędzi. Jeśli ci się uda, stary cię ozłoci.

Marki wdrapał się do mechanizmu. Przez sprytnie ukrytą szczelinę można było dostać się za tarczę do wnętrza zegara. Tkwiło tam już trzech żołnierzy. Chłopak po ich kwaśnych minach zrozumiał, że niewiele wskórali.

– Mam wam pomóc – oznajmił.

Zignorował wrogie spojrzenia. Niech uważają go za heretyka, wywrotowca, niewiele go obchodzili, przy zegarze mógł wreszcie zapomnieć o niewesołym położeniu i zająć się tym, co lubił i co umiał. Miał nadzieję.

Mechanizm nie wydawał się nazbyt skomplikowany. Po pobieżnym obejrzeniu Marki uznał, że sobie poradzi. O ile nie zabraknie części. Tego obawiał się najbardziej, nie wiedział, jakie szkody poczyniono, unieruchamiając czasomierz. Los mu sprzyjał, nie wystarczyło wyregulować całości, sporo elementów nadawało się wyłącznie do wymiany, lecz w częściach zapasowych znalazł odpowiednie zamienniki. Bez nich nie skończyłby pracy. Reperacja zajęła mu dobre półtorej godziny.

– Która jest dokładnie? – spytał żołnierzy, gdy skończył.

– Za kwadrans szesnasta.

Ustawił odpowiednio zegar i zszedł na dół.

– To on! – usłyszał za plecami.

Wolno odwrócił się. Za nim stał chłopak, którego uwolnił z piwnicy Moni. A więc jednak nie rozszarpały go psy. Dzieciak nosił ten sam za duży mundur, teraz jednak czysty, a wszelkie wcześniejsze rozdarcia zostały starannie zaszyte. Obrażenia lewej dłoni skrywał bandaż, a sama ręka zwisała unieruchomiona na temblaku.

Obok dzieciaka stało jeszcze dwóch żołnierzy. Sprawiali wrażenie jego ochroniarzy.

– Co on? On cię porwał? – jeden z nich już ściągał karabin.

– Nie – zaprzeczył zmieszany chłopak – pomógł mi uciec – dorzucił mniej pewnie.

Wyraźnie dotrzymał słowa i nie opowiedział towarzyszom pełnej wersji zdarzeń. Teraz jednak postać Markiego niezbyt pasowała do uprzednio sprzedanej bajeczki.

Marki wolno wypuścił powietrze. Czy to spotkanie mu pomoże, czy wręcz przeciwnie? Wcale by się nie zdziwił, gdyby sprawy tylko się skomplikowały.

– Muszę iść do ojca! – zażądał dzieciak.

– Pociąg już stoi. Zaraz odjedzie.

– Odjedzie, jak załatwię sprawy, nie wcześniej – mimo dość niskiego stopnia, to dzieciak wydawał tu rozkazy.

Towarzyszący mu żołnierze niechętnie skinęli głowami.

– Tylko szybko.

Markiego ponownie poprowadzono do baraku kapitana. Wcześniej przydzielony mu żołnierz i ochrona pokiereszowanego chłopaka zostali na zewnątrz, do środka weszli tylko we dwóch, on i dzieciak.

– Tato, to on – rzucił młodociany żołnierz, gdy tylko zamknęły się drzwi. – Uwolnił mnie.

Kapitan zerwał się zelektryzowany z krzesła. Marki podejrzewał już wcześniej, ale teraz zyskał pewność, dlaczego zwykli żołnierze tak słuchali poleceń dzieciaka. Był synem ich dowódcy. Czemu się tu w ogóle znalazł? Lub raczej czemu znalazł się sam w lesie, skąd porwali go Fillap, Malarz i Kosa? Bo na pierwsze pytanie odpowiedź narzucała się sama – trafił pod skrzydła ojca, by jego kariera mogła się odpowiednio rozwinąć.

– On wypuścił cię z piwnicy? – upewnił się kapitan. Najwyraźniej poznał pełną wersję historii. Przeniósł spojrzenie na Markiego. – Dlaczego to zrobiłeś?

– Mówiłem już, to nie jest moja wojna...

– To za mało, by nadstawiać karku.

– I nie potrafię bezczynnie patrzeć, jak mordują dzieci.

– Mój syn nie jest już dzieckiem – zaprzeczył kapitan, ale bez większego przekonania. – Idź już, pociąg nie może zbyt długo czekać, nawet mnie nie wolno go wstrzymywać – odprawił latorośl.

– Co z nim będzie? – Chłopak zatrzymał się przy wyjściu i wskazał Markiego.

– O to się nie martw.

Dzieciak wyszedł.

– Odpowiednio wysoki stopień powala siedzieć w sztabie, z dala od tej idiotycznej zawieruchy, ale by awansować, potrzebne jest doświadczenie na froncie działań. I tu koło się zamyka. – Kapitan potwierdził wcześniejsze przypuszczenia Markiego. – Linia południowa to najlepsze miejsce, by odbyć praktykę, na północy jest zbyt niebezpiecznie. Ale... – zamilkł, wzdychając do własnych myśli. – Bałem się, że już nigdy więcej go nie zobaczę – dodał po chwili.

Otworzył drzwi i nakazał przyprowadzić towarzyszy Markiego. Gdy ich wprowadzono, niedbale wskazał, by usiedli na ławie. Żaden nie wydawał się poważnie ranny, choć wyraźnie ucierpieli podczas wywrotki pociągu. Marki, przebrany w ubrania brata Moni, wyglądał znacznie lepiej. Kapitan nie odzywał się, wpatrzony w podręczny zegarek. Milczał do szesnastej. Dopiero gdy na zewnątrz zabrzmiał dźwięk wybijanej pełnej godziny, krzyknął z radości.

– Jestem ci podwójnie wdzięczny – oświadczył.

Na stacji żołnierze wiwatowali. Słychać było strzały w powietrze.

– Czemu to aż tak ważne? – spytał Marki.

Kapitan ochłonął.

– To tylko symbol – wyjaśnił. – Ale wbrew pozorom symbole mają znaczenie. Teraz to jedyny działający zegar na całej Linii Południowej. Tak, jedyny, i to mimo tego, że to północ, nie my, jest w rękach powstańców. Brak zegarów był bolesny, to tak, jakby nam zerwali sześciany z czapek.

Marki zastanawiał się, co powiedziałaby Moni, gdyby dowiedziała się, że to właśnie on zreperował mechanizm. Uznałaby go za zdrajcę? Zapewne. Może po uwolnieniu dzieciaka w mundurze już tak o nim myślała...

– Brawo, chłopcze! – Kapitan poklepał go po plecach. – To w nagrodę.

Wyjął z kieszeni mały zegarek na pasku. Marki widywał podobne na nadgarstkach żołnierzy. Początkowo noszenie zegarka na ręce wydawało mu się dziwne, lecz po zastanowieniu musiał uznać, że pomysł nie jest zły. Pozwolił zapiąć go sobie na przegubie. Tarczy, jak u wszystkich innych zegarów w tej Strefie, nadano kształt sześcianu.

– Posłuchaj, tyka!

Marki wsłuchał się zadowolony w cichy odgłos. Tik-tak, tik-tak, gdy zamknął oczy, na krótką chwilę poczuł się, jakby wrócił do domu. Entuzjazm jednak szybko ostygł.

– Co z nami będzie? – zapytał.

Uśmiech na twarzy kapitana zgasł.

– Rozkazy waszego przewozu ocalały. Podpisał je sam pułkownik biskup Jan Welowski. Zakładam, że powiedziałeś mu to samo co mnie?

Chłopak skinął głową.

– Ale nie uwierzył?

Jeszcze jeden potwierdzający ruch.

– No właśnie. – Kapitan wydał z siebie długie westchnienie. – Czy w waszym świecie istnieją armie?

– Nic mu nie mów! – zawołał Perseu. Odruchowo odchylił się do tyłu, jakby chciał uniknąć ciosu.

Marki popatrzył na towarzysza.

– Nie mamy tak rozbudowanych organizacyjnie oddziałów – odparł ostrożnie. Nie chciał kłamać, nie zamierzał jednak zdradzać zbyt wiele. Nawet za te słowa Perseu piorunował go wzrokiem.

– Wojsko to sztywna struktura – oznajmił kapitan. – Wielu zapewne powiedziałoby skostniała i też mieliby rację. Nie mogę wiele, jeśli ktoś wyższy stopniem zdecydował inaczej. Cóż mi pozostaje? Chyba tylko zaproponować wam egzekucję.

Grubas przechadzał się szybko po pomieszczeniu. W pewnym momencie zatrzymał się raptownie przy drzwiach i wyjrzał na zewnątrz. Nie było nikogo. Podszedł do Markiego, tak że stykali się niemal twarzą w twarz.

– Zawrzyjmy umowę – ściszył głos. – Zawieracie ją nie ze Świętą Armią Podwójnej Trójcy, ale ze mną i tylko ze mną. Zapamiętajcie to dobrze. Na podległym mi odcinku jest jeszcze pięć stacji. Na każdej znajduje się zegar, który, jak już wspominałem, nie działa. Uruchomisz je wszystkie, a także nauczysz trzech moich zaufanych ludzi, jak dokonywać prostych napraw, a wydam rozkaz waszej egzekucji. Zostaniecie wyprowadzeni do lasu i rozstrzelani. Sporządzę odpowiedni raport dla sztabu.

Marki chyba zaczynał rozumieć.

– Kule poszybują w niebo?

– Z pewnością zostaną wystrzelone, a meldunek złożony. Nie będzie mnie na miejscu, lecz jako dobry dowódca zaufam moim żołnierzom. Jeśli mnie okłamią, to nie moja wina. Ja o niczym nie będę wiedział i jeśli zobaczę was jeszcze kiedykolwiek w życiu, bardzo się zdziwię. Być może nawet będę musiał powtórzyć egzekucję, tym razem, niestety, sumienniej. Czy ten układ wam odpowiada?

– Nie zgadzaj się! – krzyknął Perseu.

Marki zignorował go.

– Jakie będą konsekwencje dla pana?

Grubas uśmiechnął się.

– Jeśli ktoś z dowództwa poniewczasie wam uwierzy, dostanę opieprz, być może nawet zdrowy. W zależnościach służbowych nie liczy się logika, sukcesy są zawsze góry, a porażki dołu. Jeśli nie uwierzy, nawet tego nie zauważą.

Marki spojrzał na towarzyszy. Wiarołomca skinął głową. Drewal sprawiał wrażenie, że też chciałby się zgodzić, ale wstrzymywała go nieprzejednana postawa Perseu.

– Pozwolę wam to przemyśleć na spokojnie. – Kapitan dostrzegł ich niejednomyślność. – Nie będę straszył, że powieszę, jeśli się nie zgodzicie. Nie po tym, co zrobiłeś dla mojego syna. Ale i nie nadstawię karku, wypuszczając. Pozostanie jedno, odesłać was do Rudy zgodnie z rozkazami. A wierzcie mi, tam z czasem możecie pożałować, że nie zadyndaliście.

– Nie wolno nam się zgodzić! – wypalił Perseu, gdy tylko zostali sami.

Zaprowadzono ich do jednego z baraków na tyłach stacji. Pomimo że znajdowały się tu tylko podstawowe sprzęty, stół, trzy ławy i dwie szerokie prycze, wydawał się niemal luksusowy. We wnętrzu panował mrok. Nie dano im świec, a pomieszczenie nie miało okien. Nieco światła sączyło się jedynie przez świetlik w dachu, nazbyt wąski, by ktokolwiek się przez niego przecisnął.

– Dlaczego? – pytanie Wiarołomcy było spokojne, zadane wręcz od niechcenia, jakby rozmawiali o pogodzie a nie o przyszłości.

– Bo to mordercy! Widzieliście, co oni robią! Te szubienice... klatki...

– Panie... – zaczął niepewnie Drewal.

– Miałeś tak się do mnie nie zwracać! Nie w tym świecie!

Marszałek chrząknął. Wreszcie odzyskał pewność siebie.

– Faktycznie to nie nasz świat, ale i nie nasza wojna. Nie powinniśmy zajmować w niej stanowiska. Jeśli reperując zegary, możemy uchronić własne głowy, Marki powinien się zgodzić.

Perseu wydawał się zaskoczony.

– I ty mi to mówisz? Ty, który zawsze prawiłeś o honorze? O tym, co hrabiemu przynależy, a co nie?

Marszałek podszedł do ściany i bezsilnie uderzył w nią pięścią.

– Też kiedyś wierzyłem, że nigdy nie sprzeniewierzę się ideałom, które wyznaję, ale życie weryfikuje naszą siłę. Zaufaj mi, upadek boli, ale można z tym żyć.

Perseu odwrócił się w jego stronę zaskoczony.

– Czemu tak mówisz? Co zrobiłeś?

– Cokolwiek to było, zostało za Ścianą. – Marszałkowi w sukurs przyszedł Wiarołomca. Położył dłoń na ramieniu Perseu. – Przybyłem tu szukać prawdy, nie śmierci. Posłuchaj człowieka, który dbał o ciebie, zanim jeszcze nauczyłeś się chodzić. To obce miejsce i obce są nam jego konflikty. Poznaliśmy część obrazu, wciąż nie wiemy, jaka jest druga strona. Może wcale nie lepsza. Poza tym nie przyłączamy się do żołnierzy, nie będziemy walczyć.

Perseu zwiesił głowę, ale nie wydawał się w pełni przekonany.

– Uczyłeś mnie, że hrabia powinien postępować zgodnie z sumieniem – zwrócił się do marszałka.

– Podtrzymuję tę naukę.

– Moje sumienie się buntuje.

Wiarołomca zaśmiał się cicho.

– I bardzo dobrze. To dowód, że nie pozostajesz obojętny na zło. To nie jest miejsce, gdzie chciałem trafić. Musimy zrobić to, co trzeba, by uciec stąd gdzieś, gdzie twoje sumienie stanie się już spokojne.

– Tylko po to, by się uwolnić?

– Tylko.

Ktoś załomotał w drzwi. Po chwili uchyliły się i stanął w nich kapitan.

– Podjęliście decyzję?

– Nie dostaliśmy zbyt wiele czasu – zauważył Szymon.

– Wystarczająco.

Wiarołomca dał znać Markiemu, by ten mówił. Chłopak zerknął na Perseu. Młody hrabia Gniazda

Psów cofnął się w głąb baraku, ale nie zamierzał dłużej protestować.

– Dobrze. – Marki zaczerpnął tchu, nim zaczął mówić: – Pomogę wam, ale w przypadku ataku wywrotowców, nie będziemy strzelać.

– W tym Państwie jest aż nazbyt wielu chętnych do strzelania – mruknął kapitan. – Co innego będzie waszym zadaniem. Zaczniecie jutro.

– Mam prośbę. – Wiarołomca stanął za Markim.

– Słucham?

– Chciałbym dostać książki.

– O uzbrojeniu? – spytał kapitan. W jego głosie pojawiła się nuta ostrożności.

– Historii. Im bardziej odległej, tym lepiej.

– Wśród moich rzeczy próżno szukać książek. U zwykłych żołnierzy tym bardziej. Ale niedaleko jednej ze stacji, gdzie będziecie naprawiać zegar, leży szkoła. Opuszczona, nikt już tam nie uczy, lecz kiedyś było to znane miejsce. Jak słyszałem, większość wyposażenia została na miejscu, może tam je znajdziesz... książki – ostatnie słowo wypowiedział lekceważąco, wręcz z rozbawieniem.

– Czy moglibyśmy zacząć od tego miejsca?

Kapitan chwilę to rozważał.

– Nie, tam pojedziecie na końcu.

Zegary ruszały i zaczynały bić. Specjalnie do tego celu przeznaczony pociąg przywoził na stację Markiego wraz z towarzyszami, trzech żołnierzy – mających się od niego uczyć – i liczącą kilkanaście osób obstawę. Podróżowali w przedziale z drewnianymi ławkami. Były twarde i niewygodne, jednak w porównaniu z cuchnącym zgnilizną pustym wagonem bez okien, w jakim wysłano ich do obozu, ten wydawał się szczytem luksusu. Mimo to Marki zawsze wzdychał z ulgą, gdy docierali do miejsca przeznaczenia. Całą drogę podświadomie wyczekiwał chwili, gdy rozlegnie się huk, a pociąg zostanie wyrzucony z torów.

Cieszyli się dużą swobodą. Jednak na każdym kroku towarzyszyło im co najmniej kilku strażników, choć trudno było określić, czy nakazano im bardziej dbać o bezpieczeństwo więźniów, czy o to, by nie uciekli.

Kapitan niemal ich nie odwiedzał. Rano przysyłał informację, gdzie powinni się udać, docierali tam przed południem, naprawiali mechanizm, a po południu byli już zazwyczaj z powrotem. Na dwóch stacjach zegary zostały na tyle uszkodzone, że musieli poświęcić im po dwa dni. Jak dotąd nie natknęli się jednak na mechanizm, którego Marki nie byłby w stanie uruchomić. Wszystko dzięki sporemu zapasowi części zamiennych, które zdobył oficer. „Łatwiej o nie niż o amunicję" – oświadczył.

Czwórce więźniów z każdym dniem poprawiały się nastroje. Niemal zapomnieli, że znaleźli się w świecie, którego nie pojmowali, pośrodku konfliktu, który był jeszcze trudniejszy do zrozumienia. Chwila, gdy ponownie znajdą się w balonie, wydawała się bliska. Przydzieleni Markiemu uczniowie okazali się pojętni. Zostali dobrze wybrani, wykazywali smykałkę w mechanice i dysponowali podstawową wiedzą, która była tu niezbędna. Z każdym kolejnym mechanizmem coraz więcej pracy wykonywali sami. Czasu na naukę nie było dużo, wykorzystywali więc każdą minutę.

Wreszcie pozostała już tylko jedna stacja.

– Nazywa się Sorbo – poinformował sierżant, jak zawsze wysiadając pierwszy.

Marki i jego towarzysze nie mieli prawa opuszczać wagonu, nim stacja nie zostanie sprawdzona. Na każdej stacjonował oddział żołnierzy, ale polecenia sierżanta były jednoznaczne. Był to czterdziestokilkuletni, silnie umięśniony, niski mężczyzna. Zwano go Dologon, czasem wydawało się, że to imię, czasem że jedynie przezwisko, choć żaden z czwórki więźniów nie miał bladego pojęcia, co miałoby oznaczać. Nie zapytali. Sierżant dużo się uśmiechał i dużo mówił, nie zawsze do końca z sensem. Łysą głowę zdobiła mu biegnąca od prawego łuku brwiowego przez policzek aż do szczęki pofalowana blizna. Jej genezy również nie dociekali.

Dologon zeskoczył na peron, mrużąc oczy, by w pełnym słońcu zlustrować okolicę. Od głównego budynku stacji zbliżał się miejscowy patrol, gdzieniegdzie między budynkami widać było innych żołnierzy zajętych codziennymi sprawami. Sierżant machnął ręką, że mogą opuścić wagon.

Marki wstał z drewnianej ławki, zadowolony, że wreszcie rozprostuje nogi, i wtedy jego wzrok zatrzymał się na stojącej na przeciwnym peronie Moni. Zamarł w bezruchu, zaskoczony i zdezorientowany. Czy jej obecność była przypadkowa, czy wróżyła kłopoty? Nim zdążył się nad tym zastanowić, dziewczyna odrzuciła na bok połę długiego, zdecydowanie zbyt ciepłego jak na tę porę roku, płaszcza i odsłoniła jakiś okrągły przedmiot. Zerwała go z pasa i rzuciła w stronę pociągu. W tym samym momencie patrol, zmierzający w stronę Dologona, wyciągnął broń. Sierżant wykazał się nadzwyczajnym refleksem. Odepchnął dwóch żołnierzy, jednego z nich strącając na tory, a trzeciego ugodził nożem, nim ten zdołał unieść karabin.

– To pułapka! – wydarł się.

Okrzyk zagłuszyła eksplozja ładunku rzuconego przez Moni. Jego jedynym efektem był rozdzierający grzmot, wybuch nie narobił większych szkód. W rękach żołnierzy, którzy dotąd zdawali się zajęci sobą – myli się, golili lub zwyczajnie rozmawiali – pojawiły się karabiny. Huknęło. Przydzielona jeńcom ochrona odpowiedziała ogniem.

Sierżant jakimś cudem zdołał cofnąć się do wagonu. Krwawił, ale rana na udzie sprawiała wrażenie powierzchownej.

– Jedź, do cholery! – wrzasnął w stronę parowozu.

Marki sądził, że maszynista, oddzielony ścianą i wagonikiem z węglem, nie usłyszy wołania, lecz po chwili spod kół buchnęła para. Strzały nie ustawały, choć przez moment oddawano je na oślep. Pociąg wolno ruszył.

Chłopak podniósł głowę do okna. Chciał jeszcze raz spojrzeć w miejsce, gdzie stała Moni. Była tam nadal. Jak inni trzymała karabin. Nie spiesząc się, podnosiła go do ramienia i strzelała. Nie próbowała się nawet kryć, nie obchodziło jej, że stanowi łatwy cel. Klęczący obok Markiego żołnierz również ją dostrzegł. Skierował lufę w stronę dziewczyny. Naciskał już spust, gdy Marki podbił mu karabin.

– To kobieta! – krzyknął, by głos przebił się przez huk wystrzałów.

– Heretyczka! – Żołnierz uderzył go kolbą, lecz lekko. Naprawiając kolejne zegary, Marki wyrobił sobie duże poważanie. – Jak myślisz, w jaki sposób zdobyli mundury? Wybili cały oddział. Potem przebrali się i czekali. Byłeś głównym celem! Tak ci na niej zależy? Na zdrajczyni? To wyskakuj i biegnij do niej!

Marki nie wątpił, że Moni nie zawahałaby się wpakować mu kulę między oczy. Nie wiedział tylko, czy choć zadrżałaby jej ręka.

Kula w łeb żołnierzom Świętej Armii Podwójnej Trójcy.

Sama to napisała. Może nie należał do Armii Podwójnej Trójcy, jednak pomagał im, reperując zegary o tarczach w kształcie świętego sześcianu. Robił to, by się uwolnić, lecz nie sądził, by wzięła pod uwagę taki argument. Wychylił się raz jeszcze, lecz peron już znikł.

– Nie podnoś głowy! – Sierżant zobaczył ten ruch. – Na trasie pewnie ulokowali snajperów. Szybciej, do cholery! – wrzasnął, choć było wątpliwe, by maszynista w parowozie mógł go teraz usłyszeć.

Pociąg nabrał szybkości i hałasował niemiłosiernie. Wbrew własnym ostrzeżeniom Dologon podniósł się.

– Jakie straty? – Zlustrował wagon.

Dwóch zabitych i pięciu rannych. Kolejnych dwóch żołnierzy zostało martwych na stacji. Biorąc pod uwagę, że zostali zaatakowani z zasadzki, wynik nie był najgorszy. Sierżant najpierw zajął się opatrzeniem swoich ludzi, dopiero potem wrócił do więźniów.

– Mam trzy wolne karabiny – oznajmił.

Marki pokręcił przecząco głową.

– To nie moja wojna.

– Więc będziesz miał swój grób nie na swojej wojnie. – Dologon splunął.

Wiarołomca i Drewal bez słów wyciągnęli ręce i sierżant podał im broń. Ostatni sięgnął po nią Perseu. Marki obdarzył go zdziwionym spojrzeniem. Sądził, że dziedzic Gniazda Psów również odmówi walki.

– Potraficie się nią posługiwać? Odbezpieczasz, strzelasz, przeładowujesz. – Dologon udzielił im błyskawicznego kursu. – Podstawowa zasada jest jedna, ten, kto strzeli pierwszy lub celniej, przeżywa.

Przed oczami Markiego stanął żołnierz, którego zabił w lesie bagnetem. Wtedy nie wiedział, jak użyć broni, teraz wydawało się to banalne. Jednak nie zamierzał walczyć, nie, jeśli oznaczało to, że będzie musiał strzelać do Moni.

Wiarołomca zważył w dłoni karabin. Nowa broń go fascynowała. Był mistrzem szabli i łuku, ponoć jak nikt walczył nożem lub zwykłym kijem, jednak Marki nigdy nie widział go z bronią palną. Ta z ich Strefy nie zdawała się na wiele. Bardzo niecelna, a po jednym strzale należało ją odrzucić, bo ponowne naładowanie trwało niemal wieczność. Mężczyzna dostrzegł jego wzrok.

– Złe zawsze mocno kusi – wyjaśnił, lecz nie odłożył karabinu.

Pociąg ostro przyhamował. Dologon i kilku żołnierzy wychyliło się przez okna. Skądś padł strzał, jedna z szyb prysła, lecz kula nikogo nie dosięgła.

– Drzewo na drodze, psiakrew! – zaklął sierżant. – Przygotowali się. – Zaczął mówić głośno, by wszyscy go słyszeli: – Niedaleko jest opuszczona szkoła. Możemy się w niej skutecznie bronić. Nie łudźmy się, że za chwilę pojawią się posiłki, ale jeśli wytrzymamy do rana, powinno być dobrze. Najtrudniej będzie się tam dostać, na pewno po drodze zaczaiło się kilku strzelców. Gdy tylko pociąg się zatrzyma, wyskakujemy i biegniemy aż do celu. Nie radzę zatrzymywać się na siusiu, panienki – wyszczerzył zęby zadowolony z żartu.

– A ranni?

Sierżant niemo pokręcił głową.

– Dostałem w nogę i będę biec jak inni – dodał po chwili. – Nie możemy pozwolić sobie na sentymenty. Każdy zabezpiecza własny tyłek.

Parowóz zwolnił i sierżant dał znać, by pierwsi żołnierze wyskakiwali. Wyjścia były tylko dwa, na początku i końcu wagonu, więc musieli robić to po kolei. Pora Markiego i jego towarzyszy przypadła gdzieś w połowie grupy. Chłopak dał susa, lecz pęd pociągu, mimo stosunkowo małej prędkości, sprawił, że nie ustał. Potknął się i runął jak długi na ziemię. Wylądował w rowie przy nasypie. Podniósł się chwiejnie i ruszył biegiem za żołnierzami. Gdzieś za jego plecami rozległ się strzał, potem drugi, ogólnie jednak było spokojnie. Wywrotowcy musieli zebrać niemal wszystkie siły na stacji i zabrakło im ludzi, by większą grupą obsadzić tory przy zwalonym drzewie.

Szkoła znajdowała się półtora kilometra dalej. Marki niemal wypluł płuca, nim do niej dotarł. Nie był to pojedynczy budynek, a cały kompleks otoczony niewysokim kamiennym murem. Drewniana brama strzegąca wejścia, a właściwie jej zbutwiałe resztki, leżały nieopodal, nie było już z nich żadnego pożytku. Mimo wszystko szkoła była niezłym miejscem do obrony.

Sierżant przeliczył ludzi. Zostało ich czternastu. Z tych, którzy wyskoczyli, brakowało tylko jednej osoby. Do szkoły dotarła nawet czwórka rannych. Piąty został w wagonie. Dostał w brzuch i nie był w stanie chodzić.

– Jeśli tkwią w nich resztki ludzkich uczuć, pomogą mu – rzucił niepewnie Perseu.

Marki dostrzegł chmurnie zmarszczone czoło sierżanta, lecz Dologon nie odezwał się słowem. To Wiarołomca wziął chłopaka na bok.

– Nie pomogą – wyjaśnił. – Nim pokonaliśmy połowę drogi, słyszałem strzał. Pojedynczy. Nie mogłeś go przegapić.

Marki wyobraził sobie Moni przyciskającą lufę do skroni rannego, a potem naciskającą spust, tak że fragmenty mózgu i kości bryzgają jej w twarz. Zrobiło mu się niedobrze. Zwymiotował w krzaki, co spotkało się z kpiącymi uwagami żołnierzy.

– Koniec odpoczynku! – Sierżant nie dał im nawet pięciu minut wytchnienia. – Dobrać się trójkami, trzy grupy, i sprawdzić budynki. Trzech zostaje przy bramie. Jedna osoba na dach na czaty. I niech któryś z was spróbuje przegapić choćby zająca, nie mówiąc o heretyku, a popamięta. Jazda! Na co jeszcze czekacie?!

Rozbiegli się. Marki porwał z ziemi nierówny sękaty kij i wraz z dwoma żołnierzami ruszył przeszukiwać najmniejszy z budynków. Górne piętro zawaliło się, zniknęły też pomniejsze ścianki tak, że wnętrze przypominało teraz jedno wielkie, pełne gruzu pomieszczenie. Przetrząsnęli zakamarki, lecz, jak się spodziewali, nikogo nie znaleźli.

Wrócili na dziedziniec. Po kilku minutach dołączyli do nich inni. Kompleks okazał się pusty. Sierżant rozstawił ludzi. Nie wydał żadnej dyspozycji tylko Markiemu i jego towarzyszom. Dopiero gdy wszyscy się rozeszli, zwrócił się do Wiarołomcy:

– Kapitan wspominał, że chciałeś poszukać tu książek. Teraz masz okazję.

Szymon zarzucił karabin na plecy.

– Nie ma jak umrzeć mądrzejszym.

Dologon odwzajemnił drwiący uśmiech.

– Zabierz chłopaka, nie mogę na niego patrzeć.

Marki ruszył za Wiarołomcą. Szymon szedł pewnie, widocznie już wcześniej zdołał zorientować się, gdzie znajduje się biblioteka. Marki szczerze wątpił, by zostało z niej coś więcej prócz pustych regałów z kilkoma gnijącymi tomiszczami, jednak ku jego zaskoczeniu pomieszczenie okazało się w miarę nietknięte. Nikt nie spakował i nie wywiózł księgozbioru. Być może nie był wiele wart. Gdy powiedział to na głos, Wiarołomca zaprzeczył:

– Dologon zdradził mi, że szkołę zamknięto z przyczyn religijnych. Podpadła Podwójnej Trójcy. Uznano, że jej charakter stał się nazbyt heretycki. Cud, że jej nie spalono. Łut szczęścia dla spragnionych wiedzy.

– I wpuścili tu nas?

– Powiedziałbym, że tu wbiegliśmy – Szymon zaśmiał się. Jego oczy świeciły. Otaczały go książki, tysiące książek. – Pomóż.

– Czego mam szukać?

– Dobre pytanie. Pozycji liczących co najmniej trzysta lat, a najlepiej starszych. Wzmianek o Studniach, Ścianach lub Przekłuwaczach. Tu też pamiętają to miano, więc nazwa musi być stara, naprawdę stara. I pospiesz się, mamy mało czasu.

– To znaczy ile?

– Aż twoja ukochana nie nadciągnie z grupą przyjaciół.

Marki poczerwieniał.

– Nie jest moją ukochaną! – zaprzeczył gwałtownie.

– Ale znasz tę dziewczynę i nie pozwoliłeś żołnierzowi jej zastrzelić.

Chłopak skinął głową.

– Pomogła mi po katastrofie pociągu. To ona go wykoleiła.

Wiarołomca zaśmiał się cicho.

– Lubisz niegrzeczne dziewczynki. Angelka może poczuć się zazdrosna.

Marki spuścił głowę. Szanse, że jeszcze kiedykolwiek zobaczy córkę Warusa, wydawały mu się w tej chwili niemal zerowe. Była gdzieś daleko, za polami magmy, Ścianami, ukryta w wygodnym swojskim gnieździe, gdzie jej ojciec nieświadomy prawdziwej struktury świata śnił swe małe, tłuste sny o potędze.

Zagłębił się między regały. Książki zawilgotniały i część z nich pokrywała pleśń, jednak większość była w na tyle dobrym stanie, by je przeczytać. Tylko czego miał szukać? Tytuły brzmiały obco i niezrozumiale.

O ISTOCIE WSZECHRZECZY W KONWENCJI PRAWDY OBJAWIONEJ PRZEZ PODWÓJNĄ TRÓJCĘ

KRONIKI AGIECH

MASZYNY PAROWE

Te tytuły mogły zawierać odpowiedzi na wszystkie nurtujące ich pytania lub na żadne z nich. A przecież książek były tysiące, jeśli nie dziesiątki tysięcy. Porzuconych na zniszczenie. Przeczytanie choćby niewielkiej części zajęłoby im lata. Jak odszukać w tym stosie plew prawdziwą perłę? Nie wiedział nawet, czy taka gdzieś tu się kryje. Pomijał nowsze wydania i przeglądał jedynie pozycje, które sprawiały wrażenie wiekowych.

Czytał na głos ich tytuły:

– STUDNIE. – Czy chodziło o zwykłe studnie z wodą? A może te przeczące prawom natury, przecież tu również mogły nosić tę samą nazwę? Sięgnął po opasły tom, lecz egzemplarz okazał się wyjątkowo zniszczony. Kartki skleiły się ze sobą, nie pozwalając odczytać treści. – METALURGIA. – Nie znał tego słowa. Inne też były obce: – CHEMIA NIEORGANICZNA. – Przy następnym tytule przełknął ślinę. Był niemal pewien, że wreszcie znalazł coś ciekawego. Przeczytał: – ELEKTRYCZNOŚĆ. TEORIA I ROZWAŻANIA.

Wiarołomca w jednej chwili znalazł się przy nim.

– Co powiedziałeś?

Marki wskazał książkę. Wydawała się dość dobrze zachowana.

Szymon porwał ją z półki i pospiesznie przekartkował.

– Są wzmianki o Itach! – gorączkował się. – To może być klucz do wiedzy, której szukamy.

– Czym dokładnie jest... – to słowo zawsze trudno przechodziło mu przez gardło przez pamięć na ojca, braci, gniazdo, wszystkich, którzy wtedy zginęli – ...elektryczność?

Wiarołomca odwrócił się plecami, jakby nagle postanowił zatrzymać całą wiedzę dla siebie. Jednak ostatecznie wyjaśnił cichym, lekko drżącym głosem:

– Wiesz, że to tajemna nauka. Zakazana i niemal zupełnie zapomniana. Pozostała po niej nazwa, pusta wydmuszka, i pamięć, że jest w jakiś sposób powiązana z Przekłuwaczami. Przez wiele lat, w dawnych wiekach, za próby parania się nią groziła kara śmierci. Księgi palono i nie wiem, czy w Strefie ostało się więcej niż kilka. W dodatku mocno niekompletnych i niezrozumiałych. Trafiłem na nie w Akademii, ale gdy jeden z nauczycieli zorientował się, co czytam, odebrano mi je. Nie wiem, gdzie trafiły, może wręcz je zniszczyli. Więc nie oczekuj ode mnie łatwej odpowiedzi, czym dokładnie jest. Naprawdę moja wiedza nie jest w tym zakresie znacząco większa od twojej.

Markiego naszła ochota przejrzenia księgi, ale wiedział, że Wiarołomca nie oddałby mu tomu. Może później, gdy nasyci się lub zmęczy treścią. Nie było sensu naciskać. Za jakiś czas Szymon z pewnością wyjawi mu wszystko, teraz chwila nie była odpowiednia.

– W legendach przedstawiano ją jako zabójczą... Traktowano z respektem, zakazywano, palono zapiski... Czy naprawdę jest niebezpieczna? – spytał tylko.

Szymon cicho westchnął.

– Kto wie. Na pewno jest potężna. Pamiętasz urządzenie, które wrzuciłeś do Studni? Nie wiem, jak się nazywało i do czego pierwotnie służyło, nie wiem także, skąd dokładnie pochodziło, jednak z całą pewnością zniszczyło coś, co wydawało się niezniszczalne.

– Studnię – dopowiedział Marki.

Wiarołomca skinął głową.

– Odpowiednio użyta... – Szymon przerzucił kilka kartek i przeczytał: – „Pamiętaj, czytelniku drogi, o zagrożeniu, jakie niesie ze sobą pokusa wypróbowania zawartych w księdze przykładów w praktyce. Ściągasz na siebie i innych nienawiść istot strasznych, zwanych Aniołami Piekieł lub za dawniejszych czasów Przekłuwaczami, które strażnikami owej wiedzy się wydają i jej zawzięcie i zazdrośnie strzegą. Przeto pilnuj, by księga ta nie wpadła w ręce osób płytkich a nierozumnych, o dobro społeczeństwa niedbających".

– Czemu ją więc tu zostawiono? – zdziwił się Marki.

– Przestali ufać ostrzeżeniom. A może... – Wiarołomca rozejrzał się. – Ukryto ją tu! Widzisz, nie pasuje do innych ksiąg. Jest inaczej wykonana i zapewne znacznie starsza. Ma tylko podobną wielkość. Ktoś doszedł do wniosku, że nie będą jej szukać w otwartej bibliotece, więc zostawił tom pozornie na wierzchu, a jednak doskonale schowany.

– Szukać? Kto?

– Armia. To ona zamknęła szkołę. Ponoć przyjechali w nocy i kazali wszystkim wyjść. Tak mówił sierżant. Osoba, która jej strzegła, o ile było, jak myślę, nie miała wiele czasu ani możliwości. Wybrała jednak dobrze. – Na zewnątrz rozległy się strzały. – Czas relaksu dobiegł końca – mruknął Wiarołomca.

Zważył w dłoni księgę. Była dość ciężka i z całą pewnością zawadzałaby w walce, jednak nie zamierzał jej zostawiać w bibliotece. Rozwój wypadków mógł sprawić, że już tu nie wrócą.

Marki odgadł jego rozterki, wyciągnął dłoń.

– Zaopiekuję się nią.

Szymon niechętnie oddał mu tomisko.

– Pilnuj dobrze – przykazał, owijając księgę kawałkiem szmaty. – Pamiętaj jednak, że życie jest cenniejsze niż stare kartki.

Wyszli na dziedziniec.

– Przyszli – oznajmił krótko Dologon, gdy ich zobaczył.

– Wielu? – zapytał Szymon.

– Siły są równe, ale to my mamy ochronę z murów, które oni muszą sforsować. – Sierżant splunął. – A i jeden żołnierz wart jest dziesięciu heretyków.

– Przekonamy się. – Wiarołomca nie podzielał jego entuzjazmu.

Rozległ się kolejny strzał, a po nim okrzyk radości z któregoś z górnych pięter budynku szkoły. Nim jednak przebrzmiał do końca, gruchnęła odpowiedź i żołnierz niemo zwalił się w dół.

– Nie wychylać się, barany! – wrzasnął sierżant. Trząsł się ze złości. – Idiota, musiał sprawdzić, jak poszedł mu strzał. Teraz niech pyta Podwójnej Trójcy, czy trafił. – Spojrzał z furią na Wiarołomcę i Markiego. – Czego tak stoicie?! Na wyznaczone miejsca!

Rozeszli się. Szymon, dysponując karabinem, nawet jako niedoświadczony strzelec skierowany został na górę, skąd łatwiej było wypatrzeć podkradających się heretyków. Markiemu kazano czekać przy głównym wejściu szkoły. Uzbrojony w kij nie był nazbyt przydatny.

Chłopak usiadł w holu budynku, tak jednak, by przez pozostałości drzwi widzieć dziedziniec. Słyszał pojedyncze strzały, lecz poza tym niewiele się działo. Dologon miał rację, miejsce doskonale nadawało się do obrony. Czy nie mylił się również w drugiej sprawie? Oznajmił ludziom, że najpóźniej rano nadciągną posiłki. Nawet jeśli to prawda, musieli wytrzymać cały dzień i noc. Zwłaszcza wizja tej ostatniej przerażała. Czy sierżant zapomniał, że ciemność sprzyja atakującym? Chyba nie sądził, że w nocy dadzą im spokój? A może specjalnie pominął to milczeniem, by nie załamywać ducha? W każdym razie Marki nie podzielał jego optymizmu. Mur opasujący kompleks nie był wysoki i wywrotowcy mogli go łatwo przeskoczyć w dowolnym miejscu. Zwłaszcza po zmroku.

Ponownie przed oczami stanęła mu Moni. W ręce ściskała nóż, którym zamierzała poderżnąć mu gardło. Wzdrygnął się pod wpływem tej wizji. Objął rękoma księgę, przyciskając ją do piersi. Nie pozostawało nic innego, jak czekać.

Gwiazdy, jedna po drugiej, oblepiły firmament. Od godziny lub dwóch nie padł ani jeden strzał. Obie strony czekały. Atakujący na mrok, dzięki któremu zyskaliby nowe możliwości, broniący na posiłki, których tak naprawdę nikt się jeszcze nie spodziewał. Ich nieobecność póki co nie była alarmująca. Zwykle, po naprawie zegara, wracali na Bożą Łaskę późnym popołudniem. Tym razem po wypełnieniu zadania mieli przyjechać tutaj, by przejrzeć księgozbiór, a potem zostać „rozstrzelani". Kapitan zdecydował się połączyć oba zdarzenia. Najwyraźniej doszedł do wniosku, że im dalej egzekucja odbędzie się od jego posterunku, tym łatwiej będzie mu wybrnąć z kłopotliwej sytuacji, gdyby jednak po jakimś czasie odnaleźli się cali i zdrowi.

Być może więc posiłki nie nadciągną rankiem, lecz dopiero wtedy wyjadą ze stacji. Najpierw sprawdzą Sorbo, przeszukają okolicę. Potem dopiero ruszą dalej. Zanim się tu pojawią, będzie co najmniej południe. Czy sierżant pomylił się, czy tylko nie chciał straszyć żołnierzy? Dla Markiego nie miało to większego znaczenia. Ruszył schodami w górę, by odnaleźć Wiarołomcę.

Szymon siedział przy ścianie, wpatrując się w ciemność. Na szczęście nie było przy nim nikogo.

– Myślałem – rozpoczął Marki, zajmując miejsce obok – o naszej sytuacji. Uważam – na wszelki wypadek ściszył głos – że powinniśmy się stąd zbierać.

Wiarołomca mruknął coś pod nosem.

– Uprzedziłeś Drewala i Perseu? – dodał głośniej.

– Przyszedłem najpierw do ciebie. To nie nasza potyczka. Nic nas nie powinna obchodzić...

– I nie obchodzi – zapewnił Szymon.

Marki spojrzał na niego zdziwiony.

– Sądziłem...

– Że jeśli chwyciłem karabin, to zająłem stanowisko? Po prostu nie chcę, by ktoś odstrzelił mi kawałek tyłka, jestem do niego niezwykle przywiązany. Nie będę bezczynnie patrzył, gdy do mnie mierzą. Poza tym w pewnym sensie znalazłem to, co chciałem. Pora wracać.

– Przylecieliśmy tu po książkę?

– Po informacje. Nie wiedziałem, jaką przybiorą formę. Przyrządu, takiego jak ten, który włączył twój ojciec, czy tylko jego planu. Ta książka powie mi, jak go zbudować.

Marki poczuł mętlik w głowie. Po raz kolejny musiał przed samym sobą odpowiedzieć na pytanie, czy wierzy, że to elektryczność sprowadziła zgubę na gniazdo. Jeszcze nigdy nie był tak bardzo przekonany, że to prawda. Tylko wtedy wszystkie zdarzenia nabierały sensu. Nie potrafił jednak do końca odrzucić wszelkich wątpliwości.

– Mój ojciec...? – szepnął do siebie.

– Zapewne on – Szymon nie pozwolił mu dokończył. – To sprowadziło Przekłuwaczy. Nataban zabił całą osadę, choć nie wiedział, że to zrobi.

Chłopak zacisnął pięść. Podniósł się na kolana.

– A ty wiedziałeś? I nie ostrzegłeś go?!

Wiarołomca pokręcił głową.

– Prosiłem, by był ostrożny. Nie patrz tak na mnie, znałem twego ojca bardzo dobrze, choć z pewnych względów staraliśmy się utrzymać nasze kontakty w tajemnicy. Owszem, podejrzewałem, że urządzenie może być groźne. Ale nie ja jeden. Ktoś jeszcze o tym wiedział lub chociażby snuł podobne domysły.

– Kto?!

– Ktoś, kto mu je podarował.

Marki miał ochotę złapać Wiarołomcę za poły bluzy, by wytrząść z niego wszystkie tak skąpo wydzielane informacje.

– Kto to był?! – niemal krzyczał.

Szymon wzruszył ramionami.

– Nie chciał powiedzieć. Twierdził, że dał słowo. Mogę tylko zgadywać.

– Kto?!

– Warus. Zyskał najwięcej. Gniazdo twego ojca nie było ani bogate, ani silne. A jednak liczyliście się. Przez zegary i inne mechanizmy. Łatwo byłoby zbić na nich majątek, a przecież oddawaliście je niemal za bezcen. Nataban nie był chciwy ani godności, ani pieniędzy. Gdyby Warus zamierzał sięgnąć po władzę nad Strefą, wasz sprzeciw mógłby obrócić jego plany w niwecz. Za wami poszliby inni. Nie wiem, jak jego trzęsąca się hrabiowska kupa sadła dowiedziała się o sile elektryczności, na pewno o niej słyszał, lecz, jak inni, powinien traktować ją jako legendę. Sądzę jednak, że to on zdobył urządzenie, a potem dał je twojemu ojcu. Być może nawet uprzedził, że jest niebezpieczne. Miał pewność, że i tak zostanie włączone. Nataban nie oparłby się pokusie zbadania czegoś nieznanego, a ewentualne zdawkowe ostrzeżenia tylko wzmogły jego ciekawość. To tak, jakby dać rocznemu dziecku bardzo ostry nóż i patrzeć, jak bawi się ostrzem.

Marki zamknął oczy i oparł się o ścianę. Miał ochotę wrzeszczeć.

– Dlaczego?! – warknął. – Dlaczego nie powiedziałeś mi tego wcześniej?

– Czego? To wyłącznie podejrzenia, teoria, nie mam żadnych dowodów. A jeśli się mylę? Nie znając faktów, podejdziesz i wbijesz nóż w brzuch ojca ukochanej, bo tak ci się wydaje? Pomyśl, dzieciaku!

– Nie jestem już dzieciakiem!

– Ale i nie mężczyzną, przynajmniej dopóki nie nabierzesz rozsądku! A teraz zmiataj porozmawiać z Drewalem i Perseu. Niech decydują, czy idą z nami, czy zostają. Ja ruszam za kwadrans.

Marki odszedł spiesznie. Bał się, że jeśli zostanie, rzuci się z pięściami na Wiarołomcę. Wędrowiec nie był niczemu winien. Wysunął jedynie przypuszczenia, które ostatecznie mogły się okazać stekiem bzdur. Poza tym niezależnie, czy to Warus wręczył urządzenie Natabanowi, to hrabia Brzóz je uruchomił. Z całą pewnością zdawał sobie sprawę, że wiąże się z tym zagrożenie, nawet jeśli je bagatelizował.

Szybko odnalazł Drewala i Perseu. Zdawali się drzemać, lecz gdy tylko do nich się zbliżył, zerwali się na równe nogi. Przedstawił im plan. Ku jego zaskoczeniu, wcale go nie poparli.

– Poprzez walkę staliśmy się ich towarzyszami – oznajmił Drewal. – Nie wolno nam uciec w momencie, gdy nas potrzebują. To zdrada.

Perseu skinął głową.

– Jeszcze niedawno nazywałeś ich mordercami!

Młody hrabia uśmiechnął się blado.

– To prawda – przyznał. – Ale uległem namowom, między innymi twoim, i los nas związał. Nie jestem chorągiewką, by przechylać się w stronę, w którą zawieje. Z przyjemnością zostawię za sobą żołnierzy, ale nie w sytuacji, gdy waży się ich życie. Zresztą pozostał ci tylko jeden zegar, potem i tak będziemy wolni.

Marki zrozumiał, że nie przekona Perseu, zwrócił się więc ponownie do Drewala. Tylko marszałek mógł wpłynąć na młodego hrabiego.

– Zaledwie kilka dni temu chcieli nas zabić – oponował. – Gdyby nie konieczne naprawy, pewnie już byśmy dyndali. Nasze truchła gniłyby na drzewie, a ptaki wydziobywałyby nam oczy. Stąpamy wciąż po ziemi, bo nas potrzebowali, mnie potrzebowali.

– Wiem o tym. – Drewal również nie zamierzał ustąpić. – Wiem również, że bez honoru jestem niczym. Gdybym nie posiadał jego resztek, zostałbym w Gnieździe Psów. Przyniósłbym Galu w zębach głowę Perseu i żył spokojnie i dostatnio. Odejdę po walce, nie wcześniej.

Marki spojrzał na Perseu, dalsza dyskusja nie miała sensu. Zdecydowali.

– Odprowadzimy was do muru – powiedział młodzieniec, wyciągając dłoń. – Upewnimy się, czy wyszliście bezpiecznie, ale potem wracamy.

– Poczekamy na was przy balonie – zapewnił Marki, ściskając rękę Perseu. – Jednak nie dłużej niż kilka dni. Pozostawanie w jednym miejscu jest zbyt niebezpieczne. Nie zamarudźcie, bo zostaniecie tu na zawsze.

Drewal uśmiechnął się blado i oznajmił:

– Sam nie wiem, co gorsze: ten chory świat czy kolejny lot piekielnym wehikułem.

– Dobrze się zastanów, drugiej szansy nie będzie. – Wiarołomca pojawił się nie wiadomo skąd. Musiał słyszeć przynajmniej część rozmowy.

W czwórkę podeszli pod mur. Skradali się. Kryli się teraz już nie tylko przed wywrotowcami, lecz również przed żołnierzami Świętej Armii Podwójnej Trójcy.

– Na pewno? – upewnił się Szymon. Znaleźli dogodne miejsce i byli gotowi przedostać się na drugą stronę.

Odpowiedzią było niemal jednoczesne skinięcie głowami.

– Pójdę pierwszy – szepnął Wiarołomca.

Złapał za krawędź muru, gotów się podciągnąć, gdy na górze pojawiła się ledwie dostrzegalna w mroku postać. Przeskoczyła na ich stronę. Za nią pojawiły się kolejne.

– Alarm! – wrzasnął Drewal, wypalając do heretyka.

Nie odstraszył pozostałych napastników. Na teren kompleksu wdarło się co najmniej pół tuzina wywrotowców. Gdzieś z tyłu również rozległ się huk. Atak nastąpił przynajmniej w dwóch miejscach jednocześnie.

Wiarołomca strzelił, po czym złapał karabin niczym maczugę, kręcąc nim młynki nad głową. Powalił w ten sposób następnych dwóch przeciwników. Na murze jednak pojawiali się już kolejni.

Marki stanął naprzeciw jednego z nich. Porzucił wcześniej kij i teraz bezbronny patrzył, jak postać unosi broń. Trzymała dwa pistolety.

– Ucie... – Perseu rzucił się na pomoc. Pokonał połowę dystansu, nim postać wypaliła mu prosto w pierś. Rozrzucił szeroko ręce i upadł na ziemię.

– Teraz twoja kolej, zdrajco! – Marki rozpoznał głos Moni.

Zasłonił się odruchowo książką. Padł strzał. Poczuł potężne uderzenie w żebra i pociemniało mu przed oczami. Ostatnie, co zarejestrował, to widok osuwającej się Moni i stojącego nad nią Drewala.

Ocknął się na rozdygotanym wozie. Ręce mu zdrętwiały i dopiero po chwili zrozumiał, że ma je związane za plecami. Do pojazdu zaprzęgnięto krowę. Człapała niespiesznie nierówną polną drogą. Za nimi i przed nimi maszerowali żołnierze. Było ich co najmniej kilkudziesięciu. Marki spróbował się podnieść, by usiąść, lecz wysiłek byłby daremny, gdyby nie pomoc. Z trudem podciągnął go siedzący obok Wiarołomca. Szymon miał paskudne rozcięcie na czole otoczone wianuszkiem skrzepłej krwi. Z drugiej strony spoczywał Drewal. Zdawał się martwy, jednak po chwili uniósł powieki. Chłopak obrócił się w jego stronę.

– Gdzie Perseu? – zapytał cicho.

Dostrzegł łzy w oczach marszałka. Mężczyzna próbował z nimi walczyć, ale przegrywał.

– Zostawili go tam – jęknął. – Rannego. By zdechł jak pies.

– Czemu? – wykrztusił Marki. Język miał sztywny jak kołek.

– Umierający jeńcy guzik ich interesują – wyjaśnił Wiarołomca.

Chłopak starał się przez moment uspokoić myśli.

– Straciliśmy Perseu i... książkę.

Przypomniał sobie, jak zasłonił się nią przed strzałem. Moni nie trafiła? Chyba nie był ranny, choć prawy bok piekł go niemiłosiernie.

– Być może straciliśmy więcej – mruknął Szymon. – Potyczka trwała w najlepsze, gdy zjawił się pułkownik z dużym oddziałem. Nie dam głowy, ale chyba nas szukał. W każdym razie nie sprawiał wrażenia zdziwionego ponownym spotkaniem. Kto wie, może teraz, gdy chcemy, by zapomniał o naszym istnieniu, wreszcie nam uwierzył. To oznacza, że nie wypuści nas z rąk.

Marki rozejrzał się po wozie. Nie byli na nim sami.

– A inni?

– Wywrotowcy. Pułkownik kazał powiesić ciężej rannych, pozostałych zabrał.

Raz jeszcze przyjrzał się twarzom więźniów. Była. Siedziała na drugim końcu wozu i dlatego wcześniej jej nie zauważył. W rude włosy wplątane miała skrzepy krwi. Twarz umorusaną czerwienią i błotem. Wbrew wszystkiemu odetchnął z ulgą. Wiarołomca wychwycił jego spojrzenia.

– Twoja ukochana jedzie z nami.

Marki szarpnął się, był jednak dobrze związany.

– Nie kocham jej – rzucił ze złością.

– Ani ona ciebie, zważywszy, jak cię potraktowała. Powinieneś dziękować Podwójnej czy nawet Poczwórnej Trójcy, że okładki były grube. Kula wytraciła impet.

Marki zmarkotniał.

– To ona strzeliła do Perseu – powiedział.

– To był wspaniały chłopak, lecz bawił się w wojnę, a to niebezpieczna zabawa. – Szymon wyciągnął nogi. – Kogo mam winić? Ją, bo pociągnęła za spust, czy tych, którzy szczują na siebie obie strony? A może tego, kto wytworzył tę konkretną kulę? A może ciebie, bo w jakiś sposób dopiekłeś tej dziewczynie, bo inaczej aż tak bardzo by się nie starała wysłać cię na tamten świat?

– Nic jej nie zrobiłem – zaprzeczył.

– I tu się mylisz. Kobietom czasem można coś zrobić, jedynie na nie patrząc. Albo nawet nie patrząc na nie. Bywają groźniejsze od ostrej szabli. Nie znajdujesz w sobie żadnej winy, a ona z niezrozumiałych dla ciebie przyczyn już rozmyśla, jak wypruć ci flaki.

Drewal zaśmiał się. Był to śmiech pozbawiony krztyny wesołości.

– Słyszę, że przemawia przez ciebie doświadczenie.

Wiarołomca oparł głowę o deski wozu.

– Może – burknął.

Marki zamierzał ponownie zaprzeczyć, lecz dał spokój. Nie uważał, by wyrządził Moni jakąkolwiek krzywdę. Słowa Szymona jak zawsze wydały mu się dziwne, nigdy nie wiedział, kiedy mężczyzna żartuje, a kiedy mówi na poważnie.

Wóz zatrzymał się niespodziewanie i pojawił się pułkownik. Prawą ręką bawił się wąsem. Tarmosił go i skręcał. Wydawało się, że za moment go urwie.

– Już tylko trzech – mruknął. – Chciałem zakomunikować, że znaleźliśmy wasz pojazd. To oczywiście jeszcze nie stanowi jednoznacznego dowodu, że naprawdę pochodzicie z innego świata, lecz znacznie uwiarygodnia opowieść, którą mnie uraczyliście. Mam propozycję, chciałbym, byście przemyśleli ją w drodze do obozu. To dobra oferta, najlepsza, jaka was w życiu spotkała. Chrzest i nawrócenie. Kościół Podwójnej Trójcy nie wybacza heretykom, tak jak nie może wybaczyć im Bóg, jednak wy jesteście czymś nowym. Odrębną chorobą, którą dopiero uczymy się leczyć. Jeśli przyjmiecie do serc Podwójną Trójcę i jej nauki, udowodnicie, że możecie stać się zdrową częścią społeczeństwa. Zaś jeśli nie... – umilkł, zataczając ręką wokoło. – Jak widzicie, drzew mamy pod dostatkiem. Wystarczy i na stosy, i na szubienice.

Odszedł, nie czekając na ich reakcję.

Zza zarośli przywędrował bezpański pies i jeden z żołnierzy strzelił do niego. Zwierzę zniknęło w gęstwinie, trudno powiedzieć, trafione czy jedynie spłoszone wystrzałem. Wóz ruszył ponownie, ponuro kołysząc się przy każdym kroku ciągnącej go krowy.

Obozu w Rudzie strzegła wysoka drewniana palisada. Zbudowano ją z podwójnego pierścienia bali. Wewnętrzny rząd sterczał groźnie, celując zaostrzonymi końcami w niebo, ale zewnętrzny został wyrównany. Przestrzeń pomiędzy wypełniono ziemią. Na szczycie powstała w ten sposób wąska ścieżka, którą poruszali się uzbrojeni strażnicy, przechadzając się między ustawionymi co kilkanaście metrów wieżyczkami. Dla bezpieczeństwa bale wystawały około pół metra ponad ścieżkę, tworząc z obu stron niską balustradę. Obóz był doskonale strzeżony, choć już na pierwszy rzut oka widać było, że zadaniem ogrodzenia jest chronić przed wydostaniem się na zewnątrz, a nie dostaniem do środka.

W obrębie palisady wybudowano kilkanaście niskich baraków. Te, w których mieszkali więźniowie, wydawały się sklecone naprędce. Nawet z daleka poczerniałe deski ścian sprawiały przygnębiające wrażenie. Nieociosane i nierówne. W niektóre szpary można było spokojnie wetknąć palce. Baraki nie chroniły przed wiatrem ani zimowym chłodem. Za nimi stały budynki obszerniejsze i wykonane z większą starannością. Była to tak zwana Część Naukowa, do której wolno było wchodzić jedynie wybranym więźniom za okazaniem specjalnych przepustek.

Osadzeni mieli spełniać polecenie strażników i personelu pomocniczego natychmiast i z jak największą starannością. W wolnych chwilach powinni się modlić i rozważać dobroć i potęgę Podwójnej Trójcy. Wszystkiego tego, jak i całej reszty, Marki i jego towarzysze dowiedzieli się z krótkiego apelu, na który zagoniono wszystkich więźniów z nowego transportu. Nie wolno głośno rozmawiać, śmiać się, śpiewać. Posiłki wydzielane są dwa razy dziennie. Trzy razy dziennie odbywają się wspólne modły, na które stawiają się wszyscy niewyznaczeni aktualnie do pracy. Zabrania się mężczyznom wchodzenia do baraków kobiet i vice versa.

Każdym barakiem przewodzi wyznaczony więzień, zwany starszym, który odpowiada za stan baraku i zachowanie współwięźniów. Za niezgłoszenie władzom obozu wynikłych problemów, takich jak niesubordynacja, planowanie ucieczki, spisek, głoszenie herezji czy lenistwo, starszy zostaje ukarany.

Przewidziane są dwie kary: karcer lub szubienica. W wyjątkowych sytuacjach stos.

Witajcie w obozie dla heretyków.

Niech Podwójna Trójca ześle wam nawrócenie.

Marki przypatrywał się brudnemu barakowi, który miał stać się jego nowym domem. Wewnątrz nie było niczego prócz kilkupiętrowych prycz i cuchnącego koryta na nieczystości. Na pryczach leżały poplamione derki, grube, gryzące, a częściami przegniłe bądź zagrzybione. Budynek przeznaczono dla pięćdziesięciu osób. Więźniowie wyglądali jak chodzące trupy. Chudzi, żylaści, patrzyli przed siebie i nawzajem przez siebie niewidzącym wzrokiem. Nikt nie rozmawiał. Zdawało się, że nikt nikogo nie zna, choć z pewnością żyli ze sobą tygodniami, a może miesiącami.

– Ej, nowi. – Mężczyzna, który ich przywołał, wydawał się lepiej odżywiony niż pozostali. Jego ubranie również było w lepszym stanie. – Jestem waszym starszym. Odzywacie się do mnie: „panie starszy", zrozumiano? Świetnie. Zajmiecie tamte prycze. Zwolniły się przed kilkoma dniami...

Do tego baraku przydzielono ich pięciu: Markiego, Drewala i Wiarołomcę oraz dwóch nieznanych im z imienia wywrotowców.

– Kilka uwag – ciągnął starszy. – Nie zostałem wyświęcony, nie jestem ojcem, prałatem czy biskupem, ale macie się do mnie odnosić, jakbym nim był. Mówię prosto z mostu: jestem tu długo i wiem, co jest grane. Wiem, jak przeżyć, i wiem, jak sprawić, by oporni w kilka dni poszli do piachu. Zasady rządzące obozem już wam przedstawiono, nie wspomniano o drobiazgach, więc dla porządku...

Przerwał, bo do wnętrza wszedł strażnik. Żołnierz skinął dłonią na Markiego i jego towarzyszy i rzucił:

– Wy trzej! Za mną!

– Słyszeliście polecenie! – fuknął starszy, choć ruszyli już w stronę strażnika. – Jazda! Nie ociągać się!

Poprowadzono ich ku jedynemu murowanemu budynkowi w obozie. Umiejscowiony był niedaleko głównej bramy i stała przed nim warta. Nad wejściem tykał zegar o sześciennej tarczy. We wnętrzu również roiło się od symboli. Gdzie tylko się dało, umieszczono sześciany, wiele z nich z wizerunkiem uśmiechniętego starszego mężczyzny. Bywał różnie przedstawiany, ale z pewnością była to jedna i ta sama osoba. Podobieństwo było uderzające.

– Kto to? – spytał Wiarołomca.

Strażnik zatrzymał się zaskoczony. Sięgnął do kabury, jednak nie wyciągnął pistoletu.

– Jak możesz nie wiedzieć, heretycki psie! – krzyknął. – Święty Kapelan. Założyciel naszego Kościoła i naszej Świętej Armii!

Zaprowadził ich pod ostatnie drzwi. Oba skrzydła miały kształt połówki sześciokąta i razem składały się na święty symbol. Dwóch strzegących je wartowników nawet nie drgnęło. Strażnik zapukał i wszedł do środka.

– Pułkowniku biskupie, zwracam się z prośbą o pozwolenie złożenia meldunku kapitanowi prałatowi.

– Zezwalam, z bogiem – poznali głos Jana Welowskiego.

– Panie kapitanie prałacie, wezwani więźniowie czekają.

– Wprowadzić.

Strażnik wychylił się na korytarz i gestem wskazał, by weszli. Po raz kolejny strzelił obcasami, po czym wyszedł.

– To o nich ci opowiadałem – pułkownik zwrócił się do kapitana. – Być może twoje najważniejsze trzy nabytki, jakie tu kiedykolwiek gościłeś. Nie może im się stać krzywda, choć to, jak dokładnie będą traktowani, musi wynikać z tego, jak użyteczni się okażą.

Kapitan kiwnął głową z lekkim, sztucznym uśmiechem przyklejonym do ust. Był niezwykle wysoki, choć szczupły. Wydawał się wręcz rozciągnięty przez jakiegoś olbrzyma do nienaturalnych proporcji. Gładko ogoloną twarz zdobiły blizny, po trzy na każdym policzku. Sprawiały wrażenie symetrycznych.

Zerknął na pułkownika, jakby oczekując zezwolenia, że może przemówić.

– Ten obóz stworzono dla heretyków – mówił wolno, głosem tak grubym, jak sam wydawał się cienki. – Nie znajdziecie tu zbytków. Tu się pracuje, modli, nawraca. Na każdą z tych trzech rzeczy kładziemy jednakowy nacisk. Nie ma nawrócenia bez pracy i modlitwy. Tak samo jak modlitwa bez pracy i prawdziwej wiary nie liczy się w oczach Pana. Nie jesteście pierwsi, którzy tu trafili, nie będziecie też ostatni. Znajdujecie się gdzieś pośrodku długiej listy duszyczek, które przysłano tu do wyprostowania. I zapewniam was, potrafimy to robić. Zaś odpady, bo zawsze są jakieś odpady, to nieuniknione, są eliminowane. Raz w tygodniu zapalamy stos. Płonie na nim heretyk, najbardziej zatwardziały, rokujący najmniejsze nadzieje na powrót do społeczeństwa. Szkoda, pułkowniku, że nie przyjechał pan wczoraj, akurat mieliśmy to święto. Ginie, bo nie liczymy na jego poprawę i, niestety, zawsze ktoś taki się znajduje. Niezwykle rzadko zdarza się, że płonie kukła. Do czego zmierzam. Pochodzicie ponoć z obcego świata, lecz szczęśliwie dla waszych dusz znaleźliście się tu. I my nie zamierzamy, ba, nie wolno nam, zmarnować szansy, jaką obdarował was Pan, i tego samego oczekujemy od was. Widzicie blizny na mojej twarzy? – Nie czekał na odpowiedź, mówił wolno, ale niemal bez przerw na oddech. – Raniłem się w nią za każdym razem, gdy dotarło do mnie, że popełniłem grzech, a jeśli ja upadłem aż sześć razy, jaki ciężar grzechu wy dźwigacie? Jak bardzo wasze heretyckie dusze przesiąknęły smrodem gnoju, bo nigdy nie zabłysło w nich światło Pana? Nie oczekuję, byście dziś lub jutro padli na kolana, chwaląc Podwójną Trójcę, oczekuję jednak, że kiedyś ją pokochacie. A wtedy wasze usta, wasze oczy i serca, wasze kolana wreszcie, same będą ją wielbić.

Pułkownik uśmiechnął się z zadowoleniem, mowa wyraźnie mu się spodobała. Pogrzebał w kieszeni munduru i wyciągnął z niej sześciokątny zegarek na rękę.

– Którego to?

Marki wykonał niewielki krok naprzód.

– I to ty naprawiałeś zegary?

Kiwnął głową.

– Masz spore zadatki, by stać się wartościowym obywatelem Państwa. Nie myśl jednak, że już na cokolwiek zasłużyłeś. Te kilka zegarów to ważna rzecz, lecz nadal zbyt mało dla zbawienia duszy. Potrzebne są czyny, nie symbole. Ten drobiazg zostawiam kapitanowi, odda ci go, gdy... o ile oczywiście w ogóle... zasłużysz. – Przerwał na moment. – W czasie drogi prosiłem, byście się nad czymś zastanowili. Jak brzmi odpowiedź?

Wiarołomca wyprostował plecy.

– Nie możemy przyjąć Podwójnej Trójcy, nie znając jej, to byłoby oszustwo. Prosimy o nauki i czas, by ją zrozumieć, w pełni pojąć i pokochać.

Twarz pułkownika po pierwszych słowach zrobiła się czerwona, lecz szybko odzyskała naturalny kolor.

– To zrozumiałe – mruknął. – Prawda kapitanie?

Kapitan skinął głową, tak wolno, jak wolno brzmiały jego słowa. Zdawało się, że ruch ten trwa pół minuty.

– I ostatnia rzecz – pułkownik zakręcił wąs – mało ważna przy waszych zbłąkanych duszach, lecz nie bez znaczenia. – Chcemy dowiedzieć się wszystkiego o waszym świecie. To dopiero będzie gwarancją, że jesteście z nami szczerzy.

Marki przełknął ślinę. Przed chwilą Wiarołomca zyskał dla nich nieco czasu, teraz umykała im wszelka nadzieja. Nie mogli opowiedzieć o Strefie. To tak, jakby wprowadzili wroga do domu.

– Ta prośba nas niepokoi. Brzmi, jakbyście zamierzali nas podbić – zauważył Szymon.

– Podbić nie, nawrócić tak – odparł spokojnie i bez skrępowania pułkownik.

– A na czym polega różnica?

Słowa Wiarołomcy utonęły w krzykach, które rozległy się na korytarzu. Rozległo się pukanie i do pokoju zajrzał strażnik. Wyprężył się jak struna.

– Przepraszam, że przeszkadzam, ale mamy sytuację awaryjną.

Pułkownik dał znać kapitanowi, by zajął się sprawą.

– Co się stało?

– Kapitanie prałacie, ta nowa zabiła starszą swojego baraku!

Do sali wepchnęli Moni. Była posiniaczona i podrapana. Najwyraźniej nie poddała się bez walki. Rzucona bezwładnie, zaryła kolanami w podłogę. Pozostała w takiej pozie.

Kapitan podniósł się ospale. Gdy stanął nad nią, jej głowa sięgała mu połowy ud.

– Jesteś tu zaledwie kilka godzin – zaczął wolno – a już zdążyłaś popełnić grzech. Wiesz, czym jest grzech? To robak o sześciu odnóżach. Ma ich tyle, bo jest drwiną z Podwójnej Trójcy. Na odnóżach są haki, czepia się nimi w duszę, wgryzając się głębiej i głębiej. Jest tylko jeden sposób, by się przed nim uratować, wyrwać mu odnóża i serce, zdeptać w zarodku. Nie mogę pozwolić, by w mym obozie panoszył się grzech. Wyprowadzić i powiesić.

– Nie! – krzyknął Marki.

– Czyżbyś ośmielił się stawać po stronie zgnilizny? – ściszony głos kapitana był straszniejszy od wszelkiego krzyku. – Chciałbyś, bym darował jej winę? Pozwolił, by gangrena narastała? Co mam według ciebie zrobić?!

– Pozwolić, by nas uczyła – wypalił Marki jednym tchem. – By uczyła nas zasad waszej wiary.

Pułkownik zaśmiał się krótko.

– Wrzucić zgniły owoc do koszyka z dobrymi?

Zbliżył się szybko do Markiego, wyszarpując broń.

– Jeśli celem jest nawrócenie, to chyba dobry pomysł – poparł towarzysza Wiarołomca.

Pułkownik zatrzymał się. Spojrzał na kapitana. To był jego obóz. Zdecydował się pozostawić tę sprawę w jego gestii. Kapitan tymczasem przenosił swoje niespieszne spojrzenia z Moni na Markiego, Wiarołomcę, a potem ponownie na Moni.

– Czasem Pan daje nam dziwne znaki – powiedział wreszcie. – Może chce, byśmy uratowali tę kobietę.

Zgadzam się, by was uczyła. Grzesznik dający nauki, to może być wielce pouczające dla obu stron. Jednak jeśli nie będzie wywiązywać się ze swego zadania lub prowadzić je nierzetelnie, zawiśnie. Jeśli zaś umyślnie przekłamie zasady wiary i sprowadzi was na manowce, zginie na stosie. Za nią podąży jeden z was, jeszcze nie wiem który. Ale żaden występek nie może przejść bez kary. Zabiła... Pięć dni karceru!

– Jak mogłeś się za nią wstawić?!

Marki bał się, że Drewal rzuci się na niego z pięściami. Marszałek stał czerwony i wściekły. Jego dłoń wędrowała do pasa, jakby próbował wyciągnąć szablę. Trafiała jednak w pustkę. Już dawno stracił swą broń

– Pomogła mi.

– A potem zabiła Perseu! Wiesz, ile był wart?! Więcej niż ty kiedykolwiek będziesz! Szkoda, że księga zatrzymała kulę. Nie powinna, powinieneś tak jak on gryźć ziemię!

– Nie mów tak – głos Szymona był spokojny.

Wiarołomca stał w pobliżu, gotów ruszyć Markiemu z pomocą. Z prycz baraku spoglądali na nich obojętnie nieliczni więźniowie, którzy mieli akurat wolne. Większość łóżek była pusta, pozostali pracowali.

– Kiedy to prawda! – darł się Drewal. – Uratował morderczynię!

– Może nie strzeliłaby właśnie do niego, gdyby nie rzucił się Markiemu z pomocą. Wiedział, czym ryzykuje.

Marszałek odwrócił się, jakby zamierzał odejść, jednak zaraz zawrócił.

– Dlaczego milczysz?!

Marki przestąpił z nogi na nogę. Cóż mógł odpowiedzieć? Śmierć Perseu również go bolała. A to, że hrabiego Psów zabiła właśnie Moni, jedynie potęgowało przygnębienie. Jednak nie potrafił jej nienawidzić. Nawet jeśli podejrzewał, że ona nienawidzi jego.

– Nie mam słów, które mogłyby ci przynieść ulgę – powiedział cicho.

– Nie oczekuję słów!

– Jej śmierć też nie zmniejszyłaby bólu.

Przypomniał sobie gniew, jaki odczuwał wobec Warusa, gdy Wiarołomca wysunął przypuszczenie, że to hrabia Dębów dał Natabanowi elektryczne urządzenie. Wtedy, gdyby to tylko było możliwe, zabiłby tłuściocha. Gdy wściekłość opadła, uprzytomnił sobie, że niczego by to nie zmieniło. Ojciec, matka, bracia, pozostaliby martwi. Nadal nie miałby domu. Ulga trwałaby zaledwie chwilę, a może w rezultacie zwiększyłaby jedynie gorycz straty.

Marszałek sapnął głośno.

– Za każdym razem, gdy ją widzę, czuję się, jakby ktoś wbijał mi w serce rozżarzony pręt, a ty sprawiłeś, że będzie udzielać nam lekcji. Kto wie, jak często, może codziennie. Nie zniosę tego!

Wiarołomca zamierzał coś wtrącić, ale przerwał mu okrzyk starszego:

– Co tu się wyprawia?! Zamknąć mordy albo wszyscy trzej traficie do karceru!

Drewal ruszył w jego stronę, lecz Szymon zatrzymał go, kładąc marszałkowi dłoń na ramieniu.

– Nie zrób czegoś głupiego, przyjacielu – szepnął.

– Jestem nim?

– Wspólny los spaja bardziej niż najlepsza zaprawa. Jesteśmy jak dwa kamienie w jednym murze. I wybacz dzieciakowi, zrobił to dla niej, nie przeciw tobie...

– Znaleźli wszystko – mruknął Wiarołomca – a dałbym głowę, że kryjówka była znakomita.

Przed barakiem stała kopuła balonu. Ustawiona na niewielkim rusztowaniu i wsparta na sztywnym szkielecie przypominała olbrzymi grzyb. Obok spoczywał wóz, a właściwie to, co z niego pozostało. Jedno koło zgubili, przelatując nad szczytami, gdzieś między Ścianami, drugie odpadło przy lądowaniu. Kilkadziesiąt ostatnich metrów, gdy pojazd był wleczony po ziemi, sprawiło, że trudno było się w nim dopatrzeć pierwotnego kształtu. Patrząc teraz na poharatanego jeża, Marki nie mógł uwierzyć, że wyszli z lądowania bez szwanku.

Kapitan nie zajmował się sprawami technicznymi, zupełnie go nie interesowały. Tę funkcję przejął porucznik kanonik Łukasz Hyc. Teraz też to porucznik przyglądał się pozostałościom wraku.

– Jak to działa? – spytał.

Marki spojrzał na Wiarołomcę. Jak wiele mogli zdradzić? Szymon wskazał strzaskany pojazd.

– To zwyczajny wóz, taki, jakiego używamy do przewozu towarów. Wcześniej na dole znajdowały się dwa koła, jednak zostały oderwane podczas podróży.

Porucznik zanotował coś w notesiku. Właściwie niemal bez przerwy coś zapisywał. Wydawało się, że nie może żyć bez notatek.

– Oderwane? – zainteresował się.

– Prawie rozbiliśmy się o szczyty. Nieźle nas po nich przeszorowało, gdyby nie łut szczęścia i niespodziewane wyładowanie, które nas wzniosło, uderzylibyśmy w skały. Balon praktycznie nie nadaje się do przelotu nad górami, nie wznosi się odpowiednio wysoko.

– Było aż tak źle?

Na twarzy porucznika odbiło się niedowierzanie. Zapewne sądził, że Wiarołomca specjalnie demonizuje przelot. Było w tym sporo prawdy, choć Szymon nie musiał się zbytnio wysilać. Ich podróż była zlepkiem pomyślnych zbiegów okoliczności. Podszedł do wozu. W niektórych naczyniach wciąż pozostało nieco wody, choć Marki podejrzewał, że to deszczówka, która znalazła się tam niedawno.

– Do czego one służą? – Pobujał jednym z naczyń.

– Przechwytują wyładowania podczas burz. W powietrzu, na wysokości, przy której można przelecieć przez Barierę, burza trwa nieprzerwanie. U nas nie wypuszcza się zwierząt, gdzie to tylko możliwe wieszamy pojemniki z wodą.

– Prymitywne. – Porucznik skrzywił się lekceważąco. – A to? – Wskazał kocioł.

Nim Wiarołomca zdążył odpowiedzieć, zanurzył we wnętrzu rękę w skórzanej rękawiczce.

– Paliliście w nim – zauważył, wycierając o ścianę wozu popiół i sadzę, które do niej przylgnęły.

Balon pojawił się przed barakiem rano. Żołnierze Świętej Armii sami złożyli kopułę, nie potrzebowali wskazówek, jak to zrobić. To, że wóz był przymocowany pod nią, wydawało się oczywiste, wystarczyło przyjrzeć się zaczepom i linom. Właściwie wszystkie rozwiązania mieli podane na tacy, nie było sensu niczego ukrywać.

– Czaszę napełnialiście dymem?

– Rozgrzanym powietrzem – sprostował niechętnie Wiarołomca.

– Bardzo ciekawe. A sterowanie?

– Nie było sterowania.

Oficer ponownie nie dał im wiary.

– Każda podróż opiera się na tym, że leci się do konkretnego celu.

Wiarołomca wzruszył ramionami.

– Trzeba poczekać na właściwy wiatr.

Porucznik wydawał się rozczarowany.

– Ta konstrukcja jest straszliwie prymitywna – zauważył. – Brak sterowania to brak kontroli, zdanie się na przypadek. Skąd pewność, że dolecicie do celu?

Nie czekał na odpowiedź. Dał znak i zza baraku kilku więźniów wyniosło kwadratowy kosz. Nie miał kół, nieśli go na długich drągach, które jednak po dostarczeniu na miejsce, pod rusztowanie ze wznoszącą się nad nim czaszą balonu, zostały wysunięte z uchwytów i odłożone na bok. Kosz częściowo wykonano ze zbitych desek, częściowo wypleciono z wikliny. Na środku umocowano spory żelazny piecyk. Nie był to zwykły kocioł z dokładaną rurą jak na ich starym wozie, zaopatrzony został w stały długi komin i boczne drzwiczki, umożliwiające dokładanie do środka paliwa.

– Umocujcie kosz – zarządził porucznik. – Urządzimy małą próbę.

Więźniowie pospiesznie przymocowali liny przywiązane do kosza do uchwytów na dolnym stelażu balonu. Były nowe i wydawały się znacznie wytrzymalsze od wcześniejszych.

– Polecimy nim? – spytał Wiarołomca.

Porucznik uśmiechnął się dziwnie.

– Nie tak prędko. Przed praktyką zawsze przydaje się odrobina teorii. A więc pojazd wznosi się, gdy powietrze w czaszy zostaje ogrzane? Genialne w swej prostocie, jeśli naprawdę wytworzona siła jest na tyle duża, że jest w stanie unieść ciężar ładunku. Wydaje się to zaprzeczać logice, lecz logika często przegrywa z wiedzą. A więc wznosi się, nie ma sterowania, a jak można ponownie osiąść na ziemi?

– Pojazd opadnie, gdy powietrze pod powłoką ponownie się ochłodzi.

Porucznik spojrzał na Wiarołomcę, jakby ten z niego kpił.

– Samo wzlatuje, samo leci, gdzie chce, i samo opada, kiedy chce?! To ma być ta cudowna maszyna?!

Marki przestąpił z nogi na nogę.

– Nigdy nie twierdziliśmy, że jest cudowna.

– Milcz! – Porucznik zmierzył go wzrokiem. – Dobrze, chcieliście próby, więc wasz czas nastał. – Wystąpili do przodu, lecz niemal natychmiast ich zatrzymał. – Nie, nie wszyscy. Poleci jeden. – Przez moment wodził palcem w powietrzu, wreszcie wskazał na Markiego. – Ty!

Gestem przywołał więźniów, którzy wnieśli kosz. Podbiegli i wyprężyli się przed nim, jakby byli żołnierzami, nie skazanymi heretykami. Szybko wydał rozkazy:

– Załadować do kosza trzy szufle węgla! Nie chcemy, by nasza ptaszyna odleciała zbyt daleko. Potem rozpalić w piecu.

Więźniowie ponownie znikli za barakiem. Po chwili pojawili się, pchając wózek z węglem. Nie był to dobrze znany Markiemu węgiel drzewny. Owszem, przypominał go, jednak wyraźnie się różnił. Bryły były równie czarne, ale znacznie bardziej zwarte i twarde. Marki widział je już wcześniej, stanowiły paliwo dla pociągów. Więźniowie dotaszczyli wózek pod balon. Trzy szufle wsypali do specjalnie przygotowanej przegrody, resztą zaczęli palić w piecu. Jeden z nich wszedł do kosza, a jego towarzysze podawali mu pełne szufle, które natychmiast wsypywał przez otwarte drzwiczki.

– Przygotuj się – poradził Markiemu porucznik.

Chłopak wskoczył do kosza. Był dobre trzydzieści centymetrów wyższy niż ich stary wóz i dzięki temu czuł się w nim pewniej. Gdy stał, poręcz sięgała mu piersi.

– Nie powinien lecieć sam – zaoponował Wiarołomca.

Hyc przez moment rozważał te słowa.

– Masz rację. Leciało was czterech. Nam na pierwszą próbę wystarczą dwie osoby. Przyprowadzić tę waszą nauczycielkę! Chyba już wyszła z karceru.

Dwa dni temu, zamierzał uściślić Marki, lecz nie odezwał się. Wolałby, by towarzyszył mu ktoś inny, i nie chodziło wcale o jego stosunek do Moni, zwyczajnie sam czuł się niepewnie w latającym wehikule. Wiarołomca, niezdradzający strachu podczas lotu, byłby lepszym towarzystwem. Zdawał sobie jednak sprawę, że nie ma sensu dyskutować.

Jeden ze strażników, dotąd leniwie przyglądający się przygotowaniom, ruszył szybkim krokiem w stronę baraków kobiet. Pięć minut później wrócił, popychając przed sobą Moni. Dziewczyna była brudna i wychudzona, kara odbiła na niej piętno. Szła niechętnie, lecz nie stawiała większego oporu. Porucznik skłonił się szyderczo i wskazał jej, że ma wejść za Markim do kosza. Moni ruszyła w stronę balonu, gdy jednak zobaczyła, z kim kazano jej lecieć, zatrzymała się jak wryta.

– Dalej! – warknął porucznik.

Strażnik pchnął Moni i dziewczyna z oporami weszła do środka.

Przez dłuższy czas nic się nie działo. Piec zdążył rozgrzać się do czerwoności, a balon wciąż stał w bezruchu na prowizorycznym rusztowaniu. Hyc przyglądał się temu z nieodgadnioną miną. Jego twarz, przypominająca pysk łasicy, nie wyrażała żadnych uczuć. Dopiero gdy kosz niespodziewanie uniósł się na kilka centymetrów, by zaraz ponownie grzmotnąć o ziemię, na jego ustach pojawiło się coś, co od biedy można było nazwać uśmiechem.

– Opuść kosz – nakazał palaczowi.

Mężczyzna wygramolił się na zewnątrz i balon, pozbawiony dodatkowego ciężaru, leniwie uniósł się w górę. Rusztowanie opadło na boki, jego części nie były ze sobą w żaden sposób połączone, jedynie opierały się jedno na drugim, i teraz pozbawione stabilizacji czaszy runęły na ziemię.

Marki przełamał strach i wyjrzał na zewnątrz. Nie lecieli wysoko. Wznieśli się zaledwie na metr. Spojrzał na bladą Moni. Stała odrętwiała ze strachu, kurczowo trzymając się jednej z lin.

– Co to jest? – wyszeptała.

– Balon. Przylecieliśmy nim zza Bariery – wyjaśnił.

Jeden rzut oka na twarz dziewczyny wystarczył mu, by stwierdzić, że nie uwierzyła. Dla niej był wrogiem. Nawet jako więzień obozu dla heretyków pozostawał zdrajcą. Jak mogła wierzyć w choć jedno jego słowo?

Marki uniósł skobel blokujący drzwiczki piecyka i dorzucił węgla. Balon wzniósł się, lecz wciąż lecieli dramatycznie nisko. Zaledwie kilkadziesiąt metrów od nich znajdowała się drewniana palisada. Nie wznieśli się nawet do połowy jej wysokości. Chwycił jeszcze kilka czarnych brył i wrzucił do ognia. Piec emitował bladoczerwoną poświatę. Nawet maksymalnie się od niego odsuwając, czuło się nieprzyjemne macki buchającego żaru. Mimo to powietrze w czaszy pozostawało stosunkowo chłodne, bo balon bardzo powoli nabierał wysokości.

Marki cisnął kolejną grudę węgla.

– Gdyby Pan chciał, żebyśmy latali, dałby nam skrzydła! – syknęła gniewnie Moni.

– Czyżbyś doznała nawrócenia? – odpłacił się. – Szybko, jak na równie zatwardziałą heretyczkę.

Mruknęła coś, czego nie zrozumiał. Nie starał się nawet, miał poważniejsze zmartwienia. Palisada zbliżała się z każdą chwilą i choć czasza balonu znajdowała się już nad nią, to sam kosz nie wzniósł się wystarczająco wysoko. Marki zawzięcie dorzucał węgla. Skromne zapasy szybko znikały, lecz to nie miało większego znaczenia. Nie zakładał, że odleci daleko. Nawet gdyby dysponował wystarczającą ilością węgla, wiatr z południa uniemożliwiał wydostanie się za Ścianę. Poza tym i tak nie zostawiłby towarzyszy, uciekłby jedynie z nimi.

Na dole rozległy się krzyki, więc na moment przerwał dorzucanie do ognia i wyjrzał przez barierkę. Pod balonem biegli Wiarołomca i Drewal, a kilka kroków za nimi porucznik. Wszyscy coś wskazywali. Markiemu zajęło chwilę, nim pojął, że chodzi o komin. Zajęty węglem, nawet na niego nie spojrzał. Teraz jednak uniósł wzrok i zobaczył wylatujące z rury iskry. Wzbijały się wyżej i znikały w głębi czaszy.

Moni także im się przyglądała. Trudno było powiedzieć, czy jej bladość, która zdawała się z każdą chwilą pogłębiać, świadczy, że dziewczyna zdaje sobie sprawę z niebezpieczeństwa – czasza zlepiona z płachtą płótna i pergaminu mogła w każdej chwili zająć się ogniem – czy też bała się samego lotu.

– Trzymaj się mocno! – krzyknął Marki.

Okrzyk sprawił, że drgnęła. Przeniosła na niego spojrzenie. Spróbował zmusić się do uśmiechu, by dodać jej ducha. Bezskutecznie.

Najpierw zobaczył dym. Czarne kłęby same w sobie były złym sygnałem, języki ognia, które pojawiły się po góra minucie, potwierdzały tylko to, co i tak już wiedział. Powłoka balonu zaczęła płonąć. Na domiar złego pojazd obniżył lot. Przed chwilą wydawało się, że uda im się przelecieć tuż nad znajdującymi się na wyciągnięcie ręki sterczącymi balami palisady, wiatr jednak zniósł ich wprost na wieżyczkę strażniczą. Jej nie mogli pokonać.

Kosz uderzył w bok wieżyczki. Stojący tam strażnik nie ruszył się z miejsca. Sparaliżowany strachem przyglądał się, jak balon obija się o bale. Gdy wreszcie oprzytomniał, jego reakcja była równie bezsensowna. Ściągnął z pleców karabin i wymierzył w pojazd.

– Wynoście się! – wrzasnął.

Marki uznał, że nie ma sensu tłumaczyć, że nie zależy od niego ani pułap, ani kierunek lotu. Brakowało na to czasu. Po głowie chodziło mu tylko jedno pytanie – kiedy uszkodzenia powłoki staną się na tyle duże, że runą na ziemię? Mimo wcześniejszego lotu niewiele wiedział o balonach, ale to zdawało się oczywiste. W jakiś sposób rozgrzane powietrze unosiło ich, jeśli zniknie pułapka, w której zostało uwięzione, pierwszy powiew wiatru rozproszy je, a ich już nic nie będzie trzymało w powietrzu.

Balon zakołysał się groźnie. Połamana wiklina wbiła się w szczeliny pomiędzy balami, złączając kosz z wieżyczką. Rzut oka wystarczył, by stwierdzić, że płonie już niemal połowa czaszy. Katastrofa była nieunikniona i mogła nastąpić w każdej sekundzie.

– Skacz! – Marki krzyknął do Moni.

Dziewczyna spojrzała na niego bez zrozumienia. Nawet nie drgnęła. Dopadł do niej i pociągnął za rękę. Odepchnęła go, lecz niezbyt mocno. Chwycił ją ponownie i przyciągnął do siebie.

– Za moment runiemy!

Nie zwalniając żelaznego uścisku, dociągnął do barierki. Boki były wysokie, cieszyło go to, gdy ruszali, teraz jednak okazały się kolejną przeszkodą.

– Właź i skacz! – warknął.

Moni dalej stała skamieniała, więc pchnął ją. Nie chciał być szorstki, lecz nerwy sprawiły, że ledwie nad sobą panował. Dziewczyna wdrapała się na poręcz. Tam się zatrzymała. Belki palisady stykały się z koszem, lecz w niewielkim stopniu ułatwiało to przedostanie się na nie. Biegły jedna przy drugiej i trudno było znaleźć wygodny punkt oparcia. Przeciwnie, ich gładka, wyślizgana przez deszcze powierzchnia niemal uniemożliwiała wspinaczkę. Szczęśliwie w okolicach wieżyczki ustawiono je nie pionowo, lecz poziomo.

Marki uderzył Moni w łydkę.

– Dalej! – ponaglił.

– Nie mogę!

– Rusz się, jeśli ci życie miłe!

Dziewczyna posłusznie złapała belkę wieżyczki. Zdezorientowany strażnik skierował broń w jej stronę, a potem wycelował w Markiego.

– Wynoście się! – powtórzył. Był to młody chłopak, góra dwudziestokilkuletni. Teraz pobladły i roztrzęsiony zdawał się zaledwie dzieckiem, choć zapewne był starszy od nich. – Strzelę, jeśli nie odejdziecie!

– Gdzie?! – wrzasnął Marki.

Żołnierz rozejrzał się bezradnie, jednak nie opuścił broni. Powiedział coś, co brzmiało jak „na dół", choć Marki nie był pewien, czy dobrze go zrozumiał. Balon zatrząsł się. Nie było chwili do stracenia, wydawało się wręcz cudem, że jeszcze nie runęli.

– Jazda! – Marki ponaglił Moni.

Sam również rzucił się ku ścianie strażnicy. Na roztrzęsionego żołnierza nic nie mógł poradzić. W sumie wolał zginąć od kuli niż w trakcie upadku w koszu pod płonącą czaszą. Niemal uchwycił belkę, gdy balon gwałtownie obsunął się pół metra. Równocześnie zabrzmiał strzał. Strażnik chybił, może przez roztrzęsione dłonie, a może nagły ruch kosza. Marki nie zastanawiał się nad tym. Wbił palce w śliskie drewno. Utrzymanie się na pionowej ścianie wydawało się nieprawdopodobieństwem, jednak nie miał wyboru. Pozostanie w balonie równało się śmierci.

Zaciskając zęby, powoli ruszył w górę. Każdy chwyt sprawdzał starannie. Pomyłka oznaczała gwałtowny koniec. Moni wdrapała się już wyżej, gdzie między belkami znajdowały się szerokie szczeliny i wspinaczka stawała się stosunkowo łatwa. On musiał polegać na wszelkich niedociągnięciach budowniczych. Wynajdywał otwory, gdzie belki do siebie ściśle nie przylegały lub gdzie upływ czasu sprawił, że powstały naturalne stopnie dla rąk i nóg. Raz i drugi omal nie runął, gdy podparcie, wydawałoby się solidne, zawodziło, jednak stopniowo piął się w górę.

Pierwszą belkę, którą mógł wreszcie opleść ramionami, przywitał zduszonym śmiechem. Bolały go mięśnie rąk i nóg i podejrzewał, że gdyby jeszcze musiał pokonać kolejny metr lub dwa zwartej ściany, nie sprostałby temu zadaniu. Radość zgasła, gdy zerknął przez otwór między belkami. Moni stała w kącie z uniesionymi rękoma. Przed nią, przestępując w miejscu z nogi na nogę, dreptał strażnik. Nadal zdenerwowany i niespokojny.

Marki przyspieszył. Belki boku wieżyczki przypominały szeroką drabinę. Raz dwa przeskoczył nad ostatnią i znalazł się wewnątrz. W dachu nie było otworów, przez które mógłby przyjrzeć się balonowi, lecz widział, że całość, łącznie z koszem, stała już w płomieniach. To cud, że pojazd wciąż utrzymywał się w powietrzu. Być może działo się tak tylko dzięki temu, że część kosza zahaczyła o ścianę. Zaklinowana, podtrzymywała sztywną konstrukcję czaszy, która opadła na niego, lecz wciąż zachowywała pierwotny kształt.

– Nie strzelaj! – krzyknął do strażnika.

Twarz żołnierza była bledsza niż twarz Moni. Zwrócił broń w stronę Markiego, lecz wciąż nie pociągnął za spust. Być może nie był do tego zdolny.

– To ucieczka! – zawołał.

– Nie uciekaliśmy, porucznik Hyc kazał nam lecieć – Marki starał się mówić wolno, spokojnie.

Odruchowo spojrzał w górę. Konstrukcja balonu lada moment musiała się rozpaść. Mogła osunąć się w dół, ale równie dobrze powiew wiatru mógł znieść ją na drewniany dach wieżyczki. Wskazał płomienie.

– Powinniśmy się stąd wynosić.

Żołnierz tępo pokręcił głową.

– Nie ruszymy się, póki nie przyjdą posiłki.

Marki przełknął ślinę. Strażnik wydawał się niczego nie dostrzegać. Nie rozumiał, że jeśli stąd nie uciekną, spłoną żywcem.

– Zaraz po was przyjdą – dorzucił.

– Jeśli powłoka runie na wyjście, znajdziemy się w pułapce – próbował tłumaczyć, lecz bez wiary w powodzenie. Wiedział, że pozostaje mu tylko jedno. – Moni.

– Tak?

Strażnik obrócił w jej stronę broń i wtedy Marki zaatakował. Skoczył do przodu, podbijając lufę. Padł strzał, a kula utkwiła w jednej z belek dachu. Żołnierz cofnął się, wyrywając karabin z rąk Markiego. Zamachnął się kolbą, lecz w tym momencie z boku rzuciła się na niego dziewczyna. Jej cios dosięgnął celu, jednak okazał się zbyt słaby. Strażnik uderzył Moni kolbą w brzuch, a potem w twarz. Obróciła się i cios trafił ją w skroń. Osunęła się na podłogę.

Marki zanotował to jedynie kątem oka. Wykorzystał krótką chwilę, gdy żołnierz przeniósł całą uwagę na Moni, i podciął mu nogi. Upadli, złączeni w walce. Karabin stał się nieprzydatnym dodatkiem. Tarzali się po podłodze, starając się wzajemnie obezwładnić lub zadać cios. Marki uderzył dwukrotnie. Za trzecim razem jego pięść trafiła w belkę, wywołując eksplozję bólu. Strażnik natychmiast to wykorzystał. Wbił kolano w brzuch Markiego.

Robiło się coraz goręcej. Może od trawionej ogniem czaszy, a może płomienie przeskoczyły już na dach.

– Poddaj się – wychrypiał strażnik.

Na ułamek sekundy zwolnił uścisk i Marki wyrwał rękę. Z całą mocą walnął pięścią w twarz żołnierza. Bardziej poczuł, niż usłyszał chrupnięcie kości zgruchotanego nosa. Wzniósł rękę, by powtórzyć cios, lecz strażnik już się nie bronił. Marki odepchnął go.

Podniósł karabin.

– Nie strzelaj – żołnierz łkał jak dziecko.

– Nie zamierzam, nigdy nie zamierzałem. – Marki nie czuł złości, raczej zmęczenie. – Musimy uciekać!

Ile czasu minęło? Zdawało się, że walczyli długo, bardzo długo, w rzeczywistości mogła być to jedynie minuta, może nawet znacznie mniej. Wyrzucił karabin przez okno wieżyczki, po czym przyklęknął przy Moni. Była nieprzytomna. Dźwignął ją.

– Musimy uciekać – wysapał raz jeszcze.

Żołnierz nie zareagował. Wpatrywał się w Markiego szeroko otwartymi oczami, na których dnie kryło się kompletne niezrozumienie. Drżącą dłonią rozluźnił kołnierzyk munduru. Sprawiał wrażenie, że chce coś powiedzieć, lecz jego wargi tylko drgały spazmatycznie. Marki nie poświęcił strażnikowi więcej uwagi. Z Moni na rękach ruszył ku wyjściu. Nad nimi płonęła powłoka balonu – nowe, olbrzymie, ogniste słońce.

Ścieżka na szczycie palisady nie była szeroka. Po obu stronach ziała przepaść, przed którą chroniły tylko nieco wystające bale. Potknięcie groziło śmiercią. Mimo to biegł. Pozostawanie przy wieżyczce było równie niebezpieczne. Pokonał kilkanaście metrów, gdy usłyszał trzask rozdzieranego materiału. Obejrzał się. Ujrzał, jak olbrzymie ogniste prześcieradło opada na wieżyczkę. Od strony wyjścia opatuliło ją szczelnie, odcinając drogę ucieczki pozostającemu wciąż wewnątrz żołnierzowi. Zaraz potem rozległ się przeraźliwy wrzask. W tym momencie był to zaledwie krzyk strachu, choć los strażnika stał się przesądzony. Marki przystanął, lecz niemal natychmiast ponownie ruszył. Nie mógł mu pomóc.

Poddał się dopiero przy kolejnej wieżyczce. Nogi odmówiły mu posłuszeństwa, a balon, a właściwie jego resztki, był na tyle daleko, że nie stanowił już zagrożenia. Kucnął, opuszczając Moni na ścieżkę. Popatrzył na jej białą jak ściana twarz i przemknęło mu przez głowę, że ratował trupa. Pochylił się, starając się wychwycić oddech. Był.

Krzyki z płonącej wieżyczki nie słabły. Ogień obrósł ją dokoła jak pleśń. Marki musiał mrużyć oczy, spoglądając na tańczące złote jęzory. Oszalały żołnierz tłukł się po wnętrzu, by wreszcie przeskoczyć nad balustradą. Gdy spadał, rozpaczliwie trzepocząc rękoma, płonął. Potem znieruchomiał na ziemi rozciągnięty w nienaturalnej pozycji. Wokół niego zbierali się żołnierze, a nieco za nimi więźniowie. Ktoś rzucił na ciało płaszcz, by stłumić resztki płomieni.

Dla Markiego czas zwolnił. Przysiągłby, że dokoła panuje cisza. Wiedział, że w rzeczywistości krzyki mieszają się z hałaśliwym jazgotem dzwonków alarmowych, ogłaszających nie ucieczkę, a pożar, ale te dźwięki prawie do niego nie docierały. Zostały odcięte przez część umysłu, która rozpamiętywała na przemian dwa obrazy. Twarz nieprzytomnej Moni i lecącego na spotkanie ziemi płonącego strażnika. Oprzytomniał dopiero, gdy jeden z żołnierzy kopniakiem zmusił go do ustąpienia miejsca na wąskiej ścieżce. Żołdak w każdej ręce trzymał wiadro, z naczyń przy każdym kroku bryzgały strugi wody.

– Wynocha do wieży! – Marki potrzebował chwili, by zrozumieć słowa.

Podniósł Moni i posłusznie skierował się we wskazane miejsc. Dziewczyna cicho jęczała, choć jeszcze nie otworzyła oczu.

– Słyszysz mnie? – spytał, gdy dotarł do wieżyczki strażniczej. Uchyliła powieki. – Wszystko dobrze.

Szarpnęła się tak mocno, że omal jej nie upuścił. Wciąż wpółprzytomną postawił na podłodze. Odskoczyła jak oparzona, z paniką w oczach rozglądając się po wnętrzu. Szukała wzrokiem uzbrojonego strażnika, nie rozumiejąc, że znajdują się już gdzieś indziej.

– Ogień – jęknęła.

Marki uniósł ręce w uspokajającym geście. W pierwszej chwili zamierzał ją objąć, lecz nie wiedział, jak dziewczyna zareaguje.

– Jesteśmy bezpieczni. Płonie druga wieża. – Wskazał. Z płachty balonu nie pozostało już nic, wypaliła się doszczętnie. Płomienie trawiły teraz belki konstrukcji.

– A my...?

Zrozumiał pytanie.

– Przeniosłem cię.

Nie miał pewności, czy w jej spojrzeniu dostrzegł błysk wdzięczności, czy była to nadal wyłącznie pogarda.

– Już drugi raz uratowałeś mi życie – oznajmiła sucho.

Trzeci. Nie widziałaś, jak podbiłem karabin mierzącemu do ciebie żołnierzowi...

– Płacę długi.

– Które? Nasze spotkanie przy pociągu czy późniejszą zdradę?

Przez moment zmagał się, zwalczając chęć potrząśnięcia nią i wykrzyczenia pytania, o jaką zdradę jej chodzi. Nie pochodził z ich świata. Konflikt między żołnierzami a heretykami obchodził go w najmniejszym stopniu. Został w niego wplątany, lecz obie strony były mu równie obce. Uciekł ze Strefy, którą znał i kochał, po części, bo nie miał gdzie iść, po części, licząc na przygodę. Jednak w najgorszych koszmarach nie przypuszczał, że trafi do podobnego piekła! On, Wiarołomca, Drewal i Perseu – póki prawowity hrabia Gniazda Psów jeszcze żył – chcieli się tylko stąd wydostać. Perseu już nigdy to się nie uda, ich szanse wydawały się równie mizerne.

Nie powiedział nic, bo do wieżyczki wpadli żołnierze. Część zjawiła się gasić pożar, ale kilku nie dźwigało wiader i nie spieszyło się ku płomieniom. Otoczyli Markiego i Moni.

– Idziemy!

Marki posłusznie powlókł się za strażnikami. Moni zaprotestowała, lecz kopniaki i szturchańce zmusiły ją do podporządkowania się nakazom. Z wieżyczki w dół prowadziły drewniane, nieosłonięte schody. Co chwila przystawali, by przepuścić śpieszących w górę żołnierzy, a także więźniów zagnanych do gaszenia pożaru.

Na placu czekał porucznik Hyc. Dreptał w zamyśleniu, przyglądając się płomieniom i od czasu do czasu zerkając na murowany budynek, w którym urzędował kapitan. Gdy zobaczył Markiego, cicho westchnął. Próbował zamaskować ulgę, lecz nie do końca mu się to udało. Moni nie zaszczycił nawet jednym spojrzeniem.

– Ten wasz balon zawiódł – powiedział z wyrzutem.

Marki spuścił wzrok, by porucznik nie wyczytał z nich zadowolenia. Cieszył się, że próba okazała się niewypałem. Udana stanowiłaby zagrożenie dla jego świata. Strefa nie zdołałaby obronić się przed Armią Podwójnej Trójcy. Łuki i szable przeciw karabinom – rezultat mógłby być tylko jeden.

Hyc obszedł go dokoła.

– Czemu?

Zawinił komin, był zbyt długi. Nie powinien sięgać do wnętrza czaszy.

Tego nie wolno mu było powiedzieć.

– Nie wiem – wymamrotał.

– Jednak tu dolecieliście? Ile to było kilometrów? Pięć? Dziesięć? Dwadzieścia? Jak duża przestrzeń dzieli Bariery? Pokonaliście pasmo gór, a nie udało się wam przelecieć nad palisadą?!

– Była zbyt blisko – zaprotestował. – Startowaliśmy z równiny.

To nie była prawda, lecz Hyc nie musiał o tym wiedzieć. Wcześniej Marki się nad tym nie zastanawiał, ale jak właściwie wyglądał start w Gnieździe Psów? Czemu wtedy balon wzleciał pionowo w górę? Pewnie Wiarołomca by wiedział, a na pewno Drewal, przecież siedział w środku.

Rozmyślania przerwał mu cichy głos kapitana. Dowódca pojawił się znikąd. Zdawałoby się powolny, teraz wyrósł jak spod ziemi. Mówił jednak jak zawsze, w nieskończoność przeciągając każde słowo, a nawet sylabę.

– Mamy zabitego.

Trudno było określić, czy to pytanie czy suche stwierdzenie faktu. Porucznik, zaskoczony obecnością dowódcy, wyprostował się gwałtownie.

– Zginął strażnik pełniący wartę w wieży numer cztery. Wyskoczył.

– Wyskoczył... – kapitan przeciągle powtórzył ostatnie słowo. – Czy mam więc uznać, że popełnił samobójstwo, skazując duszę na wieczne potępienie w po dwakroć przeklętym piekle, czy raczej uznać to za morderstwo?

– Zabił się sam – stwierdził Hyc.

– Tak radzi pan, poruczniku kanoniku, oznajmić jego rodzinie? Czyż samo odejście młodego człowieka nie będzie dla nich wystarczającym powodem rozpaczy?

Hyc skrzywił się, lecz nic nie odpowiedział.

– Słyszałem – kapitan przeniósł spojrzenie na Markiego i Moni – że ta dwójka dostała się do wieżyczki. A jednak żyją. Stoją tu cali, niemal niedraśnięci.

– Uciekliśmy. – Marki wzdrygnął się na wspomnienie płomieni. – On nie chciał. Albo nie mógł. Sparaliżował go strach.

– Strach? – Dowódca obozu na moment umilkł. – A może nie pozwoliłeś mu wyjść? Czemu Pan miałby zabierać dobrego żołnierza Armii Podwójnej Trójcy, a zostawiać przy życiu heretyków i wywrotowców? Czyż jakikolwiek sprawiedliwy sędzia tak by postąpił? O, nie. Powiadam ci, ty go zamordowałeś. Zrobiliście to razem. Z zimną krwią. Wiem już, dlaczego wstawiłeś się za tą nieczystą kobietą, potrzebowałeś wspólniczki zbrodni. – Kapitan gestem przywołał żołnierzy. – Przygotować stos. Podwójny!

Porucznik stał spokojnie, póki podwładni nie odeszli. Gdy jednak został sam z kapitanem i więźniami, wycedził ze złością:

– Nie wolno panu!

– Słucham? – Kapitan wydawał się zdziwiony sprzeciwem. Przyglądał się z góry o dobre dwie głowy niższemu Hycowi, jakby dostrzegł niezwykle interesujący rodzaj robaka, ale jednak tylko robaka.

– Ci więźniowie są wyjątkowo cenni z punktu widzenia strategicznych interesów Państwa...

– Jedynym strategicznym interesem Państwa jest Pan i idąca za nim Święta Armia – przerwał kapitan. – Jedynym celem zbawienie. Obu tym rzeczom zagraża każdy heretyk. I ci nie są wyjątkiem.

Porucznik zagryzł wargę.

– A jednak tak – oznajmił twardo. – On i jego towarzysze pochodzą zza Bariery. Informacje, jak się tam dostać i co zastaniemy, są bezcenne. Warte nienawróconych dusz wszystkich mieszkańców nowego świata.

Kapitan przez moment w milczeniu rozważał słowa podwładnego.

– Nie – oznajmił wreszcie. – Jeśli Pan będzie chciał ich zbawić, wskaże nam drogę.

– Nie dostrzega pan, kapitanie prałacie, że to może właśnie być ta droga? – Hyc nie ustępował. Wyciągnął z kieszeni munduru złożoną na cztery części kartkę. – Zresztą, proszę zapoznać się z rozkazem.

Dowódca wziął od niego dokument. Czytał go, cicho pomrukując.

– Pułkownik – warknął wreszcie. – Czemu nie pilnuje własnych spraw?

Porucznik wyraźnie nabrał pewności siebie.

– Sprawą pułkownika jest dobro Państwa. A jego poleceniem, by więźniom włos nie spadł z głowy.

Komendant uśmiechnął się ponuro.

– A może to prawda, co o nim mówią? Jako pułkownik powinien już być arcybiskupem. Nie został wyświęcony, wciąż czeka. Jego Trójce do siebie nie pasują, brak w nich symetrii. Może rację mają ci, co dostrzegają w tym znak Pana?

Hyc zamierzał zaprotestować, lecz nie zdążył. Dzwonki alarmowe, które umilkły zaledwie przed kilkoma minutami, zabrzmiały ponownie. Tym razem dźwięk nie był ciągły, a składał się z serii krótkich urywanych sygnałów.

Kapitan spojrzał w niebo. Zasnuły je chmury, z których jednak nie miało padać.

– Burza – powiedział cicho. – Przygotować obóz do standardowej procedury.

Porucznik wyprężył się i skinął głową. Nim odszedł wypełnić rozkaz, kapitan zawołał za nim:

– Naszych bezcennych podopiecznych też!

Plac wypełnił się ludźmi. Z baraków wychodzili więźniowie, którzy akurat nie zostali powołani do prac, inni przerywali zajęcia i przybywali na miejsce zbiórki. Opornych poganiali starsi oraz strażnicy. Jeden z nowo osadzonych, stawiający zdecydowany opór, został zastrzelony. Potem już nikt nie wyraził głośno sprzeciwu. Zgromadzono wszystkich heretyków, mężczyzn i kobiety. Stawali w szeregach, grupami zgodnymi z numerami baraków, w których mieszkali. Starszy zawsze jako pierwszy w rzędzie. Mało kto rozmawiał, panowała nieznośna cisza. Strażników było mniej, zaledwie kilkunastu, choć pełna załoga składała się co najmniej z setki osób. Krążyli między szeregami, posępni, równie milczący jak więźniowie. W większości byli to zwykli żołnierze, zjawiło się zaledwie trzech oficerów.

Marki zajął miejsce obok Wiarołomcy. Za nim stanął Drewal, a wokół wielu innych, wpatrzonych w ziemię lub w plecy skamieniałych w bezruchu więźniów przed nimi. Chłopak wyczuwał zbliżającą się burzę. Jak zawsze pozbawiona wszelkich namacalnych symptomów nadciągała nieubłaganie. Prócz pamiętnego lotu balonem, gdy między Ścianami burza zdawała się trwać nieprzerwanie, ta miała być pierwszą, którą spędzi pod otwartym niebem. Nawet zamknięty w klatce na peronie czuł się w jakiś sposób osłonięty. Tu nic nie dawało schronienia.

Tkwili nieruchomo przez co najmniej kwadrans, nim wreszcie na placu zjawił się kapitan. Przemaszerował niespiesznie między rzędami.

– Nadszedł kolejny dzień próby! – zawołał. – Weryfikacji. Nie przeprowadzę jej ja ani nikt inny z personelu obozu. O nie. Tym razem zrobi to ktoś, kogo nie będziecie mogli posądzić o pomyłkę. Ktoś, kto się nie myli, bo potrafi przejrzeć na wskroś wasze zgniłe dusze. Ktoś, kto widzi wszystko, zna wszystko i osądzi wszystkich. Was także. Możecie nie dawać temu wiary, możecie to wyśmiewać i opluwać, ale prawda jest jedna i nie sposób jej ukryć.

Mówił wolno jak zwykle, a jednak donośnie. Wywoływało to dziwny efekt, jakby z jego ust wydobywał się stokrotnie wzmocniony szept. Cichy krzyk. Przykuwało to uwagę do każdego słowa.

– To grzech zrodził burze – kontynuował. – Grzech naszych przodków. A teraz to wasz grzech pozwala im trwać. Przywołuje je na powrót, sprawia, że nigdy na dobre nie odchodzą. Wracają tak samo, jak wracają wasze czarne myśli, lubieżne spojrzenia, złe słowa i uczynki.

Było go widać z najdalszego szeregu. Wzrostem górował nad każdym z osadzonych. Niektórzy patrzyli za nim, lecz większość stała ze spuszczonymi głowami. Byli tacy, co płakali.

– Czy potrzeba nam lepszego potwierdzenia niż to, co stało się dzisiejszego dnia? Zginął człowiek, zginął przez grzech i pychę. Nie swoją i dlatego Pan musiał zesłać karę. Zesłać Anioła Sprawiedliwego, by przywdział maskę bestii i z kosą oraz wagą w dłoniach ruszył między szeregi maluczkich. To na jej szalach położy wasze dusze. A potem...

Kapitan umilkł. Wydawało się, że jego przemówienie, choć przerwane w kulminacyjnym momencie, dobiegło końca, jednak po chwili ponownie zabrał głos:

– Jak zawsze jestem z wami. Nie kryję się z trwogą w kącie i nie otaczam stworzeniami, choć wielu z moich ludzi drży teraz ze strachu. Nigdy tego nie robię, bo moja dusza jest biała jak śnieg, nie splamiły jej kał złych uczynków i uryna nieprawości. Przyszedłem tu dobrowolnie, ja i pozostali strażnicy. To ochotnicy. Nie boimy się. To was czeka osąd Pana, który oddziela ziarno od plew i pociski od pustych łusek. Niech będzie chwała Podwójnej Trójcy.

Żołnierze powtórzyli ostatnie zdanie. Do ich chóru dołączyli nieliczni więźniowie.

Zapadła cisza, nienaturalna cisza, jaką Marki znał z niezliczonych burz, które wyryły się w jego pamięci. Więźniowie czy strażnicy, nikt nie miał ochoty na rozmowę. Zamierały nawet krótkie „tak" lub „nie". Rozpoczęło się wyczekiwanie. Mogło trwać wiele godzin. Gdy siedział zamknięty w głębokim lochu pod gniazdem, prędzej czy później przerywał je płacz dzieci. Wbrew wszystkiemu przynosił lekką ulgę. Był potwierdzeniem, że życie toczy się nadal, że nie zamarło, zastygając w bezruchu. Tu nic nie przerywało powszechnego stanu odrętwienia.

Kapitan nieustannie krążył między szeregami. Właściwie nie patrzył na więźniów. Wbijał wzrok w ziemię lub w niebo, a nawet wtedy gdy jego spojrzenie zatrzymywało się na grupie ludzi, zdawał się patrzeć na wskroś przez nich, gdzieś daleko, gdzie biegły jego myśli. Podobnie zachowywali się inni strażnicy. Prócz osadzonych heretyków nikt nie stał w miejscu. Żołnierze dreptali w koło, bez pospiechu i nie wchodząc sobie w drogę. Gdy czasem ich ścieżki się krzyżowały, w milczeniu przepuszczali jeden drugiego, bez względu na szarżę nie oddając honorów. Czasem to kapitan ustępował drogi zwykłemu szeregowemu. W tym momencie jedynym sędzią był Pan, nie liczyły się ziemskie przywileje i rangi.

Pierwsze wyładowanie uderzyło pół godziny później. Jeden z więźniów, kilka szeregów na prawo od Markiego, niespodziewanie padł na kolana. Najbliżej stojący odsunęli się na bezpieczną odległość. Poza nimi nikt się nie poruszył. Ranny przez moment balansował, machając w powietrzu rękoma, po czym runął twarzą na ziemię. Jego ciałem wstrząsnęła jeszcze kolejna fala drgawek, po czym znieruchomiał.

Marki niemo odetchnął z ulgą. Zdarzało się, że wyładowanie nie zabijało od razu. Czasem śmierć była długa i bolesna. Nie sądził, by ktoś pomógł rannemu, na dobrą sprawę niezwykle rzadko zdarzało się, że porażonego udawało się jeszcze uratować. Trudno było też przynieść ulgę w cierpieniu, chyba że ostatecznie skracając męki. Czy gdyby porażenie dotknęło Wiarołomcę lub Drewala, gdyby musiał ich zabić, w jedyny możliwy sposób przerywając niewyobrażalny ból, dałby radę? Nie sądził, że któryś z żołnierzy użyczyłby mu noża bądź bagnetu. Musiałby skręcić towarzyszowi kark albo go udusić. Wzdrygnął się na samą myśl.

Dobiłbyś Moni?

Powolnym, niemal niedostrzegalnym ruchem zacisnął pięści. Wizje i ponure pytania nie zamierzały go jednak opuścić. Mimo obecności setek osób tkwił tu sam. Uwięziony we własnym ciele jak małż w skorupie.

A gdyby to była Angelka?

Gdyby to w jakikolwiek sposób mogło pomóc, wrzeszczałby do wewnętrznego głosu, chichoczącego gdzieś w głębi jego własnego umysłu, nie dając mu wytchnienia. Zerknął w bok. Czy stojących przed nim, za nim, z obu stron, również męczyły wątpliwości i rozterki? A może jedynie strach, że kolejne wyładowanie, które musi przecież niebawem nastąpić – nigdy nie kończyło się na jednym – obierze za cel właśnie ich? Korciło go, by spytać. Wiedział jednak, że nie uzyska odpowiedzi. Nie dlatego, że rozmowa podczas burzy była w jakikolwiek sposób niebezpieczna. W wielu przypadkach również nie dlatego, że o tym nie myśleli. Po prostu milczeliby, celebrując ciszę, która wydawała się święta. Bardziej niż sama Święta Armia, bardziej niż jakiekolwiek bóstwa, jakie mogliby sobie wymyślić. Świętość nadawała jej groza, jaką roztaczała, świadomość, że nic nie jest pewne ani możliwe do przewidzenia.

Stojący dwa szeregi przed nim więzień upadł. Osunął się, jakby zemdlał. Tak myślał Marki, póki nie zobaczył jego czerwonej i napuchniętej twarzy. Ten człowiek miał szczęście, wyładowanie trafiło go w głowę. Umarł, nim zrozumiał, co się dzieje.

Czas wlókł się niemiłosiernie. Z miejsca, w którym stali, wielki zegar nad biurem komendanta był ledwie widoczny, jednak Markiemu, wpatrzonemu w jego białą tarcze, nie umykał nieomal niezauważalny ruch wskazówek. Minęło pół godziny, potem godzina, druga i trzecia. W tym czasie padło pięcioro więźniów, czterech mężczyzn i jedna kobieta, a także jeden strażnik. Tylko wtedy, przechodząc nad jego ciałem, kapitan przerwał nieznośną ciszę:

– Pan osądza sprawiedliwie. Nie byłeś widać, synu, godny nosić munduru – trudno było powiedzieć, czy w jego głosie kryła się choć nuta żalu.

Potem na dobre zamilkł, kontynuując spacer wokół rzędów więźniów, okrążając ich po raz pięćdziesiąty i setny. Byli jego zwierzętami. Przechadzając się wśród nich, stawał się równie bezpieczny jak inni otoczeni gromadami rozbieganych myszy i gołębi. Może nawet, zważywszy na dysproporcję wielkości, znacznie bezpieczniejszy. Na dobrą sprawę jednak w równej mierze chronił się wśród nich, co oni między sobą i nim. Szanse każdego z obecnych, że trafi go wyładowanie, były równe. To, że kapitan pozostawał w ruchu, nie miało znaczenia. W ich sytuacji niewiele rzeczy zyskiwało znaczenie.

Burza trwała długo, Marki na własnej skórze przekonał się, że ostrożność była naprawdę wskazana. Bajanie, że wyładowania nie trwają dłużej niż godzinę, okazały się bajką. Przed oczami stanął mu przepowiadacz z Gniazda Brzóz, Ameriken. Już nie powie starcowi, że nie miał racji.

– Koniec! – wrzasnął w pewnym momencie kapitan. Był to jak dotąd jedyny prawdziwy okrzyk, jaki Marki słyszał z jego ust.

W szeregach rozległo się przeciągłe westchnienie ulgi, choć przecież stwierdzenie, że burza minęła, było zaledwie subiektywną oceną kapitana. Ostatnia ofiara padła ponad czterdzieści minut wcześniej, lecz jeszcze niczego to nie oznaczało. Burze przychodziły i odchodziły niezauważenie.

– Koniec – Marki wychwycił szept Wiarołomcy.
– Skończyła się pół godziny temu – sprostował.
Nie wiedział, skąd brała się w nim ta pewność. Nie po raz pierwszy jednak czuł burzę. Nie wychwycił jej nadejścia, zaaferowany lotem i późniejszymi wypadkami, gdy jednak stał na placu, była dla niego równie realna jak chmury zasnuwające tego dnia niebo. To uczucie zniknęło mniej więcej dziesięć minut po śmierci ostatniej ofiary. Rzecz jasna, mógł się mylić. To też mu się zdarzało.
Nadal stali na placu. Starsi odwoływali z apelu kolejne baraki, ale robili to bez pośpiechu, jeden po drugim. Marki kątem oka dostrzegł, że zbliża się do nich porucznik. Hyc był jednym z oficerów, którzy pozostali na zewnątrz, zamiast skryć się w budynku pomiędzy wypuszczonymi z klatek zwierzętami. Chłopak podejrzewał, że na ucieczkę nie pozwoliła mu niedawna ostra wymiana zdań z komendantem. Kryjąc się, pokazałby słabość, a na to nie mógł sobie pozwolić.
– Wy trzej! – zawołał.
Niespodziewanie wyrósł przed nim kapitan.
– Potrzebuje pan tych ludzi, poruczniku kanoniku?
Hyc zesztywniał. Wygrał jedną potyczkę, lecz to wszystko, na co mógł liczyć. Komendant był wyższy stopniem i porucznik musiał wykonywać jego polecenia, jeśli rażąco nie odbiegały od rozkazu pułkownika.
– Planowałem powrócić do przerwanego doświadczenia. Incydent, którym się zakończyło, był przykry, lecz nie stanowi powodu zawieszenia badań. Przeciwnie, zmusza nas do rozpatrzenia wielu nowych aspektów.
Kapitan skinął głową.
– A jednak będzie pan musiał to odłożyć – oznajmił. – Pora na inną naukę, pokarm dla duszy. Nie sądzę, by znalazła się lepsza chwila. Nasz Pan właśnie ukazał

swą potęgę i nienawiść do grzeszników. Niech będzie chwała Podwójnej Trójcy. A jak pan sądzi?

Porucznik skrzywił się nieznacznie. Pytanie było ewidentną pułapką. Nie mógł zaprzeczyć.

– Czy wolno spytać, czy poprowadzi pan lekcje osobiście? – powiedział tylko.

– Nie. Wybrali już nauczyciela. Proszę zadbać, by przyprowadzono tę dziewuchę. Z chęcią i ja posłucham jej nauk.

Hyc dał znać żołnierzom i po chwili pojawiła się Moni w towarzystwie dwóch strażników. Kapitan popatrzył na nią z góry i zapytał, spoglądając jej w oczy:

– Heretyczka jest gotowa nawracać?

Marki odniósł wrażenie, że oficer byłby zadowolony, gdyby odmówiła. Zyskałby pretekst, by ją przykładnie ukarać. Być może nawet rozkazałby ją spalić. Pochodziła z tego świata i porucznik z całą pewnością by się za nią nie wstawił. Nie przedstawiała dla niego najmniejszej wartości.

Moni wytrzymała spojrzenie.

– Tak. Pięć dni w samotności to sporo czasu na przemyślenia – dodała ciszej.

Komendant zdawał się słyszeć jedynie potwierdzenie.

– Świetnie. Znajdźmy więc jakieś spokojne miejsce. Pan nie lubi wrzawy i zgiełku.

Poprowadzili ich do baraku, w którym rano i po południu wydawano posiłki. Główną część budynku wypełniały długie stoły i drewniane ławy. Meble były poczerniałe i śliskie od dotyku tysięcy więźniów, którzy gromadzili się przy nich dwa razy dziennie. Znaczyły je również niezliczone plamy i zaschnięte resztki mazi, których składu nie sposób już było określić.

– Tu, jak sądzę, będzie nam dobrze – oznajmił kapitan.

Rozejrzał się. W przeciwległym końcu pomieszczenia uwijał się więzień z wiadrem i szczotką. Zza ściany dobiegały stłumione pokrzykiwania kucharza, besztającego pomocników, lecz ogólnie panowała cisza i spokój.

Moni przytaknęła bezgłośnie.

– Powinni stać? – pytanie skierowała do komendanta.

– Słuchając nauk, wszyscy powinniśmy, ale sądzę, że Pan się nie obrazi, jeśli dziś spoczniemy. Wystarczająco nastaliśmy się podczas niedawnej lekcji, której udzieliła nam sama Trójca. – Wysłał Moni uśmiech, który jednak niczego nie wyrażał, był tylko grymasem przyklejonym do ust. Być może był to kolejny test. Dziewczyna nie dostrzegła tego lub rozmyślnie zignorowała.

– Usiądźmy więc – zarządziła.

Marki, Wiarołomca i Drewal spoczęli obok siebie, plecami do stołu. Kapitan zajął miejsce nieco dalej. Wcześniej odprawił towarzyszących im strażników. Moni przycupnęła na ławie naprzeciw, po drugiej stronie wąskiego przejścia między stołami. Chrząknęła cicho, by zwalczyć lekką chrypkę.

– Nigdy nie prowadziłam lekcji – zaczęła. Patrzyła na kapitana, lecz ten gestem wskazał jej, że powinna mówić do więźniów. – Wybaczcie więc wszelkie potknięcia. Z pewnością wielu zrobiłoby to lepiej. Skoro jednak to ja zostałam wskazana, niech tak będzie.

Marki sądził, że dziewczyna będzie protestować, oznajmi, że Podwójna Trójca to wymysł szaleńców, lub zrobi coś równie głupiego, jednak nic takiego nie nastąpiło. Uspokoił się. Wszelki sprzeciw z całą pewnością byłby surowo ukarany.

– Najlepiej chyba zacząć od początku. – Zawahała się. – A więc... W dniach pierwszych ludzkość rosła w siłę i liczebność. Nie wzrastała jednak jak zboże plenne, lecz rozrastała się niczym chwasty, same owocu nierodzące i jeszcze duszące niewinne pędy zielone. Niezmierzone stawały się jej szeregi, lecz próżno było szukać sprawiedliwego męża, niewiasty lub dziecięcia. Zepsucie szerzyło się jak odór zatęchły z trupa ziejący a przez wiatr rozsiany. A duma ich rosła. Aż zaczęli sądzić ludzie w owym czasie, że stali się równi bogom fałszywym, ku którym twarz obrócili. I wtedy, u szczytu potęgi onej, Pan spojrzał w dół na podległe mu plemię i zdjęty zgorszeniem gorzko zapłakał. I na rozkaz jego i za przyzwoleniem Anioły Piekielne zstąpiły na ziemię, pustosząc krainy i gubiąc mieszkańców...

Moni podniosła głowę. Początkowo mówiła cicho, niepewnie, ze wzrokiem wbitym w podłogę, jednak z każdym zdaniem jej głos rósł w siłę. Może odrzucała ów tekst, nie było jednak wątpliwości, że został jej głęboko wpojony. Kolejne słowa płynęły same, niewymuszone.

Marki słuchał z niechęcią. Zaledwie z grubsza poznał nauki wędrownych kaznodziejów, którzy nawiedzali jego gniazdo w rodzinnej Strefie, jednak to, co zapamiętał, brzmiało dość podobnie. Bogowie zsyłający karę lub twardą ręką trzymający bat nad owieczkami. Wszystkie religie mówiły to samo. Jak można było znaleźć wśród nich tę prawdziwą, o ile taka w ogóle istniała?

Spojrzał na Wiarołomcę. Twarz mężczyzny zdradzała nieodpartą fascynację, z jaką połykał każde słowo Moni. Marki wątpił jednak, by Szymon przyjmował opowieść, raczej chłonął ją chciwie jako kolejną legendę mogącą odsłonić przed nim zapomnianą historię dawnych lat. Filtrował ją i przesiewał, być może znajdując coś dla siebie, a może nie.

Dziewczyna wreszcie skończyła cytować. Zakłopotanie, jakie okazała na ułamek sekundy, świadczyło, że nie pamięta dalszej części.

– Doskonale – zabrał głos kapitan. – Znacznie lepiej, niż oczekiwałem. Tak brzmią słowa Świętej Księgi. – Nakreślił palcem w powietrzu sześciokąt. – Jednak na nic zda się najlepsze ziarno, jeśli nie trafi na glebę żyzną i nie zadba się o światło i wodę dla niego. Powiedziałaś słowa, teraz objaśnij ich sens, jeśli potrafisz.

Moni zacisnęła usta. Zastanawiała się moment, nim zaczęła mówić:

– Księga ukazuje zło, jakim jest nadmierna wiara we własną potęgę. Przypomina o ludziach, którzy zbłądzili i zostali za to ukarani.

Komendant wolno skinął głową. Dziewczyna mówiła znacznie mniej pewnie niż wcześniej i z wyraźnie mniejszym przekonaniem, jednak z jej ust padało to, co pragnął usłyszeć.

– Potężnych ludzi – wtrącił Wiarołomca. – Wasza księga twierdzi, że dawni ludzie byli liczniejsi i dysponowali siłą, której brak im dzisiaj. Nasze podania mówią, że posiadali wtedy skrzydła.

– Co na to odpowiesz? – kapitan zwrócił się do Moni.

– To jedynie metafora – oznajmiła cicho dziewczyna. – Wybujał grzech, nie człowiek. To podszepty Złego kazały uwierzyć w złudną potęgę i moc. Ludzkość była taka jak obecnie. Trwa od zawsze i będzie trwać w przyszłości do chwili, aż po raz ostatni zajdzie słońce.

Szymon otwierał usta, by coś powiedzieć, lecz jego wzrok zatrzymał się na kapitanie i mężczyzna umilkł. Komendant popatrzył na niego wyczekująco, ale gdy Wiarołomca nie zabrał głosu, zwrócił się ponownie do Moni:

– Objaśnienia krótsze niż słowa. Pozwól, że wyjątkowo ci pomogę, naprowadzając na właściwy ślad. Cóż jeszcze można wywnioskować z przywołanego fragmentu Pisma? Może coś nawiązującego do dzisiejszych wydarzeń?

Dziewczyna nieco nerwowo kiwnęła głową i podjęła nauczanie:

– Pan nas nie opuścił. Widzi wszystko, bo inaczej skądże brałby się jego gniew, jak nie z odrazy, którą czuł wtedy i nadal odczuwa? Każda burza jest tego znakiem, stanowi namacalny dowód obecności jego, jak i całej Podwójnej Trójcy.

Kapitan uśmiechnął się szeroko.

– Nigdy nie spodziewałbym się tego po heretyczce.

– Czego? – w głosie Moni przebrzmiewała nuta niepewności.

– Lekcji nie gorszej niż u niejednego nauczyciela. Skumulowana, zwięzła, a przede wszystkim prawdziwa. Jak to się stało, dziewczyno, że zagubiłaś drogę? – Moni milczała. – Zresztą nieważne, widzę, że dla ciebie nie jest jeszcze za późno. Musisz tylko chcieć.

Podniósł się z ławy. Zdjął czapkę i wskazał wyszyty na niej, obrębiony złotą nicią sześciokąt. Postukał w niego palcem.

– Zapamiętaj. Zapamiętajcie wszyscy. To jedyna prawdziwa moc na tym świecie. A ten znak, znak idealnej figury, został zesłany jako symbol Państwa i świata, w jakim przyszło nam żyć.

Tej nocy obudził Markiego kaszel. Dobiegał gdzieś z sąsiedniej pryczy. Chłopak przyzwyczaił się już do jęków i cichych postękiwań wypełniających barak po nastaniu ciemności, jednak ten dźwięk wdzierał się w uszy na podobieństwo wystrzałów. Pojedyncze kaszlnięcia przechodziły w serie, kończące się tylko po to, by po minucie czy dwóch rozpocząć się na nowo. Po którymś ataku Marki nie wytrzymał. Usiadł na pryczy, odrzucając sztywny, szorstki koc.

– Trzeba wezwać medyka – powiedział głośno w ciemność.

Przez dłuższą chwilę nikt się nie odezwał. Potem rozległo się głuche warknięcie:

– Śpij!

Chłopak ścisnął krawędź koca, przez moment rozważając, czy posłuchać nakazu. Potem po omacku odszukał stopnie drabiny i ruszył w dół.

– On jest chory – odezwał się dopiero, gdy stanął na deskach podłogi.

Na zewnątrz paliły się ogniska i łuczywa, lecz wnętrze baraku tonęło w mroku. Marki nie był nawet pewny, z kim rozmawia, choć domyślał się, że to starszy baraku.

– Po raz ostatni mówię po dobroci. Śpij! – usłyszał.

– A on?

– Los heretyka leży w rękach Pana.

– Wszyscy nimi jesteśmy – poznał głos Wiarołomcy.

– Co? – ton głosu starszego stawał się coraz bardziej złowrogi.

– Heretykami – wyjaśnił Szymon. – Wszyscy jesteśmy heretykami. Inaczej byśmy się tu nie znaleźli. Czy własny los również powierzyłbyś jedynie Trójcy z pominięciem medyka?

Na drewnianej podłodze rozległ się tupot bosych stóp. Ktoś wylazł z pryczy. Marki był przekonany, że to starszy. Jego zadaniem było pilnowanie innych i jak chłopak zdążył się zorientować, pełniący tę funkcję sumiennie wywiązywali się z zadania. W przeciwnym wypadku szybko ich zmieniano, a bycie starszym dawało spore przywileje. Lżejszą pracę i lepsze – choć nieznacznie – posiłki.

Ktoś otworzył na oścież drzwi baraku, wpuszczając do środka nieco światła. Była jasna, rozświetlona księżycem noc, lecz w pozbawionym okien wnętrzu panował nieprzenikniony mrok. Więźniom nie wolno było palić ognia. Marki wyraźnie zobaczył stojącą tuż przy wyjściu postać. Z tej odległości nie mógł jej rozpoznać, lecz z pewnością był to starszy.

– Ty – usłyszał.

– Mówisz do mnie ? – upewnił się.

– Uważasz, że jesteś lepszy od nas, bo chroni cię porucznik? – starszy cedził słowa przez zaciśnięte zęby.

Przez to, że nie byli wyznaczani do fizycznej pracy i dostawali większe racje żywnościowe, przybysze zza Ściany wzbudzali zawiść w wielu osadzonych. Traktowano ich lepiej niż starszych, może dlatego ci ostatni szczególnie ich nienawidzili.

Marki pokręcił głową. Zdał sobie sprawę, że gest mógł być niewidoczny, więc dodał:

– Nie chodzi o mnie. – Ucichł, bo przerwała mu kolejna salwa kaszlu. – Ten człowiek potrzebuje medyka.

– Przeziębił się na apelu. Burza była znakiem Pana, czy więc choroba nie jest tym samym? A teraz stulić mordy i spać! Do rana nie chcę słyszeć choćby zdania. I kaszlu też!

– To odruch – zaprotestował Wiarołomca. – Nie zdoła nad nim zapanować.

Szymon również zszedł na podłogę. Starszy zbliżył się do niego, lecz ostatecznie zawrócił bez słowa. Podszedł do dzwonka zawieszonego po prawej stronie drzwi i uderzył w niego dwa razy.

– Mnie macie głęboko – mruknął – to gadajcie ze strażnikami.

Wartownicy zjawili się niemal natychmiast. Najstarszy, liczący około czterdziestu lat, niósł niewielką ręczną lampę rozsiewającą wokół nieprzyjemny zapach kojarzący się z czosnkiem. Takie oświetlenie, nieznane w ich Strefie, tu było czymś powszednim, lecz na Markim nadal nie przestało robić wrażenia. Dwóch pozostałych żołnierzy trzymało karabiny w pogotowiu.

– Co się dzieje?! – warknął pierwszy, który wszedł do baraku. Odszukał wzrokiem starszego i rzucił: – Nie potrafisz utrzymać porządku?!

Starszy bez słowa wskazał Szymona i Markiego. Strażnik uniósł broń, jakby zamierzał uderzyć Wiarołomcę kolbą, lecz w ostatniej chwili powstrzymał cios.

– To ci od Hyca – zauważył.

– Dlatego sam nie podjąłem działań – wyjaśnił uniżenie starszy.

Żołnierz z lampą skrzywił się ze złością. Gdy na jego twarz padło światło, uwidoczniły się liczne blizny. Zdawały się symetryczne i trudno było wyobrazić sobie, jak odniósł takie obrażenia podczas walki. Chyba że – tak jak kapitan – oszpecił się własnoręcznie.

– Gówno mnie to obchodzi, o tej godzinie powinni leżeć pod kocem i udawać, że nie istnieją.

– Porucznik jednak... – sprzeciwił się inny z żołnierzy.

Protest był słaby, wyraźnie to strażnik z lampą wiódł tu prym. Być może był najwyższy stopniem, bo na mundurze nosił inne oznaczenia niż pozostali.

– Widzisz go gdzieś?! Śpi smacznie w przytulnym pokoiku, pod cholerną cieplusią kołderką, a my tu zapieprzamy za niego. Bez nas ten cały obóz rozleciałby się po tygodniu. Bez nas i bez wpojonego heretyckiemu plugastwu przekonania, że to my ustalamy prawo. Żaden pupilek Hyca nie będzie mi podskakiwał, gdy wypełniam obowiązki. Opór dławi się w zarodku, a nie dopiero gdy rozleje się ogniem.

– Jasne, Wender, ale...

– Zaprotestuj raz jeszcze, a tobie pierwszemu rozkwaszę nochala! – warknął oszpecony strażnik. – Co tu się dzieje?! – dorzucił, rozglądając się po wnętrzu.

– Mamy chorego – wyjaśnił pospiesznie Marki, uprzedzając starszego. – Powinien obejrzeć go medyk.

– Albo go powieśmy i zaoszczędźmy kłopotu wszystkim.

Rozległ się kolejny atak kaszlu. Dwaj żołnierze spojrzeli wyczekująco na starszego stopniem towarzysza. Wender zastanawiał się przez chwilkę.

– Niech tu podejdzie. – Nikt się nie ruszył. – Ma tu przyjść!

Marki wspiął się na drabinę w rzędzie prycz, gdzie, jak sądził, leżał chory. Kaszel go naprowadził. Mężczyzna leżał na wznak. Raz po raz wstrząsały nim ataki dreszczy. Oczy miał zamknięte. Zapewne nie spał, raczej był nieprzytomny.

– Nigdzie nie pójdzie! – zawołał chłopak, szarpiąc ramię mężczyzny. Jak się spodziewał, nie zdołał go dobudzić. – Jest w malignie.

– To go znieś!

Marki spojrzał w dół. Jak miał to zrobić? Chory leżał na czwartej platformie, co najmniej pięć metrów nad podłogą. Z pomocą przyszedł mu Wiarołomca. Zatrzymał się na trzeciej platformie i wyciągnął ręce.

– Podaj, ale ostrożnie.

Chłopak spuścił ciało chorego. Szymon przejął go, po czym zaczekał, aż Marki zejdzie niżej, by tym razem to on przechwycił ciało. Po trzech takich wymianach znaleźli się na dole. Żołnierze przyglądali im się znudzeni, nie zamierzając pomóc. Starszy ani nikt z przebudzonych więźniów również nie ruszył się z miejsca. Strażnik z bliznami podszedł niespiesznie do chorego. Położył łapsko na jego głowie.

– Rozpalony jak goła dupa wystawiona na słońce – mruknął. Spojrzał na chłopaka i wyszczerzył zęby. – Próżny twój trud, nie wyżyje.

– A medyk?

– Masz ochotę, to go zataszcz.

Marki chwycił mocniej mężczyznę pod pachami, ale Wiarołomca nie ruszył się z miejsca.

– Możemy? – Szymon spojrzał wyczekująco na żołnierza. – Więźniom nie wolno bez zezwolenia chodzić nocą po obozie.

Wender zaśmiał się cicho.

– A miałem nadzieję, że nie spytasz. – Spoważniał. – Możecie. Mańkut – przywołał jednego z towarzyszących mu żołnierzy – idziesz z nimi. Do medyka i z powrotem. Skręcą choćby na metr w bok, to pal w łeb i nie bój się Hyca, w tej sytuacji wpieni się, ale nic ci nie zrobi.

Mańkut kiwnął głową, by ruszyli. Dopiero na zewnątrz Wiarołomca spytał:

– Którędy?

Choć już jakiś czas przebywali w obozie, żaden z nich nie tylko nie odwiedził medyka, ale nawet nie wiedział, gdzie powinien go szukać. Na apelach czasem o nim wspominano, ale wydawał się równie realny i osiągalny, jak sama Podwójna Trójca. Mańkut bez słowa wskazał niewielki drewniany budynek znajdujący się nieopodal siedziby komendanta. Marki nie potrafił sobie przypomnieć, by kiedykolwiek widział kogoś kręcącego się w pobliżu tego niepozornego domku. Czyżby więźniowie nie chorowali? Zdecydowanie nie. To raczej bliskość kapitana sprawiała, że obawiano się prosić o pomoc.

Musieli załomotać trzy razy, nim wreszcie do środka wpuścił ich starszy, chudy mężczyzna o siwych roztrzepanych włosach i wybujałych, niemal białych wąsach. Na śnieżnobiałą koszulkę narzucił krzywo mundur. Biła od niego delikatna, lecz wyraźna, kwaśna woń alkoholu. Zapewne popijał wieczorami, licząc, że w ten sposób nie zdradzi się przed komendantem. Marki nie wiedział, jak kapitan traktuje podwładnych, jednak podejrzewał, że nie wymaga od nich wiele mniej niż od osadzonych heretyków. A może – jak przystało na prawdziwego fanatyka – oczekiwał od nich znacznie więcej. W końcu byli oficerami Świętej Armii, elitą elity.

– A temu co? – mruknął lekarz.

– Gdzie go położyć? – Wiarołomca odpowiedział pytaniem.

Mężczyzna poprowadził ich do sali, która wypełniała dwie trzecie budynku. Stało tu co najmniej tuzin łóżek, ale wszystkie puste. Położyli chorego na najbliższym.

– Podporuczniku Rotaland, zaczekam na zewnątrz. – Mańkut zasalutował niedbale i nie czekając na odpowiedź, wyszedł. Nie okazał przełożonemu cienia szacunku.

Medyk zdawał się nie zwracać na to najmniejszej uwagi. Wytrzasnął skądś lampę identyczną jak ta, którą trzymał Wender, i zapalił ją, marszcząc nos.

– Nie znoszę zapachu karbidu – burknął, jakby na usprawiedliwienie.

Dokładnie obejrzał chorego.

– Urządził go tak dzisiejszy apel – zauważył Marki.

– Nie, chłopcze – zaprzeczył. – Popatrz. – Podciągnął koszulę nieprzytomnego. Ukazała się skóra ciasno opinająca żebra. Można je było wszystkie bez trudu policzyć. – Urządziła go, jak to nazwałeś, ciężka praca i ciągnąca się od tygodni, a może nawet miesięcy głodówka. Organizm słabł i stawał się z dnia na dzień bardziej podatny na choroby. Dzisiejszy apel był tylko kropką nad i przypieczętowującą jego los.

Wiarołomca położył dłoń na ramieniu Rotalanda. Marki sądził, że oficer strąci ją z oburzeniem, lecz medyk nie zareagował.

– Czemu więc łóżka stoją puste? – Szymon powiódł spojrzeniem po sali. – Równie słabych są dziesiątki.

– Kapitan lubi palić ogniska – oficer zaśmiał się sucho. – Może zostało mu to z lat, gdy był smarkiem... Gdy brakuje kozłów ofiarnych, eliminuje najsłabszych. Takich, którzy nie są już w stanie pracować. Zamiast bezprodukcyjnie umierać w łóżku, mogą przecież dać jeszcze przykład i motywację innym.

– Więc... – Wiarołomca nie dokończył. Wskazał nieprzytomnego.

– Tak. Jeśli nawet postawię go na nogi, istnieje duża szansa, że i tak nie ujdzie cały.

– Nie protestuje pan? – zdumiał się Marki.

Rotaland machnął ręką.

– Wy protestowaliście i zobaczcie, do czego was to doprowadziło. – Spojrzał przenikliwie na więźniów. – Zaraz, to wy jesteście tymi... – nie dokończył. – Słyszałem o was. Upieracie się, że przybyliście skądś tam...

– Bo to prawda.

Oficer wydał z siebie coś, co przypominało zduszony śmiech.

– Nie. Tam nic nie ma, w każdym razie nic prócz ognia piekielnego. A nawet jeśli jest, butelka wódki zaprowadza mnie w ciekawsze miejsca. Ale niech wam będzie...

– Najlepiej się napruć i udawać, że niczego się nie widzi?! – oburzył się Marki. Poczuł na plecach uspokajający ciężar dłoni Wiarołomcy. Szymon miał rację, złość była niepotrzebna.

– W tym szambie dowodzi kapitan. Poza tym to heretycy. Nikt się za nimi nie ujmie. Wyrzekając się Pana, wyrzekli się praw. – Medyk wstał nadspodziewanie żwawo. Gdy siedział na łóżku obok badanego, wydawał się delikatny, niemal kruchy. – Ale skoro tu jesteście, pomóżcie.

Przeszedł do części sali odgrodzonej parawanem. Pod ścianami stało tam kilka pomalowanych na biało szafek. Otworzył najbliższą i wyciągnął szklany słój. Wypełniały go niewielkie, może centymetrowe krążki.

– Musi dostać tabletkę, może nawet dwie, ale nie przełknie. Rozpuszczę je w wodzie, a wy go podniesiecie, by się nie zadławił, gdy wleję mu roztwór do gardła.

– Co to jest? – Szymon ciekawie przyglądał się słojowi.

– Proszki, zwykłe proszki. – Starszy mężczyzna na moment umilkł. – Czy w tym waszym lepszym świecie nie ma lekarstw?

Wiarołomca pokręcił głową.

– Nie takich, mamy zioła, wywary.

– Żałujcie, to jedno z niewielu dobrodziejstw ludzkości. Wkładamy wiele energii, by wymyślać sprawniejsze karabiny, coraz dalej i silniej strzelające armaty, a niewielu myśli o tym, jak uzdrawiać. Nie tylko innych, ale i to chore, przewrócone do góry nogami Państwo. Gdyby tyle wysiłku, co w zabijanie, wkładano w leczenie i pomaganie, nie byłoby chorych i nieszczęśliwych.

– Jedna czy dwie takie... tabletki... uzdrowią go?

– Gdyby to było takie proste – medyk westchnął. – Ale nie jest. Czasem wystarczy kilka, czasem nie pomoże cała kopa. To tylko lekarstwo, mocniejsze, jak podejrzewam, niż ziółka z waszej krainy bajek, lecz tylko lekarstwo.

Wziął dwa proszki i jeden z nich przeciął nożem na pół. Jedną z części schował do słoja, a resztę rozgniótł łyżką na blaszanym talerzyku. Potem delikatnie i uważnie strząsnął miał do kubka.

– Taka dawka chyba wystarczy. Idę po wodę.

Gdy tylko wyszedł, Szymon natychmiast znalazł się przy słoju.

– Co robisz? – syknął Marki.

– Pozna się, jeśli wezmę zbyt dużo. – Wiarołomca wytrząsnął na dłoń trzy proszki i krytycznie ocenił zawartość naczynia. Gdyby słój był pełen, mógłby wziąć kolejne, ale tabletki wypełniały najwyżej jedną piątą objętości. – Może jeszcze... – mruknął, ale za drzwiami dały się słyszeć kroki, więc jak oparzony odskoczył od szafki.

Rotaland obrzucił ich krótkim spojrzeniem, po czym nieznacznie uniósł kubek.

– Gotowe – powiedział. – Przytrzymajcie go.

Spełnili prośbę. Mężczyzna małymi łyczkami wlał płyn do ust nieprzytomnego. Bardzo uważał, by porcje nie były zbyt duże. Gdy skończył, dał znać, by ponownie położyli chorego.

– Możecie odejść – oznajmił. Po chwili milczenia, gdy byli już pod drzwiami, dodał: – Jeśli za Barierą macie jakichś bogów, którzy lepiej nadstawiają ucha na prośby niż Podwójna Trójca, możecie się pomodlić o zdrowie dla niego. I by pozostał niezauważony... Ja pogadam o tym z moim ognistym bogiem ukrytym w butelce...

Starzec poprawił narzucony na ramiona mundur. Marki nieznacznie skinął głową. Słowa medyka pachniały herezją.

Przyzwoity człowiek w nieprzyzwoitym świecie.

Wyszli.

Wartownicy zaprowadzili ich do baraku i odeszli. Nie interesowały ich nauki. Moni już czekała. Przysiadła na ławie, oparta o stół i zatopiona w myślach. Drgnęła, gdy dostrzegła Markiego i jego towarzyszy. Wydęła lekko wargi.

– Pora na drugą lekcję – ciszę przerwał Wiarołomca.

Chyba jego jednego ciekawiło, co dziewczyna ma do powiedzenia. Zapewne liczył, że dowie się czegoś więcej o świecie, w którym utknął. Moni odrzuciła głowę do tyłu, poprawiając skołtunione włosy. W obozie mogła zapomnieć o ich umyciu i już dawno straciły swój marchewkowy kolor, wydawały się rdzawe.

– Po co? Wy nie chcecie słuchać bzdur, a ja nie zamierzam ich opowiadać...

– Czemu więc robiłaś to za pierwszym razem? – Marszałek usadowił się naprzeciw Moni. W jego słowach słychać było lekką kpinę. – W obecności kapitana. Ze strachu?

Dziewczyna poczerwieniała.

– Nie boję się!

– Dziecko, mogłabyś być moją córką. Nie ciskaj mi kłamstw prosto w oczy. Widziałem nie takich jak ty, co, by przeżyć, robili rzeczy, od których normalnie się odżegnywali. Czy już zapomniałaś dni w karcerze?

Zerwała się.

– Usiądź... – zaczął Marki, lecz spiorunowała go wzrokiem. Chłopak zamilkł. Jego słowa mogły odnieść jedynie odwrotny skutek.

– Usiądź – wsparł go Wiarołomca. – Nie jesteśmy wrogami.

Drewal mruknął coś niezrozumiale.

– Zabiłam jednego z was! – Marki przysiągłby, że wychwycił w głosie Moni nutkę żalu, a może jedynie bardzo chciał ją usłyszeć.

– I tylko jego?

– Zapytajcie waszego przyjaciela.

Marki wzdrygnął się na wspomnienie piwnicy. Jednak czy mordowała tam własnoręcznie, czy też była to raczej domena Fillapa? Nieważne, to działo się w jej domu. Godziła się na tortury. Nie powiedział nic.

– Tak, zabijałam. Strzelałam, podkładałam bomby, a kiedyś... – zawahała się – zadźgałam pijanego żołnierza. Był tak zalany, że ledwie chodził. Wbiłam mu nóż w bebechy, raz, drugi, trzeci, a na koniec poderżnęłam gardło. Odeszłam dopiero, gdy przestał drżeć. Byłam obecna przy śmierci wielu ludzi, wielu! Nie zawsze z mojej ręki.

Uniosła hardo głowę.

– Ile masz lat? – Nie odpowiedziała, więc Wiarołomca ciągnął: – Ile by ich nie było, ja w twoim wieku jeszcze nie miałem krwi na rękach. Ten świat to piekło, jeśli nie rodzi kwiatów dla motyli, a jedynie pragnące pożerać innych rosiczki.

Moni zerwała się z miejsca. Zamachnęła się, by go uderzyć, lecz Szymon złapał ją za przedramię. Przyciągnął do siebie.

– Robiłaś straszne rzeczy – przyznał. – Wśród nich tę jedną, której, nie czarujmy się, nigdy ci nie zapomnimy. Ale teraz wszyscy mamy do odegrania jakąś rolę. Zgodziłaś się być naszą nauczycielką, więc nas ucz!

Chwilę milczała, rozważając usłyszane słowa.

– Co chcecie wiedzieć?

– Jak długo trwa wasza wojna?

– Gdy byłam dzieckiem, panował spokój. Ale konflikt już wtedy istniał, tylko nie zalał jeszcze ogniem kraju... A może jedynie na chwilę przygasł, bo, jak mówią, ciągnie się dziesięciolecia, może wieki...

– Tylko dlatego, że jedni w coś wierzą, a inni nie? – spytał cicho Drewal.

Spojrzała ponuro na marszałka.

– To nie jest błahy powód!

– Nie znam mniej znaczącego. Ludzie powinni mieć wybór, powinni się różnić, dopiero wtedy są piękni. Trzeba pozwolić im się rozwinąć, pokazać, co są warci, a nie przerywać drogę w pół kroku. Parzyłem, jak Perseu dorasta, był stworzony do wielkich celów, niósł w sobie entuzjazm, rozsądek i dobroć, a zginął w czymś tak głupim...

– Mój brat... – Zacisnęła pięści. W jej oczach lśniły z trudem powstrzymywane łzy.

Drewala nie obchodził brat dziewczyny. Nie kontynuowała. Wiarołomca wykorzystał chwilę ciszy.

– Czy w waszym świecie są Studnie? – Zrobił gest unoszenia się w górę.

Moni skinęła głową.

– Jak je tłumaczycie?

– Święta Armia uważa, że to tunele do piekła. Gardziele bestii, które otworzył grzech.

– A heretycy? – wtrącił Marki.

Wydawało się, że nie odpowie. Wreszcie rozłożyła ręce.

– Nie wiem... Nie tłumaczymy ich...

– Jedynie przeczycie, by przeczyć. – Marszałek uśmiechnął się kwaśno.

– Nie! – sapnęła gniewnie. – Przeczymy, bo oni kłamią! Na każdym kroku!

– Z chęcią posłucham tych kłamstw. – Szymon rozsiadł się wygodniej. Gestem wskazał, by i Moni wreszcie ponownie usiadła. Niechętnie spełniła prośbę.

– Co chcecie wiedzieć?!

– Interesuje mnie początek waszego Państwa, bo tak je chyba nazywacie – z niewzruszonym spokojem odparł Wiarołomca.

– Dlaczego początek?

– By rozsupłać poplątany sznur, najlepiej poszukać miejsca, gdzie się zaczyna. Jak podejrzewam, nie uciekniemy przy tym od lekcji wiary.

– Wszystko jest ze sobą związane – odpowiedziała cicho Moni. Jej wzburzenie opadło. Chwilę zbierała myśli, nim wreszcie zaczęła: – U podstaw leży zagłada. – Roześmiała się niepewnie. – Tym zdaniem mój katecheta zaczynał każdą lekcję. Zgadzam się z nim, jeśli chcemy stworzyć nowy świat...

– Początek – naprowadził ją na właściwy temat Szymon.

Dziewczyna mruknęła coś niewyraźnie, przeczesując ręką włosy. Trafiła na sklejone pasma i rozdzieliła je zdecydowanym szarpnięciem.

– W czasach, o które tak dopytujesz, ludzkość leżała z mordą w błocie. Mówiłam podczas pierwszej lekcji, że zostaliśmy ukarani za pychę i grzech. Anioły Piekieł zebrały krwawe żniwo, którego zażądał od nich Pan. Po ziemi nie stąpała osoba, która nie straciłaby kogoś z najbliższych. Często wszystkich. Bo pozostała jedynie garstka ocalonych, ziarna spośród plew. Wydawało się, że wszystko przepadnie, że naprawdę staniemy się słabsi i gorsi, lecz znalazł się ktoś, kto potrafił skupić wokół siebie niedobitki i odbudować stary świat. Sam przeżył chwile grozy, gdy przygnieciony przez ruiny Pałacu Dawnej Wiary o mało nie wyzionął ducha. Leżąc pod belkami i gruzem, doznał przemiany. Odebrana została mu pamięć, o tym, co było, fałszywe przekonania i myśli, a objawiona najświętsza prawda. To wtedy pojął istotę Podwójnej Trójcy. Splatających się dwóch podstawowych elementów boskich: Siły i Wiary. Tyle legendy, które próbowano nam wpajać. Moim zdaniem, facet po prostu postradał zmysły. Zarobił w głowę o jedną cegłę za dużo...

– Jeśli chcesz żyć, powstrzymaj się od komentarzy – ostrzegł ją bez cienia sympatii Drewal. – Nigdy nie wiadomo, kto słucha...

– Prócz nas nikogo tu nie ma.

– Mój przyjaciel ma rację – wsparł marszałka Szymon. – Powiedz lepiej coś więcej o tych boskich elementach. To coś, czego oczekiwałby kapitan.

Widać było, że temat zupełnie go nie interesuje. Jeśli pytał, to tylko, by móc wykazać się wiedzą przed komendantem, gdyby temu przyszło do głowy sprawdzać postępy trójki przybyszy. Moni chyba to rozumiała.

– Jak mówiłam, Siła i Wiara. Dwie trójce scalające się w jedność. Siłę reprezentuje Armia, Wiarę Kościół...

– Dzielą się chyba bardziej? – spytał Marki.

Dziewczyna obrzuciła go nieprzychylnym spojrzeniem, ale odpowiedziała:

– Wiara to Modlitwa, Umiar lub inaczej Asceza oraz Przebaczenie...

– Na każdym kroku widzimy to wasze przebaczanie – burknął zgryźliwie marszałek. – Jesteście nim przesiąknięci. Obie strony.

Moni puściła uwagę mimo uszu.

– Na Siłę składa się Walka lub Nawracanie, Gotowość i Poświęcenie. Razem sześć elementów. Tyle ile stron ma Państwo. Każdy element to jedna krawędź, jeden bok sześcianu. By figura była pełna, potrzebne są wszystkie, tak więc każdą z tych cech musi posiadać praworządny obywatel, a już na pewno każdy żołnierz Świętej Armii, od szeregowego po generała.

Przy ostatnich słowach cynicznie wydęła wargi. Chyba była bliska roześmiania się, powstrzymywało ją jedynie miejsce. W obozie śmiech nie wydawał się naturalny, królowały tu płacz lub jęki.

– Poznaliśmy podstawy. – Szymon pokiwał głową. – Wróć więc do historii. Co wiesz o powstaniu Państwa?

Dziewczyna wydała się zakłopotana.

– Powstało i już... Pod przywództwem i opieką Świętego Kapelana. Gdy wydobrzał po odniesionych ranach, począł wędrować i nawracać.

– Ludzie po prostu przyjęli jego punkt widzenia?

– Każdy, kto usłyszał nauki. Tak przynajmniej mówi Księga.

– Stek bzdur – szepnął do siebie Wiarołomca. – Zostawmy to – dodał głośno. – Czy owa Księga wspomina coś o Przekłuwaczach? Próbowano z nimi walczyć?

– Przecież to wysłannicy Pana...

– Raczej kaci ludzkości.

– Czyż nie można spełniać tych dwóch funkcji jednocześnie? – Głos za plecami zaskoczył ich. W wejściu baraku stał kapitan.

Podszedł niespiesznie do Moni. Lekko chwycił za podbródek i przyjrzał się dziewczynie, jakby widział ją po raz pierwszy.

– Wybraliście tę heretyczkę na nauczycielkę dlatego, że jest gładka? – Pogładził policzek dłonią w rękawiczce. – Jeśli tak, to błąd. Pokusa kryje się w ciemnościach. Wypala ją słońce... albo ogień.

Nie odpowiedzieli.

– Jak dzisiejsza lekcja? – zmienił temat.

Moni spuściła głowę.

– Mówiłam o początkach Kościoła, Świętym Kapelanie i elementach Podwójnej Trójcy.

Oficer klasnął rozbawiony.

– Spory rozrzut. Na każdy z tych tematów napisano niejedną księgę.

– Łączą się ze sobą. – Wiarołomca stanął w obronie nauczycielki.

– Wszystko, co dotyczy Pana, łączy się w całość. Ale rozumiem, że na razie poznajecie zarysy. Co jeszcze chcielibyście wiedzieć? Niech i ja zabawię się w katechetę.

Marki poruszył się niespokojnie i po chwili wahania zapytał:

– Zegary. Czemu są tak ważne?

– Naprawiałeś je, a nie wiesz?

– „Modlitwa Podstawowa nakazuje odmierzać czas" – zacytował słowa kapitana z Bożej Łaski – ale... To naprawdę wszystko?

Pytał wcześniej żołnierzy, ale nie potrafili mu wytłumaczyć. Dla nich po prostu zegar był świętym symbolem i tyle.

– To mało?

– Sam nie wiem – przyznał zgodnie z prawdą.

Chwila strachu, że może niepotrzebnie docieka, minęła. Pytanie nie rozzłościło komendanta, przeciwnie – usiadł i zaczął cierpliwie wyjaśniać:

– Łączy się tu zbyt wiele subtelnych aspektów, by to prosto i przystępnie wytłumaczyć. Zwłaszcza wam, innowiercom bez rozeznania. Warto zapewne zacząć od tego, że wszystkie zegary mają ten sam kształt, bo sześcian jest najświętszą figurą, symbolem Państwa i Podwójnej Trójcy. Każdy jego bok lub wierzchołek, jak przekonują inne szkoły teologiczne, to manifestacja wartości, ścieżki, którą należy podążać. A wskazówki zegara, poruszając się po tarczy, niejako uzmysławiają nam, że na każdą z owych cnót przychodzi pora, na jedną po drugiej. Nie oznacza to przecież, że poprzednie mijają, przeciwnie, wskazówki kiedyś dokonają pełnego obrotu, co prowadzi do wniosku, że wartości powtarzają się niezmiennie i wszystkie są równe w Panu. To jedna rzecz wynosząca zegary ponad przeciętność, jednak inne, choć drobniejsze, nie są mniej ważne. Chociażby na wpół legendarna opowieść o tym, jak Święty Kapelan przysypany cegłami i belkami odliczał w absolutnej ciszy czas, łącząc się dzięki temu z Panem, objawiającym mu prawdę. Może wasza nauczycielka streściła ją wam?

Pokręcili głowami.

– Nie? Wielka szkoda. Poproście o to. Ale to już następnym razem, bo na dziś skończyliście. Mój nieokrzesany podwładny przestępuje z nogi na nogę, by po raz setny zadać wam te same idiotyczne pytania.

Kapitan wyszedł. Chwilę potem bez słowa wybiegła za nim Moni.

Barak, w którym urządzono lazaret, kusił Markiego, jednak chłopak trzymał się od niego z daleka. Dopiero trzy dni po tym, jak zanieśli tam chorego, nie wytrzymał i zbliżył się do królestwa Rotalanda. Drzwi zastał uchylone, więc niepewnie zajrzał do środka.

– Jest tu ktoś?

Nie uzyskał odpowiedzi. Nie powinien wchodzić, regulamin tego zakazywał. Wejście bez pozwolenia do jakiegokolwiek baraku, prócz przydzielonego, było surowo wzbronione. I jeszcze surowiej karane. Wnętrze jednak nieodparcie kusiło. Sprawdzi jedynie, jak czuje się więzień, i wymknie się równie niepostrzeżenie, jak przyszedł.

– Jest tu ktoś? – powtórzył ciszej.

Ruszył niepewnie w stronę sali z łóżkami. Czy obawiał się spotkania z lekarzem? Nie. Nie sądził, by mężczyzna wezwał straże. Mimo to czuł się nieswojo.

Chory leżał na łóżku, na którym go zostawili. Był przytomny i wyglądał znacznie lepiej. Marki podszedł do niego i cicho chrząknął. Pacjent obdarzył go nieprzyjaznym spojrzeniem.

– Przyszedłem zapytać, jak się czujesz...

Mężczyzna odwrócił głowę.

– Przynieśliśmy cię tu.

– Odejdź.

– Nie bój się, lekarz... – Chłopak źle zrozumiał niechęć współwięźnia.

– Odejdź! Nie chcę z tobą gadać! Cholerny pupilek porucznika.

Marki zamierzał zaprzeczyć, lecz jedynie cofnął się dwa kroki. Już wcześniej Wiarołomca, Drewal i on spotykali się z podobnym nastawieniem. Osadzeni, stroniący zazwyczaj nawet od rozmów między sobą, unikali ich jak ognia. Nie miało znaczenia, że przybysze byli również zniewoleni. Traktowano ich wyjątkowo i przez to nienawidził ich po cichu cały obóz, zwykli więźniowie i starsi. Tym razem jednak Marki nie wytrzymał:

– Uratowaliśmy ci życie!

Chory wreszcie zatrzymał na nim wzrok. W oczach nie było wdzięczności, raczej niemy wyrzut.

– Po co? – prychnął pogardliwie.

– Nie jest nic warte?

Nie doczekał się odpowiedzi. Jeszcze minutę czy dwie stał nieruchomo, wpatrując się w leżącego na łóżku, po czym odwrócił się i wyszedł. Po raz kolejny odczuł, że są tu sami, zabłąkani w obcym świecie.

Wypadł do przedsionka i w wejściu zderzył się z podporucznikiem Rotalandem. Dziś oficer miał marynarkę założoną jak należy, choć rozpiętą pod szyją, co i tak wykraczało poza regulamin.

– Spokojnie... Gdzie się tak spieszysz?

– Ja już idę – bąknął Marki. – Chciałem tylko...

– Chciałeś... – Chłopak nie odpowiedział. – ...sprawdzić, jak się trzyma, ale nie zamierzał z tobą rozmawiać? – Czujne oczy lekarza prześlizgnęły się po chłopaku.

– Tak.

Rotaland ze smutkiem pokiwał głową.

– Nie spodziewaj się więcej. W naszym Państwie ludzie znają jedynie nienawiść i lęk. Wy wykraczacie poza to. Pochodzicie spoza, czy to naprawdę, czy jedynie łącząc się we wspólnym zbiorowym urojeniu. Jednakowoż to wystarczy, by inni nie wiedzieli, jak was sklasyfikować, i więźniowie, i moi koledzy w mundurach. A gdy się czegoś nie rozumie, naturalną reakcją jest niechęć, a nawet strach. Być może strach przede wszystkim.

Marki zatrzymał się.

– Ale pan się nie boi?

– Czego? Szalonego dzieciaka marzącego o lepszym świecie? – Podporucznik zaśmiał się cichutko. – Oby takich było więcej.

Popołudnia najczęściej miewali wolne. Hyc męczył ich głównie rano, dając spokój na resztę dnia. Nie wyznaczano im pracy, byli zbyt cenni. Z braku zajęć godziny wlokły się niemiłosiernie. Mogli spać lub włóczyć się bez celu po zamkniętym wybiegu, którego granice wyznaczała drewniana palisada. W cieplejsze dni szukali wytchnienia w cieniu baraków, w chłodniejsze siadali na ziemi, szukając wzrokiem kryjącego się za chmurami słońca. Najczęściej przebywali razem, z dala od pozostałych osadzonych. Mimo upływu tygodni nie przestawali budzić zawiści. Większość więźniów traktowała ich jak powietrze, pozostali, którzy podjęli próbę kontaktu, wydawali się zbyt obcy, by mogli pojąć zmartwienia i problemy przybyszy. Marki i jego towarzysze jako jedyni w Rudzie byli heretykami, bo się nimi urodzili. Nie zwątpili w Podwójną Trójcę, nie pragnęli zrobić na złość systemowi, w którym tkwili, po prostu go nie znali.

Kolejne lekcje Moni były coraz trudniejsze i, co gorsze, nieznośnie nudne. Tłumaczyła dogmaty wiary, lecz dla nich były to jedynie na wpół bajkowe opowieści, w dodatku czasem tak skomplikowane, że dziewczyna sama się w nich gubiła. Podwójna Trójca brała początek w trójcy boskiej i trójcy wojskowej, Sile i Wierze, które jak ogłosił jedyny prorok, Święty Kapelan, splatały się i jednoczyły. To jego objawione słowa nakazywały odmierzać czas i wielbić sześciany – symbole Państwa, które przybrało taki właśnie kształt, by każda z jego stron przypominała i głosiła wielkość innej składowej obu trójc. To on napisał Prawdziwe Słowa, jak nazywała się święta księga, i zawartą w niej Podstawową Modlitwę. Opowieści i reguł było więcej, znacznie więcej. Starali się je przyswoić, a przynajmniej z grubsza zapamiętać, choć komendant więcej nie weryfikował rzetelności nauczycielki, którą sami dla sobie obrali. Wiedzieli jednak, że prędzej czy później czeka ich sprawdzian. Od wyniku mogło zależeć życie ich i Moni.

Dni mijały powoli, zbyt powoli. Przypominały tygodnie, a tygodnie miesiące. Życie w obozie toczyło się własnym niespiesznym trybem. Pojawiali się nowi skazani, starzy odchodzili, konając z wycieńczenia lub na szubienicach, rzadziej zwalniani, przenoszeni, a co jakiś czas paleni na stosach w szopce celebrowanej przez kapitana prałata, najwierniejszego wyznawcę i obrońcę wiary i Świętej Armii Podwójnej Trójcy.

Tego dnia Marki siedział oparty plecami o ścianę baraku. Wystawił się na promienie słoneczne, choć twarz ukrył w cieniu rzucanym przez jedną z wieżyczek. Obok, pogrążeni w zadumie, spoczywali Wiarołomca i Drewal. Nie rozmawiali. Gdzieś zza rogu dobiegał głośny rechot, lecz żaden z nich nie zwracał na niego większej uwagi. Śmiał się zapewne strażnik, choć i tak odrażający śmiech był lepszy niż krzyki lub jęki, a te słyszeli wystarczająco często.

– Zostaw mnie!

Dopiero na dźwięk tych słów Marki czujnie nadstawił uszu. Przysiągłby, że słyszał Moni.

– Warto się postarać o kogoś, kto obejmie opieką.

– Nie potrzebuję!

Nie mylił się, to była Moni. Skoczył na równe nogi. W tym samym momencie dziewczyna wyłoniła się zza rogu. Krok za nią szedł jeden ze strażników. Jego twarz zdobił szereg głębokich bruzd. Marki rozpoznałby go wszędzie. Wender. Od tamtej pamiętnej nocy praktycznie nie mieli z nim do czynienia, choć widywali go systematycznie. Mężczyznę otaczała zła sława tępaka i sadysty. Ponoć potrafił dużym zakrzywionym nożem, który nosił za paskiem, wypatroszyć osadzonego i nawet przy tym nie mrugnąć. Broń odbiegała od standardowego wyposażenia, ale żaden z oficerów, nawet kapitan, nie zwracał na to uwagi.

Wender objął Moni, lecz dziewczyna go odepchnęła.

– Zostaw! – powtórzyła.

Strażnik otwierał usta, by coś powiedzieć, lecz jego wzrok zatrzymał się na podchodzącym Markim i na twarzy żołdaka wykwitł pogardliwy uśmieszek.

– Twój chłopczyk heretyk! – Zaśmiał się. – Udzielasz mu lekcji, tak? Chciałbym, byś udzieliła też kilku mnie. – Wykonał kilka obscenicznych gestów.

Moni skrzywiła się z odrazą.

– Odejdź – zażądał Marki.

Wender pokręcił głową z rozbawieniem.

– Zapomniałeś, kto słucha, a kto wydaje polecenia? – Obszedł chłopaka. – Ujmujesz się za kolejną ofiarą? A właśnie, jak tam poprzednia?

– Medyk postawił go na nogi. Wrócił do baraku.

– Stary nie zauważył cherlaka i nie spalił? Co za szkoda...

– Odejdź – powtórzył Marki, zasłaniając Moni – ona jest pod moją opieką.

Strażnik zarechotał.

– Grozi mi maskotka porucznika. – Uniósł zaciśniętą pięść. – Gdy już nie będziesz mu potrzebny, zmiażdży cię o tak. A potem może nawet odda komendantowi, byśmy mogli ogrzać się przy wspólnym ognisku. Zapewniam cię, że zajmiesz miejsce bliżej niż w pierwszym rzędzie. I nie zostaniesz przeoczony.

Marki zamachnął się, Wender był szybszy i znacznie bardziej doświadczony. Z łatwością uniknął ciosu i wyprowadził swój. Uderzenie było tak potężne, że chłopak tylko cudem nie stracił żadnego zęba. Nim zdążył się otrząsnąć, dostał jeszcze dwa razy w brzuch. Zgiął się w pół i wtedy strażnik wyrżnął go w plecy kolbą karabinu.

– Pieprzony heretyk – zaklął.

– Zostaw go! – Wiarołomca i Drewal odgrodzili Markiego od żołnierza.

– Nie wtrącajcie się, bo też oberwiecie!

Szymon uniósł w górę otwarte dłonie, by pokazać, że nie zamierza walczyć, lecz Drewal nie ustąpił. Zrobił jeszcze krok do przodu. Stał niemal piersią w pierś ze strażnikiem.

– Wyżywasz się na chłopaku, może spróbowałbyś sił z kimś równym sobie?

Wender splunął.

– A co cię to, kurwa, obchodzi?

Pchnął Drewala, lecz ten ustał w miejscu.

– Czy Podwójna Trójca patrzy łaskawie na taki język?

– Śmiesz mnie pouczać? – Żołnierz z niedowierzaniem pokręcił głową.

– Zawiodłem Perseu i więcej nikogo już nie zawiodę.

Pięść strażnika wystrzeliła do przodu, lecz Drewal uniknął ataku z równą łatwością, jak wcześniej strażnik uchylił się przed ciosem Markiego. Jego własne, dwa mocne uderzenia dosięgły celu. Wender zawył z bólu. Na jednej z wież zabrzmiał przeciągły gwizd. Póki strażnik miał przewagę nad więźniem, wartownicy nie reagowali, teraz jednak sytuacja się zmieniła.

Drewal raz jeszcze walnął przeciwnika.

– To było za chłopaka – sapnął. – A to za dziewczynę, byś zrozumiał słowo „nie".

Podciął Wendera, obalając go na ziemię. Kopnął dwa razy, w nos i w brzuch. Zjawili się strażnicy. Było ich czterech, a zbliżali się kolejni. Odciągnęli Drewala od leżącego, nie szczędząc marszałkowi razów. W ruch szły pięści, ale też kolby karabinów.

– Dość! Co się tu dzieje?! – Korowód ciosów przerwał dopiero okrzyk porucznika.

Drewal leżał na ziemi. Wydawał się nieprzytomny. Żołnierze niechętnie odstąpili od niego. Jeden wyciągnął z kabury pistolet i spojrzał wyczekująco na Hyca.

– Nie! – sprzeciwił się porucznik.

– Podniósł rękę na strażnika, starszego szeregowego Wendera.

– I poniesie karę!

Żołdak niechętnie schował broń. Hyc stanął nad Drewalem. Szturchnął go końcem buta.

– Zabierzcie go stąd, niech medyk obejrzy obrażenia. Po opatrzeniu wpakować do karceru. Cela A.

– Jest zajęta.

– To wypieprzyć stamtąd dotychczasowego lokatora. Ruszać się! To był rozkaz, nie propozycja!

Wartownicy bez entuzjazmu chwycili Drewala za ręce i nogi i ponieśli go do baraku medyka.

Cela A należała do szeregu niskich izolatek, gdzie zamykano szczególnie niepokornych więźniów, jednak była stosunkowo wygodna. Większa od pozostałych, z drewnianą podłogą, wiadrem na nieczystości i czymś, co można było uznać za pryczę. Kolejnych cel nie zaopatrzono już w podobne luksusy. Goła kamienna podłoga, zbyt mała, by się na niej położyć wyprostowanym, to wszystko, na co mógł liczyć ukarany heretyk.

Hyc, nie oglądając się za strażnikami, podszedł do Wendera. Mężczyzna nie wyglądał wiele lepiej od Drewala. Wstał już, ale wyraźnie kulał.

– Należało go zastrzelić, poruczniku – warknął.

– Pobity przez nieuzbrojonego wywrotowca – wycedził Hyc, ignorując słowa Wendera. – To ma być żołnierz Świętej Armii?! Morda stłuczona jak worek treningowy, zęby masz chociaż wszystkie? O ile wcześniej miałeś wszystkie zęby... Zejdź mi z oczu, bo podzielisz los tego heretyka! I tak korci mnie, by zamknąć cię w sąsiedniej celi.

Strażnik wymamrotał coś i już go nie było.

– A wy? – Porucznik zwrócił się do Wiarołomcy, Markiego i Moni. Dziewczyna stała nieco z boku, lecz wciąż nie odeszła.

– Nie mieliśmy nic wspólnego z zajściem – oznajmił Szymon, patrząc oficerowi hardo w oczy.

Hyc przeniósł spojrzenie z Wiarołomcy na poobijaną twarz Markiego.

– Właśnie widzę. Wynoście się stąd! Szybko, zanim zmienię zdanie.

Ale to on pierwszy odszedł pospiesznym krokiem w stronę baraków badawczych. Marki puścił towarzysza. Wspierał się na nim, lecz urazy nie były na tyle istotne, by nie dał rady iść o własnych siłach. Moni przyglądała się im dłuższą chwilę, nim wreszcie z wyraźnym wahaniem podeszła.

– Dziękuję – zwróciła się cicho do chłopaka. – Tobie też – skinęła głową Wiarołomcy.

– Mnie? Za co? – zapytał Szymon. – Nie kiwnąłem palcem. Ta bójka była szczytem głupoty, nie powinien za ciebie nadstawiać karku. Ty byś pozwoliła mu nawet zdechnąć...

Twarz Moni oblał rumieniec, lecz nie zaprzeczyła.

– Nie dziękuję za dziś. Za pierwszy dzień, gdy wstawiłeś się za mną u kapitana.

Szymon nie odwzajemnił jej nikłego uśmiechu.

– Ratowałem Markiego. Staliśmy tam we trzech, gdy tak pochopnie ruszył ci z odsieczą. Mógł za to słono zapłacić, a nie chciałem, by zadyndał czy skończył z kulką w głowie. Gdy i ja się postawiłem, mieli twardszy orzech do zgryzienia. Jeśli łaknęli krwi, powinni zabić nas obu, ale byliśmy zbyt cenni, by mogli sobie na to pozwolić. Pozostawało im znieść lub przynajmniej zmniejszyć karę, a ja nie boję się siniaków. Miałem ich już w życiu więcej, niż umiem zliczyć.

Marszałek wpatrywał się w ścianę, a właściwie przed siebie, bo ciasne wnętrze celi wypełniała szczelnie zasłona ciemności. Izolatka została zbudowana solidniej niż baraki i przez szpary nie sączyło się światło, a to właśnie jego brakowało najbardziej. Jakby to rozumiejąc i pragnąc zwiększyć katuszę, przynoszono mu szarą breję – najczęstszy posiłek w obozie – przed świtem i wieczorem, dopiero po zapadnięciu zmroku. Wystygła smakowała znacznie paskudniej niż ciepła, choć wcześniej nie uwierzyłby, że to możliwe.

Tkwił tu dwa czy trzy dni? Zaczynał gubić się w rachunkach. Odliczanie upływu czasu, gdy jedna chwila nie różni się od drugiej, nie jest proste. W każdym razie przebywał tu na tyle długo, że przestał odczuwać smród niemal już pełnego wiadra na nieczystości.

Fetor przenikał każdą cząstkę celi, aż wreszcie stał się czymś naturalnym. Drewal już go nie zauważał. Za to pojawili się inni goście. Czasem, spoglądając poprzez czerń, widział Alise, jej smukłą sylwetkę, czarne włosy i zielone oczy. Krągłości bioder, piersi i zgrabny, delikatnie zadarty nosek. Częściej jednak z ciemności wyłaniał się Perseu. Z czerwoną plamą na piersi i niewidzącymi oczami, jeszcze nie martwy, ale już bez życia, zawieszony gdzieś na krawędzi. Usta młodego hrabiego poruszały się i choć Drewal nie słyszał słów, wiedział, co szeptały: „Zawiodłeś mnie". „Przyznaję, miałem cię chronić" – pragnął odpowiedzieć, lecz suche wargi i zesztywniały język na to nie pozwalały.

Wszystkich zawiodłem.

Ta myśl powracała nieustannie. Lista była długa. Perseu i jego matka, której na łożu śmierci obiecał strzec chłopaka, wszyscy mieszkańcy Gniazda Psów, a wreszcie Alise i on sam, tracący resztki honoru w objęciach kochanki, żony innego.

Trzeba było roznieść Kufro w pojedynku i wziąć ją jak trofeum, a nie zakradać się niczym lis do kurnika...

Lecz dobry marszałek nie gubi swoich ludzi, nawet jeśli po cichu nimi gardzi. A on był dobrym marszałkiem, a przynajmniej chciał być. A może cała niechęć do własnego pułkownika to jedynie wymówka, pretekst, mający zmniejszyć wyrzuty sumienia? Sam nie wiedział, jak się ocenić. Ponownie zobaczył Perseu, tym razem młody hrabia kręcił głową. Co to oznaczało? Przecież wiedział, chłopak nie splamiłby się haniebnym uczynkiem...

Zawiodłem cię wielokroć. Przepraszam...

Na zewnątrz rozległy się stłumione głosy. Ktoś się kłócił. Jednak z rozmyślań wyrwał Drewala dopiero szczęk zasuwy. Drzwi otworzyły się i wnętrze zalało jasne światło dnia. Marszałek musiał zmrużyć oczy.

– Masz pół godziny – usłyszał.

– Ale tu cuchnie!

– Wchodzisz czy nie?!

Ponownie zapadła ciemność. Chyba ktoś był razem z nim w celi. Alise? Czy to możliwe? Oczywiście, że nie. Więc kto? Po chwili zrozumiał. Moni. Zdrajczyni, która zabiła Perseu. Byli sami i mógł skręcić jej kark. „Czy byłbym z tego dumny?" – usłyszał w głowie głos hrabiego. Niemo pokręcił głową.

– Czego chcesz? – szepnął ochryple.

Przez moment panowała cisza i marszałek zaczął zastanawiać się, czy sobie nie uroił odwiedzin. Może siedzi tu dłużej niż dwa czy trzy dni i zaczyna wariować?

– Przyszłam podziękować.

A więc jednak nie. Była. Zapewne stała w kącie, marszcząc nos w fetorze moczu i odchodów, którego on już właściwie nie czuł. Przesiąkł nim.

– I strażnicy tak po prostu cię wpuścili?

– Oznajmiłam, że przyszłam z naukami – wyjaśniła Moni. – Że to, że siedzisz w karcerze, nie zwalnia cię z nich. Nie sądzę, żeby kapitan, nawet jeśli się dowie, chciał mnie za to karać. – Roześmiała się cicho.

– Nie ratowałem cię. Pomagałem Markiemu. Głupi szczeniak już któryś raz nadstawia za ciebie karku. Kiedyś mu się zapewne za to odwdzięczysz, pakując kulkę między oczy.

Zapadła dłuższa cisza, pierwsza przerwała ją dziewczyna.

– Jaki on był? – zapytała.

– Perseu? Lepszy niż ktokolwiek tu. Lepszy niż ja, może lepszy niż Szymon czy Marki. Wierzył w ideały i w honor.

– Honor – powtórzyła cicho Moni – słowo, którego dawno nie słyszałam. Przynajmniej w znaczeniu, w jakim powinno padać.

– Tak. Wasze Państwo nie jest miejscem dla takich ludzi. Nie mógł tu długo żyć i nie żył. Może to i lepiej.

Moni cicho chrząknęła. Jej głos wydawał się lekko płaczliwy:

– Są rzeczy, których nie zmaże się zwykłym przepraszam.

– Masz rację. Są. Nie wybaczę ci. Mogę zapomnieć, a właściwie udawać, że zapomniałem, bo on by tego chciał, ale...

Nie dokończył. Poczuł, że do oczu napływają mu łzy. Tu, w ciemności, mógł sobie na nie pozwolić. Wreszcie. Moni chyba to rozumiała, bo kolejne pytanie zadała dopiero po kilku minutach:

– Jaki jest wasz świat?

– Inny. – Marszałek wzruszył ramionami, choć nie mogła tego dostrzec. – Nie toczy go nienawiść równa waszej. Brat nie występuje przeciw bratu w obronie bądź przeciw bajeczce, której nie sposób sprawdzić. To nie jest miejsce idealne, lecz przy tym, co tu zobaczyłem, takim się niemal zdaje.

– Żałujesz, że je opuściłeś?

– Jak możesz pytać po tym, co się stało? Ale faktycznie, gdy opuszczałem rodzimą Strefę, jednocześnie chciało mi się wyć, jak też byłem szczęśliwy, wreszcie uciekałem od mojej hańby.

– Hańby? – podchwyciła.

Ta ciemność, ta dziewczyna, której starał się nie nienawidzić, wszystko sprawiło, że zrozumiał, że to najlepszy moment, by to z siebie wyrzucić. Tego, co miał do powiedzenia, nie zdradziłby Wiarołomcy ani Markiemu.

– Spotykałem się z kobietą. Zamężną. To nie było dobre.

– Kochałeś ją?

– Tak – nie zawahał się przy odpowiedzi.

– Więc nie było też złe.

– Nie możesz tego wiedzieć.

– Wiem. To miłość lub nawet zwykłe zauroczenie często sprawiają, że robimy głupie rzeczy. Głupie lub niedobre – sprostowała. – A jednak, ona nas rozgrzesza...

Czy mu się wydawało, czy też w tonie głosu dziewczyny kryła się prośba, by potwierdził?

– Chciałbym, by to było takie proste.

– Tamtego dnia, gdy zobaczyłam go po raz pierwszy... tak nieporadnego... To było, jakby coś zostało mi zwrócone, nie brat, ale coś w zamian. A potem... gdy uznałam, że mnie zawiódł... To było, jakbym oślepła, przed oczami miałam tylko jeden cel, nic innego się nie liczyło. Uczyniłam coś złego, ale nie dlatego, że jestem zła...

Rozumiał, do czego zmierzała, ale nie potrafił zmusić się, by jej przytaknąć. Czy naprawdę Perseu musiał ginąć przez taką głupotę? I kogo powinien za to winić? Wiedza nie przynosiła łatwych odpowiedzi.

– Ej, laleczko – drzwi zatrzęsły się od uderzeń – koniec lekcji! Czas minął.

– Jeszcze nie, jest za wcześnie!

– Ruszaj się, schadzka skończona!

Ranek był zimny. Poranna mgła szczelnie otuliła palisadę i zabudowania. Porucznik, jak zwykle, niezależnie od pogody czekał na nich przed barakiem doświadczalnym. Spotkania zawsze zaczynały się wcześnie.

Markiemu to nie przeszkadzało. Życie w obozie przepajała upiorna monotonia. Inni więźniowie wykonywali powierzone im prace, zazwyczaj wyczerpujące. Gdy wracali, rzucali się między zawszone koce i leżeli, póki mogli, lub póki nie nastał czas wspólnego posiłku. Przybyszy zza Bariery wciąż oszczędzano. Oprócz spotkań z porucznikiem pozostawało im tylko siedzieć na pryczy i gapić się w ścianę lub snuć się bez celu między barakami.

Nie oznacza to jednak, że Marki polubił wielogodzinne przesłuchania starającego się wydobyć z nich wszelkie informacje Hyca. Porucznik drążył temat organizacji gniazd, ich struktury, obronności, lecz przede wszystkim interesowała go technika. Marki często dostrzegał na jego chytrej łasicowatej twarzy niedowierzanie, gdy opowiadali, jak bardzo zacofany jest świat za Barierą. Hyc zapewne sądził, że kłamią lub przynajmniej podczerniają swoją wersję, jednak nie dał tego po sobie poznać. Zresztą było to poniekąd prawdą. Gdzie tylko mogli, do pewnego stopnia zmieniali rzeczywistość. Nie nazbyt, by nie przesadzić i by nie pogubić się w zeznaniach, jednak na tyle, by w razie faktycznej inwazji utrudnić Świętej Armii podbicie Strefy. Co gorsza nie wiedzieli, czy ta zniekształcona Strefa powinna stać się w ich opowieściach silniejsza czy jeszcze słabsza, niż faktycznie była. Zażarte dyskusje, jakie prowadzili między sobą, gdy zostawali sami, nie przyniosły żadnego akceptowalnego przez wszystkich wniosku. Może prócz jednego – gdyby naprawdę doszło do ataku, mieliby takie szanse jak pasikonik w starciu ze szczurem.

Ten dzień nie różnił się od pozostałych. Porucznik dostrzegł Markiego i Wiarołomcę, skinął nieznacznie głową na powitanie i gestem wskazał, by weszli do baraku. W obozie stały cztery budynki doświadczalne, lecz oni zaglądali tylko do dwóch. Pierwszy był zlepkiem kilku zwykłych izb ze stołami, ławami i tablicami na ścianach, na których można było pisać brudzącą palce na biało kredą. W drugim trzymano pozostałości wozu, w którym wylecieli z rodzinnej Strefy, oraz te skrawki balonu, które nie spłonęły zupełnie podczas nieudanego startu. Ten budynek był większy, przypominał hangar. Do pozostałych baraków nie wolno im było wchodzić. Strzegli ich uzbrojeni strażnicy.

Porucznik poczekał, aż usiądą przy stole. Dziś ani Marki, ani Szymon nie kwapili się z pytaniem, kiedy Drewal zostanie zwolniony z karceru. Na wszystkie wcześniejsze Hyc i tak odpowiadał wzruszeniem ramion.

– Chciałbym, byśmy porozmawiali o tym.

Na blat rzucił zniszczoną książkę. Marki zamrugał ze zdziwienia. Nawet bez odczytania tytułu wiedział, co ma przed sobą. Widniejąca na środku okładki dziura po kuli była aż nadto wymowna.

– Ta książka uratowała mi życie – wyjaśnił.

– Ta... słyszałem – mruknął obojętnie Hyc. – Mnie interesuje raczej, czemu miałeś ją przy sobie? Tkwicie wraz z oddziałem żołnierzy w pozostałościach heretyckiej szkoły, wokół was pełno uzbrojonych wywrotowców, a ty sięgasz po lekturę. W dodatku tak ciężkostrawną.

Wertował tom, pokazując im wzory i schematy. Było ich równie dużo co tekstu.

– Ja mu ją dałem – przyznał Wiarołomca. – Na przechowanie.

– Dlaczego?

– Wydała mi się uczona. Sadziłem, że po powrocie do naszego świata będziemy mogli skorzystać z tej wiedzy.

Porucznik wbił w niego spojrzenie pozbawionych wyrazu oczu.

– Czemu właśnie ta?

– Było ich wiele. Gdybym wybrał inną, musiałbym teraz odpowiedzieć, dlaczego właśnie tamta – rzucił zaczepnie Szymon.

– Nie wątpię, że tak właśnie było. – Ton słów Hyca wskazywał, że myśli dokładnie na odwrót. – W każdym razie twój wybór był dla nas szczęśliwym zbiegiem okoliczności. Poszukiwałem tej księgi od dawna. Przez wiele dziesięcioleci uważano ją za straconą. Wszystkie egzemplarze ponoć zostały spalone. Ja jednak wierzyłem, że ktoś ukrył gdzieś choć jeden, choćby odpis lub notatki.

Marki poczuł nieprzyjemne drapanie w gardle. Wraz z Wiarołomcą podejrzewali, czemu księga jest tak cenna. Właściwie więcej niż podejrzewali, mieli pewność, że tomisko łączy się w jakiś tajemniczy sposób z Przekłuwaczami. Jaki jednak był ów związek, zapewne nie wiedział nawet Szymon.

– Czemu księga ma takie znacznie? – spytał, odchrząkując, by zwalczyć chrypkę.

– Nie wiesz?

Hyc wlepił w chłopaka świdrujące spojrzenie, potem przeniósł je na Wiarołomcę, ale twarz Szymona nie wyrażała niczego. Porucznik chwycił tomisko. Przez głowę Markiego przebiegła absurdalna myśl, że porucznik powinien przez dziurę po kuli przewlec sznur i zawiesić sobie księgę na szyi.

– Chodźcie za mną, przekonacie się!

Hyc zerwał się z miejsca. Był wyraźnie podekscytowany. Wyprowadził ich z baraku i skierował się do trzeciego w kolejności budynku, dotąd dla nich niedostępnego. Wartownik zasalutował, bez słowa przepuszczając wszystkich.

Porucznik nie odzywał się, póki nie znaleźli się w środku. Barak skrywał jedno długie pomieszczenie. Pod ścianami ustawiono rzędy stołów. Tylko nieliczne były puste, na większości stały nieznane Markiemu urządzenia lub poniewierały się stosy części, z których je zbudowano. Kół zębatych i przekładni było stosunkowo mało, przeważały druty, często ciasno zwinięte, i elementy, których Marki nie potrafił nawet nazwać. Hyc zatoczył ręką wkoło, jakby pragnąc się pochwalić.

– Oto moje prawdziwe królestwo. Długo tkwiliśmy w miejscu, bez prób mogliśmy brnąć jedynie na ślepo. Jednak Pan zesłał was i tę księgę. – Uniósł tom, jakby dopiero teraz chciał go im pokazać.

– Co to za eksperymenty? – spytał Szymon zduszonym głosem.

– Elektryczność!

Wiarołomca starał się zachować obojętność, jednak Marki poznał go na tyle, że widział, że mężczyzna jest wstrząśnięty. Sam też był zszokowany, lecz nie zdziwiony. Czemu miałby zakładać, że jedynie Szymon podąża jej tropem. Jeśli naprawdę była tak potężna, z pewnością wielu pragnęło poznać jej sekrety.

– Taki tytuł nosi księga – powiedział Wiarołomca. – Lecz cóż to oznacza? – Głos mu delikatnie drżał, być może zbyt słabo, by wychwycił to Hyc, jednak gotujące się w Szymonie emocje nie umknęły uwadze Markiego.

– Jej też nie znacie? – Porucznik uśmiechnął się lekceważąco. – Elektryczność, zakazana nauka! Mówi się, że wiąże się ona z Aniołami Piekła...

– Przekłuwaczami – wtrącił Szymon.

– Tak, słyszałem i taką nazwę, choć to stare określenie i prawie tu zapomniane.

Marki podszedł do najbliższego stołu i uważnie przyjrzał się rozłożonym na nim elementom. Dotknął ich. Były zimne, metalowe.

– Po co zajmować się nauką, która sprowadza potwory? – zapytał chłopak.

Porucznik roześmiał się.

– Jeśli sprowadza je nauka, nauka też może je kontrolować.

– A jeśli nie?! – Szymon odwrócił się gwałtownie. – Gdy Ity pojawiły się po raz pierwszy, ludzkość upadła.

– Wiedza nieustannie wzrasta. Może kiedyś, gdy wiedziano mniej, nie dano rady opanować tej mocy, jednak teraz...

– Wasza święta księga, Prawdziwe Słowa, mówi, że ludzkość była u szczytu, gdy Pan zesłał anioły – przerwał Marki. – Czy to nie zaprzeczenie słowom pisma?

Hyc pokręcił głową. Był dziś w doskonałym humorze i chyba nic nie mogło wytrącić go z równowagi.

– Do czego to doszło, że poucza mnie heretyk? W dodatku przybysz zza Bariery, ze świata, gdzie szczytem techniki jest połączenie kilku kółek zębatych, by stworzyć rozklekotany zegarek. Uważasz, że wiesz więcej ode mnie?

Marki poczerwieniał.

– Może nie wie więcej – z pomocą przyszedł mu Wiarołomca – może tylko jest mniejszym ignorantem?! Duma i pewność siebie często okazują się bardziej zgubne niż niewiedza.

Porucznik przywołał gestem dwóch pomocników, kręcących się dotąd po baraku. Byli w mundurach, na które zarzucili białe fartuchy. Obaj dawno już przekroczyli czterdziestkę. Jeden wyłysiał, krótka szczecina drugiego lśniła rudawo. Żaden nie wyglądał jednak na żołnierza.

– Mechanizm gotowy do uruchomienia? – spytał Hyc.

– Wszystko wykonane według wskazań księgi. Zgodnie z rozkazem nie przeprowadzaliśmy samodzielnie prób włączenia – to rudawy przejął na siebie rozmowę z porucznikiem, łysy cofnął się dwa kroki, jakby bał się przełożonego.

– Doskonale, pokażcie go naszym gościom.

Mężczyzna w fartuchu poprowadził ich do stołu, na którym stało urządzenie. Nie przypominało Markiemu niczego znanego. Nie wyglądało też jak mechanizm, który uruchomił przy Studni. Szymon był wyraźnie poruszony.

– Co ono robi? – spytał, choć chyba domyślał się odpowiedzi.

– Elektryczność, prąd, zakazaną moc, która dotąd była jedynie do dyspozycji bogów i demonów - Hyc, choć się starał, nie potrafił skryć entuzjazmu.

Gdyby porucznik wypowiedział je w obecności komendanta, być może pożałowałby tych słów. Zdaniem Markiego pachniały herezją.

– Nie rozumiesz konsekwencji! – wychrypiał Wiarołomca.

Hyc uśmiechnął się tryumfalnie.

– A więc jednak wiesz coś o elektryczności?

– Sprowadza Przekłuwaczy. Są z nią w jakiś sposób powiązani – przyznał niechętnie Szymon. – To potężne istoty...

– Widziałeś je? – wszedł mu w słowo porucznik.

– Nie. – Wiarołomca pokręcił głową.

– Więc skąd wiesz, że istnieją? Przekłuwacze, Anioły Piekieł czy jak ich będziesz zwał, skąd pewność, że to nie bajki, mające nas odstraszyć? Ukryć prawdziwą potęgę, którą ktoś nie chce się dzielić?

Marki chrząknął, by zwrócić na siebie uwagę. Mówił z trudem, głos uwiązł mu w gardle.

– Zniszczyli moje gniazdo.

– Słucham?

– Zniszczyli moją osadę – tym razem słowa popłynęły płynnie. – Wyruszyłem na wyprawę, gdy wróciłem po kilku dniach, nie zastałem nikogo żywego. Nikogo! Nawet jednego psa czy świni! Wszyscy zniknęli, wyparowali czy stopili się, tego nie wiem. Widziałem jednak ślady na ścianach, tak jakby coś przez nie przenikało, przetapiając kamień.

– Wierzysz, że to sprawka Itów?

Czuł mętlik w głowie. Bywały chwile, gdy uważał te wyjaśnienia za bajki, i takie, gdy nie widząc innych możliwości, przyjmował atak Przekłuwaczy za pewnik. Te drugie coraz częściej przeważały. Zwłaszcza, że Szymon emanował niezachwianą pewnością siebie co do przebiegu wydarzeń.

– Słowa, słowa, słowa – porucznik nie dawał się przekonać. – Może kłamiesz, by mnie nastraszyć, może twoich ziomków ktoś wyprowadził z osady, poderżnął im gardła i zakopał w lesie, a resztę sobie ubzdurałeś?

– Sześćset osób – wybełkotał Marki, język ponownie mu się plątał.

– Co?! – ryknął Hyc.

– Zniknęło sześćset osób! – wrzasnął Marki. – Nikt nie zdołał się ukryć ani uciec! Sześćset osób, a także zwierzęta, psy, świnie, kury, a nawet szczury!

Na dobrą sprawę nie wiedział, czy podobny los spotkał również dzikie zwierzęta, jednak pamiętał przejmująca ciszę, gdy krążył pośród pustych murów. Wtedy wydawało się, że z gniazda zniknęło wszelkie życie.

Pomocnicy porucznika zbladli, on jednak niezmiennie zachował typową dla siebie nieodgadnioną minę chytrej łasicy. Wcześniej Marki uważał, że za tą maską kryje się zupełny ignorant, wykonujący jedynie powierzoną mu funkcję, jednak Hyc wcale nie był durniem. Posiadał sporą wiedzę i najwyraźniej potrafił ją wykorzystać. Pytanie, czy zachował zdrowy rozsądek i choć odrobinę instynktu samozachowawczego?

– To kłamstwo – oznajmił teraz, spoglądając Markiemu w oczy. Targały nim wątpliwości, jednak nie potrafił w pełni zaufać więźniom. Marki sam nie był pewien, jak zachowałby się w jego sytuacji. – Proszę włączyć urządzenie.

– Wszyscy zginiemy! – ostrzegł Wiarołomca.

Pomocnicy porucznika spoglądali to na przełożonego, to na Szymona. Wyraźnie wahali się spełnić polecenie.

– Doświadczenie może okazać się niebezpieczne – rudzielec wreszcie zdobył się na odwagę. – Sądzę, że nieodzowna jest zgoda komendanta.

Hyc zmełł w ustach przekleństwo. Jego niedawny wyśmienity nastrój był jedynie wspomnieniem. Zdawało się, że uderzy pomocnika, lecz tylko machnął z rezygnacją ręką.

– Dobrze. Proszę go zatem przyprowadzić.

– Przybył transport, kapitan jak zawsze osobiście nadzoruje wyładunek. Pan wie, że nie wolno mu wtedy przeszkadzać. Zwłaszcza, że spodziewany jest przyjazd nowych więźniów...

Porucznik nie pozwolił mu dokończyć.

– Proszę go niezwłocznie przyprowadzić lub włączyć urządzenie. Ten obóz prócz odizolowania i nawrócenia heretyków ma jeszcze zadania badawcze, które są równie ważne, jeśli wręcz nie ważniejsze od sprowadzenia kilku zagubionych owieczek na właściwą drogę. Potrzebujecie zgody kapitana? Świetnie! Lecz załatwcie ją bez zbędnej zwłoki!

Rudzielec nie protestował dłużej. Posłusznie podreptał ku drzwiom.

– Zabije pan wielu niewinnych ludzi – odezwał się Wiarołomca. Zyskał nieco czasu, postanowił więc wykorzystać go na przekonanie Hyca. Mówił spokojnie, starając się ukryć emocje. – W naszym świecie trafiłem na ślad dwóch podobnych urządzeń. Były mniejsze, nawet znacznie mniejsze, lecz zasada ich działania zapewne była zbliżona. Obu strzegli nasi mędrcy, choć dawno już zapomnieli, co posiadają i czemu to ważne, by trzymać skarb w ukryciu. Stracili czujność, przestało to być ich priorytetem. Wykorzystałem sposobność i wykradłem urządzenia. Przyznaję, kusiło mnie, by je wypróbować, jednak nie zdołałem przemóc strachu i wątpliwości. W zachowanych strzępach dawnych ksiąg wyczytałem, że włączenie ich może być niebywale niebezpieczne. Miałem w rękach potężną broń, lecz nie byłem dostatecznie czujny. Nieroztropnie zdradziłem tajemnicę zbyt wielu osobom. Tak jak wcześniej skradłem urządzenia z rąk ich strażników, tak potem one zostały wykradzione mnie. Nie zdołałem ich odzyskać, wpadłem na ślad złodzieja, ale trop szybko się urwał. – Wiarołomca popatrzył na Markiego. – Potem dowiedziałem się, że twój ojciec, hrabia Nataban, dostał w prezencie jedno z nich. Pozostawiłem je w jego rękach, licząc, że będzie ostrożny. Myliłem się. To pośrednio przeze mnie straciłeś wszystkich, których znałeś i kochałeś. Potem to samo urządzenie włączyliśmy w strumieniu Studni. W dawnych zapiskach wygrzebałem informację, że można w ten sposób zablokować jej działanie, unicestwiając tunel na dobre. Powiodło się.

– Ciekawe. – Porucznik słuchał z zainteresowaniem, choć trudno było stwierdzić, jakie wrażenie robi na nim ta opowieść.

– To jednak sprowadziło Przekłuwaczy. Marki i ja przetrwaliśmy, wisząc w głębi Studni, większość pozostałych zginęła. Nie widziałem Itów, Aniołów Piekła, jak ich nazywacie, lecz one tam były. Prawda?

To pytanie skierował chyba do Markiego. Chłopak jednak nie zareagował. Stał skamieniały, roztrząsając wcześniejsze słowa Szymona. Któż był wreszcie winien zagłady Gniazda Brzóz? Wiarołomca, który odnalazł mechanizmy w Akademii czy jeszcze gdzieś indziej, Warus, na którego polecenie zapewne je wykradziono Szymonowi i który podarował je ojcu Markiego, czy sam hrabia Nataban, tak beztrosko je włączając? Jak należało podzielić odpowiedzialność? I czy były to wszystkie rewelacje, które skrzętnie skrywał jego towarzysz?

– Skąd pewność? – dociekał porucznik.

– Coś uśmierciło uzbrojonych najemników. Nie ja i nie Marki. Tkwiliśmy ukryci w dziurze z nadzieją, że nie zostaniemy zauważeni. Nie pozabijali się też sami. Więc co? Czemu krzyczeli, skąd dochodziły odgłosy przypominające świsty powietrza, które wyraźnie słyszeliśmy? Tak, chciałbym poniekąd wierzyć, że to było coś innego, jednak cała moja wiedza mówi mi, że to Ity, Przekłuwacze.

Hyc zamierzał coś powiedzieć, gdy gwałtownie otworzyły się drzwi. Do baraku wszedł komendant. Za nim dreptał czerwony na twarzy pomocnik porucznika.

– Co tu się dzieje?! – cichy głos kapitana zdawał się zimniejszy niż kiedykolwiek dotąd.

Hyc nie silił się na salutowanie. Wystąpił naprzód.

– Napotkaliśmy istotny kłopot w badaniach. Na podstawie zdobytej wiedzy zbudowaliśmy...

– Tylko bez zbędnej fachowości. Wie pan, poruczniku kanoniku, że tego nie znoszę!

Porucznik skrzywił się nieznacznie, słysząc zakamuflowaną naganę.

– Zbudowaliśmy urządzenie, którego użycie może być przełomowe, jednak niesie za sobą znaczne ryzyko. Być może nawet zagraża całemu obozowi.

Mówił wolno, starannie dobierając słowa. Wyznanie Wiarołomcy zbiło jego pewność siebie.

– Więc?

– Uznałem, że pana zgoda jest w tym wypadku niezbędna... odzowna.

Kapitan mruknął coś z dezaprobatą.

– Pan jest oficerem naczelnym sekcji technicznej i to pan powinien decydować w podobnych sprawach.

– Jednakże...

Komendant nie dał mu dojść do słowa.

– Czym to grozi?!

Hyc zagryzł wargę, widać było, że wstydzi się to powiedzieć.

– Być może sprowadzi Anioły Piekieł...

Kapitan odwrócił się gwałtownie w jego stronę.

– Słucham?!

– Może sprowadzić Anioły Piekieł – powtórzył zarumieniony porucznik.

Dowódca obozu stał dłuższą chwilę w bezruchu. Wreszcie jego twarz pojaśniała.

– Przecież to wspaniałe! Proszę powiedzieć mi więcej!

Całe zimno, jakie dotąd okazywał, znikło. Pochylił się nad urządzeniem. Dotknął je ostrożnie, najpierw palcem wskazującym, potem pogładził dłonią. Hyc zbliżył się do stołu i wyciągnął rękę, jakby zamierzał wskazać poszczególne części, jednak po namyśle cofnął ją.

– Urządzenie opiera się na elektryczności. To zapomniana nauka, co więcej – zawahał się – surowo zakazana. – Odczekał chwilę, jakby spodziewając się protestów przełożonego, lecz te nie nastąpiły. Mówił więc dalej: – Niewiele o niej wiemy. Z zachowanych przekazów można wysnuć, że strzeże jej zazdrosny gniew Pana. Według jednej z interpretacji Księgi Zagłady w Prawdziwych Słowach, to właśnie ona sprowadziła zgubę na lud niewierny u zarania dziejów. To jednak opowieści, nie mają podstaw naukowych.

Kapitan lekceważąco machnął dłonią.

– Ta pańska nauka... To ona nie ma racjonalnych podstaw. Jaka racja bytu za nią stoi? Jeśli Pan nasz i Podwójna Trójca zapragną, byśmy czegoś dokonali lub coś posiadali, po prostu nam to dadzą.

– Więc czy budowa tego urządzenia nie godzi w Pana? – Szymon spróbował włączyć się do rozmowy.

Kapitan zdawał się nie dostrzegać, że mówi do niego heretyk. Na jego twarzy uwidaczniał się religijny zapał. Odpowiedział z pełnym zaangażowaniem, mówiąc szybciej niż kiedykolwiek dotąd:

– A może Pan chce, byśmy je stworzyli? Jak inaczej by się nam to udało? To niewątpliwie znak. Może jego cierpliwość wreszcie się wyczerpała? Zgnilizna szerzy się w Państwie, jest jej coraz więcej. Nie wie pan, poruczniku kanoniku, ale wieści z północy są coraz gorsze. Herezja i ateizm urosły do rangi siły, której nie da się lekceważyć. Czy to nie przesłanka, że zbliża się ponowny czas rozliczenia? Sprawiedliwi dołączą do sprawiedliwych, a potępieni do potępionych. Plewy i ziarna zostaną przesiane i wreszcie zajmą należne im miejsca. Wypełnią się wszystkie proroctwa.

– Za jaką cenę?

Komendant zdawał się nie słyszeć pytania Wiarołomcy.

– A jeśli się mylimy? – spytał cicho Hyc.

– Wtedy nie zadziała – odparł kapitan z niezachwianą pewnością siebie. – Proszę to włączyć.

Pomocnicy Hyca spojrzeli na porucznika, lecz ten niemal niezauważalnym gestem skinął głową.

– Włączamy – dodał.

Rudzielec zacisnął palce na dźwigni. Z trudem opanowywał drżenie dłoni. Nie umknęło to uwadze komendanta.

– Nie lękaj się, a raduj – oznajmił.

Oficer techniczny przesunął dźwignię. Urządzenie wydało stłumione buczenie. Stół wpadł w delikatne wibracje, nogi wybijały regularny takt, drżąc na drewnianej podłodze. Wszyscy zamarli w oczekiwaniu.

– Działa? – ciszę przerwał kapitan.

Porucznik nie odpowiedział. Wpatrywał się w mechanizm, przełykając ślinę. Między dwoma prętami, sterczącymi nad urządzeniem, pojawiło się niewielkie błękitne wyładowanie. Hyc głośno westchnął.

– Boska iskra – szepnął.

Komendant sprawiał wrażenie, że chce jej dotknąć, jednak ostatecznie zrezygnował. Na jego twarzy fascynacja mieszała się z uwielbieniem. Zdawało się, że lada moment padnie na kolana, by głośno się modlić.

Kuksaniec w bok wyrwał Markiego z odrętwienia. Spojrzał na Wiarołomcę.

– Zaraz się zacznie – szept Szymona był tak cichy, że chłopak bardziej wyczytał słowa z ruchu warg, niż je usłyszał.

Bezradnie rozejrzał się wkoło. Gdzie tym razem mogli się schować? Szczerze wątpił, by znaleźli bezpieczną kryjówkę. Ostatnim razem Przekłuwacze z sobie tylko znanych powodów omijali tunel Studni, tu jednak były jedynie baraki i ich otoczenie. Jeśli uruchomienie mniejszego aparatu zgubiło całe Gniazdo Brzóz, oni też nie mieli szans.

Przez kilka następnych minut nie działo się nic. Na twarzy komendanta zdążyło odmalować się rozczarowanie.

– I gdzie obiecane anioły? – spytał Hyca.

Porucznik mruknął coś pod nosem.

– Głośniej proszę.

Hyc odchrząknął.

– Nigdy nie twierdziłem, że znam wynik eksperymentu. Wspomniałem jedynie o hipotetycznej możliwości...

Umilkł, bo gdzieś spoza baraków dobiegł przeciągły świst. Coś na kształt gwizdu wiatru przeciskającego się przez niewielką szczelinę. Kapitan wzniósł rękę, nakazując ciszę. Przez kilka sekund chłonął dźwięk, potem żwawym krokiem ruszył ku wyjściu. Marki jeszcze nigdy nie widział go poruszającego się tak szybko. Jego ruchy wreszcie przestały wydawać się sztucznie spowolnione. Hyc, a za nim pozostali ruszyli za dowódcą.

Komendant wyszedł przed barak i stanął jak wryty. Nad obozem, na wysokości kilkudziesięciu metrów, kłębiło się coś na kształt ciemnej, płaskiej chmury o rozmazanych konturach. Wylatywały z niej czarne, falujące smugi, i to one wydawały z siebie ów świst, który wywabił ich z baraku.

– Udało się! – Odwrócił się ku porucznikowi. – Naprawdę się panu udało!

Podbiegł bliżej chmury. Przystanął na środku placu, szeroko rozkładając ręce i chaotycznie wykrzykując modlitwy. Marki nie zdążył poznać większości, choć Moni co kilka dni próbowała wpoić im kolejną, ale zdołał wywnioskować, że kapitan w uniesieniu plącze je ze sobą, rozpoczyna nowe, nie kończąc starych lub przerywa zdania w połowie.

Z baraków wychodzili żołnierze i więźniowie. Mieszali się ze sobą, w niemym oczekiwaniu wbijając wzrok w tajemniczy obłok. Ktoś włączył alarm informujący o zbliżającej się burzy, choć zjawisko było absolutnie odmienne. Kilka osób padło na kolana, inni zasłaniali twarze rękoma, jakby starając się odgrodzić od niego, większość jednak stała w milczeniu, przyglądając się nienaturalnemu obłokowi. Ktoś zaintonował religijną pieśń, lecz Markiemu nie udało się wyłowić z tłumu śpiewaka.

– Przybyli! – wrzasnął komendant, na moment przerywając modlitwy. – Rozpoczął się czas rozliczeń! Drżyjcie grzesznicy!

Obłok wystrzelił czarną smugę, która pomknęła wprost ku dowódcy. Kapitan nawet nie drgnął, szerzej rozłożył ręce, odchylając głowę do tyłu. Sprawiał wrażenie, że jej pragnie. Gdy rozmazana wiązka uderzyła w niego, cała sylwetka zafalowała i jakby się skurczyła. Zdawało się, że to wina światła lub czegoś, co otuliło komendanta, wtedy jednak nastąpił oślepiający błysk, a gdy smuga ponownie się uniosła, kapitana prałata już nie było. Rozpłynął się. Znikł.

Przez moment nikt się nie poruszył, jakby do świadomości obecnych nie dotarło, co się wydarzyło. Wielu rozglądało się dokoła, szukając komendanta, być może spodziewając się, że pojawi się w innym miejscu. Dopiero gdy minęło pierwsze zaskoczenie, na placu zawrzało. Wypełniła go mieszanina chaotycznych krzyków. Więźniowie i strażnicy uciekali w nieładzie, wpadając na siebie, przewracając się bądź tratując. Z ciemnego obłoku oderwały się kolejne smugi. Wylatywały jedna po drugiej, krążąc po obozie w pościgu za ofiarami. Rozlegały się urywane krzyki, przerywane w połowie. Serie błysków raziły oczy.

Hyc, zmieszany z tłumem, parł w stronę baraku, w którym stało uruchomione urządzenie. Być może zamierzał je wyłączyć. Za nim przepychali się jego pomocnicy. Porucznik krzyczał coś, co brzmiało jak „klatka", choć głos mieszał się z setkami innych i słowa stawały się trudne do zrozumienia.

– Drewal! – Wiarołomca ścisnął ramię Markiego.

Rzucili się biegiem w stronę drewnianych bud służących za karcery. Zwykle pilnowało ich trzech strażników, teraz pozostał już tylko jeden. Mężczyzna ściskał w rękach karabin, nie bardzo wiedząc, czy uciekać jak koledzy, czy pozostać na posterunku. Gdy zobaczył zbliżających się Szymona i Markiego, odzyskał pewność siebie.

– Stać! – zawołał. – Tu nie wolno!

Wiarołomca nie zatrzymał się.

– Nie widzisz, co się dzieje?! – odkrzyknął. – Ratuj się, uciekaj!

Strażnik ani drgnął.

– Stać! – powtórzył.

Wycelował w Szymona. Wiarołomca stał zaledwie metr przed nim.

– Przyszliśmy po przyjaciela.

– Nie wolno!

Atak był błyskawiczny. Wiarołomca doskoczył, chwycił lufę i pchnął karabin w stronę strażnika. Żołnierz zachwiał się i w tym momencie Szymon ściął go z nóg. Teraz to on trzymał broń, stojąc nad bezbronnym wartownikiem. Uderzył go, niezbyt mocno, w bark.

– Zwiewaj, jeśli ci życie miłe! – warknął.

Żołnierz rozejrzał się wkoło rozszerzonymi ze strachu oczyma. Wydawało się, że dopiero teraz wyrwał się letargu, który nie dopuszczał do niego, co dzieje się w obozie. Poderwał się chwiejnie i pobiegł w stronę bramy. Pokonał zaledwie kilka metrów, gdy pochłonęła go jedna ze smug.

Wiarołomca nie oglądał się za strażnikiem. Kolbą rozbił zablokowany kłódką skobel celi. Otworzył drzwi. Zamknięte dotąd pomieszczenie zalało światło.

Marszałek stał na środku, mrużąc oczy, był oszołomiony i zdezorientowany.

– Ty? – spytał zdziwiony na widok Szymona. – Co robisz?

– Szybko, idziemy! – Wiarołomca nie tracił czasu na tłumaczenia.

– Dokąd?

– Do pociągu, to chyba jedyna szansa.

Marki spojrzał w stronę bocznicy, przy której stał pociąg dowożący zapasy. Kłębiło się przy nim sporo osób, lecz mniej, niż można się było tego spodziewać. Panika i dezorientacja sprawiły, że więcej więźniów zgromadziło się przy wciąż zamkniętej bramie.

Drewal nie dociekał dłużej. Już wcześniej musiał słyszeć krzyki, a jeden rzut oka na obóz wystarczył, by zrozumiał, że dzieje się coś wyjątkowo niedobrego.

Tuż obok przemknęła smuga. Poczuli podmuch powietrza. Uderzyła w drzwi sąsiedniej celi, sprawiając, że drewno stanęło w płomieniach. W środku na ułamek sekundy zabrzmiał zduszony krzyk. Potem smuga wzbiła się w górę za budynkiem.

– Co to?! – Drewal odważył się na to pytanie dopiero, gdy znaleźli się przy wagonach.

– Przekłuwacze!

Parowóz wydał z siebie przeciągły gwizd. Spod kół buchnęła para.

– Rusza, szybciej. – Wiarołomca klepnął Markiego w plecy tak potężnie, że chłopak o mało się nie wywrócił.

Drewal pierwszy wdrapał się do wnętrza wagonu. W środku zgromadziło się sporo osób, choć zmieściłoby się jeszcze wiele kolejnych. Podał rękę Markiemu, by pomóc mu wejść. Chłopak wyciągnął dłoń, lecz szybko ją cofnął.

– Moni! – zawołał.

– Nie ma czasu, ratuj siebie! – Szymon uczepił się drzwi, wspinając się na platformę.

– Nie.

– Próbowała cię zabić! Pamiętasz? A ty trzy razy uratowałeś jej życie. To nie dość?!

– Zabiła Perseu! – dodał Drewal.

Marki zatrzymał się, spoglądając na przyjaciół stojących we wnętrzu towarowego wagonu. Mieli rację, nie był nic winien Moni, przeciwnie, mógł zostawić ją z czystym sumieniem własnemu losowi. Jednak nie potrafił.

– Czekajcie na mnie za obozem! – wrzasnął i rzucił się biegiem w kierunku baraków kobiet.

Nie wiedział, czy znajdzie ją właśnie tam, lecz nie miał pojęcia, gdzie w totalnym chaosie, jaki zapanował, powinien rozpocząć poszukiwania. Dopadł niemal budynku, gdy rozległ się straszliwy rumor. Lokomotywa wyważyła zamkniętą bramę. Solidne skrzydła runęły na boki, pociągając za sobą kilka uczepionych ich osób. Przez wyrwę gnał rozpędzający się wciąż pociąg, a po obu jego stronach, nie dbając o bezpieczeństwo, rzesza więźniów i strażników. Ciemna chmura, zbita masa Przekłuwaczy, zdawała się podążać za nimi.

Marki dłużej się temu nie przyglądał. Wpadł do baraku. Moni siedziała na jednej z prycz. Łkała. Prócz nich w środku nie było nikogo, pozostali współwięźniowie ratowali się ucieczką.

– Chodź! – Pociągnął ją za ramię.

Wyszarpnęła się.

– Zostaw mnie!

– Tu nie jest bezpiecznie! Oni...

Moni spojrzała mu w oczy. Jej twarz była opuchnięta od płaczu, po policzkach ściekały krople łez.

– Właśnie oni – podjęła – oni istnieją! Nie można już temu zaprzeczyć! Wiesz, co to oznacza?!

Nie zastanawiał się nad tym. Odkąd znikł kapitan, stopiony przez niewyraźną smugę, myślał jedynie o ratowaniu życia. Wzruszył ramionami.

– Jeśli istnieją aniołowie, to Święta Armia ma rację! – ciągnęła. – Jak możesz tego nie dostrzegać?! Ja, mój brat, inni... wszyscy się myliliśmy! Naprawdę jesteśmy grzesznikami, zagubionymi heretykami.

Jej ciałem wstrząsnął spazm. Marki poczuł się zdezorientowany. Cóż powinien jej powiedzieć? Jego zdaniem nie była to odpowiednia chwila na snucie filozoficznych rozważań.

– Chodź.

Wyciągnął rękę.

– Zostaw mnie! – Zaczęła okładać go pięściami. – Ty też w nich nie wierzyłeś! Przyznaj się!

Uderzył ją na odlew w twarz, mocno, aż zabolała go ręka.

– Wiedziałem, że istnieją! – skłamał. – Zabiły całą moją rodzinę! Ale co z tego?! Czego to twoim zdaniem dowodzi?! W moim świecie nikt nie słyszał o waszej parszywej Podwójnej Trójcy. Dlaczego mam uwierzyć, że to właśnie ona jest prawdziwa?! Znam wielu bogów, każdy ponoć ma coś wspólnego z Przekłuwaczami i według mnie żaden nie jest z nimi powiązany. Oni po prostu są! To nie anioły, nie demony, po prostu są, jak drzewa lub chmury.

Przetarła oczy, rozmazując łzy.

– Muszą mieć przyczynę i pochodzenie – odparła nieprzekonana.

– I zapewne mają. Co nie znaczy, że ją poznamy. Wiesz, czemu świeci słońce, czemu trawa ma zielony kolor, czemu nie jest, dajmy na to, fioletowa?

– Ty nie wiesz? – zdobyła się na słaby uśmiech.

Potarła policzek, w który ją uderzył, i zrobiło mu się głupio.

– Przepraszam.

Otwierała usta, by coś powiedzieć, gdy do baraku przez ścianę przeniknęła smuga. Kierowała się wprost na Moni. Marki z całej siły odepchnął dziewczynę. Zawadziła o deski pryczy, fiknęła kozła i spadła na podłogę. Przekłuwacz nie skręcił, przeciął pomieszczenie i wyleciał przez drugą ścianę. W miejscu, w którym dostał się do środka, pozostał czarny, zwęglony ślad, belki, przez które umknął, ogarnął ogień.

– Pospieszmy się! – Marki złapał Moni za rękę.

Nie stawiała oporu. Podniosła się chwiejnie. Skórę na skroni miała zdartą, widocznie podczas upadku rozorała ją o nierówną deskę.

– Chcesz mnie zabić – szepnęła, a jej oczy powoli odzyskiwały wcześniejszy blask.

– Będziemy kwita – odparował.

– Poczekaj! – Zatrzymała się zdecydowanie, więc i on musiał przystanąć. Przyciągnęła go bliżej. – Między chwilami, gdy chciałam twojej śmierci, pragnęłam tego. – Pocałowała go. Był tak zaskoczony, że nie zdążył oddać pocałunku, a Moni już się cofnęła. – Teraz możemy próbować szczęścia.

Biegł za nią. Ściskała mocno jego dłoń, więc pozwalał się prowadzić. Zamiast zastanawiać się, gdzie i jak powinni uciec, myślał o smaku ust Moni. Oprzytomniał dopiero, gdy Moni potknęła się i wywróciła. Puściła go, a on nie zdążył jej złapać. Natychmiast dźwignęła się na nogi, lecz nie zdołała ustać.

– Moja kostka! – syknęła.

– Co z nią? – Pomógł jej wstać i wsparł ramieniem. Kulała.

Dziewczyna wpiła palce w jego ramię.

– Nigdzie tak nie zajdziemy – oznajmiła.

– Będę cię niósł.

Uśmiechnęła się do niego, choć był to uśmiech przez łzy.

– I jak daleko umkniesz?

Rozejrzał się po obozie. Wydawał się teraz niemal bezludny, za to przemykających czarnych smug było jakby więcej. Zdał sobie sprawę, że są zgubieni. Pomyślał o Wiarołomcy i Drewalu, liczył, że chociaż im udało się wyjść cało z opresji.

– Ukryjmy się gdzieś – zaproponował bez większej nadziei.

Nagle u jego stóp spadł ptak. Zwierzęciem wstrząsały przedśmiertne drgawki. Już wcześniej czuł, że coś się zmieniło, teraz jednak zrozumiał.

– Burza! – Bezradnie popatrzył wkoło. Burza była nie mniejszym zagrożeniem niż wszechobecni Przekłuwacze. – Ukryjmy się gdzieś – powtórzył ochryple.

Powlekli się w kierunku baraku doświadczalnego. Moni skakała na jednej nodze uwieszona na szyi Markiego. Poruszali się wolno i chwiejnie. Chłopak uczepił się nadziei, że wyłączenie urządzenia sprawi, że Ity odejdą. Szansa była nikła, czyż w stronę baraku nie pobiegł wcześniej Hyc z pomocnikami? Przynajmniej jeden z nich powinien dotrzeć i zastopować mechanizm. Zapewne więc urządzenie zostało zatrzymane i niczego to nie zmieniło. Jednakże i tak nie mieli gdzie uciekać, brama wyjściowa z obozu znajdowała się dwa razy dalej i to przy niej kłębiło się najwięcej ciemnych smug.

Zbiory są tam najobfitsze.

Wzdrygnął się na tę myśl. Gdzieś nad głową przemknął mu Przekłuwacz. Nie zobaczył go, poczuł jedynie ciepły podmuch. Moni milczała. Sprawiała wrażenie, że pogodziła się z losem i jest jej wszystko jedno, dokąd prą. Uczepiła się mocno Markiego, znacznie mocniej, niż wymagała od niej skręcona kostka. Pokonali kilkanaście metrów, nim wreszcie chłopak wziął ją na ręce.

Barak wydawał się nietknięty. Wszystko leżało mniej więcej na swoim miejscu, choć powstał spory bałagan. Pęd powietrza przelatującego Ita rozrzucał przedmioty i strącał je ze stołów. Urządzenie, które włączyli, poniewierało się strzaskane na podłodze. Nie spadło samo, zostało celowo zniszczone, a więc jednak ktoś już próbował pozbyć się Przekłuwaczy. Jak Marki się spodziewał, nie poskutkowało. W tej chwili z całą pewnością mechanizm nie miał prawa działać, a mimo to istoty nie znikły.

Pomiędzy częściami maszyny spoczywały zwłoki łysego oficera technicznego. Z okrągłej rany na głowie wysączył się strumyczek krwi. Mężczyzna został zastrzelony. Marki nie dostrzegł nigdzie broni, więc nie było to samobójstwo. Nie było też Hyca, choć kilka ciemnych plam na ścianach podpowiadało, co mogło stać się z porucznikiem.

– I co teraz? – głos Moni zadrżał.

Bezradnie pokręcił głową. Przestąpił nad zwłokami i posadził dziewczynę na stole, po czym szybkim krokiem obszedł barak. Sam nie wiedział, czego szuka. Jeśli sądził, że Hyc trzymał w zanadrzu jeszcze jakąś cudowną maszynę, która ich uratuje, mylił się. Prócz kilkunastu stołów i setek różnych części, rozłożonych na nich lub składowanych w drucianych koszach, znajdowała się tu jedynie spora metalowa klatka o litych blaszanych ścianach. Marki zajrzał do niej, była pusta. Mogli się w niej zmieścić, choć trzy osoby zapewne już by się nie wcisnęły.

– Tu zaczekamy.

Przeniósł Moni ze stołu do nowej kryjówki. Uczepiła się kurczowo jego szyi i myślał, że nie puści już nigdy. Na dnie klatki umieszczono grubą drewnianą kratę. Sufit, podłoga i ściany wykonane były z połączonych ściśle blach. Do czegokolwiek służyła, nie zaopatrzono jej w żadne, choćby najmniejsze okienka.

– Sądzisz, że będziemy bezpieczni?

Popatrzył na dziewczynę. Cóż mógł odpowiedzieć?

– Szczerze?

– Tak.

– Nie będziemy.

Nie zamierzał kłamać, zresztą Moni z pewnością zdawała sobie sprawę z sytuacji. Gdy uwolnił się z uścisku dziewczyny, wyprostował się, opierając ręce o wierzch klatki.

Czy ktoś znajdzie ślady, że tu właśnie zginęliśmy?

W to też wątpił.

Na ścianie pojawiła się plama poczerniałego drewna. Rozszerzała się błyskawicznie. Nadchodził Przekłuwacz. Jego zdające się jedynie smugą falującego cienia ciało przebiło się przez deski, zmierzając wprost w stronę Markiego. Chłopak skoczył do klatki, zatrzaskując za sobą drzwiczki. Od wewnętrznej strony umieszczono niewielki skobel pozwalający je zamknąć. Marki nie zastanawiał się, dlaczego zamek jest jedynie z tej strony. Czekał na przybycie Ita. Aniołów Piekieł nie powstrzymywał ani kamień, ani drewno, tym bardziej ochrony nie mogła zapewnić cienka blacha.

Mijały sekundy, lecz nic się nie działo. Marki wyciągnął dłoń, by dotknąć boku klatki, lecz po namyśle cofnął ją. Być może drewniana krata na spodzie nie znalazła się tu bez przyczyny.

– Nie ma! – wychrypiał wreszcie, niemal pijany ze szczęścia.

Poczuł na przedramieniu uścisk Moni. W klatce panowała absolutna ciemność, nie widział nic.

– Czego nie ma? – w jej głosie wychwycił nutkę niepokoju.

Być może dziewczyna sądziła, że zwariował. Ta myśl rozbawiła go tak bardzo, że nie potrafił opanować chichotu. Teraz na pewno zachowywał się jak szaleniec. Świadomość tego sprawiła, że chichot przeszedł w głośny śmiech. Gdyby nie ciasnota, tarzałby się po podłodze.

– Marki, co ci jest? – krzyknęła.

Dopiero strach w jej głosie pozwolił mu zapanować nad sobą. Po omacku odnalazł twarz Moni i wpił się w usta. Całował długo i mocno. Po chwili pierwszego zaskoczenia oddała pocałunek.

– Nie dostał się tu – wydusił z siebie, gdy wreszcie zdołał się od niej oderwać.

– Kto?

Zdał sobie sprawę, że dziewczyna, siedząc we wnętrzu, nie widziała nadlatującego Przekłuwacza.

– Wasz anioł. Kierował się wprost na mnie.

Odnalazła jego doń i ścisnęła ją z całych sił.

– Jesteś pewien? – obawa ustąpiła miejsca nadziei.

– Absolutnie! – Ponownie się roześmiał, lecz tym razem znacznie mniej histerycznie. Musiało zabrzmieć to naturalnie, bo dołączyła do niego Moni.

– Jesteśmy uratowani?

– Tak myślę.

A jeśli się mylił? Może Ita jedynie zmienił kierunek lotu, z sobie tylko znanych przyczyn rezygnując z łatwej ofiary? Potrząsnął głową. To niemożliwe. Niezależnie od swej prawdziwej natury i pochodzenia, Przekłuwacze byli precyzyjni i bezwzględni. W Gnieździe

Brzóz wiele osób, mężczyzn, kobiet, dzieci musiało się skryć w zakamarkach, szukając bezpiecznej kryjówki, a jednak nie ocalał nikt. Oni również nie zostali oszczędzeni. To klatka w jakiś sposób zablokowała dostęp potwora. Nie przepuściła go lub sprawiła, że stali się dla niego niewidoczni. Marki pomyślał o Hycu. Gdy widział go po raz ostatni, porucznik przepychał się w stronę baraków technicznych, zapewne zmierzał właśnie tu. Wiedział lub jedynie liczył na to, że metalowa skrzynia go uratuje. Ktoś przewidział jej funkcję, inaczej czemu służyłby zamek, który można było zamknąć i otworzyć jedynie od środka? Trafili do schronu, wyraźnie tak tajnego, że prócz Hyca i jego pomocników nie wiedział o nim nikt. Co stało się z porucznikiem i jego podwładnymi? Jeden leżał martwy na podłodze baraku. Dlaczego? Bo zniszczył urządzenie? Za to został zastrzelony? A może nie mieścił się do klatki? Było ich trzech, a miejsca dla dwóch. Ktoś musiał zostać i na pewno nie zgłosił się na ochotnika. Marki nie wątpił, że Hyc nie zawahałby się pociągnąć za spust, by ratować życie. A co z samym porucznikiem i rudzielcem? Nie schronili się do klatki, bo ta nie została zamknięta od środka. Czyżby nie zdążyli? Czarne ślady na ścianach mogły być tego świadectwem. Podejrzewał, że nigdy nie pozna prawdy. Nie miała zresztą żadnego znaczenia, guzik obchodził go Hyc, kapitan, cały ten świat, wszyscy prócz Moni, ale ona znajdowała się tuż obok.

Objął ją, przyciągając do siebie, choć i tak w ciasnym wnętrzu byli bardzo blisko.

– I co teraz? – spytała cicho.

Sam również odpowiedział szeptem. Nie sądził, by głośna rozmowa zwabiła Przekłuwaczy, ale po co ryzykować?

– Czekamy.

Gdy wreszcie pchnął drzwiczki klatki, bolało go już całe ciało. Zdrętwiałe nogi odmawiały posłuszeństwa. By nie upaść, wsparł się na blaszanym dachu kryjówki. Odetchnął głęboko z ulgą. Wnętrze było duszne i szybko zrobiło się im gorąco, a przecież siedzieli zamknięci prawdopodobnie kilka godzin. Żadne z nich nie miało zegarka, a czas w ciemnościach dłużył się niemiłosiernie. Choć wydawało im się, że minęły wieki, wciąż nie podejmowali decyzji o wyjściu, bojąc się, że w rzeczywistości jest na to zbyt wcześnie.

– Zaczekaj, rozejrzę się – powiedział, gdy uznał, że potrafi już zapanować nad nogami.

Moni nie usłyszała go lub zwyczajnie zignorowała. Wygramoliła się niezgrabnie na zewnątrz. Spróbowała wstać. Syknęła głośno, gdy postawiła na podłodze skręconą w kostce nogę.

– Nic mi nie jest – dodała szybko, widząc, że Marki zawraca.

– Zaczekaj – powtórzył.

Wyszedł na zewnątrz. Ciemny obłok skłębionych Przekłuwaczy zniknął. Nie czuł też, by nadal trwała burza. Stojące wysoko na niebie słońce wskazywało, że dobiega południe. Nie potrafił określić, o której dokładnie schowali się w blaszanej klatce, minęło jednak na pewno kilka godzin. Powiódł wzrokiem po opustoszałym obozie. Połowa baraków spłonęła. Na szczęście pozostałe, w tym ich, przetrwały. Gdyby mieli mniej szczęścia, zamiast szybkiej śmierci w objęciach Itów ugotowaliby się żywcem w rozgrzanym piekarniku, w jaki zmieniłaby się klatka. Wrócił do środka.

– Już po wszystkim – oznajmił.

– Widziałeś kogoś?

Pokręcił głową. Byli sami. Oni dwoje i stygnący na podłodze trup. Oczywiście ktoś jeszcze mógł kryć się w ocalałych zabudowaniach, ale Marki szczerze w to wątpił. Miał wrażenie, że ponownie spaceruje po opustoszałym rodzinnym Gnieździe. Otaczała go identyczna cisza. Zniknęli nie tylko ludzie, ale też wszystkie zwierzęta.

Moni pokuśtykała do drzwi.

– Chcę stąd wyjść – szepnęła.

– Wyniosę cię z obozu.

Nie protestowała. Wziął ją na ręce i ruszył w stronę rozbitej bramy. Nie dostrzegł śladu pociągu, liczył więc, że Wiarołomcy i Drewalowi udało się uciec. Nie było to jednak pewne. Może lokomotywa, ciągnąc puste wagony ogołocone przez Przekłuwaczy, pomknęła w dal jako upiorny pociąg widmo.

Minął murowany budynek, w którym rezydował komendant, a potem strzeżoną jedynie przez cienie pobliskich wieżyczek bramę. Pragnął jak najszybciej zostawić za sobą sterczącą strzeliście palisadę obozu, umknąć przed wszystkimi dniami, jakie tu spędził, a jeszcze bardziej przed wydarzeniami tego ranka.

Pierwszy raz obejrzał się dopiero kilkaset metrów za ogrodzeniem. Stąd obóz wydawał się groteskowo mały. Przestawał straszyć. Mimo to przyspieszył kroku, nie chciał go już widzieć. Nie potrafił doczekać się chwili, gdy spojrzy za siebie i ujrzy pusty horyzont z pojedynczymi drzewami.

Szedł wzdłuż torów. Jeśli towarzysze żyli i szukali go, zapewne również będą się ich trzymali.

– Odpocznij – zaproponowała Moni.

Nie ważyła wiele, jednak przeszedł tyle, że faktycznie zmęczenie zaczęło dawać o sobie znać. Nie przyznałby się jednak do tego, w każdym razie nie przed nią.

– Jeszcze trochę – zaprotestował.

– To nie wstyd opaść z sił.

Poczuł, że się czerwieni.

– Jesteśmy za blisko obozu, w każdej chwili mogą pojawić się żołnierze.

Ta wymówka przynajmniej brzmiała dość wiarygodnie, choć sądził, że mogą minąć nawet dni, nim ktoś odkryje, że obóz opustoszał. Zaopatrzenie nie docierało codziennie, a tory kolejowe i jeżdżący po nich pociąg stanowiły najlepszą i na dobrą sprawę praktycznie jedyną drogę komunikacji ze światem. Jeśli uciekinierzy nie dojadą do następnej stacji, a staną gdzieś po drodze, nikt nie zostanie zaalarmowany. Wszystko zależało od tego, kto zdobędzie przewagę – więźniowie czy strażnicy. Gdy Marki wspomniał wagony oblepione szarymi, pokutnymi uniformami heretyków, nie wątpił, że ci pierwsi mają druzgocącą przewagę. Stan rzeczy mogli zmienić jedynie Przekłuwacze.

Przed oczami stanęła mu wizja pędzącej lokomotywy. Otaczał ją pióropusz pary, tak że wydawała się biała. Biała lokomotywa gnająca przed siebie, choć w jej wnętrzu nie było nikogo, kto dorzucałby do kotła. Opuszczone, lśniące smarem widmo. Unosiła się nad nim ciemna chmura, z której wylatywały rozbiegane smugi, patrolujące wagon za wagonem i sprawiające, że wszelkie życie z nich znika. Ludzie, szczury i pełzające po drewnianych ścianach robactwo. Wzdrygnął się.

– Zimno ci? – spytała ze zdziwieniem Moni.

Dzień był bardziej niż ciepły.

– Nie to... – nie potrafił wyrazić uczuć, ubrać własnych myśli w słowa. Umilkł i jedynie szedł dalej. Byłby biegł, gdyby tylko znalazł w sobie dość siły.

– Postaw mnie.

– Dam radę... – zaczął.

– Nie o to chodzi. Chyba coś słyszałam...

Opuścił ją na ziemię, lecz nie puścił, bojąc się, że dziewczyna upadnie. Wsłuchał się w ciszę. Już nie była tak absolutna jak w obozie. Słyszał ptaki i owady, a także...

Upewnił się, że Moni stoi stabilnie, i podbiegł do torów. Jakieś dwieście metrów dalej ostro zakręcały. Jeśli nawet zbliżał się pociąg, nie mogli go widzieć. Klęknął i położył dłoń na szynie, zdawała się delikatnie wibrować.

– Coś jedzie.

– Wojsko?

Skąd mógł wiedzieć? Istniała możliwość, że pociąg dojechał do najbliższej stacji i teraz wracał obsadzony żołnierzami. Rozejrzał się. Po obu stronach torowiska ciągnęły się łąki, dopiero kilkaset metrów dalej rozpościerał się las. Wiedział, że nie zdołają do niego dotrzeć, jedyne schronienie zapewniały pojedyncze drzewa i kępy zarośli.

– Lepiej się ukryjmy.

Niepokój dodał mu sił. Dźwignął Moni i ruszył ku najbliższej wyspie gęstych krzaków. Pech chciał, że żadna nie była naprawdę blisko. Gdzieś stosunkowo niedaleko rozległ się przeciągły gwizd.

Przyspieszył, niemal biegł. Długa trawa plątała się wokół kostek. Pokonał połowę drogi, gdy wreszcie stało się nieuniknione, trafił stopą na skryty splątanymi źdźbłami wykrot. Próbował utrzymać równowagę, lecz z Moni na rękach było to mocno utrudnione. Niemal mu się udało, gdy dziewczyna, działając odruchowo, przechyliła się na bok. Miast pomóc, sprawiła, że runął jak długi. Przygniótł ją swym ciężarem. Wrzasnęła. Marki zerwał się błyskawicznie. Do zarośli nadal brakowało im kilkudziesięciu metrów.

– Moja noga! – W oczach Moni pojawiły się łzy.

– Przepraszam, ja nie...

Umilkł. Zza zakrętu wyłonił się pociąg. Ten sam, który wywarzając bramę obozu, umknął podczas ataku Przekłuwaczy. Jechał teraz w odwrotnym porządku, nie ciągnąc wagonów, a pchając je przed sobą. Wcześniej pełen ludzi, teraz wydawał się pusty. Ktoś jednak musiał nim kierować. Marki nadal nie do końca rozumiał technikę tego świata, ale wiedział, że lokomotywa nie ruszy sama z siebie, a już na pewno nie zawróci.

Pomógł Moni dźwignąć się na nogi. Szansa, że nie zostali zauważeni, była nikła, lecz i tak mogli jedynie uciekać. Albo zaczekać, chwytając się nadziei, że z wagonów nie wypadną żołnierze Świętej Armii.

Lokomotywa wydała z siebie kolejny przeciągły gwizd. Dziewczyna wsparła się na ramieniu Markiego.

– Nie dam rady iść – oznajmiła.

Uniósł ją i pobiegł w stronę zarośli. Już raz zakończyło się to upadkiem, ale musiał podjąć ryzyko. Dopadł krzaków i posadził Moni na ziemi. Jeśli ich dotąd nie zauważono, byli bezpieczni.

Rozpędzony pociąg wciąż nabierał tempa. Z kabiny maszynisty ktoś wyskoczył, po chwili w jego ślady poszła kolejna osoba. Wydawało się, że przy tej prędkości upadek musi skończyć się fatalnie, lecz obie wstały i pomknęły przed siebie, oddalając się od torów. Zarośla, za którymi skryli się Marki i Moni, utrudniały widoczność, jednak chłopakowi sylwetki uciekinierów zdawały się znajome.

– To Wia...

Przerwał mu straszliwy huk. Lokomotywa eksplodowała. Błysk trwał tylko ułamek sekundy, szybko znikł w słupie czarnego dymu. Najbliższe wagony, uniesione w górę, wypadły z szyn, porywając za sobą następne, a te jeszcze kolejne. W kilku miejscach ten sztuczny wąż przerwał się, i na torach nie pozostał nawet jeden wagon. Przewracały się, spadając z nasypu lub rozsypując się po torowisku.

– Juuuuhhhuuuuuuuu! – Gdy przebrzmiał harmider wykolejającego się pociągu, dał się słyszeć okrzyk radości.

Marki nie miał już najmniejszych wątpliwości, głos należał do Szymona. Wstał i zamachał rękoma, by zwrócić na siebie uwagę. Chyba nie było to potrzebne, obaj mężczyźni zmierzali prosto w ich stronę.

– Co to było?! – krzyknął Marki.

– Wielkie bum! – Wiarołomca nie przestawał się śmiać.

– Po co?

Drewal nie wydawał się tak zadowolony, jak jego towarzysz, a widok Moni sprawił, że jeszcze bardziej się zasępił.

– By opóźnić żołnierzy.

Marki spojrzał ku niknącym za zakrętem torom.

– Nadciągają? – spytał.

– Kto wie, może najpierw zajęli się pozostałymi uciekinierami. Lecz zjawią się z całą pewnością. Przydybali nas, gdy więźniowie opuszczali pociąg, potem... – Szymon przerwał i uściskał Markiego. – Ale wy żyjecie! Jak się wam udało?!

– Znaleźliśmy dobrą kryjówkę – Marki nie potrafił powstrzymać się przed wzruszeniem ramionami. Dlaczego wciąż żyli? Sam chciałby wiedzieć. Uchroniła ich metalowa skrzynia, ale w jaki sposób? Przecież Przekłuwacze przebijali się przez najgrubsze ściany, jak powstrzymała ich cienka blacha? – Lepiej wy opowiadajcie. Rozumiem, że niedługo możemy mieć towarzystwo?

– Pociąg zatrzymał się w polu – zaczął Drewal. – Większość zdecydowała się skryć w pobliskim lesie, prócz żołnierzy, ale oni... – umilkł na moment. – Oni byli w mniejszości i niemal nikt z nich nie miał broni, co najwyżej pistolety. Nie byli w stanie nikogo powstrzymać. Tych, którzy zbytnio nie protestowali lub nie mieli z kimś zadawnionych zatargów, puszczono wolno, inni skończyli gorzej. – Skrzywił się. – Ktoś strzelił. To zapewne sprowadziło patrol. Widocznie byli niedaleko. Dość silny odział. Wywiązała się walka, choć bardziej przypominało to strzelanie do kaczek, na szczęście kaczek w lesie. Więźniowie nie mogli się bronić, ale mogli uciekać. Ja i Kaznodzieja byliśmy wtedy w lokomotywie. Poszliśmy tam od razu, zamierzając po ciebie wrócić.

– Tak po prostu pojechaliście tą maszyną? – Marki wszedł mu w słowo.

Wiarołomca zrobił zakłopotaną minę.

– Niezupełnie. Próbowałem nakłonić maszynistę, by nas odwiózł, jednak srał w gacie ze strachu przed Przekłuwaczami. Poprosiłem go więc o mały instruktarz obsługi.

Marki podejrzewał, że na samej prośbie się nie skończyło. Maszynista nie był więźniem, pracował dla Świętej Armii, może wręcz do niej należał. Chłopak nie wątpił jednak, że Wiarołomca potrafił zmusić go do współpracy. Kiwnął głową w stronę wykolejonego pociągu.

– Chyba marnie odrobiłeś lekcje.

Szymon ponownie się uśmiechnął.

– Liczyłem, że doprowadzę do czegoś podobnego. Kazał mi uważać na ciśnienie, by nie przekroczyło wartości oznaczonej jako maksymalna. Postanowiłem zobaczyć, co się stanie, jeśli go nie posłucham. – Zachichotał. – Uszkodzenie torów było niezbędne. W ten sposób dzielni żołnierze Podwójnej Trójcy nie zaskoczą nas, gdy będziemy w obozie.

Marki otworzył usta ze zdumienia.

– W obozie? Po co?

Wspomniał rozwaloną bramę i spalone baraki. A przede wszystkim ciszę. Upiorną ciszę martwego świata. Wcale nie miał ochoty ponownie tam zaglądać.

– Chciałbyś wrócić do domu? – Szymon odpowiedział pytaniem.

Moni, która dotąd się nie odzywała, cicho krzyknęła. Wbiła spojrzenie w Wiarołomcę.

– Naprawdę możecie wrócić?

– Podczas przejażdżki uciąłem sobie pogawędkę z jednym ze strażników. Dowiedziałem się wielu interesujących rzeczy. Po waszym niefortunnym locie Hyc nie dał sobie spokoju z balonem. Przeciwnie. Zaprojektował konstrukcję od początku i w czwartym baraku rozpoczął budowę nowego modelu.

Marki zamknął powieki. Przywołał w pamięci obraz zniszczonego obozu. Czy baraki doświadczalne przetrwały? Ten, w którym się schronili, tak, tak samo budynek przed nim i za nim. Spłonął tylko pierwszy. Jeśli porucznik zbudował balon, prawdopodobnie ten nadal tkwił nietknięty w ostatnim baraku.

– Na tyle dużego, by uniósł cztery osoby? – zapytał.

– Zobaczymy.

– Nie lecę.

Spojrzał zaskoczony na Moni. Dziewczyna pobladła, a jej oczy stały się szkliste, jakby z trudem powstrzymywała łzy.

– Tym razem nie będzie tak źle – Marki spróbował rozwiać jej obawy.

„Skąd pewność?" – spytał sam siebie. To, że mieli za sobą jeden udany lot, wcale nie znaczyło, że jeszcze kiedyś uda się im go powtórzyć. Wspomnienie drugiej próby nie napawało optymizmem.

Dziewczyna wydęła wargi. Lekko drżały.

– Nie boję się – oznajmiła cicho. – Ale to jest mój świat. Nie opuszczę go. Trwa walka, was ona nic nie obchodzi, możecie odejść, może nawet powinniście, mnie jednak nie wolno.

Marki zwalczył chęć, by mocno nią potrząsnąć.

– Jeszcze niedawno sama nie wiedziałaś, czy stoisz po właściwej stronie – perswadował.

Wysłała mu smutny uśmiech.

– Po tym, co stało się dziś rano, niczego już nie wiem. Pojęłam jednak, że nie wolno mi się zatrzymać. Dzięki tobie.

Poczuł się zdezorientowany.

– Co ja takiego powiedziałem, bądź zrobiłem?

– Nic albo wszystko, nieważne. – Potrząsnęła głową. – Postanowiłam.

– Nawet nie możesz chodzić!

Podniosła się niepewnie. Pewnie by upadła, gdyby Marki w porę jej nie przytrzymał. Syknęła z bólu. Wiarołomca przyklęknął, by zbadać kostkę dziewczyny. Kilkukrotnie Moni przygryzała wargi, by nie krzyczeć.

– Nie jest złamana – oznajmił wreszcie Szymon. – Jednak kilka dni nielicho poboli. Zaniesiemy cię do lasu, tam znajdziemy solidny kij, na którym będziesz mogła się wesprzeć. Ale to wszystko. Jeśli nie chcesz z nami lecieć, więcej nie możemy zrobić. Przykro mi.

Spojrzał na Markiego. Chłopak skinął głową. By odlecieć balonem, musieli dotrzeć do obozu, zanim pojawi się tam wojsko.

– Więc chodźmy.

Drewal bez słowa wziął Moni na ręce. Marki przyglądał się temu zdziwiony, sądził, że marszałek nie chce mieć nic wspólnego z dziewczyną i nie będzie jej pomagał. Był mu wdzięczny za ten gest, sam już nie dałby rady jej nieść. Szybko znaleźli się w lesie. Nie zostawili Moni na skraju, lecz weszli dość głęboko między drzewa. Wreszcie Drewal znalazł kępę traw, na której posadził dziewczynę. Wiarołomca już wcześniej wypatrzył kij doskonale nadający się na kulę.

– Powinien dobrze służyć. – Wręczył go Moni. – Na pewno nie pójdziesz z nami? Światy bywają lepsze niż ten.

Pokręciła głową. Marki przykląkł przy niej.

– Chciałem powiedzieć... – zaciął się.

Co takiego zamierzał powiedzieć? Mętlik myśli nie pozwalał mu się skupić. Świadomość, że się ostatecznie żegnają, wywoływała kłucie w boku. Coś podobnego czuł, rozstając się z Angelką, ale wtedy łagodziło to przekonanie, że niedługo umrze.

– Zapewne do widzenia – dokończyła Moni. Uśmiechnęła się smutno.

– Może jeszcze kiedyś się spotkamy – powiedział niepewnie.

Oby nie.

Przestraszył się własnej refleksji. Spotkanie było możliwe tylko w jednym przypadku – jeśli nie uda im się odlecieć balonem lub tym razem nie zdołają pokonać Ściany. Jeśli opuści tę Strefę, nigdy więcej się nie zobaczą.

– Zapewne – w jej głosie pobrzmiewała ta sama niewiara.

Zamierzał wstać, lecz dziewczyna złapała go za bluzę. Przyciągnęła do siebie. Ich usta zetknęły się na ułamek sekundy. Tyle. Potem Moni rozluźniła uścisk. Marki zerwał się jak opętany. Czerwieniąc się, zerknął na towarzyszy, lecz ci zdawali się nie dostrzegać jego zmieszania.

Drewal tylko skinął głową. Wiarołomca pochylił się i ścisnął ramię Moni. Nie powiedział ani słowa. Gestem dał znać Markiemu, że muszą ruszać. Wyszli z lasu po własnych śladach. Spieszyli się. Obóz nie był daleko, lecz żołnierze mogli tam dotrzeć w każdej chwili.

Brama sprawiała równie ponure wrażenie jak wcześniej. Marki szerokim łukiem obszedł strzaskane skrzydła. Wcale nie miał ochoty wchodzić w obręb palisady. Czuł się tu jak mysz w pułapce. Do obozu prowadziła tylko jedna droga. Po jej odcięciu wyjście stawało się niemożliwe. Chyba że uda im się wzlecieć w górę.

– Ktoś powinien zostać na straży – zauważył chłopak.

– Jest nas tylko trzech – sprzeciwił się Szymon. – Nie wiadomo, ile pracy będzie przy balonie.

Marki niechętnie przyznał mu rację.

Pobiegli do czwartego baraku doświadczalnego. Zarówno niewielkie drzwi w szczytowej ścianie, jak też duże wrota z boku okazały się zamknięte. Obu strzegły łańcuch i kłódka. Wiarołomca nie tracił na nie czasu, znalazł porzucony karabin i zbił szybę. Pozbył się resztek szkła i wślizgnął do środka.

– Chodźcie! – ponaglił towarzyszy.

Ruszyli jego śladem. Dach był niemal w całości przeszklony i wnętrze baraku okazało się bardzo jasne. Ściany kryły jedno wielkie pomieszczenie, właściwie hangar. Na środku stał kosz, nad którym wznosiła się sztywna czasza balonu. Całość jedynie w niewielkim stopniu przypominała pojazd, którym dostali się tu z rodzinnej Strefy. Kosz, choć nadal zbudowany głównie z drewna, obity został blachą. Jego boki wieńczyła metalowa poręcz, a na jednej z wewnętrznych ścian przymocowano skórzane pochwy na noże – cztery, w tym dwie puste. Materiał czaszy nie przypominał niczego, co znał Marki. Zapewne Hyc kazał wykonać go z bardziej odpornego materiału. Ich płócienno-pergaminowy balon okazał się zbyt łatwopalny.

– Jest! – Drewal nie ukrywał radości, zupełnie jakby zapomniał, jakie odczucia wywołuje w nim lot.

– Nie ciesz się tak – Wiarołomca podrapał się po łysej głowie – musimy go wydobyć na zewnątrz.

Konstrukcja była znacznie wyższa niż boczne drzwi baraku. Aby postawić balon na dworze, należało rozebrać go na części, a potem ponownie zmontować. Brakowało im czasu, a może też umiejętności. Trudno było też powiedzieć, czy znaleźliby odpowiednie narzędzia. Czasza balonu wydawała się delikatna i przy rozbiórce łatwo byłoby ją rozpruć lub uszkodzić.

Marki spojrzał na dach. Sklepienie nie było spiczaste jak w innych budynkach, tylko płaskie. Po bokach biegły łańcuchy, dostrzegł też kilka kół zębatych. Hyc przecież wcale nie był durniem.

– Jeśli zdejmiemy czaszę i położymy ją na boku, może przejdzie przez drzwi. – Drewal okrążył balon.

– Tylko jak ją później ponownie ustawimy? – Wiarołomca wsparł się o kosz.

Marki roześmiał się.

– Nie sądzę, byśmy musieli się męczyć.

Podszedł do ściany baraku. Umieszczono tam kilka dźwigni, a pod nimi spore koło z korbą. Przez kilka chwil bacznie przyglądał się mechanizmowi.

– To chyba ta – orzekł wreszcie.

Pociągnął, lecz nic się nie stało.

Opuścił drugą. Gdzieś pod dachem rozległ się metaliczny szczęk.

– Teraz trzymajcie kciuki.

Zakręcił korbą. Koło chodziło stosunkowo ciężko, ale nie aż tak, by sam nie dał sobie z nim rady. Przekładnie i dźwignie zrobiły swoje. Wykonał jeszcze jeden obrót i część dachu uniosła się nieco, po czym przesunęła się, nachodząc na pozostały, nieruchomy segment. Powoli i przy wtórze głośnego zgrzytu ukazało się niebo.

– Tu jest druga!

Wiarołomca dopadł dźwigni i koła po przeciwnej stronie baraku. Sterowały drugim skrzydłem dachu. Gdy wreszcie rozsunęli oba na maksymalną szerokość, nad balonem zionęła gigantyczna dziura, w której bez trudu mogłaby się zmieścić dwukrotnie większa czasza.

W czasie, gdy oni otwierali dach, Drewal wypadł na zewnątrz. Po chwili wstawił przez okno dwa kubły załadowane węglem. Wskoczył w ślad za nimi, wysypał zawartość do zbiornika w koszu i pobiegł po kolejną porcję paliwa. Potrzebowali zapasu, który wystarczyłby im na przelot poza granicę Strefy.

Dach został otwarty i zablokowany.

– Pospieszmy się. – Szymon położył dłoń na ramieniu Markiego.

Wydostali się przez okno. Chłopak chwycił puste wiadro stojące pod ścianą i pobiegł w stronę torowiska. Przy końcu rampy wyładunkowej, tam gdzie zwykle zatrzymywał się pociąg, leżała sterta węgla. Gdy wrócił, ze zdziwieniem zauważył, że Wiarołomca taszczy duży wór piachu.

– A to? – spytał.

– Równie ważne – sapnął Szymon. – Zobaczysz.

Każdorazowe wchodzenie przez okno nie było wygodne, jednak nie tracili czasu na próbę rozerwania łańcucha lub rozbicia kłódki. Szymon przytargał jeszcze dwa wory, wrzucił je do kosza, po czym otrzepał się i podbiegł do Markiego.

– Księga! – krzyknął. – Kojarzysz, czy porucznik zabrał ją ze sobą do trzeciego baraku?!

Chłopak wyrzucił puste wiadra przez okno i dopiero wtedy odwrócił się do Wiarołomcy.

– Chyba nie.

– Na pewno?!

Wiedział, o co chodzi Szymonowi. Jeśli Hyc zostawił księgę w pierwszym baraku, spłonęła wraz z budynkiem, jeśli jednak wziął ją ze sobą, powinna nadal leżeć gdzieś niedaleko zniszczonego urządzenia. Pokręcił głową.

Wiarołomca odepchnął go i pierwszy wyskoczył przez okno. Gdy Marki wygramolił się za nim, mężczyzna był już przy wejściu do sąsiedniego baraku. Chłopak nie tracił jednak czasu na sprawdzenie, czy Szymon znajdzie tomiszcze, porwał wiadra i po raz kolejny pobiegł po węgiel. Zbyt dobrze pamiętał sytuację z pierwszego lotu, gdy o mały włos nie opadli na pola magmy.

Pokonał połowę drogi, gdy jego wzrok spoczął na taczce opartej o zgliszcza jednego z budynków mieszkalnych. Mieściła kilka wiader, a ponadto była wygodniejsza w użyciu.

Rączki okazały się nadpalone, lecz metalowa konstrukcja nie ucierpiała. Wrzucił puste wiadra do środka i popędził na torowisko.

Gdy wrócił, Szymon rozpalał już ogień w kotle. Trudno było powiedzieć, czy znalazł księgę, w każdym razie nie leżała nigdzie na wierzchu. Niezależnie od wyniku poszukiwań, teraz pochłaniało go coś innego. Piec już dymił. W nowej konstrukcji znacznie skrócono długość komina i rura nie sięgała już do samej czaszy. Ponadto zakończono ją daszkiem.

Marki napełnił wiadro i podał je Drewalowi przez okno. Tak było szybciej, raz dwa opróżnili taczkę, a potem niemal całą drugą. Chłopak wrzucał pozostałe na dnie bryły do wiadra, gdy usłyszał wołanie. Było stłumione i dochodziło z daleka, ale nie wróżyło niczego dobrego. Marki wcisnął niepełne naczynie marszałkowi, po czym w ślad za nim wślizgnął się do baraku.

– Są już, słyszałem głosy – powiedział.

Drewal oddał mu wiadro.

– Do kosza, szybko! – nakazał, sam jednak wyskoczył przez okienko.

Marki nie oglądał się za nim. Pobiegł do balonu. Szymon nadal jak szalony dokładał do paleniska. Kocioł był już rozżarzony i w baraku zrobiło się gorąco. Nim chłopak zdążył przekazać Wiarołomcy swoje odkrycie, do środka wskoczył Drewal. Przeturlał się po drewnianej podłodze.

– Żołnierze! Co najmniej dwudziestu!

– Dwudziestu – sapnął Szymon.

– Może więcej.

– Poszukaj jakiegoś sznura! – krzyknął Wiarołomca do Markiego. – Ale migiem!

Chłopak rozejrzał się po wnętrzu. Na jednej ze ścian, na hakach wisiały zwinięte liny. Ściągnął dwie.

– Świetnie! Przywiąż je do przeciwległych rogów kosza i do czegoś na ziemi. Tylko prędko! Że też o tym zapomniałem!

Na szczęście dla Markiego każdy róg prostokątnego kosza kończył się czymś w rodzaju szerokiego grzybka. Być może zaprojektowanego właśnie tak, by wygodnie zawiązać pod nim sznur. Trudniejszym zadaniem było znalezienie czegoś na podłodze, co nadawało się do przytwierdzenia drugiego końca liny. Dwa małe stoły, które znajdowały się w baraku, były stanowczo zbyt lekkie, a między deskami podłogi nie zamocowano żadnych uchwytów. Nie pozostawało nic innego, jak zamocować sznur do umieszczonych na ścianach mechanizmów otwierania dachu. Opuszczone dźwignie nie nadawały się. Balon, unosząc się, mógłby je przestawić. Marki przywiązał więc linę do korby.

– Jazda! – ponaglił go Wiarołomca.

Chłopak szybko uporał się z drugą. Zmierzał do kosza, gdy balon drgnął. Delikatnie zadrżał, po czym uniósł się pół metra. Wyższa krawędź kosza znalazła się poza zasięgiem Markiego. Jedna z korb poruszyła się i dach zasunął się nieznacznie, a balon uniósł się jeszcze trochę z prawej strony. Drewal i Szymon uczepili się burt, by utrzymać równowagę.

W drzwi załomotały kolby karabinów. Znaleźli ich! Być może żołnierze usłyszeli głosy albo dostrzegli wychylającą się już nieco ponad dach czaszę balonu.

Wiarołomca wrzeszczał coś, ponaglając Markiego, lecz chłopak nie słuchał. Jego życie zależało od tego, czy uda mu się dostać do kosza. Nie sądził, by tym razem uszedł cało, jeśli nie zdoła tego dokonać. Skoczył do liny. Pod jego ciężarem bok przechylonego kosza opadł, jednak nadal daleko było mu do równowagi. Marki zaczął się podciągać. Bolały go ręce, był zmęczony, ale nie poddawał się. Znalazł się niemal przy krawędzi kosza, gdy balon uniósł się wyraźnie, naprężając sznur. Chłopak zjechał dobry metr w dół, zdzierając skórę z rąk. Słyszał Szymona, lecz nie rozumiał słów. Miał przed sobą linę i tylko ją. Nie widział niczego innego i nic innego w tej chwili się dla niego nie liczyło.

Kolejne podciągnięcie i zyskał następne trzydzieści centymetrów. Powoli wspinał się coraz wyżej. Napięta lina drżała, utrudniając wszystko. Kusiło, by po prostu z niej zeskoczyć. Podłoga znajdowała się nadal stosunkowo blisko, choć nie było to już pół metra ani nawet półtora.

– Dawaj! – okrzyk tuż nad głową wyrwał go z otępienia. Zobaczył Wiarołomcę wyciągającego rękę. Uchwycił dłoń.

Szymon wciągnął go do kosza. Marki uczepił się krawędzi, niezgrabnie gramoląc się do środka.

– Można, przecinaj! – wrzasnął Wiarołomca, po czym sam rzucił się do drugiej liny, piłując ją nożem. Sznur był gruby i łatwo nie ustępował.

Na dole rozległy się krzyki. Balon zakołysał się potężnie, widocznie żołnierze uczepili się lin.

Pierwsza puściła ta cięta przez Drewala. Kosz gwałtownie przechylił się. Węgiel z łoskotem przetoczył się w pojemniku. Szczęśliwie zamontowany w pojeździe piec zaopatrzono w drzwiczki, inaczej żar rozsypałby się po całym koszu.

W tym momencie pękła ostatnia nić ze sznura, który ciął Wiarołomca. Balon błyskawicznie się wyprostował. Marki upadł. Gdy się podniósł, byli już ponad dachem. Wiarołomca dźwignął na wysokość burty wór z piachem.

– Chcesz im to spuścić na głowy?!

– Niech uważają! – odkrzyknął Szymon. Zobaczył zaskoczenie na twarzy Markiego, więc dodał: – Balast dłużej utrzymywał balon przy ziemi, a bez niego teraz szybciej się wzniesie!

Chłopak pomógł mu przerzucić wór ponad burtą. Potem pozbyli się drugiego. Cały czas zyskiwali wysokość i już po chwili nie musieli obawiać się palisady, została daleko pod nimi. Wiatr znosił ich na wschód.

Dopiero teraz Wiarołomca osunął się na dno kosza i zaśmiał się z wyraźną ulgą.

– Nie strzelali.

Marki w pierwszej chwili nie zrozumiał.

– Nie strzelali – powtórzył mężczyzna. – Przecież mogli podziurawić nas jak sito. Nigdzie byśmy nie polecieli.

Chłopak wychylił się ostrożnie. Żołnierze przypominali niewielkie figurki, bardziej misterne niż te, którymi bawił się jako dziecko, wystrugane dla niego z drewna lub ulepione z gliny i wypalone w wielkim piecu garncarza. Kojarzyli się z mrówkami. Być może kule nadal mogły sięgnąć balonu, jednak lada moment dystans zwiększy się na tyle, że próba strzału stanie się bezsensownym marnowaniem amunicji. Już teraz trafienie stanowiłoby bardziej łut szczęścia niż popis snajperskich umiejętności. Marki poczuł na ramieniu ciężką dłoń Wiarołomcy.

– Wspinanie się po linie wchodzi ci w krew, chłopcze, lecz jeśli jeszcze kiedyś będziemy lecieli balonem, postaraj się wsiąść do niego normalnie.

– Nigdy więcej. – Marki ze śmiechem potrząsnął głową, pokazując okrwawione dłonie ze zdartą skórą. – Wystarczy.

Uśmiech na twarzy Szymona przygasł.

– Może będzie trzeba – mruknął.

Marki podążył za jego wzrokiem. Do łańcuchów, jakimi przymocowano czaszę balonu do kosza, doczepiono kilka kolorowych wstążeczek. W pierwszej chwili zdawały się jedynie nic nie znaczącą dekoracją, lecz po chwili przyglądania się ich falowaniu zrozumiał, do czego służyły i czemu wydały się tak złowróżbne Wiarołomcy. Sądząc po położeniu słońca, wstążki wychylały się mniej więcej na wschód. Nie lecieli więc na południe, w stronę domu.

– Nie uciekniemy – westchnął chłopak.

– Niekoniecznie. – Wiarołomca splunął przez poręcz. – Jesteśmy już dość daleko na wschodzie ich Strefy czy Państwa, jak wolą to nazywać. Jeśli wiatr się utrzyma, przy odrobinie szczęścia ponownie pokonamy góry. Sądzę, że dość dobrze określiłem nasze położenie, choć mogłem jedynie pociągnąć innych za język, kapitan nie pokazałby mi map.

– I gdzie trafimy?

Na to pytanie nie było odpowiedzi. Zapewne czekał ich nowy świat, z nowymi zasadami. Może bardziej podobny do ich Strefy, a może jeszcze bardziej obcy od tego. Marki wbił wzrok w horyzont. Nie był pewny, czy to nie złudzenie, lecz wydawało mu się, że daleko na wschodzie dostrzega delikatnie rysujące się pasmo gór. Widoczność tego dnia nie była najlepsza, więc wszystko mogło być wyłącznie wytworem wyobraźni, oczekiwaniem tego, co czeka ich tam, dokąd zmierzali.

– Może więc powinniśmy tu zostać? – Drewal siedział obojętnie w rogu kosza i zdawał się nie interesować zupełnie, dokąd niesie ich wiatr.

– Bo został tu Perseu? – spytał Szymon.

– Przysięgałem go chronić.

– I robiłeś to. Tak długo, jak się dało. Nie przysięgałeś umrzeć razem z nim ani zdechnąć z tęsknoty na jego grobie. Może zabrzmi to ostro, przyjacielu, wybacz, ale ty żyjesz, on nie. Dla ciebie ta gra toczy się dalej. – Zapadła dłuższa cisza. – Jaką religię wyznawał?

Drewal drgnął, jakby zupełnie nie spodziewał się pytania.

– Perseu? Jako dziecko był ofiarowany Probabli, jednak nie sądzę, by ten czy jakikolwiek inny bóg miał dla niego znaczenie. W świecie, który kochał, w przeciwieństwie do tego, w którym zginął, nikt nie zmuszał go, by wierzył w coś, w co nie chciał.

– W co więc wierzył? – nie ustępował Wiarołomca.

– W to, co każdy z nas, w życie! – Drewal podniósł głos.

Szymon stanął nad nim.

– Więc uszanuj jego pamięć, żyjąc sam tak długo, jak się da. Skoro czcił życie, nie chciałby, byś zmarnował swoje, opłakując go jak baba. Dbałeś o niego, ale on, jako twój hrabia, dbał nie mniej o ciebie.

Drewal zerwał się z miejsca. Wydawało się, że uderzy Wiarołomcę, lecz jedynie przysunął się tak blisko, że ich twarze dzieliło kilkanaście centymetrów.

– Kaznodziejo, Wiarołomco, czy jak jeszcze cię zwą, mam ochotę cię zabić. A wiesz, co boli najbardziej? Że masz rację. Cholerną rację.

## V

Przelot nad górami okazał się łatwiejszy niż wtedy, gdy wylatywali z rodzinnej Strefy. Być może wpływ na to miała wysokość, na jaką się wzbili. Węgiel dawał więcej ciepła, dłużej je też utrzymywał, dzięki czemu balon wzniósł się znacznie wyżej i nie opadał tak raptownie jak wcześniej. Zmarzli i bolały ich uszy, jednak najwyższe wierzchołki pozostawały daleko pod nimi. Zapora Ścian również nie przysporzyła problemów. Wyraźnie wraz z wysokością jej odpychające właściwości słabły.

Nie uniknęli za to burzy, choć nie wyrządziła im szkód. Trzy spalone wstążeczki, które w jednej chwili stanęły w ogniu, okazały się jedynymi stratami, jakie ponieśli. Być może nawet dla wyładowań lecieli zbyt wysoko.

Jeszcze zanim znaleźli się nad wierzchołkami gór, Szymon przestał dokładać do kotła. Po przebiciu się więc przez drugą Ścianę systematycznie, choć powoli, zniżali lot. Gdy pola magmy zaczęły ustępować miejsca zielonym łąkom i lasom, wznosili się zaledwie dwadzieścia do trzydziestu metrów nad nimi.

– Leciałbym dalej – mruknął Wiarołomca, wracając do ostatniej dyskusji.

Nie potrafili zgodzić się, czy wylądować jak najbliżej granicy Stref, czy raczej lecieć, póki balon niósł ich w głąb nowej krainy. Jak do tej pory nie napotkali żadnych widocznych śladów osadnictwa, jednak zważywszy na bliskość Ściany i pól magmy, nie było w tym nic niezwykłego.

– Dowiedzą się o nas wszyscy – powtórzył swój argument Drewal. – Poprzednio nie zostaliśmy zbyt gościnnie przywitani.

– Zabiliśmy to rogate bydlę... – odparł Szymon, choć doskonale zdawał sobie sprawę, że nie miało to nic do rzeczy. Po chwili milczenia dodał głośniej: – A tutejsi mieszkańcy i tak się o nas dowiedzą, prędzej czy później. Jesteśmy zupełnie obcy, nie ukryjemy naszej obecności, nie wmieszamy się w tłum.

– Wolałbym później – nie ustępował Drewal. – Poza tym, miałbyś większe szanse ukryć swój skarb.

Wiarołomca odruchowo zerknął na zawiniątko z księgą. Odzyskał ją. Była w baraku, w którym porucznik uruchomił urządzenie. Leżała na stole z lekko poczerniałą okładką, jakby otarł się o nią jeden z Przekłuwaczy. Szymon trzymał ją blisko siebie, a podczas burzy nie spuszczał z oka, jakby bał się, że lada moment z kartek buchną płomienie i zamienią je w popiół. Pokręcił głową.

– Żołnierze odnaleźli nasz statek, czemu tutaj miałoby być inaczej? A księga jest zbyt cenna, bym ją zakopał lub ukrył w pierwszej lepszej dziupli.

– Przeszyła ją kula, nadpalił ogień Ita, co gorszego może spotkać te zacne strony? – spytał z ironią marszałek.

– Wściekła wiewiórka – uciął Szymon.

Drewal odwrócił się, dając do zrozumienia, że nie zamierza dyskutować. Choć optował za szybkim lądowaniem, wcale nie sprawiał wrażenia, że naprawdę mu na nim zależy. Marki prawie nie uczestniczył w rozmowie. Pragnął możliwie jak najdalej uciec od Państwa rządzonego przez Świętą Armię Podwójnej Trójcy i popierał raczej Wiarołomcę, choć argumenty Drewala również wydawały mu się logiczne.

– Jeśli będziemy kontynuować lot, zużyjemy cały węgiel – zauważył chłopak nieco wbrew sobie.

– Można palić drewnem – burknął Szymon.

– Potrzeba go więcej. – Drewal nie omieszkał wykorzystać niespodziewanej pomocy. – Tym więcej, im głębiej się zapuścimy. Nie chciałbym w drodze powrotnej pokonać jednej Ściany i zatrzymać się na drugiej. Jeśli utkniemy pośrodku, nie wyjdziemy z tego żywi.

Wiarołomca cicho zaklął.

– Marzy się wam piesza wycieczka, tak? Świetnie, lądujmy. Tylko później nie narzekajcie, że bolą was nogi.

– Myślisz, że nie dotrzymam ci kroku? – oburzył się Drewal.

– Podróżowałem nie raz w tempie, przy którym odpadłbyś po kilku godzinach. Nie mówiąc o dzieciaku.

Marki poczerwieniał.

– Nie jestem dzieciakiem! I nie raz maszerowałem całe dni, nawet i z tobą. Niewiele ci ustępowałem.

Wiarołomca wzruszył ramionami.

– Nie wątpię.

– Skoro więc już rozwialiśmy twoje wątpliwości, może wrócilibyśmy na ziemię – Drewal udawał, że nie dostrzega ironii kryjącej się w głosie Szymona.

– Tu?

Wiarołomca wyjrzał za burtę kosza. Lecieli właśnie nad szeroką łąką niemal zupełnie pozbawioną krzaków, a co dopiero większych drzew.

– Gdy będzie można.

– Więc się trzymajcie!

Szymon pociągnął za sterczącą tuż przy kotle dźwignię. Odchodził od niej pręt niknący gdzieś w głębi czaszy balonu. U góry rozległ się szum, a balon wyraźnie zniżył pułap.

– Co robisz?! – krzyknął Marki.

– Chciałeś znaleźć się na dole!

– Ale nie spaść!

– Nie spadniemy! Od początku lotu intrygował mnie ten mechanizm. Wymyśliłem tylko jedno zastosowanie. A skoro tak się uparliście, wreszcie mogłem sprawdzić, czy mam rację.

Marki zadarł głowę. Zajrzenie wprost do wnętrza czaszy nie było proste. By zyskać najlepszy widok, należałoby usiąść centralnie na rozgrzanym do czerwoności kotle. Jednak nawet patrząc nieco z boku, dostrzegł, że opuszczenie dźwigni otworzyło w centralnej części czaszy otwór, przez który uciekało rozgrzane powietrze. Reszta ochładzała się, sprawiając, że szybko tracili wysokość.

– W starym balonie tego nie było – zauważył.

– Zastosowali znacznie wytrzymalszy materiał – wyjaśnił Wiarołomca. – Nasza pergaminowo-płócienna powłoka szybciej przedarłaby się, niż otworzyła.

Byli już zaledwie kilkanaście metrów nad łąką.

– Opadamy zbyt szybko! – krzyknął Drewal.

Miał rację, błyskawicznie tracili wysokość. Wiarołomca ścisnął rączkę dźwigni, gotów obrócić ją w pierwotne położenie, lecz nawet nie drgnęła.

– Zacięła się! – warknął.

Szarpnął raz i drugi. Byli już naprawdę nisko, więc uznał, że dalsza walka z mechanizmem nie ma większego sensu. Uchwycił się kurczowo barierki przy burcie kosza.

– Trzymajcie się mocno!

Nie musiał powtarzać. I Marki, i Drewal uczepili się burt, czekając na moment, gdy kosz uderzy o ziemię. Marki zacisnął powieki, pewien, że za moment zginą, po chwili jednak zmusił się, by je ponownie otworzyć. Powinien być przygotowany na lądowanie, więc musiał widzieć, co się dzieje. Łąka była niemal zupełnie pozbawiona większych zarośli, oni jednak lecieli wprost na samotne drzewo. Nie było wysokie, bardziej niż wzwyż rozrastało się wszerz.

Odruchowo krzyknął, gdy kosz z rozpędem uderzył w koronę. Gałęzie niczym wielka rozłożona dłoń pacnęły go w twarz. Puścił burtę i poleciał do tyłu. Wpadł na Wiarołomcę, a potem uderzyłby wprost w rozgrzany kocioł, gdyby Szymon go nie przytrzymał.

Balon utknął. Przypieczętowało to jego los. Czasza przechyliła się i było jasne, że już się nie wzniesie. Nie oznaczało to jednak, że wylądowali. Wiatr nie dał za wygraną. Podmuch szarpnął uwięzionym balonem. Kosz, dotąd przytrzymywany przez setki gałązek, wydarł się z ich objęć. Lekko uniósł się, po czym opadł na ziemię. Nie zatrzymał się. Czasza, choć coraz mniej stabilna, wciąż znajdowała się w powietrzu. Nasilający się wiatr porwał ją ze sobą i kosz wyorał wielką bruzdę.

Markiemu udało się ponownie pochwycić poręcz. Kilkanaście centymetrów od głowy chłopaka sterczała ukośnie złamana gałąź. Zaklinowała się przy barierce. Gdyby stał nieco tylko dalej, przebiłaby go jak szmacianą zabawkę. Uniknął śmierci, ale nie był bezpieczny. Kosz drżał, każdy silniejszy wstrząs mógł sprawić, że Marki straci równowagę i nadzieje się na szpikulec. Starał się odsunąć, lecz nachylenie spychało go w stronę naturalnej włóczni. Zacisnął palce na poręczy. Była zbyt gładka. Spocone dłonie nie znajdowały solidnego oparcia. Milimetr za milimetrem zbliżał się do gałęzi.

Łańcuchy puściły niespodziewanie. Niemal jednocześnie zerwały się dwa z czterech łączących czaszę z koszem. Wryty w ziemię kosz wywrócił się do góry dnem niczym gigantyczne wiaderko porzucone przez dziecko olbrzyma. Zasypał ich grad węgla. Balon obrócił się wokół osi, ponownie porywając za sobą kosz. Większość węgla wysypała się, jednak do środka dostało się mnóstwo ziemi, więc pojazd wcale nie stał się lżejszy, przeciwnie.

Marki podniósł się, wypluwając zgrzytające w zębach grudki piachu.

– Wyskakujmy! – usłyszał krzyk Drewala.

– Zaraz się zatrzyma! – odkrzyknął Wiarołomca, choć bez zbytniej pewności w głosie.

Czasza lekko uniosła się, po czym ciężko opadła. Balon już nie był w stanie wznieść się nad ziemię, gnany silnymi porywami wiatru ciągnął jedynie za sobą na wpół zerwany kosz. Marki, z trudem utrzymując równowagę, zerknął przed siebie. To, co zobaczył, wcale mu się nie spodobało. Mógł się mylić, jednak...

– Jazda! Wyskakujemy! – wrzasnął do towarzyszy.

Nie czekając na ich reakcję, przeskoczył barierkę. Balon zatrząsł się i chłopak zaczepił stopą o poręcz. Bardziej runął, niż wyskoczył. Spotkanie z ziemią nie było przyjemne, lecz wyszedł z niego w jednym kawałku. Poobcierane dłonie i kolana oraz rozorany policzek okazały się jedynymi urazami.

Poderwał się na nogi i szaleńczo machał do znajdujących się wciąż w koszu przyjaciół.

– Już!

Drewal pierwszy ruszył w jego ślady. Miał jednak jeszcze mniej szczęścia. Zgrabnie pokonał bok kosza, lecz moment, w którym zdecydował się to zrobić, nie był najszczęśliwszy. Wpadł wprost na sterczący z ziemi głaz.

Marki podbiegł do marszałka. W pierwszej chwili sądził, że Drewal nie żyje. Twarz mężczyzny pokrywała krew, a oczy miał zamknięte. Ledwie jednak chłopak się nad nim pochylił, marszałek drgnął. Dotknął dłonią nosa i syknął boleśnie. Z pomocą Markiego wstał.

– Nienafidze lafać – jęknął na wpół zrozumiale.

Chłopak zwrócił się w stronę balonu. Wiarołomca nadal znajdował się w koszu.

– Skacz! – wrzasnął do niego.

– Czemu?!

Szymon wyskoczył, nie czekając na odpowiedź. Najpierw cisnął księgę, potem błyskawicznie przesadził barierkę. Wylądował zgrabnie, lecz poślizgnął się i upadł. Niemal natychmiast zerwał się na równe nogi.

– Czemu... – zaczął, lecz w tym momencie balon poderwał się w górę. Nie tyle uniósł się, co wręcz wystrzelił w niebo. Łańcuchy przytrzymujące kosz pękły, ale ten wcale nie opadł, lecz pomknął w powietrze, ścigając pozbawioną obciążenia powłokę.

Wiarołomca rozejrzał się. Stał wśród rozrzuconych w nieładzie różnej wielkości głazów. Dobrze znał podobne miejsca.

– Studnia!

Marki skinął głową. Czuł mdłości na myśl, że mógłby jej nie rozpoznać. Gdyby nadal znajdowali się w koszu, mknęliby właśnie w niebyt. Balon już teraz stał się ledwie widocznym punkcikiem, za moment miał zniknąć zupełnie. Drewal dokuśtykał do Markiego.

– Dobla lobota, chłopsze. – Wargi mu napuchły i seplenił, przez co trudno go było zrozumieć. Poklepał Markiego po ramieniu, choć bardziej sprawiało to wrażenie, jakby chciał się na nim wesprzeć.

– Uratowało nas drzewo. Gdyby nie ono, tak szybko byśmy nie opadli... Pomóc?

Drewal splunął czerwoną flegmą.

– Poladzę sobie.

Raz jeszcze dotknął nosa. Tym razem również szybko cofnął dłoń. Marki poszukał wzrokiem Wiarołomcy. Mężczyzna błądził wśród kamieni, wreszcie schylił się i podniósł rozerwaną na pół księgę. Obejrzał ją z zatroskaniem, jednak przekonawszy się, że nie brakuje stron, uśmiechnął się pod nosem.

– Znów mamy szczęście – skwitował.

– Sceście? – Drewal zbliżył się do niego chwiejnie. Chwycił jedną z rozrzuconych wzdłuż toru lądowania bryłek węgla. – Tyle zostało z nasego statku. Jesteśmy w miejscu, któlego nie znamy i z któlego nie potrafmy wrósić, nie mamy balonu, mój nof i ufta to klwawa miazga, a ty mówisz o sceściu?

– Żyjesz, przyjacielu – Wiarołomca uśmiechnął się do niego. – Żyję ja, żyje Marki. Nie powędrowaliśmy tam... – Pstryknął palcami, jednocześnie wznosząc rękę. – O resztę zatroszczymy się później. – Wsunął księgę za pazuchę. – Mam nóż. A wy? – zapytał towarzyszy. Drewal pokręcił głową, a Marki zrobił bezradną minę. – No cóż, jakoś sobie poradzimy.

Szymon podszedł ostrożnie do Studni. Stanął nad nikłym wałem usypanym z piasku przy samej jej krawędzi, podniósł kamyk i cisnął go w światło Studni. Grudka zawisła na ułamek sekundy, po czym pomknęła ku górze.

– Niezależnie dokąd docieramy, prawa natury są identyczne – mruknął.

– W popsedniej Stlefie nie spotkalismy Studni – zaprzeczył Drewal.

– Ale o nich słyszeliśmy. – Wiarołomca pokręcił głową. Słowa marszałka go nie przekonały. – To rzadkie twory. Ile w ogóle ich widziałeś?

– Tsy.

– W naszej Strefie jest ich koło tuzina, lecz nawet ja nie odwiedziłem wszystkich. Ta jednak jest na tyle podobna do każdej z nich, że Marki szybciej ode mnie rozpoznał zagrożenie. Gdyby ten świat rządził się innymi prawami, już byś nie żył. A w każdym razie nie pociągnąłbyś długo.

Drewal nie miał ochoty kontynuować tych rozważań. Rozejrzał się po okolicy.

– Dokąd telas? – spytał.

Szymon odwrócił się plecami do rysującego się na zachodzie pasma gór.

– Przed siebie.

Część II

# KAMIENNY OŁTARZ

# I

Wnętrze ziemianki tonęło w półmroku. Gruba skórzana kotara zasłaniała wejście, a przez mały otwór w dachu z trudem przeciskały się blade promienie księżyca. Gdyby nie rozżarzone węgle paleniska, całość otuliłaby zupełna czerń. Krzątająca się po pomieszczeniu kobieta nie miała jednak problemów z organizacją pracy. Z topornie wykonanej, niekształtnej skrzyni wyciągnęła gliniane naczynie i drewnianym tłuczkiem nerwowo rozgniatała w nim suszone zioła i owoce, od czasu do czasu przecierając rękawem załzawione oczy.

– Nie martw się – szeptała – mama się tobą zajmie.

Skończyła pastwić się nad zawartością misy i z drewnianego cebrzyka nalała do środka wody. Umieściła naczynie w żarze.

Nie przystanęła nawet na chwilę, tylko od razu pospieszyła do drewnianego łoża. Ucałowała wystającą spomiędzy skotłowanej kopy skór główkę kilkuletniego chłopca. Po jej twarzy przemknął cień niepokoju. Przysiadła na krawędzi i położyła dłoń na czole malca. Nie myliła się, gorączka narastała.

– Będzie dobrze – w głosie brakowało pewności, którą próbowała wlać w słowa.

Dziecko spało i nawet się nie poruszyło. Kobieta za to wyraźnie nie mogła znaleźć dla siebie miejsca.

Krążyła między paleniskiem a łóżkiem, czasem podchodziła do wyjścia, ale nie dotknęła nawet kotary. Zawracała na pięcie i szybkim krokiem przemierzała wzdłuż i wszerz niezbyt obszerną ziemiankę. Tańczyła chaotyczne pląsy ćmy zamkniętej w szklanym naczyniu. Gdy w wejściu zamajaczyła niewyraźna w mroku postać, aż podskoczyła.

– A, to ty, Renet – westchnęła.

– Co powiedział znachor?

– Mam się nie martwić. Dał zioła na wywar, ale...

Ponownie znalazła się przy łóżku, bo malec przewrócił się z boku na bok.

– Ksawera, on śpi. Nic się nie dzieje.

Renet była niską, pulchną kobietą. Liczyła najwyżej dwadzieścia pięć lat, a jej długie ciemne włosy opadały na ramiona w dwóch grubych warkoczach. Matka chłopca, Ksawera, wyraźnie od niej o kilka lat starsza, była wyższa i chudsza, wręcz koścista. Wystające kości policzkowe i orli nos upodabniały ją pośród panujących półcieni do wiedźmy. Dopiero gdy nachylała się nad ogniem, dało się zauważyć, że choć na jej twarzy twardo odcisnęło się piętno losu, to usta i oczy zdradzały łagodność. A teraz i strach.

– Ma tylko cztery lata – powiedziała, głaszcząc główkę synka.

– Jest twardy, jak jego ojciec.

– Jego ojciec... – powtórzyła Ksawera.

Renet cofnęła się i jakby lekko skurczyła w sobie.

– Nie chciałam...

Ksawera poprawiła skóry posłania, czule przykrywając malca, i podeszła do przyjaciółki.

– Nic się nie stało. – Rzuciła się w jej ramiona. Renet, w pierwszej chwili zaskoczona, objęła ją mocno. – I masz rację, Tolisław był twardy, ale co to zmieniło?

Nie wrócił z polowania. Nie on pierwszy i zapewne nie ostatni. Ale...

– Ale teraz boisz się, że stracisz również i jego. – Renet bez trudu odgadła lęki targające przyjaciółką. Popatrzyła na dziecko. – Zobaczysz, za kilka dni znów będzie się bawił z moim Milanem. Dzieci zdają się kruche, ale tak naprawdę są mocniejsze od nas.

– Skoro tak mówisz.

– Mówię. – Renet uśmiechnęła się. – Nie szalej i nie zamartwiaj się bez powodu.

Delikatnie, niemal czule, poprawiła gospodyni zlepione z czołem pasemko włosów.

– Pewnie uważasz, że przesadzam? – spytała Ksawera.

Spróbowała odwzajemnić uśmiech, lecz na jej ustach zastygł jedynie niepewny grymas. Renet potrząsnęła głową.

– Uważasz – powiedziała z naciskiem gospodyni. – I pewnie masz rację, ale został mi już tylko on... Myślę tylko o nim. I wariuję. Przepraszam, ale nie nadaję się nawet do rozmowy.

Renet zrozumiała.

– Gdybym tylko mogła pomóc, daj znać. I trzymaj się!

Przyjaciółka wyszła z ziemianki, a Ksawera odprowadziła ją wzrokiem. Gdy tylko skóry w wejściu znieruchomiały, ponownie znalazła się przy chorym dziecku. Gorączka nie była aż tak wysoka, choć wyraźnie wzrosła od popołudnia, i właściwie nie powinna się martwić, jednak niepokój jej nie opuszczał. Wbrew słowom Renet dzieci wcale nie były mocne. Nie pamiętała zimy, podczas której nie zmarłoby przynajmniej jedno. Gdy śnieg i chłód długo nie ustępowały i zaczynało brakować pożywienia, zazwyczaj nie kończyło się na jednym. Plemię trwało, bo rodziło się sporo dzieci. Ale ona miała tylko Kochana. Po tym, jak Tolisława rozszarpały wilki – o ile to były wilki – stał się dla niej całym światem. Nie była ładna i nie oczekiwała, że znajdzie nowego męża i urodzi kolejne dzieci. Gdzie tam jej do pulchnych piękności z wioski? Wysoka i koścista, powinna być wdzięczna losowi, że przez krótki czas miała przy sobie Tolisława. On dał jej dwa największe dary, jakie tylko mogła otrzymać: miłość i Kochana.

Kochan, imię zdradzało wszystko. Kochała go nad życie i wziął się z prawdziwego kochania. Nie mogli nazwać go inaczej, nawet jeśli co poniektórzy w osadzie uważali, że to zbyt słabe imię, imię, w którym brakuje siły, woli walki i przeżycia. Nieważne, ją przepełniały te cechy za nich oboje.

Obudziła się przed świtem. Zasnęła pochylona nad śpiącym synem i czuła teraz odrętwienie w całym ciele. Rozprostowała obolałe plecy i poczuła mrowienie. Wsłuchała się w ciszę nocy. Wychwyciła spokojny oddech syna, może nieco cięższy niż zwykle, lecz z całą pewnością nie alarmujący. Mimo to narastał w niej niepokój, którego przyczyny nie mogła zrozumieć.

Jest za cicho!

Cisza spowijająca wioskę nie była naturalna. Wstała, by to sprawdzić, i o mało natychmiast nie upadła na klepisko. Zatoczyła się i przytrzymała ściany. Poczuła słabość i oszołomienie. Postała chwilę, usiłując zebrać myśli pośród narastających zawrotów głowy.

Czyżby...

Wytłumaczenie, jakie przyszło jej na myśl, wydało się niedorzeczne. Spróbowała się zaśmiać, ale z gardła wydobył się jedynie suchy kaszel. Jednak nie potrafiła znaleźć innej odpowiedzi. Kiedy wydarzyło się to po raz ostatni? Pięć lat temu? Chyba dawniej... sześć, siedem albo nawet osiem. Czyż nie należało się spodziewać, że Demony lada moment kolejny raz nawiedzą wioskę?

Przybyły do osady! Po kogo? Milana lub innego chłopca, a może Kochana?

Ostatnia myśl ją zmobilizowała. Spróbowała wykonać normalny krok, lecz obezwładnienie było zbyt silne. Powoli ruszyła do wyjścia, przesuwając się wzdłuż ściany, o którą opierała się plecami. Nie miała pewności, czy za chwilę nie upadnie. Wiedziała tylko, że musi zaalarmować wioskę, obudzić mieszkańców, że sama sobie nie poradzi. Nie pozwoli zabrać syna! Przybysze byli gorsi od choroby, od zimna i głodu, gorsi niż sama śmierć. Jeśli miała stracić swój największy skarb, niech skona w jej ramionach, a nie porwany i pożarty przez stwory z ciemności.

Mimo wysiłku niewiele zbliżyła się do wejścia ziemianki. Otworzyła usta do krzyku, ale wyrwał się z nich tylko ochrypły, cichy skrzek. Zdała sobie sprawę, że nie da rady nikogo wezwać i nikt nie przybędzie jej z pomocą. Zebrała wszystkie siły, by pokonać rosnącą słabość. Za wszelką cenę chciała pozostać przytomna, by bronić Kochana.

Pozbyła się wątpliwości. Za każdym razem, gdy pojawiały się Demony, wieś spowijała nienaturalna senność. Przychodziły nocą, niezauważenie dla ludzi pogrążonych w naturalnym śnie. Jedynie ci czuwający opowiadali potem o zdradliwej sile, która pozbawiała ich świadomości. Ksawera nigdy jej nie doświadczyła, pamiętała jednak liczne relacje. Niewiele się od siebie różniły: „Osunąłem się na kolana. Sięgnąłem ku broni, by wybiec z chaty i walczyć, ale czary pochwyciły mnie całą swą potęgą". Słowa przypływały z głębi pamięci, mieszały się chaotycznie i nieskładnie z obrazami. Widziała twarze mieszkańców wioski i Tolisława. Tańczyły wokół niej. Gdyby nie Kochan, poddałaby się ciągnącej w lepki mrok sile i zagłębiła w nieprzytomnej ciemności niczym w wodzie strumienia.

– Mój syn. Nie oddam go.

Nie była pewna, czy wymówiła te słowa, czy jedynie chciała wymówić. Niepewnie postawiła krok, a za nim drugi. Musiała chodzić, tylko ruch pozwalał utrzymać się na powierzchni wszechobecnej topieli senności. Musiała zwalczyć słabość, podjąć wysiłek, do którego nie byłaby zdolna nawet dla męża. Zapewne, gdyby chodziło o Tolisława, nie dałaby rady, ale jej dziecko...

Moje dziecko!

Nie mogła pozwolić, by je odebrano! Poruszając się chwiejnie, krążyła wokół paleniska. Gdy mogła, chwytała się ściany, choć częściej się z nią zderzała, co pozwalało na moment zatrzymać falujący przed oczami korowód wirującego świata. Wszystko zlewało się w jednorodną mieszaninę odcieni czerni i szarości. Nie poddawała się, chciała być gotowa, gdy zjawią się Demony. W przebłysku świadomości pomyślała, że powinna mieć broń. Ręka poszybowała gdzieś w bok, uderzając w wiszącą półkę. Na klepisko posypały się figurki z kości i rogów jelenia, które zrobił dla niej Tolisław. Teraz nie miało to znaczenia.

Plączące się nogi niosły ją dalej w niekończącej się wędrówce od ściany do ściany. Kilkakrotnie wpadła na palenisko, ale oparzenia działały pobudzająco. Ból przywracał przytomność. Zatoczyła się po raz kolejny i zupełnie bezwiednie oparła się o ustawioną na sztorc włócznię. Zacisnęła palce na drzewcu. Miała już broń, lecz nie wierzyła, że zdoła skierować ją we właściwą stronę, nawet w obronie Kochana. Potknęła się o drzewce i znowu dotknęła paleniska. Przeszło jej przez myśl, że Demony mogły przybyć po inne dziecko. Chłopców w podobnym wieku było więcej.

Choćby syn Renet...

Zawstydziła się tej nadziei. A jednak oddałaby wszystko, by właśnie tak było. Ojcze Orłów, który stworzyłeś Odwieczną Opowieść, spraw, by właśnie tak było! By tak było... By tak było! Poczuła mdłości i bała się, że lada moment zwymiotuje. Jeśli upadnie na plecy i nie zdoła się obrócić, może nawet zadławi się treścią żołądka.

Kto zapłacze nade mną, nad Kochanem?

Skórzana kotara uchyliła się. Ksawera potrzebowała dłuższej chwili, by skupić wzrok na postaci, która stanęła w wejściu. Obraz falował i kręcił kozły, ale była pewna, że to nikt z osady. Wszelkie nadzieje prysły. Patrzył na nią śnieżnobiały Demon. Sylwetką przypominał człowieka, lecz szczegóły rozpływały się w szaleńczych obrotach świata i pędzącej wraz z nim ziemianki.

„Nie zbliżaj się" – zamierzała powiedzieć. Nadaremnie. Z gardła wydobyło się tylko coś na kształt gulgotu. Przechyliła ostrze włóczni w stronę wejścia, lecz grot złośliwie opadł na klepisko, a drzewce mocno uderzyło ją w ramię. Odbiło się i zahaczyło o policzek.

Demon, wykorzystując jedną ze swych diabelskich mocy, omiótł ziemiankę silnym słupem światła. Blask oślepiał. Ksawera machnęła po omacku włócznią, lecz straciła równowagę i upadła na ziemię. Lewa dłoń znalazła się w palenisku. Krótki moment ciepła zamienił się w palący ból, dzięki któremu oprzytomniała. Odrzuciła broń i na czworaka popełzła w stronę wejścia.

– Tu! – Zdawało jej się, że Demon to powiedział, ale może była to jedynie nic nieznacząca zbitka dźwięków.

Ksawera pełzła na oślep, choć czasem odnosiła wrażenie, że klepisko zamieniało się miejscami z dachem. Gdy podniosła głowę, z przerażeniem zauważyła, że do pierwszej istoty dołączyła druga. A może to jedynie obraz dwoił jej się w oczach?

– Zostawcie! – zawyła, choć głos zmienił się w niezrozumiały jęk.

Próbowała ocenić sytuację. Już samo to było trudne. Przysięgłaby, że czaszkę wypełnioną ma tlącym się mokrym węglem drzewnym, że kłęby dymu w głowie nie zostawiają miejsca na jedną sensowną myśl czy obserwację. Demon podszedł do łóżka i nachylił się nad Kochanem. Jego ruchy wydawały się Ksawerze wolne i nieskładne, lecz mogło to być jedynie złudzenie ociężałych zmysłów. Ruszyła na czworaka w stronę syna. Biała istota pochyliła się i podniosła chłopca. W jej szponach zdawał się taki mały... Drugi Demon zbliżył się do Ksawery i oparł stopę na ramieniu kobiety, przyszpilając ją do ziemi. Próbowała się uwolnić, lecz nieskładne ruchy nie pozwalały działać. Moce potworów były zbyt potężne, by się wyrwać spod ich wpływów.

Demony ruszyły ku wyjściu i wtedy Kochan zapłakał. Był to zaledwie pojedynczy spazm, wydany nieświadomie i przez sen. Ksawerą targnął rozdzierający ból. Rzuciła się ciałem naprzód i uczepiła nogi potwora. Istota rzuciła coś gniewnie, lecz Ksawera była skupiona tylko na jednym – nie puścić porywacza. Zacieśniła uścisk, unieruchamiając na moment Demona. Jego kompan zareagował natychmiast, ponownie przygniatając ją stopą. Gładkie ciało istoty wysunęło się z rąk Ksawery. Zrozumiała, że nie jest już w stanie pochwycić tego Demona, więc kurczowo chwyciła kończynę jego towarzysza. Szarpnął się, lecz bezskutecznie.

– Oddajcie! – zawyła.

Stwór kopnął ją w głowę. Cios był nieprecyzyjny i niezbyt mocny. Ześliznął się po czaszce. Istota zachwiała się. Ksawera resztką sił pociągnęła Demona za nogę. Pozbawiony równowagi runął na nią.

Upadek potwora był bardziej dotkliwy niż niedawny kopniak. Istota wylądowała na jej plecach, unieruchamiając ją na klepisku. Próbowała strącić Demona, podźwignąć się, ale nie potrafiła. Młócąc na oślep rękoma, tłukła, co popadnie. Najczęściej ziemię, czasem napastnika. Nie sądziła, by wyrządziła mu większą szkodę. Przekręciła się na bok i spróbowała odnaleźć twarz stwora. Palce ześlizgnęły się po zupełnie gładkim obliczu, pozbawionym oczu, nosa, wszelkich rys. Na wysokości torsu zacisnęły się na czymś sztywnym. Chwyciła to z całych sił i wtedy spostrzegła, że drugi Demon powrócił. Kopniak w bok niemal pozbawił ją tchu. Kolejny, w twarz, sprawił, że świat pociemniał jeszcze bardziej. Szum narósł. Odniosła wrażenie, że pogrąża się w syczącym wirze. Co ją otaczało? Powietrze czy woda? Nie była pewna. Wiedziała jedno – spada. Nie trwało to długo. Straciła przytomność.

Pierwszy powrócił ból głowy. Jego rozgrzane do czerwoności palce rozrywały czaszkę od środka. Świat już nie wirował, teraz wykonywał nieskładne kozły we wszelkich możliwych kierunkach. Musiała minąć chwila, nim do Ksawery dotarło, gdzie jest góra, a gdzie dół. Niepewnie wsparła się na łokciach i o mało nie rozbiła szczęki, gdy nie zdołała utrzymać tej pozycji. Leżąc, próbowała zrozumieć, co się stało. Potarła obolałe skronie i jej wzrok zatrzymał się na łóżku.

Kochan! Demony!

W jednej chwili wróciła pamięć. Zerwała się na równe nogi. Zatoczyła, lecz ustała. Łóżko wydawało się puste, lecz może to tylko złudzenie, może wszystko było makabrycznym, parszywym snem, który spłynął na nią, gdy do późna czuwała na chorym synem. Przypadła do skór, gotowa rozrzucić posłanie na wszystkie strony. Naraz dotarło do niej, że w ręce wciąż kurczowo ściska jakiś przedmiot: czerwoną, płaską rzecz, z jednej strony połączoną, z drugiej rozdzielającą się na wiele niezmiernie cienkich warstw.

Diabelski artefakt.

Odrzuciła go ze wstrętem. Do oczu napłynęły łzy, już nie mogła się dłużej oszukiwać. To nie był sen. Potwory zjawiły się i porwały jej maleństwo, by pożreć bezbronne gdzieś w głębi lasu. Osunęła się na kolana, łkając.

Słabość trwała krótko. Zerwała się i wybiegła z ziemianki.

– Demony! – zawyła. – Demony zabrały mojego syna!

Świt dopiero nadchodził. Wioska zdawała się opuszczona, ale rozpaczliwy okrzyk sprawił, że z chat zaczęli wychodzić ludzie. Wielu mężczyzn było półnagich, lecz uzbrojonych. Większość mieszkańców wciąż lekko się chwiała. Na zmizerowanych twarzach narastało przerażenie. Wśród zebranych Ksawera dostrzegła Renet.

Dlaczego nie wzięli twojego syna?

Odwróciła wzrok, wcale nie chciała tak myśleć. A jednak, gdyby ta zamiana była możliwa, nie wahałaby się nawet chwili.

– Demony zabrały mojego syna! – powtórzyła. Głos drżał. – Pomóżcie.

Wśród zebranych dostrzegła Ojca Ojców. We wzroku starca wyczytała smutek, ale też rezygnację. Podniósł w górę dłoń na znak, że chce mówić.

– Łączymy się z twym bólem, ale nikt z nas nie jest w stanie pomóc.

– Ruszmy za nimi! – krzyknęła.

– Demony rozpłynęły się w rannej mgle. Jak zawsze – oponował. – Nawiedzają plemię od pokoleń i nigdy nie zdarzyło się, by oddali zdobycz.

– Mamy się poddać?!

Starzec pokręcił głową.

– Nie wymagam tego od ciebie ani od nikogo. – Wyraźnie roztrzęsiony zdarzeniem, mówił z trudem i dość cicho. Zebrał siły, by słyszeli go wszyscy: – Kto znajdzie w sobie dość odwagi, niech bierze broń i rusza z Ksawerą w ślad za Demonami. Jednak nie łudźcie się próżną nadzieją. Dziś straciliśmy kolejnego syna tej wioski. I nic tego nie zmieni. Jego odejście jest nieodwołalne niczym śmierć. Przykro mi.

Odwrócił się. Wsparł się na dwóch prawnukach, Ziemysławie i Niebosławie, którzy niemal go nie odstępowali, i odszedł.

Serce Ksawery szarpał gniew, lecz nie odezwała się, póki Ojciec Ojców nie skrył się ponownie w ziemiance. W głębi duszy wiedziała, że starzec ma rację. Jeszcze nigdy nie powrócił nikt z porwanych przez piekielne stwory. Ale to był jej Kochan, jej maleńki synek. Nie mogła się poddać, nawet jeśli nie było nawet krzty nadziei. Zacisnęła pięść i wbiła ją w niebo. Zaczekała, aż zrobi się cicho, i zawołała:

– Kto pójdzie ze mną?!

Odzew był nadspodziewanie liczny. Większość mężczyzn, ale też wiele kobiet wznosiło w górę broń lub chociażby ręce, sygnalizując chęć przyłączenia się. Wśród gotowych wyruszyć na poszukiwania była Renet i jej mąż, Janki.

– Daję wam trzy oddechy – zarządziła. – Pospieszcie się. Bierzcie włócznie, łuki i ruszamy.

Kamienny Ołtarz, przeklęta siedziba Demonów, leżał niedaleko. Mogli obejść się bez prowiantu, a nawet i wody. Jedyne, czego potrzebowali, to broń. Cofnęła się do ziemianki i chwyciła włócznię. Wzrok zatrzymał się na czerwonym przedmiocie wyszarpanym jednemu ze stworów. Czy powinna pokazać go mieszkańcom wioski? Nie była pewna. Czy ten przeklęty artefakt nie opóźniłby pościgu? Zapewne tak. Drzewcem popchnęła zdobycz pod łóżko, przykryła króliczą skórą i wybiegła z chaty.

Byli gotowi. Większość już czekała, inni dochodzili.

– Znajdźmy ślad! – zawołał Odolan.

Strój z wyprawionych skór wilka dobrze komponował się z charakterem mężczyzny. Zawsze gotowego do działania, ale też skorego do gniewu. Dziś zdawało się to idealną mieszanką.

– Nie! – Zatrzymała zebranych. Popatrzyli na nią zdziwieni. – Dwie grupy – objaśniła pospiesznie. – Stworzymy dwie grupy. Jedna poszuka śladów, inni ze mną udadzą się wprost do Kamiennego Ołtarza.

To był lepszy plan, choć nie potrafiła uwierzyć, że wciąż mogła myśleć na tyle jasno, by go zaproponować.

Zostało ci to po Tolisławie.

Tak, jej mąż potrafił trzeźwo myśleć, nawet w najtrudniejszej sytuacji. Czy dziś też zachowałby zimną krew? Odpowiedź na to pytanie wydawała się zbędna, tak samo jak fakt, że ta umiejętność nie pomogła mu przeżyć. Ksawerą targnęła fala gniewu. To też jego wina. Zostawił ją samą z synem! Gdyby był przy niej, wspólnie obroniliby Kochana!

Okłamujesz samą siebie.

Ruszyła w stronę Kamiennego Ołtarza. Obejrzała się tylko, by przelotnie zerknąć na twarze podążających za nią ludzi. Zdawała sobie sprawę, że większość z nich na samo wspomnienie złowieszczego miejsca przechodziły ciarki. Choć ruiny wznosiły się niedaleko wioski, nikt się tam nie zapuszczał. Miejsce przeklęte i zakazane. Co nie znaczyło, że zupełnie opuszczone. Starsza dzieciarnia odwiedzała je nader często. Przyciągało jak magnes. Pozwalało sprawdzić odwagę śmiałka albo umówić się w dyskretnym miejscu, gdzie nikt nie zaglądał.

Prócz Demonów.

Ruchem głowy zaprzeczyła własnym myślom. Ich też tam nie widywano. Gdy jednak ze wsi znikało kolejne dziecko, tropy – wyraźne i jednoznaczne – zawsze prowadziły do Prastarego Żółwia, zamienionej w kamień skorupy największego wroga Ojca Orłów, który wypełzł z trzewi Matki Wszystkich Wężów, by pożreć świat. Przegrał jednak pojedynek, na którego wieczną pamiątkę Bogowie pozostawili utrwalone w skale truchło. To w nim z trujących oparów narodziły się Demony. Narodziły i pozostały. Wymykając się tylko co pewien czas na świat, by zaspokoić głód.

Jak minionej nocy.

Śpiew ptaków i uspokajający szum kołyszących się na wietrze koron drzew zdawał się przeczyć dramatycznym nocnym zajściom. Ksawera przyspieszyła kroku. Wiedziała, że nikogo nie musi poganiać. Porwano jej dziecko, lecz każdy z obecnych bez trudu potrafił postawić się w jej sytuacji. Wielu swego czasu przeżyło zniknięcie krewniaka lub towarzysza zabaw.

Sto metrów przed Kamiennym Ołtarzem zatrzymała się. Co teraz? – na to pytanie już nie znajdowała odpowiedzi.

Prawo plemienia zabraniało iść dalej. Ruiny będące częścią skorupy Prastarego Żółwia były tabu, choć każdy z mieszkańców w młodości przynajmniej raz złamał zakazy. Ksawera nawet częściej. Było to ich miejsce schadzek. Po raz ostatni przyszli tu z Tolisławem kilka dni przed ceremonią zaślubin. Kochali się na szarym zimnym kamieniu. Na skorupie. Była prawie pewna, że to wtedy Kochan został poczęty.

Czy dlatego Demony wybrały właśnie jego?

To przypuszczenie ją zmroziło. Jeśli tak, sama zawiniła najbardziej. Z całych sił ścisnęła drzewce włóczni. Miała ochotę wyć, ale na łzy przyjdzie czas potem, teraz nie mogła sobie na nie pozwolić.

– Idę – oznajmiła głośno, a kilka osób ruszyło za nią.

– Jak blisko zamierzasz podejść? – zatrzymał ją Odolan.

– Na tyle, ile będzie trzeba.

– Nie wolno nam wchodzić pomiędzy ruiny! To sprowadzi nieszczęście na wioskę!

Ludzie przystanęli, niepewni, jak postąpić.

– Jak mam znaleźć Kochana, jeśli nie wolno mi podążyć jego tropem?!

– Prawo...

– Mam gdzieś prawo! – krzyknęła Ksawera, dla wielu nazbyt głośno.

– I może dlatego zostałaś ukarana. Kto jeszcze ma ochotę dzielić jej los?

Nikt nie zabrał głosu.

– Jak śmiesz?!

– Śmiem, bo chodzi już nie tylko o twoje dziecko. Przyszliśmy ci z pomocą, ale na naszych warunkach. Przyjmij je albo wracamy do wioski.

Ksawera poszukała wzrokiem Jankiego.

– Ty też?

– Wszyscy – odpowiedział za niego Odolan.

– A gdzie Renet?

– Nakazałem jej zostać w domu, z Milanem – odparł Janki. – Moja obecność wystarczy.

– Jak widać nie! – rzuciła Ksawera gniewnie. – Ona by wiedziała, że należy przekroczyć krąg! Demony tu nie wyjdą! Nie przyprowadzą Kochana! Jeśli tam nie pójdziemy, nic nie wskóramy!

Janki cofnął się zawstydzony.

– Nie pozwolimy. Ja i inni. Nawet jeśli przyjdzie użyć siły – powiedział Odolan stanowczo.

Dopiero teraz dostrzegła w jego dłoni konopny sznur. Związana nie pomoże synowi. Popatrzyła po twarzach zebranych, ale w żadnej nie dostrzegła wsparcia.

– Dobrze – spuściła głowę – nie wejdziemy między ruiny. Zadowolony?

– Rozdzielmy się! – zawołał Odolan, zamiast odpowiedzieć.

Nie oponowała. W tym jednym miał rację. Powinni obejść skorupę, skoro nie mogą się do niej zbliżyć, i z dalszej odległości poszukać śladów.

Ognisko dogasało. Już nikt nie dorzucał drew. Wpatrzona w żar Ksawera drgnęła, gdy tuż obok pod czyjąś stopą trzasnęła gałązka.

– Wracamy.

Popatrzyła smutno na Odolana. Teraz on. Przez cały dzień powoli wykruszały się szeregi szukających. Z początku byli liczni, zwłaszcza, gdy idąc po śladach Demonów, nadciągnęła druga grupa. To był dowód, że miała rację, kierując się wprost ku Kamiennemu Ołtarzowi. Ostatecznie została ich zaledwie garstka. A i oni zamierzali odejść.

– Idźcie – wychrypiała. – Ja zostaję.

– Będziesz sama.

Pomyślała, że wróciwszy do wioski, też byłaby sama, że jest jej obojętne, gdzie będzie cierpieć. Poza tym

Demony nie były już jej straszne. Odebrały wszystko, co miała cennego, nic więcej się nie liczyło. Nawet jej życie.

Odolan odwrócił się, lecz pozostał na miejscu.

– Twój syn... – zaczął niepewnie.

– Tak?

– Jest już stracony.

Z trudem powstrzymała się, by nie skoczyć mu do oczu. A przecież mówił jedynie to, co ona czuła w głębi duszy. Jednak nie zamierzała się poddać.

Nie! Nigdy!

– Demony wychodzą nocą – powiedziała do Odolana. – Jest jeszcze nadzieja.

Mężczyzna zerknął ponad ogniskiem. Mrok panował już od kilku godzin.

– One nigdy nie oddały zdobyczy – oznajmił z rezygnacją i odszedł.

Nie patrzyła za nim. Schyliła się i zamknęła w dłoni żarzący się węglik. Fizyczny ból przynosił jej ulgę, przywracał zmysły. Tylko dzięki temu trzymała się wciąż na powierzchni.

Spojrzała w stronę, gdzie zalegała gigantyczna, w dużej mierze pokryta mchem skorupa. Nie dostrzegła konstrukcji, mrok zgęstniał i otulił skałę grubą narzutą. Przez cały dzień krążyli wokół niej, nie ważąc się zanadto zbliżyć. Zakazany Kamienny Ołtarz. Prócz dzieciarni, testującej odwagę, niewielu tutaj zachodziło, ale nawet ci nieliczni trzymali się z dala od skalnych ścian. Już rano zamierzała do nich podejść, teraz nie było nikogo, kto mógłby ją powstrzymać. „Nie wolno" – w wyobraźni po raz kolejny usłyszała głos Odolana.

To nie będzie pierwszy raz.

Przed oczami stanęły jej spędzone wśród ruin chwile z Tolisławem. Wtedy nie bali się niczego. I być może za to właśnie zostali ukarani. Ale teraz już niczego nie można jej było zabrać. Nie bała się żadnej kary.

Wokół skorupy ziemia także stała się skałą. Nie tylko Prastary Żółw zmienił się w kamień, to samo spotkało glebę, na którą upadł. Przekleństwo sięgnęło również jej. Jak też wszystkich, którzy po niej stąpali. Warstwa naniesionych tu przez lata zbutwiałych liści nie zdołała w pełni zasłonić twardego podłoża, w wielu miejscach skała popękała, a jej wygładzone przez czas zęby wybijały się ponad przegniłe roślinne odpadki.

Było zbyt ciemno, by mogła odnaleźć subtelne ślady. Wiedziała jednak, że jutro wraz ze świtem ponownie zjawią się mieszkańcy wioski i zapewne znów nie pozwolą jej zbliżyć się do siedziby Demonów.

– Jesteście tu?! – Odpowiedziały jej naturalne odgłosy nocy. – Oddajcie mi syna!

Przypadła do skamieniałej skorupy. Jej powierzchnia była chropowata, choć nienaturalnie równa. Gdzieniegdzie skruszył ją deszcz i wiatr, a jednak mimo ubytków całość zachowywała dawny kształt. Tym, co jeszcze ją wyróżniało, było ciepło. Kamień grzał, oddając skumulowane za dnia promienie słoneczne.

Ruszyła w lewo. U szczytu skorupy, tam, gdzie przed wiekami wychylała się głowa potwora, usypano stertę kamieni. Jak opisywała Odwieczna Opowieść, to stamtąd wyszły Demony i dlatego mieszkańcy osady – niezliczoną liczbę pokoleń temu – zawalili otwór tak wielkimi głazami, jakie tylko zdołali przenieść. Niewiele zyskali, istoty znajdowały kolejne szczeliny, pozwalające im przedostać się do zewnętrznego świata. Ludzie zasypywali wszystkie odkryte jamy i tunele, lecz trud pozostawał daremny. Wreszcie się poddali. Kamienny Ołtarz uznali za miejsce przeklęte i wprowadzili zakaz zbliżania się do niego. Kolejne pokolenia uczyniły z niego tabu.

Tabu!

W Ksawerze wzbierała złość na tradycje przodków. Gdyby choć wieś znajdowała się dalej od skorupy Prastarego Żółwia. Lecz ani jej, ani ruin nie można było przesunąć, zajmowały od wieków przypisane im miejsca. Tu Kamienny Ołtarz, a osada niedaleko, rozmieszczona w granicach czterech Świętych Kopców. Przeklęte zasady i prawa! Wzniesienie nowych ziemianek, jak najdalej od diabelskiej ziemi i Demonów, nie byłoby wcale trudne. Wystarczyło się ruszyć. Choć jedyny raz plunąć na zdanie przodków! Może i było to wbrew wszystkiemu, w co wierzyli, ale wtedy jej syn by żył!

Nie myśl o nim jak o zmarłym!

Zrugała się w myślach. Nie wolno, jeszcze nie teraz, nie tej nocy, ani też następnej. Wiedziała, że jeśli nie zdarzy się cud, jutro też będzie tu czuwać. Jutro i szereg kolejnych dni. Krążyła wokół zachowanej przez wieki skorupy, pośród otaczających ją skamieniałych resztek ścian. Rwała porastający je bluszcz i mech, na oślep łamała gałęzie i małe drzewka, lecz nigdzie nie dostrzegła nawet śladu wejścia do piekieł. Nic dziwnego, mrok ukrywał szczegóły, a istotom zapewne wystarczała wąska szczelina, zbyt mała, by przedostał się przez nią człowiek z krwi i kości.

A Kochan?

Porwały go ze sobą czy pożarły w lesie? Jeśli to pierwsze, szczelina musiała być większa, niż twierdziły przekazy. Powinna zabrać pochodnię, choć nawet z nią poszukiwania praktycznie były skazane na niepowodzenie. Pomóc mogły jedynie promienie słońca, tyle że wraz z nimi przyjdą mieszkańcy osady i ponownie nie dopuszczą jej tutaj.

– Kochan! – zawołała w ciemność.

Przecież się nie odezwie. Wiesz, że to niemożliwe.

Odgłosy nocy przycichły. Jej krzyk jedynie spłoszył zwierzęta. Wróciła do ogniska i rozpaliła jedną z gałęzi. Z tą prowizoryczną pochodnią ponownie zagłębiła się pomiędzy ruiny. Płomień przygasał i ożywał, sprawiając, że blask i cienie rytmicznie falowały, utrudniając dostrzeżenie szczegółów. Mimo to nie przerywała poszukiwań. Nie zamierzała się poddać.

Rano mieszkańcy wioski zastali ją śpiącą, skuloną obok niemal już wygasłego ogniska. Sama nie wiedziała, jak długo błąkała się wśród ruin, zanim wreszcie padła wyczerpana tuż przy kupce skrzących się niczym gwiazdy węglików. Ciało zesztywniało, ale nie z zimna – żar nadal bił z popiołów.

Podniosła się i zmierzyła wzrokiem grupkę przybyłych.

– Mało was – zauważyła z goryczą.

A czego się spodziewałaś?

– Przyszli ci, którzy zachowali nadzieję – odezwał się Odolan, ale nie patrzył jej w oczy. Spuścił wzrok.

Nie miała mu za złe kłamstwa. Prócz niej nikt nie zachował nadziei. Nie była nawet pewna, czy sama wciąż ją miała, czy też może już jedynie rozpacz kazała jej kurczowo trzymać się Kamiennego Ołtarza.

– Tylu wystarczy – odparła wbrew sobie.

– Czy w nocy... – mężczyzna nie dokończył pytania.

Pokręciła głową.

– Nie było nikogo. Ni ludzi, ni Demonów.

– Co możemy dziś zrobić?

Wiedziała co, ale czy przybyli się na to poważą?

– Złammy tabu. Sprawdźmy skorupę...

Odniosła wrażenie, że czujne spojrzenie Odolana przenika ją na wskroś i mężczyzna wie, że poważyła się na to już w nocy. Jeśli nawet tak było, nie przyznał się do tego.

– Wiesz, że nie wolno...

– Nie wolno ratować mojego syna?

– Gdyby to pomogło, już bym tam był. Wbrew zakazom przodków. Ale przekroczenie kręgu niczego nie zmieni. Co najwyżej sprowadzi na wieś gniew Demonów. Dziś cierpisz ty. Przyniesie ci ulgę, jeśli jutro będą rozpaczali inni?

– Chcę jedynie syna – powiedziała wolno. – Czemu się lękasz? Czy jako dziecko nigdy nie podszedłeś do skorupy? Nie złamałeś tabu? Nie wierzę w to.

Odolan zmieszał się.

– Wiek młodzieńczy sprzyja łamaniu zakazów. Podobne wybryki nie przystoją mężczyźnie.

– Wybryki? – prychnęła.

Wciąż unikał jej wzroku.

– Ojciec Ojców upomniał mnie, bym pamiętał o prawach przodków.

Ksawera zmełła w ustach przekleństwo. Jej nikłe nadzieje na przekonanie Odolana, a za nim innych, stopniały niczym śnieg w promieniach wiosennego słońca. Autorytet najstarszego mieszkańca wioski był niepodważalny. Jeśli gdzieś nie można było osiągnąć porozumienia, jego zdanie przeważało. Ostateczna instancja, od której nie było już odwołania. Gdy umierał, wyznaczano kolejnego wiekowego starca, który tracił dotychczasowe imię i do śmierci stawał się następnym Ojcem Ojców.

– A Matka Matek?

Odolan machnął ręką.

– Wiesz, że jest szalona. Rozmowy z przodkami czynią jej słowa niezrozumiałymi.

– Mówiła coś?!

– O przybyciu czegoś lub kogoś... Pod ten bełkot mogłabyś podłożyć każdą treść.

– Ośmielasz się poddawać w wątpliwość należny jej szacunek, a boisz się przekroczyć nieistniejącą linię?

– Ona jest jak najbardziej rzeczywista.

– Tak? Gdzie? Wskaż ją?! Tam? – Machnęła ręką. – Czy może bliżej lub dalej? Spraw, bym zobaczyła tę cholerną granicę! – Milczał, więc ciągnęła: – Byłam tam, ośmieliłam się zrobić to, przed czym drżycie. Jednak noc ukryła ślady. Potrzebuję światła dnia i oczu, lepszych, bardziej czułych na tropy niż moje. Pomożesz?

Niemo pokręcił głową.

– A wy? – Ksawera podniosła głos. – Kto z was zrobi to, co jako dzieci potajemnie robiliśmy wszyscy?!

Wydawało się, że nikt się nie ruszy. Ze spoglądającej po sobie grupki ludzi wyszedł wreszcie jeden z mężczyzn. Skóra jego kurtki była wyprawiona i pozbawiona sierści, lecz z kołnierza zwisał dorodny ogon lisa.

– Pomogę.

– Gorazd, to wbrew... – zaczął Odolan, lecz nie dane mu było dokończyć.

– Wbrew memu sumieniu jest spoglądać na potrzebującego z boku.

Ksawera spojrzała na niego z wdzięcznością. Czy wczoraj był tu z nimi? Nie potrafiła go sobie przypomnieć. Zapewne nie było go w wiosce, gdy nadeszły Demony, polował. Jeszcze jedna rzecz, która sprzysięgła się przeciw niej. Gdyby zgłosił się wczoraj...

I tak niczego by to nie zmieniło.

– Ktoś jeszcze? – spytała słabym głosem. Nie spodziewała się, że ktokolwiek więcej ją wesprze.

Kilka osób, może z jedna trzecia grupy, podniosło z wahaniem ręce. Gotowość Gorazda przełamała strach.

– A ty, Janki? – zwróciła się do męża przyjaciółki.

– Ja też – potwierdził.

– Dziękuję.

– To błąd, nie wolno wam! – oponował Odolan.

Janki minął go, podchodząc do Ksawery.

– To mógł być mój syn.

– To jeszcze może być twój syn! Wystarczy, że obudzimy gniew Demonów! Naprawdę zamierzacie ryzykować życie innych dzieci! – Nikt nie zawrócił. – Zobaczycie, pożałujemy tego wszyscy!

– Zwiąż nas więc – prychnęła Ksawera. Wyraźnie przejęła inicjatywę. – Rozdzielmy się. Pójdziemy pojedynczo. Jeśli ktoś cokolwiek znajdzie, natychmiast zawiadamia innych.

– Czego szukamy?

– Wejść, tropów, śladów. Wszystkiego, czego w nocy nie zadeptałam.

Janki od razu trafił na ślady Ksawery, musiała w nocy spędzić tu dużo czasu. Miejscami jej obecność zdradzała jedynie zadeptana trawa, odcisk buta w miękkich, butwiejących liściach, ale gdzieniegdzie ściółka została zryta, jakby szalało tu stado dzików. Co robiła? Janki nie był pewny, ale obstawiał, że rzuciła się na ziemię i rwała ją palcami. Może próbowała wygrzebać dłońmi przejście do podziemnego świata...

A gdyby jej się udało?

Przeszły go dreszcze. W każdym razie utrudniła im zadanie. Wczoraj był w grupie, która szła tropem Demonów. Aż do Kamiennego Ołtarza było to proste. Istoty nie potrafiły poruszać się w tym świecie lub w najmniejszym stopniu nie obchodziło je, że ktoś może ruszyć za nimi. Odciski stóp, naruszona ściółka, złamane gałęzie – nawet dziecko nie miałoby problemów, by podjąć trop.

To zmieniło się w pobliżu ruin, na skamieniałej ziemi. Co prawda przez dziesięciolecia, a raczej całe wieki, twardą skorupę przykryły kolejne warstwy liści i mchu, których wiatr i deszcze nie zdołały w pełni usunąć, jednak drzew i krzewów było tu znacznie mniej. Czasem nawet całe połacie wolne były od traw. Odciski nie były już tak wyraźne, należało włożyć więcej trudu, by odnaleźć nikłe ślady. A dalej nie wolno było już wchodzić...

Dziś wiedzieli mniej więcej, gdzie powinni zacząć,

lecz wbrew pozorom odnalezienie tropów okazało się trudne. Nikłe ślady Demonów mieszały się ze śladami Ksawery, zmieniając jedne i drugie w nierozróżnialną mieszaninę. Wydawało się całkiem możliwe, że istoty okrążyły skorupę. I właśnie gdzieś z przeciwległej strony kompleksu mieści się zejście do piekieł, w które wciągnęły chłopca.

O ile nie pożarły go od razu...

Janki pokręcił głową. Nic na to nie wskazywało. Nie natknęli się na krew, kości, czy jakiekolwiek resztki. Chyba że stwory zjadły Kochana w całości. Nikt z żyjących nie wiedział, jakie były ich możliwości.

Wczorajszej nocy niemal nie zmrużył oka. Gdy tylko zamykał powieki, dopadały go koszmary. Zjawiały się Demony i porywały Milana. Natychmiast budził się, a potem zlany potem dziękował Ojcu Orłów, że to tylko sen. Jeden, drugi, dziesiąty, a wszystkie równie przerażające. Zamrugał, odganiając nadciągające z głębi pamięci obrazy majaków, i wtedy to zobaczył. W zlepionych, przegniłych liściach odbił się fragment odcisku buta. Nie miał najmniejszych wątpliwości, na co patrzy. Nierówna, pofalowana powierzchnia mogła powstać tylko pod stopami potworów, nikt w wiosce nie nosił podobnego obuwia. Otworzył usta, by zawołać innych, lecz nie wydusił z gardła głosu. Rozejrzał się. Zobaczył kilka osób bacznie wypatrujących tropów. Podniósł rękę. Nikt nie zwrócił na to uwagi.

Sprawdź najpierw, dokąd prowadzi trop.

Ta myśl wyrwała go z odrętwienia. Ślady były ledwie widoczne. Gdyby nie ten pierwszy, wyraźny odcisk pięty, zapewne by je przeoczył. Ruszył tropem. Kierował się instynktem. Coś, co dotąd mogło wydawać się przypadkowym wgłębieniem lub złamanym przez zwierzęta źdźbłem, nagle nabierało znaczenia.

Ślady biegły wprost ku Skorupie. Długą szarą ścianę boku Prastarego Żółwia gęsto obrastał bluszcz. Ziemia już nie mogła pomóc, trop urywał się.

Przeniknęli przez skałę? A dziecko? Chyba że Kochana już z nimi nie było.

Janki obejrzał się, ale nikt się nim nie interesował. Wszystkich pochłaniały własne poszukiwania. Obrzucił wzrokiem gęste poplątane pędy bluszczu, wodospad zieleni. Pozornie wydawał się nienaruszony, jednak gdy przyjrzał mu się dokładniej, w oczy rzuciły się delikatne oznaki, że coś się tędy przedarło. Gdzie? Za ścianę? Wsunął dłoń w zieleń. Po kilku centymetrach zderzył się z twardą, szorstką skorupą. Nie było przejścia. Nikt tędy nie szedł, to tylko wyobraźnia stymulowana napiętymi do granic nerwami. Kucnął. Raz jeszcze wysunął rękę. Tym razem aż po łokieć zanurzyła się pomiędzy pędy. Odskoczył jak oparzony. Potknął się i upadł. Spodziewał się, że zjawią się inni, ale nadal nikt nie zwracał na niego uwagi.

Zastanawiał się. Jeśli Ksawera wejdzie w szczelinę, a potem przeniknie do świata Demonów, czy nie wzbudzi tym ich gniewu? Może Odolan miał rację, uprzedzając, że ucierpią niewinni? Czy wolno mu ryzykować? Życiem Milana, życiem innych dzieci w osadzie? Przecież Kochan i tak nie żyje. Minął z górą dzień, odkąd istoty go porwały. Już dawno zdążyły nasycić głód.

Więc po co tu przyszedłeś?

Nie potrafił odpowiedzieć na to pytanie. Cofnął się jak najdalej od skorupy Pradawnego Żółwia, po drodze zacierając wszelkie ślady, które wcześniej udało mu się dostrzec. Nikt ich nie zobaczy, nikt nie spróbuje przedostać się do wnętrza skały, za zasłonę bluszczu. Nikt nie zaryzykuje życia jego syna.

– Na coś trafiłeś?

Głos Ksawery zaskoczył go. Drgnął przerażony, z trudem zwalczając chęć ucieczki.

– Nie – wyjąkał. – Ja... Ja tylko... Muszę stąd wyjść. Muszę...

– Ale wrócisz? Choćby jutro?

– Jutro Ojciec Ojców ogłosi Czas Polowań – nie wiadomo skąd, pojawił się Odolan. Przekroczył zakazaną linię otaczającą Kamienny Ołtarz, choć nie podchodził zbyt blisko do skorupy. – Wszystkich nas czeka wiele żmudnych przygotowań, nim zbiorą się grupy i wyruszą po zapasy. Poszukiwania kończą się dziś.

–

– Matko! – Ksawera energicznie odsłoniła skóry zasłaniające wejście i nie czekając na odpowiedź, wparowała do ziemianki.

W pierwszej chwili wnętrze zdawało się puste. Pozbawione życia. Dopiero po chwili dostrzegła zasuszoną postać leżącą na łożu przy ścianie. Wyglądała trochę jak duża, naturalnej wielkości kukła, a nie człowiek. Ksawera podeszła bliżej. Matka Matek miewała różne dni. Czasem można z nią było normalnie rozmawiać, ale bardzo często milczała wpatrzona w ścianę albo bełkotała pod nosem niezrozumiałe słowa, a może jedynie zbitki przypadkowych sylab.

– Matko – powtórzyła mniej pewnie.

Staruszka ponoć przepowiedziała przybycie... Kogoś? Czegoś? I czy wiązało się to w jakikolwiek sposób z jej Kochanem? Poszukiwania chłopca zakończyły się. Cała wieś sposobiła się do corocznego obowiązku. Za kilka, kilkanaście dni, gdy grupy myśliwych będą gotowe, wyruszą głęboko w las, na polowania. Od ich powodzenia zależało przetrwanie wioski zimą. Żadne zaklinania nie przesunęłyby terminu. A nawet gdyby zgodzili się rozpocząć Czas Polowań dzień czy nawet tydzień później, by te chwile poświęcić na poszukiwania jej syna...

Co by to zmieniło?

Doskonale wiedziała. Nic! Bo Kochanowi nie pomoże już żaden wojownik. Ostatnie iskierki nadziei wiązały się z granicą światów i osobami, które potrafiły ją przekroczyć. W ich osadzie była nią Matka Matek. Tylko ona. Nikt inny nie rozmawiał z przodkami. Czy należało przypisać to szaleństwu, które zesłała starość, czy przeciwnie, nowym zmysłom wyostrzonym dzięki upływowi lat? Tu zdania były podzielone. Dotąd Ksawera skłaniała się ku pierwszemu, ale skoro tak wyglądała ostatnia szansa, nie mogła z niej nie skorzystać.

– Matko.

Wyciągnęła rękę, by dotknąć ramienia staruszki, gdy ta niespodziewanie drgnęła. Ksawera aż podskoczyła.

– Taka straszna jestem? – spytała Matka Matek.

A więc był to jeden z tych dni, gdy dało się z nią porozmawiać.

– Zaskoczyłaś mnie – wyznała Ksawera.

– Tym, że jeszcze żyję? To zaskakuje wielu. Marzą po cichu, kiedy wreszcie starucha wyciągnie kopyta. A pierwszy mój gałgan. – Mówiła o wnuku, Stojanie, który z nią mieszkał, doglądał ją i pielęgnował.

– Jesteś niesprawiedliwa. Jest oddany.

– Jest głupi. Pewnie jak leci za potrzebą, podciera dupsko pokrzywami. Względnie próbuje igieł sosnowych. Ale zaraz... – Matka Matek odwróciła się ku niej. Powieka na lewym, wpółprzymkniętym oku drgnęła. Prawe pokrywało bielmo. Trudno było określić, czy staruszka ją widzi, czy jedynie odwraca się do źródła dźwięku. – Nie chciałabyś go? Pasujecie do siebie! On głupi, ty brzydka, trudno o bardziej dobraną parę. Ja też kiedyś byłam brzydka, tak samo szczupła jak ty, tylko nie tak wysoka. Nawet dość gładka buzia mi nie pomogła, mężczyźni wolą tęgie, takie, które w srogie zimy nie zeschną im się w szkielet. To jak, nie weźmiesz z sobą gałgana? Uwolniłabyś mnie od niego.

– A kto przejmie opiekę? – Ksawera zmusiła się do lekkiego uśmiechu.

– Czy jej wymagam? Robisz ze mnie jakąś kalekę. To co, zgadzasz się? To dobra oferta.

– Nie przyszłam tu w swaty.

– Jasne, że nie. Ja zaproponowałam temat. To wszystko, co mogę ci dać.

Ksawera cofnęła się o krok.

– Wiesz, po co do ciebie zajrzałam?

– Może odrobinę niedomagam, naprawdę odrobinkę. Słabo widzę, znaczy wszystko poza czernią, czerń widzę doskonale, nawet tam, gdzie jej nie ma. Wszyscy krzyczą: wada, ale czyż nie jest to jakaś tam zaleta? Zawsze należy doszukiwać się jaśniejszych stron każdej sprawy. Prócz czerni, rzecz jasna, bo ja w niej doszukuję się jedynie ciemniejszych stron i zawsze mi się to udaje. Więc, jak mówiłam, minimalnie niedomagam, ale nie jestem ani głucha, ani głupia. To dwie cechy gałgana, nie moje. Wiem, co przydarzyło się twojemu synowi. Zeżarły go potwory.

– Czy... – nie zdołała zadać tego pytania. Starucha nie owijała w bawełnę i Ksawera poczuła, że siła i determinacja, które nakazały jej tu przyjść, nagle znikły.

– Coś można zrobić? A niby co? Poszukać kosteczek?

– Jesteś wstrętna!

– Czasem czuję się, jakbym miała więcej wiosen niż ten świat. Jaka więc mam być? Pachnąca świeżością? Nie, dzieciaku, jestem zgorzkniałą, złośliwą, starą jędzą. Ale nie martw się, kiedyś to zrozumiesz, bo kiedyś staniesz się taka sama.

Ksawera odwróciła się, by wyjść. Miała dość tej rozmowy. Musiała jednak jeszcze spytać o jedno.

– Widziałaś ponoć, że ktoś nadejdzie. Ktoś lub coś.

– Może bredziłam? W moim wieku wystarczy, że się nie wyśpię, a bredzę. A nie wysypiam się codziennie. To też wina tego gałgana!

– Coś jednak widziałaś. Co?!

– Najlepsze, dzieciaku, że nie wiem, sama nie wiem. Ale coś przybędzie, czuję to w starych skruszałych gnatach. Coś do nas gna, jakby goniły to Demony.

## II

Marsz był miłą odmianą. W czasie lotu porządnie zmarzli, na ziemi jednak było ciepło, wręcz gorąco. Choć powoli kończył się sierpień, trawy nie zdążyły jeszcze uschnąć spalone słońcem, jak często o tej porze roku, a nad kwitnącym w najlepsze zielskiem nadal unosiły się chmary motyli i innych owadów.

Szli od kilku godzin, lecz nie natknęli się na jakiekolwiek ślady obecności człowieka. Nie napotkali ludzi, osad, a nawet ściętych drzew lub wydeptanych szlaków, świadczących, że ktoś tędy wędruje. Okolica wydawała się nietknięta. Za to zwierzyny otaczało ich mrowie. Widzieli zające, kuropatwy, sarny, dziki, a także masę drobnicy. Nad ich głowami skakały wiewiórki, ptactwo wygrywało na wyścigi trele, a owady – większe i mniejsze – nie dawały im chwili spokoju. Nie potrafili powstrzymać się przed okazywaniem zachwytu nad bogactwem tutejszych terenów. Wydawało się nieprawdopodobieństwem, że nie założono tu gniazda. Albo miasta, jak ponoć nazywały się większe skupiska domostw w Państwie władanym przez Świętą Armię Podwójnej Trójcy.

Marki pomyślał o Moni. Czy ona widziała kiedyś miasto? Zapewne tak. Jemu to się nie udało. Świat dziewczyny oglądał głównie przez okno pociągu lub przez szczeliny między deskami w tych chwilach, gdy wagon pasażerski zamieniał na bydlęcy. Żadna z tras nie wiodła przez miasta, które ponoć wznosiły się bardziej na północy. Poznał boczne linie kolejowe omijające z daleka nawet większe wioski. Mógł sobie jedynie wyobrażać wspaniałości, jakie przed nim skryto. Strefa Moni wyprzedzała ich rozwojem jeśli nie o setki, to przynajmniej o dziesiątki lat. Tamtejsi uczeni budowali maszyny parowe, których zasad działania mógł się jedynie domyślać, a także wiele innych cudów. Od wielkich po małe – jak chociażby szyby w oknach, cieńsze i przepuszczające więcej światła niż jakiekolwiek szkło, które pamiętał z domu. Czy w tej Strefie było podobnie? A może przeciwnie, trafili do krainy niezamieszkałej przez ludzi lub w której cywilizacja dopiero się rodziła?

Dalsze rozmyślania przerwał Szymon. Stanął jak wryty i dał znać, by oni również się zatrzymali. Dłuższą chwilę stał nieruchomo wpatrzony w zarośla. Już dawno opuścili łąki i szli wyłącznie przez lasy, a może przez jeden wielki rozległy, choć zróżnicowany bór. Otaczały ich brzozy, dęby i przede wszystkim sosny. Wszystkie strzeliste, zdające się sięgać chmur. Wreszcie Wiarołomca się poruszył. Niezdecydowanie zrobił kilka kroków.

– Co się dzieje? – szepnął Drewal. Mówił już niemal normalnie, choć opuchlizna do końca nie zeszła.

Szymon wciąż bacznie lustrował otoczenie. W pewnej chwili nakazał, by zostali na miejscu, a sam ruszył w stronę zarośli. Znikł w nich na dobre dziesięć minut.

– Chyba kogoś widziałem – oznajmił ściszonym głosem, gdy wreszcie wrócił.

– Chyba? – zapytał marszałek.

Wiarołomca wzruszył ramionami.

– Zdawało mi się lub ten ktoś jest znacznie lepszy ode mnie. W obu przypadkach nie zmienia to naszej sytuacji, idziemy dalej.

– To pewnie jeleń – mruknął Drewal.

– Być może – w głosie Szymona słychać było powątpiewanie.

Marki wbił wzrok w las. Miejscami porastały go gęste krzaki, lecz w większości bór był przejrzysty. Stare drzewa, na dole niemal zupełnie pozbawione gałęzi, wzbijały się z rozłożystymi koronami wysoko w górę. Panował półmrok, daleki jednak od zupełnej ciemności ułatwiającej skrycie się przed kimś, kto próbowałby ich śledzić. Wydawało się to właściwie niemożliwe. Mimo to niepokój Wiarołomcy udzielił się im wszystkim. Szymon miał największe doświadczenie. Spędził na wędrówkach po bezdrożach całe miesiące, a najpewniej i lata.

Szli dalej. Mijały godziny i nic się nie wydarzyło. Zmieniała się tylko okolica. Płaski teren ustępował miejsca piaszczystym górkom, by potem równie nagle przejść w podmokłe bagniska, często zmuszające ich do zawrócenia i poszukania innej drogi na wschód. Choć kierunek wędrówki nie był ściśle narzucony, Marki zauważył, że Wiarołomca stara się go obierać zawsze, gdy to tylko możliwe. Być może robił to, by nie pobłądzić, a może zamierzał jak najkrótszą drogą zagłębić się w nieznany teren, licząc, że wreszcie kogoś spotkają.

Byli głodni i zmęczeni. Gdy wreszcie się zatrzymali, Wiarołomca natychmiast zniknął w lesie. Marki spodziewał się, że przyniesie coś do jedzenia, jednak mężczyzna zjawił się po pół godziny z pustymi rękoma.

– Nie ma zwierzyny? – spytał ze zdziwieniem chłopak. Przecież las tętnił życiem.

Szymon wysłał mu dziwne spojrzenie.

– Jesteś głodny? – rzucił, jakby dopiero teraz przyszło mu to do głowy. Powiódł spojrzeniem po polanie. Znalazł jakąś sięgającą kolan roślinę o złocistożółtych drobnych kwiatach skupiających się w baldachy, wyrwał ją i podał Markiemu. – Kilka korzeni powinno zagłuszyć głód.

Chłopak niepewnie chwycił podarunek. Korzeń był grubości palca, biały i wrzecionowaty, przypominał nieco cienką pietruszkę. Marki nie znał nazwy rośliny, choć wydawała się znajoma. Jeden z pospolitych chwastów, jakie można było spotkać na łąkach. Nie wiedział, że była jadalna. Rzadko oddalał się na tyle od gniazda, by troszczyć się o pożywienie. A nawet wtedy zawsze wystarczały racje zabierane z domowej spiżarni. W osadzie nikt nie żywił się dzikimi roślinami. Okoliczne pola dostarczały zboża, ziemniaków, ogórków, pomidorów, kapusty, cebuli i innych warzyw. Zapasów nie brakowało, nawet zimą.

– Śmiało, nie zamierzam cię otruć – zachęcił Szymon. Uśmiechnął się przy tym kpiąco.

– Wcale tak nie myślałem!

– To dziki pasternak – wyjaśnił marszałek. – W waszym gnieździe go nie uprawiają?

Marki zaprzeczył ruchem głowy.

– Uprawny jest większy i mniej gorzki. A przede wszystkim nie ma tak twardych włókien. Dobra rada: nie wybieraj największych okazów, te są zazwyczaj najbardziej zdrewniałe.

Chłopak oskrobał korzeń patykiem, potem otarł go jeszcze ręką i zatopił w nim zęby. W smaku okazał się podobny bardziej do marchwi niż pietruszki, lecz znacznie ostrzejszy i nieco gorzki. W sumie nie najgorszy, choć potwornie łykowaty. Marki wyrwał mniejszą roślinę, okazała się lepsza, łatwiejsza do pogryzienia.

Gdyby nie był tak głodny, może bardziej by wybrzydzał, jednak pusty żołądek zrobił swoje. Był gotów zjeść cokolwiek, zwłaszcza że dziki pasternak naprawdę nie był aż tak zły.

– Ujdzie – zauważył, wypluwając ziarna piachu, które umknęły mu przy czyszczeniu. – Dobrze wiedzieć, czym można posilić się w czasie wędrówki.

– Tylko nie pomyl go z zielskiem, z którego otrzymuje się cykutę, są podobne.

Obaj mężczyźni roześmiali się, widząc minę chłopaka. Drewal, jakby chcąc go uspokoić, sam wyrwał kilka roślin. Tylko Wiarołomca nie pokusił się o zaspokojenie głodu. Przysiadł przy drzewie, nie spuszczając z oczu okolicy. Marki przycupnął przy nim.

– Naprawdę sądzisz, że ktoś nas śledzi?

Ku jego zaskoczeniu Szymon się roześmiał.

– Naprawdę nie wiem, i to mnie drażni. Jeśli tak, nie martwię się tym zbytnio, przecież chcemy dotrzeć do tutejszych ludzi. Jednak... – Pokręcił głową. Marki musiał skinąć zachęcająco, by kontynuował: – Byłem członkiem Bractwa, na nim wyrosła moja reputacja, a nawet moje drugie imię. I bez próżnych przechwałek mogę stwierdzić, że byłem jednym z najlepszych. Nie tylko świetnie walczyłem. Nie było też i nie ma lepszego tropiciela ode mnie. W każdym razie nie ma w naszej Strefie. Nie potrafię pozbyć się wrażenia, że właśnie trafiłem na kogoś lepszego. I dałbym sobie rękę uciąć, że nie jest sam.

– Więc go jednak wytropiłeś.

– Nie, ja go tylko wyczuwam – sprostował Wiarołomca. – Nie znalazłem niczego, co by jednoznacznie potwierdzało, że mam rację. A wierz mi, szukałem solidnie.

Marki zaczerpnął tchu. To pytanie chciał zadać już od wielu godzin, lecz nie potrafił zdobyć się na odwagę.

– Czego jeszcze mi nie powiedziałeś?

Szymon przeszył go świdrującym wzrokiem.

– Pytasz o zagładę swojej rodziny?

– O to, a także, czemu w ogóle podążałeś za tymi urządzeniami? Hycowi tego nie wyjaśniłeś, liczę, że mnie możesz...

Mężczyzna oderwał spojrzenie od Markiego i natychmiast przeniósł je na linię drzew na skraju polany.

– Znajdzie się kilka rzeczy, o których nie masz pojęcia – przyznał – lecz nie wiem, czy to najbardziej odpowiednia chwila, by się w nie zagłębiać.

– Będzie lepsza?

Wiarołomca parsknął krótkim urywanym śmiechem.

– Od dawna brakuje nam dobrych chwil na cokolwiek. Masz rację. – Zamilkł na moment. Gdy już Markiemu wydawało się, że próżne jego starania, Szymon zaczął opowieść: – Wszystko zaczęło się od Akademii. Przez nią, a także przez to, że nigdy nie zadowalałem się ochłapami rzucanymi mi przez innych, znajdujemy się tutaj. Widzisz, od zawsze fascynowały mnie Studnie, burze, opowieści o Przekłuwaczach. Groźne rzeczy przyciągają uwagę i wyobraźnię. Jedni kochają szable, inni pistolety, mnie pociągały aspekty bardziej tajemne. Gdy więc Bractwo posłało mnie do Akademii, mniej uwagi przykładałem do nauki niż do drążenia tematów moich zainteresowań. Twierdzi się, że Akademia szkoli przepowiadaczy, lecz to wierutna bzdura. Owszem, daje im narzędzia i podstawową wiedzę, jak z nich korzystać, chociażby jak odczytywać znaki, jednak jeśli wcześniej nie mieli smykałki, nawet lata studiów niczego ich nie nauczą. Nie rozpoznają burzy, nawet jeśli ich dupsko znajdzie się w samym jej środku.

Zaśmiał się chrapliwie. Nawet mówiąc, nie spuszczał z oczu linii drzew. Rozejrzał się uważnie, potem kontynuował:

– W Akademii ludzie szukają różnych rzeczy, najczęściej pozycji, jaką daje tytuł przepowiadacza, ja szukałem wyłącznie wiedzy, i to głębszej, bardziej podstawowej niż to, co serwowali nauczyciele. Prawda jest taka, że oni sami niczego nie wiedzą. Nawet ci, którzy trafili tam z powołania, nie z ambicji, zadowalali się oficjalnymi półprawdami lub zwyczajnymi kłamstwami.

– Kłamstwami? – Marki powtórzył zdziwiony.

– Zaskoczony? Sądziłeś, że ludzie zaangażowani w naukę przestają być ludźmi? Nie oszukuj się, kłamią i ukrywają prawdę jak wszyscy inni. Czasem robią to na tyle dobrze, że późniejszym pokoleniom zostaje w spadku doskonale utrwalony, zafałszowany obraz świata. Ziemia liczy czterysta lub pięćset lat? Wierutna bzdura, istnieją stare księgi, w których zapisano, że są to tysiące milionów. Słyszałeś kiedyś o takiej liczbie?

Chłopak zaprzeczył.

– To tysiąc tysięcy. Jeśli więc księgi się nie mylą, niebo, ziemia, to, co nas otacza, może mieć nawet tysiąc tysięcy tysięcy lat. Obejmiesz to umysłem? Nie ty jeden nie. A to tylko przykład. Istnieje wiedza, którą ukryto, jak chociażby ta, której księgę noszę przewiązaną w pasie. Podobnych przykładów mógłbym przytoczyć całe mnóstwo. A oni, nawet zdawałoby się ci najmądrzejsi, zazwyczaj wierzą w oficjalną *prawdę* bez zastrzeżeń. Czego się więc dowiedziałem o rzeczach, które mnie fascynowały? Że istnieją. Tyle wiedzieli. Tylko że tyle mógłby mi wyjawić pierwszy lepszy dzieciak, nie potrzebowałem do tego mędrców. Jasne, pisali księgi o rozmieszczeniach Studni, o tym, jak się zachowują, ale słowem nie wspominali, czemu w ogóle istnieją, skąd się wzięły.

– Bo tego nikt nie wie – skwitował Marki.

– Tak i nie. Tak, bo nie dogrzebałem się do dzieł, w których znalazłbym odpowiedzi na te pytania. Nie, bo były tam wskazówki, domniemania, ślady sugerujące, że kiedyś wiedziano więcej, znacznie więcej.

– Wiedza narasta – sprzeciwił się chłopak.

– Więc jak wytłumaczysz, że w rozpadających się tomiszczach wyczytałem o elektryczności? Nauce, której nie zna nikt w naszej Strefie, gdzie pozostała po niej zaledwie nazwa. Że znalazłem wskazówki, jak dotrzeć do dwóch urządzeń, które udało mi się wreszcie zdobyć?

– Wykradziono ci je – przerwał Marki. Wiarołomca wreszcie doszedł w swym wywodzie do tego, co najbardziej interesowało chłopaka.

– Tak – przyznał, lekko spuszczając głowę. – Moja wina. Informacje, które zgromadziłem, wskazywały, że Studnie można zamknąć, a dawna wiedza łączyła je z burzami. Wysnułem więc przypuszczenie, że bez Studni być może nie byłoby również i burz entropicznych. Świat zostałby wyzwolony. Teraz ludzie są uwiązani do gniazd, mało kto odważa się podróżować, gdyż wiąże się to ze sporym ryzykiem, choć jestem chodzącym dowodem, że opinie, jak bardzo to niebezpieczne, są przesadzone. Wiele wędrowałem, odwiedziłem chyba wszystkie istniejące osady, i wciąż żyję. Przyznaję, było wielu takich, którzy mieli mniej szczęścia. W każdym razie zamknięcie Studni stało się moją obsesją. Odwiedzałem gniazda i rozmawiałem z ich hrabiami. To był mój największy błąd...

Umilkł.

– Dlaczego? – naciskał Marki.

Uśmiech, który tym razem posłał mu Wiarołomca, nie niósł ze sobą cienia wesołości.

– Byli tacy, jak twój ojciec, których wizja wolności urzekła, chcieli oddać się jej bez reszty. Większość jednak potraktowała mnie obojętnie, uznając za nawiedzonego wędrownego głosiciela jeszcze jednej bzdury.

Znaleźli się jednak i tacy, którzy udali zainteresowanie, a tak naprawdę poczuli zagrożenie.

Marki wydął usta z powątpiewaniem.

– Zagrożenie?

– Zdziwiony, prawda? Ja byłem równie naiwny, choć powinienem to przewidzieć. Tak jednak zachłysnąłem się wizją idealnego świata, że nie pomyślałem, że komuś może on przeszkadzać. A wbrew pozorom, chłopcze, wielu go nie chce. Choćby Warus. Marzy o panowaniu nad Strefą. Łatwiej narzucić przewodnictwo kilkudziesięciu słabym osadom niż niezliczonej liczbie małych grup, które mogą dowolnie się przemieszczać. Kto ich zatrzyma, gdy zniknie terror burz? Ludzi jednoczy strach, gdy przeminie, wielu opuści gniazda. Podobnie myśleli, choć na mniejszą skalę, niektórzy inni hrabiowie. Mają obecnie kim rządzić, co jednak będzie, gdy ludziom dany zostanie wybór? Źle traktowani powędrują do innych osad lub założą własne. Ślepy by nie zauważył. I, przyznaję, byłem ślepy. Rozpowiadałem na prawo i lewo, co będzie, nie widząc, co jest. Wykorzystano więc moją naiwność. Okradziono mnie.

– Nie ostrzegłeś mojego ojca o zagrożeniu?!

Wiarołomca nie dostrzegł lub udawał, że nie zauważył, złości w głosie chłopaka.

– Sam go nie znałem. Albo inaczej, sam w nie nie wierzyłem. Owszem, księgi przestrzegały, lecz mówiły o wszystkim bardzo mgliście. A czy uprzedziłem Natabana? Nie oczekuj teraz, że powtórzę ci słowo w słowo, co powiedziałem twojemu ojcu. Nie pamiętam. Nie miałem zresztą pojęcia, że w jego ręce trafi mój skradziony skarb. Gdy się o tym dowiedziałem, pospieszyłem do Gniazda Brzóz, jednak nie zdążyłem na czas. Równie dobrze możesz przeklinać mnie, jak jego ciekawość. Mógł na mnie zaczekać z uruchomieniem urządzenia.

– Co by to zmieniło?

– Zapewne nic. Zginęlibyśmy razem. Tylko tyle.

– Nie powstrzymałbyś go?

– Trudno powiedzieć, czy w ogóle bym próbował... Sądzisz, że mnie nie zżerała ciekawość? Wstrzymywała mnie głównie obawa, że wiekowy mechanizm zadziała raz, ale nie więcej. Nic o nim na dobrą sprawę nie wiemy, skąd możemy mieć pewność, że można używać go wielokrotnie? Oto, odrzucając wszelkie usprawiedliwienia, którymi dotąd cię mamiłem, co mną faktycznie kierowało. W dużo mniejszym stopniu była to troska o bezpieczeństwo, moje czy kogokolwiek innego. Zwłaszcza, że zagrożenie wydawało się tak nierealne. Przekłuwacze... Do zagłady twojego gniazda myślałem o nich niemal to samo co ty. Że to legendy, a w najlepszym przypadku zamierzchłe dzieje.

Wiarołomca umilkł. Marki otwierał usta, by zadać kolejne pytanie, lecz mężczyzna uciszył go gestem.

– Tam.

Chłopak podążył wzrokiem we wskazanym kierunku. Nie zobaczył niczego prócz drzew i krzewów. Zamierzał rzucić jakąś kąśliwą uwagę o przewrażliwieniu Szymona, gdy na polankę, dziko wyjąc, wyskoczyło kilkanaście odzianych w skóry postaci. Biegły podskakując. Ich zachowanie, a także zamaskowane twarze potęgowały wrażenie, że z lasu wyłoniły się dziwne zwierzęta. Dopiero gdy zostali otoczeni, Marki przekonał się, że stoją przed nim zwyczajni mężczyźni, jedynie przystrojeni w stroje wilków, dzików i innych stworzeń, których nie potrafił rozpoznać. Wojownicy trzymali długie włócznie o niekształtnych kamiennych grotach.

W ich rodzinnej Strefie większość ubrań szyto ze skór, jednak znacznie staranniej wyprawionych, najczęściej pozbawionych sierści. Stroje tubylców wyglądały, jakby atakujący przed chwilą zdarli je z ofiar. Dzidy, niby na niesłyszalny rozkaz, jednocześnie wzniosły się w górę.

– Stójcie! – krzyknął Marki, odruchowo zasłaniając się nadjedzonym korzonkiem. – Nie jesteśmy wrogami!

Wśród napastników zapanowała konsternacja. Chwilę wcześniej wyraźnie zamierzali zabić przybyszów, teraz stali z wzniesioną bronią, nie bardzo wiedząc, co począć.

– Demony nie mówią i nie jedzą – odezwał się jeden z nich, skryty za maską wykonaną ze skóry i łba lisa. Mówił niewyraźnie, lecz zrozumiale. Uderzył końcem dzidy w dłoń Markiego, wytrącając mu przegryzkę. – Nie rośliny.

– Demony mogą wszystko – sprzeciwił się drugi, którego zdobiło futro i czerep wilka.

Lis krzyknął coś gardłowo i wbił swoją włócznię w ziemię zaledwie kilka centymetrów przed stopą Wiarołomcy. Pociągnął za kitę, która zwisała ze skóry na jego plecach.

– Nie mówią i nie jedzą!

– Chciałbym... – Szymon próbował zabrać głos, lecz kilka podsuniętych pod gardło grotów włóczni wskazało mu, że powinien milczeć. Uniósł jedynie ręce, pokazując, że nie żywi wrogich zamiarów. Marki i Drewal powtórzyli ten gest.

Tymczasem między dwoma wojownikami narastał spór. Mówili szybko, co często uniemożliwiało zrozumienie całych zdań, jednak dla trójki jeńców było jasne, że decydują o ich życiu. Mężczyzna w skórze lisa rozważał ich naturę, Wilk natomiast skłonny był bez zwłoki zabić. Pozostali napastnicy nie zabierali głosu.

– Przyjrzyj im się! – zawołał Wilk, szarpiąc za bluzę Wiarołomcy. – Nie ubierają się jak ludzie. To bestie!

Ledwie zdążył wypowiedzieć te słowa, Szymon złapał go za ramię. Błyskawicznie, nim ktokolwiek zdążył zareagować, obrócił go i przyłożył nóż do gardła.

– Bestia zabiłaby cię na miejscu – wychrypiał.

– A ty? – spytał Lis.

Wiarołomca roześmiał się cicho.

– Mnie jego życie nie przyda się na nic.

– Puść go więc.

– Obiecajcie potraktować nas sprawiedliwie – zażądał Szymon.

– Demony... – zaczął Wilk.

– Nie jesteśmy demonami! – zaprzeczył Wiarołomca.

– Nie wiemy, kim jesteście – Lis dobierał słowa ostrożnie. – Jak możemy wam ufać?

– Jak możecie chcieć nas zgładzić? – Wiarołomca odpowiedział pytaniem na pytanie. – Bez próby choćby ustalenia...

Lis skinął głową. Obrócił się do mężczyzny przyobleczonego w biało-czarne futro zwierzęcia, którego Marki nie znał.

– Niech rozstrzygnie Sędzia. – Wyciągnął zaciśniętą pięść w jego stronę.

Wilk nie wydawał się zachwycony. Szymon mocniej docisnął nóż do jego szyi. Tubylec niechętnie powtórzył gest.

– Niech! – zgodził się.

Wiarołomca wolno odsunął ostrze od gardła Wilka. Upuścił je na ziemię, po czym pchnął mocno przeciwnika. Wilk potknął się i opadł na kolana. Zerwał się na nogi, chwycił nóż Szymona i poczerwieniały ze złości stanął przy Lisie. Oczy wszystkich zwróciły się w stronę Sędziego. Mężczyzna nie spieszył się, dłuższą chwilę milczał, przyglądając się pojmanym i współtowarzyszom.

– Wojownikowi wolno zabić Demona. To słuszny czyn – zaczął wreszcie. – Wojownikowi wolno zabić zwierzę, gdy wykorzysta jego mięso lub skórę. Wojownikowi nie wolno jednak zabić innego człowieka. Złamanie świętego prawa ściągnie na jego głowę zgubę. Na niego i na jego dzieci do siódmego pokolenia. Staną się przeklęci i wygnani. Nie wolno im będzie udzielić schronienia, nie wolno czystemu człowiekowi przyjąć ich pod dach, użyczyć odzienia ani podzielić się jedzeniem.

Wśród zebranych rozległy się ciche potwierdzenia. Wielu kiwało głowami.

– Oni... – Sędzia podjął na powrót wywód, wskazując przybyszy paluchem – są tu obcy! Nie wyglądają jak Demony, lecz różnią się też od ludzi. Niestety, nie moją mocą jest ocenić właściwie, czym są. Niech zdecyduje Zgromadzenie.

Lis pochylił głowę. Wilk, aczkolwiek wyraźnie niechętnie, poszedł w jego ślady. Pozostali szturchaniem włóczniami zmusili więźniów, by ruszyli z nimi. Przodem posłano trzech wojowników, którzy niemal natychmiast zniknęli wśród drzew. Czasem pojawiali się na moment, by szepnąć coś Lisowi bądź Wilkowi, lecz na ogół Marki w ogóle ich nie widywał. Jednak bez cienia wątpliwości pozostawali w pobliżu. Podobna grupa zamykała pochód. Pozostali, otoczywszy ciasno przybyszów, podążali szybkim krokiem przed siebie. Marki początkowo starał się zapamiętać kierunek marszu, ale zbyt częste zmiany sprawiły, że wkrótce się pogubił. Liczył, że Wiarołomca nie da się zwieść, choć nie miał pewności, czy nawet jemu udałoby się odtworzyć trasę, gdyby przyszło im wracać – lub wręcz uciekać – bez przewodnika.

Nie poruszali się ścieżkami. Owszem, grupa wybierała zawsze łatwiejszy teren, omijając gęstsze partie lasu i trudniejsze do pokonania rozpadliny lub wzniesienia, ukazujące się czasem po bokach, jednak szlak, którym podążali, sprawiał wrażenie równie dziewiczego jak puszcza dokoła.

Droga do osady zajęła trzy dni. W tym czasie odpoczywali niemal wyłącznie nocami, za dnia robiąc tylko krótkie kilkunastominutowe postoje. Na noc więźniów wiązano i wyznaczano strażników, zmieniających się co kilka godzin i nigdy nieokazujących nie tylko zmęczenia, ale nawet znużenia. Karmiono ich dobrze, a w każdym razie przynajmniej mogli jeść do syta to, co pozostali. Proszek, który okazał się startym suszonym mięsem, zdawał się niemal zupełnie pozbawiony smaku. Marki długo rozważał, czy to źle czy dobrze. Niechętnie jadł wióry smakujące jak papier, jednak wyobrażał sobie, że równie dobrze posiłek mógłby cuchnąć, a wtedy byłby znacznie trudniejszy do przełknięcia.

Lis, Wilk oraz Sędzia, a za nimi reszta grupy – prócz pełniących akurat służbę strażników – niespecjalnie zwracali uwagę na pojmanych. Wydawało się, że trójka intruzów niewiele ich interesuje, co było oczywistą nieprawdą. Szymon kilkakrotnie próbował nawiązać rozmowę, lecz zawsze kończyło się to gwałtownym sprzeciwem. Strażnicy kazali mu milczeć, a gdy to nie pomagało, grozili bronią. Dopiero z kamiennym ostrzem przy gardle Wiarołomca dawał sobie spokój.

W trakcie wędrówki więźniowie mogli się przekonać, że pod maskami i zwierzęcymi futrami z całą pewnością kryją się zwykli ludzie, aczkolwiek przy zatrzymanych tubylcy rzadko zdejmowali przebranie. Jeśli już, robili to, gdy wydawało im się, że nikt nie patrzy. Okrywające ciała skóry, które w pierwszej chwili wydały się Markiemu niemal surowe, wcale nie były aż tak nieumiejętnie wyprawione. Przeciwnie, gdy wieczorem dostał jedną z nich, by służyła za poduszkę, chłopak ze zdziwieniem przyznał, że jest niebywale miękka i przyjemna w dotyku. Pachniała szyszkami olchy, także w Gnieździe Brzóz często stosowanymi przy obróbce skór. Przypomniało mu to dom i przez pół nocy nie zmrużył oka.

Do wioski dotarli niepostrzeżenie. W każdym razie niepostrzeżenie dla jeńców. W pewnej chwili Marki zorientował się, że po obu stronach wznoszą się domy, a właściwie skryte pod runem ziemianki. Były tak dobrze zamaskowane, że prócz zasłoniętych skórami wejść, żadna część chaty nie była widoczna. Można było stać na dachu jednej z nich i nawet nie zorientować się, że pod stopami kryją się ludzie.

Dopiero gdy znaleźli się w obrębie osady, nagle jak spod ziemi wyłonili się jej mieszkańcy. Pod nogami kręciły się ujadające psy, choć wcześniej żaden nawet nie warknął. Ganiały za nimi dzieciaki, zdające się zupełnie nie zauważać wyszczerzonych kłów. Matki przyglądały się temu obojętnie, więcej uwagi poświęcając więźniom. W jednej chwili ciszę uśpionego lasu zastąpił harmider tętniącej życiem wsi.

Poprowadzono ich na coś, co można byłoby nazwać głównym placem. Z jednej strony kończył się wysoką na co najmniej cztery metry stertą głazów, z których największe mierzyły grubo ponad metr średnicy, a z drugiej trzema parami skrzyżowanych pali. Stały delikatnie pochylone na podobieństwo wielkich liter X. Zwisające sznury jasno wskazywały, że służą jako miejsce kary. Może nawet przeprowadzano tu egzekucje. Teren był lekko pochyły, tak że pale wznosiły się w najwyżej położonym miejscu wioski i były doskonale widoczne nawet z daleka. Gdy Marki dokładnie się rozejrzał, dostrzegł na pozostałych bokach placu kolejne kopce głazów, choć zdecydowanie mniejsze od pierwszego, umiejscowionego dokładnie naprzeciw pali.

– Chcę rozmawiać z waszym przywódcą! – zawołał Wiarołomca, licząc, że teraz nikt nie będzie go uciszać.

– Kim? – zaciekawił się stojący nieco na uboczu mężczyzna. Był niski i dość tęgawy jak większość tubylców, choć o żadnym z nich nie można było powiedzieć, że jest gruby. Przeciwnie okazywali nadzwyczajną sprawność i wytrzymałość fizyczną.

– Przywódcą – powtórzył mniej pewnie Szymon – hrabią, wodzem, liderem.

Przed nimi niespodziewanie zjawił się Sędzia. Maskę zsunął na tył głowy i wreszcie mogli mu się dokładniej przyjrzeć. Ogorzała, zdawałoby się, kamienna twarz nie zdradzała, ile liczył lat, choć zapewne nie mniej niż trzydzieści.

– Nie mamy wodza – oznajmił.

– Kogo więc słuchacie?

– Nikogo. Jesteśmy wolnymi ludźmi, nie niewolnikami.

Wiarołomca poczuł się lekko zbity z tropu.

– Jednak ktoś musi decydować, dokąd pójść, kiedy, rozstrzygać spory i łagodzić waśnie.

– Jest Zgromadzenie – przyznał tubylec.

– Prowadź więc do nich.

Mężczyzna zatoczył ręką wkoło, wskazując obecnych.

– Stoisz przed nimi.

Szymon powiódł wzrokiem po twarzach zebranych.

– Wszyscy?

– Każdy, kto doczekał się szesnastych urodzin – potwierdził Sędzia. – Odwieczna Opowieść mówi: Nie będziesz rządził bratem swoim ani wykonywał jego poleceń. Tam, gdzie jest dwóch lub więcej, niech usiądą razem i rozmawiają. Dzień czy noc, czy wiele dni, aż jedno zdanie osiągną. A jeśli stanie się to niemożliwe, liczba głosów zadecyduje. I za radą większości wszyscy postąpią.

– Gdy szliśmy, polecenia wydawał człowiek w masce lisa i drugi w wilczej skórze – zauważył Marki. – Nie decydowali wszyscy.

Sędzia delikatnie skinął głową.

– Takie są prawa ludzi. To, że ich nie znacie, rzuca na was podejrzenie. – Zmarszczył brwi. – W czas trudny lub podczas wędrówki dwóch wybierzecie i Dyktatorami ich zwać będziecie. A oni wam wskażą, co robić. Lecz gdy ich jednomyślność złamana zostanie, zwrócicie się do Sędziego, który spór rozsądzi i drogę odpowiednią wam wskaże. – Odchrząknął. – Na każdą wyprawę wybieramy dwóch, którzy rządzą. Na tę mnie obrano Sędzią.

– Więc to nie twoje imię? – drążył Marki.

Mężczyzna cofnął się pół kroku.

– Nie zdradzę wam imienia, póki nie udowodnicie, że nie jesteście Demonami. Bez znajomości imienia Demon nie jest w stanie zawładnąć człowiekiem. – Po twarzy Sędziego przemknął cień strachu.

Marki zwalczył chęć, by po raz kolejny zaprotestować. Doskonale rozumiał, że wykłócanie się jest jedynie stratą czasu. Jak mogli dowieść, że są zwykłymi ludźmi?

– Więc jak cię zwać? – spytał miast tego.

Tubylec pogładził spływające z ramion futro.

– Do tego czasu Borsukiem.

– Borsuk – powtórzył Marki.

W oczach tubylca pojawił się błysk czujności.

– Tak nazywa się zwierzę, którego futro noszę. Nie znacie go?

Żaden z jeńców się nie odezwał. W ich Strefie nie było borsuków, lecz niekoniecznie była to najlepsza chwila, by przekonywać, że pochodzą z innego Świata, ani dopytywać, co to za zwierzę.

– Jaki mamy przejść test, by udowodnić, że jesteśmy ludźmi? – Wiarołomca przerwał milczenie.

– Utnijmy im głowy, jeśli popłynie czerwona krew, znaczy, że są ludźmi – zaproponował ktoś z tylnych rzędów, nie widzieli kto.

Ktoś bliżej uniósł ręce.

– Demony też krwawią – sprzeciwił się. Opuścił ręce.

– Ale na czarno!

– Czerwono, jak każde stworzenie, tak opowiadała babka. – Teraz wzniósł tylko jedną. Może dlatego, że nie zabierał w pełni głosu, a jedynie odpowiadał na zaczepkę.

– Czarno, bo powstały z jadu.

– A jak możecie to sprawdzić, zostawiając w spokoju nasze głowy? – zakrzyknął Wiarołomca.

Nikt nie zabrał głosu.

– Trzy dni – mruknął wreszcie Sędzia.

– Co trzy dni? – w głosie Drewala słychać było bardziej irytację niż strach.

Borsuk cofnął się. Sprawiał wrażenie, że zamierza odejść, jednak został.

– Jeśli podejmujesz ważną decyzję, zwłaszcza decyzję o życiu i śmierci, jeśli nie jesteś zmuszony do działania natychmiast, odczekaj trzy dni – wyrzucił z siebie. Widać było, że te słowa głęboko wyryły mu się w pamięci.

– A do tego czasu? – mruknął kpiąco Drewal.

Od momentu, gdy zostali pojmani, marszałek zachowywał się hardo i dumnie, on jeden nie próbował rozmawiać z tubylcami. Wydawało się, że jest mu obojętne, jaki los go czeka.

Rozległ się gwar rozmów, mieszkańcy wioski sami nie wiedzieli, co powinni zrobić z przybyszami. Bez wątpienia spotkanie z nimi było dla nich czymś nowym. Borsuk uniósł obie ręce w górę. Tłum powoli ucichł. Wreszcie mężczyzna uznał, że będzie go słychać:

– Zebrani, Zgromadzenie! Ustalmy, jak należy traktować nieznajomych do czasu Sądu.

Dopiero teraz opuścił ręce.

Ledwie to zrobił, uniosła je kobieta stojąca nieco dalej po lewej stronie. Kilka innych osób też zaczęło to robić, lecz widząc, że zostali uprzedzeni, opuścili je.

– Wiemy dobrze, że nie istnieją ludzie poza Plemionami. Przywiążmy ich do drzew. Jeśli są Demonami, nie odczują tego.

– Jeśli są ludźmi, będzie to niegodna naszych praw tortura – sprzeciwił się ktoś, wykonując nieodzowny przy tym gest uniesionych rąk. Każdy kolejny mówca powtarzał go. Nikt nie odzywał się, jeśli nie udało mu się być pierwszym, który je uniesie.

– Może tym razem nie powinniśmy czekać trzech dni?

– To odwieczne prawo Plemienia.

– Demonom nie należą się prawa. Poza tym Prawo przyzwala na wyjątki!

– W określonych sytuacjach, gdy czekanie naraża na niebezpieczeństwo.

– A pozostawienie Demonów we wsi nie naraża nas wszystkich? Któż zna ich moc? Jakiego zła mogą dokonać? W osadzie są dzieci, narazicie ich życie?!

Przemawiali wszyscy, mężczyźni, kobiety, podrostki, które wyraźnie niedawno skończyły szesnaście lat, uzyskując prawo głosu. Nikt nie był wyróżniony i niczyj głos nie zdawał się znaczyć więcej. Tłum przytakiwał jednym, by kilka minut później kiwać głową w uznaniu dla słów kogoś, kto wyrażał odmienne zdanie. Żadna z mów nie zdawała się przybliżać zebranych do podjęcia jakiejkolwiek decyzji.

Trójka więźniów milczała, przysłuchując się jedynie, gdy kolejni mówcy wyzywali ich od Demonów lub przeciwnie, bronili, twierdząc, że rozpoznano w nich ludzi. Wreszcie głos zabrał Borsuk. Dotąd sprawiał wrażenie, że czeka, aż wypowiedzą się inni.

– Bracia i siostry! – zawołał, by słyszeli go wszyscy mieszkańcy. – Uczestniczyłem w wyprawie, na której napotkaliśmy nieznajomych. Szliśmy za nimi, bacznie się im przyglądając. W lesie okazywali nieporadność niczym dzieci i powiadam wam, ślepy łoś nie uczyniłby takiego zamieszania jak tych trzech mężczyzn. Byli nieporadni, ale nie aż tak nieporadni jak Demony z przekazów, które pamiętam. Demony są groźne, gdyż atakują niespodziewanie, nigdy nie wiemy, kiedy ich głód narośnie i ponownie nawiedzą osadę. Wiemy jednak z opowieści starszych, naszych ojców, matek, dziadów, że gdy uda się osaczyć Demona, przestaje być zagrożeniem, byle tylko nie pozwolić mu się dotknąć. Jestem przekonany, że ci trzej – wskazał jeńców ręką – byliby groźniejszymi przeciwnikami. Dlatego uważam, że są ludźmi. Proponuję zamknąć ich w Chacie Odosobnienia. Przez trzy dni sprawdzimy, kim są, i wydamy wspólnie osąd. – Rozległ się szmer, Borsuk jednak nie pozwolił się zagłuszyć, jeszcze bardziej podniósł głos: – Póki jednak nie mamy pewności, nie możemy narażać nikogo z Plemienia. Niech nikt nie zwraca się do brata, męża, czy dziecka innym imieniem, jak tylko nazwą stworzenia, którego skórę nosi. Proponuję.

Skończył. Przez moment nikt nie podniósł głosu. Wreszcie ręce wzniósł inny mężczyzna.

– Jestem więc Wilkiem – oznajmił z lekko kpiącym uśmieszkiem. Nie nosił już maski, więc dopiero po tych słowach Marki zorientował się, kto przemawia. – I ja byłem na wyprawie. Tamci trzej przypominają ludzi, przyznaję. Jedzą, śpią, wydają się zmęczeni, srają, a ich odchody nie różnią się od naszych. Byłbym również gotów uwierzyć, że nie mają nic wspólnego z Demonami. Przecież ich nie przypominają. Lecz skąd w takim razie się wzięli? Nie pochodzą z naszego Plemienia. Nie znam ich, tak samo jak każdy z was. Nie pochodzą też z żadnego z pozostałych dwóch Plemion. Może nie odwiedzamy się często, ale znamy ich członków, poznajemy ich, pozdrawiamy, gdy spotykamy na polowaniach. Skąd przywędrowali więc ci trzej? Z głębi puszczy? Tam nie mieszkają ludzie. Poza tym, spójrzcie! – Zza pazuchy wyciągnął nóż, który pierwszego dnia oddał Wiarołomca. – To nie jest broń ludzi. Nie wykuto jej z kamienia. Nie wykonano z rogu czy kości. Jest cieńsza i ostrzejsza, niż można to sobie wyobrazić.

Rozległ się szmer aprobaty.

Wilk umilkł, bo ręce uniósł inny mężczyzna. Marki rozpoznał w nim wojownika, który krył się pod skórami Lisa. Wilk opuścił ręce na znak, że udziela mu głosu.

– Szukamy odpowiedzi w naszej wiedzy, może lepiej zapytajmy ich.

– By zatruli nasze uszy kłamstwami? Jaki jest cel pytać żmii, czy kąsa? Odpowie, że nie, lecz cóż warte są te zapewnienia?

– Mają prawo się bronić.

– Takie prawo Kodeks daje ludziom! Kim są oni, tego nie wiemy. Nie chodzi wyłącznie o broń. Spójrzcie na ich stroje. Ze skór jakich zwierząt zostały uszyte? Przypominają bardziej odzienie Demonów niż nasze ubrania!

Wiele osób zgodziło się z nim, kiwając głowami. Szczególnie gorliwie, jak zauważył Marki, robiły to kobiety, zwłaszcza młode oraz staruchy.

– Może powinniśmy zabrać głos – chłopak szepnął do Wiarołomcy.

Mężczyzna zaprzeczył gestem.

– To ich wiec – odparł cicho. – Poczekajmy, aż sami zaczną zadawać pytania. To nieuniknione. Teraz słuchaj i wypatruj sojuszników.

Marki rozejrzał się wkoło. O jakich sojusznikach myślał Szymon? Jemu wszyscy wydawali się równie wrodzy, a przynajmniej podejrzliwie nastawieni. Owszem, Borsuk zdawał się ich bronić, lecz trudno było powiedzieć, jak głęboko wierzy we własne słowa. Może Wilk był bliski przekonania go albo nawet już tego dokonał? A jeśli nawet nie, to tylko on – i być może Lis – nie sprawiali wrażenia żądnych krwi. Reszta, a przynajmniej spora część zebranych, była gotowa rozszarpać więźniów na miejscu. Czuł to. Był pewien, że Wiarołomca również dostrzega powszechną wrogość, i być może właśnie dlatego nie chciał przemawiać niewywołany. Próba wykrzyczenia swoich racji mogła przynieść skutek odwrotny od zamierzonego.

Jedna ze stojących w tłumie kobiet podniosła ręce. Zapadła głęboka cisza, słychać było jedynie kilka psów, które nie zamierzały się uspokoić.

– Proponuję! – zawołała. – Niech troje, Borsuk, Wilk i Lis, zostanie Delegatami. Oni zbadają sprawę i przedstawią nam swoje przemyślenia na Sądzie czwartego dnia o świcie. Tam rozstrzygniemy sprawę.

Wilk spojrzał zdziwiony na kobietę. Otwierał usta, by coś powiedzieć, jednak milczał. Wszyscy wodzili wzrokiem po zebranych, jakby czegoś szukając. Wreszcie Lis krzyknął:

– Przyjęte!

– Gdy nikt więcej nie przemawia i nie podnosi rąk, znaczy, że się zgadzają – zauważył Szymon. – Decydują wszyscy.

– Podziwiasz ich – mruknął Drewal. – Zapomniałeś, że rozważają, czy nas nie zgładzić?

– A co ma wspólnego jedno z drugim?

Borsuk dał znak, że zamierza mówić.

– Proponuję, by delegacja powiększyła się o Wiewiórkę. Jej niedawna strata sprawia, że ta ranga jej się należy. Ale nie widzę jej pośród nas...

– Jestem. – Zza drzew wyłoniła się wysoka koścista kobieta. Podeszła wolno i jakby chwiejnie do więźniów. – A więc to oni... Nie przypominają istot, które porwały mego syna. Tamte nie miały twarzy. Czy jednak znamy wszystkie sztuczki diabelskiego nasienia? Należy być ostrożnym, choć sprawiedliwym. Zaproponowano, bym dołączyła do Delegatów, czy ktoś chce zabrać głos w tej sprawie?

W tłumie było kilka, a może nawet kilkanaście osób, głownie kobiet, przybranych w stroje z wiewiórczych futer, lecz zebrani nie mieli najmniejszych wątpliwości, że Borsuk mówił o niej. Wielu kiwało głowami. Nikt nie protestował.

Marki dostrzegł, że Wiarołomca skrzywił się z niezadowoleniem. Uważał Borsuka za potencjalnego sprzymierzeńca, tymczasem mężczyzna włączył do grona osób, którym powierzono zbadanie ich natury, kobietę wyraźnie nieprzychylnie do nich nastawioną. Patrzyła na więźniów takim wzrokiem, jakby już teraz pragnęła ich zgładzić. Wyważony ton nie mógł zmienić tego wrażenia. Stanowisko jej i Wilka było jasne. Ciężej było odgadnąć, jakie zdanie wyrobią sobie Lis i Borsuk. Choć o ich losie zdecydować miało całe Zgromadzenie, to z pewnością opinia czwórki Delegatów miała odegrać tu kluczową rolę.

Kobieta skłoniła się, a potem uniosła ręce. Szmery i szepty komentujących ucichły.

– A więc dziękuję. Rozważę sprawę uczciwie, tak jak mi nakazuje sumienie. Nie musicie jednak zwać mnie Wiewiórką, nie boję się Demonów, niech poznają moje imię, Ksawera. Ból, który mi towarzyszy, ochroni mnie przed złą mocą.

Część zebranych wzniosła okrzyki przypominające głosy zwierząt. Słychać było ryczenie, pohukiwanie, wycie. Przyłączali się do nich inni. Po chwili milczeli tylko nieliczni.

– To chyba jednak dobry moment, by przemówić. – Wiarołomca trącił lekko nogą Markiego. – Podnieś ręce.

Chłopak spojrzał na niego zdziwiony.

– Dlaczego ja?

– Ja nas będę bronił – zaproponował Drewal.

– Nie. Marki ze swoją niewinną buźką zrobi lepsze wrażenie. – Szymon zdobył się na nikły uśmiech.

Marki bez przekonania uniósł związane w nadgarstku ręce. Powoli zrobiło się cicho.

– Mogę mówić? – spytał. Głos miał piskliwy. Odchrząknął głośno.

Zebrani spoglądali po sobie. Wreszcie ktoś niepewnie wzniósł ręce.

– Demonom nie wolno przemawiać, zatrują nam uszy. Znają zbyt wiele sztuczek. Omami nas ich słodki głos.

– Nie wiemy, kim są – sprzeciwił się ktoś inny. Również bez przekonania.

– Niech decyduje Delegacja!

Ta propozycja spodobała się wszystkim. Borsuk, Wilk, Lis i Ksawera zbili się w ciasną grupkę. Chwilę naradzali się szeptem. Wreszcie Wilk wziął włócznię od jednego z wojowników strzegących więźniów. Wymierzył ją w Markiego, gotów przeszyć go na wylot.

– Niech mówi – odezwał się, nie wznosząc rąk. W jego głosie brzmiała niewypowiedziana groźba, nie ulegało wątpliwości, że jest gotów użyć broni, jeśli uzna, że jeńcy coś knują.

Marki popatrzył na Wiarołomcę. Co powinien powiedzieć? Jak przekonać, że nie są niczym więcej niż tylko ludźmi?

– My... – zawołał, zastanawiając się, jak zacząć. – My was rozumiemy! – Wychwycił zdziwiony i jakby nieco urażony wzrok Drewala, ale mówił dalej: – Nie pochodzimy stąd, przybyliśmy z daleka, nie możecie więc nas znać, tak jak my nie znamy was ani waszych zwyczajów. Nasze spotkanie może nie było zbyt szczęśliwe, wolelibyśmy, byście nie rozpoczynali znajomości od uhonorowania nas tymi ozdobami – wskazał więzy i nawet kilku tubylców roześmiało się – lecz początki często bywają trudne. Nie wiem, jak możemy udowodnić, że jesteśmy takimi samymi ludźmi jak wy. Uwierzcie mi jednak, nie różnimy się niczym poza miejscem, z którego pochodzimy. Liczę, że wasza mądrość pozwoli wam to dostrzec.

Umilkł. Nie zamierzał mówić za dużo. Opowieści o latającym statku, którym przybyli, mogły jedynie zaszkodzić. Nie wiedział niczego o Demonach, których tak obawiali się tubylcy. Kto wie, może latanie było jedną z ich cech. Zerknął na Wiarołomcę. Mężczyzna delikatnie skinął głową.

– Wiedziałem, że sobie poradzisz – dodał cicho.

Wilk cofnął włócznię. Kamienny grot już nie celował w gardło Markiego.

– Oddaliście jeńców Delegacji – oznajmił głośno, by wszyscy go słyszeli. – Za cztery dni zostaną zwróceni Zgromadzeniu wraz z naszym osądem, byście mogli podjąć ostateczną decyzję. Do tego czasu zostaną w Chacie Odosobnienia. – Spojrzał na Lisa i Ksawerę, czy nie zamierzają protestować. Żadne nie zabrało głosu, więc ciągnął dalej: – Będą strzeżeni dzień i noc, dla waszego, a także ich bezpieczeństwa.

– Zabrać ich? – spytał jeden z wartowników.

– Jeszcze nie – zaprotestował Lis. – Potrzebne są pewne przygotowania. Do tego czasu zostaną tu. Zapraszam Braci Delegatów i Siostrę – skłonił głowę w stronę Ksawery – na naradę.

Chata Odosobnienia okazała się ziemianką leżącą na skraju osady, nieco odseparowaną od reszty. Nie wyróżniała się niczym szczególnym, nie sprawiała wrażenia ani większej, ani mniejszej niż pozostałe. Tak jak wszystkie chaty we wsi, trudno było ją dostrzec od innej strony niż wejście. Tu również zamiast drzwi zwisały grube zwierzęce skóry. Marki, Wiarołomca i Drewal weszli do niej w towarzystwie czwórki Delegatów.

Panował półmrok. Jedynym źródłem światła był niewielki otwór w centralnej części sklepienia, dokładnie nad umieszczonym na środku wygasłym paleniskiem. Obok leżał stos świeżo ułożonego drewna. Klepisko było równe i twarde, ściany zaś obłożono sosnowymi pniami, tak że nie było widać ziemi.

Pod ścianami ustawiono cztery drewniane łóżka. Na każdym leżała pokaźna warstwa wyprawionych skór. Prycze sprawiały wrażenie prymitywnych, lecz i tak z pewnością były wygodniejsze niż te, do których przywykli w obozie. Tam spali na derce, przykrywając się spłowiałym, pełnym dziur kocem, w ziemiance nikt nie żałował im futer.

Poza łóżkami chata wydawała się pusta. Dopiero po chwili Marki dostrzegł ustawione na zbitej z pni półce dziwne posążki. Przypominały duże popiersia. Były większe od ludzkich głów i jak przekonał się Marki, podchodząc bliżej, w środku puste. Nie wykonano ich z drewna ani kamienia, lecz z nieznanego mu tworzywa. Przednia część była przezroczysta i to nawet bardziej niż szkło, które widział w Strefie rządzonej przez Świętą Armię. Wyciągnął rękę, lecz nie odważył się ich dotknąć.

– Śmiało – rzucił Wilk. Marki dostrzegł porozumiewawcze spojrzenie między nim a Borsukiem.

– Co to? – spytał chłopak.

– Nie wiesz?

Skąd mógłby wiedzieć? Widział coś podobnego pierwszy raz w życiu. Wiarołomca okazał się odważniejszy od niego. Podniósł jeden z posążków. Obrócił go w dłoni.

– Przypomina hełm – zauważył, opukując go.

Marki przyznał mu rację. Gdy stały, mógłby przysiąc, że to rzeźby, po bliższych oględzinach przypominały raczej tajemnicze nakrycia głowy. Chłopak też podniósł jeden z przedmiotów.

– Trzymacie głowy demonów – wyjaśniła Ksawera.

Odrzucił nakrycie głowy na półkę. Wytarł dłonie o spodnie, choć maski były czyste i nie brudziły rąk.

– Są namacalni. – Szymon zmarszczył brwi.

– Sądziłeś, że drżymy przed legendami? Wytworami wyobraźni? – spytał Lis.

– Prawdę mówiąc, tak – Wiarołomca był szczery.

– Nie przypominamy ich – dorzucił Drewal dumnie.

Wilk wyszczerzył zęby w czymś pośrednim między warknięciem a uśmiechem:

– To tylko zewnętrzne skorupy.

– A pod nimi?

Delegaci wymienili spojrzenia. Tym razem widać w tym było lekkie zawstydzenie.

– Nie wiemy – wyznał Borsuk. – Minęły lata, wiele lat, nim po raz ostatni zabito Demona. Ponoć przypominają ludzi...

Wiarołomca wciągnął hełm na głowę. Przez szybkę, która nie była szkłem, ukazała się jego czerwona twarz. Okienko szybko parowało. Lis, Wilk i Borsuk cofnęli się ku wyjściu, tylko Ksawera pozostała na miejscu. Zbladła.

– Słyszycie mnie? – spytał Szymon. Głos był przytłumiony, ale rozpoznawalny.

Ściągnął maskę.

– Duszno, ciężko wytrzymać, lecz z pewnością można.

Odłożył ją na półkę.

Lis podszedł do Szymona, wyciągnął rękę po hełm, lecz ostatecznie nie dotknął go. Na jego twarzy fascynacja mieszała się z przerażeniem.

– Co zamierzałeś udowodnić? – spytał chrapliwie.

Wiarołomca spojrzał mu prosto w twarz.

– Że wasze demony są tylko ludźmi.

– Więc i wy możecie nimi być!

– Ale nie jesteśmy!

Mierzyli się chwilę wzrokiem.

– Nie są ludźmi – przerwała im Ksawera. – Mają moce pozbawiające człowieka przytomności. Poruszają się ciężko i niezgrabnie. I pożerają dzieci, kilkuletnich chłopców. Unoszą ich ze sobą, by chłeptać krew i żreć mięso, nie zostawiają ani kostki.

Kobieta zaniosła się szlochem. Prawie wybiegła z ziemianki, zatrzymała się jednak przy wyjściu.

– Czy... – Marki nie musiał kończyć pytania.

Borsuk skinął głową.

– Syna Ksawery porwano księżyc temu. Demony nadciągnęły nocą i wszystkich opadł sen. Wyniosły malca z wioski i zniknęły w lesie. Nikt go więcej nie ujrzał. – Spuścił głowę i dodał cicho: – I już nie ujrzy.

– Widzieliście ich? – zaciekawił się Wiarołomca.

Kobieta trzęsącą się dłonią rozgarnęła włosy. Powrót do tamtych wydarzeń szeroko otwierał niezasklepioną wciąż ranę.

– Czy widziałam? – powtórzyła. – To była dziwna noc, nie jestem pewna, co widziałam. Powietrze... powietrze stało się inne, lepkie. Nadciągnęła ciemność sklejająca powieki. Poddałabym się jej, gdyby nie moje maleństwo. – Nabrała głęboko powietrza. – Chodziłam, by nie zasnąć. W kółko, po chacie. Lecz senność była silniejsza. Kręciło mi się w głowie i już nie mogłam ustać na nogach. Upadłam. Rozcięłam policzek. – Potarła palcami po szramie. – Gdy udało mi się unieść głowę, zobaczyłam – po jej ciele przebiegł dreszcz – zobaczyłam jasną istotę trzymającą w ramionach mojego synka, mój skarb. Próbowałam walczyć, lecz zbrakło mi sił, a do Demona dołączył drugi. Uciekli z Kochanem. Zanieśli go do lasu, by pożreć. Potem straciłam przytomność.

– Jak dokładnie wyglądali?

– Jak ty, gdy założyłeś to coś. Jak ty...

– Znaleźliście ślady? – drążył niezrażony Szymon. – Macie świetnych tropicieli.

– Tak, były ślady – Wilk zawahał się, jakby nie wiedząc, czy powinien wyjawić prawdę – Dwóch istot. Przypominały ślady ludzi, były jednak nieco inne, większe i pomarszczone. Prowadziły do Kamiennego Ołtarza. Tam znikały przy Odwiecznej Skorupie. Demony zeżarły mięso i rozpłynęły się we mgle poranka.

– Czy mógłbym zobaczyć to miejsce? – spytał Wiarołomca.

Wilk spojrzał na niego kpiąco.

– By zniknąć jak one?

– Nie jesteśmy demonami.

– O tym zdecyduje Zgromadzenie.

Szymon zrzucił od niechcenia jedną z masek. Patrzył, jak toczy się pod nogi Borsukowi.

– Wasze Zgromadzenie za cztery dni podejmie jakąś decyzję. Uzna nas za ludzi, a może przepełnione lękiem uwierzy, że jesteśmy potworami. Nie wiem tego. Wiem jednak, że cokolwiek ono postanowi, jego werdykt nie ma mocy, by zmienić rzeczywistość. Przegłosujecie jedną z opcji, lecz czy wasze słowa bądź milczenie sprawią, że stanie się ona prawdą? Czy też może nadal pozostanie zaledwie zdaniem większości?

– Drwisz z naszych praw!

– Nie drwimy z nich – wtrącił Marki, starając się załagodzić sytuację. – Przeciwnie, poważamy je, odwiedziliśmy różne miejsca, lecz nigdzie nie napotkaliśmy równie sprawiedliwego systemu. U was każdy ma równy głos, nieważne, czy jest bogaty czy biedny, młody czy stary...

– Mądry czy głupi – dodał Wiarołomca. Nie bawił się w uprzejmości. – Osądzi nas większość. Większość, która nie będzie miała pojęcia o sprawie, w której decyduje. Która da się przekonać tym, którzy ją sprawniej oczarują. A potem jej słowo stanie się ciałem.

– Więc chciałbyś, by sądził cię jeden człowiek?

– Jeden czy wszyscy, co za różnica? Czy ty – wskazał na Wilka – wydałbyś mądrzejszy osąd niż całe wasze plemię? Jesteś w stanie głębiej zajrzeć w nasze dusze? Poznać, kim jesteśmy? Skąd przywędrowaliśmy? Żaden sąd nie byłby sprawiedliwy, bo składa się z ludzi i tylko ludzi. Ich liczba ma drugorzędne znaczenie.

Wilk poczerwieniał. Borsuk i Lis stali cisi, nieco zasępieni. Tylko Ksawera nie spuściła wzroku.

– A jednak ktoś musi zdecydować – powiedziała.

– Kto? Może ty? – Szymon stanął przed nią, tak że niemal stykali się twarzami. – Czy strata dziecka rozjaśniła ci wzrok, wyostrzyła osąd? A może jedynie uczyniła bardziej żądną krwi?!

Kobieta wytrzymała spojrzenie, nie cofnęła się.

– Na teraz wystarczy! – rzucił kategorycznie Borsuk. – Spotkamy się z wami później.

Delegaci wyszli z ziemianki. Gdy tylko ostatni opuścił chatę, Marki przyskoczył do Wiarołomcy.

– Czemu to miało służyć?! – krzyknął. – Zamierzałeś ich do reszty do nas zniechęcić?!

Szymon odsunął się.

– Chciałem nimi wstrząsnąć – wyjaśnił zmęczonym głosem. – Zmusić do zastanowienia. Czy zmieni to coś na lepsze czy gorsze, tego nie wiem. Gdybym powiedział to wszystko wcześniej przy wszystkich, byłoby źle. Może jednak ta czwórka znajdzie dość oleju w głowie, by nie potraktować mych słów tylko jako atak. Co ty o tym sądzisz? – zwrócił się do marszałka.

Drewal uśmiechnął się drwiąco.

– Że zacząłeś kopać nam grób.

Wiarołomca zamierzał coś odpowiedzieć, lecz do ziemianki weszło trzech wojowników. Byli uzbrojeni. Bez słowa podeszli do półki z maskami i zabrali je wszystkie. Podnieśli również tą, którą strącił Szymon. Choć nie zdradzali lęku, widać było, że podchodzą do strojów z rezerwą.

– Czemu wystrój jest już niepotrzebny? – Wiarołomca kiwnął głową w stronę wyjścia, gdy wojownicy wyszli.

– Bo ustawili maski tylko w jednym celu, byśmy je zobaczyli – mruknął Marki.

– Brawo, chłopcze. A dlaczego?

– By ocenić naszą reakcję? – w głosie Markiego brakowało pewności.

– Po cóż by więcej.

Drewal zaśmiał się sucho.

– I według was zdaliśmy?

Szymon wzruszył ramionami.

– Nie musieliśmy udawać. Widzieliśmy coś podobnego pierwszy raz w życiu i...

– Ale nie oparłeś się pokusie, by ich postraszyć, zakładając to coś – zauważył Marki.

– Może się nie oparłem – przyznał Wiarołomca, niezadowolony, że chłopak mu przerwał. – Jednak prócz tego, że przynieśli maski, by nas sprawdzić, nasuwa się jeszcze jeden, może nawet ważniejszy wniosek. Nie są tu sami.

– Demony są rzeczywiste.

– Nie Demony, inni ludzie. Demony nie musiałyby przywdziewać ochronnych strojów, a te skorupy, jak je nazwali, to nic innego jak dziwaczne hełmy. Sprawdziłem, że pasują na zwykłą głowę, po to właśnie jeden z nich nałożyłem, nie by przerażać naszych sędziów. Ciężko w nim oddychać, lecz z całą pewnością bym się nie udusił.

– To niczego nie dowodzi – sprzeciwił się Marki. – A jak wytłumaczysz, że poruszają się niezgrabnie? Że pożerają dzieci?

– I że tutejsi nic o nich nie wiedzą, a przecież są doskonałymi tropicielami – dorzucił Drewal. On również nie przyjął argumentów Wiarołomcy.

Szymon skrzywił się nieznacznie.

– Tego nie wiem – odparł. – Nie oczekujcie, że odpowiem na każde pytanie. Trafiliśmy do tej Strefy zaledwie kilka dni temu...

Przerwał, bo do chaty wpadła kobieta, tuląc do piersi spory pakunek. Za nią wbiegł jeden z wartowników trzymających straż przed ziemianką. Był to ów niski, tęgi mężczyzna, którego widzieli po przybyciu do wioski. Pierwsza osoba, która się do nich odezwała, nim pieczę nad ich trójką przejęli Delegaci.

– Kobieto, nie wolno! – zawołał bez przekonania.

– I co mi zrobisz?! – rzuciła wyzywająco.

– To mogą być Demony!

– Możliwe, lecz to także moja ostatnia nadzieja! Nasza nadzieja.

Strażnik dał za wygraną, ale nie wyszedł. Pozostał, być może, by strzec kobiety. Ta rozluźniła skóry, jakimi owinięty był pakunek, i więźniowie mogli przekonać się, że jest nim dziecko. Trzy lub czteroletni chłopczyk. Oczy miał zamknięte, a twarz czerwoną.

– Jest rozpalony. – Pokazała go.

Szymon podszedł bliżej, cały czas obserwując wartownika. W jego oczach uchodził za potwora, a te żywiły się dziećmi. Jeden zbyt gwałtowny ruch mógł sprowokować wojownika do ataku.

– Mogę? – spytał.

Kobieta bez wahania pokiwała energicznie głową. Na jej pucołowatych policzkach widniały rozmazane ślady niedawnych łez. Krótkie rękawy odsłaniały silne ramiona. Była dość tęga, lecz nie wydawała się słaba, tutejszych mieszkańców hartowały trudy codziennego życia.

Wiarołomca odebrał dziecko i położył na jednym z łóżek. Rozchylił szerzej skóry. Dzieciak był faktycznie rozpalony do czerwoności, poza tym straszliwie chudy. Szymon położył dłoń na czole malca.

– Długo to trwa? – spytał.

– Trzeci dzień. Wcześniej jeszcze się budził, wołał mnie, teraz tylko śpi.

– Wyłącznie gorączkuje?

Kobieta pokręciła gwałtownie głową.

– Kaszle. Od dłuższego czasu. Teraz nie ma już na to siły, gdy dopadnie go atak, mam wrażenie, że się dusi.

Rozpłakała się.

Wiarołomca zmarszczył brwi. Na jego twarzy malowała się głęboka troska. Stan dziecka był poważny, być może beznadziejny.

– Macie tu medyka? – Matka popatrzyła na niebo bez zrozumienia. – Kogoś, kto leczy – wyjaśnił.

– Jest znachor. Oglądał chłopca, dawał mikstury, ale nie potrafi pomóc. Mówi, że trzeba czekać i mieć nadzieję.

– Nadzieja – mruknął Szymon – coś, co łączy nas wszystkich. – Potem dodał głośno: – Co dawał? Jak leczył?

– Kazał trzymać w cieple. Podawać dużo naparu z lipy, także syropu z cebuli i miód. Smarować klatkę piersiową sadłem bobra.

Wiarołomca odwrócił się do Drewala.

– Co sądzisz?

– To tylko barbarzyński szczeniak.

– Odrzuć na chwilę dumę i ponownie stań się człowiekiem! Może tutejsi nie traktują nas dobrze, ale sam na ich miejscu nie zachowałbyś się inaczej!

Marszałek zawstydził się. Z rezygnacją pokręcił głową.

– Nie ma szans. Nie jestem biegły w ziołach i kuracjach, lecz tu i medyk by nie pomógł.

– Błagam! – Kobieta opadła na kolana. Wartownik chciał ją podnieść, lecz odpędziła go kilkoma zadanymi na oślep razami. – Odejdź, nie masz ratunku dla niego! Nikt nie ma! Ale oni! Oni mogą mieć! – Złapała Wiarołomcę za nogawkę spodni. – Błagam! Ratujcie go! Nie wiem, czy jesteście ludźmi czy Demonami, nie obchodzi mnie to, tylko go ocalcie! To jedno się liczy, ocalcie go. Oddam wam wszystko, duszę, krew, moje ciało, jeśli chcecie je pożreć, tylko mu pomóżcie.

Szymon delikatnie odsunął kobietę od siebie. Głośno szlochając, wpadła w ramiona strażnika. Przytulił ją mocno, być może był ojcem dziecka lub jej bliskim krewnym.

– Twojego syna łączy z tym światem już tylko cienka nić. Być może zbyt cienka, by jej nie zerwać. – Wiarołomca wsunął dłoń do kieszeni. – Podejdź tu.

Kobieta wyrwała się z objęć wartownika. Szymon wyciągnął niewielkie papierowe zawiniątko. Otworzył je i ukazały się trzy spore białe tabletki.

– Rozłup ją na trzy równe części – podał jej jedną – potem cząstkę skrusz i rozpuść w wodzie. Nie gorącej i nie zimnej. Daj synowi. Musi wypić. Ale... – chwycił kobietę za przegub dłoni – nie gwarantuję, że to ocali dzieciaka. Może jest już za późno.

Strażnik pochylił włócznię w stronę Wiarołomcy.

– Jeśli mu to zaszkodzi...

– Jak może zaszkodzić?! – przerwał ostro Szymon. – Ten chłopiec umiera! To twój syn? – spytał łagodniej.

Wartownik niepewnie skinął głową, jakby bał się, że zdradza zbyt wiele.

– Nie wiem, czy proszek poprawi jego stan, ale z całą pewnością nie sprawi, że będzie gorzej.

Żona strażnika dokładnie owinęła dziecko skórami, choć na dworze wcale nie było zimno. Podniosła go delikatnie i z czułością ruszyła ku wyjściu.

– Nie jesteśmy Demonami – zatrzymał ją cichy głos Szymona. – Jeśli lekarstwo zadziała, wystarczającą zapłatą będzie świadomość, że mogliśmy pomóc.

Kobieta wybiegła na zewnątrz, a za nią wyszedł mąż. Jeńcy ponownie zostali sami. Zapadła dłuższa cisza.

– Czy to było rozważne? – pierwszy przerwał ją Drewal. – Jeśli chłopak umrze, zdobędą dodatkowy argument przeciwko nam. Powiedzą, że go otrułeś, nikt nie uwierzy, że próbowałeś ratować.

Wiarołomca przysiadł na drewnianej pryczy.

– Potrafisz przeliczyć wartość ludzkiego życia? – spytał jedynie.

Drewal spuścił głowę.

– Ale jeśli mu się poprawi, zyskamy... – Marki starał się znaleźć jaśniejsze strony uczynku.

Szymon delikatnie skinął głową.

– Nie rób sobie zbytnich nadziei – dodał jednak – malec jest już jedną nogą na tamtym świecie, a my nawet nie wiemy, jak działa lekarstwo i na co działa. – Zamilkł na moment. – Lecz nie mogłem nie spróbować.

– Dobrze zrobiłeś – przyznał Drewal, choć zdawał się mówić to wbrew sobie.

– Dobrze – poparł go Marki.

Szymon odwrócił się do chłopaka.

– Poznałem się na tobie już wtedy, gdy spotkaliśmy się po raz pierwszy. I nie myliłem się, jesteś dobrym człowiekiem. Czasem zapalczywym, ale dobrym.

– Dlatego, że ratowałem psa w burzę, narażając własną skórę?

Wiarołomca zaprzeczył gestem.

– Nie. To coś innego. Promieniujesz tym. To się czuje albo nie.

– Miejmy więc nadzieję, że będę promieniował dłużej niż tylko trzy kolejne dni.

Roześmiali się szczerze.

Na kolację podano podpłomyki z suszonymi owocami. Przeważały dzikie owoce lasu, lecz znalazło się też kilka śliwek, jabłek i gruszek. Do picia przyrządzono cienki wywar z lipy. Z domieszką ziół. Wszystko przyniosła matka chorego chłopca.

– Obudził się! – zawołała od wejścia, gdy tylko wślizgnęła się do środka, a ktoś stojący za nią zasłonił grube warstwy skór.

Szymon, wygodnie ulokowany na jednym z łóżek, poruszył się ożywiony. Mruknął coś z zadowoleniem.

– Gorączka spadła? – spytał.

– Tak, choć nadal jest ciepły.

– Jedna dawka nie przepędzi choroby. Zrobimy jednak wszystko, by postawić go na nogi. – Spojrzał uważnie na kobietę. – Przestrzegałaś tego, co ci powiedziałem?

Pokiwała głową.

– Tak, dałam jedną część z trzech.

– Świetnie. – Wiarołomca zamyślił się. – Drugą porcję podaj rano, chyba że w nocy nastąpi wyraźne pogorszenie. Musisz czuwać, dziś niestety się nie wyśpisz. – Uśmiechnął się blado. – A trzecią porcję... – Zawahał się. – Chyba powinien ją zażyć w podobnym odstępie czasu jak dwie wcześniejsze. Jeśli drugą dasz rano, trzecią podaj wieczorem, jeśli będziesz musiała w nocy, to rano albo bliżej południa. Zrozumiałaś?

Energicznie pokiwała głową.

– Dziękuję – dodała.

– Podziękujesz, jeśli lek pomoże – skwitował Szymon. – Teraz jest na to za wcześnie.

– Syn czuje się lepiej – zaprotestowała.

– Lek działa, ale czy okaże się mocniejszy niż choroba, tego nie wiem. Trwa próba sił.

Kobieta rozstawiła posiłek na półce, na której wcześniej leżały maski Demonów.

– Rozpalę ogień.

– Nie trzeba. – Drewal, siedzący dotąd z boku, sięgnął po podpłomyk i ugryzł solidny kęs. – Dobre.

– Trzeba. Noce są coraz chłodniejsze.

– Skóry nas ogrzeją – mruknął Wiarołomca, lecz kobieta nie zważała na protesty.

Ułożyła kopczyk suchego mchu, który przykryła luźną warstwą zeschłej trawy i patyków, na wierzch położyła rozłupane na pół polano. Wybiegła z chaty i po minucie wróciła z żarzącym się drewienkiem. Przytknęła je do suchej sterty. Mech początkowo nie zajął się ogniem, dopiero gdy dmuchnęła, w górę strzeliły jasne płomienie. Przez chwilę dokładała jeszcze suchych gałązek, sycąc pomarańczowe języki. Dopiero gdy uznała, że ognisko już nie zgaśnie, wstała z kolan.

– Czy mogę coś jeszcze dla was zrobić? – spytała.

– Dziękujemy – odparł Szymon. – Mamy wszystko, czego nam potrzeba.

Popatrzyła na niego bez przekonania.

– Powinnaś być teraz z synem. On cię bardziej potrzebuje.

Na te słowa drgnęła. Ruszyła ku wyjściu. Obejrzała się dopiero, gdy odsłoniła grubą kurtynę ze skór.

– Gdyby czegoś wam brakowało, wystarczy poprosić, przyjdę. Jestem Renet.

Wiarołomca posłał jej uśmiech.

– Nie boisz się zdradzać imienia? – spytał.

Na moment rozpromieniła się, potem znów twarz zakryła maska trosk.

– Nie możecie być Demonami. Jesteście dobrzy.

Wyszła. Zajęli się posiłkiem. Podpłomyki okazały się znakomite. Suszone mięso, które dostawali podczas wędrówki, nie mogło w najmniejszym stopniu się z nimi równać. Także wywar z lipy był smaczny i orzeźwiający.

– Nie pamiętam, kiedy ostatnio jadłem równie dobre rzeczy – mruknął Drewal.

– Nieźle się tu odżywiają – zgodził się Wiarołomca.

– Renet przygotowała je specjalnie dla was. Przyrządziła coś w rodzaju uroczystej kolacji.

Odwrócili się, w wejściu stał Borsuk.

– Ściany mają uszy – skwitował Szymon, wykonując zapraszający gest.

Borsuk wszedł głębiej i usadowił się na jednym z łóżek.

– Nie zapominajcie, że nadal nie wiemy, kim jesteście.

– A reszta Delegatów? Kiedy się pojawią? – Wiarołomca kiwnął głową w stronę wejścia. – Czy może podsłuchują za kotarą?

Tubylec zaśmiał się krótko.

– Jestem sam. Tym razem. Wyznaczono nas czworo, lecz to nie oznacza, że zawsze będziemy przychodzić w komplecie.

– Czyli zapewne w tej chwili męczą Renet. Próbują wycisnąć, czemu jesteśmy dla niej dobrzy. Czy to nie kolejna sztuczka potworów bez duszy? Zgadłem?

Borsuk nie odpowiedział, ale jego mina wskazywała, że Szymon jest co najmniej bliski prawdy.

– A jak wygląda wasza wersja? – spytał po chwili. – Czemu ratujecie nieznanego sobie chłopca i czym są białe lekarstwa? Z jakich roślin je przygotowaliście?

Marki był niemal pewien, że Wiarołomca wzruszy ramionami, mężczyzna jednak powstrzymał się przed ulubionym gestem.

– Która z tych zagadek nurtuje cię w większym stopniu? Ciebie i każdego z was osobna. – Szymon usiadł naprzeciw tubylca. – Co liczy się bardziej, życie dziecka czy odpowiedź, w jaki sposób zostało uratowane?

Borsuk chwilę milczał.

– Cieszę się, że malec zdrowieje – oznajmił wreszcie – i mam nadzieję, że wasza kuracja okaże się skuteczna.

– Nabrał powietrza. – To jednak nie zwalnia mnie z obowiązku poznania prawdy. Nie wolno mi wykluczyć, że pomagacie tylko po to, by uśpić naszą czujność. Jeśli to podstęp? Zaufamy wam, a wy to wykorzystacie?

Wiarołomca zaczął przechadzać się po ziemiance. W pewnym momencie stanął przed Borsukiem.

– Czy istnieje jakikolwiek ostateczny dowód? – spytał. Błyskawicznym ruchem schylił się i wyciągnął zza paska tubylca nóż z kości. Uniósł przedramię i przeciągnął ostrzem po skórze. Pociekła krew. Potem rzucił broń na kolana osłupiałego wojownika. – Jesteśmy ludźmi, niczym więcej. – Pokazał ranę. – Przybyliśmy jednak z daleka i różnimy się od was. Jeśli to cię nie przekonuje, to nie wiem, co może.

Borsuk podniósł się wolno, ospale schował nóż. Ruszył ku wyjściu.

– Krwawicie. Lecz Demony można zabić, więc zapewne również w nich płynie posoka.

– Jakiej barwy? – wtrącił Marki, przypominając sobie wymianę zdań na placu.

– Nie wiem. Zabijaliśmy je. Kiedyś, dawno, teraz nie ma nikogo, kto by się z nimi zetknął, kto by pamiętał.

– A Ksawera?

– Widziała, jak bestia odchodzi z jej dzieckiem. Tylko tyle. Nie mogła na to nic poradzić, nie mogła się ruszyć.

– Więc macie kłopot – stwierdził Wiarołomca. – Nie jesteście w stanie ustalić, czy jesteśmy Demonami czy ludźmi. Pozostaje wam jedynie zgadywać. A nam czekać na uśmiech bądź zły kaprys losu.

– Chodź, Wilku!

Odolan drgnął, gdy skóry w wejściu do jego ziemianki poruszyły się i usłyszał nakazujący głos Ksawery.

– Coś się stało? – Niemal natychmiast znalazł się na zewnątrz. Uzbrojony.

– Odłóż włócznię. Chcę porozmawiać.

Przystanął.

– Więc wejdź do środka.

– Bez świadków.

– Przeszkadza ci moja żona i dzieci?

– Mnie nie, ale tobie mogłyby.

Odolan odłożył broń i ruszył za Ksawerą.

– Czego chcesz? – spytał, gdy wreszcie ją dogonił. Byli na placu, na tyle daleko od wszelkich chat, by nikt przypadkowy nie mógł ich usłyszeć.

– Oni muszą zginąć – kobieta ściszyła głos.

– O tym zadecyduje Zgromadzenie.

Pokręciła głową.

– Ten, który zdaje się im przewodzić, ma rację. O tym zadecydujemy my. Zgromadzenie pozna ich naszymi ustami. Sądzę, że z tobą mogę mówić otwarcie. Nie jestem pewna Gorazda i Lubosza.

– Nie powinnaś używać ich imion, nawet jeśli Demony siedzą w chacie.

– A więc również uważasz, że nimi są?

– Kim więcej mogliby być?! Zresztą, wolę stracić ich trzy życia niż życie kogokolwiek z wioski. Poza tym, nawet jeśli się mylimy... – nie dokończył.

– Tak?

– Nawet jeśli nie są Demonami, są obcy. Mogą być niebezpieczni.

Ksawera cicho odetchnęła.

– Więc w tej sprawie przemawiamy jednym głosem. To dobrze.

Mężczyzna przyjrzał się jej badawczo.

– W tej? Jest jakaś inna?

– Tak. Kwestia kiedy.

– Za trzy dni, gdy...

– Naprawdę zamierzasz tyle czekać? – przerwała mu w pół słowa. – Do tego czasu ich jad zatruje niejedną głowę. Z każdym dniem będzie coraz trudniej.

– Masz na myśli sprawę Renet?

– Ona już im wierzy. Janki uwierzy lada moment. Dali się przekabacić, a może zostali opętani czarami. To się rozprzestrzeni, nie możemy czekać dłużej. Podobnych głupców będzie więcej.

– A dziecko? Bez pomocy przybyszy umrze.

– Umrze tak czy owak. Demony to śmierć, a śmierć nie zna pojęcia dobra. Dzisiejszego dnia, gdy spojrzałam na twarz ukrytą za tym czymś, za maską – na moment umilkła. – Wtedy wszystko powróciło. Jakbym cofnęła się do nocy, gdy znikł Kochan. To było to samo oblicze. Śliskie, pozbawione rys. Patrzyłeś w twarz Demona, tak jak ja patrzyłam księżyc temu. Wiem, kim oni są, i dlatego też wiem, że nie wolno nam zwlekać.

– Osądzą nas, sami staniemy przed Zgromadzeniem.

– Jeśli mam zapłacić za to, że uratowałam osadę, jestem gotowa.

– Ale ja nie! Mam rodzinę. Nie zaryzykuję wygnania i rozstania z nimi, dlatego że nie chcesz zaczekać trzech dni. To nie mus, do szybkiego działania pcha cię wyłącznie zemsta. Czekałaś księżyc, zaczekasz jeszcze chwilę.

– To jest mus! Za tę chwilę możesz już nie mieć swojej rodziny.

Odolan podniósł kamień i rzucił przed siebie.

– Będę ich strzegł! – warknął.

– Będziesz próbował.

Mężczyzna zamierzał odejść, lecz Ksawera chwyciła go za rękaw.

– Pomyśl! Nie zaryzykujesz niczym, jeśli rano Chata Odosobnienia okaże się pusta. Przecież Demony mogły wykorzystać swe moce i umknąć. Nikt nie pomyśli ani o tobie, ani o mnie...

Odolan zamyślił się.

– Niewiele zdziałamy bez wtajemniczenia strażników.

– Chyba znajdziesz wśród nich kilka pewnych osób? Ustalałeś dziś warty. Zrób to właściwie jutrzejszej nocy... Tyle mogę zaczekać.

– A ciała?

– O ile martwe potwory nie rozpłyną się jak mgła, najlepsza będzie Matka Wszystkich Węży.

– To dość daleko.

– Ale nie pozostawi śladów.

Mężczyzna nie odpowiedział. Bez słowa wrócił do ziemianki.

Odolan zbliżył się do Chaty Odosobnienia, obchodząc wioskę szerokim łukiem. Przemykał pospiesznie, choć zachowując największą ostrożność. Był przekonany, że nikt go nie zobaczył, ale i tak dla pewności nieopodal ziemianki przystanął, wsłuchując się w dźwięki nocy. Nic nie wzbudziło jego podejrzeń. Osada była uśpiona, a on sam nie zwrócił niczyjej uwagi.

– Ksawera – syknął. Dotarł już na umówione miejsce.

– Jestem. – Wyszła zza drzewa.

Nie starała się zachowywać ciszy. Było jej wszystko jedno, czy ktoś ją zobaczy. Działała w absolutnym przekonaniu o słuszności swych czynów, gotowa za nie zapłacić.

Odolan przyłożył palec do ust, przekonany, że niczego to nie zmieni. Nie zmusi jej, by zachowała większą ostrożność.

– Nadal drżysz przed Zgromadzeniem? – zakpiła.

– Łamiemy odwieczne prawa, mogą nas wykluczyć.

Ksawera pogardliwie wydęła wargi.

– Mnie już wykluczyliście. Tamtego dnia, gdy odmówiliście mi pomocy. Przeżyłam już księżyc z wami, a przecież sama. Jeśli zechcą, bym odeszła dalej, zrobię to bez żalu.

– A ja nie! – uciął.

– Więc dla twojego dobra lepiej, byś zaufał właściwym osobom. – Wskazała głową w stronę chaty i strażników.

– O to się nie martw. Są pewni.

– Więc zróbmy wreszcie to, po co tu przyszliśmy.

Kobieta, nie czekając na Odolana, ruszyła w stronę ziemianki. Wartownicy zwarli szyki, gotowi do działania, ale gdy rozpoznali, kto nadchodzi, ponownie opuścili broń.

– Śpią? – spytał Wilk.

Odpowiedzią były skinienia głowami.

Ksawera wyciągnęła zza paska kamienny nóż, ale Odolan powstrzymał ją gestem.

– Nie wolno nam zostawić śladów krwi. Demony mają zniknąć. Trzeba je ogłuszyć i nieprzytomnych wrzucić do Matki Wszystkich Węży.

– Ona na zawsze ukryje ciała. – Jeden ze strażników machnął dłonią w górę.

– Tchórze – mruknęła Ksawera, ale posłusznie schowała ostrze. – Lecz dobrze, niech ślady waszych uczynków znikną w gardzieli Powietrznego Węża.

– Wilku, Wiewiórko – wołanie, które rozległo się gdzieś z bliska, było stłumione. Ktokolwiek ich przyzywał, nie zmierzał zaalarmować wioski.

Odolan przystanął zaskoczony.

– Lis?

Z cienia wyłoniły się dwie postacie.

– I ja.

– I ty... – powtórzył Wilk, patrząc prosto w twarz Borsukowi. – Co tu robicie?

– Ratujemy was przed zrobieniem czegoś głupiego.

– Wyświadczymy wiosce przysługę.

– Ściągając na mieszkańców gniew Ojca Orłów?

– Pozbywając się Demonów! – Ksawera nie ściszyła głosu.

– Nie wiemy, kim są – zaprzeczył Lis.

– Wiemy, i wy byście to zobaczyli, gdybyście tylko chcieli spojrzeć.

– To dobre wyjście – poparł kobietę Odolan – bezpieczne dla osady.

– Nie, to rozwiązanie podstępne i pozbawione krzty honoru – sprzeciwił się Gorazd.

– Zwyczajnie się boisz. – Ksawera wycelowała w niego paluchem. – Nie potrafisz wykrzesać z siebie odrobiny odwagi.

– Ja? – Lis podszedł do niej wolno. Złapał jej nadgarstek i opuścił skierowaną wciąż prosto w siebie rękę. – Kto poszedł z tobą do Skorupy, gdy nikt inny nie miał odwagi się przemóc? Kto nakłonił pozostałych? Nie mów mi o braku odwagi. To podrzynanie gardeł śpiącym jest tchórzostwem, niepodjęciem trudu, by dojść prawdy.

– Ale... – W oczach Ksawery zalśniły łzy.

– Nie pomścisz go w ten sposób – ciągnął dalej Gorazd. – Kochan odszedł na zawsze. Wiem, że pragniesz zemsty, ale niech ona nie będzie ślepa.

– Nie spotkam nigdy Demona, nie twarzą w twarz...

– Więc chcesz zabić tych, których jedynie podejrzewasz, że należą do mieszkańców Kamiennego Ołtarza? A jeśli się mylisz? Co pomyślałby o takim czynie Tolisław? Co pomyślałby Kochan? Byłby dumny z matki?

Ksawera wyciągnęła ponownie nóż i wydawało się, że rzuci się na Gorazda, ale tylko odrzuciła broń na trawę.

– Wyrzekam się podstępu – powiedziała chrapliwym głosem. – Ale wiem, że za trzy dni Zgromadzenie przyzna mi sprawiedliwość. Módlcie się jednak, by oczekiwanie nie przyniosło zguby mieszkańcom.

Zniknęła w ciemnościach. Nie skierowała się w stronę wioski, a w przeciwną, w las.

– Jej desperację rozumiem, ale twojej nie... – Lis zwrócił się do Wilka.

Mężczyzna lekko zwiesił głowę.

– Wiedziałem, że to złe – przyznał ostatecznie – lecz bezczynność wydała mi się gorsza.

– Ustalenie prawdy nie jest bezczynnością – wtrącił Borsuk. Dotąd niewiele się odzywał, pozwalając mówić towarzyszowi. – Wracaj do chaty. I jeden z was – kiwnął strażnikom. – Zostanę na straży do świtu. I pamiętajcie – zatrzymał odchodzących. – Tej nocy nic nie zaszło, o waszych zamiarach nie dowie się nikt z mieszkańców osady ani więźniowie.

– Nic nie zaszło – potwierdzili.

Zajęci sobą nie zauważyli delikatnego ruchu skóry w wejściu ziemianki. Szpara, przez którą od pewnego czasu spoglądały na nich czujne oczy, znikła.

Głosy strażników mimo opuszczonych skór zasłaniających wejście były głośne i wyraźne. Dla pozbawionych zajęcia przybyszów słuchanie tych rozmów było jedyną dostępną rozrywką. Zacienione wnętrze ziemianki stało się nieznośnym więzieniem. Najbardziej ciążyła nuda. Poza wizytami Delegatów byli pozostawieni samym sobie.

– ...więc kim są?

– Ludźmi – ten głos bez wątpienia należał do Jankiego.

– Mówisz tak, bo wyleczyli ci dzieciaka.

– A czy to nie dostateczny dowód?

– Odo..., Wilk, mówi, że nie.

– Wietrzy podstęp? – prychnął pogardliwe ojciec Milana.

– Jest ostrożny!

– Gdybym był równie ostrożny, mój syn dołączyłby już do przodków.

Rozległ się cichy śmiech.

– Słyszałem, że to twoja stara popędziła do nich po pomoc...

Krótka cisza zapewne świadczyła o zmieszaniu się Jankiego.

– Tak, to ona do nich poszła – potwierdził wreszcie. – Poznała się na przybyszach.

– Babska intuicja?

– Żebyś wiedział.

– Nasz kochaś daje się wodzić za nos.

– Śmiej się, śmiej, na zdrowie. Dziś mogę się do ciebie przyłączyć, ale jeszcze dwa dni temu... – zwiesił głos.

Marki nie wytrzymał i odsunął kotarę w wejściu.

– Jak czuje się mały? – zapytał.

Strażnicy poderwali się z ziemi. Towarzysze Jankiego skierowali włócznie w stronę więźnia, tylko ojciec Milana trzymał swoją broń niedbale, grot celował w niebo.

– Spokojnie – powstrzymał współplemieńców.

– Nie wolno im wychodzić.

Marki podniósł dłonie w górę.

– Nie wychodzę, stoję w wejściu i nie zrobię kroku dalej. Ale chyba nie zabroniono wam z nami rozmawiać?

Wojownicy spojrzeli po sobie. Sprawiali wrażenie niezdecydowanych.

– Nie, nie było zakazu. – Janki podszedł bliżej. Ośmieleni tym jego towarzysze również się zbliżyli. Na ich twarzach odbijał się niepokój, ale też ciekawość.

– Skąd pochodzicie? – zapytał jeden z nich.

– Jak ci mówić?

Strażnik spojrzał po sobie. Jego strój stanowił połączenie skór kilku różnych zwierząt, więc w przeciwieństwie do Lisa i Wilka miał kłopot z wyborem.

– Możesz nazwać go Żołędziem – zaśmiał się jego towarzysz wyraźnie odprężony – a mnie Kasztanem. Może być? Chyba nie wszyscy muszą być zwierzętami...

Żołądź skinął głową.

– Może chcecie wejść? – zaproponował Marki, lecz gdy wychwycił wymianę szybkich spojrzeń między wojownikami, nie nalegał.

– Za to ty odsłoń skóry – usłyszał głos Wiarołomcy. – Przewietrzy się nieco.

– Mogę? – Marki uznał, że powinien spytać o zgodę strażników. Nie spodziewał się odmowy.

– Jasne. – Janki skinął głową.

Marki spełnił prośbę Szymona, po czym wolno wyszedł z ziemianki. Nie zamierzał wystawiać na próbę cierpliwości wojowników. Po kilku krokach zatrzymał się i usiadł na trawie. Korony drzew i niebo nad głową podziałały na niego kojąco.

– Chcecie wiedzieć, skąd przybyliśmy?

Janki przysiadł koło niego, ale Kasztan i Żołądź zachowali bezpieczną odległość. Chłopak zdawał sobie sprawę, że byli gotowi do działania. Gdyby przyszło mu do głowy rzucić się na nich albo uciekać, nie zrobiłby więcej niż kilka kroków, nim jedna albo i dwie włócznie przeszyłyby jego ciało. Ta myśl sprawiła, że po plecach przebiegł mu zimny dreszcz.

– Więc skąd? – dociekał Żołądź.

– Z daleka. Odbyłem dłuższą podróż niż jeszcze niedawno sądziłem, że w ogóle można odbyć. Kiedyś, nie tak dawno przecież, świat wydawał się taki mały...

– Przemawiasz zagadkami.

Chłopak uśmiechnął się do Kasztana.

– Pewnie tak to brzmi, ale nie mam pojęcia, jak mógłbym wszystko prosto opowiedzieć... Zbyt wiele rzeczy dla mnie samego jest nowych i niezrozumiałych. Żyłem kiedyś daleko stąd, w dużej osadzie, którą nazywaliśmy gniazdem.

Gniazdo Brzóz wcale nie było takie duże, ale mieszkańcom tej wioski wydałoby się olbrzymie. A już jego budynki z pewnością wywarłyby na nich wrażenie.

– A więc potwierdzasz, że pochodzisz z innego świata? – wszedł mu w słowo Żołądź.

Marki wyrwał się z zamyślenia. Wspomnienie domu na moment przeniosło go daleko stąd.

– Tak – przyznał wreszcie – z odległego i zupełnie odmiennego, ale jak i wasz zamieszkałego przez ludzi, nie przez demony ani żadne inne nadprzyrodzone stwory.

– A jakie są wasze kobiety? – zainteresował się Kasztan.

– Piękne – Markiemu przed oczami stanęła Angelka. – Wysokie, szczupłe, o...

– Szczupłe? – Wojownik nie pozwolił mu dokończyć. – Kobieta musi być przy kości. Chuda nie przetrwa zimy, a zresztą na co komu w domu dębowa laska, prawda Janki?

Mąż Renet zaczerwienił się.

– Pewnie, że chude nie mają wzięcia – przyznał jednak.

– Jak się tulisz do swojej, to przynajmniej masz co ściskać – zarechotał Żołądź.

– I tak ma być.

– Co kto lubi... – burknął Marki.

Nie zamierzał się sprzeczać, ewidentnie w tym świecie panował inny ideał piękna. Próbował wyobrazić sobie grubą Angelkę albo Moni, ale ta wizja zupełnie go nie pociągała.

– Patrz, chłopak się zawstydził. – Kasztan dostrzegł jego lekkie zmieszanie.

– Czy to nie kolejne potwierdzenie, że żaden z niego Demon? – Janki wykorzystał okazję, by stanąć w obronie przybyszy.

– No nie wiem, ciągnie go do kościotrupów – Żołądź i Kasztan nie przestawali się śmiać. – Pewnie jeszcze lubi, jak są zimne...

– Lodowate – uściślił przekornie Marki.

Ponownie pomyślał o córce Waresa. Zawsze miała chłodne dłonie, niemal nie do ogrzania. Lubił, gdy się całowali, a ona wkładała mu je pod koszulę. Przebiegały go dreszcze, ale przyjemne dreszcze. Tych chwil nie było zbyt wiele. Angelka zazwyczaj starała się, by zapracował na każdy całus, ale pamiętał każdy z nich.

Wspomnienia ze świata, który niemal na pewno zniknął dla niego na zawsze...

– Kto decyduje u was? – spytał.

– O czym?

– No... gdy młodzi chcą być z sobą... Czy mogą...

To pytanie zaskoczyło strażników.

– Oni sami. A kto miałby?

– Choćby rodzice.

– A co starym do tego? Gołąbki nie będą z nimi dzielić łoża. – Kasztan wyszczerzył się zadowolony z żartu.

Marki skinął głową. W jego świecie też niemal tak było. Niemal... Właściwe to młodzi decydowali, ale bywały wyjątki, gdy w grę wchodziły pozycje i wysokie rody. Warus nigdy by się nie zgodził, by młodszy syn hrabiego pojął za żonę jego jedynaczkę.

– Nikt nie będzie decydował za młodych – skwitował Janki. – Od tego są, by popełniać głupstwa.

– Przynajmniej raz powiedziałeś coś z sensem – zgodził się z nim Żołądź.

– Idzie Wilk. – Kasztan skinął głową w stronę wioski.

– Chyba nie tu.

– Może i nie, ale... chłopcze, chyba powinieneś wrócić do chaty.

Niedawna wesołość strażników minęła. Ponownie przybrali postawę gotowych do działania. Nie sprawiali wrażenia, by się bali Wilka, jednak bez wątpienia go poważali.

Marki cofnął się do ziemianki. Niechcący zahaczył o skóry, a te ponownie zasłoniły wejście. Nie poprawiał ich.

– I na co to było? – przywitało go ponure pytanie Drewala.

– Co takiego?

– To spoufalanie się z katami.

– Tylko rozmawiałem. – Marki zrobił bezradną minę. – To lepsze niż gapienie się w ścianę.

– To ogólnie było doskonałe – Wiarołomca nie zgodził się z marszałkiem. – Przez chwilę zastanów się nad tym, przyjacielu. W żaden sposób nie udowodnimy, że jesteśmy ludźmi. Nie mamy najmniejszej szansy. Bo niby jak? Cokolwiek byśmy zrobili lub powiedzieli, oni będą wierzyć w to, w co chcą wierzyć. Nasza jedyna szansa to zaskarbić sobie ich przyjaźń. Zmusić do spojrzenia jak na ludzi. Pierwszym krokiem była pomoc temu malcowi. Rozmowa, wręcz pożartowanie ze strażnikami, również przybliżyła nas do wolności, o ile nawet nie bardziej. Świetna robota.

– Nie zrobiłem tego specjalnie – Marki się zmieszał.

– Wiem.

– I co teraz? – marszałek nie podzielał ich entuzjazmu. – Pójdziecie na plac żonglować i opowiadać żarty?

– Gdybym tylko mógł – mruknął Szymon.

– Pytam poważnie, co teraz? Masz jakiś plan?

– A jaki mogę mieć? – głos Wiarołomcy ponownie stał się znużony. – Nie uciekniemy, są za dobrzy w tropieniu, i jak wspominałem przed chwilą, nie wyczarujemy dowodów naszej niewinności. Przestań się jeżyć na los, bo w tej sytuacji możemy jedynie dać się ponieść prądowi. Zobaczymy, dokąd nas zaprowadzi.

Drewal zmarszczył brwi.

– Bezczynność i bezradność. Dwaj najgorsi wrogowie.

– Nie tylko twoi... ale co zrobić? – Szymon po staremu wzruszył ramionami.

Nagle zesztywniał, dając znak ręką, by byli cicho.

– Puść mnie! – usłyszeli głos Ksawery. Suchy, nakazujący.

– Nie wiem, czy powinienem, Lis powiedział... – w głosie Jankiego brakowało pewności.

– Nie interesuje mnie twoje zdanie, jestem jednym z Delegatów!

Ksawera minęła Jankiego i energicznie odsuwając skóry, weszła do ziemianki. Wartownik przez moment przyglądał się jej niezdecydowany, po czym wycofał się na zewnątrz. Matka Kochana miała pełne prawo odwiedzać więźniów.

– Cóż za wizyta. – Wiarołomca podniósł się z łóżka. Spędzał na nim większość czasu, twierdząc, że ten odpoczynek mu się należy. Czasem zastygał w pozycji, którą Marki zapamiętał z ich pierwszego spotkania, medytacji czekającego na deszcz, jak w myślach to nazywał.

– Twoje moce nie powiedziały ci, że się zjawię?

Szymon obdarzył ją nieszczerym uśmiechem.

– Może powiedziały...

– Nie mamy żadnych mocy! – nie wytrzymał Marki. – Jesteśmy ludźmi!

– Jej nie przekonasz, dla naszej drogiej członkini Delegatury mającej nas rozpracować, byłeś, jesteś i na zawsze pozostaniesz odrażającym stworem ciemności. Czyż nie mam racji?

Ksawera zadrżała.

– Sami wiecie najlepiej, kim jesteście – syknęła.

Kobieta ruszyła w stronę Markiego, ale Wiarołomca zastąpił jej drogę.

– Kim? – spytał, patrząc w oczy.

Ksawera trzęsła się. Lewa dłoń, opuszczona wzdłuż ciała, zaciskała się w pięść i rozwierała, drugiej, od wejścia zasłoniętej narzuconą króliczą skórą, nie było widać.

– Giń, Demonie! – krzyknęła.

Odrzuciła skórę szaraka, ukazując kamienne ostrze. Błyskawicznie zadała cios. Szymon uchylił się pewnie, jakby spodziewał się ataku, lecz nie docenił przeciwniczki. Czubek noża przeciął koszulę na jego przedramieniu i rozorał skórę. Pociekła krew. Wiarołomca, nie zważając na ból, złapał Ksawerę za nadgarstek i zmusił do wypuszczenia broni. Kopnął nóż w stronę marszałka. Drewal podniósł zdobycz.

– Czy... – zaczął rozgorączkowany, ale Szymon natychmiast ostudził jego zapał:

– Jesteśmy grzeczni.

Pchnął Ksawerę mocno na łóżko. Uderzyła głową o belki ściany. Wydawała się lekko ogłuszona, lecz i tak natychmiast odwróciła się, gotowa do walki.

– Siadaj! – nakazał Wiarołomca.

Marki sądził, że kobieta nie usłucha. Sprawiała wrażenie, że nawet bezbronna rzuci się na Szymona, gotowa gołymi rękoma wydrapać mu oczy. Być może zrobiłaby to, gdyby skóry w wejściu nie uchyliły się i do środka nie wparowali Janki wraz z Żołędziem.

– Co się dzieje?

Drewal otwierał usta, lecz Wiarołomca uprzedził go.

– Nic. Ksawera się potknęła.

Czujne spojrzenie Jankiego świadczyło, że wojownik nie uwierzył. Patrzył to na matkę Kochana, to na więźniów. Szymon trzymał rękę za plecami, by tubylec nie dostrzegł rany. Ksawera przeczesała palcami splątane włosy.

– Wyłożyłam się jak głupia – przyznała. – Dobrze, że prosto na łoże.

Szymon poczekał, aż Janki z towarzyszem wycofają się z chaty, i zwrócił się do Drewala.

– Oddaj jej nóż.

– Żeby ponownie nas zaatakowała? – Marszałek nie zamierzał spełnić prośby. – Trzeba cię opatrzyć.

– To tylko zadrapanie. Oddaj jej nóż. Nie pomoże nam, a jedynie może bardzo zaszkodzić, gdyby go przy nas znaleźli.

Drewal niechętnie spełnił życzenie towarzysza. Wyciągnął rękę z bronią, podając ją Ksawerze ostrzem do przodu. Kobieta chwyciła nóż i po lekkim wahaniu schowała w kieszeni ukrytej w fałdach sukni.

– A teraz zejdź nam z oczu! – Wiarołomca wskazał wyjście.

– Gardzisz mną, bo pragnę was zabić?

Szymon pokręcił głową.

– Gardzę, bo nie potrafisz dotrzymać słowa. Zeszłej nocy obiecałaś coś swoim towarzyszom...

– Słyszałeś?

Nie czekała na odpowiedź. Wyszła. Ledwie zniknęła, Drewal doskoczył do Wiarołomcy.

– Pokaż ranę! I co ty robisz?! Trzeba było zawołać strażników. Wyrzuciliby ją z grupy, która ma nas osądzić. Pozbylibyśmy się wroga!

Szymon westchnął, a potem ciężko klapnął na łoże, pozwalając marszałkowi zająć się opatrunkiem.

– Gdyby to było równie proste. Przepraszam cię, przyjacielu, jeśli popełniłem błąd, ale kierowałem się intuicją. A ta podpowiadała mi, by siedzieć cicho. Może Ksawera przestałaby być Delagatem, a może nie. A nawet gdyby przestała, jej przekonanie, że jesteśmy potworami, wcale by nie znikło. I licho wie, kto zająłby jej miejsce... Wolę mieć przeciw sobie znanego diabła niż nieznanego. Poza tym i tak decydują wszyscy, cała osada.

Marszałek dobrą chwilę patrzył na niego, po czym ze smutkiem skinął głową.

– Masz rację. Ona czy ktoś inny, nic nie zmieni naszej sytuacji...

Renet, nie pytając o pozwolenie, wparowała do ziemianki przyjaciółki. Zastała Ksawerę pochyloną nad ustawionym na palenisku glinianym kociołkiem. Coś bulgotało w środku. Słaby, mdły zapach nie pozwalał rozróżnić potrawy. Ksawera długo nie podnosiła głowy. Niemrawo mieszała zawartość. Wreszcie, nie patrząc na gościa, rzuciła cicho:

– Spodziewałam się ciebie.

– Chciałam przyjść wcześniej, od razu, gdy tylko Janki wrócił ze straży i opowiedział o zajściu, ale kazał mi się opanować. – Wspomnienie sprawiło, że ponownie się wzburzyła. – Co pichcisz? Mam nadzieję, że nie truciznę!

Ksawera wreszcie oderwała wzrok od garnka. Nabrała na drewnianą łyżkę nieco zawartości, podmuchała i wzięła do ust.

– Zadowolona? – spytała.

Renet nie odpowiedziała.

– I cóż powiedział ci Janki?

– Że przyszłaś dziś do Chaty Odosobnienia i zamierzałaś zabić osadzonych. Widział ranę, którą próbował ukryć jeden z przybyszy. Ten, który dał mi lekarstwo.

Ksawera wydęła pogardliwie wargi.

– Omotał was.

– Uratował życie mojemu synowi! Mów, co chcesz, ale bez niego Milan towarzyszyłby przodkom w ich niekończącej się podróży. Nigdy nie spłacę długu, jaki mam wobec niego i jego towarzyszy.

– Być może od początku o to im chodziło...

– Co się z tobą dzieje? – zapytała Renet.

Ksawera uniosła głowę i po raz pierwszy w trakcie tej wizyty spojrzała przyjaciółce prosto w oczy.

– Nie rozumiem.

– Od dziecka byłaś mi przyjaciółką. Drogą jak niewiele innych osób w wiosce. Nie zniszczyło tego zniknięcie Tolisława, nie zniszczyło porwanie Kochana przez Demony, ale chcesz zniszczyć teraz w imię wymierzanej na ślepo zemsty. Czy naprawdę zaspokojenie tej żądzy znaczy dla ciebie więcej niż życie mojego syna? Cóż osiągniesz? Ukoisz ból? Przepędzisz go? Sprawisz, że zniknie? Nie! On w tobie pozostanie. Też jestem matką i wiem, że nie ma sposobu, by się go wyzbyć, zostanie z tobą na zawsze, do końca twych dni.

I choćby twój nóż codziennie spływał krwią Demonów, Kochan nie wróci, a pustka nie zniknie! Twoja zemsta prowadzi donikąd. Jej wyłącznym rezultatem może być śmierć jedynych osób, które były w stanie uratować Milana. I które to zrobiły.

Ksawera ponownie spuściła głowę i powtórzyła głucho:

– Zrobiły.

– I wiesz co? – ciągnęła Renet. – Nie interesuje mnie, czy są Demonami, czy nie! Nie interesuje, po co tu przybyli! Liczy się tylko jedno. Milan. Jako matka, która niedawno straciła dziecko, powinnaś to zrozumieć. A jeśli nadal zamierzasz stawiać zemstę ponad życie mego syna, to już nie jesteś moją przyjaciółką. Stałaś się kimś obcym, wrogiem.

Renet nie czekała na odpowiedź. Pospiesznie wyszła.

– Zaczekaj – zachrypiała za nią Ksawera, ale matka Milana już tego nie słyszała.

Kobieta złapała za bok garnka. Trzymała go, aż wreszcie z krzykiem musiała oderwać dłoń. Spojrzała na palce. Pod skórą zaczęły tworzyć się nabrzmiałe bąble. Ból jednak przynosił krótką chwilę ukojenia.

Obudziły ich podniesione głosy. Wpadające przez otwór w dachu blade promienie słońca wskazywały, że świtało. Gdyby wciąż byli w drodze, zapewne już by wstawali, szykując się do wymarszu. W celi, jaką była Chata Odosobnienia, nie musieli się nigdzie spieszyć.

– Co tam się dzieje? – mruknął Drewal, przewracając się na drugi bok i naciągając skórę na głowę. – Ktoś ich zaatakował?

– Nie sądzę. – Szymon wolno opuścił nogi na klepisko i wciągnął buty. Mrugnął do gramolącego się spomiędzy skór zaspanego Markiego. – Czujesz?

Chłopak przeciągnął się leniwie i zaraz potem zastygł w bezruchu.

Tak, czuł.

Nim zdążył się odezwać, do ziemianki wparował Żołądź.

– Czas Zemsty! – zawołał. – Wychodźcie!

– Czas Zemsty? – zdziwił się marszałek. – Myślałem, że mówiliście o sprawiedliwym sądzie.

Tubylec wydawał się zaskoczony.

– Czas Zemsty – powtórzył.

– Jak sądzę, to tutejsza nazwa burzy – wyjaśnił Marki.

Drewal zmełł w ustach przekleństwo. Wiarołomca, przechodząc obok marszałka, poklepał go po ramieniu.

– Ciesz się z tych paru dni wytchnienia, gdy wyładowania dały nam od siebie odpocząć. Powoli kończy się lato, wkrótce staną się codziennością.

Wyszli za Żołędziem z ziemianki. W pierwszej chwili Marki sądził, że tubylec pozostał na straży sam, chwilę potem dostrzegł jednak nadchodzących od strony wioski Kasztana i drugiego, nieznanego mu z imienia wojownika.

– Po co ich wyprowadziłeś?! – zawołał nieznajomy. – Dla Demonów nie ma miejsca w Siatce!

– Nie zostali osądzeni, nie możemy ich źle traktować – zaprzeczył Żołądź, ale bez większego przekonania.

– Spytajmy Ojca Ojców – zaproponował Kasztan.

– Nie ma na to czasu.

– Powinni wrócić do ziemianki – obstawał nieznajomy.

– A kto zostanie ich pilnować? Może ty?

– Możecie spokojnie zostawić nas samych, nie uciekniemy – oświadczył Wiarołomca.

– Nie będzie lepszej okazji, by dać drapaka – Marki usłyszał stłumiony szept Drewala. Marszałek zbliżył się do Szymona, by nikt więcej go nie usłyszał.

– Ile potrwa burza? Trzy godziny? Po pięciu, sześciu ponownie wpadlibyśmy w ich ręce. Jedynie pogorszylibyśmy naszą sytuację. – Wiarołomca chciał dodać coś jeszcze, ale Żołądź podszedł na tyle blisko, że musiał porzucić temat. Zamiast tego powiedział głośno: – Możecie oczywiście przetrwać ten czas z nami w Chacie Odosobnienia.

Nieznany im z imienia tubylec lekko pobladł.

– W Czasie Zemsty ujawnią się moce Demonów – powiedział wyraźnie przerażony. – Zgładzą nas i umkną.

Może Żołądź i Kasztan nie do końca w to uwierzyli, ale ich pewność siebie zmalała.

– Pójdziemy więc wszyscy do Siatki. – Kasztan poparł pierwotny plan Żołędzia. – Widzisz inne rozwiązanie?

Ich towarzysz pokręcił głową.

– Tam – wskazał.

Czymkolwiek była owa Siatka, nie znajdowała się w obrębie wioski. Zamiast kierować się ku ziemiankom, ruszyli wzdłuż osady. Już po chwili zaczęli dostrzegać innych, tak jak oni dążących do schronienia.

– Czym jest Siatka? – zapytał Marki, ale żaden ze strażników nie udzielił odpowiedzi.

Ogólna nerwowość rosła z każdą chwilą. Nic nadzwyczajnego w czasie burzy, ludzie podświadomie wychwytują zagrożenie i zawsze się niepokoją. Nawet najodważniejszych lub najbardziej nieczułych dotykał mniejszy lub większy strach. Panowali nad nim, w końcu towarzyszył im od dziecka, jednak nigdy całkowicie nie znikał. Marki również czuł delikatne dreszcze przepływające wzdłuż kręgosłupa i był przekonany, że zarówno Drewal jak i Wiarołomca również odczuwają coś podobnego, każdy na swój sposób i na własną miarę.

Konstrukcja, do której zmierzali, zaskoczyła ich. Spodziewali się masywnego schronienia, może jakiejś olbrzymiej i głębokiej ziemianki mogącej pomieścić wszystkich mieszkańców wioski, dotarli jednak do dużego drewnianego podestu. Wznosił się nie więcej jak czterdzieści centymetrów nad ziemią i składał z przynajmniej trzech warstw pni. Spod ostatniej warstwy wystawało kilkadziesiąt centymetrów plecionej sieci. Już na pierwszy rzut oka widać było, że konstrukcja jest wiekowa. Bele, z których ją zbudowano, lata temu poczerniały smagane deszczem i wiatrem. Mimo to pozostawała solidna, wszelkie usterki naprawiano na bieżąco, o czym świadczyły liczne jasne plamy w miejscach, gdzie spróchniałe już pnie zastępowano nowymi. W każdym z czterech rogów podestu wznosił się wysoki na około trzy metry słup połączony z pozostałymi grubymi linami.

– Czy to jest Siatka? – Marki po raz kolejny spróbował zagadnąć strażników, lecz i tym razem milczeli.

Żołądź gestem wskazał, by weszli na podest. Zgromadziła się tam już większość mieszkańców wioski. Konstrukcja była obszerna, a i tak musieli się ścisnąć, by się zmieścić.

Widok jeńców nie zachwycił zebranych. Wyłapywali chmurne spojrzenia i gniewne grymasy.

– Co oni tu robią?! – zawołał ktoś. Z głosu przypominał Wilka, ale w ogólnym zamieszaniu trudno było stwierdzić z całą pewnością, czy to on.

– A gdzie mieliby być? – tym razem na pewno odezwał się Lis. – Jeszcze nie zdecydowaliśmy o ich losie.

Wymianę zdań przerwał głos rogu. Dwa sygnały. Ci, którzy jeszcze nie dostali się na podest, pospieszyli ku niemu. Od strony wsi nadbiegło dwóch mężczyzn. Jeden z nich niósł zasuszoną staruszkę, drugi zaciekle się z nią kłócił.

– Trzeba, babciu, zaczął się Czas Zemsty.

– Jak się do mnie zwracasz, gałganie?! Dla ciebie jestem Matką Matek, nie żadną babcią!

Kobieta wymachiwała kościstymi piąstkami, jednak wnuk znajdował się za daleko, by mogła go sięgnąć.

– Zawsze pozostaniesz moją babcią.

– Gdybym potrafiła przewidzieć twoje istnienie, gałganie, nie rodziłabym dzieci! Zaszyłabym łono sznurkiem.

– Byleby nie igłami świerku – wnuk staruszki zdobył się na uszczypliwość.

– Jeszcze śmiesz ze mnie drwić?! Wyrodny gałgan! – Nagle złagodniała: – Powiedz temu osiłkowi, by mnie puścił.

– Nie mogę, uciekniesz do chaty.

– Moja chata, mogę w niej siedzieć choćby całe dnie!

– Babciu, nadciąga Czas Zemsty.

– Czas Zemsty, czas sremsty. Kto będzie się mścił na biednej staruszce?

– Demony!

– Dla ciebie nawet ja jestem Demonem. Pomarszczona skóra budzi takie samo obrzydzenie. Gdybyś nie był taki tchórzliwy, dawno zaciągnąłbyś mnie na drzewo i za życia przywiązał do gałęzi!

– Nie mów tak.

– Mój język i moje wargi, o zębach wspominać nie będę, bo to, co pozostało, ciężko nazywać dalej zębami. Póki co jeszcze mnie są posłuszne i będą plotły, co mi się urodziło w chorej głowie – zachichotała.

Marki na wpół z zaciekawieniem, na wpół z rozbawieniem przyglądał się całej scenie. Mężczyźni ze staruszką byli już przy podeście i mógł się przyjrzeć owej Matce Matek, jak się nazwała. Poczochrane długie siwe włosy, sterczące we wszystkie możliwe kierunki, upodabniały ją do wiedźmy. Twarzy dobrze nie widział, bo kobieta była obrócona bokiem, ale rzucał się w oczy jej długi, haczykowato zagięty nos.

– Kim jest ta kobieta? – spytał Żołędzia.

Pytanie było zadane dość cicho, ale staruszka najwyraźniej zachowała świetny słuch. Zwróciła się w kierunku Markiego. Jej prawe oko skrywało bielmo, a lewe było na wpół przymknięte, zapewne nie widziała nic, a w każdym razie bardzo niewiele.

– Słyszałam głos! – zawołała. – Głos kogoś spoza wioski. Czemu mi nic nie powiedziałeś? Gałgan z ciebie!

– Tym bardziej byś nie poszła – usprawiedliwił się wnuk.

– Po kim ty odziedziczyłeś głowę? Bo nie po mnie... Gdzie oni są? Chciałabym ich zobaczyć.

– Nie zobaczysz ich twarzy, choćbyś się z nimi zderzyła.

– Milcz, gałganie. Więc chcę usłyszeć. To prawo Matki Matek.

– Zwą mnie Wiarołomca – odezwał się Szymon. – Przybyliśmy z daleka...

– Wiem – przerwała – że przybyliście z daleka. Sama to przepowiedziałam. Księżyc temu. Dokładnie, że coś się pojawi – sprostowała z szerokim bezzębnym uśmiechem. – Nie wiedziałam, czy wy, czy inne licho. Tyle, że tak będzie. Śniły mi się trzy białe jelenie.

– Mówiłaś, że cztery – burknął wnuk staruszki.

– Że też ziemia chce cię jeszcze nosić. Trzy! Zawsze to były trzy. Przy czterech chodziło o coś innego... Chcę usłyszeć głosy innych!

Marki, a potem Drewal przedstawili się. Marszałek zamierzał coś dodać, ale zagrzmiał róg. Pojedynczy długi sygnał. Mężczyźni z protestującą staruszką weszli na podest, mieszając się z tłumem.

Zaraz potem kilku wojowników pociągnęło za liny i na bokach konstrukcji wzniosła się pleciona siatka. Taka sama pojawiła się nad ich głowami. Złożony system lin sprawił, że wszystko przebiegło błyskawicznie. W jednej chwili zostali szczelnie otoczeni siatką o kilkucentymetrowych oczkach. Ta, tworząca ściany, połączyła się z sufitem i tą, która biegła między pniami pod ich stopami. Tłum ludzi zastygł w oczekiwaniu. Stali ciasno, lecz nie stykali się. Tu również panowała zasada, że podczas burzy bliskość jest niewskazana, groźna.

– To ma nas ochronić? – wyraził zdumienie Marki. Przyszli tu jako jedni z ostatnich, stali więc na skraju podestu. Chłopak wyciągnął rękę ku lnianym zwojom. – Przecież to tylko...

– Nie dotykaj! – Kasztan uderzył go zdecydowanie, choć niezbyt mocno w dłoń. – Nie wolno, to niebezpieczne!

– Dlaczego?

Po minie tubylca zrozumiał, że nie uzyska odpowiedzi. Rozejrzał się dokoła. Dopiero teraz dostrzegł, że praktycznie wszyscy zebrani byli uzbrojeni. Strażnicy ściskali włócznie, z którymi zastała ich burza, a pozostali mieszkańcy wioski trzymali w dłoniach noże.

– Po co broń? – dociekał.

Żołądź cicho chrząknął.

– Siatka nie zapewnia pełnego bezpieczeństwa. Ponoć kiedyś tak było, lecz tamte czasy dawno minęły. Mamy ze sobą broń, by w razie czego... By gdyby...

– Ktoś ucierpiał – podsunął Szymon.

Tubylec skinął głową.

– Gdyby kogoś dosięgła zemsta. Wtedy należy bezzwłocznie skrócić jego męki.

Marki pomyślał o swoim psie. Kiedy Kła dosięgło wyładowanie, również musiał zrobić to, co konieczne. Nie było to ani proste, ani przyjemne. Ale nikt nie pozostawił mu wyboru. Nie chciał nawet wyobrażać sobie, co czuje ktoś, kto musi skrócić cierpienia bliskiej mu osoby.

– Wtedy ktoś z rodziny... – szepnął.

– Nie – zaprzeczył Kasztan. – Trzeba to robić jak najszybciej, pewnie i bez wahania. Wszyscy się tu dobrze znamy, jednak najlepiej, jeśli dzieła dokona ktoś możliwie najmniej zaangażowany. To miłosierdzie dla porażonego i dla jego bliskich.

– Dlaczego siatka? – wtrącił Wiarołomca. – W naszym świecie schodzimy pod ziemię, do jak najgłębszych piwnic. Panuje opinia, że jedynie solidna warstwa ziemi lub skały nad głową zapewnia jako taką ochronę.

– Jest pamiątką czasów, gdy Ojciec Orłów walczył z Prastarym Żółwiem. To właśnie dzięki siatce udało mu się pochwycić, a potem obrócić w kamień odwiecznego wroga. Nie unicestwił go jednak całkowicie. Z krwi Prastarego powstały Demony, a jego oddech krąży po świecie, wywołując Czas Zemsty. Bronimy się przed nim tak, jak nauczył nas Ojciec Orłów.

Szymon popadł w zadumę. Może próbował z legendy odzyskać ziarno prawdy, wokół której narosła. Zdaniem Markiego daremny trud. Opowiastka była zwykłą bajduchą. „Gdyby wszystkie historyjki o bogach były prawdziwe, tej nadprzyrodzonej hałastry byłoby niemalże tyle, co ludzi" – przywołał z pamięci głos ojca.

– Wasz Ojciec Ptaków powinien wam wskazać lepsze rozwiązania – zauważył Drewal.

– Ojciec Orłów – poprawił go Kasztan.

– Nieważne, jak się zwał. Istotne, że ta marna konstrukcja z drewna i lin nie zapewnia najmniejszej bodaj ochrony. Kopcie jamy. Nawet w mojej osadzie, gdzie bliskość rzek nie pozwala zejść głęboko pod ziemię, takie kryjówki przynoszą nie najgorsze rezultaty.

Kasztan z Żołędziem spojrzeli po sobie.

– W Siatce kryli się nasi dziadowie, a wcześniej ich dziadowie. I tak było zawsze, aż do pierwszego pokolenia.

– I chroni was?!

– Czas Zemsty zbiera ponure żniwo – przyznał Żołądź. – Kiedyś było bezpieczniej, w dawnych czasach, gdy Ojciec Orłów pozostawił nam prawdziwą niebiańską sieć. Ale tamta wieki temu rozsypała się w proch. Ta, którą nasi przodkowie stworzyli w jej miejsce, nie jest tak doskonała.

Stojący najbliżej gestem wskazali, że powinni zakończyć rozmowę. Faktycznie, prócz nich wszyscy milczeli, a i odpowiedzi Żołędzia i Kasztana wydawały się wymuszone i pospieszne.

– Co się dzieje? – mimo to zapytał szeptem Marki.

– W Czasie Zemsty powtarzamy fragmenty Odwiecznej Opowieści – wyjaśnił cicho trzeci ze strażników. – Nie przeszkadzajcie.

– Nie będziemy – zapewnił Szymon, dając towarzyszom znak, by już się nie odzywali.

– Na początku był las – usłyszeli. Marki nie potrafił wyróżnić nikogo, kto zaczął. Wszystkie głosy rozbrzmiały w tym samym momencie. – Nieprzebyta puszcza, którą przemierzały zwierzęta, a wilk nie czynił krzywdy jeleniowi, a jastrząb nie zerkał chciwym okiem na zające. Wszystkie stworzenia żywiły się trawą i owocami, a ich postać była roślejsza niż dzisiaj. Knieje zamieszkiwały zające duże niczym wilki, wilki niczym łosie, a gdy nad wierzchołkami sięgających chmur drzew przelatywał sokół, cień jego skrzydeł zatapiał w mroku połacie lasu. Był to czas szczęśliwy, na zawsze już utracony.

Na moment wszyscy ucichli, jakby jednocześnie łapiąc oddech.

– Wśród leśnych braci mieszkali też ludzie, Jaś i Małgosia. Ich twarze były szczęśliwe, a serca czyste. Wędrowali poprzez puszczę w zgodzie z innymi, równymi im w prawie stworzeniami. A prawo było proste i jasne. Nie zetniesz drzewa żadnego z ogrodu mego i nie zabijesz żadnej istoty, pełzającej, chodzącej czy latającej.

Wymawiając ostatnie zdanie, mieszkańcy wioski wznieśli ręce.

– Przemierzali zatem lasy, zbierając jagody i owoce, grzejąc się słońcem i chłodząc w cieniu olbrzymich drzew. Cieszyli wiatrem i deszczem, kwieciem pod stopami i zimnym śniegiem. W owe dni nie było niczego złego i nic złego wydarzyć się nie mogło. Aż nadszedł czas spotkania. Jaś i Małgosia leżeli pośród traw i mchów, sycąc się wzajemną bliskością, gdy dobiegł ich głos. „Czy nie jest ci zimno, Jasiu?", zapytał. „Nie jest". „A czy chłód nie muska ci karku?". „To przyjemny chłód, daje orzeźwienie". „A czy deszcz nie siąpi na głowę?". „To miły deszcz, spływa po moim ciele, delikatnymi stróżkami". „Ale gdybyś wzniósł schronienie, mógłbyś udekorować je dla Małgosi kwiatami".

Słowa wypowiadane przez tłum nie były monotonne. Zdawało się, że naprawdę słychać ową bajkową rozmowę.

– „Pragnę kwiatów", powiedziała Małgosia, „Kocham je. Lecz czyż nie najpiękniej wyglądają na łące?". „Jeśli tam sycą twe oczy, będą równie sycić w schronieniu". „Schronienie? Czym ono jest, opowiedz nam o nim". Spomiędzy traw wyłonił się małż, Muszla. Uchylił żółtą skorupę, spoglądając na ludzi z zadowoleniem. „Schronienie to dom, tak jak ja mam dom, tak wy też możecie go posiadać. Możecie posiąść wszystko, bo waszym przeznaczeniem jest posiadanie", wyjaśnił. „A jak stworzyć dom?", chcieli wiedzieć, nie dostrzegając pułapki w słowach Muszli. „Zetnijcie te drzewa", wskazał, „i pozbawcie je kory. Schwytajcie zwierzęta, obłupcie ze skóry i oddzielcie mięso od kości. Z tego wszystkiego zbudujecie wasz dom".

Marki dostrzegł, że jedno ze stojących w pobliżu dzieci zaczyna płakać. Mniej więcej pięcioletnia dziewczynka. Wyraźnie doskonale znała opowieść i zaczynała się niepokoić tym, co wydarzy się za moment.

– „Nie wolno nam tego uczynić", opierał się Jaś. „Wtedy nigdy nie stworzycie domu, nie zyskacie tego, co tylko on może wam dać", kusił Muszla. Zachmurzyło się oblicze Jasia. Czyż nie żyli w pokoju ze światem i wszystkimi zamieszkującymi go istotami? Czyn, o którym mówił małż, zniszczyłby spokój. I cóż dostaliby w zamian? Dom, schronienie – zupełnie nieznaną im rzecz. „Odejdźmy stąd", zaproponowała Małgosia i chwyciła mocno rękę towarzysza. „Czemu się boicie? Czemu nie chcecie przekroczyć granicy, którą jesteście spętani? Czy nie ciekawi was, co jest za wzgórzem, czy nie pociąga niezbadane?", namawiał dalej Muszla, „Widzę przed sobą gatunek, który podejmuje wyzwania. I który pragnie posiadać. Czyżbym się pomylił?".

Po policzkach dziewczynki ciekły łzy. Mimo ciasnoty stojąca obok niej kobieta, zapewne matka, przyklękła, aby ją pocieszyć. Szybko puściła dziecko.

W czasie burz bliskość jest niebezpieczna.

– „Zróbmy to", odezwał się Jaś, „zróbmy to razem". „Dobrze", westchnęła Małgosia i nie opierała się dłużej. Za radą Muszli wykopali obszerny dół, a jego boki zabezpieczyli pniami ściętych przez siebie drzew. Najdłuższe i najmocniejsze pnie położyli nad dołem, tworząc dach. Lecz nadal zostało szerokie wejście, którym do środka wpadało światło i podmuchy, zwabili więc sarnę i chwyciwszy kamienie, roztrzaskali jej głowę.

Gdy leżała martwa, wykonanymi według wskazówek małża narzędziami obdarli ją ze skóry. „Oto mamy nasz dom!", zakrzyknęli radośnie. I żadne z nich nie zauważyło, że świat wokół się zmienił. Czegokolwiek dotknęli wilgotnymi od krwi rękoma, traciło uprzedni blask. Wiatr wzmógł się i po raz pierwszy chłostał im skórę, a deszcz nie orzeźwiał, lecz wywoływał zimne dreszcze. „Co się stało?", zapytała Małgosia. „Jest mi źle". „To dlatego, że jesteście nadzy", wyjaśnił Muszla. „Zdobądźcie więcej skór, a pokażę wam, jak przyszykować z nich ubrania". „Dotąd nie potrzebowaliśmy ubrań". „Nie mieliście też schronienia". Zawołali więc wilka i zająca, wiewiórkę i łanię. A gdy wreszcie odziali się, zawołali Muszlę i spytali, co powinni zrobić z tym, co zostało ze zwierząt. „Pożywcie się", nakazał. „Wyrwijcie serca i wątroby i wbijcie w nie zęby. Gryźcie i przełykajcie". Gdy się nasycili, zawołał ich ponownie. „A teraz pokażę wam inne rzeczy". I dał im naczynia i broń, nici i igły, ozdoby, meble i zabawki, a im wciąż było mało. Wreszcie orzekł: „Dałem wam wiele, ale najważniejszego z moich darów jeszcze nie dostrzegliście. To pragnienie. Od dziś nie wystarczy wam to, co macie, będziecie łaknąć więcej i zdobywać więcej i znów łaknąć, bo pragnienia waszego nic nie nasyci. I ruszycie posiąść świat, bez względu na cenę, choćby nawet miała być nią wasza zguba". I odszedł.

Dziewczynka przestała płakać, ale nie uspokoiła się zupełnie.

– Najedzeni i odziani Jaś i Małgosia poczuli senność. Schowali się więc w domu, na łożu z drzew, przykryci futrami braci zwierząt. I spali, aż obudził ich grom. Wybiegli na zewnątrz i dostrzegli Ojca Orłów. Przesłonił całe niebo, aż stało się sine. A uderzenia jego skrzydeł krzesały gromy. „Czemu wasze twarze stały się czerwone?", zagrzmiał. „Od słońca", odpowiedziała Małgosia. „Czym zakryliście swe ciała?" „Sitowiem", skłamał Jaś. Ojciec Orłów opadł na ziemię, a wraz z nim niebo. „Czyje to więc kości?", spytał. „Nie wiemy", odpowiedzieli razem. „Kto zakończył dostojne życie tak bliskich mi drzew?" „Nie mamy pojęcia".

Marki zerknął na dziewczynkę. Stała blada, przegryzając wargę do krwi. Bała się.

– „Więc to nie wy podnieśliście ręce na braci waszych?" Jaś i Małgosia poczuli gniew Ojca Orłów i już nie ośmielili się kłamać. Bali się jednak wyznać prawdę. Milczeli. „Mówcie!", nakazał. „Muszla podsunął nam tę myśl". Gniew Ojca Orłów sprowadził ciemność. „Muszla wypowiedział zło, ale to wy zamieniliście je w czyn. Wy powaliliście siostry swe drzewa, wy przerwaliście nić żywota braci swych zwierząt. I na co to wszystko?" „By zbudować dom", odpowiedział Jaś. „By odziać się", odparła Małgosia. „Zrobiliście to z małości i pustości waszej. Za czyny te przeklinam wasz ród po wieki. Odtąd nie zaznacie sytości bez przelania krwi braci waszych, nie zaznacie ciepła bez ścięcia pni sióstr waszych, bez oddania ich ciał płomieniom. Brodzić będziecie w grzechu i powtarzać go dzień po dniu, by przeżyć. Nie wstanie dzień i nie nadejdzie noc wolna od skazy. I tak się dziać będzie aż do skończenia świata. A za popełniony grzech dosięgnie was nie raz i nie dwa, a po stokroć Czas Zemsty".

Mieszkańcy wioski zamilkli. Zapanowała upiorna cisza. Dopiero po chwili Marki ośmielił się przerwać ją szeptem.

– Nie rozumiem – zwrócił się do Kasztana. – Więc Ojciec Orłów zesłał na was Czas Zemsty, czy podarował wam Sieć, by was chronić?

Wojownik zmieszał się.

– Jedno i drugie. Usłyszysz za moment.

– To nielogiczne.

Wiarołomca parsknął śmiechem. Widząc naganne spojrzenia, zasłonił usta dłonią.

– Od razu widać, że jesteś nieodrodnym synem Natabana, trzymanym z dala od wszelkich kapłanów i religii. Gdybyś poznał ich tyle co ja, wiedziałbyś, że wszyscy bogowie są wyjątkowo kapryśni i niezdecydowani. Wyznawcy Dawnego Boga wierzą, że ich wszystkowiedzący stwórca kilkakrotnie postanawiał zgładzić ludzi, a jednak zawsze w ostatniej chwili znajdował kogoś, kto mógłby powielać dawne błędy w nowych pokoleniach. Probabla rzuca kośćmi, by zobaczyć, co się stanie, choć zna przyszłość. Na poletku boskości aż roi się od niekonsekwencji.

– Ojciec Orłów jest inny – obruszył się Żołądź.

– Oczywiście.

Marki odwrócił się, szukając wzrokiem czegoś, co pozwoliłoby mu zmienić temat rozmowy. Podważanie wierzeń tubylców nie było najszczęśliwszym pomysłem.

– Tam chyba ktoś jest! – zawołał, mrużąc oczy, by lepiej dojrzeć odległą sylwetkę. Polanę, na której wznosiła się Siatka, z trzech stron otaczał szpaler wysokich drzew, w większości brzóz lub sosen. Na jednej z nich ktoś siedział. Wysoko w konarach. – Nie zebraliście wszystkich!

– Gdzie? – Kasztan przysłonił dłonią oślepiające go promienie wschodzącego słońca.

– Na tamtym drzewie! O, tam jest ktoś następny!

– Oni już nie potrzebują ochrony przed Czasem Zemsty.

– Zostali przepędzeni z wioski? – drążył Marki.

– Niczego już nie potrzebują.

– Nie rozumiem.
– To zwłoki – powiedział Szymon, szybciej odgadując to, czego wojownicy nie chcieli powiedzieć wprost.
– Przodkowie – zgodził się trzeci strażnik, lekko pochylając głowę, jakby oddając im pokłon. – Oni też nas strzegą.
Chłopak dopchnął się bliżej plecionej siatki ograniczającej podest. Nie poprawiło to widoczności, postacie na drzewach nadal były małe i nie potrafił wypatrzeć szczegółów.
– Ale dlaczego wśród gałęzi?
– Co wy robicie ze zmarłymi? – spytał Kasztan.
– Oddajemy ziemi. Niektórzy, jak słyszałem, poświęcają też ciała płomieniom.
– Nasi zmarli również wracali do Matki Ziemi. To zmieniło się jednak wraz z Siemiradem Dalekowzrokim. Żył dawno temu, lecz znamy jego dzieje z opowieści, a tych jest wiele, a jedne barwniejsze od drugich. Tym, czym szczycił się Siemirad, to jak zapewne odgadliście z miana, był sokoli wzrok. Nie znalazł się nikt, kto mógłby mu dorównać. Lubił wspinać się na drzewa, na same wierzchołki, i stamtąd spoglądać na okolicę. Gdy zestarzał się i poczuł nadciągający kres, zażyczył sobie, by jego zwłoki umieścić na szczycie najwyższego drzewa w pobliżu wioski. Spełniono tę prośbę. Ciało przywiązano starannie linami i spoczywało pośród konarów długie lata, nim wreszcie rozsypało się na pojedyncze kości. Od tamtej pory wielu innych poszło w ślady Siemirada, aż ten rodzaj pochówku stał się popularniejszy od dawnego.
– I naprawdę wszystkich tak grzebiecie? – zadziwił się Drewal.
– Nie. Rzadko kiedy dzieci. Ich drobne ciała są zbyt łakomym i łatwym celem dla ptaków. Zwłoki doro-

słych tkwią na drzewach latami, dziecięce zbyt szybko znikają. Niewielu chce ryzykować, że szczątki syna czy córki zostaną rozwłóczone po okolicy.

Markiego na samą myśl przeszedł dreszcz.

– Czy wracając, możemy podejść bliżej? – zapytał.

Strażnicy wymienili spojrzenia,

– Trochę – zgodził się niechętnie Żołądź, przypominając im tym samym, że pozostają więźniami. Ich los nie został jeszcze przesądzony. Zgromadzenie nadal mogło uznać ich za Demony.

Deklamowanie fragmentów Kodeksu trwało. Kolejna opowieść już tak nie zaciekawiła Markiego. Również Drewal wyglądał na znudzonego. Wiarołomca za to pochłaniał każde słowo. Tubylcy przedstawiali historię o konflikcie Ojca Orłów z Prastarym Żółwiem i późniejszych zmaganiach, w których ludzie opowiedzieli się za ich niedawnym oprawcą. Ojciec Orłów pokonał ostatecznie wroga, a nagrodą dla potomków Jasia i Małgosi za stanięcie po słusznej stronie była Sieć, mająca ich chronić w Czasie Zemsty. Po tej opowieści powtórzone zostało jednogłośnie prawo zakazujące ścinania drzew i zabijania zwierząt bez wyraźnej konieczności. Każdy obalony pień i każde pozbawione życia stworzenie miało zostać uczczone krótką modlitwą: „Wybacz mi, bracie, grzech mój, nie ze złej woli go uczyniłem, nie z pychy i chęci posiadania, a z konieczności, by koło życia moje i moich bliskich dalej toczyć się mogło".

Idee wydawały się szlachetne i Marki ze wstydem pomyślał o wszystkich upolowanych przez siebie zającach i sarnach. Wiele z nich zabił, by zaspokoić głód, ale przecież nie wszystkie. Często kierowała nim radość płynąca z polowania, a mięso było tylko dodatkiem. Nie zmarnowało się, ale i nie po nie wyruszał do lasu. Tutejsi ludzie znacznie poważniej traktowali przyrodę. Była czymś, w czym żyli i z czym żyli, a nie tylko czymś, co pozwalało czerpać z siebie korzyści.

Opowieści trwały jeszcze długo i chłopak był pod wrażeniem sprawnej pamięci mieszkańców wioski. Mówili chórem, rzadko ktoś cichł na moment, by opuścić fragment, który wyleciał mu z głowy, a jeszcze rzadziej ktokolwiek się mylił. Dopiero po około trzech godzinach zabrzmiał dźwięk rogu. Pleciona siatka opadła na ostateczny znak, że Czas Zemsty dobiegł końca.

Przez czysty przypadek lub dlatego, że Sieć naprawdę zapewniała ochronę, nikt nie zginął.

Wnętrze tonęło w mroku. Skóry na wejściu zostały starannie zasłonięte, palenisko wygasło, a pociemniałe już niebo nie sączyło światła do środka.

– Ksawera! – Mimo mroku staruszka nie miała problemów z rozpoznaniem gościa. Zerwała się z łóżka. Poruszała się żwawo, choć z pomocą sękatej laski.

– Wzywałaś mnie.

– Prosiłam wszystkich Delagatów, jak się ładnie mianowaliście.

– To odwieczna funkcja.

– I nie było nikogo innego niż ty?

– Może ja nadawałam się najbardziej?

Matka Matek nie odpowiedziała.

– Na pewno najtrudniej cię znaleźć – staruszka odezwała się dopiero, gdy ponownie znalazła się na łóżku. – Dlaczego mnie nie powiadomiłaś?

– O czym?

– Wiesz dobrze, nie udawaj, dzieciaku.

– Chodzi ci o Demony?

– Jak słyszałam, macie dopiero rozpoznać ich naturę. Chyba że moja stara głowa jest bardziej robaczywa, niż mi się wydaje.

– Sama nazwałaś przybyszy Demonami!

– Kiedy?

– Gdy przewidziałaś ich pojawienie się.

Matka Matek pokiwała głową.

– Moja robaczywa głowa albo twoje robaczywe uszy – mruknęła bardziej do siebie niż do Ksawery. – Choć, dzieciaku, sądzę, że najbardziej twoje robaczywe serce. Nigdy nie twierdziłam, że wiem, co nadchodzi. Nie mogłam więc nazwać ich Demonami. Ale dla ciebie to przecież nie ma znaczenia. Zaprzecz, jeśli się mylę. Ty łakniesz krwi. Tego potrzebujesz! Dlaczego nie rozerwałaś na strzępy kogoś ze wsi? To dałoby tyle samo. Takie samo ukojenie.

– Oni są Demonami!

– Jak ty i ja, dziecko. No więc, dlaczego mnie nie powiadomiłaś?

– Ostatnie dwa dni bredziłaś, wędrowałaś przez swoje światy. Poza tym masz Stojana.

– Gałgana już porządnie obsztorcowałam. Teraz kolej na ciebie. Co przypomina mi pytanie sprzed księżyca. Nadal nie chcesz go za męża?

– Skończyłyśmy?

Staruszka zaśmiała się sucho.

– Dobrze, że jeszcze pamiętasz, że Matkę Matek należy szanować, ale tak, uciekaj. Jeśli jeszcze niczego nie zrozumiałaś, nic tego nie zmieni. Zmykaj. Idź, szukaj swoich Demonów, ostatnio widzisz je wszędzie.

Oczekiwanie na Sąd w Chacie Odosobnienia zdało się jeńcom nieskończenie długie. Na pewno odpoczęli i dobrze się najedli, ale męczyła ich bezczynność. Z wyjątkiem wczorajszej burzy nie pozwalano im opuszczać ziemianki. Wychodzili jedynie za potrzebą, wyłącznie pojedynczo i zawsze pod czujnym okiem uzbrojonego wartownika. Dwóch innych wojowników pozostawało przy ziemiance. Czujność strażników wcale nie słabła, choć w miarę upływu czasu ich nastawienie zdawało się nieco ocieplać. Zapewne za sprawą Renet. Ona i Janki w dużym stopniu zdołali narzucić pozostałym mieszkańcom wioski swój punkt widzenia. Ich syn wyraźnie zdrowiał. Wiarołomca dał im wszystkie trzy tabletki, nakazując rodzicom malca coraz bardziej wydłużać odstępy między kolejnymi dawkami lekarstwa. Bał się, że lekarstwo się skończy i nawrót choroby przekreśli szanse chłopca. Na nic takiego się jednak nie zanosiło. Syn Renet był słaby, ale przytomny, a trawiąca go gorączka minęła. Kaszlał coraz rzadziej, a gdy pojawiał się atak, już nie wydawał się wydzierać płuc z drobnego ciałka.

Delegaci zaglądali do nich często, lecz wizyty rzadko były dłuższe niż kilka, kilkanaście minut. Zazwyczaj przychodzili wszyscy, choć zdarzało się, że odwiedzali ich dwójkami bądź trójkami. Pytania, jakie zadawali, były niemal niezmienne. Kim są jeńcy, skąd pochodzą, jak się tu dostali. Każde z nich padało wielokrotnie, jakby tubylcy spodziewali się, że wreszcie uda im się wyłapać w opowieściach przybyszy sprzeczności świadczące, że cała historia jest wymysłem. Nic takiego jednak się nie zdarzyło. Wędrowcy odpowiadali szczerze, choć do minimum ograniczali szczegóły. Bali się, że opisy poznanych światów, a zwłaszcza Państwa rządzonego przez Świętą Armię Podwójnej Trójcy, wydadzą się mieszkańcom wioski z głębi puszczy nazbyt skomplikowane, wręcz demoniczne. Poza tym jak mogli opisywać wielkie, buchające parą lokomotywy, gdy sami ledwie pojmowali zasadę ich działania? Jak wyjaśnić, że sposób działania proszków, które ratowały syna Jankiego i Renet, jak też metoda ich produkcji jest im równie obca? Z drugiej strony musieli wreszcie zdradzić, że dostali się tu balonem. Tego nie mogli ukryć. Brak wyjaśnienia, skąd i w jaki sposób przywędrowali, rzucał na nich cień podejrzeń.

Demony były dla miejscowych istotami jeśli nie zupełnie, to przynajmniej na wpół nadprzyrodzonymi. Z opowieści wynikało, że można je zabić, lecz pozostałe cechy zdawały się pochodzić wprost z bajek. Stwory pojawiały się znikąd i równie tajemniczo znikały, porywając ze sobą małe, kilkuletnie dzieci, by gdzieś w otchłaniach, w których się kryły, pożreć je żywcem i na surowo. Przypisywano im dar sprowadzania chorób i nieszczęść. Przypominały ludzi, ale stanowiły raczej ich karykaturę. Choć Delegatów trudno było pociągnąć za język, trójce więźniów udało się wywnioskować, że wiązano z nimi miejsce tajemniczo nazywane Kamiennym Ołtarzem. Tam ponoć można było spotkać je najczęściej, choć z żyjących, prócz Ksawery, widział je tylko jeden starzec, z którym nie sposób było się porozumieć, bo minione lata zamąciły mu w głowie.

Nie umieli ocenić, na ile przekonali tubylców, że nie są podstępnymi stworami. Kamienne twarze Lisa, Wilka i Borsuka niewiele zdradzały, a z oblicza Ksawery nie dało się wyczytać absolutnie nic.

Czwartego dnia, skoro świt, Delegaci podeszli pod Chatę Odosobnienia, by zabrać jeńców na Sąd. Wilk, Lis, Borsuk i Ksawera tym razem nie weszli do środka ziemianki. Odsłonili skóry, dając znać więźniom, by poszli z nimi.

– Liczyłem, że najpierw dacie nam coś do jedzenia – mruknął Drewal, gdy wyszedł na zewnątrz.

– Wkrótce przestanie wam doskwierać głód – odparł Wilk. – Czeka was uczta albo... – nie dokończył. Nie musiał, wiedzieli, co zamierzał przekazać.

Zaprowadzono ich na oddaloną kilkadziesiąt metrów od wioski polanę. Przypominała nieco wielki lej o łagodnie opadających zboczach i poziomym dnie, na którego środku płonęło ognisko. Spora część mieszkańców już się zebrała. Zajmowali miejsce na stokach, tak że doskonale widzieli ustawionych przy ogniu więźniów oraz Delegatów. Większość tubylców siadała po prostu na trawie, choć niektórzy przynosili skóry lub pniaki zastępujące stołki. Wśród zebranych Marki dostrzegł Renet. Przycupnęła obok męża, który dziś najwyraźniej nie pełnił straży, a obok nich, na stosie futer kucał ich syn. Był wciąż blady, ale nie sprawiał już wrażenia chorego. Raczej osłabionego.

Renet uśmiechnęła się i pomachała ręką. Gdyby to ona miała decydować, byliby bezpieczni. Jednak liczyło się zdanie całej osady. Wszystkich mieszkańców, którzy osiągnęli szesnaście lat. Jeśli nie uda im się osiągnąć jednomyślności, zdecyduje głosowanie. Lis wytłumaczył im zasady. Każdy z posiadających prawo głosu dostanie dwa żołędzie. Zwykły i zabarwiony ochrą. W ich przypadku zwykły oznaczał życie, czerwony śmierć. Gdy nadejdzie chwila podjęcia decyzji, mieszkańcy wrzucą jeden z żołędzi do skórzanego worka bądź kosza. Potem głosy zostaną zliczone, a wola większości ogłoszona.

Marki żywił nadzieję, że nie dojdzie do głosowania, jednak rozsądek podpowiadał, że próżno się łudzi. Nie wszyscy byli gotowi im zaufać. Renet przeciągnęła wielu mieszkańców na stronę przybyszów, było jednak nadal sporo takich, którzy widzieli w nich Demony. Można to było dojrzeć w spojrzeniach i zaciętych w mieszaninie złości i strachu minach. Jednak ci jawnie wrogo usposobieni stanowili zdecydowaną mniejszość, większość czekała na Sąd, nie potrafiąc bądź nie chcąc wyrobić sobie zdania. Mąż Renet poprzedniego wieczora zakreślił więźniom zarys sytuacji. Choć jego żona zdołała przekonać wielu, byli i tacy, którzy w pomocy udzielonej chłopcu widzieli wyłącznie podstępną sztuczkę i głośno nawoływali do zgładzenia potworów. Na szczęście raczej nie zjednywali posłuchu.

Minął dłuższy czas, nim wreszcie polana się zapełniła. Stojący tuż przy Delegatach mężczyzna w stroju ze skór jelenia zadął trzykrotnie w krótki róg. Marki z fascynacją wsłuchiwał się w głos instrumentu. W ich Strefie nie było niczego podobnego. Owszem, znał drewniane piszczałki i flety, lecz te wydawały zupełnie odmienne dźwięki. Podczas Czasu Zemsty słyszał ten instrument, ale dopiero teraz mógł mu się dokładnie przyjrzeć.

Każdy ryk rogu oddzielała kilkuminutowa przerwa. Zjawiali się ostatni spóźnialscy. Wszyscy wstali. Delegaci unieśli ręce.

– Jak pień drzewa proste niech będą moje słowa, jak błękit nieba przejrzyste i szczere. Przysięgam, że nie skłamię i prawdy nie zataję, choćby cień na mą twarz rzucała. W sądzie mym kierować się będę sprawiedliwością, nie sercem ani złością. Przysięgam po trzykroć na prawa nasze i naszych przodków – jednogłośnie wyrecytowali.

Zebrani uroczyście powtórzyli ostatnie zdanie.

Gdy zapadła cisza, jeden ze starców wzniósł ręce i powiedział:

– Prawo wymaga, byśmy wyłonili Oskarżycieli i Obrońców. Zgodnie ze zwyczajami każdy z tu obecnych może zgłosić się do tej roli, jednakże ta sprawa jest szczególna. Chciałbym, by obie funkcje przejęli Delegaci. Niech wyłonią skład między sobą.

Starzec opuścił ręce na znak, że skończył przemawiać. Popatrzył wkoło, czy nikt nie zabiera głosu. Tłum milczał, wyrażając znak aprobaty. Tubylec odczekał jeszcze minutę i ponownie zabrał głos:

– Kto przyjmie rolę Obrońcy?

Delegaci spojrzeli po sobie. Pierwsza krok do przodu wystąpiła Ksawera.

– Niech mnie wolno będzie pełnić ten honor.

Starzec spojrzał na nią przenikliwie.

– Demony zabrały ci jedyne dziecko, czy twoje intencje są czyste? Czy przysięgasz, że sumiennie wypełnisz obowiązki?

– Tak, Ojcze Ojców.

Wśród zebranych rozległ się szmer. To jednoznaczne opowiedzenie się Ksawery za więźniami wielu zaskoczyło. Wydawało się znakiem, że kobieta uważa przybyszów za ludzi. Wszystko jednak, co do tej pory zrobiła, temu przeczyło. Wiarołomca niemal niezauważalnie pokręcił z niezadowoleniem głową. Wietrzył podstęp.

– I ja wesprę ją pomocą – oświadczył Borsuk, stając obok Ksawery.

– Czy któreś z was chce do nich dołączyć? – starzec zwrócił się do pozostałych Delegatów.

Wilk wzniósł ręce.

– Przyjmę honor bycia Oskarżającym – oznajmił.

Lis poczuł na sobie ciężar spojrzenia zebranych.

– Moje serce się waha – przyznał. – Sprawiedliwość wymaga jednak, by oskarżenie i obrona cechowały równe siły. Pomogę zatem Wilkowi.

Ojciec Ojców pokiwał głową z uznaniem.

– Doskonale, zatem role zostały przydzielone. Czy ktoś jeszcze chce zabrać głos w tej sprawie?

Nikt się nie zgłosił. Co prawda Marki odniósł wrażenie, że Renet zamierzała wstać i coś powiedzieć, lecz mąż położył dłoń na jej ramieniu i szepnął coś do ucha. Odpowiedziała mu słabym uśmiechem, potem mocniej przytuliła syna. „Jej słowa nie mają tej siły co zdrowie dziecka" – zrozumiał Marki. Raz jeszcze podziękował w duchu za roztropność Wiarołomcy. Gdyby nie zabrał z obozu w Rudzie proszków, ich sytuacja byłaby o wiele gorsza.

– Wobec tego zacznijmy. – Starzec skinął trzęsącą się dłonią. – O co oskarżeni są ci... – nie dokończył, nie mogąc znaleźć odpowiedniego słowa. Wskazał więźniów.

Lis i Wilk spojrzeli po sobie. Lis ustąpił na bok, przepuszczając towarzysza i dając tym samym znak, by to on zaczął przemowę.

– Zebrani! – zakrzyknął Wilk. – Powtórzę to, co wszyscy wiecie. Księżyc temu Ojciec Ojców zarządził Czas Polowań. Gdy zakończyliśmy przygotowania, wyruszyliśmy na łowy. Byliśmy jedną z kilku grup rozesłanych, by zapewnić wiosce zapasy mięsa. Większość już wróciła, inni zapewne powrócą wkrótce, ale my nie wypełniliśmy powierzonego nam zadania. A w każdym razie nie wypełniliśmy go w należytym stopniu. Wybaczycie nam to jednak, jak mniemam, gdyż do chłodnych miesięcy pozostało jeszcze sporo czasu, zdążymy uzupełnić zapasy, a to, na co się natknęliśmy, może okazać się ważniejsze niż kilka upolowanych jeleni, zajęcy, a nawet łoś. Naszym znaleziskiem są oni. Trzy istoty hałaśliwie przedzierające się przez puszczę.

Przy ostatnim zdaniu Wiarołomca się skrzywił. Gdyby nie powaga sytuacji, Marki parsknąłby śmiechem. Szymona bardziej niż oskarżenie, że jest Demonem, drażnił zarzut, że nie potrafi cicho poruszać się po lesie. W ich Strefie uważany był za jednego z najlepszych tropicieli. Tutaj, mimo że nie stracił nic ze swoich umiejętności, zdawał się nieporadny jak dziecko. On tylko przemierzał lasy, tubylcy się w nich rodzili, rośli i umierali.

Wilk po wskazaniu jeńców zrobił krótką pauzę. Oczy zebranych spoczęły na oskarżonych.

– Powiecie, że wyglądają jak ludzie? – kontynuował. – Tak, wyglądają. Czy jednak są ludźmi? A może tylko przybrali tę postać, by nas zmylić, by oszukać i zyskać nasze zaufanie? Kto wie, jakie okropieństwa planują? Jak zamierzają nas wykorzystać?

Borsuk uniósł ręce.

– To tylko domysły i przypuszczenia – zaprotestował. – Przysięgaliśmy osądzić ich sprawiedliwie. Trzymajmy się rzeczy, które są pewne.

– A cóż pewnego jest w przybyszach? Zjawili się tu, to jedyny niepodważalny fakt.

– Po to się zebraliśmy i po to trzy dni temu obrano nas Delegatami, byśmy dowiedzieli się więcej.

– I co osiągnęliśmy? – spytał kpiąco Wilk. – Nakarmili nas bajeczkami, których w żaden sposób nie możemy sprawdzić. Opowiadali o światach, które zapewne nie istnieją. O rzeczach, które nie mogły się wydarzyć. Mamy tak po prostu uwierzyć? To chyba pora, by Zgromadzenie usłyszało historię, którą dotąd poznaliśmy jedynie my czworo.

Wilk wiernie przytoczył opowieść, którą wcześniej przedstawiła mu trójka jeńców. Pamiętał o wszelkich szczegółach, miejscami Marki odnosił wrażenie, że przytacza całe zdania dokładnie w takiej formie, w jakiej wypowiedział je Wiarołomca, Drewal czy wreszcie on sam. Gdy skończył, jeszcze przez krótką chwilę panowała cisza. Wreszcie przemówił Borsuk:

– To przedziwna historia – zaczął. – Wybiegała daleko poza świat, jaki znamy. To właśnie jest solą w oku mego brata. Lecz czy tylko dlatego mamy ją odrzucić? Skąd możemy czerpać pewność, co kryje się po drugiej stronie Wielkiego Pęcherza? Czy rzeczywiście nasz jest jedyny? Czy poza Błoną nie może kryć się następny, a za nim kolejny i kolejny, dlaczego odrzucamy możliwość, że jest ich tyle, ile gwiazd na niebie?

Lis uniósł ręce. Ponownie zrobiło się cicho.

– Zgadzam się, że to możliwe – oznajmił – lecz czemu mieszkańcy owych światów, tych niezliczonych Pęcherzy, które są jak nasz, nigdy wcześniej tu nie przybyli? Przy liczbie światów, której nie sposób zliczyć, powinniśmy spotykać ich dziesiątkami, powinni zapełnić nasz świat. Więc gdzie oni są?

– Gdzie? – Borsuk zaśmiał się cicho. – Stoją przed wami!

Kilka osób mu zawtórowało, kilka kolejnych zaczęło protestować. Zrobił się szum.

– To odpowiedź zagadką na postawione pytanie – zaprotestował Wilk. – Odpowiedź, która niczego nie wyjaśnia. Mamy po prostu uwierzyć? Zaakceptować? Dziś to przybysze z innych światów? Co jutro? Latające łosie?

Żart rozbawił wielu. Zdaniem Markiego zbyt wielu.

– Jesteśmy ludźmi, jak wy! – krzyknął.

Ucichło.

– Udowodnij! – wycedził Wilk.

– Choćbyś rozpruł go i wyciągnął wnętrzności, nie uwierzysz. Utopisz się w jusze, a wciąż będziesz szukał dowodu. – Borsuk z rezygnacją pokręcił głową.

– Bo lepiej uwierzyć w nierealne zapewnienia, by potem patrzeć na łzy matek i ojców, gdy...

– Gdy? – podchwycił Borsuk.

– Gdy urzeczywistnią wreszcie swój plan.

– Czyli? – Borsuk nie dawał za wygraną.

– Porwą wszystkie dzieci z wioski!

Marki w duchu podziękował losowi, że otaczają ich uzbrojeni strażnicy. W tej chwili już nie pilnowali, by więźniowie nie uciekli, lecz by co bardziej krewcy mieszkańcy osady nie rzucili się na jeńców. Kilku wzburzonych tubylców przepychało się ku ognisku. Wartownicy odpędzili ich włóczniami.

Powstał rwetes. W plątaninie okrzyków trudno było cokolwiek zrozumieć. Dopiero gdy Wilk uniósł ręce, wrzawa stopniowo ucichła.

– Spokój! – warknął. – Jesteście w miejscu zgromadzeń! Muszę wam przypominać, jakie zasady tu obowiązują?!

Nagana i to z ust przeciwnika trójki przybyszów poskutkowała. Zawstydzeni awanturnicy wrócili na swoje miejsca.

– Nie potrzebujemy rozrób – ciągnął mężczyzna. – Przyświeca nam dobro osady i jej mieszkańców. To nasz obowiązek. W tym celu się zgromadziliśmy, a kierując się nim, podejmiemy dzisiejszą decyzję.

Ojciec Ojców pokiwał głową z uznaniem. Ponownie zapadła cisza, słychać było leniwie szeleszczące korony drzew. Nad puszczą wzmagał się wiatr, lecz tu, do zagłębienia, podmuchy nie docierały.

– Przybysze są zbyt niebezpieczni, byśmy mogli pozwolić im odejść – Wilk zabrał głos po raz kolejny.

– Są niebezpieczni jedynie w twojej głowie – obruszył się Borsuk.

Lis wniósł ręce.

– Mnie też nurtują wątpliwości – przyznał. – Jako Oskarżyciel powinienem być przekonany o racji sprawy, za którą obstaję, ale przyznaję, nie jestem. – Poczekał, aż głosy zebranych ucichną. – Lecz czy wolno nam ryzykować? Odpowiedzialności nikt nie zdejmie z naszych ramion. Uznając ich Demonami, być może zgasimy trzy ludzkie istnienia. Uznając ich ludźmi, ryzykujemy sprowadzenie nieszczęścia na niejedną rodzinę, może na całą osadę. Oto wybór, przed którym nas dziś postawiono. Chcecie zaryzykować? Zamierzacie brać na wasze sumienia ewentualne ofiary? Przemyślcie to, wybierzcie mniejsze zło.

Wielu, dotąd wyraźnie sprzyjających jeńcom, spuściło głowy. Renet wstała, ale pociągnięta za rękę przez Jankiego ponownie usiadła. Marki popatrzył po twarzach Delegatów. Na dłużej zatrzymał się na Ksawerze. Kobieta, wyznaczona do roli obrońcy, nawet nie zabrała głosu.

Zrobiła to specjalnie, by nam zaszkodzić.

Ledwie ta myśl przemknęła mu przez głowę, Ksawera dała znać, że chce przemawiać.

– Bracia i siostry – zaczęła. Mówiła cicho, lecz z każdym słowem jej głos nabierał siły. – Usłyszeliśmy tu o obowiązku, o odpowiedzialności, poproszono nas, byśmy wybrali mniejsze zło. Nic, a w każdym razie niewiele, wspomniano o prawdzie. A czy to nie dla niej zwołaliśmy Zgromadzenie? Czy nie ona jest najważniejsza? Stając w obliczu wyboru, życie czy prawda, na co byśmy wskazali? Odpowiedzcie sobie na to pytanie, zanim podejmiecie się w swej zuchwałości decydować o losie tej trójki. Czy tchórzliwie poderżniemy im gardła, ot tak, na wszelki wypadek? A może jednak jesteśmy winni podjąć trud ustalenia, kim lub czym są? Nie, nie im winni, winni sobie, naszym dzieciom, naszym spokojnym snom!

– Jak zamierzasz tego dokonać? – spytał Lis.

– To niemożliwe! – krzyknął ktoś z tłumu.

– Nie potraficie, bo patrzycie oczami! Też tak do niedawna patrzyłam i zaślepiała mnie nienawiść i pragnienie zemsty. Jeszcze wczoraj bez wahania wydrapałabym im oczy. Byłam nawet gotowa to zrobić wbrew naszym świętym zasadom. Ale... – głos jej osłabł. Zaczęła mówić znacznie ciszej: – Ale w nocy przyszedł do mnie Kochan. We śnie, lecz wierzę, że wprost z krainy przodków. Był smutny. Spytał, dlaczego sprzeniewierzam się temu, co próbowałam mu wpoić od kołyski? Dlaczego nie patrzę sercem? Teraz ja zapytam o to was! Dlaczego nie patrzycie sercem? Otwórzcie je, może wtedy wszystko stanie się prostsze.

– Jak niby mamy to zrobić, kobieto? – spytał Wilk. Wydawał się zaskoczony, ale i zły.

Ksawera przymknęła powieki.

– Za radą syna nie patrzę na ich twarze ani na słowa. Widzę jedynie uczynki.

– A jeśli te uczynki mają nas zmylić? – przerwał ostro.

– A jeśli twe słowa mają nas oszukać? – odparowała.

– Coś mi zarzucasz?!

– Czy to prawda, że mężczyzna bez włosów przystawił ci ostrze do gardła, a potem obalił cię na ziemię?

Wilk dłuższą chwilę nie odpowiadał.

– Tak – wykrztusił wreszcie. – Podczas pierwszego spotkania.

– Zaskoczył cię pojmany już wróg?

– Tak – przyznał niechętnie.

– Czy dlatego pragniesz jego śmierci?

Mężczyzna poczerwieniał.

– Atakujesz mnie, a to oni stoją przez sądem!

– Atakuję twoje pragnienie zmazania wstydliwej wpadki. Nie wiem, kim są przybysze. Czuję jednak, że są czyści. Niezależnie, czy przywędrowali tu z dalekiej krainy za Błoną, czy z Zaświatów, nie spotkało nas z ich strony nic złego. Przeciwnie, uratowali dziecko. Renet, wstań i pokaż syna! – Renet natychmiast wypełniła polecenie. Pociągnęła za ramię chłopczyka. Był blady i wyraźnie stremowany. – Widzę, co im zawdzięczamy. To właśnie jest moja prawda.

– A jeśli to tylko oszustwo?! – zawołał ze złością Wilk.

– Moje oczy nie widzą przyszłości. A serce zwykło odpłacać jedynie za to, co się już wydarzyło, nie za to, co wydarzyć się może.

– Zapomniałaś już o synku?

Oblicze kobiety pociemniało.

– Kochana zabrał Demon! I przysięgam na wieczną pamięć o nim i na dusze wszystkich, których kiedykolwiek kochałam i będę kochać, że nigdy o nim nie zapomnę. Lecz nie oślepłam... – urwała gwałtownie. – A może inaczej, oślepłam, jednak w porę odzyskałam wzrok, by nie popełnić grzechu wymierzenia sprawiedliwości na ślepo. Ci mężczyźni w niczym nie zawinili, niczego takiego nie znajduję.

– Bo to się dopiero stanie – mruknął Wilk, ale na tyle cicho, że mogli usłyszeć go jedynie najbliżej siedzący. Cofnął się o krok, jakby na znak, że zakończył dyskusję.

Wiarołomca lekko skinął głową Ksawerze. Przewodniczący Zgromadzeniu starzec podniósł się ze swojego miejsca.

– Czy Obrońcy lub Oskarżyciele chcą jeszcze coś dodać?

Czwórka Delegatów zaprzeczyła.

– Wobec tego głos ma Zgromadzenie. Kto chciałby zadać pytanie sądzonym?

Pierwsza ręce uniosła Renet.

– Chciałabym... nie, muszę wiedzieć. Dlaczego pomogliście mojemu dziecku?

Marki spojrzał na Szymona. Uważał, że to on powinien odpowiedzieć na to pytanie. Wiarołomca zmieszał się. Marki nie po raz pierwszy zauważył, że Szymon nie potrafi mówić o głębszych uczuciach. Gdyby chodziło o strach, przyznałby się bez mrugnięcia okiem, troskę zaś mógł okazać, lecz właściwe słowa nie przechodziły mu przez gardło.

– Bo to dziecko – wydusił wreszcie. – Mała niewinna istota. – Podniósł głowę. – Czy moglibyście spojrzeć w oczy własnemu odbiciu w tafli wody, gdybyście pozostali obojętni w sytuacji, gdy czyjś los zależy wyłącznie od was?

Mąż Renet wziął na ręce syna i wzniósł go wysoko ponad głowę. Malec, odrobinę wystraszony, chwycił go mocno za włosy.

– Czy ta odpowiedź cię zadowala? – spytał Renet Ojciec Ojców.

– W pełni.

– Kto jeszcze chciałby zadać pytanie?

Chętnych było wielu. Pytania dotyczyły głównie świata, z którego pochodzili jeńcy, oraz sposobu, w jaki się tu dostali. Choć Wilk dokładnie powtórzył wersję, którą przedstawili na spotkaniach z Delegatami, niektóre kwestie – jak na przykład lot balonem – musieli objaśniać wielokrotnie. Im dłużej jednak opowiadali, tym ogólna atmosfera stawała się mniej napięta. Wydawać się mogło, że zebrani zjawili się jedynie posłuchać historii trójki przybyszów. Coraz częściej rozlegały się śmiechy i wesołe krzyki komentujące opisywane wydarzenia. Wreszcie pula pytań wyczerpała się.

Starzec ponownie wstał.

– Nadeszła chwila – oznajmił – by zdecydować o losie sądzonych. Każdy z obecnych otrzymał dwa żołędzie. Zielony oznacza wolność, czerwony – śmierć. W waszych rękach jest rzeka życia przybyszy. Miejcie to na uwadze, oddając głos.

Pojawił się młody chłopak z koszem. Wyplecione z wikliny naczynie wzniósł ponad głowę i obrócił, pokazując wszystkim, że jest puste. Zaczął krążyć wśród zebranych, zataczając coraz większe kręgi, coraz dalej od centralnego ogniska. Wreszcie głos oddali wszyscy prócz starca i Delegatów.

– A wy? – Marki zwrócił się do Ksawery.

– Pełniący funkcję nie decydują – wyjaśniła kobieta. – Ojciec Ojców i my służyliśmy radą zebranym, ale to oni was osądzą.

– Ojciec Ojców? To chyba nie imię, ukrywacie imiona.

– Funkcja. To najstarszy mieszkaniec wioski. Nazywamy go Ojcem.

– Więc przewodzi osadzie.

– Nie, jedynie pomaga, doradza. Jego słowa są ważne, nawet bardzo ważne, ale nie decyduje. Jest też Matka, widzieliście ją podczas Czasu Zemsty. Niestety zdrowie nie pozwoliło jej uczestniczyć w Zgromadzeniu. Ale jeszcze wczoraj... jeszcze wczoraj was broniła.

– Przecież zaledwie poznała nasze imiona.

– Widocznie nie potrzebowała więcej. Odkryła prawdę, patrząc w swoją czerń. Trudno ją zrozumieć. Od dawna niedomaga, a dziś rano, po krótkim czasie, gdy wróciła do nas głową, ponownie poczuła się gorzej. Nic jednak nie może zwolnić jej z funkcji. Dopiero po śmierci ktoś inny przejmie tytuł i wiążące się z nim obowiązki i przywileje.

Chłopak z koszem wrócił do Delegatów. Naczynie było do połowy pełne. Markiemu wystarczył rzut oka, by stwierdzić, że niewiele w nim czerwieni. Wilkowi nie udało się przekonać współplemieńców, choć przed przemową Ksawery był tego bliski.

Koszyk ustawiono przy ogniu. Lis wyjął ze środka czerwonego żołędzia, a Borsuk zielonego. Obaj unieśli je wysoko, po czym cisnęli w płomienie. Po chwili to samo zrobili Wilk i Ksawera. Na zmianę Obrońca z Oskarżycielem schylali się po kolejne przypisane im żołędzie, by wrzucić je w ognisko. Trwało to tak długo, aż Lis, którego kolej właśnie przypadła, nie potrafił wygrzebać zabarwionego ochrą owocu.

Pokazał zebranym pustą dłoń.

Ojciec Ojców uciszył wszystkich.

– Sąd uznał przybyszy niewinnymi – oznajmił uroczyście.

Renet podskoczyła, śmiejąc się. Nie ona jedna okazywała radość. Drewal położył dłoń na ramieniu Wiarołomcy.

– Ratując dzieciaka, uratowałeś nam życie – powiedział cicho.

– Dobre uczynki nie pozostają bez echa – skwitował Szymon. – Zamierzał coś jeszcze dodać, ale wokół zaroiło się od ludzi. Niektórzy im gratulowali, inni tylko przepychali się bliżej. Przez tłum z trudem przedostała się Renet z mężem i synem.

– Zostaliście oczyszczeni! – Złapała Wiarołomcę za rękę. – Wiedziałam, że tak będzie.

Obok znalazła się także Ksawera.

– Lepiej ich nakarm – zaśmiała się. – Z pewnością umierają z głodu. Sąd się przeciągnął. – Stanęła przed Szymonem: – Przepraszam za wszystko, co zrobiłam, powiedziałam, a nawet myślałam wcześniej.

– Chodźcie! – Renet pociągnęła ich za sobą, nie pozwalając odpowiedzieć. – Nie jesteście już więźniami, pora byście poznali pełnię naszej gościnności. Rzadko odwiedzają nas goście, ale gdy już się zjawią...

Dalsze słowa utonęły w ogólnym zgiełku. Wiarołomca szedł za Renet. Kobieta bardziej ciągnęła go, niż prowadziła. Marki z Drewalem starali się dotrzymać im kroku, co nie było proste w zacieśniającej się wciąż gęstwinie tubylców. Udało im się wyrwać, lecz tłum ruszył za nimi. Stali się tego dnia główną atrakcją i musieli się z tym pogodzić.

– ...upiekłam podpłomyki – przez rozgardiasz ponownie przedarł się głos Renet – ze śliwkami. Został niewielki zapas z poprzedniego sezonu, bo na tegoroczne trzeba jeszcze ciut poczekać. Zima była łagodna, więc nie ogołociliśmy spiżarni. W mroźniejsze często zdarza się, że głodujemy, wtedy znika wszystko. A może nie lubicie śliwek? – zmartwiła się. – Już was nimi karmiłam, ale może jedliście z musu? Nie znam nikogo, prócz mojego syna, kto ich nie chce jeść, ale jeśli w waszym świecie ich nie ma?

– Są i bardzo je lubimy – odparł Wiarołomca, próbując zatrzymać potok słów lejący się z ust kobiety. Nadaremnie.

– Zrobiłam też kilka z orzechami. Przedwczoraj. Nie zdążyły się jeszcze bardzo zestarzeć. Więc jeśli wolicie...

– Ach, daj im wreszcie odetchnąć – przerwała Ksawera. – Dziś jeszcze niczego nie jedli, są głodni, ale nie twojej paplaniny. Nakarm żołądki, nie uszy.

Renet poczerwieniała.

– Przepraszam – zaszczebiotała. – Zawsze za dużo mówię, gdy się ekscytuję. Mój mąż potwierdzi. Prawda, Janki?

Mężczyzna przystanął i przyłożył dłoń do piersi.

– Janki – powtórzył.

Wymienili kolejno swoje imiona, choć z pewnością w wiosce nie było nikogo, kto by ich nie znał.

– Często cię widywaliśmy, choć nigdy nie przywołałeś miana, jakie przybrałeś, gdy nie odważałeś się zdradzić prawdziwego imienia. Co to było? – zainteresował się Marki.

Wojownik lekko się zmieszał.

– Na szczęście nie musiałem żadnego. Mój płaszcz zdobi futro wielu różnych zwierząt – wyjaśnił z lekkim zawstydzeniem. – Wielu braci obiera za przewodnika wilka, lisa lub chociażby zająca, ja nie dokonałem wyboru.

Wiarołomca położył mu dłoń na ramieniu.

– Jeśli oni zyskiwali cechy swych patronów, ty zyskiwałeś cechy wielu.

Roześmiali się. Dotarli w głąb wioski. Renet wskazała wejście najbliższej ziemianki.

– Zapraszamy. Ty też, Ksawero, chodź do nas. Tobie zawdzięczają wolność.

Wnętrze wypełniał smakowity aromat świeżych wypieków. Nad centralnie umieszczonym paleniskiem wisiał gliniany gar. Ogień został zduszony, lecz żar utrzymywał temperaturę potrawy.

– Mam podpłomyki... i barszcz – wyjaśniła Renet, lekko się rumieniąc. – Wiem, że to pospolita potrawa, ale...

– Moje słoneczko przygotowuje ją w sposób mistrzowski – wszedł żonie w słowo Janki, obejmując ją. – Daję słowo, że nigdy nie jedliście niczego nawet w połowie równie dobrego. Sięgnął po gliniane naczynia ustawione na splecionej z wierzbowych gałązek półce. – Kto chce miseczkę?

Wszyscy trzej, a także Ksawera wyciągnęli rękę.

– Jadłam już nie raz i wiem, że nie wolno tracić takiej okazji.

Renet bez zwłoki napełniła naczynia. Barszcz był nadal gorący, pachniał wspaniale. Szybko pochłonęli swoje porcje i każdy z zadowoleniem przyjął dokładkę. Potrawa wraz z podpłomykami w mig ich nasyciła.

– Wiemy, skąd przywędrowaliście – Ksawera przerwała ciszę, gdy się najedli – nikt jednak nie zadał równie ważnego pytania: czemu do nas?

Wiarołomca wzruszył ramionami.

– Uciekaliśmy – wyjaśnił. – Nie mieliśmy wielkiego wyboru, mogliśmy udać się tylko tam, dokąd porwał nas wiatr.

– W waszym latającym pojeździe? – podchwycił Janki. – To fascynujące, ale... – stropił się. – Słuchałem tyle razy, ale nadal nie rozumiem, jak cokolwiek, co jest równie ciężkie jak trójka ludzi, może unieść się w powietrze. Najsilniejszy wiatr nie porwie nawet dziecka.

– Spójrz na dym. – Szymon wskazał drobną smużkę ulatującą przez otwór w dachu.

– Dym nic nie waży.

– Nie ma znaczenia, ile waży, istotne jest to, czemu się unosi.

Janki pokręcił głową bez zrozumienia.

– Cieplejsze powietrze jest rzadsze, a więc także lżejsze od zimnego – wyjaśnił cierpliwie Wiarołomca. – Weź garść zbitej ziemi i garść luźnego sypkiego piachu, co będzie lżejsze? To, co jest rzadsze. Jeśli zamkniesz w jakiejś przestrzeni odpowiednio dużo ciepłego powietrza, to powstanie siła wypychająca. W pewnym momencie przeważy ona ciężar trójki pasażerów i pojazdu. A wtedy całość uniesie się w górę.

Trójka mieszkańców wioski kiwała głowami, przytakując słowom Szymona, choć Marki podejrzewał, że niewiele pojęli z wykładu. Sam niczego by nie zrozumiał, gdyby nie to, że Wiarołomca tłumaczył mu to już kilkakrotnie.

– Udaje mądrego, a przecież sam tego nie wymyślił, jedynie wyczytał w książkach – zaśmiał się.

– Co to znaczy? – spytała Ksawera.

– Książki. – Wiarołomca rozejrzał się, drapiąc się po łysej głowie. – Nie znacie ich? Nie potraficie pisać i czytać?

Po ich minach pojął, że nie rozumieją pytania. Chwycił patyk i wydrapał w klepisku słowo DOM, stawiając wielkie koślawe litery. Renet z mężem przyglądali się ciekawie znakom, które wyraźnie były dla nich obce. Ksawera zaś delikatnie zbladła.

– W ten sposób w naszym świecie przekazujemy informacje – objaśniał dalej Wiarołomca. – Te trzy litery oznaczają słowo „dom". Tak można utrwalić każdą myśl, by potem ktoś inny z nią się zapoznał. W ten właśnie sposób dowiedziałem się, jak ujarzmić powietrze i wznieść się w górę. Tam, skąd pochodzimy, są domy, które wypełniają książki, a w nich zawarto tysiące, setki tysięcy słów.

– Pokaż im – zachęcił towarzysza Marki.

Szymon rozchylił płaszcz, spod spodu wyciągnął obwiązaną sznurem księgę. Grube tomisko sporo ucierpiało, lecz nadal zachowało pierwotny kształt. Choć po schwytaniu dokładnie ich przeszukano, nie odebrano go, być może biorąc za część stroju.

– To jest właśnie księga. – Wzniósł ją do góry.

Ksawera gwałtownie wstała. Przewróciła miskę z barszczem, a niedojedzone resztki rozlały się po klepisku. Renet również się podniosła.

– Co się stało?

Matka Kochana nie odpowiedziała, wybiegła na zewnątrz. Gospodyni wahała się tylko chwilę, po czym podążyła za nią. Janki przytulił syna.

– Ta... księga... chyba ją przeraziła – mruknął.

Zapadła niezręczna cisza. Szymon schował tom, starannie obwiązując go na powrót sznurem. Książka była dla niego bezcennym skarbem. Dotąd nie pokazał jej nawet Delegatom. Tymczasem na zewnątrz rosło zamieszanie. Dał się słyszeć płacz przechodzący w skowyt oraz podniesione głosy. Trudno było rozróżnić poszczególne słowa, lecz Marki wychwycił jedno: „Demony".

W wejściu pojawiła się Renet. Wparowała do środka, zasłaniając szczelnie przejście.

– Ksawera! – zawołała.

– Co się stało?

– Oszalała. Zupełnie jakby coś ją opętało. Twierdzi, że jednak nie jesteście ludźmi.

Ledwie zdążyła to powiedzieć, do środka, odtrącając ją na bok, wpadła Ksawera w towarzystwie Wilka i kilku innych wojowników. Wszyscy byli uzbrojeni.

– Oni! – wrzasnęła matka Kochana, trzęsącymi się dłońmi wskazując trójkę przybyszy. – To jednak najprawdziwsze Demony!

Renet zasłoniła gości.

– Czemu tak twierdzisz?! Jeszcze przed chwilą ich broniłaś!

Ksawera sięgnęła za pazuchę. Wyjęła małe zawiniątko. Pośpiech i zdenerwowanie sprawiły, że z trudem je rozwinęła. Spomiędzy skór wyłoniła się mała książeczka.

– Tamtej nocy... – załkała. – Wtedy, gdy porwali moje maleństwo... Jeden z nich to zgubił! Diabelski artefakt!

Szymon wyciągnął rękę, chcąc obejrzeć znalezisko, lecz nastroszone włócznie zmusiły go do cofnięcia się.

– To tylko książka – próbował wyjaśnić. – W naszym świecie jest ich wiele.

– W świecie Demonów! – zawyła Ksawera. – Zwiedli mnie, zwiedli nas wszystkich! – Zwróciła się do Renet: – Dałaś się omotać jak ja i o mało nie zapłaciłaś najwyższej ceny! Wiesz, czego oni chcą?!

– Czego? – szepnęła ze ściśniętym gardłem Renet.

– Twojego syna!

– Nieprawda – zaprzeczyła, lecz bez przekonania.

Janki mocniej ścisnął chłopca. Odsunął się od przybyszów. Słowa Ksawery być może nie przekonały go w pełni, lecz zachwiały jego wiarą w niewinność gości. Wahał się, jak zareagować.

– Wychodźcie! – warknął Wilk.

– Nigdzie się nie ruszymy – zaprotestował Drewal. – Zostaliśmy osądzeni.

Dwa kamienne groty włóczni zbliżyły się do jego twarzy. Marszałek machnął ręką, by je odtrącić. Wtedy jeden z wojowników ugodził go w pierś.

Renet wrzasnęła.

– Stać! – wydarł się Janki. – Naruszyliście święty pokój mojego domostwa! – Wyrwał włócznię, która raniła Drewala, i złamał ją na kolanie. Szczątki rzucił pod nogi. – Kimkolwiek są, są też moimi gośćmi!

Wilk cofnął się zawstydzony.

– A jednak są potworami.

– Być może. – Janki spojrzał mu hardo w twarz. – Ale ty i ta hałastra przelaliście krew, przekraczając mój próg. Będziecie za to potępieni.

– Niech spadnie na mnie ten grzech, jeśli w ten sposób uratuję wioskę.

Renet podbiegła do Drewala. Mężczyzna chwiał się, i gdyby nie jej szybka reakcja, pewnie runąłby na ziemię.

– Rana jest poważna.

– Więc umrze jako pierwszy – oznajmił obojętnie Wilk. – Co za różnica? I tak żaden nie doczeka świtu. Brać ich!

Wojownicy skoczyli do przodu, lecz zatrzymał ich Janki. Zasłonił sobą przybyszy.

– Stać! – zawołał, po czym zwrócił się do Wilka: – A tobie jakie prawo pozwala im przewodzić?

– Wyjdziemy sami – rzucił mocnym głosem Wiarołomca. Napotkał spojrzenie Jankiego i delikatnie pokręcił głową. – To nasze kłopoty nie twoje, przyjacielu, nie rób niczego głupiego.

– Uratowaliście mi syna – skwitował tubylec.

– W zamian zyskaliśmy dobre słowo i wspaniały posiłek, być może ostatni w naszym życiu. To wcale niemało. Opiekuj się malcem.

Szymon ruszył ku wyjściu. Spokojnie i wolno, by nie dać pretekstu do ataku. Dopiero na zewnątrz odwrócił się, by pomóc Markiemu, który przejął od Renet rannego Drewala. Rana była paskudna. Kamizelka marszałka nasiąkła krwią.

– Spokojnie, druhu – szepnął.

Drewal posłał mu kwaśny uśmiech.

– I tak zawędrowaliśmy daleko, dalej niż ktokolwiek z naszej Strefy. Szkoda tylko, że nikt o tym nie usłyszy. – Zrobił krótką pauzę, by nabrać tchu. – Może nie dokonaliśmy wielkich rzeczy, ale wystarczyłoby na dobrą pieśń.

Wiarołomca wsparł go mocniej. Drewal ledwie trzymał się na nogach.

– Nie powinieneś tyle mówić.

– Nie powinienem jeszcze umierać – mruknął marszałek. – Ale i tak przeżyłem wielu młodszych. – Nie musiał dodawać, że myśli o Perseu.

Przed ziemianką zgromadził się tłum. Trójka przybyszy została otoczona przez nastroszone włócznie wojowników. Duża część mieszkańców była wyraźnie zdezorientowana. Nie minęła zapewne nawet godzina, jak uznano ich za ludzi i uwolniono.

– To Demony! – wyła Ksawera, wymachując małą czerwoną książeczką.

Przyprowadzono Ojca Ojców. Starcowi pomagało dwóch nastoletnich chłopców, tak do niego uderzająco podobnych, że tylko ślepiec nie dostrzegłby bliskiego pokrewieństwa. Byli jego wnukami, a może nawet synami.

– Co się stało? – powiódł spojrzeniem dokoła, po czym wskazał Wilka. – Mów ty.

– Oszukali nas! – warknął mężczyzna. – Ksawera posiada dowód. Tej nocy, gdy zniknął jej syn, Demony pozostawiły ślad. Nie mówiła o nim nikomu. – Machnął ręką, by kobieta przyniosła starcowi książeczkę. Ten chwilę oglądał ją z niepokojem, potem z wyraźną ulgą oddał kobiecie. Wilk kontynuował: – To znak bestii. Oni posiadają podobną rzecz!

Jeden z wojowników szarpnął za bluzę Wiarołomcy. Materiał rozdarł się, ukazując starannie przywiązaną do ciała księgę. Tubylec przeciął sznur i zabrał tom. Uniósł go do góry.

– Nie odebraliście mu tego po schwytaniu? – Starzec zerknął zdziwiony na Wilka.

– Nie przypominało broni.

– Spalcie teraz – polecił Ojciec Ojców. – I tę drugą małą rzecz też.

– Nie wolno! – zawołał Szymon, jednak groty przytknięte do jego gardła stłumiły dalsze protesty.

Popychając więźniów, tłum przeniósł się na główny plac wioski. Dorzucono drewna do leniwie tlącego się na środku ogniska. Buchnęły świeże płomienie. Wojownik trzymający obie połowy księgi rozerwał każdą z nich jeszcze na pół. Oprawa upadła na ziemię. Tubylec cisnął fragmenty do ognia. Grotem włóczni przebił okładkę i ją również próbował umieścił w palenisku. Nie chciała odczepić się od ostrza i wylądowała obok ognia. Zaraz potem Ksawera zaczęła wyrywać kartki ze swojej książeczki. Małe strony pokrywało odręczne pismo, był to więc raczej notes niż książka. Kartki błyskawicznie stanęły w płomieniach, na zawsze zacierając to, co na nich zawarto.

Wiarołomca przypatrywał się zesztywniały, jak czernieją lekko pożółkłe stronice. Kilka strzępów uleciało w powietrze i przeciągnięte nagłym podmuchem wiatru poszybowały ku zgromadzonej gawiedzi. Ludzie odskakiwali, by żaden z nich ich nie dotknął.

– Tyle kilometrów, a twoja księga idzie z dymem – wychrypiał Drewal. Bardziej leżał na Szymonie, niż stał przez niego podparty.

– Już poszła – zgodził się Wiarołomca. Wyłowił wzrokiem z tłumu Ojca Ojców: – Nie opatrzycie rannego? – spytał.

– Jesteście Demonami.

– Sam o tym zdecydowałeś?! – Szymon podniósł głos. – Sądziłem, że jedynie Zgromadzenie może w tej sprawie wydać jakikolwiek werdykt.

Starzec wzniósł w górę obie ręce. Trzęsły się, być może ze wzburzenia, i musieli pomóc mu dwaj nieodstępujący go chłopcy.

– Ma rację – rzekł nadspodziewanie mocno. – Odczekaliśmy trzy dni. Nie potrzebujemy kolejnych. Każdy rozważył sprawę. Czy ktoś z tu obecnych nadal pragnie zaprzeczyć, że to Demony?!

W górę ręce podniosła Renet i po krótkim wahaniu jej mąż.

– Ktoś jeszcze?

Zaległa cisza.

– Przywiążcie skazanych do pali! Jutro, gdy wstanie pierwszy promień słońca, dopełni się ich los. A to – wskazał tylko lekko nadpaloną okładkę – zamocujcie nad jego głową – skinął w stronę Wiarołomcy.

Wojownicy chwycili więźniów za ramiona. Doprowadzili ich do skrzyżowanych pali na wzniesieniu. Marki i Wiarołomca nie opierali się. Drewal nie miał sił iść. Ciągnęli go. Buty marszałka zostawiły w ziemi podłużne ślady. Konopnymi sznurami przywiązano skazańców za nadgarstki i kostki do drewnianego rusztowania. Pozycja była niewygodna i Marki zastanawiał się, ile czasu minie, zanim zacznie wyć z bólu. Gdy już nie mogli się ruszyć, Ojciec Ojców podszedł do pręgierzy.

– Dwa głosy przeciw reszcie Zgromadzenia – zaskrzeczał. – Wasz los został przypieczętowany.

– Robicie błąd – odparł Wiarołomca. Jego głos był spokojny, choć słychać było, że mówi bez większego przekonania. – Jesteśmy ludźmi, jak wy. W naszym świecie i w światach, które odwiedziliśmy, pęcherzach, jak je nazywacie, są setki, tysiące książek.

Wilk spojrzał na starca.

– Powinniśmy czekać do świtu?

Ojciec Ojców skarcił go wzrokiem.

– Prawo przyznaje skazańcowi ten podarunek. Zobaczyć pierwszy promień słońca. Nie więcej, ale i nie mniej. Nawet dla Demonów nie wolno nam zlekceważyć odwiecznego nakazu. Kim byśmy byli bez praw i zwyczajów?

– A jeśli się zachmurzy?! Odwlekanie egzekucji w tym wypadku byłoby poważnym błędem!

Starzec wbił oczy w niebo.

– Spójrz! Jest błękitne. Może nie widzę już wyraźnie twojej twarzy, nieba jednak nie sposób nie dostrzec. Zobaczą promień słońca! Pierwszy, który padnie na naszą wioskę. Wszystkie inne skryje dla nich wieczna ciemność.

Słysząc zdecydowanie w głosie Ojca wioski, Wilk ustąpił.

– Będziemy pilnować ich trójkami – oznajmił wojownikom.

Przez tłum przepchał się Janki, a za nim Renet z synem.

– Nie uciekną – zaprotestował tubylec. – Przenieśmy ich do Chaty Odosobnienia.

– Odejdźcie! – warknął Wilk.

– Drewal jest poważnie ranny!

– Nie będę płakać, jeśli nie doczeka poranka.

Renet odwróciła się w stronę starca.

– Ojcze! – zawołała. – Nie mogą nas przepędzać, mamy prawo porozmawiać ze skazanymi!

– Demony znają ich imiona. Obojga – sprzeciwił się Wilk. – Nie możemy wykluczyć, że nad nimi panują. Janki i Renet powinni zostać w swojej chacie do rana, i to pod strażą.

Staruch wolno skinął głową.

– Masz rację. Ale dotyczy to również Ksawery. Przed każdą z chat wystaw po trzech strażników. Niech zmieniają się co kilka godzin. Wystarczy ci wojowników?

Wilk uśmiechnął się nieznacznie.

– Znajdę tylu, ilu potrzeba. – Podszedł do Renet i jej męża. Koniec trzymanej pionowo włóczni oparł o ziemię, jakby się nią od nich odgradzając. – Wracajcie do chaty – nakazał. – Jeśli tego nie zrobicie, będziemy musieli was tam zaciągnąć.

Janki poczerwieniał ze złości.

– Zróbcie, co każą – poprosił Wiarołomca.

– Ale... – jęknęła Renet.

– Nic tu nie jest waszą winą.

– Nie spłaciliśmy długu – wsparł żonę Janki.

– Spłaciliście – powiedział Szymon. – Okazaliście się porządnymi ludźmi. Nikt z nas nie ma do was żalu, prawda, Marki?

Chłopak niechętnie skinął głową. Nie miał ochoty nikogo pocieszać. To on potrzebował wsparcia. Decyzją tego prymitywnego ludu za mniej niż dobę jego życie miało dobiec końca. Jednak bardziej dla Wiarołomcy niż dla tubylców, zdobył się na ten gest.

Spojrzał na Drewala. Marszałek wisiał z odchyloną do tyłu głową. Oczy miał zamknięte. Stracił przytomność. Marki poczuł ukłucie zazdrości. Też chciałby stąd uciec, choćby jedynie w ten sposób. Nie widzieć złowrogiego tłumu, który bynajmniej się nie rozchodził. Przeciwnie, mieszkańcy wioski zbijali się w coraz gęstszą kupę. Wielu krzyczało. W ogólnym harmidrze większość słów gubiła sens, lecz niektórym udawało się przebić. Pogróżki mieszały się z obelgami. Za słowami poleciały kamienie i bryły ziemi. Jeden z odłamków rozorał czoło marszałkowi, sprawiając, że wąski strumyk krwi pociekł po lewym oku.

Któryś z wartowników warknął coś gardłowo. O ile Marki dobrze zrozumiał, nakazał przerwać niebezpieczną zabawę. Z całą pewnością nie chodziło o ochronę więźniów, dbał jedynie, by dożyli egzekucji. Nie protestował, gdy zamiast kamieni poleciała ziemia i inne lekkie przedmioty. Na policzku Szymona rozbiło się nadpsute jajko. Fetor okazał się trudny do zniesienia, przynajmniej do czasu, gdy Marki poczuł w ustach smak świeżego psiego gówna. Tubylcy nie wybrzydzali, rzucali czym popadnie.

– Może jednak trzeba było dać się wrzucić do Studni. – Chłopak zaśmiał się nieco histerycznie, co rusz spluwając, starając się pozbyć obrzydliwego smaku.

Wiarołomca nie odpowiedział. Przymrużył powieki, obojętnie przyjmując razy. Marki poszedł w jego ślady. Było to trudne, lecz w końcu udało mu się widok wściekłego tłumu zastąpić twarzą Angelki. Szybko wyparła ją Moni. Coś do niego mówiła, lecz nie pojmował słów, zresztą nie słuchał, chłonął blask marchewkowych loków. Potem zapadła ciemność. Coś ciężkiego, co mogło być fragmentem skorupy glinianego garnka, uderzyło go w skroń.

## III

Gdy się ocknął, panowała noc. Zdrętwiałe mięśnie pulsowały tępym bólem.

– Wróciłeś – usłyszał cichy głos Wiarołomcy. – Wreszcie. Bałem się już, że cię zabili.

– Jeszcze nie – wychrypiał chłopak – ale są na dobrej drodze. – Mówienie przychodziło mu z trudem. – Co ciekawego przegapiłem?

– Niewiele – mruknął Szymon. – Po tym, jak o mało nie wysłali cię na tamten świat, wojownicy przepędzili hałastrę. A przynajmniej nie pozwalali więcej niczym rzucać.

– Ktoś do nas przychodził?

– Nie. Widziałem tylko Ksawerę, ale strażnicy szybko odprowadzili ją do chaty.

– Sądzisz, że żałowała? Ona rozpętała to piekło...

– Pewnie nie. – Wiarołomca sprawiał wrażenie, że usiłuje wzruszyć ramionami, ale mu się nie udało.

– A Drewal? – Marki przypomniał sobie o rannym towarzyszu. – Wciąż... – nie potrafił dokończyć.

– Jeszcze niedawno wydał z siebie krótki jęk. Teraz... nie wiem.

Marki spróbował obrócić głowę, by zobaczyć marszałka, jednak zesztywniałe mięśnie karku powstrzymały te zapędy. Ból wyznaczał granice ruchu, nie pozwalając się rozejrzeć. Zdołał się jednak zorientować, że strażnicy się oddalili. Jeden stał oparty o sosnę rosnącą na skraju placu, dwaj pozostali kucali obok kopca kamieni. Wydawali się znudzeni, noc przebiegała spokojnie. Skazańcy nie mogli uciec. Nikt z wioski – prócz Renet i jej męża – nie zechciałby im pomóc, a przecież małżeństwo również było pilnowane. Wartownicy na dobrą sprawę nie mieli nic do roboty. Zajmowali się jakąś grą, lecz nawet ona niezbyt ich pochłaniała. Może po prostu byli już zmęczeni i tylko leniwie czekali, aż zostaną zmienieni.

– Chyba nie minęła jeszcze północ? – spytał. Przywiązano ich do pali przed południem. Wydawało się niemożliwe, że na tak długo stracił przytomność.

Wiarołomca wygiął się, by zadrzeć głowę.

– Minęła. Do świtu pozostały nie więcej jak trzy, cztery godziny.

Marki cicho westchnął. Cztery godziny życia. Niewiele. Ale jednocześnie cztery godziny męki, a to zupełnie zmieniało perspektywę. Już teraz bolało go całe ciało, a mogło być tylko gorzej.

Szymon zamknął oczy. Trudno było określić, czy śpi, czy po prostu zatopił się w myślach. Skrzyżowane pnie wkopano trochę nierówno i choć Marki nie mógł zobaczyć Drewala, jego widział doskonale.

Nagle Wiarołomca uchylił powieki.

– Słyszysz? – spytał niemal bezgłośnie.

Marki wsłuchał się w odgłosy nocy, lecz nie wychwycił niczego nienaturalnego.

– Nie – zaprzeczył.

Mężczyzna potrząsnął głową, dając znać, by chłopak był cicho. Przekrzywił głowę, starając się wychwycić więcej.

– Głupcy – szepnął. – Kopce.

Sterty kamieni znajdowały się na granicy widoczności. Marki wbił wzrok w tę, która znajdowała się po ich lewej stronie. Była najbliżej i to przy niej przebywali strażnicy. Chłopak nadal nie rozumiał, o co chodzi Wiarołomcy. Jedyne, co wychwycił, to odgłos przypominający cichy syk, który jednak mógł być jedynie złudzeniem.

– Nie wiem, czy to cokolwiek da, ale wstrzymaj oddech – Szymon mówił szybko, niemal gorączkowo. – Na tak długo, jak to możliwe.

– Teraz? – zdziwił się Marki.

– Stul dziób! I rób, co mówię!

Markiego zamurowało, podobna opryskliwość nie pasowała do Wiarołomcy. Nawet wieść, że skazują ich na śmierć, nie wyprowadziła go z równowagi. Czyżby dopiero teraz zaczął wariować? Chociaż, jak dotąd zawsze miał rację. Chłopak nie zadawał więcej pytań, posłusznie zaczerpnął powietrza. Nigdy nie był w tym zbyt dobry. Gdy z rówieśnikami wybierali się nad jezioro położone niedaleko Gniazda Brzóz, należał do grona tych, którzy nurkowali najpłycej i najkrócej. Choć znaleźliby się i tacy, którzy byli jeszcze gorsi.

Wstrzymywanie oddechu na krótką chwilę jest łatwe. Szybko jednak organizm domaga się kolejnej porcji powietrza. Marki był już skłonny się poddać, gdy zobaczył, że strażnik oparty o sosnę pada. Jak długi runął na ziemię. Jego towarzysze również leżeli już nieprzytomni. Skupiony na oddechu dotąd tego nie zauważył.

Mocniej zacisnął usta, niemal kurczowo. Płuca domagały się tlenu, lecz przezwyciężył mimowolny nakaz zaczerpnięcia tchu. Przed oczami tańczyły mu ciemne plamy. Z początku nawet ich nie dostrzegł, bo wszystko wkoło w mniejszym lub większym stopniu skrywała ciemność, lecz ostatecznie przysłoniły niemal całe pole widzenia. Odniósł wrażenie, że tonie w samym sobie, zapada się w tył, gdzieś w otchłań nieokreślonej czarnej studni, która wyrosła znikąd i teraz go pochłaniała. Dalsza walka okazała się niemożliwością. Głośno wciągnął powietrze. Było cudownie orzeźwiające. Niemal natychmiast zacisnął wargi. Czekał na zawroty głowy lub inne oznaki, że się zatruł, ale nic takiego nie nastąpiło. Ponownie zaczerpnął tchu. Miał szczęście lub coś, co podziałało na wojowników, nie dotarło aż tutaj.

– Można oddychać – powiedział.

– Zauważyłem – głos Wiarołomcy znów był spokojny. – Zerwał się zefirek, to dzięki niemu. Wcześniej było bezwietrznie, nie przewidzieli tego.

– Czego? – Marki nie zrozumiał. – Kto?

– Bo ja wiem... Sądzę jednak, że wkrótce twoja ciekawość zostanie zaspokojona.

Czas mijał, lecz nic się nie działo.

– Spójrz! – Szymon ożywił się po kwadransie.

Marki wbił wzrok w ciemność. Majaczyły w niej dwie niewyraźne postacie, Przypominały ludzi, było w nich jednak coś dziwnego. Z powodu odległości i mroku nie mógł się im jednak dokładniej przyjrzeć.

Demony.

– Ej, wy tam! – zawołał Szymon. – Kimkolwiek jesteście!

Marki zadrżał. Czemu Wiarołomca wołał istoty? Sądził, że im pomogą? Jeśli faktycznie mieli przed sobą demony, nie powinni się spodziewać z ich strony niczego dobrego.

Postacie zwróciły się ku sobie, być może o czymś dyskutując, po czym wolno ruszyły w stronę skazańców. Opowieści nie kłamały, poruszały się niezgrabnie, jakby krępowały je własne ciała. Gdy podeszły bliżej, Marki z przerażeniem zauważył, że nie mają twarzy.

W miejscu oczu, nosa i ust lśniła blaskiem odbitym od płonącego ognia gładka powierzchnia. Minęła chwila, nim zrozumiał, że to hełmy, takie jak ten, który wcześniej przymierzał Wiarołomca. Ciała przybyszy były jednolicie białe, dokładnie w tym samym kolorze, co ich nakrycia głowy. O ile to faktycznie były hełmy, bo przyglądając się intruzom, Marki nie wierzył, że naprawdę ma do czynienia z ludźmi.

Nie to jednak było najgorsze. Jeden ze stworów niósł w ramionach dziecko. Spało lub straciło przytomność jak strażnicy i zapewne reszta wioski. Gdy Demony podeszły bliżej, złe przeczucia okazały się prawdą – porwanym chłopcem był syn Renet.

„Zostawcie go!" – chciał krzyknąć Marki, lecz ściśnięte gardło nie pozwoliło wydobyć głosu.

– Uwolnijcie nas! – zażądał Wiarołomca.

Istoty stanęły przed palami. Słowa Szymona nie wywarły na nich wrażenia. Nie było nawet pewne, czy je zrozumiały. Popatrzyły po sobie, po czym jak na komendę odwróciły się plecami. Zaczęły odchodzić.

– Do diabła! – Szymon nie dawał za wygraną. – Co z wami?! Proszę o tak wiele? Wystarczy, że przetniecie te cholerne więzy.

Demony nawet się nie obejrzały.

– Proszę – wykrztusił Marki.

Stwory na jego oczach porywały dziecko. Cóż planowały z nim zrobić? Zapewne pożreć, jak objaśniały przekazy. Chłopak nie chciał im niczego zawdzięczać. Nawet jeśli stawką było życie. Wielogodzinne skrępowanie pozbawiło go sił, lecz pomimo osłabienia, gdyby prośba została spełniona, rzuciłby się na przybyszów, by choć spróbować uratować malca. Nie wierzył, że udałoby mu się cokolwiek wskórać, ale tylko wtedy byłby w stanie uciszyć wyrzuty sumienia.

Istoty niespodziewanie przystanęły.

– Nie pomagamy przestępcom – odpowiedziała jedna z nich zduszonym głosem.

– Naszą jedyną winą jest to, że pochodzimy z innego świata. – Wiarołomca zaśmiał się sucho. – Spójrzcie! – Pokiwał głową, starając się zwrócić uwagę na przywiązaną do pala nad nim okładkę tomu.

– Co to? – spytał Demon niosący dziecko.

– Książka – w głosie drugiego uwidoczniło się zdziwienie.

– Przetrwała tylko okładka – uściślił Szymon. – Kartki uleciały z dymem. Tutejsi ludzie nie przepadają za słowem pisanym.

Istoty wyraźnie zawahały się. Ich głosy były stłumione, zapewne przez hełmy, lecz Marki słyszał każde słowo.

– Pochodzą z innej Strefy.

– Niemożliwe! Jak przebyli Barierę?

– Mają książkę! Nie napisali jej na górze i nie wychowali się w Schronie. Musimy ich zabrać! Zaprowadzić do Nadzoru!

– Nie wolno nam! Przybyliśmy po dziecko, jedną osobę, nie trzy czy nawet cztery! – Demon spojrzał w stronę bezwładnie wiszącego Drewala. – To złamałoby Główną Zasadę!

– Główna Zasada dotyczy stałego pobytu. Nie zostaną długo, a ich informacje są bezcenne. To wyjątkowa okazja, by dowiedzieć się czegoś o sytuacji w innych Strefach.

– A jeśli Nadzór uzna, że nie postąpiliśmy właściwie?

– Żartujesz? Będą wniebowzięci!

– A oni? Zechcą z nami pójść?

– Udamy się, dokądkolwiek chcecie – zapewnił Wiarołomca, wtrącając się w rozmowę. – Nie mamy wyboru, chyba łatwo to dostrzec. – Uśmiechnął się ironicznie. – Jeśli wpadniemy w ręce mieszkańców wioski, będzie po nas. Jesteście naszą jedyną nadzieją.

Demon oddał dziecko towarzyszowi, a sam rozsunął schowek w nogawce białych spodni i wyciągnął nóż. Rozciął więzy Wiarołomcy i Markiego. Chłopak opadł na ziemię. Dopiero teraz w pełni odczuł, jak bardzo boli go każdy mięsień. Mimo to poderwał się, gotów skoczyć na stwora trzymającego dziecko. Nim jednak zrobił drugi krok, złapał go Szymon.

– Uspokój się! – warknął.

– Ale... – zaprotestował słabo Marki.

– Twój towarzysz jest niebezpieczny. – Demon, który ich uwolnił, cofnął się dwa kroki.

– Nie chodzi mu o was, ale o małego – wyjaśnił Wiarołomca. – Miejscowi uważają, że porywacie dzieci, by je pożerać.

Istoty parsknęły śmiechem.

– Zapewniamy mu przyszłość – oznajmił ten, który niósł teraz syna Renet. – Bez głodu, bez zimna i bez obaw, że ugotuje go najbliższa burza. Za to z wiedzą i zrozumieniem. To lepsze niż pozostanie wśród Powierzchniowców – ostatnie słowo wymówił z wyraźną pogardą.

– Odbieracie mu matkę! – zaprotestował Marki.

– To cena, którą trzeba zapłacić, każde światło rzuca cień. Ale nie martw się, jest mały, zapomni. Wszyscy zapomnieliśmy.

– A Renet?!

– Mówisz o kobiecie, która wydała go na świat? Chcielibyśmy jej to wytłumaczyć, lecz to niemożliwe.

– Miesiąc temu porwaliście jednego malca!

– Niestety – Demon pochylił głowę – był chory, nie zdołaliśmy go uratować.

– Ten również dopiero co wydobrzał! Nadal jest słaby.

– Postawimy go na nogi, poprzedni miał wrodzoną wadę serca, umarłby, gdziekolwiek by przebywał.

– Ale...

– Wystarczy, nie teraz i nie tutaj! – uciął drugi ze stworów.

Zerknął na przegub. Na jego nadgarstku Marki dostrzegł zegarek. Niewielki, o okrągłej tarczy. Chłopak spojrzał na Wiarołomcę. Szymon zapewne miał rację, rozmawiali z ludźmi. Ich stroje były jednak wyjątkowo dziwne, a materiał, z którego je wykonano, bardziej przypominał płachtę balonu ze świata Świętej Armii Podwójnej Trójcy niż jakąkolwiek wyprawioną skórę bądź tkaninę z lnu, z którymi dotąd zetknął się chłopak.

– Efekty gazu niedługo ustąpią, musimy się pospieszyć.

– Oswobodźcie Drewala.

– To wasz towarzysz? Nie żyje.

– Żyje – zaprotestował Wiarołomca. – Nie ruszymy się bez niego.

– Więc zostańcie. – Mieszkaniec Schronu, ten, który już wcześniej był przeciwny udzieleniu im pomocy, wcale nie przejął się groźbą. Przytulił mocniej chłopca i zaczął odchodzić.

– Nie rozumiecie – Szymon zwracał się głównie do jego towarzysza. – Nie możemy go tu zostawić. Może i umiera, ale pomyślcie, co mieszkańcy osady gotowi są mu zrobić, gdy odkryją, że zniknęliśmy, a wraz z nami małe dziecko. Jeśli nić jego losu ma zostać przerwana, niech to przynajmniej stanie się spokojnie. Bez tortur i nienawiści. Tyle jesteśmy mu winni.

– Piotr?

Mężczyzna niosący syna Jankiego odwrócił się.

– Jak chcesz, ale nie będę na ciebie czekał, jeśli ruszy pogoń – rzucił niechętnie. – Zamarudziliśmy i tak zbyt długo.

– My się nim zajmiemy – rozwiał wątpliwości Wiarołomca. – I nie bójcie się, nie będziemy was opóźniać.

Demon – z braku lepszego określenia Marki nadal tak nazywał go w myślach – przeciął sznury krępujące marszałka. Wiarołomca złapał Drewala i przerzucił sobie przez ramię. Jeśli doskwierał mu ból spowodowany wielogodzinną męczarnią, nie dał tego po sobie poznać. Ruszyli za Piotrem. Szczęśliwie mężczyźni w białych strojach poruszali się wolno i niezgrabnie, więc dotrzymanie im kroku nie stanowiło problemu. Gdyby więźniowie nie byli aż tak obolali, a Szymona dodatkowo nie obciążał Drewal, być może nawet irytowałoby ich równie ślamazarne tempo marszu.

Piotr szedł pewnie, choć od czasu do czasu zatrzymywał się, by coś sprawdzić. Spoglądał wtedy na mały przedmiot, który ściskał w dłoni. Robił to szybko i Marki nie miał czasu przyjrzeć się przyrządowi. Zawsze wtedy wyznaczał nowy kierunek. Chłopaka te poprawki drażniły, szybko zauważył, że kierując się gwiazdami, mogliby poruszać się znacznie sprawniej. Co prawda korony drzew często zasłaniały niebo, jednak w wielu miejscach las rzedniał lub trafiały się niewielkie polanki, gdzie można było skorygować kierunek marszu. Wielokrotnie korciło go, by zwrócić uwagę, że zbaczają z obranej trasy, lecz milczał, podążając nieporadnym zygzakiem wyznaczonym przez Demona. Milczał tym bardziej, że również Wiarołomca zdawał się nie dostrzegać problemów ich przewodników. Marki nie wątpił, że Szymon jest ich równie świadomy.

Przybysze nie mieli za to problemów z poruszaniem się w ciemnościach. Szli pewnie, nie potykając się o rozliczne korzenie i uschnięte gałęzie. Po godzinie marszu dotarli do ruin. Ciemność utrudniała rozróżnienie szczegółów. Pozostałości ścian wydawały się nienaturalnie równe, niemalże gładkie, choć po przyłożeniu do nich dłoni okazywały się chropowate i nieprzyjemne w dotyku.

– Kiedyś tu znajdowało się wejście – odezwał się towarzysz Piotra, przerywając długie milczenie. Niemal przez całą drogę nie odzywali się do siebie. Wskazywał teraz wysoką na dwa metry stertę kamieni pod jedną ze ścian. – Ale nasi przyjaciele z powierzchni zasypali je już dawno, wieki temu. Korzystamy z innego, nieco mniej wygodnego.

Obeszli łukiem ruiny. Zatrzymali się przy pozostałościach jakiejś budowli. Jej bok nie był prostopadły do ziemi, lecz wspinał się w górę pod ostrym kątem. Podłoże, na dobre kilkanaście metrów wokół, było twarde i równe. Tylko miejscami popękało, tworząc koleiny lub zygzakowate szczeliny. Ścianę niemal w całości porastał mech i coś, co w ciemnościach wydawało się bluszczem. Dwaj przewodnicy rozglądali się długo i uważnie dokoła, nim wreszcie jeden z nich przykląkł i rozgarnął niskie krzaki. Ukazał się czarny wlot jamy.

– Wchodzę pierwszy – oznajmił Piotr. – Wy za mną. Czarek ostatni. – Odwrócił się wymownie w stronę Wiarołomcy dźwigającego Drewala. – Będzie ci ciężko się z nim przecisnąć. Ale sam chciałeś... – Nie czekając na odpowiedź, znikł w otworze.

Marki ruszył za nim. Nierówne, pofałdowane ściany tunelu wskazywały, że został wykuty przez niewprawne dłonie. Prawdopodobnie stosunkowo niedawno. Jeśli cały kompleks liczył setki lat, to przejście zaledwie kilkadziesiąt, może mniej. Zapewne mieszkańcy wioski blokowali każde wejście, jakie udało im się znaleźć.

Chłopak zastanawiał się, ile istnieje czynnych przejść. Nie sądził, by uzyskał odpowiedź na podobne pytanie, z pewnością była to pilnie strzeżona tajemnica.

Korytarz był niski i wąski, należało przeciskać się na czworaka. Marki pomyślał z troską o Wiarołomcy, taszczącym nieprzytomnego Drewala, był jednak pewien, że mężczyzna sobie poradzi. Tylko dokąd zmierzali i czy na pewno mogli zaufać ludziom w dziwnych strojach? Szymon poszedł za nimi nadspodziewanie chętnie. A może wcale nie nadspodziewanie, zapewne zwęszył kolejną okazję pogłębienia wiedzy. Tylko to pchało go do przodu. Stracił księgę o tajemniczej elektryczności, lecz się nie poddał. Przeciwnie, prawdopodobnie liczył, że wizyta w siedzibie Demonów pozwoli mu wykonać wreszcie krok naprzód.

Piotr zatrzymał się. Dał się słyszeć cichy zgrzytliwy dźwięk, mężczyzna ponownie sięgnął do schowka w spodniach. Po chwili zabłysło nikłe światło. Marki w pierwszym odruchu cofnął się przerażony. Wpadł na Wiarołomcę. Był pewien, że kopnął go w głowę.

To prawdziwe Demony!

– Uspokój się! – usłyszał naganę.

Zamarł w bezruchu. Zmrożony, obserwował poczynania Piotra. Demon, przyświecając małą tulejką, z której bił snop światła, kręcił metalowym kołem z podziałką, ustawiając na nim rozpisane znaki we właściwym położeniu.

– Ze względów bezpieczeństwa zewnętrzny zamek musi być mechaniczny, nie elektryczny – wyjaśnił.

Marki zupełnie nie zrozumiał znaczenia słów. Jednak wyraz „elektryczny” sprawił, że strach nieco zelżał. Może wcale nie miał do czynienia z nadprzyrodzonymi siłami, a tylko nieznaną w ich Strefie nauką? Wspomniał urządzenie, które znalazł w Gnieździe, w pracowni ojca. Zasad jego działania również nie rozumiał, jednak nawet przez chwilę nie żywił wątpliwości, że to dzieło rąk ludzkich. Czyż świat Świętej Armii Podwójnej Trójcy znacznie ich nie wyprzedzał? Mieszkańcy miejsca zwanego Schronem mogli być jeszcze bardziej zaawansowani.

Rozległ się szczęk mechanizmu i Piotr uchylił okrągły właz. Klapa otwierała się do wewnątrz. Mężczyzna pchnął ją. Potem wziął na ręce chłopca i podał komuś stojącemu w środku. Dzieciak poruszył się niespokojnie, lecz jeszcze się nie przebudził.

– Mamy gości – oznajmił Piotr.

– Słucham? – zaskoczenie jego rozmówcy w innych okolicznościach byłoby nawet zabawne. Był to mężczyzna średniego wzrostu, z krótką brodą i zmierzwionymi włosami. Z całą pewnością nie demon, a człowiek. Obawy Markiego prysły zupełnie. Szymon miał rację, ich przewodnicy byli zwykłymi ludźmi odzianymi w dziwne stroje.

– Przybyszów z innej Strefy. Zapewne H. Zawiadom Nadzór. Ale najpierw pomóż nam wejść i ściągnąć skafandry. Mam już dość tego cholerstwa. Jeszcze trochę i się uduszę.

Z wąskiego tunelu przechodzili od razu do szerokiego i wysokiego korytarza. Wszystko wokół, podłoże, ściany, strop wykonano z tego szorstkiego, nieznanego Markiemu materiału, z którym zetknął się na zewnątrz. Po raz kolejny przeciągnął po nim dłonią. Czy tę niespotykaną w ich świecie równość ścian uzyskano, mozolnie wyrównując powierzchnię? Tak podpowiadał rozsądek. Nie dostrzegł jednak śladu użycia narzędzi. Wydawało się raczej, że ściana zastygła w takiej formie, w jakiej ją widzi. Lecz na tym dziwy się nie kończyły. W pomieszczeniu było zupełnie jasno. Na suficie umieszczono dwa prostokąty, z których biło światło o nieporównywalnie większej mocy niż to z małej tulejki. Ściany w większości były gołe, tylko na jednej przymocowano kilka kołków, na których wisiał sznur, pordzewiałe druty i jakieś stare szmaty. Niepotrzebne, porzucone tu śmieci.

Mężczyzna, który ich wyczekiwał, wskazał przyglądającego się otoczeniu Markiego.

– Jesteś pewny, że przybył z H? – zwrócił się do Piotra. – Sprawia wrażenie, jakby pierwszy raz widział beton i oświetlenie. I śmierdzi – dodał szeptem.

W wylocie tunelu ukazała się głowa Wiarołomcy. Szymon rozejrzał się po wnętrzu, po czym machnął ręką do Markiego.

– Pomóż – polecił.

Chłopak chwycił pod pachy Drewala i wciągnął go do korytarza.

– A ten? – brodaty mężczyzna był coraz mniej zachwycony.

– Ranny, nie chcieli iść bez niego.

Piotr wreszcie ściągnął hełm. Ukazała się czerwona twarz doświadczonego, zapewne czterdziestokilkuletniego mężczyzny. Oddał nakrycie głowy towarzyszowi i odetchnął głęboko z zadowoleniem, choć powietrze w korytarzu było zatęchłe.

– Nareszcie – sapnął.

– Pospieszcie się, powinniśmy jak najszybciej opuścić niezabezpieczoną strefę – ponaglał brodaty, gdy do środka dostał się również Czarek.

– Nie zanosi się na burzę – zaprotestował ten ostatni.

– Dziękuję za fachową opinię, po czym poznałeś?

– Nie musisz być złośliwy.

Zdjęli skafandry. Bez nich przestali sprawiać wrażenie usztywnionych, odzyskując sprawność. Strój, który zakładali, wychodząc na zewnątrz, wyraźnie krępował ruchy. Rozwiały się resztki obaw Markiego, to byli ludzie. Czarek miał gęste kasztanowe włosy i niebieskie oczy. Zdawał się nieco młodszy od Piotra, choć różnica wieku była nieznaczna i ciężko ją było jednoznacznie określić.

– Idziemy – zakomenderował Piotr.

Ruszyli w głąb korytarza. Po kilkunastu metrach kończył się drzwiami, a właściwie otworem, w którym kiedyś zapewne były drzwi. Za nim rozciągał się kolejny, identyczny odcinek tunelu. Na jego końcu napotkali prowadzący w dół szyb. Metalowe obręcze tworzyły drabinkę. Zejście po niej nie nastręczałoby problemów, gdyby nie Drewal i dziecko. Wiarołomca popatrzył w głąb otworu, a potem na mieszkańców tego dziwnego miejsca.

– Nie ma innej drogi? – spytał.

Pokręcili głowami.

– A mały?

– Dam radę. – Piotr stanął na drabince. Podano mu chłopca. Otoczył go ramieniem, przytrzymując pewnie lewą ręką.

– Ale ja nie. Potrzebuję pasa. Albo sznura... Tam, gdzie wchodziliśmy, wisiał jakiś na ścianie.

Brodacz niechętnie zawrócił. Po chwili pojawił się z liną. Była stara, ale wciąż nadawała się do użytku. Szymon sprawdził jej wytrzymałość, po czym obwiązał mocno siebie i Drewala, splatając naprędce kilka węzłów. Dopiero gdy uznał, że marszałek jest odpowiednio zabezpieczony, postawił stopy na stopniach. Ostrożnie ruszył w dół.

Korytarz na dole nie wyróżniał się niczym specjalnym. Mniej więcej w połowie długości przegradzała go metalowa siatka z niewielką furtką pozwalającą przedostać się na drugą stronę. Za nią na ścianie wisiał rząd haków, a na nich skafandry. Było ich co najmniej kilkanaście. Na przeciwległej ktoś wydrapał niezrozumiały schemat. Składał się z kilku rzędów kwadratów i prostokątów ozdobionych pojedynczymi literami lub symbolami.

– Witajcie w Schronie – oznajmił radośnie Piotr, gdy znaleźli się po drugiej stronie siatki, a druciane drzwi za nimi zostały skrupulatnie zamknięte. Trójka gospodarzy wyraźnie się odprężyła.

Wiarołomca dotknął metalowych oczek.

– Niezbyt solidne zabezpieczenie – zauważył. – Nie trzeba wielkiej siły, by je sforsować.

– Zadaniem siatki nie jest ochrona przed intruzami – odparł brodacz, niczego nie wyjaśniając.

Marki pomyślał o drewnianym podeście nieopodal wsi, który na czas burzy otoczono plecionymi linami. Czy obie siatki miały ze sobą coś wspólnego? Nie pytał.

Szymon wskazał niezrozumiały schemat na ścianie, lecz nim zdążył się odezwać, syn Renet i Jankiego otworzył oczy. Przez moment rozglądał się wkoło zagubionym i przestraszonym wzrokiem, po czym wybuchł płaczem. Piotr postawił go na ziemi.

– Ej, mały, nie pora na łzy, to dobre miejsce... – przykląkł.

Marki przepchnął się do chłopca. Ten, widząc znajomą twarz, przywarł do niego. Marki odwzajemnił uścisk.

– Zajmowałeś się kiedykolwiek dziećmi? – spytał Piotra. Mężczyzna z lekkim zawstydzeniem zaprzeczył. – I tu ma być mu lepiej?

– Bezpieczniej.

– Bezpieczniej nie znaczy lepiej.

Mieszkańcy Schronu nie odpowiedzieli.

Marki, nie wypuszczając chłopca z objęć, uniósł go w górę.

– Zawołajcie jakąś kobietę – poprosił.

– Wśród nas nie ma kobiet.

– Dlatego go porwaliście – zrozumiał. – By stał się jednym z was.

Brodacz podszedł bliżej i wyciągnął ręce.

– Oddaj go – zażądał. – Wszyscy tak tu trafiliśmy i nie żałujemy. Jest w najlepszym wieku. Nie potrzebuje już naturalnego pokarmu matki, chodzi i w dużym stopniu kontroluje swoje potrzeby fizjologiczne, a jednocześnie jest na tyle mały, by nie pamiętać.

– Traktujecie go jak przedmiot!

– Nieprawda, stał się jednym z nas. Alen, chodź do mnie, choć do swojego nowego brata.

Dzieciak jeszcze mocniej przywarł do Markiego. Ciągle płakał.

– Nie ma na imię Alen.

Nie znał imienia syna Renet, lecz z pewnością nie brzmiało ono Alen. Wyleczenie malca sprawiło, że Renet i Janki im zaufali, jednak mimo wszystko nie wyjawili imienia dziecka. Nie miał żalu, pewnie na ich miejscu również zachowałby ostrożność.

– Już ma. – Brodacz pokręcił głową. – Stał się nim z chwilą, gdy do nas przybył, tak jak ja stałem się Adamem. Każdy z nas, Piotr i Czarek też, przyjął imię po poprzedniku, bracie, którego miejsce zajął. Tak było i tak już będzie. Nasz Zakon strzeże prawdy i wiedzy. Musi trwać i ma swoje wyrzeczenia, jednak to o wiele lepsze miejsce od tego na górze. Wiemy, że mały będzie tęsknił i że rozstanie nie jest łatwe, lecz ostatecznie łzy oschną.

– Nie musiałyby schnąć, gdybyście zostawili go z matką! – zaprotestował Marki.

Spojrzał na Wiarołomcę. Szymon stał nieruchomo, trzymając nieprzytomnego Drewala. Chłopak wcale nie był pewien, czy towarzysz go poprze. Ratował malca, gdy zagrożone było jego życie, ale czy obchodziło go, gdzie dzieciak dorośnie? Z rodzicami czy w podziemnych tunelach wraz z nowymi „braćmi"? A może on również postawiłby bezpieczeństwo ponad tęsknotę i więzi rodzinne?

– Jego matka urodzi inne dzieci – upierał się Adam. – Powierzchniowcy mają liczne potomstwo. Samice... to znaczy kobiety – poprawił się – są do tego stworzone. Wiesz dlaczego? Bo tylko co któryś osobnik dożywa dorosłości! Na górze szanse dziecka na osiągnięcie dwudziestu lat wynoszą nie więcej niż trzydzieści procent, u nas grubo ponad osiemdziesiąt!

– Nawet to wyliczacie?! Jak go traktujecie? Jak rzecz, jak liczbę? Może nie zauważyliście, lecz to żywa istota! Człowiek! Nie żaden „osobnik"! Poza tym ostatnie dziecko, które porwaliście, zmarło w ciągu miesiąca, może przeceniacie swe zdolności!

– Wiemy... – zaczął Piotr, ale przerwał mu Wiarołomca.

– Marki, ochłoń!

– Ale...

– Kreślisz czarno-białe wybory, a prawdziwe życie jest inne, brązowe, gówniane. Istnieje dobre rozwiązanie? Pomyśl. Zostanie tu i z jego życia znikną wszyscy, którzy byli dla niego ważni, oddadzą go i może nie przeżyje zimy. Ledwie wydobrzał, na nogi postawiły go proszki. Ale ich już nie ma. Zużył wszystkie. Pamiętasz dzieci w rodzinnym Gnieździe? Albo miały żelazne zdrowie, albo szybko gasły. Choroby powracały, pierwsza, druga, trzecia, któraś wreszcie nieodwracalnie kładła zimne łapsko, przerywając linię życia. Musiało tak być w Gnieździe Brzóz, bo było tak w każdym gnieździe, które odwiedziłem. Przekroczyliśmy Ścianę, i to nie raz, ale tu jest tak samo, prawa przyrody się nie zmieniają.

Szymon miał rację. I to było najgorsze. Duża liczba dzieci nie dożywała nawet piątego roku życia. Choroby – zwłaszcza zimą – zbierały obfite żniwo. Większość rówieśników Markiego właściwie nigdy nie chorowała. A przynajmniej tak mogłoby się zdawać, bo do tych, którzy nie mieli równie końskiego zdrowia, po prostu nie zdążył się przyzwyczaić. Zmarli, zanim ich zapamiętał.

Alena, jak nazwali go mieszkańcy Schronu, mógł czekać ten sam los.

– Więc sprowadźcie tu jego matkę.

– To niemożliwe! – zaprotestował nadspodziewanie ostro Czarek. – Schron zawsze mieścił dwadzieścia osób, nie więcej, ale nie mniej. To Główna Zasada, nie odstąpimy od niej. Gdy odchodzi jeden z nas, sprowadzamy na jego miejsce następcę. Dostaje imię po poprzedniku i nowe życie. Ceną jest wyrzeczenie się starego.

– Wyrzeczenie?! – Marki nie ustępował. – Wyrzeczenie się to świadoma decyzja, a to jeszcze małe dziecko. Jakiej decyzji od niego oczekujecie?!

– W zastępstwie chłopca podejmie ją Nadzór – oznajmił Piotr.

– Czyli wy! To żadna decyzja!

– Oddaj malca – zażądał brodacz.

Marki o krok się cofnął.

– Nie. Wychodzę z nim.

Czarek i Adam przyskoczyli do niego. Złapali za ręce, gdy tymczasem Piotr odebrał dziecko. Marki zwolnił uścisk. Z synem Renet w ramionach nie mógł stawić skutecznego oporu. Piotr z wierzgającym

Alenem odsunął się pod ścianę. Podobnie postąpił Szymon.

Marki odepchnął Czarka i zwrócił się ku Adamowi. Wychowani pod ziemią mężczyźni byli marnymi przeciwnikami. Nie zaprawiały ich niekończące się bijatyki z rówieśnikami. Marki niemal im współczuł, miał ochotę rozbić dziś kilka głów. Bał się tylko, że powstrzyma go Wiarołomca.

Jego przeciwnik działał szybko, sięgnął do kieszeni i wydobył nieduży czarny przedmiot. Przycisnął broń do brzucha chłopaka. Wstrząs zaskoczył i sparaliżował Markiego. Mięśnie zdrętwiały, odbierając zdolność działania. Czymkolwiek raził go Adam, trwało to kilka sekund. To wystarczyło, by nie był już w stanie utrzymać się na nogach. Upadł.

Leżał, wpatrując się w buty Adama. Bolało go wszystko. Chciał się ruszyć, a jedynie dygotał. Gdzieś, jakby w oddali, słyszał zdenerwowany głos Szymona i spokojną odpowiedź Piotra, że nic mu nie będzie. Potem Czarek i Adam złapali go pod ramiona i pociągnęli gdzieś w głąb korytarza. Wszystko widział i słyszał, choć zawroty głowy i mdłości utrudniały skupienie się. Ból nie ustawał. Mężczyźni zataszczyli go w jakiś ciemny kąt i porzucili twarzą do ściany.

Pomieszczenie tonęło w półmroku, rozświetlane pojedynczą żarówką, zbyt słabą, by sięgnąć wszystkich kątów. Mężczyzna, który zjawił się pierwszy, poruszał się wolno i ostrożnie. Zasuszona, poorana zmarszczkami twarz zdradzała sędziwy wiek. Spojrzenie jednak nie straciło nic z wnikliwości i uwagi. Poza tym biło z niego wyraźne ciepło.

– Najstarszy, ale pierwszy – mruknął do siebie z nieskrywanym zadowoleniem.

Usadowił się na jednym z pięciu krzeseł ustawionych przy podłużnej masywnej ławie. Miały poręcze i oparcie, wytchnienie dla starego ciała. Nie czekał długo, by zaczęli schodzić się kolejni.

– Czy pojawi się Feliks? – spytał, gdy wszedł czwarty mężczyzna, jak dotąd najmłodszy, choć mógł być grubo po czterdziestce, a nawet po pięćdziesiątce.

– Zajrzałem do niego. Czuwa przy nim Stefan. Powiedział, że to nie jest dobry dzień.

– Wielka szkoda, Marku, jego wiedza i doświadczenie bardzo by się nam dziś przydały.

– Razem posiadamy dość wiedzy, by sprostać zadaniu. Jan i Łukasz – Marek skinął głową obecnym – z pewnością potwierdzą mą opinię. Powinniśmy się radować, że wreszcie ponownie udało nam się nawiązać kontakt.

Starzec przymknął powieki i wolno skinął głową. Trudno było stwierdzić, czy był to znak, że zgadza się z rozmówcą, czy tylko gest bez znaczenia.

– Strofujesz Mateusza, jakby to on był członkiem Nadzoru od kilku tygodni, a nie ty. – Jan wyraźnie nie podzielał entuzjazmu Marka. W jego głosie słychać było tłumiony gniew. – Nim zaczniemy się cieszyć, sprawdźmy przybyłych. Kto wie, skąd pochodzą i czego od nas chcą.

Łukasz uniósł w górę ręce, starając się uspokoić atmosferę.

– Lepiej dla nas, by byli tymi, za kogo chcemy ich uważać.

– Co masz na myśli? – Mateusz delikatnie pochylił się do przodu.

– To, czego nikt z nas nie śmie wypowiadać na głos i co długi czas było odsuwane jako temat zebrań Nadzoru. Myślę, że Jan, jako Elektryk, wie, o co mi chodzi.

Mężczyzna nazwany Janem skinął głową.

– Zapasy. Kończą się. Prawie nie mamy już części zamiennych, a tylko ich niewielką część jesteśmy w stanie wytworzyć samodzielnie.

Mateusz oparł się ciężko o poręcz krzesła. Wydał przy tym cichy jęk ulgi.

– To poważny problem – przyznał – ale nie do końca masz rację. Nie jest to sprawa zapomniana. Pojawia się cyklicznie, odkąd trwa nasz Zakon, a przynajmniej przez większą część jego trwania. Słyszałem alarmy, gdy tylko stałem cię członkiem Nadzoru, wiele, wiele lat temu. I mimo to istniejemy.

– Raczej wegetujemy – zaprotestował Marek.

– Zamilcz! – Jan nie miał cienia wyrozumiałości dla młodszego towarzysza. – Nie wolno nam wzbudzać paniki, nie nam. Aczkolwiek prawdą jest, że wiele rzeczy jest na wyczerpaniu. Mimo oszczędności i wyłączania całych korytarzy niedługo może zabraknąć żarówek. I z tego, co wiem, dawno by już zabrakło, gdyby nie przybysze ze Strefy H. To samo zapewne dotyczy innych rzeczy. – Poczekał, aż Łukasz potwierdzi to gestem i dopiero wtedy kontynuował: – Na pewno lekarstw, a przecież utrzymujemy przy życiu jednego z przybyłych, choć jego szanse są niewielkie.

– Uznajesz to za marnotrawstwo? – upewnił się Mateusz.

– Tak.

– Jeśli to faktycznie goście z H, ta szczodrość nam się opłaci.

– Lecz jeśli nie, tracimy resztki zapasów, które wkrótce nam samym mogą okazać się niezbędne.

Mateusz na moment przymknął powieki.

– Uważam, że nie wolno ryzykować. Poza tym to człowiek.

– Obcy!
– Żyjemy w izolacji i zamknięciu. Otacza nas obcość.
Jan popatrzył po zebranych.
– Niech jednak Nadzór zdecyduje! – zażądał.
– Jestem za leczeniem – odezwał się Łukasz.
Mateusz jedynie skinął głową. Już wyraził swoje zdanie.
– Ja też. – Marek chwilę zbierał myśli. – Przynajmniej na razie.
– Niech tak będzie. Na razie. Gdy dowiemy się o przybyszach więcej, ostatecznie zdecydujemy. – Jan wykorzystał furtkę, jaką stworzył mu Marek, by sprawa pozostała otwarta.
– Pozostaje jeszcze jedna kwestia – zabrał głos Łukasz. – W każdym razie, o ile mamy do czynienia z tymi, których się spodziewamy. Zapłata.
Mateusz ciężko westchnął.
– I tu właśnie przydałby się Feliks. Jeśli pamięć mnie nie myli, przybysze z H żądali informacji.
– To znaczy? – Jan zerknął na niego badawczo.
– Dostępu do Matki.
– To niemożliwe.
– Nie mamy innej waluty.
– Matka jest zbyt cenna, by dopuścić do niej kogoś spoza Nadzoru!
– Na cóż to wzburzenie? Na cóż duma? – Mateusz sprawiał wrażenie, jakby zamierzał dźwignąć się z krzesła, jednak nie podniósł się. – Bez tej ceny przestaniemy istnieć. Może nie dziś i nie jutro, może dopiero za sto lat, ale koniec jest pewny. Los nie pozostawia nam wyboru.
– Spekulujemy, cały czas – wtrącił Łukasz. – Czy nie powinniśmy najpierw z nimi porozmawiać, potem podejmować decyzje?

– Do rozmowy musimy być przygotowani.

– Do takiej nigdy nie będziemy.

– Najpierw jednak porozmawiajmy z tymi, którzy mieli do czynienia z przybyszami. – Mateusz kiwnął w stronę Marka. – Mogę cię prosić, byś wezwał Piotra.

Mężczyzna zjawił się niemal natychmiast, zapewne spodziewał się, że będzie proszony. Stanął przed czwórką siedzących. Jego wzrok przyciągało jednak puste krzesło. Nie umknęło to uwadze Jana.

– Na wyciągnięcie ręki, prawda? – powiedział.

– Słucham?

– Nie zaprzeczaj, że o nim nie myślisz. Niedługo będzie twoje.

Piotr zmieszał się.

– Cieszy mnie ta myśl – przyznał. – Ale gdyby to do mnie należał wybór, wolałbym, by Feliks pozostał z nami i sprawował funkcję członka Nadzoru jeszcze długo.

– Wszyscy byśmy sobie tego życzyli – Mateusz uśmiechnął się z wyraźnym smutkiem. – Nie tak dawno żegnaliśmy Alena, teraz u kresu stoi Feliks, ja, starszy przecież od niego, też zapewne za niedługi czas dołączę do zaszczytnego grona poprzedników. To trudny czas dla Zakonu. Zbyt wiele zmian w krótkim okresie.

– Mateuszu, przeżyjesz nas wszystkich. – Piotr pokręcił głową.

Tym razem starzec roześmiał się szczerze, bez cienia skrywanej wcześniej zadumy i smutku.

– Na to nie liczę. I wy też nie możecie. Ale nie zebraliśmy się tu dyskutować o zmianach w Nadzorze, jeszcze nie dziś. Ty spotkałeś obcych, co o nich wiesz?

Piotr zamyślił się i zaczął niepewnie:

– Nie powiem zbyt wiele. Prawdę mówiąc, to Czarek zwrócił na nich uwagę, ja byłem nawet gotów zostawić ich własnemu losowi.

– To znaczy? – przerwał Jan.

– Powierzchniowcy wydali wyrok. Skazali ich na śmierć. Na szczęście dla przybyszy przy jednym z pali pozostawili okładkę książki. Po tym poznaliśmy, że nie pochodzą stąd. Na górze nie potrafią pisać i czytać, to przywilej Zakonu.

– Czy z książki pozostało coś więcej? – zainteresował się Łukasz.

– Jedynie okładka.

– Znasz tytuł?

– Nie zwróciłem baczniejszej uwagi, ale sądząc po resztkach było to grube tomiszcze i na pewno o elektryczności, to zapamiętałem.

Członkowie Nadzoru, wyraźnie ożywieni, spojrzeli po sobie.

– To jeszcze zbyt mało, by mieć pewność – ostrzegł Jan.

– Więcej niż moglibyśmy się spodziewać – nie zgodził się Marek. – Sama natura ich wiedzy wskazuje, że pochodzą z miejsca oświeconego. Czyż znamy inny niż Strefa H?

– To, że nie znamy, nie oznacza, że nie istnieje! Nazbyt krótko dzierżysz miejsce w Nadzorze i twoje sądy nie są wyważone.

– Tak, jestem nowy w tym gronie. Wypominasz mi to przy każdej okazji! Według ciebie w ogóle nie powinienem się tu znaleźć! Zabrałbyś należne mi miejsce!

Jan zamierzał coś odpowiedzieć, lecz Łukasz położył dłoń na jego dłoni i ścisnął. Lekko pokręcił też głową. To nie był czas i miejsce na podobne spory.

Mateusz również tak uważał.

– Ostudźmy emocje – poprosił. – Nikt ci, Marku, nie zabierze miejsca w Nadzorze. To twoje prawo z racji wieku. Nie ma między nami lepszych i gorszych, mniej lub bardziej godnych uczestniczyć w radzie. I nie po to się zebraliśmy, by powtarzać rzeczy oczywiste, prawa, które funkcjonują od wieków. Mamy pilniejszy temat. Jakie sprawili na tobie wrażenie? – to pytanie ponownie skierował do Piotra.

– Barbarzyńców. Zapewne potrafią pisać i czytać, co odróżnia ich od Powierzchniowców, lecz nie zdają się uczeni w sensie, w jakim my to pojmujemy.

– Mów dalej.

– Nie mogę powiedzieć nic o rannym, jest nieprzytomny, a jego szanse przedstawiają się mizernie, ale pozostała dwójka nie zachwyca. Starszy, łysy, być może posiadł jakąś mądrość, lecz młodszy to krewki dzieciuch. Nie podobały mu się nasze zwyczaje przyjmowania nowych braci i musieliśmy użyć paralizatora.

– Nic mu się nie stało?

– Dojdzie do siebie.

– Miejmy nadzieję, że nie zachowa urazy. To mogłoby się źle odbić na wymianie – zauważył Marek.

– O ile są tym, za kogo chciałbyś ich uważać. O ile dojdzie do jakiejkolwiek wymiany – Jan był bezlitosny dla towarzysza.

Mateusz uniósł ręce, uciszając rodzącą się na nowo kłótnię.

– Wierzę, że zaszła konieczność użycia środków przymusu. Czy jest jeszcze coś, co chciałbyś nam powiedzieć o przybyszach?

– Wydają się dziwić wszystkiemu, co widzą. Betonowym ścianom, lampom, niemal wszystkiemu. Poza tym...

– Tak?

– Śmierdzą.

Mateusz zaśmiał się.

– Po tym, co spotkało ich na górze, to akurat dziwi najmniej. Zadbaj, by dostali czyste ubrania.

– Stare radziłbym zniszczyć, mogą przenosić pasożyty.

– To akurat mogłoby okazać się sporym nietaktem. Oczyśćcie je na ile to możliwe i oddajcie im. Z uprzejmą prośbą, by, póki u nas goszczą, ich nie wkładali...

Skinął Piotrowi głową na znak, że mężczyzna może odejść.

– I co sądzicie? – spytał pozostałych członków Nadzoru, gdy zamknęły się drzwi.

– Że wiemy tyle, co wcześniej, i tylko rozmowa z obcymi może nam cokolwiek wyjaśnić. – Łukasz uśmiechnął się smutno.

Marki nie potrafił określić, ile czasu upłynęło, nim ponownie mógł się ruszyć. Obrócił się na drugi bok, i zobaczył siedzącego naprzeciw na podłodze Wiarołomcę.

– Jak się czujesz? – usłyszał.

Cóż mógł odpowiedzieć? Nadal czuł lekkie zdrętwienie i nie opuszczało go wrażenie, że nie wolno mu w pełni zaufać własnemu ciału. Mięśnie mogły zawieść.

– Nazywają to paralizatorem, bo czasowo paraliżuje. Skutki mają minąć – dodał Szymon. – Tyle mi wyjaśnili.

Marki obrzucił wzrokiem pomieszczenie. Nieduże, mierzyło około trzy na trzy metry i było zupełnie puste. Z błyszczącej wypukłości nad zamkniętymi drzwiami biło słabe światło. Jakby ktoś pochwycił delikatny blask księżyca, zmieszał z czerwonawym zachodem słońca i zamknął w niewielkiej szklanej półkuli. Chłopak podciągnął się w górę przy ścianie – bał się, że próba wstania bez solidnego podparcia skończy się upadkiem – i podszedł bliżej. Dopiero gdy się przyjrzał owemu dziwu, stwierdził suchy fakt:

– Zabrali malca.

– Drewala też.

Dopiero teraz uprzytomnił sobie, że znikł również marszałek. Przez zamieszanie z chłopcem zupełnie o nim zapomniał. Zawstydził się.

– Są w stanie go uratować?

Szymon pokręcił głową.

– Nie sądzę. Rana jest zbyt poważna. Ale nie znamy ich możliwości... – zakończył ciszej.

– A syn Renet?

Wiarołomca podniósł się niespiesznie. Położył dłoń na ramieniu Markiego.

– Zostanie z nimi. To nie jest złe rozwiązanie. Nie jest też zapewne idealne, zwłaszcza w twoich oczach. Ale jak często spotykają nas rzeczy wyłącznie dobre, bez ciemnych stron?

– Łatwo ci mówić, to nie twoje dziecko. – Marki miał ochotę strącić dłoń towarzysza, lecz pozwolił się usadzić w rogu przy ścianie. Pozycja siedząca była znacznie pewniejsza, nie bał się, że lada moment runie na podłogę.

– Twoje też nie.

– Niech więc pozwolą decydować rodzicom!

– Nie pozwolą, tak jak i tobie nie pozwolą! To ich świat, nie zauważyłeś? Robią to od wieków. Sądzisz, że wystarczy, że się pojawiłeś i naprawisz wszystko wokół? Jeśli tak, uwierz, że tak się nie stanie. Zaakceptuj, nie wtrącaj się.

– Mam ślepo przyjąć, że tak będzie lepiej?! Zwłaszcza, jeśli wszystko we mnie temu przeczy?!

– Nie każę ci niczego przyjmować – wydawało się, że Wiarołomca wybuchnie gniewem, jednak w jego głosie było słychać raczej rezygnację. – Masz się pogodzić, zapomnieć.

– Bo ciebie to nic nie obchodzi?!

– Bo wiem, że nic na to nie poradzę. A nawet gdybym mógł cokolwiek zmienić, nie jestem pewien, gdzie w tym wypadku leży dobro. Renet z pewnością go opłacze, to los matki. Ale czy mamy pewność, że nie opłakałaby go za pół roku z nastaniem mrozów? Z tych dwóch możliwości naprawdę wolę pierwszą.

Marki uniósł ręce w geście rezygnacji. Brakowało mu sił, by dłużej ciągnąć tę dyskusję, tym bardziej, że poniekąd przyznawał Wiarołomcy rację. Szymon podszedł do sprawy logicznie i takie dokładnie wyciągnął wnioski, wyzute z emocjonalnych przesłanek, nakazujących zostawić dziecko przy rodzicach. Czy Alen, jak go nazwali, mógł być tu szczęśliwy? Na to pytanie chłopak nie potrafił udzielić odpowiedzi. Nie znał Schronu. Widział jedynie kilka ciemnych korytarzy i tę celę, za mało, by wyrobić sobie jakiekolwiek zdanie. Sądził, że chyba nie potrafiłby żyć stale pod powierzchnią, jednak wychował się w Gnieździe Brzóz i otaczających je lasach, gdzie brak murów był normą, nie wyjątkiem. Owszem, schodzili często pod ziemię, za każdym razem, gdy nadciągała burza lub gdy wydawało im się, że taka nadciąga, jednak czas w ciemnościach rozświetlanych płomieniem pochodni i świec zawsze liczony był w godzinach, nigdy w dniach. A tu... Spojrzał na zimne ściany z nieznanego mu wcześniej betonu. Tu odmierzały go pory roku, może nawet lata. To wyjście na powierzchnię było rzadkością, świętem.

Rozejrzał się za czymś, na czym mógłby zawiesić wzrok, lecz pomieszczenie pozbawione było jakichkolwiek sprzętów. Gołe brudne ściany i podłoga. W słabym świetle uwidaczniał się porastający część stropu grzyb. Zdawał się delikatnie, niemal niezauważalnie świecić. Dopiero po chwili Marki dostrzegł wyżłobienia w jednolitym zdawałoby się murze. Układały się w schemat znany mu już z innych ścian, choćby tej przy furtce w siatce. Rzędy kwadratów uzupełnione kilkoma prostokątami, a na nich niemal już nieczytelne litery i znaki. Rysunek nie był pojedynczy. Gdy się przyjrzał, odnalazł kolejne, nieco mniejsze lub większe, często niemal zatarte, fragmentaryczne, lecz wszystkie dokładnie takie same.

– Co z nami zrobią? – spytał, odrywając od nich wzrok i przenosząc go na Szymona.

– Czyżby nagle zaczęło cię martwić to, czym naprawdę powinieneś się interesować? – odparł pytaniem Wiarołomca. – Chwilowo odrzuć obawy. Jesteśmy im potrzebni, by opowiedzieć o świecie za Ścianą, o obu znanych nam światach. Nasze krety nie przekroczyły Pęcherza. Grzebiąc się w ziemi, odcięli się od wielu możliwości.

– A potem? – Marki wydął usta.

Skłamałby, twierdząc, że nie czuje niepokoju, jednak był daleki od paraliżującego strachu. Odkąd opuścił Gniazdo, by wybrać się na kilkudniową niewinną wyprawę, co rusz stawał twarzą twarz ze śmiercią. Jak dotąd jej unikał, a dokładniej to ona nie zdołała go pochwycić, choć za każdym razem zdawało się, że tym razem już się nie wywinie z łap kostuchy.

– Nie wybiegam tak daleko w przyszłość. – Szymon wzruszył ramionami.

*– Przygotujcie się, zostaniecie zaprowadzeni przed oblicze Nadzoru.*

Głos zabrzmiał z niewielkiej metalowej tuby podwieszonej pod sufitem. Schowana w zacienionym rogu nie rzucała się w oczy. Słowa były piskliwe i nie brzmiały naturalnie. Po plecach Markiego przemknęły ciarki. Ponownie pomyślał o demonicznej naturze mieszkańców podziemnych tuneli. Może opinia ludzi z wioski wcale nie była bezpodstawna? Szymon w każdym razie nie zdradzał zdenerwowania. Przyglądając mu się, Marki nabrał przekonania, że jego towarzysz w najmniejszym stopniu nie rozważa podobnej ewentualności. Dla niego mieszkańcy Schronu od początku byli ludźmi i tylko ludźmi.

Po chwili zabrzmiał zgrzyt zamka. Metalowe drzwi, powyginane, popękane, a miejscami przeżarte rdzą, uchyliły się przy wtórze głośnego jęku. Do wnętrza ostrożnie zajrzało dwóch mężczyzn. Marki nie znał żadnego z nich. Obaj liczyli około trzydziestu lat. Poza tym bardzo się różnili, jeden był wysoki i łysy, drugi niski i z rzadką blond czupryną. W dłoniach trzymali paralizatory, starali się jednak, by nie rzucały się w oczy.

– Czekają – oznajmił wyższy – ale najpierw przebierzcie się... – Zamierzał chyba podać im pakunek z ubraniami, ale ostatecznie rzucił go na podłogę. Widać było, że chce być uprzejmym, ale jednocześnie boi się przybyszy. To spostrzeżenie podniosło Markiego na duchu.

– To nakaz? – Wiarołomca uniósł brwi w teatralnym geście.

– Prośba. Wasze stroje nie pachną najlepiej. Delikatnie to określając. – Mężczyzna zmarszczył nos.

– Nie martwcie się – wtrącił blondyn – nie zniszczymy ich. Zostaną uprane i oddane wam po przesuszeniu, aczkolwiek bardzo byśmy prosili, byście, pozostając naszymi gośćmi, nosili nasze stroje.

Wiarołomca ściągnął kamizelkę. Powąchał ją. Pachniała dymem niezliczonych ognisk i potem. I faktycznie

nie była najczystsza, lecz czy śmierdziała? Tak tego by nie określił, ten zapach towarzyszył mu, zdawałoby się, od zawsze. Roześmiał się, po czym podniósł z podłogi czyste ubrania. Przyniesiono im długie szaty, niemal identyczne z tymi, które nosili mieszkańcy Schronu. W wielu miejscach cerowane i łatane, lata ich świetności dawno minęły. Nie zwlekając, założył strój, a Marki poszedł w jego ślady.

– Gotowe, teraz możemy iść zgodnie z rozkazem na przesłuchanie.

– Zaproszeniem – sprostował blondyn.

– Właśnie widzę. – Szymon wskazał ściskane przez nich urządzenia.

– Środki bezpieczeństwa – odezwał się wyższy, wykrzywiając usta w fałszywym uśmiechu. – Nie znamy was.

Wiarołomca niespiesznie wyszedł na korytarz. Marki podreptał za nim. Było tu nieco jaśniej niż w celi, aczkolwiek nadal panował półmrok.

– Dokąd nas prowadzicie? – zagadnął chłopak.

Żaden z mieszkańców Schronu nie odpowiedział. Gestem wskazali kierunek i bez słowa ruszyli za Szymonem i Markim.

Droga wiodła poziomymi korytarzami choć kilkakrotnie schodzili niżej po częściowo skorodowanych, wpuszczonych w beton stopniach. Podreperowano je, czym się dało, głównie kawałkami drewna, lecz wcale nie sprawiały wrażenia pewnych, należało uważać na każdy krok. Krążąc w tunelach, Marki kilkakrotnie dostrzegał drucianą siatkę. Czasami, zwłaszcza na wyższych kondygnacjach, ciągnęła się wzdłuż sufitu i jako taka nie mogła pełnić żadnych funkcji ochronnych. Niczemu nie przeszkadzała i nikogo by nie zatrzymała. Nie pytał o nią, wątpił, czy usłyszałby wyjaśnienia.

Wprowadzono ich wreszcie do dość dużej sali. Czekało już na nich czterech mężczyzn usadowionych na drewnianych fotelach. Członkowie Nadzoru byli w różnym wieku, najmłodszy z nich liczył co najmniej pięćdziesiąt lat, najstarszy grubo ponad siedemdziesiąt. Piąty fotel stał pusty. Naprzeciw ustawiono długie ławy w trzech rzędach.

Ich przewodnicy zostali. Stanęli blisko wejścia, na tyle daleko, by pokazać, że nie uczestniczą w rozmowie, i na tyle blisko, by w razie zagrożenia móc niezwłocznie ruszyć z pomocą starszyźnie.

Nie ufają nam.

Markiego to nie dziwiło. Sam na miejscu mieszkańców podziemnego kompleksu zachowałby ostrożność. Zresztą on im też nie ufał. W jego oczach pozostawali porywaczami dzieci. Wiarołomca po wejściu do pomieszczenia rozejrzał się krótko, a potem skinął delikatnie głową najstarszemu z siedzących.

– Zwą mnie Szymon – powiedział głośno – a to mój towarzysz Marki. Nie byliśmy jednak sami, czy wolno spytać o zdrowie naszego przyjaciela. Jego imię brzmi Drewal.

Starzec drgnął.

– Jego stan jest zły – powiedział wolno, jakby z zastanowieniem. – Nie możemy gwarantować nawet, że dożyje godziny odpoczynku.

Marki przypuszczał, że chodzi o wieczór. Pod ziemią takie terminy jak dzień czy noc przestały mieć jakikolwiek sens. Jeśli w Schronie kierowano się upływem czasu, to jedynie odmierzanego pracą i odpoczynkiem, posiłkami lub kolejnymi zadaniami.

– Mimo wszystko wdzięczni jesteśmy za chwile, które mu poświęciliście – odparł Wiarołomca.

Starzec zaśmiał się skrzekliwie.

– Moi młodsi bracia, jak słyszałem, nie byli zbyt chętni, by go zabrać.

– Dawno przestałem oceniać ludzi po deklaracjach. Patrzę na czyny – oznajmił Szymon.

Mężczyzna kiwnął z uznaniem głową.

– Tak postępują mądrzy ludzie. Usiądźcie. – Wskazał ławy. – Mówiono mi, że przybyliście z daleka. Może jest coś, co moglibyśmy dla was zrobić?

– Od lat moje cele się nie zmieniły. Wyruszyłem na wędrówkę szukać prawdy. I jeśli pobyt tu mnie do niej zbliży, będę uszczęśliwiony.

Starzec skinął głową.

– Więc zapewne tak będzie. – Poprawił się na krześle i ponownie cicho zaskrzeczał, co zapewne było kolejnym atakiem wesołości. – Wybaczcie jednak, że zaniedbałem obowiązki gospodarza. Na usprawiedliwienie wspomnę, że rzadko miewamy gości. Tak rzadko, że ani za mojego życia, ani za życia dwóch moich imienników przede mną to się nie zdarzyło. Zwą mnie Mateusz, obok zasiadają – wskazywał kolejno – Jan, Łukasz i Marek. Jak zapewne się domyślacie, razem z chorym towarzyszem, którego z nami nie ma, nosimy wspólne miano Nadzoru. Jesteśmy starszyzną małej i zamkniętej, w obu znaczeniach tego słowa, społeczności. Trudno mi mówić o nas, gdyż mnie wszystko wydaje się oczywiste, a nie nawykłem przedstawiać się nikomu. Żyjemy pod ziemią, naszym całym światem jest Schron, a celem istnienia zachowanie prawdy i pamięci. Któryś z naszych chwalebnych poprzedników sprzed wielu wieków nazwał nas Zakonem Prawdy. Chyba utrafił w sedno, bo to określenie przylgnęło na dobre. – Starzec chrząknął. – Chwilowo tyle o nas. Słuchamy teraz was.

– Co chcecie wiedzieć? – spytał Wiarołomca.

– Skąd przybywacie? – Łukasz starał się mówić spokojnie, ale jego głos delikatnie drżał. – Ze Strefy H?

Szymon pokręcił głową.

– Nie znamy tej nazwy. Lecz nasza podróż przez kolejne światy nauczyła nas, że ludzie w oddalonych miejscach różnie nazywają te same rzeczy,

Na twarzach członków Nadzoru odmalowało się rozczarowanie.

– Światy, o których mówisz – zażądał Jan – opowiedzcie o nich!

Ton głosu zdradzał porywczość i niecierpliwość. Nie cechowała go też łagodność Mateusza. Pomieszczenie było lepiej oświetlone niż wszystkie, które dotąd odwiedzili, i może stąd oczy mężczyzny zdawały się błyszczeć, wręcz płonąć. Szymon na moment utkwił w nim spojrzenie. Marki sądził, że towarzysz zaprotestuje, jednak Wiarołomca spokojnie odparł:

– Chętnie spełnimy to życzenie. Opowiemy o Strefie, z której się wywodzimy, i o tych, które odwiedziliśmy. – Jan i Łukasz chciwie pochylili się ku nim. Było wręcz coś groteskowo zabawnego w ciekawości, niemal drapieżnej, której nie potrafili ukryć. – Lecz... – Szymon na moment zwiesił głos – liczę, że nie będzie to jedynie jednostronna wymiana wiadomości. Mam pytania, całe mnóstwo pytań. Zagadek, które być może tylko wy jesteście w stanie pomóc mi rozwiązać.

Mateusz wysłał mu uspokajający uśmiech.

– Zrobimy, co w naszej mocy – zapewnił. – Jednakże nie oczekuj cudów. Cała wiedza, której tak pilnie strzeżemy, to zaledwie ułamek tego, co zostało przez wieki zapomniane.

Marek niecierpliwie wiercił się w fotelu. Nietrudno było zauważyć, że jest najmłodszy pośród członków Nadzoru, choć Łukasz nie mógł być wiele starszy. I nie tylko wiek go wyróżniał. Był także lekko pucołowaty, w każdym razie na tle zasuszonych współbraci. Jak dotąd Marki nie widział grubasa wśród mieszkańców Schronu i podejrzewał, że daremnie by takiego szukać. Nie wiedział, czym odżywiali się ci ludzie, lecz z pewnością ich dieta nie należała do tłustych.

– Marki i Marek – odezwał się mężczyzna nieco piskliwym głosikiem. – Biorąc pod uwagę zmiany w języku, jakie zachodzą na przestrzeni lat w odizolowanych społecznościach, to może być to samo imię. Czy nie powinniśmy odczytać tego jako znaku?

Wydawał się podekscytowany. Towarzysze spojrzeli na niego, jeśli nie z naganą, to z wyraźną dezaprobatą. Żaden nie wykazał zainteresowania. Nie oczekiwali znaków lub nie widzieli ich w zbieżności imion.

Mateusz mruknął coś lekko zawstydzony i dodał:

– Wybacz mojemu bratu, że odciąga nas od spraw istotnych. Marek zwykł zajmować się błahostkami i przyjemnościami.

Marek zrobił urażoną minę, lecz nie protestował.

– Czekamy chciwie waszych słów – wsparł Mateusza Jan.

Wiarołomca nie kazał się dłużej prosić. Zaczął opowiadać o ich rodzinnej Strefie. Czterech członków Nadzoru co rusz przerywało, prosząc o wyjaśnienia lub uściślenia. Głównie interesował ich poziom wiedzy i organizacja społeczna. Zresztą jedno i drugie zdawało się ich rozczarować. W przeciwieństwie do oficerów Świętej Armii Podwójnej Trójcy w najmniejszym stopniu nie ciekawiła ich siła i rodzaj uzbrojenia oddziałów, jakie poszczególne gniazda mogły wystawić. Równie obojętnie przyjęli informacje o burzach entropicznych, Studniach i Ścianach. Za to sama wzmianka o Akademii sprowokowała dziesiątki różnych pytań. Niektóre były tak szczegółowe, że Marki, który Akademii nie widział na oczy, nie do końca rozumiał wyjaśnienia Szymona.

Po krótkiej przerwie, w trakcie której jeden z młodszych braci przyniósł im do picia bladoróżowy płyn, Wiarołomca przeszedł do opisywania Państwa. Z oczywistych względów jego informacje nie były już aż tak szczegółowe. Na większość pytań ani Szymon, ani Marki nie potrafili udzielić odpowiedzi. Opowiadali o tym, co widzieli: liniach kolejowych, obozach, świetnych karabinach, z którymi nie mogła równać się najlepsza strzelba z ich Strefy. Jednakże sprawy te zdawały się niemal nie interesować Nadzoru. Starcy słuchali, nie przerywając, lecz też zbytnio nie emocjonując się informacjami. Dopiero słowa o księdze zawierającej wiedzę o elektryczności nieco ich ożywiły.

– Więc jednak zupełnie nie zapomnieli – westchnął cicho Mateusz.

– To źle czy dobrze? – Wiarołomca wychwycił uwagę.

Starzec spojrzał mu prosto w oczy. Dłuższą chwilę wpatrywali się tak w siebie nawzajem.

– Jak mogę odpowiedzieć? Czy nóż jest dobry czy zły? – odparł wreszcie. – Pomaga polować, przedzierać się przez las, lecz równie dobrze możesz wbić go w ciało drugiego człowieka. Żadne narzędzie nie jest ani dobre, ani złe. A elektryczność... to tylko narzędzie, choć, jak widzę, świat zapomniał, jak się z niego korzysta.

– Ale wy pamiętacie?

Mateusz wskazał światła bijące z sufitu.

– To lampy – wyjaśnił – napędza je elektryczność. Żyjemy tu na dole dzięki niej. To ona obsługuje pompy, które wtłaczają powietrze. To ona... – urwał, jakby uznał, że powiedział zbyt wiele. – Spełnia wiele funkcji, wiele – zakończył z naciskiem na ostatnie słowo.

– A paralizatory? – Szymon wolno wymówił tę nazwę, wypowiadając każdą sylabę oddzielnie. – Dobrze je nazwałem? Czy w nich też jest elektryczność?

– Czemu pytasz?

Wiarołomca rozejrzał się na boki, jakby gdzieś tam szukał potwierdzenia, że może podzielić się z Nadzorem tajemnicą, którą skrywa.

– Elektryczność niszczy Studnie – wyznał po krótkiej chwili zastanowienia. – Sprawia, że przestają działać.

Mateusz i Marek sprawiali wrażenie zaskoczonych, a Łukasz uśmiechnął się pobłażliwie, wyraźnie nie uwierzyli. Za to oblicze Jana pociemniało.

– Przybywasz ze świata, w którym wymachuje się szabelką – rzucił gniewnie – a twierdzisz, że wiesz coś, o czym nie mieli pojęcia sięgający gwiazd Starożytni?! Czy gdyby tak było, ludzkość upadłaby równie nisko?! Zobacz, co się z nią stało! Twoja Strefa utknęła na poziomie zbliżonym do tego sprzed półtora tysiąca lat, ta, którą odwiedziliście, w najlepszym przypadku sprzed tysiąca, a ci, którzy mieszkają nad nami... Nawet nie potrafię tego określić!

Oblicze Wiarołomcy pojaśniało. Nie krył zadowolenia, zdając się nie dostrzegać karcącego tonu.

– Ile liczy świat?! – zawołał.

– Nie wiesz tego?

Łukasz chciał coś jeszcze dodać, ale Szymon wszedł mu w słowo:

– Mędrcy z Akademii spisują naszą historię od czterystu lat. Od chwili, gdy Staras I założył Gniazdo Dębów, osadę nad małą rzeczką zwaną Kosenek. Istnieją przesłanki wskazujące, że nie było to pierwsze gniazdo w naszej Strefie, inne istniały już wcześniej, lecz nie zachowały się relacje, które mogą to w sposób jednoznaczny potwierdzić. – Starzec otwierał usta, by to skomentować, lecz Wiarołomca nie pozwolił mu dojść do słowa: – Tyle nasi uczeni. Ja jednak jestem przekonany, że świat jest o wiele starszy. Kiedyś sądziłem, że może nawet dwu lub trzykrotnie, potem jednak wyczytałem wzmianki o liczbach, od których kręci się w głowie. Tysiącach tysięcy tysięcy. Czy to prawda?

Mateusz zaśmiał się.

– Dwu lub trzykrotnie – powtórzył z rozbawieniem. – Pozostań przy księgach, są bliższe prawdy. Świat jest tak stary, że, jak widzę, nie znasz liczb, które mogłyby to opisać. Wytłumacz jednak, czemu sądzisz, że elektryczność miałaby niszczyć Studnie. Wszystko, co wiem, przeczy temu twierdzeniu. Studnie pojawiły się wraz z przybyciem Przekłuwaczy, wraz z powstaniem Ścian i zmianami, jakie temu towarzyszyły. Jeśli cokolwiek sprowadziło na Ziemię owo przekleństwo, to była to właśnie elektryczność. Ona ściąga zło.

Szymon wzruszył ramionami.

– Zdaję sobie sprawę z jej niszczycielskiej mocy. Rodzinna osada Markiego została unicestwiona, bo jego ojciec użył pradawnego urządzenia. Jednak wrzucając to samo urządzenie do Studni, sprawiliśmy, że znikła. – Opowiedział pokrótce o wyroku Waresa i późniejszych wydarzeniach.

Mateusz nie wydawał się przekonany.

– To musiał być zbieg okoliczności, wasze niebywałe szczęście. Zapewniam cię, że w ciągu wieków do różnych Studni trafiły nie dwa, i nie trzy mechanizmy napędzane prądem. Zapewne setki, może tysiące. Starożytni dawno by zauważyli podobny efekt.

– Należy je przedtem uruchomić – upierał się Wiarołomca. – Wyczytałem to w pradawnej księdze, a potem sprawdziłem doświadczalnie. To działa!

Starzec pokręcił głową.

– A jeśli... – Marki po raz pierwszy się odezwał, dotąd to Szymon udzielał wszystkich wyjaśnień. Piszczał jak nienaoliwiona maszyna, odchrząknął, by odzyskać sprawność głosu. – Wasze małe słońca...

– Lampy – przerwał mu Jan.

– Wasze lampy – poprawił się chłopak – napędza elektryczność. Jednak owa siła zdaje się mieć rożne oblicza. Nie znam jej, widzę potęgę elektryczności drugi raz w życiu, ale wtedy przy Studni było inaczej. Tamten mechanizm nie wytworzył światła, a iskrę.

– Elektryczność to elektryczność – uciął Jan. – Przybiera różne formy, lecz w gruncie rzeczy to jedno zjawisko. Nie ma znaczenia, pod jaką postacią występuje.

W tonie wypowiedzi brzmiała tak wielka pewność siebie, że Marki nie śmiał podjąć dyskusji. Zresztą myśl, która przyszła mu do głowy, mogła być mylna. Zapewne taka była. Naprawdę nic nie wiedział o sile, która przywoływała Ity, ale również potrafiła rozświetlić podziemne korytarze. Nie sądził też, by Wiarołomca poznał ją lepiej. Ich świat nigdy nie zdobył tej mądrości lub w dużej mierze została ona bezpowrotnie utracona.

– Opowiedzcie nam więcej – zaproponował Szymon. – Zaspokoiliśmy waszą ciekawość, prosimy, byście odwzajemnili się tym samym.

Członkowie Nadzoru poruszyli się niespokojnie. Głos zabrał Mateusz.

– Oczywiście spełnimy to życzenie, lecz chyba nadeszła pora na przerwę. Z pewnością jesteście głodni.

– Posiłek może zaczekać – obruszył się Wiarołomca.

Mateusz uśmiechnął się, temu grymasowi daleko było jednak do naturalności.

– Jesteście młodzi, natura nie odebrała wam jeszcze sił i energii. Miej jednak wzgląd również na nasze stare kości. Ten twardy fotel nie ma jej za grosz.

Przewodniczący Nadzoru podniósł się, z cicha stękając. Marki mógłby się założyć, że przychodząc tu, nie poruszał się aż tak niezgrabnie. Teraz jego wiek stał się doskonałą wymówką do zakończenia spotkania.

– Ale... – zaczął Szymon.

– To postanowione – nie pozwolił mu dokończyć Łukasz. – Spotkamy się później. W tej chwili zapraszamy na posiłek. Muszę was jednak uprzedzić, że nasza dieta może wydać się wam dziwna. Zapewne daleko odbiega od tego, do czego jesteście przyzwyczajeni, żyjąc na powierzchni.

– Przede wszystkim nie jesteśmy wybredni – skwitował Marki.

– Czy przynajmniej moglibyśmy dostać kilka książek? – napierał Wiarołomca. – To źródła wiedzy, które nie męczą kości innych, tylko czytającego.

Mateusz niechętnie skinął głową.

– Niech się tak stanie. A teraz proszę do stołów.

Nie jesteśmy wybredni!

Po kilkunastu minutach Marki musiał przyznać, że się mylił. Posiłek zaserwowany przez gospodarzy okazał się szarą bezsmakową papką, w której – choć próbował – nie potrafił doszukać się pozytywnych cech. Przypominała zmielony papier. Wygląd również nie wzbudzał entuzjazmu, stanowiła jednolitą, lekko zgęstniałą masę. Gdyby nie to, że był już porządnie głodny, nie tknąłby jej. Do popicia dostali tę samą ciecz, którą częstowano ich wcześniej. Była słodka, innych zalet próżno szukać, bo smak pozostawiał wiele do życzenia.

– Tak odżywiacie się na co dzień? – spytał Czarka, który wraz z pozostałymi szeregowymi mieszkańcami Schronu dołączył do nich przy posiłku.

Marki naliczył czternaście osób, w różnym wieku, dwóch chłopców młodszych nawet od niego. Wraz z członkami Nadzoru, którzy jedli przy osobnym stole, Alenem oraz chorym starcem, byli to zapewne wszyscy mieszkańcy kompleksu. Wspomnianych dwadzieścia osób, równych sobie braci, Zakon. Tak samo odciętych od świata i tak samo traktowanych. W każdym razie podczas posiłku chłopak nie zauważył, by starszyzna dostała coś lepszego, zawartość ich talerzy zdawała się w najmniejszym stopniu nie różnić.

Czarek skinął głową zamiast odpowiedzi. Marki długo się zastanawiał, czy zadać kolejne pytanie. Być może wcale nie chciał tego wiedzieć.

– Co to jest? – Ciekawość zwyciężyła.

– Glony.

– Czyli?

– Chlorellia, spirulina i inne. O szczegóły musiałbyś zapytać któregoś z Hydraulików albo Biologów.

Marki nie zrozumiał ani słowa. Podejrzewał, że to lepiej. Czym pożywiali się ludzie stale przebywający pod ziemią? Odpowiedzi, które podsuwała mu wyobraźnia, nie były budujące.

– Ale czasem urozmaicacie dietę? – drążył. – No, gdy wychodzicie na zewnątrz...

Czarek zasłonił usta ręką, by zdławić śmiech.

– Kiedyś tak podobno robiono. Przyznam się, że my też jakiś czas temu spróbowaliśmy – wyjaśnił, gdy się uspokoił. – Adam przyniósł jagody, przynajmniej tak je nazwał. Wszyscy, którzy je zjedli, pochorowali się. Sam przesiedziałem kilka godzin w latrynie. Nie chciałbym powtarzać tego eksperymentu.

– Przyniósł nie te owoce – zgadywał chłopak.

– Niekoniecznie – wtrącił Wiarołomca – może zwyczajnie wasze żołądki nie są na nie przygotowane. Wiem coś o tym. Wędrowałem wiele po naszej Strefie i zawsze picie najczystszej choćby wody w Gnieździe

Wydr kończy się u mnie biegunką. Miejscowi zaś piją ją bez żadnych przykrych następstw. Jeśli w ogóle nie jadacie niczego z powierzchni, to próba urozmaicenia posiłków może się skończyć małą katastrofą. Co innego, gdyby okresowo podawano wam owoce. Przecież jako dzieci musieliście je jadać.

Czarek zrobił obojętną minę.

– Zapewne tak było. Nie pamiętam. Nikt z nas nie pamięta.

Wiarołomca trącił czułą strunę w duszy Markiego. Chłopak od razu pomyślał o Alenie. On również miał spędzić życie w tunelach, karmiąc się tą dziwną papką i zapominając świat na górze.

– Nie żałujesz, że wychowałeś się tu, a nie z prawdziwą rodziną? – zapytał Marki

– Nawet przez moment. – Czarek zdecydowanie pokręcił głową. – Mieszkając wśród braci, zdobyłem wiedzę i jestem świadomy. Gdybym został w wiosce, wyrósłbym na dzikusa.

– Są prymitywni, co nie oznacza, że od was gorsi – zaprzeczył Szymon.

Czarek uśmiechnął się lekceważąco.

– Oczywiście, że to nie ich wina, ale są gorsi – oznajmił. – I nie chodzi jedynie o to, że polują i marzną zimą, zakładają rodziny i nigdy nie są pewni następnego dnia, bo może przyjść burza, która zakończy ich istnienie. Po prostu są... ciemni, prymitywni.

Marki zagryzł wargę, by nie zaprotestować.

– I tu burza może was sięgnąć. Podziemia chronią, lecz nie zabezpieczają w pełni – powiedział jedynie.

Przypomniał sobie niezliczone godziny spędzone w lochach rodzinnego gniazda. Nawet tam zdarzało się, że woda w którymś z rozstawionych pojemników nagle się zagotowała. Wyładowanie przedzierało się przez grubą warstwę ziemi i kamienia. Były to stosunkowo rzadkie przypadki, ale miały miejsce częściej, niż ktokolwiek by sobie tego życzył.

– Nie tu – uciął Czarek. – Tu jesteśmy bezpieczni. – Nagle sposępniał. Marki czekał na wyjaśnienia, lecz mężczyzna nie zamierzał ich udzielić. Zamiast tego machnął ręką i przywołał dwóch najmłodszych braci: – Grzegorz, Dariusz, podejdźcie na moment.

Chłopcy niechętnie oderwali się od posiłku. Wydawali się przestraszeni.

– Nasz gość chciałby spytać, czy żałujecie.

– Czego? – pisnął młodszy. Był podobny do Alena, choć znacznie starszy.

– Że znaleźliście się tutaj – uściślił Czarek – zamiast pozostać na powierzchni.

Niemo pokręcili głowami.

– Nie ugryziemy was – zachęcił Szymon – powiedzcie coś.

Chłopcy spuścili głowy.

– Nie zostaliśmy jeszcze pełnoprawnymi braćmi, nie zdaliśmy Matury. Nie możemy się wypowiadać – spróbował wykręcić się młodszy. Drugi był od niego około dwa lata starszy, ale sprawiał wrażenie jeszcze bardziej nieśmiałego.

Marki uśmiechnął się najszczerzej, jak potrafił.

– Nie pytam o wiedzę, tylko czy jest wam tu dobrze? Może jednak wolelibyście być z rodzinami?

– Powierzchniowcy są barbarzyńcami – obruszył się młodszy chłopiec. – W Schronie promienieje na nas światło wiedzy.

Marki zrozumiał, że pytania są daremne. Ci chłopcy nie pamiętali dawnego życia. Nie mogli więc za nim tęsknić. Z ich głów uleciały wspomnienia rodziny, lasu, słońca. Obrazy zamieniły się w puste słowa. Nieodwracalnie stali się częścią podziemnego kompleksu i przyjęli jego punkt widzenia. Dał znać, że mogą wrócić do przerwanego posiłku.

– A to? – spytał Marki, wskazując wyżłobiony w blacie stołu dobrze mu już znany schemat. Ktoś wyciął go starannie w drewnie, a poczerniałe bruzdy wskazywały, że stało się to lata temu.

– Tutejsza zabawa, długo by tłumaczyć – odparł lekceważąco Czarek.

– Mamy czas – zachęcił Wiarołomca.

– Nie chcę was zanudzać – uciął Czarek, a ton głosu jednoznacznie wskazywał, że nie zamierza rozwijać tematu.

Gdy ponownie znaleźli się w przydzielonym im pomieszczeniu, Wiarołomca mruknął:

– Rozczarowaliśmy naszych gospodarzy.

Podczas ich nieobecności do środka wniesiono dwie drewniane prycze, dwa krzesła i stolik. Na łóżka narzucono twarde, niewygodne materace. Wszystko – materace i meble – wyraźnie liczyło dziesiątki lat. Drewno było sczerniałe, a materiał pełen dziur i śladów po cerowaniu. Niemniej jednak przynajmniej nie musieli spać na zimnej betonowej podłodze.

– Czemu tak uważasz?

– Spróbuj sam odpowiedzieć na to pytanie.

– Narzucasz zadanie jak uczniowi!

– A nie jesteś nim? – Szymon wyszczerzył pieńki zębów.

Marki nie mógł zaprzeczyć. Wiarołomca traktował go jak przyjaciela, ale też wychowanka. I, prawdę mówiąc, jemu to odpowiadało. Zamyślił się.

– Jesteśmy prymitywniejsi, niż sądzili. Tak naprawdę niewiele odstajemy od ludzi, którzy stąpają nad naszymi głowami, a których oni pogardliwie mają za dzikusów – powiedział wreszcie.

– Otóż to. Dowiedzieli się zapewne kilku nowych rzeczy, ale niczego istotnego. Nadal są jedyną wyspą wiedzy w wielkim oceanie ciemnoty. Być może prócz owej Strefy H, o którą pytali i o której, jak znam życie, nie pisną więcej słówka. Nie ma co się oszukiwać, tak to widzą. I co ciekawe, wcale nie chcą dzielić się wiedzą z innymi. Może wymieniliby się informacjami, gdyby spotkali kogoś na równym sobie poziomie. Nas nie uważają za partnerów.

Szymon wgniótł ręką materac. Po twarzy przemknął mu wyraz niezadowolenia, lecz i tak rzucił się na pryczę. Chwilę trwało, nim znalazł jako tako wygodną pozycję.

– I co zamierzasz? Zostawimy ich? – spytał cicho Marki.

Mężczyzna zaśmiał się.

– Z wielu powodów nie. Na szczęście mamy Drewala i pretekst, by zostać.

– Tylko dlatego chcesz, by żył?! – obruszył się chłopak.

Wiarołomca usiadł na łóżku.

– Nie. Nie tylko dlatego! Ale pewne rzeczy dzieją się, czy tego chcemy czy nie, i nie wolno nam usiąść i rozpaczać z powodu, że jednak się wydarzyły. Trzeba iść dalej przed siebie. I obrócić każde nieszczęście, tyle ile się da, na swoją korzyść.

– Łatwo mówić.

W Markim wzbierała złość. Poznał Szymona na tyle dobrze, by wiedzieć, że nieprawdą jest, iż mężczyzna nie przejmuje się sytuacją towarzysza. Jednak eksponowanie podejścia nakazującego nie wtrącać się w kwestię, kto i jak wychowa Alena, a także wykorzystać fakt, że Drewal jedną nogą znajduje się już na tamtym świecie, wydawało się obrzydliwe.

Wiarołomca podszedł do Markiego.

– Nie mogę nic zrobić dla Drewala – powiedział, patrząc chłopakowi prosto w oczy. – Nic. Jeśli ci ludzie nie są w stanie mu pomóc, to nikt nie jest. Oddałbym wiele, nawet spotkanie z nimi, by był cały i zdrowy. Ale to tak nie działa. Cóż więc powinienem? Usiąść i płakać, czy kontynuować misję, za którą w jakimś sensie i on się poświęcił?

Marki nie odpowiedział. Obrócił się do ściany.

Korytarze tonęły w ciemności i ciszy. Zawsze przepełnione spokojem wydawały się wręcz martwe. Nie paliła się żadna z lamp. Ponoć kiedyś nigdy nie gaszono wszystkich, nawet w czas odpoczynku. Pozostawiano co którąś, by nikłe światło ułatwiało poruszanie się. Ponoć. Nawet jeśli to prawda, tamte czasy dawno minęły. Lampy oszczędzano. Owszem, te w celach oraz Bibliotece jedynie przygaszano, tunele jednak były odłączane. Żarówki były jednym z wielu skarbów, których strzegł Zakon, i które były już na wyczerpaniu.

Niedługo nie pozostanie nam nic prócz pamięci. A potem, kiedyś, zginie i ona.

Mężczyzna, który przemykał się czarnym jak smoła tunelem, znał te słowa, choć w tej chwili nie potrafiłby sobie przypomnieć, kto je wypowiedział lub zapisał. Nie przeszkadzały mu też tak bardzo ciemności. Znał na pamięć korytarze, poruszał się w nich od dziecka, nie mógł zabłądzić, a w tej części kompleksu nie było schodów lub studzienek, które stanowiłyby prawdziwe pułapki. Dotyk wystarczał, by odmierzać odległość nierównościami ścian, otworami drzwi i wnęk. Poza tym nie robił tego pierwszy raz. I nie on jeden. Martwe korytarze nigdy nie stawały się zupełnie martwe. Tak naprawdę jedyne, czego się obawiał, to by na kogoś nie wpaść. A w każdym razie, by nie spotkać niektórych braci, a przede wszystkim jednego.

Tym razem szczęście mu sprzyjało. Dotarł do celu wędrówki i cicho zaskrobał w drzwi. Ktoś na niego czekał. Po zaledwie kilku sekundach drzwi uchyliły się. Zaskrzypiały cicho, a niepozorny dźwięk przetoczył się po martwej głuszy niczym lawina.

– Powinieneś je nasmarować – mruknął przybysz, gdy wsunął się do środka.

– Robiłem to w zeszłym tygodniu, sam widzisz, ile to daje. Spotkałeś kogoś?

– Nie.

– Czarek...

– Tak?

– Tęskniłem.

Objęli się i pocałowali. Nie musieli się spieszyć, a i tak ruchy były gwałtowne, wręcz gorączkowe. Jakby nie widzieli się od tygodnia, może dłużej, a nie zaledwie kilka godzin.

Wreszcie Czarek odsunął się.

– Ja już nie mogę.

– Chodzi o nas?

Mężczyzna drgnął zaskoczony.

– Nie. Jasne, że nie, głuptasie. O niego...

– Nadal nie daje ci spokoju ? Sądziłem, że gdy stanie się członkiem Nadzoru, nieco ochłonie.

– Niby czemu? Ze względu na powagę sprawowanej funkcji? Piotrze, czasem jesteś naiwny niczym dziecko. Awans dał mu jedynie siłę.

Czarek objął przyjaciela.

– Nie gniewaj się, nie chciałem cię urazić.

– Nie mam za co, masz rację. Nazbyt często oczekuję, że świat okaże się taki, jakim powinien być. Potem muszę się podnieść, a każdy upadek boli tak samo, zupełnie jakby był tym pierwszym. Dobrze, że mam ciebie.

– A chciałeś zostawić mnie na górze, w lesie...

– Ja?

Czarek pogładził włosy Piotra.

– Powiedziałeś, że jeśli zaczną nas gonić, nie będziesz na mnie czekał.

Piotr pocałował go w policzek.

– Wiesz, że nigdy bym cię nie zostawił. Nawet gdybym musiał stawić czoło hordzie Powierzchniowców.

– Wiem. – Czarek zamilkł na moment, a potem wrócił do poprzedniego tematu: – Gdyby nie trzeba było się kryć, on też nie mógłby wywierać presji...

– Zakon powołano, by strzegł prawdy i wiedzy. Nie ma w nim miejsca na problemy codziennego życia. Dlatego nie sprowadzamy kobiet. By nie było dzieci, by nie było miłości.

– Nie ma miłości?

Piotr ścisnął dłoń przyjaciela.

– Jest. Przytaczałem słowa przodków. Usprawiedliwienia przerzucone na karty ksiąg.

– Nie jesteś historykiem.

– Co nie znaczy, że nie wolno mi ich czytać. Szukać, drążyć, zwłaszcza w temacie, który jest mi tak bliski.

– Twoje słowa pachną rewolucją.

– Ściany Schronu przeżyły już dwie, ale czy one cokolwiek zmieniły? A może wydarzyły się zbyt dawno, by pozostało po nich cokolwiek pozytywnego? Czy wreszcie dwie próby zmiany czegoś, co z całą pewnością musi zostać zmienione, to dużo? W przeciągu ośmiuset lat? Może pora na trzecią? A może zwyczajnie tamte zmiany dotyczyły nie tego, co powinny?

– Same pytania – Czarek uśmiechnął się słabo. – Dołożyłbym kolejne. Dlaczego pragniesz odnowy? Dla Zakonu czy tylko dla mnie?

Piotr obrócił się gwałtownie w stronę towarzysza i złapał go za ramiona.

– A jeśli tylko dla ciebie, to za mało? Niewystarczający powód? Czy mam bezczynnie przyglądać się, jak osacza cię Marek? Jak próbuje zmusić, byś zaspokajał jego chucie? Patrzeć, jak uciekasz choćby i na powierzchnię, by być dalej od niego? Sądzisz, że nie wiem, czemu zgłosiłeś się do ostatniego zadania? Nie dla mnie.

– Dla ciebie też. Nie chciałem puszczać cię samego, tam, pośród żądnych krwi dzikusów.

– Może... Lecz czy to był główny powód?

Czarek zaprzeczył ruchem głowy.

– I dlatego nie mogę bezczynnie patrzeć. Nie mogę czekać, aż naturalny bieg czasu usunie stąd Marka. Zastąpi go nowym adeptem. Bo gdy to nastąpi, zapewne będziemy starcami.

– A jakiej odnowy oczekujesz? Co pragniesz zmienić?

Zdawało się że pytanie zaskoczyło Piotra. Milczał dłuższą chwilę.

– Może zaledwie, by przestrzegano tego, co wpaja się nam od dziecka. Że jesteśmy równi, choć niewolni, bo spętani misją przetrwania zalążków wiedzy. I że prócz tego jednego zadania wolno nam żyć, jak chcemy.

– I nie dostrzegłeś nigdy, że to bzdura? Może gdybyśmy byli maszynami, moglibyśmy gromadzić wiedzę, pracować dla dobra ogółu i zapomnieć o całej reszcie. Ale płynie w nas krew! Gnają nas własne demony. Nie wyzbędziemy się uczuć, by jedynie poświęcić się pamięci tego, co minęło i nie wróci.

– To niebezpieczne słowa.

– Prawdziwe. Nie wróci. Nic nie wskrzesi przeszłości, bo mkniemy w przepaść. Każdy z nas widziałby to jak na dłoni, gdyby nie oszukiwał sam siebie. Bo to jest główny grzech: patrzymy i nie chcemy widzieć. Od setek lat pokolenie przekazuje wiedzę kolejnemu pokoleniu. I po co? Co dzięki temu uratowaliśmy? Może nie warto być oświeconym, jeśli nie niesie to ze sobą niczego więcej?!

Piotr mocno objął Czarka.

– Mówisz tak przez niego. Wcale tak nie myślisz.

– Nie myślę. Ale tak dłużej trwać nie może, bo zwariuję.

– Ciii... powiedz mi tylko, co należy, a to uczynię.

Czarek przetarł dłońmi oczy.

– Słyszałem, że Marek podczas dzisiejszego spotkania z przybyszami dostrzegł znak. Jego imię niemalże nie różni się od imienia młodego chłopaka.

– Tego zadziornego?

– Dokładnie.

– I co z tego? Czego to według Marka dowodzi?

– Nie wiem, co według niego, ale może to naprawdę odpowiedź na nasze modlitwy...

Piotr zapukał delikatnie. Minęła dłuższa chwila, nim po drugiej stronie dały się słyszeć ciche kroki, a drzwi uchyliły się.

– Cóż tak niepokojącego i pilnego się stało, że nachodzisz mnie w czas odpoczynku w mojej celi? – W głosie Mateusza nie było nagany, jedynie ciekawość.

– Bracie, jesteś najstarszym członkiem Nadzoru. Przyszedłem po radę.

– W takim razie wejdź.

Mateusz usunął się z drogi, by wpuścić gościa, i przycupnął na skraju łóżka, dając znać Piotrowi, by spoczął na krześle.

– A więc mów.

Piotr nie wiedział, jak zacząć, splótł ręce przed sobą.

– Czy mogę mieć pewność, że rozmowa zostanie między nami?

– Ha, nie mam pojęcia, z jaką sprawą przychodzisz, a chcesz, bym składał równie daleko idące obietnice. – Starzec pokręcił głową. – Jeśli uznam, że nie ingeruje to w istotne spawy kompleksu, postaram się, by tak się stało, tyle mogę zapewnić. Wystarczy?

– Musi. – Piotr uśmiechnął się blado. – To delikatny w swej naturze problem. – Dostrzegł zachęcający gest, więc mówił dalej: – Ja i Czarek. Łączą nas więzi przekraczające zwykłe braterstwo pomiędzy członkami Zakonu. Jesteśmy blisko i dlatego znam jego kłopot. Jest nim Marek, nie daje mu spokoju. Nachodzi, osacza. To przekroczyło wszelkie granice. Należy to zakończyć.

Mateusz wydął wargi, rozważając słowa współbrata.

– Więc przychodzisz po radę? – zapytał.

– Dokładnie.

– I zastosujesz się do niej?

Piotr energicznie pokiwał głową.

– Tylko ty jesteś w stanie rozwiązać tę sytuację – powiedział – najstarszy członek Bractwa. Kogóż mamy słuchać, jeśli nie ciebie? Nakaż Markowi, by odpuścił.

Starzec wstał i wycelował w Piotra palec wskazujący.

– Tobie nakazuję odpuścić. To nie Marek ani jego cielesne nienasycenie jest problemem, a wy. Przysięgaliśmy stać na straży pamięci minionych wieków. To nasza misja, a wszelkie związki, ukrywane czy nie, bardziej czy mniej formalne, kłócą się z tym zadaniem. Ty i Czarek pobłądziliście. Przekroczyliście granicę, poza którą nie wolno wychodzić.

Piotr zerwał się z krzesła. Nie spodziewał się takiego obrotu sprawy.

– Jak możesz? – wyjąkał.

– Odpuść, a gdy nadejdzie właściwy czas, gdy ochłoniesz, sam zrozumiesz.

– Nigdy nie zostawię Czarka! Czy ty w całym swoim życiu nie kochałeś?

Mateusz bez pośpiechu usiadł.

– Kochałem – mruknął po chwili. – W dawnych czasach, gdy ciało było młode, a krew gorąca. Mnie i Alena łączyło wtedy... – na moment zamilkł – coś, co wyrosło z przyjaźni, a potem przeobraziło się w to, co dziś zaślepia ciebie. W porę jednak zdaliśmy sobie sprawę z niebezpieczeństwa. Myśl o bliskim ciele, kojącym dotyku drugiej osoby, nie pozwalała nam wypełniać misji, a przecież nikt z nas nie znalazł się tu wyłącznie dla przyjemności. Schron daje, ale i Schron wymaga, jesteśmy winni posłuszeństwo odwiecznym prawom. A one zakazują związków.

– Nie jesteśmy jedyni!

– Może i nie. Ale dotarliście do punktu, za którym nie ma już odwrotu. Musisz to zakończyć! Obaj musicie.

Piotr zacisnął pięści. Przez moment sprawiał wrażenie, jakby zamierzał się rzucić na starca. W złości zwalił na podłogę leżącą na stoliku książkę.

– Nie! Ale skoro nie chcesz nam pomóc, sam rozwiążę problem. Tylko żebyście potem nie żałowali!

– Co masz na myśli? – pytanie starca dogoniło go już na korytarzu. – Piotrze?

Nie odpowiedział. Próbował załatwić sprawę Marka delikatnie, ale skoro napotkał mur tam, gdzie się go absolutnie nie spodziewał, rozwiąże problem inaczej. Nawet gdyby musiał wywołać tym trzęsienie ziemi. Zupełnie przypadkowo dostał do ręki broń. Nie chciał jej użyć, ale skoro było to jedyne wyjście, nie zawaha się. Zrobi to dla Czarka.

Drzwi otworzyły się ze zgrzytem. W powstałej szparze ukazała się głowa Czarka, który rozejrzał się po pomieszczeniu, po czym niepewnie wszedł do środka. W ślad za nim dreptał wysoki i łysy mężczyzna, który wczoraj zaprowadził ich przed oblicze Nadzoru. Podczas posiłku dowiedzieli się, że nazywa się Stefan. W zdenerwowaniu przestępował z nogi na nogę. Wyglądało to nieco śmiesznie, bo niósł stertę kilkunastu książek i przez owe pląsy musiał balansować całym ciałem, by stos się nie rozsypał.

– Chodź – Czarek syknął w stronę Markiego. – A to dla ciebie – wskazał Wiarołomcy woluminy.

Marki podniósł się zdziwiony, nie bardzo wiedząc, czy powinien spełnić prośbę. Mężczyźni zachowywali się dziwnie.

– O co... – zaczął, lecz Stefan, który zwalił tomy na pryczę Szymona, gestem nakazał ciszę, wskazując palcem na sufit, a potem na swoje ucho.

Chłopak popatrzył na strop. Mieszkaniec Schronu dawał do zrozumienia, że są podsłuchiwani. W suficie nie było widać otworów, lecz jeśli takie tam umieszczono, z pewnością zostały świetnie zamaskowane. Przeniósł wzrok na Wiarołomcę. Ten kiwnął zachęcająco głową. Sam, pozornie obojętnie, zgarnął najbliższą książkę i przewrócił się na drugi bok.

Marki podniósł się, wygrzebując spod starego koca. Materiał rozsiewał nieświeży duszący zapach i pokrywały go rozliczne plamy, jednak w tunelach panował chłód, a koc był gruby. Przez moment chłopak wahał się, czy się nim nie owinąć, zostawił go jednak na łóżku.

– Czego chcecie? – spytał na korytarzu.

Żaden z mężczyzn nie odpowiedział. Wskazali, by szedł za nimi. Kluczyli. Marki był zupełnie skołowany, pokonując kolejne zakręty, drabinki w dół lub w górę i przecinając niemal identyczne sale i przejścia. Wreszcie Czarek zatrzymał się.

– Wiemy o znaku – powiedział konspiracyjnie.

– Znaku?

Stefan pokiwał energicznie głową.

– Nie rozumiem.

– Marek myśli wyłącznie o przyjemnościach. Je albo... – Czarek nie dokończył, jakby Marki wiedział, o co mu chodzi. – Nigdy nie powinien przynależeć do Zakonu, a teraz, gdy z racji wieku trafił do Nadzoru, stał się kompletną porażką. On, zaprzeczenie naszych wartości, przekonań, ideałów. Choć minęło zaledwie kilka tygodni, wszyscy wiemy, że się nie nadaje. Marnuje zaszczytne miejsce w hierarchii. Tak nie może być. On pierwszy dostrzegł znak, ale sądzę, że zwyczajnie go nie zrozumiał.

Marki przyglądał się rozmówcy z rosnącym zainteresowaniem, ale i zdziwieniem. Do czego zmierzał?

– Zbieżność imion nie może być przypadkowa – dorzucił podekscytowany Stefan.

– Tak – poparł go towarzysz – rozmawialiśmy z wieloma innymi. Sądzą tak samo. Zostałeś nam zesłany.

– Wam? – wykrztusił Marki. – Do czego?

– By go zastąpić!

Chłopak oparł się o ścianę. Był tak zaskoczony, że nie wiedział, czy powinien zaprotestować, czy tylko się roześmiać. Przypuszczenie, które zdawali się uważać wręcz za pewnik, jemu wydawało się śmieszne. I głupie. Faktycznie, imiona brzmiały podobnie, lecz czy to o czymkolwiek świadczyło? A nawet gdyby również dopatrzył się głębszego przesłania, wcale nie uśmiechało mu się spędzić reszty życia głęboko pod ziemią. Jeśli tutejsze krety nie protestowały zamknięte w dusznych korytarzach, to ich sprawa, on od wczoraj łaknął przestrzeni i chłodnego podmuchu owiewającego twarz. Gdyby nie umierający Drewal i Szymon, który w spotkaniu z mieszkańcami Schronu upatrywał szansy na zgłębienie dawno zapomnianej w ich Strefie wiedzy, już dawno kazałby się stąd wyprowadzić. Nawet mimo grożącego na górze niebezpieczeństwa.

Inna sprawa, że nie miał bladego pojęcia, czy jego prośba zostałaby spełniona...

– Nie mogę... – zaczął niepewnie.

– Niczego o nas nie wiesz – Czarek mówił szybko, wręcz gorączkowo – ani o nas, ani o tym miejscu. Może w porównaniu z natłokiem barw na górze wydaje się ponure i zimne, lecz szybko przywykniesz. W zamian zapewnia bezpieczeństwo. Nie wolno nam o tym mówić, to pierwszy zakaz, który poznajemy, choć przecież i tak nie mamy komu tego zdradzić, ale Burze tu nie docierają. To przez siatkę. – Wskazał druciane oczka, które akurat biegły w tym miejscu nad ich głowami. – Nie przepuszczą ani wyładowań, ani Przekłuwaczy. Zatrzymują długości fal, które oni mogliby wykorzystać.

– Przechodzą przez ściany – odruchowo zaprotestował oszołomiony Marki. – Widziałem ślady. Czemu miałaby powstrzymać ich żelazna siatka?

– Siatka, blacha, cokolwiek, co zatrzyma fale. Żyjemy w wielkiej klatce Faradaya, a właściwie kilku połączonych klatkach!

– Fara...

Umilkł, myśląc o klatce, w której wraz z Moni schronił się podczas ataku Itów w Rudzie. Naukowcy ze Świętej Armii posiadali tę samą wiedzę, może mniej szczegółową, bardziej szczątkową. I echa tej wiedzy przetrwały też na powierzchni, choć zapewne liczył się nie tyle kształt, co materiał, i pleciona siatka tubylców nie była wiele warta.

Czarek pokiwał głową. Być może sądził, że chłopak zrozumiał wywody.

– Zapewnia nam spokój – ciągnął. – Poznałeś nasz wielki sekret, lecz to zaledwie jeden. Są ich dziesiątki, nie mniej istotnych. Działanie kompleksu, wytwarzanie energii... Sprawy, których nie wolno nam ujawniać, choć przecież moglibyśmy zrobić to jedynie, gadając do ścian. Bo jesteśmy tu sami. My i oni na górze. Jednak Powierzchniowcy są tak ograniczeni, że nie pojęliby słowa.

Marki otwierał usta, by powiedzieć, że również niewiele rozumie, lecz Stefan nie pozwolił mu dojść do słowa.

– Sytuacja nam sprzyja – zapewnił. – Przekonaliśmy niemal wszystkich młodszych braci. Nikt nie mówił jedynie z Hubertem i Wojciechem, ale oni są zbyt blisko z Markiem. Wciąganie któregokolwiek z nich w nasz plan nie byłoby bezpieczne. Gdyby szepnęli mu słówko...

– Jest jeszcze Nadzór – wtrącił Czarek.

Zdawał się ostrożniejszy. Podchodził do sprawy mniej emocjonalnie, z większą rozwagą. Co nie oznaczało, że widać było po nim choćby cień wahania. Przeciwnie, biła od niego dziwna determinacja.

– Rozmawialiśmy o tym – gorączkował się Stefan. – Nie odważą się zaprotestować. Sami chętnie by się go pozbyli.

– Powoli – hamował Czarek. – Nie zakładaj, że staną po naszej stronie. Co innego żywić ochotę, a co innego do tego dopuścić. Jest jednym z nich. Jeśli usuniemy Marka, zaczną bać się o własne dupska. Czemu któryś z nich nie miałby być następny?

Stefan prychnął pogardliwie.

– Niby jak? Taka zamiana to rzecz bez precedensu. I owszem, zapewne im się nie w pełni spodoba, a przynajmniej nie wszystkim. Lecz są słabsi niż kiedykolwiek. Z całej piątki zostanie nam Mateusz, Jan i Łukasz. Marek zniknie, a Feliks stoi nad grobem. Gdyby było inaczej, nie kazano by ci rozglądać się za jego następcą. To aż dziwne, że nie polecono od razu przyprowadzić dwóch chłopców. Nadzór się chwieje. Nie dostrzegasz tego? Lecz uleczymy sytuację. Dwóch spośród młodszych braci wejdzie do rady. Piotr i...

– I ja... – rzekł cicho Czarek. – Po Piotrze jestem najstarszy.

Marki przysłuchiwał się skołowany. Spiskowcy z góry założyli, że się zgodzi. Tyle że wcale nie zamierzał zostawać mieszkańcem podziemnego kompleksu. Pomyślał o Angelce i Moni. Gdyby pozostał w Schronie, już nigdy by ich nie zobaczył. I tak szanse na spotkanie którejkolwiek z nich wydawały się znikome, lecz uwięziony do końca życia w labiryncie tuneli nawet nie mógłby o tym marzyć. Poza tym... to nie było miejsce dla niego. W ciasnych korytarzach czuł się jak karaluch zgniatany w wielkiej prasie. Brakowało mu powietrza, a ponad wszystko przestrzeni. Mógł tak wytrzymać kilka dni, może tygodni, ale nie lat, a tym bardziej reszty życia.

Spojrzał na Czarka. Mężczyzna wyglądał jak rażony piorunem.

– Co się stało? – wyjąkał, zamiast protestować.

– Nie pomyślałem o tym – szepnął Czarek. – Nie, że stanie się to tak szybko...

– Mówisz o Nadzorze? – Marki nic nie rozumiał.

Mężczyzna złapał go za ramiona i docisnął do zimnej ściany.

– Tu nie chodzi o tytuły. Przyjęcie do Nadzoru zmienia całe życie. Będąc jednym z nich, już nigdy nie wyjdę na zewnątrz, to zabronione starszyźnie. Nawet po dziecko, które ma uzupełnić stan, udaje się już ktoś inny.

– To okropne – zgodził się Marki zupełnie szczerze.

– Nie rozumiesz! – Czarek zaśmiał się chrapliwie. – Nienawidziłem tego.

– Więc czemu ostatnio sam się zgłosiłeś? – Stefan spytał zdziwiony.

Czarek go zignorował albo zwyczajnie nie słyszał. Co innego zaprzątało jego myśli.

– Poza tym, poza tym – zaczął mówić tak szybko, że trudno było zrozumieć poszczególne słowa – członkostwo daje dostęp do Matki. Podczas Inauguracji i potem też, choć już w ograniczonej formie. Matka, pojmujesz, Matka!

– Twoja matka mieszka na powierzchni – mruknął Marki, lecz mężczyzna nie odpowiedział.

Stefan położył dłoń na ramieniu Czarka.

– To wspaniała wizja – przyznał – lecz w tej chwili nadal odległa. I będzie taka, póki nie pozbędziesz się resztek wątpliwości i nie pozwolisz przekuć słów w czyn.

– Przecież jestem z wami, to ja z Piotrem rozpowiedzieliśmy wam o znaku.

– Jesteś ciałem, bądź duchem. Pozbądź się wątpliwości. Jest coś, co cię powstrzymuje?

Czarek potrząsnął głową.

– Kim jest Matka? – przerwał im Marki. Doszedł do wniosku, że Czarkowi nie chodziło o kobietę, która go urodziła.

Mężczyzna spojrzał na niego przenikliwie.

– To źródło wiedzy – powiedział wolno. – Zostań z nami, a dowiesz się więcej, o wiele więcej. A któregoś dnia również zasiądziesz przed Matką.

Marki cofnąłby się o krok, gdyby za plecami nie miał już betonowej ściany. Zastanawiał się, jak mężczyźni zniosą odmowę. I jak go wtedy potraktują. Czy nie pokieruje nimi strach, że zdradzi ich przed Nadzorem?

– Nie mogę – wykrztusił wreszcie. – Zaproponujcie to Szymonowi, on szuka prawdy, chętnie zostałby jednym z was. – Nie wątpił, że dla Wiarołomcy byłaby to niezwykle kusząca wizja. Nie był pewny, czy wędrowiec ostatecznie by się zgodził, jednak z pewnością porządnie rozważyłby taką ofertę.

Mężczyźni jednocześnie zaprzeczyli.

– Znak mówi o tobie.

– To nie znak, to podobieństwo imion! Gdyby porównać wasze imiona z tymi mieszkańców wioski, którymi tak gardzicie, też pewnie doszukalibyśmy się kilku podobieństw. Wypuśćcie mnie, a sprowadzę wam w jeden dzień tuzin znaków!

Czarek przygarbił się lekko. Opór Markiego zaskoczył go.

– Nie jest świadom – uspokoił go Stefan.

– Świadom czego?! – w Markim narastała irytacja.

– Los cię wskazał, co wcale nie znaczy, że ty sam w tej chwili to dostrzegasz – wyjaśnił Stefan.

Marki nabrał tchu, potem mówił powoli, starając się opanować złość:

– Nie zostanę tu. Przenigdy. Wychowaliście się w tych korytarzach, więc są dla was czymś naturalnym. Mnie przytłaczają, odnoszę wrażenie, że niedługo skurczą się, tylko po to, by mnie zmiażdżyć. Że oddychają i czują. Dopadną mnie samego, a wy dalej pozostaniecie w błogiej nieświadomości ich nienawistnych odczuć.

Mężczyźni spojrzeli po sobie.

– To tylko beton – mruknął Czarek, stukając palcem w chropowatą powierzchnię

– Zwij go, jak chcesz. To skała, skorupa, która mnie połknęła.

– Przywykniesz.

– Nie! – Marki niespodziewanie nawet dla samego siebie krzyknął głośno. Miał dość tej rozmowy. Niezachwianej pewności siebie obu mężczyzn, ich poczucia, że wiedzą wszystko lepiej. – A teraz odprowadźcie mnie z powrotem!

Bał się, że nie posłuchają. Odmowa sprawi, że zostawią go samego w plątaninie korytarzy. Nie wiedział, jak są rozległe. Może w końcu trafiłby do zamieszkałej części Schronu, a może zaginąłby w nich na dobre. Podejrzewał, że wbrew pozorom nie odeszli daleko, raczej umyślnie kluczyli, by sprawić takie wrażenie.

Stefan spojrzał na Czarka, a ten nerwowo przestąpił z nogi na nogę.

– Pomyślisz o tym? – spytał.

Markiego korciło, by odmówić wprost, jednak zmusił się, by lekko kiwnąć głową. Jeśli im to pasuje, owszem, może pomyśleć. Nieważne jak długo będzie się zastanawiał, odpowiedź mogła być tylko jedna.

– To twoja szansa – dorzucił Czarek.

– Wielka szansa – poparł go natychmiast Stefan.

Sala zwana Biblioteką była dość obszerna. Poza tym wyróżniało ją oświetlenie, żadne inne miejsce w Schronie nie było równie jasne. Tylko tu blask lamp aż kłuł w oczy. W każdym razie nikt zbyt długo nie dałby rady wpatrywać się w upstrzony nimi sufit.

Przy poczerniałych stołach siedziało około dziesięciu osób. Niewielu czytało. Większość zgromadzonych zajęta była przepisywaniem. Ostrożnie przekładając karty pożółkłych i rozpadających się tomiszczy, przelewali ich treść na nowy papier. Pisali ciurkiem, niemal nie robiąc odstępów ani między wyrazami, ani wierszami tekstu. Nie tracili również miejsca na akapity, kolejne linie pierwotnej zawartości oddzielając po prostu pionowymi kreskami. Nikt się nie spieszył, papier, na którym pracowali, był nazbyt cenny, by pozwolić sobie na jakiekolwiek marnotrawstwo lub błędy.

Niewielu ze skupionych na swej pracy mężczyzn podniosło głowy, gdy drzwi się otworzyły i do środka weszli Czarek i Stefan. Cicho, by nie zakłócać pracy pochłoniętym nią współbraciom, przemknęli do stolika Piotra i bez słowa usiedli.

– Jak idzie? – Czarek szeptał, lecz w panującej ciszy jego głos można było wychwycić nawet dwa stoliki dalej.

– Dziś? – Piotr pokręcił głową. – Marnie. Nie potrafię się skupić.

Dostrzegł kilka karcących spojrzeń, więc niespiesznie poskładał leżące na blacie papiery.

– Chodźcie. A jak wam poszło? – spytał, gdy tylko wyszli z sali.

– Nie zgadza się – z głosu Czarka przebijała rezygnacja.

– Nie chce dołączyć do oświeconych? – Piotr był zaskoczony. – Oferujemy mu wiedzę!

– Bardziej od niej pragnie dzikości na górze. Nasz uporządkowany świat, korytarze, przytłaczają go, przypisuje im zamiary, jakby były czymś więcej niż tylko ścianami, jakby złośliwie zamierzały go zabić.

– Może jednak się nie nadaje...

– Spokojnie – Stefan nie tracił ducha – wybierze właściwie, ale musimy dać mu czas. Nie spodziewał się propozycji, więc nie dziwmy się, że tak zareagował. Wystarczy, by się zastanowił, a nie sposób, by nie dostrzegł korzyści.

– A jeśli nie?

– Wtedy – Piotr zawiesił głos. Towarzysze spojrzeli na niego wyczekująco. Dokończył dopiero po dłuższej przerwie. – Wtedy pomożemy mu zdecydować.

– Powinieneś się zgodzić – słowa Wiarołomcy wprawiły Markiego w osłupienie.

– Słucham? – wyjąkał.

Siedzieli na pryczy Szymona. Marki przed chwilą szeptem streścił propozycję Czarka. Sądził, że Wiarołomca podsunie mu zręczny pretekst, by się wykręcić od dalszych nagabywań, bo nie wątpił, że spiskowcy nie dali jeszcze za wygraną.

– Powinieneś się zgodzić – powtórzył Szymon z naciskiem.

– Nie jestem tobą! – zaprotestował chłopak. – Nie zamierzam strawić życia w pogoni za prawdą, która być może nie istnieje.

– Prawda zawsze istnieje – sprostował spokojnie Szymon. – Bardzo często jednak nie udaje nam się do niej dotrzeć... albo po dotarciu przekonujemy się, że wygląda inaczej, niż podejrzewaliśmy.

Marki odsunął się. Już nie musieli szeptać, w każdym razie jeśli choć trochę uważali na dobór słów. Nawet jeśli ktoś przysłuchiwał się rozmowie, niewiele mógł z niej wywnioskować.

– Innym słowem zależy ci na nagrodzie zwanej rozczarowaniem? – skwitował chłopak. – Ja jej nie potrzebuję.

– Prawda nigdy nie jest też rozczarowaniem. – Wiarołomca obojętnie wzruszył ramionami. – Ale masz rację, nie potrzebujesz jej, by żyć. Więcej, zamykając oczy na pewne sprawy, jest znacznie łatwiej kroczyć uprzednio obraną ścieżką.

– Co przez to rozumiesz? – żachnął się Marki.

– Nic ponad to, co powiedziałem.

Chłopak odwrócił się plecami do Szymona. Jego stanowisko było niczym zdrada, a nie spodziewał się jej z tej strony.

Czy nie interesowała go prawda? Przeciwnie, jednak nie zamierzał płacić życiem za dotarcie do niej. Na co mu zdobycz, dla której będzie musiał wyrzec się wszystkiego, co cenił? Wiarołomca obrał tę karkołomną drogę, ale to był jego wybór. Jego decyzja. Nikt go nie zmuszał. Poza tym prawda bywała niebezpieczna. Hrabia Nataban również za nią podążał i to ona doprowadziła go do zagłady.

Zamknął oczy i pod powiekami stanął mu obraz Angelki. Prawie czuł smak jej ust. Był zbyt młody, by zgodzić się na los pustelnika. Zamknięty pod ziemią, między zimnymi betonowymi ścianami, w świetle lamp, które tylko w kilku pomieszczeniach dawały białe, jasne światło. Cała reszta Schronu kryła się w półmroku, a miejscami nawet w zupełnych ciemnościach.

Przemógł się i ponownie odwrócił do przyjaciela.

– A jak twoje książki?

– Nie zmieniaj tematu.

– Nie zmieniam. Nie wolno się zapytać?!

– Beznadziejne, rzucili mi ochłapy, by zamknąć usta. Mam tu poezję, poradniki ogrodnicze, książkę o pogodzie pełną niezrozumiałych wyrażeń i przewodnik nawigacji.

– Nawigacji?

– Pływania statkiem.

– Dokładnie je wybrali – skwitował Marki i się zaśmiał.

– Myślę, że tak.

Drzwi otworzyły się gwałtownie przy wtórze piłującego uszy zgrzytu. W wejściu ukazał się Piotr.

– Chodźcie – burknął.

Coś wprawiło go w podły nastrój. Być może Czarek i Stefan zdążyli mu streścić niedawną rozmowę. Jakby na potwierdzenie za plecami Piotra ukazał się Czarek.

– Dokąd? – spytał pozornie obojętnie Wiarołomca.

– Nie chcecie odwiedzić przyjaciela?

Marki zerwał się na równe nogi.

– Odzyskał przytomność?

Żaden z gospodarzy nie odpowiedział. Nie obdarzyli ani Markiego, ani Szymona choćby spojrzeniem i pozostawiając otwarte drzwi, ruszyli wolno korytarzem. Nie oglądali się. Tylko cichy odgłos kroków za nimi zdradzał im, że prośba, a raczej nakaz, została spełniona. W pewnym momencie złapali się za ręce. Szybko puścili, a właściwie to Piotr odtrącił dłoń towarzysza. Do pokoju pełniącego rolę sali szpitalnej nie było daleko. Tym razem przewodnicy nie krążyli krzyżującymi się tunelami, by ich goście zatracili poczucie kierunku.

Drewal leżał na prostym drewnianym łóżku. Sala była nieco większa niż cela Markiego i Wiarołomcy. Stały w niej jeszcze dwa łóżka, pierwsze puste, na drugim zaś spoczywał zasuszony szkielet. Dopiero gdy poruszył palcami, Marki zrozumiał, że to nie zwłoki, a żywy pacjent. Nie poświęcił mu jednak zbyt wiele uwagi, zwrócił się ku przyjacielowi. Jasną pościel, w której leżał marszałek, zdobiły dziesiątki plam, niektóre z pewnością świeże, lecz większość stanowiła pamiątkę po niezliczonej liczbie wcześniejszych pacjentów, którzy się przez nią przewinęli. Przez głowę chłopaka przemknęło pytanie, ilu z nich wydobrzało, a ilu zakończyło w niej żywot. Nie sądził, by ktokolwiek był w stanie mu odpowiedzieć.

Nie plamy jednak ani nawet bladość marszałka wzbudzały w nim największe przerażenie, a mnogość cienkich przezroczystych rurek, którymi Drewal został opasany. Niektóre – zresztą być może nawet wszystkie, tylko tego nie dostrzegał – kończyły bieg w ciele towarzysza.

Wiarołomca pochylił się, jakby nie dostrzegał plątaniny przewodów, i położył dłoń na czole Drewala.

– Nie gorączkuje – zauważył.

– Tak, to dobry znak – zgodził się sztywno Piotr.

– Ale...? – Szymon wychwycił szczególny ton w jego głosie.

Piotr kiwnął głową w stronę Czarka. To on miał mówić:

– Rana jest poważna, a pomoc nadeszła z dużym opóźnieniem. Sytuacja jest trudna. Posiadamy wiedzę, lecz brakuje nam środków. Przez wieki, które Zakon spędził pod ziemią, zapasy się wyczerpywały, nie wszystko jesteśmy w stanie uzupełnić. Niektóre rzeczy... większość z nich – poprawił się – są już nie do wytworzenia.

– Nic nie zostało? – przerwał ostro Wiarołomca. – A jego – wskazał drugiego pacjenta – czym leczycie?

– To Feliks, brat z Nadzoru. – Czarek stanął przed łóżkiem starca, po czym lekko pochylił się z wyraźnym szacunkiem. Zasuszony staruszek przewrócił oczami, ale zdawał się nikogo nie widzieć. Czarek pogładził z uczuciem kościstą dłoń. – Jeszcze niedawno doglądaliśmy go w celi, ale jest coraz gorzej. Żadne środki już mu nie pomogą. Mogą jedynie złagodzić cierpienie.

– Więc jednak coś macie!

– Zostało niewiele. Jest ściśle racjonowane i nie używamy niczego bez wyraźnej potrzeby.

– Nie widzicie jej, patrząc na Drewala?!

– To druga strona medalu życia tutaj – ciągnął obojętnie Czarek – wiedzieć jak, lecz i tak nic nie móc zrobić. Nieprzebrane, jak się kiedyś sądziło, zapasy niemal znikły. Czemu mielibyśmy tracić choć znikomą część dla obcego, jeśli wkrótce sami możemy ich potrzebować? Czemu trwonić je dla ludzi, którzy i tak stąd wkrótce odejdą?

Marki zagryzł wargę. Pojął, czemu ich tu przyprowadzono. Powodem był on sam. Nie zamierzał się zgodzić, więc mieszkańcy Schronu posunęli się do szantażu. Nie miał wątpliwości, że wystarczy jedno słowo, by dla marszałka znalazły się leki bądź sprzęt, którego mu teraz odmawiano.

– Dla waszego brata zrobilibyście więcej? – spytał cicho.

– Tak – oznajmił bez ogródek Piotr.

– I dla kogoś mu bliskiego też?

– Z oczywistych względów nie mieliśmy takich przypadków, lecz gdyby jednak zaszedł... z pewnością.

Chłopak nabrał głęboko powietrza.

– Odpowiedź dam wam jutro... to znaczy po waszym długim odpoczynku – sprostował. – Wystarczy?

Czarek spojrzał pytająco na Piotra. Marki doszedł do wniosku, że gdyby to Czarek miał tu decydujące słowo, zażądałby natychmiastowej decyzji. Piotr jednak wolno skinął głową.

– Dostarczymy mu najlepszej możliwej opieki – wskazał Drewala. – Do jutra. Potem będziemy musieli zdecydować, czy nadal możemy ją kontynuować.

Marki podszedł do łóżka towarzysza i ścisnął dłoń nieprzytomnego. Czy pozostawiono mu wybór? Tylko teoretycznie tak. Nie wyobrażał sobie, że mógłby porzucić w potrzebie Drewala. Cena jednak była straszliwa i musiał zdecydować, czy jest w stanie ją zapłacić...

Bez słowa wyminął Czarka i Piotra i wyszedł z sali.

Gdy kilka minut później Piotr wrócił do sali szpitalnej, Czarek wciąż tam był. Siedział na podłodze w kącie, tępo wpatrując się w łóżko, na którym leżał Drewal.

– Nie mogę tak – jęknął. – Czy wolno robić niewłaściwe rzeczy we właściwej sprawie?

Piotr usiadł przy nim i wziął go za rękę.

– Ty ich tu sprowadziłeś. I ty powiedziałeś mi o znaku.

– Dobrze wiesz, że to żaden znak! – odparł Czarek. – To tylko kolejna rzecz, której nie powinniśmy robić, a robimy.

– I znów przez ciebie, a raczej dla ciebie... To jedyna szansa, by pozbyć się Marka – perswadował Piotr.

– Nie wolno nam. Tak jak nie wolno nam go leczyć. – Wskazał Drewala.

– Dlaczego?

– Dobrze wiesz, brakuje środków nawet dla nas. Wszystko, co zmarnujemy dla obcego, kiedyś okaże się niezbędne dla kogoś z nas. A już tego nie będzie.

– Tak źle z zapasami?

– Gorzej. Samo słowo zapasy przekłamuje sytuację, półki świecą pustkami...

– W takim razie leczenie przybysza niewiele zmieni – oznajmił Piotr. – Lekarstw prędzej czy później zabraknie. Równie dobrze mógłbyś złorzeczyć na pokolenia poprzedników, że nie podchodzili do stosowania różnych środków z większym umiarem. Ogólnej sytuacji nie jesteś winien. Nie ty.

Noc nie przypominała nocy, bo przecież dnia i nocy, a właściwie pór pracy i odpoczynku, w podziemnym kompleksie nie odmierzały wschody i zachody słońca. Tylko lampy rzucające słabe światło gasły lub przynajmniej przygasały, wskazując, że nadszedł czas na sen. Niektóre z nich leniwie brzęczały lub trzepotały, jakby w środku zamknięto starającą się ze wszystkich sił uwolnić ćmę. Marki przysiągłby, że słyszy je wszystkie, gdy wsłuchiwał się w ciszę zalegającą przestrzeń ograniczoną betonowymi ścianami. Gdyby tylko mógł, wyszedłby z celi i, ryzykując pobłądzenie, krążył po zimnych korytarzach. Jednak drzwi ich pokoju można było otworzyć jedynie z zewnątrz, nadal traktowano ich bardziej jak więźniów niż gości Schronu, i nie sądził, by cokolwiek miało się w tej kwestii zmienić. W każdym razie dla Wiarołomcy i Drewala, jeśli marszałkowi dane będzie przeżyć.

Jego przeznaczeniem było stać się częścią kompleksu, choć gdy o tym myślał, w gardle narastała mu twarda, niemożliwa do przełknięcia gula. Czuł, że się dusi, lecz wiedział, że niedobór powietrza powstał jedynie w umyśle, wykluł się z myśli i odczuć. Nie udusi się i ściany go nie zmiażdżą, może nawet kiedyś się do nich przyzwyczai, bo nie sądził, że zdoła je polubić. Ich chłód niezmiennie wzbudzał w nim dreszcze. Nie, w dotyku nie były aż tak lodowate. Chodziło raczej o strukturę i o to, że nie potrafił odeprzeć wrażenia, że są martwe. Że ma przed sobą kamienne ściany podziemnego grobowca, w którym wszyscy zostali zamknięci za życia. Wiarołomcy i być może Drewalowi uda się z niego uwolnić, on zostanie pogrzebany tu na zawsze.

Gdzie chowają zmarłych? W jakiejś odległej odnodze korytarza, gdzie nie zapuszczają się bez wyraźnej przyczyny? Zapewne tak.

Ta myśl najpierw wywołała na twarzy kwaśny grymas uśmiechu, a potem przerażenie. Nawet martwy się nie uwolni, nie zyska spokoju. Niezliczone tony ziemi zalegającej nad głową zdawały się napierać i przygniatać. Był robakiem przywalonym nazbyt wielkim kamieniem, by sam mógł się spod niego wygrzebać.

Zatopiony w korowodzie dusznych wizji zasnął, lecz sen nie przyniósł ukojenia. Opadły go obrazy ciasnych wnętrz i tonących w ciemnościach korytarzy. Na zmianę śmiejących się i płaczących członków Nadzoru i Drewala przywiązanego do łóżka przezroczystymi cienkimi rurkami. Marszałek zrywał je z siebie, lecz na miejsce pokonanych wyrastały nowe. Było ich coraz więcej, aż wreszcie przykryły go tak szczelnie, że stał się rozmazanym kształtem, zatopionym w czymś przypominającym gigantyczny pulsujący kryształ. Potem budził się, by ponownie rozważać te same wątpliwości i szukać rozwiązań tam, gdzie ich nie było.

Nawet nie zauważył, kiedy lampy odzyskały wcześniejszy blask, wskazując, że minęła podziemna noc i zaczął się kolejny betonowy dzień. Oprzytomniał dopiero na głośny jęk otwieranych drzwi. Do sali weszli Czarek i nieznany mu z imienia mężczyzna. Założyli długie czarne stroje, zupełnie inne od tych, które dotąd nosili. Nie było na nich zdobień, za to rzucały się w oczy nieco ciemniejsze lub jaśniejsze od samych ubrań łaty. Była ich masa, tak samo jak miejsc, gdzie dziury zostały po prostu zacerowane. Zapewne szaty kiedyś wyglądały dostojnie, lecz teraz znajdowały się w opłakanym stanie. W gnieździe Markiego nikt nie założyłby ich do niczego więcej jak pracy na roli bądź w obejściu. Tu jednak wyraźnie noszone były z dumą i powagą.

– Czy coś się stało? – spytał Wiarołomca. Mężczyźni nie odezwali się. – Wasze ubrania... – Szymon wskazał ręką.

– Zmarł brat Feliks.

– Więc to żałoba – zauważył Marki.

Czarek zaprzeczył ruchem głowy.

– Jego choroba była długa, a koniec z dawna spodziewany. Czasem śmierć jest wybawieniem, nie karą.

Przywdzialiśmy czerń na znak szacunku dla Feliksa, lecz również ciesząc się ze szczęścia Piotra. Jako najstarszy z nas wejdzie do Nadzoru. Spotka się z Matką.

– Czym ona jest? – zapytał chłopak.

Marki już dawno doszedł do wniosku, że nie chodzi o człowieka. „Źródło wiedzy", tak powiedzieli mu wtedy, gdy pierwszy raz usłyszał to określenie. Lecz czym mogła być? Biblioteką? To nie brzmiało zbyt wiarygodnie. Jak można spotkać się z wypełnionymi książkami regałami?

Ponownie go zignorowali.

– Chodźcie z nami – zachęcił brat, którego imienia Marki nie znał.

– Miałem porozmawiać z Piotrem.

– Po ceremonii.

Chłopaka korciło, by spytać, o jaką ceremonię chodzi, ale ugryzł się w język. Chyba się domyślał.

– Przed! – Nie wiedział, czy towarzysz Czarka został wtajemniczony w spisek, lecz Czarek zdawał sobie sprawę, o jaką stawkę chodzi. I widać było, że niecierpliwie czeka odpowiedzi.

– Możesz porozmawiać ze mną. – Zrobił krok do przodu.

Marki nie zamierzał ustąpić. Grał w ich grę, lecz być może tym razem to on miał lekką przewagę.

– Teraz!

Czarek skrzywił się. Nie wyglądał na zadowolonego.

– Dobrze – wycedził. – Po śniadaniu. Za chwilę odbędzie się posiłek, uroczysta ceremonia pożegnania Feliksa. Sądzę, że po niej Piotr znajdzie dla ciebie kilka minut. Lecz nie więcej. To nie jest dzień, w którym miałby czas na rozprawy i dyskusję.

– Nie zamierzam dyskutować – sprostował Marki. – Chcę jedynie przedstawić warunki.

Twarz Czarka nieco pojaśniała.

– Warunki? – upewnił się. – Więc jednak... – umilkł, zezując na towarzysza. – Dobrze, z pewnością mu powtórzę – odparł odrobinę sztucznie. – Poświęci ci chwilę.

– Piotr stanie się dziś członkiem Nadzoru – zaprotestował drugi z mieszkańców Schronu. – Czeka go Inauguracja, może nie zechce się rozpraszać, nie wolno ci obiecywać w jego imieniu. To on podejmie decyzję.

– Oczywiście, Hubercie – zgodził się Czarek. – Jednakże również nie wolno mi nie przedstawić tej prośby.

– Zapewne – uśmiech Huberta był równie szczery, jak spokój jadowitego węża, którego ktoś niespodziewanie zdybał w jego jamie.

– Kiedy odbędzie się Inauguracja? – chciał wiedzieć Marki.

Hubert obrzucił go lekko pogardliwym spojrzeniem.

– To zamknięta uroczystość. Nie sądzę, byście byli na nią proszeni...

– To, że na niej nie będę, nie znaczy, że nie mogę się dowiedzieć, kiedy się odbędzie! – warknął chłopak.

Hubert zmieszał się. Marki dostrzegł, że Czarek lekko zagryza usta, być może, by się nie roześmiać.

– Oczywiście decyzję o rozmowie podejmie sam Piotr – powiedział po chwili przerwy, wracając do poprzedniego tematu – ale przekażę mu twoją prośbę. A teraz zapraszamy. Podczas posiłku uczcimy pamięć jednego z naszych braci. Nie zdążyliście go poznać, a szkoda, był znacznie więcej wart niż niejeden członek Nadzoru.

Hubert spiorunował go wzrokiem, jednak nie protestował. Ruszył pierwszy w stronę sali jadalnej. Podążyli za nim. Znali doskonale drogę. Przemierzali ją trzy razy dziennie, a już od jakiegoś czasu przestano z nimi kluczyć, by nie zapamiętali rozkładu kompleksu.

Tym razem zmieniono wystrój. Właściwie wszystko pozostało na swoim miejscu, drewniane stoły pokrywały jednak czarne obrusy, a właściwie szare, poplamione obrusy, bo czerń, jaka je kiedyś niewątpliwie zdobiła, należała już do odległej przeszłości. Na ich widok Markiego po raz kolejny opanowało poczucie, że to miejsce umiera. W każdym razie o ile już nie jest zimnym trupem, stwarzającym jedynie pozory życia.

Wszyscy obecni ubrani byli podobnie jak Czarek i Hubert. Jedyna dostrzegalna różnica w strojach polegała na tym, że długie szaty członków Nadzoru ozdobione zostały czerwonymi kołnierzami. Tylko Piotr wyróżniał się, gdyż jego kołnierz był zielony. Siedział też nie na miejscu, które zwykł zajmować, a pośrodku ustawionego na podwyższeniu stołu starszyzny. Był wśród nich wyraźnie najmłodszy, jego i Marka lub Łukasza – Marki wciąż nie potrafił ocenić, który z nich jest młodszy – dzieliła co najmniej dekada.

Mateusz wstał i wskazał Wiarołomcy i Markiemu miejsce przy jednym ze stołów. Zbędny gest, zawsze tam siadali.

– Jesteśmy już wszyscy – zaczął. – Bracia Zakonu, jak także nasi znamienici goście.

Szymon skrzywił się. Jak na znamienitych gości byli traktowani wyjątkowo chłodno i z dystansem, właściwie jak powietrze. Po pierwszym przesłuchaniu już nikt z Nadzoru nie chciał się z nimi spotkać. A gdyby nie naciągany „znak", to samo zapewne tyczyłoby pozostałych mieszkańców Schronu.

Starzec zamilkł. Spoglądał wkoło, jakby po raz pierwszy zobaczył współbraci lub jakby ich bardzo skrupulatnie liczył. Osiemnaście osób łącznie z samym Mateuszem. Dziewiętnaście, poprawił się w myślach Marki. Choć go tutaj nie przyprowadzono, gdzieś niedaleko był również Alen. Chłopak nawet nie chciał myśleć, co w tej chwili przeżywa pozostawione samo sobie dziecko. Śmierć Feliksa wskazywała, że niedługo dołączy do niego kolejny porwany malec. Marki nie potrafił przekonać własnego sumienia, że to lepiej, że Alen zyska towarzysza zabaw, towarzysza niedoli.

Wbił spojrzenie w Piotra. Ledwie zdążyli wejść, Czarek podszedł do niego, by szepnąć mu coś do ucha, niewątpliwie prośbę o rozmowę. Chłopak nie sądził, by została zignorowana, nie miał za to pojęcia, co świeżo upieczony członek Nadzoru powie na warunki, które zamierzał przedstawić.

Mateusz zakasłał, po czym ciągnął monolog:

– Zebraliśmy się tu jak co dzień, a jednak inaczej. I nie chodzi jedynie o odświętne szaty, które przybraliście. Najistotniejsza ze zmian jest w was, jak mam nadzieję w waszych sercach i umysłach. Odszedł nasz brat, Feliks. To już druga śmierć, jaka nas spotkała w ciągu stosunkowo krótkiego okresu czasu. Bolesny cios dla Zakonu. Czas jest nieubłagany, kiedyś wszyscy podążymy śladem naszych poprzedników. Nie to jednak niech zaprzątnie nasze głowy, a wspomnienie... – Zrobił krótką pauzę. – Kiedyś, gdy Feliks pojawił się w tych murach, był jedynie płaczącym berbeciem, na tyle dużym, by bracia, którzy tu wtedy żyli, a na których miejscach my teraz zasiadamy, mogli go wychować, lecz jednocześnie na tyle małym, by zapomnieć dawne życie i pozwolić się kształtować. Nie pamiętam tego dnia, choć Feliks był ode mnie kilka lat młodszy i trafił tu później. Nie wiem, ile wylał wtedy łez, zapewne nie mniej i nie więcej niż jego poprzednicy i jego następcy. Wiem za to jedno, nigdy nie żałował, że się tu znalazł. Tu, u nas, w Schronie. Ostatnim być może miejscu na Ziemi, gdzie strzeżona jest prawda. Prawda, która nie ochroni nas przed starością, nie ochroni przed bólem stawów czy zębów, która wielu mogłaby wydać się niepotrzebnym nikomu dziedzictwem, ale jednak jest ważna. Stanowi pamięć naszego zdegenerowanego gatunku. Nie, nie ułomnego fizycznie. Wszyscy tu obecni urodziliśmy się na powierzchni, tam przychodzić na świat będą nasi następcy, czy brakuje nam czegoś od strony intelektualnej, poznawczej? Czy chodzimy na czworakach lub nie jesteśmy w stanie przyjąć postawy wyprostowanej? Nie, nie, po stokroć nie. A jednak, bez pamięci, bez wiedzy, która została zapomniana, jesteśmy jak dziecko, które nie pamięta własnego imienia i nie zna rodziny. Nie wolno nam się oszukiwać, zapewne tak wygląda teraz cały świat. Być może istnieją gdzieś daleko komórki, które jak my pamiętają, lecz jest nas jedynie ułamek procenta w morzu tych, którzy zapomnieli.

Starzec skierował spojrzenie na Wiarołomcę i Markiego. Zakaszlał, zasłaniając usta dłonią.

– Wszyscy wiecie, może prócz naszych gości, jak zakończyła się Stara Era. Znacie skutki Burzy Milenium, największej i najstraszliwszej burzy entropicznej, jaka nawiedziła tę planetę. Burzy, w czasie której ugotowały się miliony, a może setki milionów. Gdy Przekłuwacze zebrali żniwo, którego już nigdy później zebrać nie mieli. Czy była karą za pychę, jak chcą niektórzy, czy tylko ślepym zrządzeniem nieubłaganego losu? Cóż, są odpowiedzi, które nawet nam umykają i których Zakon poszukuje od wieków.

Marki zerknął na towarzysza. Wiarołomca siedział wyprostowany, zastygły, chłonąc każde słowo. Czy kiedykolwiek słyszał o Burzy Milenium? Chłopak w to wątpił. Wspomnienia Mateusza sięgały niepomiernie głębiej w przeszłość niż pisana historia ich Strefy.

– Potem... – zaskrzeczał starzec. Musiał odchrząknąć, by głos powrócił do normalnego brzmienia. – Potem już nic nie było takie jak przedtem. Nastały Wieki Ciemne, dla nas tu dosłownie, a dla wielu na górze w przenośni. Z pochodni mądrości, która płonęła, pozostał jedynie niewielki ognik. Blade światło świecy, które to my właśnie podtrzymujemy, i które podtrzymywał Feliks. Wiem, że powinienem dziś mówić o nim, lecz jak można mówić o człowieku, nie wspominając o zadaniu wypełniającym doszczętnie jego życie? Czy można rozdzielić osobę i przenikającą go ideę? A taki właśnie był Feliks. Wzorem, kim my również powinniśmy się stać. Feliks odrzucił przyziemne przyjemności, nie dbał o uciechy, które pociągają wielu z nas. Jego miłością była prawda i tylko prawda.

Gdy starzec wypowiadał dwa ostatnie zdania, wiele głów zwróciło się ku Markowi, choć zdawało się, że Mateusz kieruje je raczej do Piotra. Podniósł się też lekki gwar przytłumionych głosów. Mateusz uniósł dłoń, być może, by uciszyć zebranych.

– Troska o pamięć i prawdę wypełniła cały jego żywot, a jej ogień z poświęceniem rozpalał w was. I płonie on w waszych sercach, a za ich wstawiennictwem obejmie kolejne pokolenia. Bo nie życie jest najważniejsze, nie moje, nie wasze i nie Feliksa, z czego on doskonale zdawał sobie sprawę, a świadectwo, którego świadkami jesteśmy. My przeminiemy, prawda pozostanie. Bo gdyby stało się inaczej, gdyby i ona zniknęła... – Grdyka starca zatrzęsła się. Zrobił krótką pauzę, po czym dokończył cicho – ...nie zostanie już nic.

Mateusz usiadł. Z pewnym wahaniem wstał Piotr.

– Nie potrafię przemawiać tak doskonale, jak brat Mateusz – rozpoczął. – Dlatego powiem krótko. Zajmuję miejsce w Nadzorze po wielkim człowieku. Dla wielu z nas był autorytetem i pozostanie nim tak długo, jak długo tylko żyć będzie pamięć o nim. Przez ostatnie lata podupadał coraz bardziej na zdrowiu, najpierw fizycznie, potem również niestety psychicznie. Lecz wydaje mi się, że to jeszcze wczoraj chodziłem do niego, prosząc o rady. W wielu najróżniejszych sprawach, nie tylko historii, w której się specjalizował, nigdy nie odmawiał pomocy, a jego słowa zawsze były mądre i pomagały odnaleźć zaginioną drogę. Będzie mi go brak. Postaram się... ze wszystkich sił... postaram się iść jego ścieżką. Nie dorównam mu, może nikt z nas nie jest w stanie dorównać, lecz włożę wszystkie siły w to, by godnie go naśladować.

Młodsi bracia zaczęli uderzać otwartymi dłońmi o blat stołu. Po chwili dołączyli do nich członkowie Nadzoru. Najpierw Mateusz i Jan. Potem Łukasz, a na końcu Marek.

Piotr zajął należne mu dziś miejsce. Po nim przemawiali jeszcze kolejni członkowie starszyzny, a potem nawet kilku młodszych braci. Każda kolejna mowa wydawała się Markiemu coraz nudniejsza. Nikt też nie wspomniał więcej żadnych przeszłych zdarzeń, które mogłyby zainteresować Szymona.

Wreszcie wspominki i pośmiertne pochwały dobiegły końca. Zajęto się posiłkiem, który nie wyróżniał się spośród innych. Składał się z tej samej papki co zazwyczaj. Być może był nieco bardziej doprawiony, przez co smaczniejszy, a może to tylko złudne wrażenie Markiego, usiłującego się dopatrzeć w tej pożegnalnej uczcie czegoś specjalnego.

Gdy skończono, wszyscy wstali. Na korytarzu ustawili się w szereg. Na czele szedł Piotr, za nim Mateusz i Jan, Łukasz i Marek, goście, a potem dwójkami pozostali młodsi bracia. Ruszyli w milczeniu, jednak po chwili Piotr zaintonował:

Ostatnia trwa droga poprzez tunel bez gwiazd
Ostatnia trwa droga, bracie, żegna cię świat
Podróży opasłej twej księgi zabrakło już kart
Przeminęły jej zdania porwane przez wiatr

Podążymy za tobą, gdzie ciemność rwie sen
Podążymy za tobą, gdy nadejdzie nasz dzień
Ból cierpki przeminie, zadrga światło świec
Inni przejmą wartę, by tajemnicy tej strzec

Pamięć wieków nie zginie, tak uczciwszy cię
Pamięć wieków nie zginie, zapisano imię twe
Odżyje w pokoleniach, które zejdą w ciemną noc
Trwać będzie, jak długo Zakonu trwać będzie moc

Droga prowadziła w dół. Tym razem jednak nie korzystali z drabin w studzienkach, pozwalających błyskawicznie zejść na niższy poziom, a ze starych, skruszałych w znacznym stopniu schodów. Szli długo, bo szyb ze schodami znajdował się w dość znacznym oddaleniu. Ukazywało to prawdziwe rozmiary Schronu. Musiał być okazałym labiryntem wybudowanym głęboko pod ziemią. Tylko część została zabezpieczona stalową siatką, jakoby zatrzymującą wyładowania burz entropicznych. Na resztę zabrakło materiału bądź uznano, że nie warto jej chronić.

Zeszli trzy piętra. Dopiero tam ciasnym korytarzem powrócili pod główną część kompleksu. Przejście było tak wąskie, że stojąc na środku Marki bez problemu sięgnąłby rękoma obu ścian. Szli z Szymonem, niemal stykając się ramionami i pochylając lekko głowy, by nie zahaczyć o sklepiony w łuk strop. Dotarli do podłużnej sali. Była całkiem spora, ale zagracona. Wzdłuż jednej ze ścian ustawiono szereg wielkich metalowych cylindrów tak, że wolna przestrzeń pozostawała tylko przy drugiej, tworząc stosunkowo wąskie przejście, zaledwie pół metra szersze od korytarza, którym tu dotarli.

Przewodniczący pochodowi Piotr pewnie podszedł do jednego ze zbiorników. By dostać się do jego wnętrza, należało odkręcić metrowej mniej więcej średnicy wieko wieńczące niewysoki garb przypominający komin. Całość mierzyła grubo ponad dwa metry, więc wokół cylindra biegł drewniany pomost. Piotr wdrapał się tam, pozostali stłoczyli się przy ścianie.

– Bracia! – zaczął. Musiał podnieść głos, by słowa przedarły się przez odgłosy pracy aparatury. Słychać było ciche warczenie i bulgotanie. Dźwięki wydawały się delikatne, lecz na dłuższą metę okazywały się nieznośne. Choć odmienne w swej naturze, przywodziły na myśl niedającego się odgonić od ucha komara. – Jesteśmy w miejscu, którego większość z nas nie nawykła odwiedzać. Poza osobami, które przywołuje tu obowiązek, zaglądamy tu jedynie w takich chwilach jak ta. Gdy przychodzi pożegnać jednego z nas, towarzysza, brata. Oddajmy mu hołd milczeniem i pamiętajmy, że żyć będzie dalej w nas.

Skinął głową na znak, że zakończył.

Naprawdę nie lubi przemawiać.

Ta myśl wprawiła Markiego w dziwny smutek. Być może zbytnio wiązała się ze świadomością, że został wtrącony w to miejsce. Pozostanie tu i to sam. Wiarołomca i Drewal kiedyś odejdą, w ten czy inny sposób, a on zostanie. Na zawsze.

Większość mieszkańców Schronu pochyliła głowy. Nikt nie rozmawiał, nawet szeptem, choć podczas marszu co rusz dawały się słyszeć stłumione głosy. Marki po raz kolejny obrzucił wzrokiem pękate zbiorniki. Czemu się tu znaleźli? Do czego służyły? I czy możliwe, że ciało Feliksa spoczęło w jednym z nich? Nie potrafił znaleźć odpowiedzi na te pytania, a to nie była najlepsza chwila, by zadać je głośno.

Dowiesz się. Będziesz miał na to całą wieczność.

Wzdrygnął się. A jeśli Piotr nie przyjmie warunków? Przez chwilę pragnął, by tak się właśnie stało. Wtedy mógłby stąd odejść, choć z poczuciem, że zawiódł w potrzebie przyjaciela.

Piotr zszedł z podwyższenia. Ruszył ku wyjściu, w drogę powrotną, a pozostali członkowie Zakonu za nim. Milczeli. Dopiero gdy wspięli się na wyższe kondygnacje, rozmowy zaczęły ożywać. Najpierw sporadyczne, potem rozmawiali już niemal wszyscy. Posępny pogrzebowy nastrój gdzieś zniknął. Całą grupą podeszli pod salę jadalną i dopiero tam niektórzy rozeszli się w swoją stronę, choć większość braci i tak pozostała na miejscu.

Piotr i Czarek podeszli do Markiego i Wiarołomcy.

– Nie mamy wiele czasu – rzucił Piotr. – Mówcie.

– Tutaj? – zdziwił się Marki.

Piotr rozejrzał się z wyraźnie niezadowoloną miną, to nie było odpowiednie miejsce na rozmowy o zastąpieniu Marka Markim.

– Chodźmy do mojej celi – zaproponował Czarek. – Jest najbliżej.

Pomieszczenie było podobnych rozmiarów, co pokoik przyznany gościom, zostało jednak staranniej umeblowane. Prócz drewnianego łoża, znajdował się tam jeszcze stolik, szafka, dwa krzesła i pokaźna półka z książkami. Już na pierwszy rzut oka widać było, że większość z nich jest w opłakanym stanie. Musiały liczyć wieki. Nie przypominały ksiąg wytwarzanych w ich rodzinnej Strefie, raczej te kilka sztuk, które jako osobliwe skarby trzymał w bibliotece ojciec Markiego.

Pogardliwie wypowiadał się o ich treści, cenił je wyłącznie za wiek. Czy te były równie bezużyteczne? Chłopak w to wątpił.

Wiarołomca stanął przy regaliku, pożądliwie chłonąc wzrokiem poszczególne tomy. Małe i duże, grube i cienkie, w okładkach i takie, które dawno je już straciły. Były ich dziesiątki, może nawet ponad sto. Wyciągnął rękę.

– Ostrożnie – uprzedził Czarek. – Papier to coś, czego nam tu najbardziej dotkliwie brakuje.

– Widzę tu jednak pozycje, z którymi chciałbym się zapoznać.

– Dostałeś książki.

– Śmieci!

Piotr obrzucił Szymona krótkim spojrzeniem i zwrócił się do Markiego:

– Ponoć namyśliłeś się, chcesz jednak podyktować warunki?

Chłopak nabrał powietrza. Czy w ogóle miał szansę, by się zgodzili?

– Tak, trzy.

Wszyscy wbili w niego wzrok. Nawet Szymonowi nie zdradził, o co zamierza prosić. Piotr przysiadł na łóżku Czarka. W zamyśleniu obracał w dłoni jakiś mały przedmiot. Czarek usadowił się obok i oparł głowę na jego ramieniu. Piotr sprawiał wrażenie, jakby zamierzał ją strącić, ale ostatecznie odłożył przedmiot i zmierzwił włosy towarzysza.

– Trzy – powtórzył Piotr. – Jeden to zapewne najlepsza z możliwych opieka nad waszym przyjacielem. Na to się już zgodziliśmy, lecz nie było mowy o dwóch pozostałych.

– Teraz jest – odparł hardo Marki. Zdawał sobie sprawę, że jeśli nie postawi sprawy twardo, na nic się nie zgodzą. – Prosicie mnie o coś, czego bym nigdy dobrowolnie nie zrobił. Płaćcie więc w zamian.

Starał się nie patrzeć na przytulonych mężczyzn, widok go rozpraszał. Piotr skinął głową.

– A więc słucham.

– Wraz z nami trafił do Schronu mały chłopiec, Alen, jak go nazwaliście, nie znam jego prawdziwego imienia. Oddacie go rodzicom.

Czarek zesztywniał. Wydawało się, że zerwie się z miejsca, lecz Piotr go powstrzymał.

– Nie możemy tego zrobić! – mimo to zaprotestował ostro.

Piotr uciszył przyjaciela.

– Doskonale wiesz, że musimy uzupełniać stan Zakonu – powiedział spokojnie. – Nie rodzą się u nas dzieci, nie ma tu kobiet, jak mogłeś się przekonać. Tak, porywamy dzieci, ale nie robimy tego dla przyjemności, lecz z obowiązku. Nazwij to tradycją. Zakon musi trwać, by przetrwała prawda, pamięć tego, co minęło. Poza tym... w Schronie dostają rzeczy, o których nie mogłyby nawet marzyć na górze. Wiedzę, opiekę medyczną, jedzenie, w przeciwieństwie do nich nigdy nie głodujemy. Mnie przecież też kiedyś porwano. Jak i Czarka oraz wszystkich pozostałych. I nie żałuję, nawet przez chwilę nie żałowałem. Z nim będzie tak samo.

Marki nie zamierzał ustąpić.

– To jedyny syn Renet i Jankiego, jedyne dziecko – poprawił się. – Porwijcie inne, a jego zwróćcie. Nie proszę, byście wyrzekli się waszej tradycji – ostatnie słowo wymówił ze wstrętem – chcę jedynie, by padło na kogoś innego.

– Jeśli przyjmiemy również trzeci warunek, owa tradycja stanie się również i twoją – skarcił go z lekką naganą w głosie Piotr.

– Więc zgadzacie się?

– Niewiele jest dzieci w odpowiednim wieku, lecz to nie znaczy, że nie ma ich wcale. Zresztą Zakon może zaczekać, rok, dwa, jeśli będzie trzeba. Ten warunek nie jest ciężki, uważam go jedynie za głupi... Zabierasz nieszczęście, w twoich oczach nieszczęście, jednej rodzinie, by obdarzyć nim inną. Czy sumaryczne zło, twoim zdaniem, zmalało?

Ani o jotę, a jednak...

Piotr miał rację, jednak Janki i jego żona zasługiwali, by zwrócić im syna. Marki zagryzł lekko wargę. Został ostatni warunek. Jak podejrzewał najtrudniejszy. Miał nadzieję, że wystarczy mu pewności siebie, by zażądać go kategorycznie. Wystarczy nuta wahania, a nie zgodzą się. Był tego niemal pewny.

– Słucham dalej – ponaglił go Piotr. Zerknął na zegarek na nadgarstku.

Trzy życzenia. Po jednym dla Drewala, dla siebie, teraz kolej Wiarołomcy. Tak naprawdę w związku z nim miał dwa żądania. Nie chciał jednak przeszarżować. Zdecydował się zacząć od trudniejszego. Gdyby wpierw zgodzili się na łatwiejszy warunek, drugi z pewnością już by nie przeszedł. Nabrał powietrza i wypalił jednym tchem:

– Wiem, że macie źródło wiedzy, nazywacie je Matką. Nie mam pojęcia, czy jest nim biblioteka czy cokolwiek innego. Chcę jednak, by Szymon zyskał do niej dostęp.

– Nie rozumiesz, o co prosisz. – Piotr pokręcił głową. – Matka nie jest zbiorem ksiąg. To maszyna. Tak stara i cenna, że włączana jedynie raz do roku...

– Oraz przy każdej Inauguracji nowego członka Nadzoru – przerwał mu Marki. – Dziś twoja kolej, by przy niej zasiąść. Zamiast ciebie będziemy tam jednak my.

Nie miał pojęcia, czy to wykonalne. Być może pracę przy Matce obserwowali inni i podobna podmiana była niemożliwa. Podejrzewał jednak, że tak cenna rzecz była odpowiednio zabezpieczona, schowana tam, gdzie dostęp mieli tylko nieliczni.

Piotr pobladł.

– Żądasz ode mnie, bym zrzekł się najważniejszego prawa, jakie daje przynależność do Nadzoru? Czterdziestu pięciu minut, których wyczekiwałem przez lata? – wychrypiał.

Marki czuł, że musi być bezczelny. Jeśli okaże słabość, szansa pryśnie.

– Tak.

Piotr zachwiał się, jakby miał upaść, choć przecież siedział na łóżku. Czarek zesztywniał i zdjął głowę z ramienia towarzysza. Rozumiał, co dzieje się w jego duszy.

– Sami jej nie obsłużycie. Przygotowujemy się do tego od dziecka. Wiemy, jak formułować pytania, by Matka je zrozumiała i udzieliła odpowiedzi.

– Więc będziemy tam we trójkę – odezwał się Wiarołomca. Położył dłoń na ramieniu Markiego i ścisnął mocno. Chłopak zrozumiał gest. Bardziej wymowny od wszelkich słów. Dziękuję. – My będziemy kierować rozmową, ty obsłużysz aparaturę.

– I czego pragniecie się dowiedzieć?! – krzyknął wzburzony Piotr.

– Jak najwięcej. Tyle, ile tylko zdołamy.

Piotr spuścił głowę. Długo wpatrywał się w podłogę.

– Zgoda – odrzekł wreszcie. – Robię to dla ciebie. – Pocałował ramię Czarka, potem wbił wzrok w Wiarołomcę. – Ale i ja mam warunek. Wyniesiesz się stąd jak najszybciej. Będziemy leczyć dalej waszego przyjaciela, aż stanie na nogi lub umrze, lecz ty odejdziesz już teraz. Najdalej za kilka dni.

– Pomoże mi odprowadzić Alena i już nie wróci – zaproponował Marki. – Ale na drogę dacie mu paralizator.

– Ty zostaniesz tutaj, nie wypuszczę cię na zewnątrz. – Piotr zdawał się nie zauważyć dodatkowego żądania.

– Chcę sam dostarczyć chłopaka rodzicom.

– To zbyt niebezpieczne. Poza tym i tak będą nieprzytomni, bo inaczej nie wróciłbyś żywy, nawet nie będą wiedzieli, że to ty go przyprowadziłeś.

– Zrobię to osobiście. To część umowy!

Piotr westchnął.

– Dobrze, niech będzie, jak mówisz. Choć odnoszę wrażenie, że zgadzam się na zbyt wiele. Obyś okazał się godny znaku... – zrobił krótką pauzę. – Za parę dni on – wskazał Szymona – ty z dzieciakiem i Marek wyjdziecie ze Schronu. Pójdą z wami dwaj strażnicy, byś na pewno zechciał wrócić. Innych nie chcę oglądać już nigdy w życiu.

– Co z waszym bratem? – dociekał Marki.

– Markiem?! – warknął. – To już jego zmartwienie, będzie zdany na siebie. Na górze ludzie żyją od wieków.

– To równoznaczne z wyrokiem śmierci! – zaprotestował chłopak. – Jeśli nie umrze z głodu, zabiją go mieszkańcy wioski. Uważają was za istoty nadprzyrodzone, demony!

Piotr wstał gwałtownie.

– O tego psa też zamierzasz prosić?!

Marki pokręcił głową.

– To dobrze, bo moja cierpliwość się wyczerpała. Czarek, najdroższy, zadbasz, by pod koniec ceremonii znaleźli się na najniższym poziomie. Przy sali Matki, ale od strony pomp, by nikt was nie zauważył. Bądźcie ostrożni i zachowujcie się cicho. Umowa obowiązuje, ale niech nic nie strzeli wam do głowy. – Zamierzał odejść, lecz po krótkim wahaniu zwrócił się jeszcze do Markiego: – A ty przez jakiś czas schodź mi z oczu. Zostaniesz moim bratem, ale nie tu, a tu – wskazał najpierw serce potem głowę.

Piotr znikł na zewnątrz.

– Idźcie do siebie! – Czarek nie bawił się w uprzejmości. – Przyjdę po was w odpowiednim czasie.

Marki nie ruszył się z miejsca.

– Mam pytanie. Czy ty i on...?

– Tak?

Nie miał pojęcia, jak je zadać.

– Co was łączy?

Czarek spojrzał mu hardo w oczy.

– Ja kocham go, a on kocha mnie.

– Na górze...

– Tak, łączycie się z samicami, kobietami, jak je nazywacie – przerwał mu ostro Czarek. – Czytałem o tym! Tu ich jednak nie ma. Nigdy nie było i nie będzie. Czy w związku z tym mamy wyzbyć się miłości?! Ale nie martw się, jeśli ci to nie w smak, wielu braci wybiera celibat. To godna droga, choć trudna, mało kto w niej wytrwa do końca. Będziesz mógł spróbować, lecz zapamiętaj me słowa, prędzej czy później zatęsknisz za dłońmi, które zechcą cię objąć.

– A Marek? – Marki chciał dowiedzieć się jeszcze jednej rzeczy. – Za co Piotr go tak nienawidzi? Bo chyba tylko tak można to nazwać...

– Nie twoja sprawa!

– Chcę wiedzieć – chłopak zmierzył go zimnym spojrzeniem.

Czarek spuścił wzrok.

– Bo uległem mu. To była chwila słabości, lecz wiele zmieniła... – urwał. – Od tamtej pory nie daje mi spokoju. Jest gotów zniszczyć wszystkich i wszystko, byle mnie mieć. Dlatego my nie wahamy się zniszczyć jego. A lepszego narzędzia niż ty nie znajdziemy.

– Więc nie uwierzyłeś w znak?

– Ani na moment.

Wiarołomca pociągnął Markiego za rękaw.

– Chodź.

Wyszli na korytarz i niespiesznie udali się w stronę przyznanej im celi. Kompleks, i tak zwykle pusty, wydawał się zupełnie opuszczony. Przeszli kilkadziesiąt metrów, gdy Szymon złapał Markiego za ręce i przycisnął do ściany.

– Słuchaj, co ci powiem, i przemyśl to dobrze – szepnął. – Nie sądzę, by tu nas ktoś podsłuchiwał, ale wolę nie ryzykować – dodał. – Wykombinowałeś to wyśmienicie, ale ja chciałbym zaproponować jedną poprawkę. Złam słowo!

– Co?!

– Na zewnątrz wyjdziemy my dwaj, dzieciak, ten opasły ważniak i dwóch strażników. Pewnie znów założą stroje, w których ledwie człapią. Pozbędziemy się ich bez trudu, nawet nie robiąc im krzywdy. Wystarczy odbiec w bok, nawet niosąc chłopca umkniemy z łatwością.

– Sam niedawno twierdziłeś, że powinienem zostać.

– Plotłem głupoty. Postawiłem siebie na twoim miejscu, ale ty przecież jesteś sobą. Twoje życie jest stawką. Uciekaj, bo tu się udusisz.

– Nie wolno mi – jęknął Marki. – Oni spełnią warunki.

– Wiesz, skąd wzięło się moje miano. Wiarołomca. Wysłali mnie do Akademii dla chwały Bractwa, ale już do nich nie wróciłem. Porzuciłem towarzyszy i przysięgę. Minęło wiele lat i klnę się na duszę, że nawet przez moment nie żałowałem dokonanego wyboru. Ty też nie pożałujesz. Przeciwnie, do końca życia nie podarujesz sobie, jeśli zostaniesz w tej norze. Ja odnalazłbym się tu. Zostałbym dla samych ksiąg z biblioteki Czarka, a przecież z pewnością jest tu ich o wiele więcej, dziesiątki, może setki takich półek. Ale ty... Jesteś młody i do przodu gna cię coś innego. Tutaj nie czekają cię przygody i nie spotkasz kolejnej Angelki czy Moni. Przemyśl to dobrze. Masz jedną szansę, nie sądzę, by potem łatwo wypuszczali cię na zewnątrz. Wyjdziesz ze mną lub zostaniesz tu na zawsze.

– Też stanę się wiarołomcą – szepnął.

– Podamy sobie dłonie.

– A Drewal? Przestaną go leczyć!

Szymon zmarkotniał.

– I tak możemy jedynie zgadywać, czy przeżyje. Wiem za to, że poparłby mnie. Powiedziałby to samo: uciekaj! – Puścił Markiego. – Masz czas, by się zastanowić. Daj znać, gdy podejmiesz decyzję.

Wędrowiec ruszył w stronę celi.

– Zaczekaj! – zawołał Marki, ale Wiarołomca nawet się nie obejrzał.

Chłopak podążył za nim. Serce kazało mu usłuchać towarzysza, jednak wątpliwości nie ustępowały. Czy wolno mu było złamać słowo? Narazić Drewala? Marszałek nadal był w ciężkim stanie, wciąż nie odzyskał przytomności. Trudno było przewidzieć, kiedy mu się polepszy. I czy w ogóle to nastąpi...

Dowlókł się do pokoiku i rzucił na łóżko. Zamyślony Wiarołomca siedział na pryczy. Zapewne jednak nie zajmowały go dylematy Markiego – dla niego było jasne, jak chłopak powinien postąpić – raczej zastanawiał się, jakie pytania należało zadać Matce. Miał tylko jedną szansę, zaledwie czterdzieści pięć minut, by poznać odpowiedzi, które potem ponownie na zawsze będą przed nim skryte.

-

Czarek zjawił się dwadzieścia minut później. Nie otworzył szeroko drzwi, a jedynie uchylił je i wcisnął się w wąską szparę.

– Chodźcie – zarządził.

Korytarz tonął w ciemnościach. Wszystkie lampy zgasły.

– Co się dzieje? – spytał zaskoczony Marki.

– Wyłączyłem światło. Nie chcę, by ktoś nas zobaczył. A teraz za mną i nie odzywajcie się bez potrzeby. I trzymajcie się ścian, tak łatwiej odnajdywać drogę.

Ruszył pewnym krokiem przed siebie. Nadążenie za nim było trudne. Tunel spowiła absolutna czerń. Nocą nawet w gęstym lesie dawały się rozróżniać pojedyncze kształty, tu, w podziemnym kompleksie, mrok był jednolity i gęsty. Gdyby nie zimny dotyk ścian, Marki uznałby, że znalazł się w pustce. Tylko cichy odgłos kroków zdradzał, że nie jest sam.

Miejsce, w którym spędzisz resztę życia.

Wzdrygnął się. Nie, jeśli posłucha Wiarołomcy. Odpędził rozterki. To nie był odpowiedni czas, by rozważać zdradę. Niedługo staną przed Matką. Nie potrafił sobie wyobrazić, w jaki sposób maszyna odpowiadała na pytania. Znał koła zębate i przekładnie, lecz nigdy nie zmusiłby ich do wypowiedzenia choćby jednego słowa – był ciekaw, co miała do zakomunikowania.

Wbił spojrzenie w ciemność, gdzie, jak sądził, znajdował się jego towarzysz.

Jakie zadasz pytania?

Niedługo się o tym przekona. Nie wątpił, że Wiarołomca mimo braku czasu dokładnie przemyślał tę kwestię. Dana mu przecież została tylko jedna szansa.

Dotarli do skrzyżowania. Drugi korytarz oświetlał rząd słabych lamp, po absolutnej czerni była to miła odmiana. Czarek nie zanurzył się w ginącą w mroku odnogę, lecz ruszył jasnym tunelem. Po kilkudziesięciu metrach stanęli przed studzienką.

– Ostrożnie – uprzedził – jest głęboka, a stopnie wąskie. Gdyby któryś z was runął w dół... – Pokręcił głową.

Zszedł pierwszy, uprzedzając ich o wszelkich trudniejszych miejscach: wskazywał obluzowane metalowe stopnie, te przeżarte przez rdzę, na które lepiej było nie stawać, lub informował, gdzie po stopniach została wyłącznie dziura w ścianie szybu. Nim dotarli do połowy, dłonie Markiego lepiły się od potu, dodatkowo utrudniając zejście.

– Tu trzeba zeskoczyć – Czarek mówił szeptem. – Brakuje trzech ostatnich schodków, ale nie bójcie się, to góra metr czterdzieści.

Znaleźli się na dole. Wreszcie. Marki odetchnął głęboko. Studzienka była naprawdę głęboka, skrót przez co najmniej trzy piętra, może więcej. Czarek szturchnął go w ramię.

– Dalej! – ponaglił.

Korytarz na dole wyraźnie biegł po łuku wokół jakiejś sporej sali. Podążyli za przewodnikiem. Pokonali kilkanaście metrów, gdy po obu stronach ukazały się niewielkie drzwi. Wybrali te z lewej. Musieli pochylić głowy, by przez nie przejść. Znaleźli się w pomieszczeniu wypełnionym pracującą aparaturą. Nie mogli się jej przyjrzeć, bo większość maszyn chroniła solidna obudowa. Gdyby nie ciche, lecz miarowe buczenie, można by nawet uznać, że to jedynie różnorodne, niekształtne kolumny.

– Pompy – wyjaśnił Czarek, choć nic im to nie mówiło. – Tu mamy zaczekać.

Wiarołomca nerwowo dreptał wkoło. Niecierpliwość rozrywała go od środka. Wydawało się, że za moment eksploduje. Każda minuta oczekiwania stawała się niewyobrażalną katuszą. Gdy wreszcie drzwi otworzyły się, aż podskoczył.

– A więc zapraszam. – Piotr skinął dłonią.

W jego głosie nie było krzty entuzjazmu. Zapewne ucieszyłby się, gdyby nie zastał ich w umówionym miejscu. Jednak byli, a on nie zamierzał łamać danego słowa.

Wiarołomca natychmiast znalazł się przy nim. Marki pytająco spojrzał na Czarka. Mężczyzna zaprzeczył gestem. To nie był jego czas. Ten miał dopiero nadejść, być może nawet wkrótce. Piotr otworzył drzwi po przeciwnej stronie korytarza. Weszli do okrągłej sali. Brakowało lamp, zalewało ją jednak niebieskawe światło sączące się z listew przy suficie. Poza czymś na środku sala była pusta. Jej ściany przyozdabiały dziwne czarne obrazy. Nie wyobrażały niczego, jedynie czerń, tylko na ramach widniały nic nieznaczące podpisy, na wszystkich identyczne.

– Tu jest to, co nazywacie Matką? – spytał Wiarołomca, rozglądając się uważnie.

Zbliżył się do rzeczy ustawionej w centrum sali. Nie przypominała maszyny, raczej wykonaną z półprzeźroczystego szkła mównicę. Szymon wyciągnął rękę, a widząc, że Piotr nie protestuje, dotknął powierzchni. Okazała się nadzwyczaj gładka i wcale nie chłodna, jak spodziewałby się po tafli szkła. Czymkolwiek była, wykonano ją z nieznanego mu materiału.

– Określenie „tu" niezbyt dobrze precyzuje miejsce – odparł Piotr. – Serce Matki jest pod nami, ukryte w pomieszczeniach technicznych, przed nami znajduje się jedynie panel, klawiatura.

Minął Wiarołomcę i położył dłoń po prawej stronie płaskiej powierzchni stolika. Natychmiast blat zajaśniał nikłym zielonym światłem, a na nim ujawniły się wzory układające się w niesymetryczną tabelę wypełnioną literami, cyframi i różnymi symbolami. Widzieli już podobne rysunki. Dziesiątki, a może setki, zdawały się być wszędzie. Wyżłobione na ławkach w jadalni, na ścianach sal i korytarzy, czasem podłogach. Identyczne lub niemal identyczne z tym, który właśnie niczym zaczarowany się pojawił.

Marki i Szymon przyglądali się temu jak zahipnotyzowani, lecz fascynacja Piotra nie była mniejsza. Zapewne on również widział ów cud po raz pierwszy w życiu lub przynajmniej po raz pierwszy widział go z bliska, dotąd z daleka przyglądając się, jak członkowie Nadzoru uruchamiają Matkę podczas uroczystych świąt Zakonu.

– Działa – szepnął.

– Co teraz? – spytał niecierpliwie Wiarołomca.

– Musimy chwilę zaczekać. Aż się uruchomi.

Szymon zdziwiony popatrzył wkoło.

– Uruchomi co?

Niemal natychmiast w pomieszczeniu rozległ się łagodny kobiecy głos:

– *Witaj. System gotowy. Praca offline. Brak nowych aktualizacji.*

Marki obrócił się na pięcie, lecz w sali poza nimi nikogo nie było. Za to jeden z czarnych obrazów wiszących na ścianach pojaśniał. Na moment pojawiły się na nim nic nieznaczące wzory, potem znikły, a ich miejsce zajął zielony pagórek. „Okno? Jesteśmy na zewnątrz?" – pomyślał. To niemożliwe, schodzili w dół! Z całą pewnością byli pod ziemią, i to naprawdę głęboko. Czyżby więc dziesiątki metrów pod stopami niczego nieświadomych ludzi istniał jeszcze jeden świat? Z roślinnością, zwierzętami, a także oświetlającym całość słońcem? To również nie wydawało się prawdopodobne.

A zresztą jak obraz mógł zmienić się w okno? Jakkolwiek powstał ów widok, był tylko odbiciem rzeczywistości, niewiarygodnie wiernym, lecz nie prawdą. Najdoskonalszy mistrz z jakiegokolwiek gniazda nie stworzyłby równie realistycznego pejzażu. Nie uwidaczniało się nawet jedno pociągnięcie pędzla, zupełnie jakby krajobraz nie został namalowany, tylko w jakiś tajemniczy sposób przeniesiony na płótno. O ile to w ogóle było płótno, bo w jaki sposób w krótkiej chwili zmieniło się z czarnej powierzchni w równie doskonały obraz?

Czy to również był artefakt utraconej przed wiekami wiedzy? Jeśli tak, dawny świat był niewyobrażalnie potężny. Widok zaczarowanego okna przemówił do Markiego silniej niż napomknięcia Wiarołomcy o zapomnianych naukach, takich jak tajemnica elektryczności.

– System – mruknął Piotr, odpowiadając na pytanie Szymona.

Marki zamrugał. Wydawało się, że minęły wieki od chwili, gdy jego towarzysz zadał pytanie, w rzeczywistości jednak musiały to być zaledwie sekundy.

– Czym jest Matka? – wtrącił się w rozmowę.

Piotr obrzucił go wzrokiem, jakim mógłby obdarować natrętnego szczura, którego żadną siłą nie idzie przepłoszyć. Kryło się w nim zniecierpliwienie i pogarda. Gdyby nie Marki, świeżo upieczony członek Nadzoru byłby tu sam i maszyna w tej chwili należałaby wyłącznie do niego.

– To komputer – odpowiedział jednak.

Nie zrozumieli, a on nie zamierzał tłumaczyć. Odwrócił się do Wiarołomcy.

– Czekam na pierwsze pytanie. I jeszcze jedno – dodał, nim Szymon zdążył się odezwać: – Chcecie czytać odpowiedzi czy je usłyszeć?

– Usłyszeć – pisnął Wiarołomca.

Marki nie mógł uwierzyć w to, co widzi. Ręce zawsze opanowanego Szymona drżały i by to ukryć, splótł dłonie przed sobą. Wyglądał jak dzieciak, któremu obiecano górę łakoci i który nie potrafi się tego doczekać.

Piotr położył dłonie na wpół przezroczystym stoliku. Jego palce pewnie trafiały w podświetlane litery i znaki. Ruch był płynny, pozbawiony nawet cienia wahania. Jak wszyscy inni w Schronie ćwiczył obsługę Matki od dziecka. Nieważne, że wcześniej uderzał w drewniany blat stołu lub w ścianę, teraz wreszcie miał przed sobą prawdziwą maszynę.

– *Synteza mowy aktywna* – usłyszeli.

– Zapytaj to... zapytaj ją – poprawił się Wiarołomca – o Studnie. – Zapanował nad głosem.

– To znaczy? – Piotr spojrzał na niego pytająco.

– Wszystko, co o nich wie. Czym są, jak działają? Jak je unieszkodliwić?

– Powinieneś formułować tematy bardziej szczegółowo – rzucił, ale jego palce posłusznie zatańczyły na klawiaturze.

Odpowiedź padła od razu. Maszyna ze Schronu nie musiała się zastanawiać:

– *Studnie AntyGrav. Nazwane tak wkrótce po ich ujawnieniu się w roku 2033, niemal równocześnie z pojawieniem się Przekłuwaczy. Nazwa nawiązuje do teorii, według której materia wrzucona do Studni podlega sile ujemnej grawitacji, odpychaniu. Nie udało się ani potwierdzić, ani obalić tego przypuszczenia. Błędność lub przynajmniej niekompletność teorii sugeruje jednak kształt tuneli, jakie tworzą rozliczne*

*Studnie. W każdej ze Stref powstałych po ataku Przekłuwaczy znajduje się od kilku do kilkudziesięciu Studni. Nie biegną prosto w przestrzeń kosmiczną, lecz na wysokości około 8000 metrów nad poziomem morza tworzą pętle i zawracają ku powierzchni Ziemi. Zakończenia tuneli znajdują się w Strefach Centralnych zwanych też Rozładunkowymi od kierunku przepływu materii w Studniach.*

Równocześnie ze słowami zmienił się wiszący na ścianie obraz. Znikł zielony pagórek, a w jego miejsce pojawił się trójwymiarowy schemat. Siedem pól w kształcie sześcianów, środkowy czerwony, pozostałe bladożółte. Łączyły je pulsujące pętle, które niczym żyły dostarczały składników środkowemu czerwonemu towarzyszowi. O ile Studnie – bo zapewne właśnie je przedstawiały pętle – wyrastały z różnych miejsc żółtych sześcianów, to w centralnej Strefie schodziły się w samym jej środku.

*– Studnie nie są tworami stałymi. Zdarza się, że znikają lub powstają nowe. Do dziś mechanizm również tego zjawiska pozostaje niewyjaśniony. Zachodzący proces jest jednak gwałtowny, nie trwa więcej niż kilka minut. Istnieją nawet niepotwierdzone relacje, że wszystko odbywa się w ciągu ułamka sekundy. Nagle z ziemi wyrzucane są olbrzymie ilości skał i gleby, z których część opada wokół Studni, reszta zaś trafia do Strefy Centralnej. Ze względu jednak na unikatowość podobnych zjawisk i niemożliwość ich przewidywania proces powstawania Studni nigdy nie został bliżej zbadany.*

Na obrazie pojawiło się kilka widoków Studni. Nie wydawały się namalowane. Przeciwnie, były jeszcze bardziej realistyczne niż zielony pagórek. Zupełnie jakby w ramie otworzyło się małe okno, przez które mogli oglądać świat na zewnątrz. Co więcej, Studnie widoczne były nie pod kątem, ale z góry, jakby owo okno unosiło się w powietrzu.

– Powiedz, jak je wyłączyć! – zawołał Wiarołomca.

– Matka cię nie słyszy – odparł cicho Piotr. – Polecenia należy wprowadzać przez klawiaturę.

– A ten obraz? – Marki wskazał ręką. Ze zdziwieniem odkrył, że jego dłoń również drży. – Czy jest prawdziwy?

Piotr zmarszczył brwi.

– W jakim sensie? Oglądasz zdjęcia i filmy. Wyświetlają się na ekranie. Monitor pokazuje prawdę, ale nie to, co dzieje się w tej aktualnie chwili. To obrazy z przeszłości. Dalekiej przeszłości. Dziś już nie zrobimy żadnych zdjęć. Ostatnie urządzenia, które to umożliwiały, zepsuły się wieki temu. Bez części zamiennych nie można ich wskrzesić. Dlatego tak rzadko uruchamiamy Matkę. Ona też kiedyś ulegnie awarii, której już nie będziemy w stanie naprawić, kto wie, może już wkrótce. A wtedy wiedza, którą zgromadziła, przepadnie, a w każdym razie stanie się znacznie bardziej fragmentaryczna, bo od pokoleń staramy się przenieść jej zasoby na papier. Brakuje go jednak, a informacji jest zbyt wiele. Nigdy nam się to w pełni nie uda. Nie uratujemy również filmów i zdjęć. One umrą wraz z Matką.

– Czyli to, co widać na tym ekranie – Wiarołomca powoli wymówił ostatnie słowo – wydarzyło się naprawdę. Istniało naprawdę? – upewnił się. Podszedł bliżej do monitora. – To coś jak obraz, tyle że... prawdziwy?

Piotr jedynie skinął głową, po czym wskazał palcem zegarek na nadgarstku. Gest był aż nadto wymowny. Czas uciekał.

Komputer nieprzerwanie wyrzucał kobiecym, pozbawionym emocji głosem kolejne informacje o Studniach. Zakres ich średnic, średnią ilość w jednej Strefie i wiele innych, które zdawały się niespecjalnie interesować Wiarołomcę.

– Spytaj ją, jak je wyłączyć? – rzucił.

Piotr wpisał pytanie.

Usłyszeli tylko dwa słowa:

– *Brak danych.*

– Co to znaczy?

– Że nie wie. Nie oczekuj, że znajdziesz odpowiedź na każde pytanie.

– Mam ich tak wiele, że zadowolę się połową. Spytaj, czy to możliwe, by kluczem była elektryczność. Odnalazłem w starych dokumentach informację, że kiedyś w Studnię trafił piorun i to sprawiło, że znikła.

– Łatwiej to powiedzieć niż wprowadzić – mruknął Piotr, lecz bez zwłoki zaczął wpisywać polecenie.

– *Brak danych.*

– Dobrze, zostawmy Studnie – Wiarołomca mówił szybko, wręcz gorączkowo. – Matka powiedziała, że powstały w 2033 roku. Który jest więc obecnie rok?

– Tego nie musisz sprawdzać – odparł Piotr – 2829.

Wydawało się, że Szymon się przewróci. Zachwiał się.

– Pisana historia mojej Strefy liczy czterysta lat – szepnął. – Wiem o trzech Strefach. Ile ich istnieje w rzeczywistości?

– Setki – mruknął Piotr.

– Pokaż mi. Pokaż mi świat!

– Teraz czy taki, jaki był przed pojawieniem się Przekłuwaczy?

– Oba!

Na ekranie pojawiła się błękitnobiała kula. W jej barwach można było doszukać się również zieleni i brązu. Obracała się wolno, a głos recytował:

– *Planeta Ziemia. Licząc od Słońca, trzecia planeta Układu Słonecznego. Jest piątą co do wielkości planetą układu, jednak jednocześnie największą planetą skalistą. Masa Ziemi wynosi 5,97 x* $10^{24}$ *kilogramów. Odległość od Słońca to około*

*150 milionów kilometrów. Posiada jednego naturalnego Satelitę, który uformował się przypuszczalnie 4,53 miliarda lat temu, niedługo po powstaniu samej planety...*

Kula płynnie rozwinęła się w mapę zajmującą pełen ekran. Matka po kolei przedstawiała kolejne obszary, na moment podświetlając ten, o którym aktualnie mówiła.

– A Strefy? – jęknął Szymon.

– Powstały później.

Piotr zaczekał, aż komputer pokrótce omówi wszystkie kontynenty i oceany, po czym wystukał coś na klawiaturze.

*– Sześcienna siatka strefowa powstała 16 lipca 2033 roku, trzynaście dni po pierwszym ujawnieniu się Przekłuwaczy i trzy po tak zwanej Burzy Milenium. Przez około tydzień formowały się okalające ją łańcuchy wulkaniczno-górskie, wznoszące się zazwyczaj maksymalnie 500-600 metrów nad otaczające je tereny. Niemal równocześnie z gwałtownym wypiętrzeniem pojawiła się zapora rozciągnięta na granicach stref. Istnieje hipoteza, że na kształt siatki wpływ miały prądy powstające w jądrze Ziemi. Jeśli tak, to ich rozmieszczenie zdecydowało również o wielkość stref. Przeciwnicy tej teorii zwracają uwagę, że wszystkie strefy mają kształt idealnego sześcioboku foremnego i nie wydają się skutkiem działania praw przyrody.*

Równocześnie ze słowami zmienił się obraz wyświetlany na monitorze. Ziemię pokryła heksagonalna siatka utworzona z wyrastających znikąd szczytów. Część z nich dymiła lub wypuszczała potoki czerwonej mazi, która musiała symbolizować lawę. To nie był film, lecz ponownie rysunek, doskonały trójwymiarowy i ruchomy rysunek. Widoczna na obrazie kula nawet na moment nie przestała się obracać. Strefy były mikroskopijne, więc szybko obraz powiększył się, ukazując jedynie fragment Ziemi.

– Tak zostaliśmy rozdzieleni – wychrypiał Wiarołomca.

Piotr skinął głową.

– A skąd znacie... – głos Szymona drżał – dokładny kształt i rozmieszczenie?

– Jeszcze przez kilka tygodni pracowały niektóre satelity. Potem ostatnie z nich zamilkły. – Spojrzał na gości i pojął, że nie zrozumieli. – Nad Ziemią, wysoko nad nią, rozmieszczone były maszyny. Robiły zdjęcia, dokonywały pomiarów, a potem przesyłały wyniki. Stąd wiedziano wiele, nawet po pogromie, w każdym razie do chwili, aż przybysze nas nie oślepili.

– Kim oni są?

Piotr wzruszył ramionami. W tym geście tak przypominał Wiarołomcę, że na twarz Markiego wypełzł mimowolny uśmiech, który jednak w tej chwili musiał bardziej przypominać niekształtny grymas.

Mieszkaniec schronu ponownie zaczął pisać na klawiaturze.

*– Przekłuwacze. Potoczna i najbardziej rozpowszechniona nazwa nieznanego zjawiska po raz pierwszy zaobserwowanego 3 lipca 2033 roku. Nazwa pochodzi od słów brytyjskiego dziennikarza BBC, który zasugerował, że ciemne niewyraźne smugi przedostają się, dosłownie przekłuwają, z innego wymiaru. Czasami nazywane są też Itami, od słynnego filmu Stevena Spielberga* E.T. *Badaczom nie udało się jednoznacznie stwierdzić, czy mają do czynienia z obcą inteligencją, co sugerowałaby nazwa, czy jedynie nowo poznaną siłą fizyczną. Nieznany jest też powód wystąpienia zjawiska. Podnoszone są hipotezy o cykliczności występowania, lecz w stosunkowo długich okresach czasu, co tłumaczyłoby, że ludzkość zetknęła się z nim po raz pierwszy od czasu wejścia w epokę przemysłową, po teorie, że siły te, bądź istoty, jak chcą inni, zostały zwabione czynnikami naszej cywilizacji. Wymieniane*

*są zwłaszcza projekty LHC, HAARP oraz silnik EmDrive. Bezspornym pozostaje natomiast fakt, że Przekłuwaczy przyciąga elektryczność. Trudno jednak odpowiedzieć na pytanie, dlaczego pozostają obojętni na naturalne przejawy jej działania. Nie zanotowano ich obecności podczas wyładowań atmosferycznych i innych zjawisk, gdzie elektryczność przejawia się samoczynnie bez udziału człowieka. Natomiast „sztuczne" wytworzenie prądu nawet o niewielkim napięciu i natężeniu natychmiast przywołuje Ity. Dla wielu jest to decydujący dowód świadczący o inteligencji, a więc i świadomości istot.*

Niewiele wiadomo również o naturze zjawiska, choć skutki zetknięcia Przekłuwacza z ciałem ludzkim są powszechnie znane. Następuje anihilacja i uwolnienie się energii, co można zaobserwować jako krótki, lecz oślepiający błysk światła. Teorie łączące Ity z antymaterią nie znalazły jak dotąd żadnego potwierdzenia. Bardziej prawdopodobne zdaje się, że ich środowiskiem naturalnym są wysokie pola elektromagnetyczne. Faktycznie zaobserwowano dużą skuteczność klatek Faradaya. Przypadki, gdy one zawiodły, być może wiążą się z błędami konstrukcyjnymi klatek, a nie samą ideą ochrony poprzez odcięcie się od pola.

Niewątpliwie z Itami wiążą się też inne zjawiska, takie jak burze entropiczne oraz Studnie AntyGrav. Nie znaleziono teoretycznych powiązań między zjawiskami, jednakże ich niemalże jednoczesne wystąpienie wskazuje, że są najprawdopodobniej trzema odsłonami tej samej siły lub jedno ze zjawisk implikuje powstanie dwóch pozostałych.

– Jak z nimi walczyć?! – krzyknął Marki, dopiero poniewczasie zdając sobie sprawę, że Matka go nie słyszy. To było dziwne, mówiła, a nie była człowiekiem, nie słyszała i nie czuła, udzielała odpowiedzi dopiero po naciśnięciu odpowiednich guzików.

– To niemożliwe – odparł za nią Piotr. – Można się tylko skryć. To wszystko.

– Zawsze można walczyć – zaprotestował bez przekonania chłopak. Czyż nie tego go uczono? Lecz jeśli ludzie z przeszłości nie wynaleźli sposobu, jak mogło im się udać to teraz?

– Poszukuję odpowiedzi – wtrącił Wiarołomca – a zyskuję jedynie kolejne zagadki.

– Nie zadajesz właściwych pytań – skwitował Piotr. – Szukasz czegoś, co nie istnieje, a w każdym razie nikt tego nie zna. Chcesz pewników? Jedynymi są zdarzenia, które miały miejsce. Przyczyn nie rozszyfrowano.

Wystukał na klawiaturze kolejne polecenie.

– Oto historia – mruknął. – Prezentacja, którą stworzył ktoś wkrótce po zagładzie. Zastanawiałem się wcześniej, czy ją zobaczyć. Ostatecznie stwierdziłem, że nie, lecz być może ona powie wam najwięcej.

Gdy wcisnął ostatni klawisz, wszystkie zawieszone na ścianach ekrany ożyły. Obraz nie wyświetlał się już tylko na jednym, teraz ich otaczał, każdy inny, kręcili głowami, nie bardzo wiedząc, któremu powinni poświęcić główną uwagę. Na monitorach widzieli ludzi i ogromne skupiska domów.

– Czy to... – Marki zawahał się. – Czy to jest miasto?

– Tak – rzucił krótko Piotr, a chłopak pokiwał wolno głową w nagłym przebłysku zrozumienia.

Osoby, które pojawiały się i znikały, mówiły albo śmiały się. Zalał ich wodospad zmieszanych głosów, z którego nie sposób było wydobyć jednego konkretnego dźwięku. Widzieli ludzi białych – takich jakich znali – ale też o zupełnie niespodziewanych kolorach skóry. Jedni wyglądali niemal znajomo, inni zupełnie obco. Ten gwar trwał niespełna minutę, by ustąpić miejsca miastom. Film pokazywał je od środka, ale też z góry, z lotu ptaka. Były olbrzymie. Zarówno poszczególne, zdające się sięgać chmur budowle, jak też całe kompleksy, rozciągające się aż po horyzont. Między budynkami przewijały się potoki dziwnych pojazdów, niezaprzęgniętych ani w psy, ani w żadne inne zwierzęta, a jednak miarowo sunących naprzód. Nad gmachami przelatywały żelazne ptaki, które po przyjrzeniu się również okazywały się pojazdami. W najmniejszym stopniu nie przypominały balonów, a jednak unosiły się, co więcej, przemierzały niebo z zawrotną prędkością, a ich cień prześlizgiwał się po ulicach i budowlach.

Widoki trwały przez moment i przekształcały się w coś innego, nieustannie zmienne i w ciągłym ruchu. Na jednym z nich Marki zobaczył człowieka w skafandrze przypominającym te, które zakładali mieszkańcy Schronu, gdy przemierzał zdawałoby się nieprzebraną czerń uczepiony jedynie metalowej błyszczącej konstrukcji. Łączyła go z nią lina, a on zdawał się bardziej pływać niż chodzić. Jego ruchy były spowolnione i mało precyzyjne.

Wreszcie wszystko znikło.

I pojawili się oni. Przekłuwacze.

Przez krótką chwilę wszystkie obrazy ukazywały to samo. Niewyraźną rozmazaną spłaszczoną chmurę, która przemykała nad morzem ludzkich głów. Przechodnie zatrzymywali się i spoglądali w górę, z zaciekawieniem przyglądając się zjawisku. Nikt nie okazywał lęku. Znikąd pojawiły się kolejne falujące obłoczki. Podążały ku sobie. Trudno było się im przyjrzeć, bo obraz drgał, uniemożliwiając dostrzeżenie szczegółów. Nagle jedna ze smug zanurkowała w tłum. Pojawił się oślepiający błysk, a zaraz po nim paniczne okrzyki. Ludzie rzucili się do ucieczki. Wydawało się, że reszta rozmazanych kul i smug tylko na to czekała. Co do jednej ruszyły na łowy. Unosiły się i pikowały, a każdy taki lot kończył się jednym bądź kilkoma przeraźliwymi błyskami oznajmiającymi czyjś koniec.

Wreszcie jeden z Przekłuwaczy obrał za cel aparat rejestrujący te zdarzenia lub może osobę, która go obsługiwała. Marki nie miał wątpliwości, że niezależnie od sposobu, w jaki zachowano obraz, kierował tym człowiek. Było to widać w drganiach i sposobie, w jaki zmieniał się kąt widzenia. Gdy smuga uderzyła, wszystko się skończyło. Obraz zawirował, by wreszcie zatrzymać się na fragmencie chodnika i kilku źdźbłach trawy. Przez moment nadal słychać było krzyki, potem przekaz się skończył.

Po krótkiej ciszy w jego miejsce pojawił się mężczyzna. Miał na sobie lekko błyszczący strój, jakiego Marki nigdy w życiu nie widział. Właściwie wszyscy, których dostrzegał dokoła, nosili ubrania, jakich nie wytworzyłby nikt w znanych mu Strefach, nawet tu, w Schronie, gdzie pielęgnowano pamięć dawnych czasów. Mężczyzna zaczął mówić:

– *Witam Państwa, znajdujemy się u zbiegu Alei Jerozolimskich z ulicą Marszałkowską, w centrum stolicy, gdzie, zgodnie z otrzymanym przed chwilą zgłoszeniem, pojawiły się tajemnicze obłoczki. Jeśli uda się nam to potwierdzić, będzie to pierwsza pewna relacja z naszego kraju. Jak zapewne Państwu wiadomo, smugi obserwowano już między innymi w Tokio, Nowym Yorku, Mexico City oraz Paryżu. Wydarzenia z Paryża, gdzie jak wiemy, spotkanie z tym zjawiskiem zakończyło się niewyobrażalną tragedią, każą nam zachować szczególne środki ostrożności.*

Obraz porzucił mówiącego, ukazując mężczyzn w granatowych strojach, odgradzających tłum gapiów.

– *Jak widać, mimo potencjalnego zagrożenia oraz wysiłków policji, ciekawskich nie ubywa, a wręcz przeciwnie.*

*Zebrał się spory tłum, a ruch samochodowy Alejami został zablokowany.*

*– Sądzę, że większość, tak jak ja, zadaje sobie pytanie, czy znajdujemy się w niebezpieczeństwie. Przypuszczenie to nie jest zupełnie pozbawione podstaw, bo choć pierwsze relacje, chociażby z Tokio czy Nowego Yorku, mówią jedynie o światłach, obłokach i falujących kulach szybujących nad budynkami, które po kilkunastu minutach znikły, nie pozostawiając po sobie śladu, to wydarzenia z Paryża, sprzed zaledwie dwóch dni, zdają się świadczyć, że spotkania nie zawsze są bezpieczne. Kim lub czym są przybysze? Tego nie wiemy. Poruszamy się jedynie w gąszczu hipotez, zazwyczaj zresztą wzajemnie się wykluczających.*

Mężczyzna przechylił lekko głowę, jednocześnie dotykając dłonią ucha.

*– Odebrałem właśnie informacje ze studia, że obłoczki pojawiły się też w innych miejscach. Już nie chodzi jedynie o największe aglomeracje świata, zdają się być dosłownie wszędzie...*

Głos mężczyzny zdradzał coraz większe podekscytowanie. Każde kolejne zdanie wyrzucał z siebie szybciej i głośniej:

*– Czy mamy do czynienia z pierwszym kontaktem, czymś, na co ludzkość czeka już bardzo długo? To nie jest wykluczone. A jeśli tak, jakie zamiary mają przybysze? Czy przyniosą nam nowe oświecenie, czy przeciwnie, konflikt z nimi wepchnie nas ponownie w wieki ciemne? Odpowiedzi na te wszystkie pytania poznamy lada moment!*

Mężczyzna znikł, na ekranie ponownie pojawiły się dobrze znane Markiemu smugi. Właściwie trudno było określić ich dokładny kształt, zwłaszcza że ten zdawał się cały czas zmieniać. Często przypominały niewielkie kuliste obłoczki, czasem były spłaszczone i podłużne. Łączyły się ze sobą w większą strukturę i rozpadały.

Pozostawały nieustannie w ruchu. Były dość wysoko, co najmniej kilkanaście metrów nad głowami zebranego tłumu. Marki nie miał jednak najmniejszych wątpliwości, że patrzy na siłę, która wyludniła obóz w Rudzie.

Niebo pociemniało. Ziemię nakrył cień, jakby słońce zasłoniła gruba chmura. Gdzieś daleko rozległo się coś na podobieństwo grzmotu.

I wtedy wszystko się zaczęło...

Obłoczki zaczęły pikować w zbitą masę ciekawskich. Film stał się serią niemal nieprzerwanych błysków. Nie trwał długo, szybko jeden z Przekłuwaczy obrał na cel twórcę obrazu. Oślepiające światło zmieniło się w morze wirującego szarego piasku, który zasnuł cały ekran. Dopiero po chwili Marki zrozumiał, że to nie rzeczywisty widok, a coś w rodzaju zakłóceń, które przerwały relację.

Wszystkie monitory ożyły. Pokazywały przerażające obrazy. Ludzi bezskutecznie starających się ukryć bądź uciec falującym smugom. Płonące pojazdy i budynki. Płaczące dzieci, kobiety i mężczyzn. Ponownie każdy ekran wyświetlał co innego, jednak tym razem oglądający nie odnosili wrażenia, że coś im umyka. Przeciwnie, najchętniej odwróciliby wzrok, lecz nie było ucieczki, ze wszystkich stron otaczał ich obraz cierpienia, zniszczeń lub śmierci. Nie zawsze winne były Ity, czasem ludzie nagle, wydawałoby się bez powodu, stawali w płomieniach lub padali na ziemię, a na ich ciałach pojawiały się oparzenia.

– *O ile udało się nam to ustalić, atak zaczął się wszędzie jednocześnie...* – to ponownie był głos Matki. – *Nie zanotowano, by doprowadził do niego jakiś incydent, a także nie wychwycono żadnego sygnału, który mógłby świadczyć o wezwaniu przybyszów do walki. Choć dla wielu to oczywiste, że Przekłuwaczami kieruje jakiś rodzaj świadomości lub nawet inteligencji, inni nadal widzą w nich jedynie zjawisko fizyczne, którego procesów nie potrafimy wytłumaczyć.*

Tego pamiętnego dnia, 13 lipca 2033 roku, po raz pierwszy ujawniły się również burze entropiczne. Ich pierwsze uderzenie, jednoczesne – według wielu skoordynowane – z napaścią Przekłuwaczy, nazwano Burzą Milenium. Nigdy potem siła burzy nie była równie wielka, a jej zasięg równie szeroki. Wydawało się, że przynajmniej na moment objęła całą planetę. Nigdy nie udało się obliczyć liczby ofiar, jednakże pobieżne szacunki wahają się od pięciuset milionów do nawet półtora miliarda osób. Choć w głównej mierze są to zgadywanki, nie ulega wątpliwości, że kręgosłup ludzkości został złamany. Nim udało się nam otrząsnąć z szoku, zatrzęsła się ziemia. Gwałtowne wypiętrzenia wzdłuż granic tak zwanych stref przyniosły kolejne masowe ofiary wśród zamieszkujących te tereny. Inni zostali podzieleni, w większości przypadków na zawsze tracąc możliwość kontaktu z sąsiednimi regionami. Przeszkodą okazały się nie tylko świeżo powstałe łańcuchy gór oraz pola magmy rozlane wzdłuż zaognionych blizn w skorupie planety, lecz również nieokreślonej natury bariery otaczające wszystkie strefy.

Zniknęło wszystko. Dopiero po kilku sekundach na ciemnym ekranie pojawił się zarośnięty mężczyzna. Betonowa ściana za nim dziwnie przywoływała na myśl Schron. Marki uświadomił sobie, że tu właśnie powstała ta opowieść.

– *Oto historia w skrócie* – oznajmił mężczyzna zachrypniętym głosem. – *Wszyscy z mojego pokolenia znają ten przekaz wraz z tysiącami szczegółów, na które zabrakło miejsca, jednak nie wiem... Przerwał, rozglądając się wokoło. Nie wiem... ile to jeszcze potrwa. Lata czy wieki... Jeśli kiedyś zabraknie świadków, może choć ocaleje ta prezentacja. Nie jest doskonała. Żaden ze mnie gawędziarz, a zresztą zbyt wiele tu emocji... Nie potrafię opowiedzieć tego jak należy...*

Ekran na moment przygasł, a potem ponownie ukazał zielony pagórek.

Nikt się nie odezwał, wszyscy trzej mieli jeszcze przed oczami wyświetlane przed chwilą obrazy. Ludzi szczęśliwych, dumnych, ale także ich upadek, morze śmierci i cierpienia, jakie zgotowali im przybysze.

Wreszcie Piotr spojrzał na zegarek.

– Zostało kilka minut. Jedno pytanie, jeden film, co wybierasz? – zwrócił się do Wiarołomcy.

– Jeszcze jeden ruchomy obraz – zdecydował Szymon. – Może pierwszy, jaki powstał w Schronie. Zadając pytania, zawsze najlepiej zaczynać od początków.

Palce Piotra zatańczyły na klawiaturze.

– Mam – oznajmił. – Ale jedna uwaga... – zawahał się. – W dawnych czasach, gdy Matka była częściej używana, oznaczono wszystkie pliki, nadając im rangi. Określono ważność. Ten nosi najmniejszą z możliwych.

– Więc może nie warto... – Marki zerknął wyczekująco na przyjaciela.

– Nie mamy czasu wybrzydzać. Zaczniemy szukać, to nie zobaczymy niczego.

Piotr cicho chrząknął.

– Coś dziwnego – był wyraźnie zaskoczony – choć plik jest tak mało ważny, został ukryty. Nie wyświetla się z resztą, dopiero uszeregowanie po datach pozwala go odnaleźć. Dobrze, odtwarzam.

Ukazało się betonowe pomieszczenie z oszczędnym wystrojem. Na środku, na dziwnym obrotowym krześle, siedział rozparty brodaty mężczyzna, inny niż ten, który stworzył poprzednią prezentację. Miał na sobie zgniłozielony strój w łaty. Lekko kręcił się na boki. Był wyraźnie wstawiony.

*– Raz, dwa, trzy, próba mikrofonu. Czy to już się nagrywa? Mam nadzieję, chyba że jestem tak zalany, że pomyliłem guziki.*

Wzniósł w górę prawą rękę, ukazując, że trzyma w niej opróżnioną do połowy butelkę z bursztynowym płynem.

*– „Whisky, moja żono, tyś najlepsza z dam..." Wybaczcie, ale chyba można się nawalić, gdy świat się kończy. Ale do rzeczy, zaczynajmy.*

Sprawiał wrażenie, że zamierza wstać, ale ostatecznie pozostał na krześle. Skłonił się jedynie finezyjnie, kręcąc ręką spirale.

*– Witam całą jajogłową widownię zgromadzoną przed odbiornikami. Tu i na całym świecie. Aha, ciągle zapominam, że ograniczacie się do garstki kryjącej się w tej norze, ale cóż, taki nastał czas. Witam więc w byłym schronie przeciwatomowym, kilka lat temu wykupionym i zaadoptowanym dla Uniwersytetu... Jak się nazywa ten cholerny Uniwersytet...? Imienia Boba Marleya? Raczej nie, bo nie znacie się, co dobre. Z pewnością też nie trzeciego wieku.* – Zaśmiał się zadowolony z żartu. – *Nieważne, wy wiecie, a mnie nie interesuje, co za posągowe bóstwo postawiliście na czele waszej szkółki. Pozwólcie, że się teraz przedstawię. Moi rodzice, uważając, że to świetny żart, na imię dali mi Dobromir. Na część dobranocki. Cieszę się, że nie wpadli na pomysł, by był to Rumcajs czy Pankracy. Albo Cypisek.* – Zarechotał. – *Nawiasem mówiąc, ja, dzierżąc w genach to samo poczucie humoru, a może tę samą złośliwość, nadałem dzieciom imiona Jaś i Małgosia.*

Niespodziewanie przechylił się na krześle, wypuszczając butelkę. Zaklął cicho, starając się ją podnieść, nie udało mu się.

*– Powinienem być przeklęty. Może to wszystko moja wina? Fatum chichoczącego losu. Ja, pomysłowy Dobromir,*

*kombinuję, jak przeżyć i jak uratować jak najwięcej z tego zgniłego świata. A one błąkają się same, beze mnie, gdzieś daleko, gdzieś, gdzie nie zdołam dotrzeć. O ile nadal żyją, nie pożarła ich Baba Jaga.*

Zasłonił oczy ręką, być może ścierając łzy.

– *Po co ja to nagrywam... Aaa, bo już nie zamierzam tu więcej schodzić! W dniu zagłady napotkałem to całe wasze Sympozjum Pieprzenia o Bąbelkach w Szampanie, czy też na inny wyjątkowo uczony temat. Mieliście farta, jajogłowe gnojki, że zebrał się tam przekrój całej tej waszej budy ze wszystkimi zasłużonymi gośćmi. Dzięki temu wybraliśmy skład wybrańców. Wybraliśmy wybrańców, ale chrzanię, polonistka wytargałaby mnie za uszy. Swoją drogą pozdrawiam panią Kłosowską, choć tego nie usłyszy. Ale do rzeczy... Wyłoniliśmy dziewiętnastu facetów i jedną babkę, którzy zostaną tutaj, by wasza przegniła wiedza przetrwała. Gdy tam, na powierzchni, zrobi się lepiej, wyjdziecie jak te glizdy z ziemi, by ją na nowo zatruć. Ja tymczasem z resztą, która nie miała takiego farta i los ich nie wskazał, zostanę na górze i spróbuję zbudować nowy lepszy świat.*

– Powinniśmy kończyć – zauważył Piotr.

– Jeszcze chwila – Wiarołomca nie odrywał oczu od ekranu.

– *Nowy świat, bo stary sam na siebie sprowadził zagładę. Był jak wąż pożerający własny ogon.* – Zaczął nucić: – *„Złoty Smok, król dumny, górskich szczytów pan. Smoków nie ma, rzekł człek rozumny. Potworem stał się sam". Zaprzeczycie? Zapewne, bando ślepców, chętnie zaprzeczycie. Bo najlepiej jest nic nie widzieć, nie wyściubić nosa poza uporządkowany świat betonu, szkła i stali. Niech giną gatunki, niech wycinają lasy pod więcej pastwisk dla krów, by zgraja śmieciojadow dostała swój upragniony, doskonale przyprawiony chemią, kawałek rozkładającej się padliny. W tym jesteście najlepsi, w pochłanianiu. Pochłonie-*

*cie wszystko, co znajdzie się na wyciągnięcie ręki, nieważne, czy to będzie roślina, zwierzę, inny człowiek czy nawet góra. Pochłonęliście powietrze i oceany. Znajdziecie, pochłoniecie i wysracie, nie chcąc wiedzieć, że całą Ziemię zamieniliście w latrynę.* – Zakwilił i trudno było określić, czy śmieje się czy płacze. – *A ja wam pomagam, by wiedza i technologia, gangrena, przetrwała. Zgłupiałem, ludzie zgłupiałem! Teraz wiecie, dlaczego piję. Na trzeźwo tego nie rozkminię.*

Piotr szarpnął lekko za rękaw Szymona.

– Jest już po czasie – oznajmił smutno, ale ponaglająco. – Zaraz przyjdą odprowadzić mnie na górę.

Wiarołomca otworzył usta, jakby zamierzał zaprotestować, lecz jedynie skinął głową.

– Chodź – rzucił do Markiego. – Nie mogą nas nakryć.

W drzwiach Szymon odwrócił się.

– Dziękuję.

Piotr uśmiechnął się blado.

– Gdybym był sam – powiedział – pytałbym Matkę o inne rzeczy. Pominąłbym też prezentację. Ale nie żałuję. Znałem wszystkie fakty z przekazów ustnych i pisanych, lecz dopiero ich widok... – umilkł, szukając odpowiednich słów. – Dopiero ich widok pozwala w pełni pojąć sens naszego Zakonu. Jesteśmy strażnikami świata, który przeminął. Pamiętamy o nim, nie mając już jego możliwości. Lecz póki wiedza nie umarła, zawsze jest nadzieja, choćby i nikła... że da się go wskrzesić. Może faktycznie nawet lepszy niż poprzednio.

Wyszli. Na zewnątrz czekał Czarek.

– Zadowoleni? – spytał.

W jego głosie nie było ironii, raczej skryta fascynacja. Nie odpowiedzieli, więc tylko kiwnął głową w stronę korytarza, którym tu przyszli. Opuszczali najniższą część kompleksu. Być może na zawsze.

– Widziałeś to, co ja?

Wiarołomca przerwał milczenie dopiero, gdy znaleźli się ponownie w celi. Marki musiałby być ślepy, by nie dostrzec poruszenia na twarzy towarzysza. Zdarzało mu się widzieć Szymona podekscytowanego jakimś wydarzeniem lub wiadomością, lecz teraz nadal był kompletnie rozbity.

– Widziałeś? – powtórzył, gdy przysiadł na łóżku.

– Dawny świat.

– Zupełnie inny, niż się podziewałem. Zupełnie inny, niż ktokolwiek mógłby się spodziewać. Może prócz garstki tych kretów zawzięcie strzegących swych tajemnic, zwących się naszymi gospodarzami. Po raz pierwszy im pozazdrościłem, nie tylko wiedzy, ale tego życia. Jak myślisz, czy gdzieś daleko, wśród setek istniejących Stref, są jeszcze inni strażnicy minionego świata? – Nie czekał na odpowiedź. – Jeśli tak, może to wszystko nie przepadło, może da się wrócić.

Umilkł i spuścił głowę. Marki zamierzał coś powiedzieć, gdy Szymon ponownie na niego spojrzał.

– Potęgę czasów minionych bezpowrotnie. Nie. Tego się nie da uratować. Nawet jeśli za Ścianą, jedną, drugą czy pięćdziesiątą, kryją się kolejne zakony, jak ten uczepione resztek podartej już sukni. Nie, materiału historii nie da się ponownie zszyć. Można stworzyć nową, lecz stara jest już nie do uratowania. Nic tego nie zmieni, nawet najżarliwsze pragnienia. Życzenia głupców takich jak ja...

– Nie jesteś głupcem – Marki wreszcie znalazł moment, w którym mógł się wtrącić w monolog przyjaciela.

Wiarołomca zaśmiał się gorzko.

– Nie? A tak się właśnie dziś poczułem. Jak głupiec. A może inaczej, jak głupiutkie dziecko, które próbowało pouczać dorosłych. Wydarzenia dzisiejszego dnia sprawiły, że przejrzałem na oczy. Boję się jedynie wniosków, do których wiedza może mnie doprowadzić...

Marki pokręcił głową.

– Nie rozumiesz? Zastanów się. Przypomnij sobie potęgę Starożytnych. Oni ulegli sile Przekłuwaczy, niemal bez walki, jak ptak zaduszony przez lisa. Zostali zdziesiątkowani i pokonani, szybko, bezlitośnie. Cóż my teraz, słabi i zdezorientowani niczym ślepcy w lesie, możemy zdziałać? Cóż dziś po walce, gdy brak nam siły i wiedzy?

Chłopak wstał, zamierzając podejść do towarzysza, lecz uznał, że żaden gest nie pocieszy Wiarołomcy. Pokonała go wizja minionych dziejów i trudno było o słowa, które niosłyby pocieszenie. Dotąd się nad tym nie zastanawiał, oszołomiony widokami, które wyrzuciła z siebie Matka, ale Szymon miał w dużej mierze rację – w jednej chwili całe jego życie, jego walka, okazały się nic nie znaczącym epizodem liczącej wieki historii, a gromadzona wiedza drobnym jedynie odpryskiem rozbitej przed setkami lat układanki.

Mimo to musiał podnieść na duchu przyjaciela. Choć spróbować... Właśnie, próbować...

– Do jakich wniosków zapędził cię twój analityczny umysł? Że zmarnowałeś życie?

– A jeśli?

Marki wbrew sobie roześmiał się.

– I dlaczego? Bo głaz, na który tak uparcie się wspinałeś, nie okazał się szczytem, a jedynie małą skałą u podnóża niewyobrażalnie potężnej góry? To zachwiało człowiekiem, który dotąd miał cel? Niewielu takich spotkałem.

– Mylisz się, mało kto nie wyznacza sobie celu, tylko zazwyczaj jest on znacznie bardziej przyziemny, prostszy. Przyjemnie żyć, zdobyć władzę, ustawić się, oto cele tysięcy drobnych mrówek.

– A jaki jest dokładnie twój?

– Spytaj raczej, jaki był.

– Nie! Pytam, jaki jest! Spojrzałeś w dal, dalej może, niż kiedykolwiek ci się śniło, że spojrzysz, i co? Widok tak bardzo cię przeraził? Tak bardzo, że zamierzasz zawrócić? Jak tchórz?

– Jak pokonany.

– Nic nie jest w stanie cię pokonać prócz ciebie samego. Dziś wykonałeś wielki krok, może największy w swoim życiu. Powinieneś być szczęśliwy. Takim byłby Szymon Wiarołomca, jakiego poznałem. Mój przyjaciel, pragnący wiedzy, dążący do niej i niezachwiany w osiąganiu celów, które sobie wyznaczył. Przede wszystkim w dążeniu do prawdy.

– Może prawda go pokonała.

Marki przysiadł przy towarzyszu.

– Był taki jeden łysy zarozumiały osobnik, który powiedział mi całkiem niedawno, że prawda nie może nikogo rozczarować i zawsze trzeba do niej dążyć, a nauka polega na sprawdzaniu kolejnych „a jeśli mam rację". Być może dotarłeś do etapu, gdy okazało się, że nie masz tej racji, i to na całej linii, ale czy to nie uczyniło cię mądrzejszym bardziej niż kiedykolwiek dotąd? Czy nie powinieneś być za to wdzięczny losowi?

Wiarołomca podrapał się po głowie.

– I to jest właśnie powód, dla którego zawsze wolałem wędrować sam. Nie miałem przy boku gnojka, wytykającego mi to, o czym chciałbym nie pamiętać. – Uśmiechnął się blado. – Masz rację. I to mi się bardzo nie podoba.

Kolejne, powtarzające się skrzypnięcia drzwi i ciche szuranie – żaden inny dźwięk nie przerwał ciszy, nim przy ławie nie zgromadzili się wszyscy członkowie zebrania. Cała piątka zajęła miejsca, spoglądając jeden na drugiego. Chyba nikt poza Mateuszem i Janem nie znał przyczyn zwołania rady Nadzoru.

Jan zamierzał zabrać głos, ale Mateusz uciszył go ruchem ręki.

– Niech formalnościom stanie się zadość – powiedział, usprawiedliwiając to wymuszenie. – Witamy w naszym gronie nowego brata. Nie pamiętam, by kiedykolwiek zdarzyło się tak, że pierwsze zebranie Nadzoru wypadło już w dniu Inauguracji. Wybacz nam, nie chcieliśmy zakłócać twego święta. Zdajemy sobie sprawę, jak ważne i ekscytujące jest spotkanie sam na sam z Matką, ale sytuacja wymusza czasem podjęcie pewnych decyzji i jeden z naszych braci – wskazał Jana – uważa, że nie wolno nam dłużej czekać. Oddaję mu głos.

Jan skłonił się delikatnie.

– Dziękuję za słowa Mateusza, były niezwykle trafne. Sam chciałem powiedzieć, że nie powinniśmy dłużej zwlekać z podjęciem decyzji, lecz on ujął to lepiej. Nie wolno nam z tym zwlekać. Podkreślam, nie wolno! Zapewne po tym wstępie domyślacie się, jaki temat chcę poruszyć, ale gdy ostatnio rozmawialiśmy, nie było z nami Piotra, dlatego pozwólcie, że rozwinę temat. Piotrze, przynależność do Nadzoru to nie jedynie chwała i zaszczyty, to też dzielenie się problemami, którymi nie zawracamy głowy zwykłym braciom. Od tego jesteśmy, byśmy dźwigali ten ciężar. My kierujemy Schronem i my za niego odpowiadamy. Tym, co leży nam na sercu, są zapasy. Wiele rzeczy jest na ukończeniu, ale by nie psuć ci humoru w dniu, który powinieneś zapamiętać jako niezwykle uroczysty i ważny dla ciebie, zajmiemy się tylko jedną kwestią z nimi związaną. Lekami. Podczas ostatniego zebrania Nadzoru zdecydowaliśmy, że gdy sytuacja z przybyszami się rozwinie, zdecydujemy, czy utrzymać leczenie trzeciego z nich. Mając nadzieję, że pochodzą ze Strefy H i przyczynią się do wznowienia handlu, użyczyliśmy mu wszelkich środków, jednak po dwakroć rozczarowaliśmy się. Nie są mieszkańcami tej Strefy, a ich wiedza daleko odbiega od naszej. Nie mogą być nam partnerami. Dlatego uważam, że należy odłączyć obcego od aparatury, zakończyć leczenie. Każdy środek, który mu podajemy, wyczerpuje nasze wątłe zapasy. Co powiemy braciom, gdy to jeden z nich będzie ich potrzebował? Że już nie ma, bo zmarnowaliśmy je na przybysza? Jeden z nich albo z nas. Jesteśmy najstarsi, słabsi i bardziej krusi od nich.

Mateusz pokiwał głową i powiedział:

– Nie stawiam siebie nad innych. Choć obecnie jestem najstarszy wiekiem, nie przepełnia mnie troska o siebie, a o cały Zakon. I tylko on jako całość się dla mnie liczy. Życie poszczególnych braci przemija, a prawda i pamięć musi trwać, inaczej zmarnujemy dziedzictwo, któremu poświęciły, się pokolenia ośmiu wieków. Dlatego, choć moje sumienie się buntuje, zgadzam się z wnioskiem Jana. Obcy jest człowiekiem jak każdy z nas, ale ratowanie jego życia nie przedłuży trwania Schronu choćby o dzień. Należy go poświęcić.

Spojrzał badawczo na pozostałych braci.

– Wytrąciłeś mi argumenty z ręki. – Łukasz spuścił głowę. – Słyszałem, że kuracja przynosi efekty, odłączenie rannego w tej chwili, gdy jego szanse wzrosły, to morderstwo. Ale... nie jestem w stanie wykazać fałszu w twych słowach.

– Bracie – Mateusz ścisnął dłoń Łukasza – wzrosły, lecz czy mamy pewność, że wydobrzeje?

– O to należy spytać Czarka – odparł Łukasz.

– By zasięgnąć fachowej opinii, tak, ale twoje odczucia? Jakie są? Wyżyje?

– To nadal trudne do przesądzenia.

– Właśnie. Każdy podany mu lek jest dla nas zmarnowany, a jeśli pacjent umrze po dwakroć zmarnowany. Czy wolno nam się jeszcze zastanawiać?

Łukasz pokręcił przecząco głową.

– Mamy większość – Mateusz cicho westchnął – pragnąłbym jednak usłyszeć też wasze zdanie.

– Kończymy leczenie – wyrzucił z siebie krótko Marek. Sprawa zdawała się mało go interesować.

Piotr siedział bez ruchu. Od początku zebrania gorączkowo gromadził w głowie powody, które przemawiałyby za podtrzymaniem leczenia Drewala, jednak zdanie za zdaniem pozostali członkowie Nadzoru obalali wszystkie niewypowiedziane jeszcze uzasadnienia.

– Piotrze?

– Nie wolno nam – szepnął.

– Stawiasz życie jednostki nad dobrem Zakonu?

– To człowiek...

– Jak my wszyscy. Czy nie poświęcamy życia, by pamięć trwała? On również je poświęci. Historia nam wybaczy, że nie spytaliśmy go, czy by zechciał. Niech doda ci sił świadomość, że nie ma takiej możliwości.

– Co powiedzą jego towarzysze?

Jan zaśmiał się chrapliwie.

– A co nas to obchodzi? To kolejna sprawa, którą powinniśmy się zająć, choć może już nie dziś. Mateusz ma rację, to dla ciebie ważny dzień, a my go psujemy. Powinieneś teraz rozmyślać o tym, co przekazała ci

Matka. A wracając do obcych, nie są nam potrzebni, powinniśmy ich odesłać.

– Nie zechcą odejść, póki ich towarzysz żyje.

– Więc, wybacz mi cynizm tych słów, tylko zyskamy, gdy umrze. Im szybciej to się stanie, tym lepiej.

– Może powinniśmy wbić mu łyżkę w gardło? To przyspieszy zejście.

– Piotrze! – Mateusz skarcił go surowym tonem. – Cieszy mnie ta zażarta obrona życia, ale smuci brak skupienia się na obrazie całości. Też chciałbym, by przybysz wyzdrowiał i wyruszył w świat o własnych siłach. Ale to może nie nastąpić. A jeśli nastąpi, przyjdzie czekać tygodnie, może miesiące. Czy zdajesz sobie sprawę, jak bardzo uszczupli to zapasy? I nie mówię tylko o lekach. Jedzenie, prąd nie biorą się z niczego. Każda minuta działania aparatury zużywa ją. Nie na darmo Główną Zasadą jest, że Zakon liczy dwadzieścia osób. Jest nas tylu, ile to konieczne i nawet osoby więcej. A oni są obcy, wtargnęli do naszego świata i nie możemy przejąć nad nimi opieki. Nie wolno nam!

Piotr wreszcie uniósł głowę. Zrozumiał, że nie wygra. Nie tutaj.

– Mam zanieść im tę wiadomość?

– Tak by należało.

– Wybacz, Mateuszu, ale w tej kwestii się nie zgodzę – Jan ponownie zabrał głos. – Nie powiemy im. Inaczej narażamy się na ich złość, a jak już dowiedli, nie są w pełni cywilizowani. Młody osobnik może być groźny, a trzymanie ich tu, grożąc paralizatorami, wymaga poświęcania uwagi i zasobów. Nie, o wiele lepiej będzie, jeśli ranny umrze. Nie muszą wiedzieć, że to przez zaniechanie leczenia.

Mateusz skinął głową na znak zgody.

– Jednak pozwólmy się im z nim pożegnać – zaproponował Łukasz.

– Jak chcesz to zorganizować?

– Zaprowadźmy ich do sali szpitalnej. To wystarczy. Jeśli nie są totalnymi głupcami, z pewnością spodziewają się jego odejścia. Potem... odłączymy aparaturę.

Piotr zerknął na niego, ale wiedział, że choć Łukasz w głębi duszy jest przeciwny zaprzestaniu leczenia, nie zmieni zdania. Mateusz go przekonał. Gdyby nie to, że łamał w ten sposób dane Markiemu słowo, też zgodziłby się z wnioskami Nadzoru.

Mateusz wstał.

– Janie, czy mogę cię prosić, byś zorganizował odwiedziny?

– Oczywiście.

– A ty, Marku, dopilnuj zakończenia kuracji.

– Ja to zrobię – zaprotestował Piotr.

– Nie. Samo zebranie było ingerencją w twoje święto. Wróć do celi i zajmij się tym, co dziś cię powinno zaprzątać, duchowym aspektem spotkania z Matką.

Szczęk zamka i zgrzyt zawiasów zawsze zrywały Markiego na nogi. W rodzinnej Strefie nie miałby problemów ze zdobyciem tłuszczu – świńskiego lub nawet psiego – by nasmarować części mechanizmu. Dla mieszkańców Schronu był on jednak niedostępny. Tym razem do sali zajrzeli Hubert i Stefan.

– Nadzór polecił nam – zaczął ten pierwszy, podkreślając pierwsze słowo – zaprowadzić was do waszego przyjaciela. Oczywiście, jeśli macie na to ochotę. Nadal pozostaje nieprzytomny – dorzucił, jakby spodziewając się, że to ich zniechęci.

– Z radością go zobaczymy. – Marki momentalnie znalazł się przy drzwiach.

Nuda długich godzin spędzonych w celi przyprawiała o obłęd. Każde odstępstwo od monotonii było bezcenne. Poza tym chciał pożegnać się z Drewalem przed opuszczeniem Schronu. Nadal nie zdecydował, czy po odstawieniu Alena do rodziców powróci do kompleksu, lecz gdyby uciekł, pragnął po raz ostatni zobaczyć marszałka. Choćby po to, by ukradkiem wyszeptać mu krótkie „żegnaj".

Ruszyli korytarzem. Widok wydrapanych gdzieniegdzie klawiatur nabrał zupełnie innego znaczenia. Już nie były nic nieznaczącymi bohomazami albo przeciwnie – tajemniczym szyfrem. Zyskiwały praktyczne i to niemałe znaczenie. Chłopak przywołał w pamięci słowa, że Matka również kiedyś się zepsuje i poczuł niezrozumiały smutek. Czym wtedy będzie żył Zakon? Zapewne utrzyma swe tajemnice i dalej przekazywać je będzie kolejnym wybrańcom ściągniętym tu z powierzchni. Lecz przecież kiedyś... może po stu latach od ostatecznej awarii Matki, a może dopiero po pięciuset... sprawa ulegnie zatarciu. Nauka stanie się pustymi słowami ludzi, którzy sami nie wiedzą, czego nauczają. Wzdrygnął się. To nie jego problem. W każdym razie jeszcze nie. I nie będzie nim, póki nie zdecyduje...

Zatrzymali się pod salą, w której leżał Drewal. Marki przypomniał sobie rurki, które wbijały się w ciało przyjaciela, i przez moment rozważał, czy na pewno wejść do środka. Chwila wahania nie trwała długo. Pragnął go zobaczyć. A rurki były tylko rurkami, pozostałością po dawno minionym świecie. Choć wyglądały jak korzenie tajemniczej rośliny, która oplotła marszałka, nie wysysały z niego soków, a przeciwnie, ratowały go, choć Marki jedynie zgadywał w jaki sposób.

Weszli do środka. Drewal leżał nieruchomo. Gdyby nie wolny oddech, mogłoby się wydawać, że nie żyje.

Jego bladość potęgowała to wrażenie. Został jedynym pacjentem w pokoju. Łóżko, na którym leżał Feliks, zaścielono i sprawiało wrażenie dawno nieużywanego. Marki i Wiarołomca podeszli bliżej, zostawiając Huberta i Stefana przy drzwiach.

– Czy możecie powiedzieć nam coś więcej o jego stanie? – spytał Szymon.

Hubert wzruszył szybko ramionami, jakby zamierzał powiedzieć: pytajcie się Nadzoru.

– Jest lepiej, znacznie lepiej – odparł za to Stefan. – Rany się goją.

– Więc dlaczego nie odzyskał przytomności? – dociekał chłopak.

– To kwestia leków. Dostaje silne środki.

Marki spojrzał na niego.

– Jesteś medykiem – było to raczej stwierdzenie niż pytanie.

Stefan krótko skinął głową.

– Ja i Czarek – potwierdził.

– Zawsze jest was dwóch?

– Wszystkie funkcje – potwierdził, choć Hubert obrzucił go wściekłym spojrzeniem, wyraźnie uważając, że z przybyszami nie powinien o tym rozmawiać – wszystkie dziesięć... Każdy został zdublowany. Gdyby zabrakło jednego specjalisty, zawsze jest drugi, który może wykształcić następcę. Staramy się, by każdy z tej dwójki był w innym wieku. Dwóch starców może za szybko odejść jeden po drugim.

– Jak możecie o to zadbać? Przecież następca przychodzi po śmierci poprzednika?

– W teorii masz oczywiście rację. W praktyce często zmuszeni jesteśmy podejmować ryzyko. Gdy mamy dwóch starców sprawujących tę samą funkcję, sprowadzamy wcześniej malca mającego zastąpić jednego z nich, łamiąc na pewien czas Główną Zasadę. Czasem też zdarza się, że w jednym dziale jest dwóch starców, a w drugim ktoś młody, już wyuczony, i to jego partner odchodzi. Wtedy dziecko szkolimy jako następcę starców. Przecież i tak wkrótce przynajmniej jeden z nich odejdzie i wtedy liczba stanowisk się wyrówna.

– Kim jest Marek?

– Wystarczy tego! – zabrał głos Hubert. – Prowadzicie przesłuchanie czy odwiedzacie waszego przyjaciela?

– Nie zdradzam żadnych tajemnic – obruszył się Stefan.

– Rozmawiasz z obcymi! – Hubert obrugał go, jakby Szymon i Marki nie stali obok i tego nie słyszeli. – Poza Zakonem nie rozmawiamy o rzeczach związanych ze Schronem.

Stefan parsknął śmiechem.

– Poza Zakonem? To pierwsi ludzie, których widzisz poza Zakonem! Oprócz mieszkańców wiosek, ale oni szybciej by cię zjedli, niż z tobą porozmawiali. Lepiej zamień kilka zdań, póki tu są, bo zapewne do końca swojego marnego żywota innych nie spotkasz.

Usta Huberta zadrżały, jakby zmierzał wyrzucić z siebie ostrą odpowiedź, lecz jedynie obrócił się na pięcie i wyszedł z sali.

– Pobiegł wyżalić się Markowi – mruknął za nim Stefan. – Ale już niedługo...

Wymownie popatrzył na Markiego. Chłopak poczuł, że się czerwieni. Obiecał. Czy wolno mu było złamać słowo? Zerknął na Wiarołomcę, lecz ten stał niewzruszony, jakby niczego nie dostrzegł, choć chłopak był pewny, że nic mu nie umknęło. Zamierzał coś powiedzieć, gdy na jego przedramieniu zacisnęły się silne palce, ciągnąc go w dół. Był tak zaskoczony, że omal nie upadł na Drewala.

– Uciekaj! – wychrypiał marszałek. – Uciekaj!

Miał zamknięte oczy i trudno było nawet powiedzieć, czy wie, do kogo się zwraca.

Stefan w jednej chwili znalazł się przy łóżku.

– Odsuńcie się – polecił.

Marszałek uspokoił się równie nagle, jak wcześniej poderwał. Stefan położył mu dłoń na czole, szepcząc coś uspokajająco. Potem uniósł powieki pacjenta, przyglądając się źrenicom. Wreszcie z szafki wiszącej na ścianie wyciągnął strzykawkę. Wbił ją w malutką buteleczkę i zassał zawartość.

– Przytrzymaj go – nakazał Szymonowi. – Leży już spokojnie, ale na wszelki wypadek...

– Co to? – Wiarołomca wskazał butelkę.

– Środek uspokajający.

– Nie jest potrzebny. – Szymon złapał go za nadgarstek.

– Zamierzasz uczyć mnie fachu? – Stefan uniósł brwi z lekkim rozbawieniem. Szybko jednak spoważniał: – Rany nie są w pełni zagojone, chcesz, by sam zrobił sobie krzywdę?

Przy pomocy Wiarołomcy zrobił zastrzyk.

– Kiedyś wprowadzono by go w śpiączkę i wybudzono dopiero wtedy, gdy stan się poprawi – wyjaśnił. – Ale to kiedyś. Nadal przyswajamy wiedzę, ale dawno zabrakło środków. Lekarstwa również są na wykończeniu, a te, które zostały, boimy się podawać, by nie zaszkodziły zamiast pomóc.

– Dlaczego? – zdziwił się Marki.

Stefan zbliżył się do niego, niemal stykali się twarzami.

– Mają setki lat. Poza kilkoma, które jesteśmy w stanie wytworzyć, większość wyprodukowali Starożytni. Nawet wasze miecze zżera korozja, co dopiero leki. One nie są tak trwałe. Ponoć mój poprzednik potrafił wyrecytować bezbłędnie z głowy, nie zaglądając do ksiąg, środki, które dostałby pacjent w dawnych czasach. Ale po co?! Ich już nie ma, przepadły! Zginęły razem z tamtym światem! Nawet jeśli jakimś cudem opakowanie któregoś leży dalej na półce w magazynie, przez wieki lek zmienił się w truciznę!

– A to, co wstrzyknąłeś Drewalowi? – warknął Wiarołomca.

Stefan ochłonął. Cofnął się o krok.

– O ten akurat się nie martw. Jest sprawdzony.

– O ten... A inne?

Medyk podszedł do drzwi.

– Co chcesz usłyszeć? Daliśmy mu środki, które mogły uratować życie albo tylko przyspieszyć zgon. Udało się lub po prostu miał szczęście. Czy to zresztą nie wychodzi na jedno? Żyje. A gniłby już, gdybyśmy nie zaryzykowali.

– Przy okazji testowałeś, co jeszcze możesz użyć... – domyślił się Marki.

– Rzadko mam taką okazję. Można powiedzieć, że nie miałem jej nigdy dotąd. Nie sprawdzamy niczego na współbraciach, nawet gdy są w takim stanie, w jakim niedawno był Feliks. Ich życie jest zbyt cenne. – Zawahał się, jakby z obawy, że Szymon lub chłopak rzucą się na niego. Obaj stali jednak bez ruchu. – On to co innego. I tak kiedyś stąd odejdzie, w ten czy inny sposób.

Zdawało się, że Stefan zamierza wyjść, lecz cofnął się do sali.

– A ty zostajesz – wskazał Markiego – więc pomyśl o tym, że to, co testowałem, może kiedyś uratować ci życie. Piotr wyznaczył termin. Jeszcze trzy dni. – Wystawił trzy palce. – Trzy. Ty znikasz – kiwnął ku Wiarołomcy – a ty stajesz się jednym z nas. A teraz wracajcie do siebie. Odwiedziny skończone.

Piotr otworzył drzwi, gdy tylko usłyszał ciche skrobanie.

– Jak minęły ostatnie godziny? Beznadziejnie?

Czarek z wyraźnym zmęczeniem potrząsnął głową.

– Gorzej, koszmarnie. Zjawił się Marek i zaczął się rządzić. Dziękuję za uprzedzenie, załatwiłem, by Stefan nie odstępował mnie na krok. Dziś rozpustnik musiał odpuścić, ale jutro czy pojutrze, kiedyś wreszcie zdybie mnie samego.

– Cierpliwości, jeszcze tylko trzy dni. Już nawet mniej, dzisiejszego nie musimy liczyć.

Czarek opadł na łóżko i wyciągnął się wygodnie.

– Tylko ta świadomość dodaje mi sił.

Piotr pogładził go po włosach, potem zjechał ręką na pierś, błądził po niej palcami, kreśląc fantastyczne wzory ku wyraźnemu zadowoleniu przyjaciela.

– A jak ranny?

– Pytasz o stan czy sytuację?

– Jedno i drugie.

– Marek zarządził odłączenie od aparatury. Nie jest konieczna do podtrzymywania życia, więc nie było z tym problemów. Spełniliśmy polecenie Nadzoru. Twoje polecenie.

– Przestań. Przecież wiesz.

– Tak, wiem, ty nie złamałbyś słowa, a przecież obiecałeś chłopakowi.

– I jak mam teraz dotrzymać przyrzeczenia?

Czarek złapał wciąż błądzącą po swoim ciele dłoń przyjaciela i przysunął do policzka.

– Jeśli dotrzymasz, złamiesz przysięgę składaną przed Nadzorem po zdaniu Matury. Jeśli nie, złamiesz słowo dane przybyszowi. Tak czy siak, nie wyjdziesz z tego bez plamy. Może nie rób nic? Próbowałeś chronić obcego, rada ci to jednak uniemożliwiła.

– Nie powiedziałeś, co z pacjentem.

– Bez leków niemal na pewno nie przeżyje. Ogólnie stan się poprawił, ale to nie znaczy, że jest dobry. Aparatura też by pomogła, choć jak mówiłem, nie jest niezbędna.

– Możesz podawać mu środki tak, by nikt nie zauważył?

Czarek usiadł na łóżku.

– To jawne nieposłuszeństwo.

– Skryte. Poza tym chodzi o dwa najbliższe dni. Później jakoś to załatwię, teraz nie mogę. Przemyśl to, ale nie odpowiadaj. Mam po dziurki w nosie przybyszów, niech ten czas odpoczynku należy tylko do nas.

– Jeszcze tylko jedno. – Czarek musnął ustami czoło Piotra. – Prezent, którego nie mogę dać fizycznie. Jeśli nasze plany się powiodą, sam wkrótce wejdę do Nadzoru. Postanowiłem, że podzielę się z tobą Matką. Tak jak ty wpuściłeś dziś przybysza, tak ja zaproszę ciebie.

Piotr drgnął wyraźnie zaskoczony.

– Jesteś pewien? To ważna chwila, nie chcę, byś cokolwiek z niej utracił.

– Nie utracę, nie przy tobie.

Piotr położył głowę na ramieniu przyjaciela.

– Dziękuję. To wielki gest. Lecz zrobimy inaczej. Ty staniesz przy Matce, ja pozostanę biernym widzem. Dziś, gdy zadawałem jej pytania obcych, przekonałem się, że utrafili w najtrafniejsze z trafnych. Bo wybrali najprostsze, takie, które mnie nie przyszłyby do głowy. Dzięki nim lepiej zrozumiałem, czego strzeże nasz Zakon i czemu to takie ważne, by pamięć i wiedza przetrwała. W tamtej chwili żałowałem, że nie ma cię przy mnie. Bardzo żałowałem, powinieneś wejść z nimi.

– Będziemy jeszcze razem. My i ona.

Czarkiem targały złe przeczucia, odkąd wstał. Już wczorajszy czas pracy był trudny, do izby szpitalnej Marek zaglądał trzy razy. I tym razem czuwał nad nim los, bo zawsze wtedy był w niej ze Stefanem. Szczęśliwy zbieg okoliczności, ale szczęście nie może trwać wiecznie. Każdy z braci miał narzucone rozliczne obowiązki i nawet to, że pełnili jedną funkcję, nie sprawiało, że każdą chwilę przebywali razem. Zwłaszcza, że pracy nie było dużo, a praktycznie wcale, aparatura została wyłączona, monitory zgasły. W tajemnicy przed wszystkimi, nawet Stefanem, nadal regularnie wykonywał zastrzyki. I to wszystko. Poza normalnym rytmem dnia: pogłębianiem wiedzy, przepisywaniem co bardziej zniszczonych ksiąg.

Piotr powiedział trzy dni. Dwa już przetrwałem, pozostał ostatni...

Czarek zerknął na drzwi, pozostawały uchylone, ale nikt w nich nie stał. Sięgnął po strzykawkę i wbił igłę w niewielki pojemniczek, z którego zassał lekarstwo. Zrobi zastrzyk, a potem uda się do Biblioteki. Tam otoczą go inni bracia, a to zapewniało spokój.

Pochylił się nad rannym i w przegubie ręki odnalazł żyłę. Nie przepadał za zastrzykami. Tak samo zresztą jak w ogóle za krwią. Ale przecież nikt nie pytał go o zdanie. Trafił do Zakonu jako następca medyka i nim się stał. Pewnie gdyby częściej miał do czynienia z pacjentami, szybko nawykłby i do zastrzyków, i do krwi, ale w Schronie, z temperaturą, która nie zmieniała się nawet o jotę przez okrągły rok, niewielu było chorych. Jego praktyka lekarska sprowadzała się do studiowania ksiąg i udzielania wielu mało znaczących porad. I całe szczęście, bo gdy naprawdę zaczynały się poważne dolegliwości, szybko okazywało się, że jest wiedza, a brakuje środków. Trudno było sobie nawet wyobrazić, skąd Starożytni dysponowali taką ich mnogością.

– Zakazaliśmy go leczyć!

Głos za plecami wyrwał Czarka z zamyślenia. Niemal podskoczył. Oto koniec dobrej passy. Nie dość, że Marek trafił do izby szpitalnej pod nieobecność Stefana, to jeszcze nakrył go na łamaniu poleceń Nadzoru.

– Ja tylko... – nie bardzo wiedział, jak wybrnąć z tej sytuacji. – Tego środka mamy dużo.

– Miałeś odstawić wszelkie lekarstwa. Wszystko to wszystko. – Marek znalazł się przy nim. – Chyba muszę powiadomić pozostałych członków Nadzoru o tym wybryku.

Czarek otworzył usta. Pragnął się bronić, ale nie znajdował żadnych argumentów na swoje usprawiedliwienie. Poza tym w głowie czuł mętlik. Bliskość Marka doprowadziła go niemal do paniki.

– Więcej nie będę. To był błąd. Przepraszam – wyjąkał jedynie.

– Na pewno? – Marek pogładził go po przedramieniu. – A mnie się wydaje, że to twój przyjaciel Piotr, on cię do tego namówił. Na zebraniu bronił przybysza. Zupełnie jakby mu na nim zależało... Czemu? Co takiego jest w tym dzikusie?

– Bzdura! Ja sam...

– Chronisz go – przerwał Marek. – Ale możesz chronić inaczej. Nie będę robił alarmu z tej drobnostki, jeśli ty również zrobisz coś dla mnie. A przecież możesz... Pamiętasz tamtą chwilę? Nie było ci chyba aż tak źle? Wiem, że zadajesz się z Piotrem, ale chyba mógłby podzielić się ze mną? Obaj należymy do Nadzoru, obaj moglibyśmy cię na zmianę nadzorować.

Uśmiechnął się lubieżnie. Jego twarz wylądowała tuż przy twarzy Czarka.

– A jeśli nie? – głos przypominał pisk.

– Złamałeś zakaz. Sądzę, że obaj go złamaliście. Piotr zawinił bardziej od ciebie. Może należałoby go wykluczyć z Nadzoru? Okresowo, a może nawet na stałe.

– To poważna kara. – Czarek zadygotał. Czy Markowi udałoby się to przeprowadzić? Zapewne nie uzyskać dożywotnie wykluczenie, degradacja tymczasowa była bardziej prawdopodobna.

– Srogie przewinienie.

– Wtedy opowiem, że nie dajesz mi spokoju!

– Kto ci uwierzy? Twój przyjaciel? Chwilowo jego głos nie będzie się liczył. Poza tym, co mi mogą zrobić? Pogrozić paluszkiem?

– Wielu krzywo patrzy na twoje nieumiarkowanie!

– Milcz! – Marek przycisnął go do ściany, mocno, Czarek niemal stracił oddech. Poczuł rękę na kroczu. – Chciałbyś wiele, ale to jest poza twoją mocą. Ja za to mógłbym uprzykrzyć ci życie bardziej, niż starałem się do tej pory. I mógłbym ukrócić spotkania z Piotrem. Czy wy obaj nie zbliżyliście się zanadto? Czy nie cierpi na tym Zakon? Przypomnij sobie, komu obiecałeś służyć! Tak, kochasiu, ja mogę latać z kwiatka na kwiatek i wszyscy patrzą na to przez palce, lecz ty, wędrując wciąż do jednego gniazdka, staniesz się łatwym celem. Stracisz to, na czym ci tak zależy. Przemyśl tę kwestię.

Czarek z trudem wydobył się z uścisku.

– Mogę dać odpowiedź jutro?

– Tylko tyle zaczekam.

Tyle nam wystarczy...

Marki znalazł się w tunelu pod Gniazdem Brzóz. Wiedział, gdzie jest, choć nie potrafił rozpoznać miejsca, wcale nie wydawało się znajome. Kamień, cegły i drewno zastąpił inny materiał, obcy i znacznie mniej przyjazny – beton. Korytarze również się zmieniły. Znikły schody i komnaty, gdzie gromadzili się ludzie uciekający przed burzami. Zamiast nich pojawiły się szyby i tunele, przede wszystkim tunele, cały rozległy labirynt.

Czy był tu sam? Raczej nie. Słyszał kroki. Kto nadchodził?

Zapewne Batim. Brat uwielbiał go straszyć. Chował się w zakamarkach i znienacka wyskakiwał z krzykiem. Wszystko po to, by Marki podskoczył. A podskakiwał zawsze. Nawet gdy spodziewał się podstępu i rozglądał się na boki, nie potrafił opanować odruchowej reakcji, słysząc tuż przy uchu wrzask: „Auau, mam cię!". Potem był już tylko śmiech.

A więc to Batim. Czy na pewno? Nie bawili się tak już lata. Batim zmężniał, dorósł i przestało go bawić dokuczanie najmłodszemu bratu. Wolał walki z rówieśnikami na drewniane szable. Najlepiej, gdy potyczki obserwowały dziewczyny z gniazda, bo nikt nie mógł mu dorównać.

*Już nie jest dzieckiem i ty też nie.*

Sam nie był pewien, kim był. Nie wiedział też, gdzie i kiedy... Marsz tunelem dłużył się. Martwe ściany zdawały się ciągnąć w nieskończoność, a żadna z ciemnych odnóg nie zachęcała, by się w nią zagłębić. Zresztą szedł za kimś... A może uciekał?

Czasem to jedno i to samo.

Kpiący głos nie dawał się zagłuszyć. Nie pomagał też zrozumieć. Wreszcie korytarz się skończył. Ślepą odnogę zamykała ściana z kamieni. Wiele z nich zdobiły plamy, jakby coś rozpuściło je, a następnie ponownie stężały, nie odzyskując jednak w pełni dawnego kształtu. Odgłos kroków, który słyszał dotąd przed sobą, teraz docierał zza jego pleców. Pragnął obrócić się na pięcie, lecz nie potrafił. Nogi odmówiły posłuszeństwa. Zerknął w dół, by z przerażeniem stwierdzić, że betonowa posadzka pochłonęła stopy. Zagłębiły się w niej, jakby była lepkim błotem.

– Tu jesteś, chłopcze. – Czyj to głos? Amerikena czy matki...?

Jak to możliwe, że nie potrafisz ich rozróżnić?

Skrzekliwy głos ich sędziwego przepowiadacza trudno było pomylić z mocnym, ale dźwięcznym głosem hrabiny Gniazda Brzóz. A jednak, nie potrafił poznać, kto do niego mówi, choć był pewien, że jest to ktoś doskonale mu znany. Szarpnął ciałem, by spojrzeć za siebie. Postać stała na krawędzi widoczności i nie mógł się jej przyjrzeć. Kimkolwiek jednak była, miała na sobie dziwny strój. Biały, szeroki i dziwnie sztywny.

– Chłopcze, czy dotarłeś do prawdy?

Był niemal pewny, że mówi do niego matka – a może ojciec? – ale żadne z nich nigdy nie zwracało się do niego, ani do nikogo z jego rodzeństwa „chłopcze". Zazwyczaj używali imienia, ostatecznie mogli powiedzieć „synu".

I co to za strój? To, że nie mógł się mu przyjrzeć, wcale nie zmniejszało przerażenia, które narastało w nim lawinowo. To był strój...

Demona?

Dziwne słowo... Nie wierzył w bogów, duchy, nadprzyrodzone istoty. Ojciec zadbał, by twardo stąpał po ziemi.

Może to sam Probabla?

A dlaczego nie Dawny Bóg? Przekłuwacz, Bogini Jeziora Łez, Wszechobecna Ponadistota Zakonu Świętego Drzewa albo inny, jeden z wielu, wielu innych... Tylko czy jakiegokolwiek boga – nawet gdyby rzeczywiście istniał – ciekawiła prawda? Ich przecież interesowali wyznawcy, ofiary, wpływy. Nie prawda, bo prawda bywa nazbyt niebezpieczna.

– Batim? Mamo, Ameriken, ojcze?

Nie doczekał się odpowiedzi. Szarpnął raz jeszcze i bezlitosny beton uwolnił jego stopy. Zatoczył się na ścianę, szorstką, zimną, ale miękką, pragnącą go wchłonąć. Odepchnął się od niej, uwalniając ręce z lepkich więzi, i odwrócił. Nikogo za nim nie było. Jedynie niekończący się tunel. Pragnął biec, lecz wszystko, co udało mu się uzyskać, to powolny trucht. Nogi zdawały się ciężkie, jakby beton przed chwilą je unieruchamiający wypełnij je od środka, zastępując kości i mięśnie.

Nikogo nie dogonisz, nie dogonisz nawet samego siebie...

Pokonywał krok za krokiem, wolno, coraz wolniej.

Uciekaj! Uwolnij się z pułapki!

Czy to ciemność pragnęła go pochwycić? Zatrzymać przy sobie? Tak wewnętrznie czuł. Nie beton, nie korytarze, a sama czerń. Nieprzenikniona i niepokonana. I tylko gdzieś w oddali majaczyło niewielkie światełko.

– Chodź do mnie!

Ten głos rozpoznał. Dziewczyna, o której marzył. Tylko dlaczego nie potrafił sobie przypomnieć imienia?

– Nie, nie do niej! Do mnie!

Drugi dziewczęcy głos zdawał się nie mniej pociągający. I, jak pierwszy, pochodził z przeszłości. Nieodległej, a jednak zamkniętej. W każdym razie tak czuł.

W mrocznym tunelu rozbłysły dwie iskry. Splatały się ze sobą i rozdzielały. Zdawało się, że tańczyły i dopiero po chwili zrozumiał, że tak naprawdę walczyły. Na śmierć i życie. O przetrwanie.

Możecie zostać obie.

Nie słyszały go lub zwyczajnie zignorowały.

– Jest mój!

– Nieprawda, znałam go pierwsza!

– Ale to mnie pokochał!

– Jedynie cię pragnął!

– Zostaw!

– Zostaw!

Korowód iskier przybrał na sile. Były dwie, a zdawało się, że są ich całe setki. Wirowały wokół siebie, rozbłyskiwały i gasły, by ułamek sekundy później na nowo wypełnić korytarz światłem.

– Odejdźcie, on należy do nas, do braci!

Rozkazujący ton nowego głosu sprawił, że świetliki zbladły. Stały się niemal niezauważalne. Jeszcze nie ustąpiły, lecz czuł, że nie będą walczyć i lada moment się wycofają.

– Nie zostawiaj mnie... – kusiły resztką sił.

– Mnie tym bardziej...

– Precz! Zakon jest jego domem i Zakon stanie się miłością. Nie znajdziesz innej przed nim! On otuli cię czule i on będzie twoją kochanką. Czyż nie tak, bracie?

Marki zrozumiał, że ostatnie zdania zostały skierowane wprost do niego. Pragnął zaprzeczyć, wyjaśnić, że nie rozumie, ale tak jak wcześniej nogi, tak i usta nie zamierzały usłuchać nakazu głowy.

Ze ścian wychynęły ręce. Było ich nazbyt wiele, by zdołał je policzyć. Każda starała się go pochwycić i przytrzymać. Miotały się jak wściekłe węże, bez oczu, jedynie za pomocą dotyku starając się odnaleźć ofiarę.

– Zakon jest miłością, bo Zakon jest pamięcią. Zakon to matka i ojciec. Brat równy bratu. Na zawsze. Na zawsze. Na zawsze.

Na zawsze!

Wołanie z głębi samego siebie było najtrudniejsze do zniesienia, nawet jeśli w ogólnym chaosie zdawało się najsłabsze. Ręce zaczęły wydłużać się i zmieniać.

W dłoniach otwierały się oczy, wargi i nos. Powieki trzepotały, a usta łakomie chwytały hausty powietrza. Rodziły się dla ciemności. Potem dochodziły do siebie i ponownie przystępowały do zlokalizowania ofiary.

Szukały Markiego...

Ale nie były już ślepe. Teraz nie mógł im umknąć. Zwłaszcza, że nienaturalnie się wydłużyły, dwu-, a może nawet trzykrotnie. W kilka chwil pokryła je krótka ciemna sierść. Choć wcale ich nie przypominały, kojarzyły mu się z kretami, stadem wściekłych kretów.

– Choć do nas, bracie. Dotknij nas, złącz się z nami i scal w jedno ciało...

Z trudem im umykał. Odskakiwał od jednej, by niemal pochwyciła go druga. Na szczęście sprawność ruchów powróciła. Pozostawał jednak niemy, choć zdławiony krzyk narastał mu w gardle.

Wyduszę z siebie głos albo eksploduję!

– Wybuchnij i stop się z czernią. To ona jest twoją przyszłością. Ona cię utuli i tulić będzie aż do skończenia świata. Przyjmij ją albo kula w łeb! Kula w łeb przeciwnikom Zakonu!

Nie wiadomo skąd tunel zalała lepka szara maź. Szybko przybyło jej tyle, że sięgała ponad kolana. Utrudniała poruszanie się. Zniekształcone dłonie pogrążyły się w niej i stopiły. Markiego ogarnęła pewność, że i on rozpuści się, jeśli tylko choćby na moment zanurzy się w owym nienaturalnym błocie. Wystarczy jeden zły krok, jeden poślizg.

– To moje miejsce!

Wściekły ryk na moment zagłuszył wszystko inne. Marki o mało nie stracił równowagi. Za nim pojawił się rozmazany cień. Lecz to nie był tylko cień, coś tam się czaiło, coś nadciągało. Postać ściskała w garści lśniący podłużny przedmiot: broń, szablę lub inne ostrze, nie dało się tego jednoznacznie określić.

– To moje miejsce! Ciemność powinna przypaść mnie!

Marki poruszył ustami. Pragnął powiedzieć, że wcale jej nie chce, że chętnie wyrzeknie się praw do mroku, lecz pozostał niemy.

– Moje!

Ryk przymuszał do działania. Marki zdwoił wysiłki, ale przyniosło to odwrotny efekt. Zaczął się ślizgać i tylko niebywałym zbiegiem okoliczności nie upadł, a szara maź go nie przykryła.

– Zaczekaj!

Nie zamierzał, czuł, że nie spotkałoby go nic dobrego.

– Zaczekaj! Oni chcą ciebie, ale zedrę twoją twarz i stanie się moją. Zostanę zamiast ciebie. Zaczekaj!

Postać zamachała bronią.

– Zaczekaj! Jedno cięcie. Niczego nie poczujesz! Przymierzę twoją twarz!

Tym razem nie utrzymał równowagi. Runął na twarz prosto w breję. Nakryła go całego. Nie rozpuścił się jednak. Pozostał w jednym kawałku. Dopiero teraz dostrzegł, że breja kryła w sobie tysiące pulsujących przeźroczystych rurek. Drgały, jakby było w nich życie. Uszy wypełnił nowy dźwięk, przeciągły basowy gulgot. Minęła chwila, nim pojął jego sens.

Uciekaj!

Wynurzył się i wtedy wielka łapa chwyciła go za włosy, podciągając w górę. Dostrzegł błysk ostrza.

– Przymierzę twoją twarz!

Zaczął krzyczeć. Paraliż odbierający głos przeminął. Jednocześnie tunel zatrząsł się. Maź bryzgała we wszystkie strony. Postać, która zbliżyła się już na kilka kroków, rozmyła się w wielką niekształtną plamę.

– Nie!

– Marki!

– Nie!

– Obudź się.

Otworzył oczy. Nie był w tunelu, ale niewiele to zmieniało. Pozostawał uwięziony pod ziemią. Nawet wpatrzona w niego zatroskana twarz Wiarołomcy nie przyniosła ulgi.

– Wszystko dobrze?

Zabrało mu chwilę, nim zdołał ogarnąć myśli.

– Tak. To tylko zły sen, nic ponadto.

Trzeciego dnia obudziły ich wrzaski. Rzecz niezwykła w miejscu, w którym ciche kroki i ściszony głos zdawały się już zakłóceniem spokoju. Przez grube ściany z trudnością przenikały słowa, więc nie potrafili zrozumieć przekazu. Prócz jednego powtarzającego się okrzyku: „Nie!".

Rozległ się tupot nóg. Ktoś biegł przez korytarz. Czymś metalowym uderzał w ściany i w mijane drzwi. Zatrzymał się przy ich celi. Pośpiesznie odsunął zasuwę i wsunął głowę:

– Rewolucja! – zawołał.

Był to brat, z którym dotąd nie rozmawiali. Na dobrą sprawę większość mieszkańców kompleksu trzymała się od nich z daleka, wcale nie próbując nawiązać kontaktu. Od zawsze byli sami i obcy wzbudzali w nich raczej nieufność i strach niż ciekawość.

– Co? – spytał Wiarołomca.

– Rewolucja – powtórzył i znikł, zostawiając otwarte drzwi.

Ruszyli za nim. Większość członków Zakonu zebrała się w sali jadalnej. Uporządkowane dotąd stoły rozsunięto, by na środku uzyskać jak najwięcej miejsca. Właśnie tam klęczał zapłakany Marek. Był nagi, a właściwie miał na sobie jedynie coś na kształt podartej szmaty, która nie zakrywała już nic. Na jego plecach lśniły czerwone pręgi. Został pobity, a być może nawet wychłostany.

Marki rozejrzał się w poszukiwaniu Huberta. Mężczyzna stał pod ścianą, blady i przygarbiony. Nerwowo zerkał dokoła. Nie sprawiał wrażenia, że próbuje w jakikolwiek sposób pomóc niedawnemu mentorowi. Piotr uniósł ręce, by uciszyć ogólny rozgardiasz. Trwało to dłuższą chwilę, nim wreszcie wszyscy zamilkli. W sali słychać było jedynie łkanie Marka.

– Doczekaliśmy się dnia, jakiego w naszym Zakonie jeszcze nie było! – zakrzyknął Piotr. – Wydarzenia bez precedensu. Wyrwiemy zepsuty ząb, by zastąpić go świeżą tkanką. Nie chcę jednak, by zapamiętano to jako samowolę, moją lub garstki braci. Będzie to decyzja większości lub ze wstydem rozejdziemy się do swoich cel, pozostając przy starym porządku. Głosujmy. Jeden brat, jeden głos. Nie ma znaczenia czy ktoś z Nadzoru, czy szeregowy członek Zakonu. Głosujmy! Czy chcemy, by Marka zastąpił nowy brat?

Piotr spostrzegł Markiego i wskazał go ręką. Mateusz podtrzymywany przez Łukasza podszedł do Piotra.

– Co daje ci prawo do podobnych działań? – zaskrzeczał. – Sądzisz, że skoro stałeś się członkiem starszyzny, wolno ci decydować w takich sprawach?!

Piotr spojrzał na niego twardo, lecz z wyraźnym szacunkiem.

– Jak mówiłem, decyzja należy do wszystkich. Do tej żałosnej sterty mięsa też – wskazał Marka – nie odmawiam mu głosu ani prawa do obrony.

– Przed czym miałby się bronić? – zapytał zaczepnie starzec.

– Już zapomniałeś własnej mowy sprzed kilku dni? Czy nie piętnowałeś słabości, jakie się w nim zagnieździły? Twoje słowa może nie były znakiem, lecz zapewne jego potwierdzeniem! Dodały nam pewności.

– Owszem, piętnowałem chorobę, która rozwija się pod naszym dachem, ale dlaczego pomyślałeś o Marku? Wskazałem czarne miejsca naszych dusz po to, by ślepi przejrzeli na oczy! By naprawili błędy! I choć mógłbym wskazać wielu, głównym adresatem tych słów byłeś ty! Czy twój związek z Czarkiem nie niszczy Zakonu, nie osłabia jego misji? Czy dzisiejsze zajście nie jest owocem waszych chuci?! Opanuj to, co nawyprawiałeś!

Piotr złożył ręce na piersi.

– Na to jest za późno. Poza tym nie chcę. Stało się i nie żałuję. Zakon musi się zmienić! Nasz cel jest święty i wzniosły, ale nie może nas ograniczać, narzucać kajdan. A on – wskazał Marka – jest ślepy i pozostanie ślepy, żadne słowa nie sprawią, że któregoś dnia obudzi się odmieniony. Życzenia nie mają mocy sprawczej, a zgniły owoc ponownie nie nabierze smaku. Ogarniętą gangreną kończynę amputuje się, by ratować cały organizm.

Mateusz wbił spojrzenie w zawodzącego Marka.

– Skazujesz go na śmierć – powiedział cicho. – Nie przeżyje na powierzchni, nikt z nas nie miałby tam szans.

– Nie może też zostać tutaj. Zrobiłem jeden krok, muszę zrobić i drugi. Nie wolno mi zatrzymać się w pół drogi.

– Więc jednak chodzi o ciebie – podchwycił starzec.

Piotr obrzucił go wściekłym spojrzeniem.

– Bracia! – zawołał. – Otrzymaliśmy znak pod postacią przybysza. – Zbliżył się do Markiego, chwycił za nadgarstek i uniósł jego rękę. – Decydujmy, czy odpowiemy na niego, czy też pozostaniemy głusi! Który z nich ma pozostać w Schronie?! Jeden dziś na zawsze nas opuści! Niech podejdą do mnie wszyscy, którzy, jak ja, nie zamierzają zamykać oczu na plugastwa. – Posłał Markowi pogardliwe spojrzenie. – Niech otoczą brata Marka ci, którzy zamierzają go bronić.

Do Piotra bez wahania dołączył Czarek, Stefan, Adam i kilku innych młodszych braci. Większość jednak pozostała na miejscach. Nawet jeśli wcześniej obiecali poprzeć zmiany, teraz stali niezdecydowani, wyczekując, jak postąpią inni. Mateusz obrzucił ich zniecierpliwionym spojrzeniem, po czym skrzywił się z niechęcią i stanął nad Markiem. Popatrzył ze zdziwieniem na Łukasza, gdy ten nieznacznie pokręcił głową.

– Wybacz, bracie – szepnął Łukasz – lecz sumienie nakazuje mi coś innego.

Został przy Piotrze i Markim. U jego boku stanął Jan. Widząc, że aż dwóch członków Nadzoru wzięło stronę rewolucji, kilku kolejnych braci również ich poparło. Do Marka nie dołączył nikt więcej, a jedynie trzy osoby nie zajęły jeszcze stanowiska: Hubert i dwóch braci nieznanych Markiemu z imienia.

– A wy? – ponaglił ich Piotr.

Hubert obrzucił przestraszonym wzrokiem zapłakanego Marka, a potem tłumek zebrany przy Markim. Chwilę walczył ze sobą, lecz nie odważył się poprzeć mniejszości. Dołączył do zbuntowanych. Pozostali dwaj bracia pospieszyli za nim.

– Dlaczego? – Marek wyciągnął rękę do Huberta, lecz ten odwrócił się zakłopotany i szybko zagłębił się pomiędzy współbraci.

– I co teraz? – Mateusz podszedł do Piotra.

– Wyjdzie na zewnątrz, bez skafandra i bez prawa powrotu. Razem z nim. – Wskazał Wiarołomcę. – Obu nie chcę już nigdy w życiu oglądać.

Starzec zaśmiał się sucho.

– Widzę, że zdecydowałeś. Za Nadzór, za cały Zakon.

– Tego chce większość – odparł oschle Piotr.

– A twój nowy brat?

– Nasz nowy brat – poprawił starca. – Zostaje. Czeka go ciężka praca, musi nadrobić stracone lata, lecz jest młody, da radę.

Mateusz pokiwał ze smutkiem głową zanim powiedział:

– Dawno temu, jeszcze nim zdałem Maturę, w starych księgach wyczytałem skargę jednego z naszych dalekich poprzedników, że po Burzy Milenium ludzkość znalazła się w czarnym, pionowym szybie i szamocząc się, nie wydostaje z niego, a jedynie pogrąża się coraz głębiej i głębiej. Nie wierzyłem mu. Aż do dziś.

Starzec odszedł.

Przy Markim i Wiarołomcy pojawił się Stefan i pociągnął pierwszego z nich za rękaw.

– Idziemy – szepnął.

Nie musieli pytać dokąd. Wypełnić ostatni punkt umowy. Opuścić Schron i odprowadzić Alena do rodziny. Potem Wiarołomca zostanie na powierzchni, a Marki na zawsze pogrąży się w mroku podziemnych korytarzy. Chyba że złamie dane słowo.

W jakim świetle postawi to Piotra?

Odrzucił tę myśl. To był problem mieszkańców Schronu. Czy naprawdę chciał się poświęcić, by ktoś, za kim nie przepadał, nie stracił twarzy? Przypomniał sobie ostatnie odwiedziny u Drewala. „Uciekaj" – skrzeczał nieprzytomny marszałek. Może to właśnie był znak? Prawdziwy, nie zwykła zbieżność imion, która stała się pretekstem dzisiejszego zamieszania.

Ruszyli korytarzem. Dołączyło do nich dwóch braci. Marki znał tylko jednego z nich, Adama. Choć przebywali w kompleksie wystarczająco długo, by poznać wszystkich mieszkańców, część braci wyraźnie od nich stroniła. Gdyby nie wspólne posiłki, być może nawet nie kojarzyłby wszystkich twarzy.

– A Alen? – spytał.

– Tomasz poszedł po niego – bardziej odburknął, niż odpowiedział Stefan.

Dalszą drogę pokonali w milczeniu. Bracia zachowywali się spokojnie, póki przebywali w części Schronu zabezpieczonej siatką. Poza bezpieczną strefą ich nerwowość wzrosła.

– Chroni nas warstwa ziemi – uspokajał Marki. – Nawet gdyby na powierzchni szalała burza, wyładowanie nie powinno dotrzeć aż tu.

Nieznany mu z imienia mężczyzna spiorunował go wzrokiem. Nie wierzył zapewnieniom chłopaka, który w jego mniemaniu był nadal niemal dzikusem. Wszystko, co nie pochodziło z wiedzy Zakonu, z zasobów mądrości minionego świata, było dla niego bezwartościowe. Marki poczuł ukłucie żalu. Ten człowiek głosował za nim, a nie potrafił mu teraz zaufać. Ale przecież to nawet lepiej. Niech się boją, to jedynie ułatwi zadanie, jeśli zdecyduje się uciec.

Czy nie podjąłeś tej decyzji już dawno?

Tak, postanowił, a potem nadeszła nowa fala wątpliwości. Zwalczył ją, by dać się ponieść kolejnej. I tak bez końca...

# IV

Zaczynało zmierzchać, powinien wracać do wioski. Tylko po co? By ponownie ujrzeć rozczarowanie we wzroku Renet? Od zniknięcia Milana codziennie wychodził rano i codziennie wieczorem wracał z niczym. I to się nie zmieni, nadzieja w jego sercu była sztucznym tworem, tak naprawdę nie potrafił zaufać uczuciom, które niosły ukojenie i nakazywały kurczowo trzymać się wiary, że jeszcze nie wszystko stracone.

Było stracone. I to przez niego. Gdyby wtedy, tamtego dnia, gdy szukali Kochana, wykazał się odwagą, nic złego by się nie wydarzyło. Wejście do krainy Demonów zostałoby zawalone i już nigdy potwory nie przedostałyby się do tego świata.

Znalazłyby inne wyjście.

Tak, ale zajęłoby im to być może nawet lata. A przez ten czas Milan by dorósł. Potwory porwałyby kogoś innego, smakowali im przecież tylko mali chłopcy, nie tykali starszych. Tyle że był tchórzem i nie zrobił nic.

To Renet zaufała przybyszom, ona mnie przekonała, bym też dał im wiarę!

Daremnie próbował się usprawiedliwiać. Prawda była taka, że to on skazał syna na śmierć, tamtego dnia, księżyc wcześniej, nim zjawili się obcy. Nie mówiąc nikomu o znalezionym wejściu, zacierając i tak nikłe ślady.

Sądziłeś, że nie zostaniesz ukarany?

Oto prawdziwy powód, dla którego co dzień przeciągał poszukiwania. Nie nadzieja, że znajdzie Milana, nie niemy wyrzut w oczach żony, gdy wracał z niczym. Po prostu wstyd. Bo nieszczęście było jego winą, odpowiedzialność spadała na jego barki. Nie potrafił tulić się do Renet, skrywając mroczny sekret, który nosił w sobie. Nie mógł jej też go zdradzić. Znienawidziłaby go. Już sam siebie nienawidził.

Był tchórzem, wcale temu nie zaprzeczał. Tego dnia, gdy przebudził się z ciężką głową i odkrył zniknięcie Milana, udał się wprost do Kamiennego Ołtarza. Był przy nim sam, inni jeszcze nie nadeszli. Przytargał największy głaz, jaki udało mu się ruszyć, i zatarasował otwór nory stworów. Potem kolejny kamień i jeszcze jeden. Gdy nadeszli mieszkańcy osady, wycofał się w las. Z pewnością nie dostrzegli efektów jego pracy. Teren był zakazany. Trzymali się z daleka. Może przekroczyła go zrozpaczona Renet, choć pewnie inni ją powstrzymali. Ale nawet jeśli nie, to nie zauważyła zmian. Mógłby wyłapać je tylko ktoś, kto był tam niedawno, a jego żona nie uczestniczyła w poszukiwaniach Kochana.

Resztę dnia przepłakał w lesie. Ronił łzy jak baba, właściwe zajęcie dla zajęczego serca. Gdy wieczorem przypadła do niego Renet, nie potrafił odwzajemnić uścisku. Nie pomogła nawet świadomość, że tym odtrąceniem skazał żonę na błędną pewność, że wini właśnie ją.

Następnego dnia czuwał z innymi przy Kamiennym Ołtarzu w odległości, na którą wolno im było się zbliżyć. W spojrzeniach współplemieńców widział nieme pytanie, czemu nie walczy, by podejść bliżej. Niezależnie, czy pytanie było realne czy urojone, nie potrafił znieść wzroku towarzyszy. Oni dla swoich synów zrobiliby więcej.

Oni nie byli tchórzami.

Tego dnia jak zwykle wymknął się sam skoro świt. Odciągnął wszystkie kamienie, którymi wcześniej zawalił wejście do kamiennego tunelu. Nie był pewien, co nim kierowało. Bo przecież nie nadzieja, że stwory oddadzą Milana, malec przepadł na zawsze. Więc co? Nie potrafił wytłumaczyć. Siedział przy jamie, póki nie usłyszał nadchodzących mieszkańców wsi. Zapewne przybywali z Renet. To ona przewodziła grupom ze wsi, które wsparły ją w poszukiwaniach, ona i Ksawera doświadczona tym samym nieszczęściem.

Uciekł między drzewa, jak najdalej od nich.

Czas zdawał się zataczać identyczne cykle. Janki wstawał ze wschodem słońca, zmuszał się do zjedzenia zimnych resztek z kolacji i wyruszał krążyć po lesie. Bez celu. I bez nadziei. Byle tylko uciec, choć to akurat było niemożliwe. Mógł skryć się przed mieszkańcami osady, mógł przed Renet, ale nie przed sobą samym. Wieczorem, o zmierzchu, przeciągając tę chwilę, ile tylko mógł, wracał do martwej ciszy ziemianki.

Dziś ponownie nadszedł ten moment. Na niebie jeszcze nie zabłysły gwiazdy, ale pojawią się, już wkrótce. A on kolejny raz napotka wzrok żony i kolejny raz nie zdobędzie się na odwagę, by wyjawić jej, po czyjej stronie naprawdę leży wina.

W korytarzu, w którym wisiały skafandry, czekał już na nich Alen w towarzystwie Tomasza. Był to ów niski brat z rzadką blond czupryną, który odprowadził ich na przesłuchanie Nadzoru. Alen stał przy nim, blady, ale spokojny.

– Idziemy do twojej mamy. – Marki przykląkł przy malcu. Sądził, że dzieciak się do niego przytuli, lecz maluch odsunął się sztywno. Chłopak stał się dla niego jednym z mieszkańców podziemi. – Nie bój się, wracasz do domu.

Stefan zacisnął zęby, lecz milczał.

Rozległy się kroki i po chwili pojawił się Piotr. Za nim, podtrzymywany przez dwóch braci, szedł zapłakany Marek.

– Proszę! – pisnął błagalnie do Piotra, lecz ten nawet nie obdarzył go spojrzeniem. Zamiast tego podszedł do Wiarołomcy i Markiego.

– Wychodzisz, raz i na zawsze – zwrócił się do Szymona. Wcisnął mu w doń paralizator. – Dotrzymujemy słowa w stu procentach. Liczymy, że i ty dotrzymasz i nigdy więcej się nie zobaczymy. Idziesz ty, ten tłusty wieprz – kiwnął głową w stronę Marka – Marki z dzieciakiem i dwóch braci, by dopilnować jego powrotu. Kombinezony.

Przyniesiono trzy. Jeden naciągnął na siebie Stefan, drugi Tomasz, a trzeci wręczono Markiemu.

– Nie potrzebuję – zaprotestował chłopak.

– Od teraz już tak – sprzeciwił się Piotr. Nie zamierzał ustąpić. – Wcześniej twoje życie należało do ciebie, wolno ci było nim ryzykować według własnej woli. Obecnie jest własnością Zakonu.

Marki niechętnie chwycił podany strój. Okazał się sztywny i zadziwiająco ciężki, nic dziwnego, że po założeniu ruchy stawały się tak niezgrabne. Trudno było go również naciągnąć. Bez pomocy trwałoby to całe wieki.

– Krępuje – poskarżył się, gdy już wcisnął się do środka.

Z trudem zapanował nad wrażeniem, że za moment zabraknie mu powietrza. Udusi się! Ściągnąłby natychmiast kombinezon, lecz bez niego nie wypuszczono by go na powierzchnię. Musiał przestrzegać zasad Zakonu. Wykonał z wysiłkiem trzy kroki. Kończyny zostały nienaturalnie usztywnione i nawet niepozorne czynności sprawiały problemy.

– Wracajcie prędko. – Głos Piotra zdawał się powstawać w głębi hełmu, był też w dużym stopniu zniekształcony.

Otwarto okrągły właz. Pierwszy przecisnął się Stefan. Za nim ruszył Wiarołomca, prowadząc Alena, potem do otworu wciśnięto opierającego się Marka. Pochód zamykali Tomasz i Marki. Przedostanie się na czworaka przez ciasny tunel w pierwszej chwili wydawało się niemal niemożliwe. Skafander tarł o ściany i zaczepiał się o wystające kamienie. W dodatku Marek co jakiś czas przystawał, odmawiając pełznięcia dalej. Dopiero groźby Tomasza o użyciu paralizatora zmuszały go do ponownego podjęcia wysiłku.

Po wyjściu na zewnątrz Marki odetchnął głęboko, lecz oddech nie przyniósł ukojenia. Zamknięty w sztywnym skafandrze pozostał odgrodzony od świata. Nie poczuł świeżego leśnego powietrza, lecz niezmienną kwaśną woń potu niezliczonych poprzedników, którzy nosili kombinezon przed nim.

Zmierzchało, wcale nie wstawał nowy dzień, jak się spodziewał. Jego wewnętrzny zegar rozregulował się w trakcie pobytu w Schronie.

– Odejdźcie w swoją stronę – Stefan zwrócił się do Marka i Wiarołomcy.

Niedawny członek Nadzoru skulił się w sobie. Po policzkach pociekły mu kolejne łzy. Dygotał jak liść, choć na powierzchni było cieplej niż w kompleksie.

– Gdzie? – jęknął.

– To już nie nasza sprawa!

– Pójdziemy razem – Szymon uspokoił Marka.

Wyciągnął rękę, jakby zamierzał położyć mu ją na ramieniu, lecz przerwał gest w połowie. Nie zamierzał zostawiać mężczyzny własnemu losowi. Równało się to wyrokowi śmierci, a może po prostu dostrzegł jeszcze jedną szansę na poszerzenie wiedzy. Jakkolwiek pogardzany był Marek w Zakonie, był jednak jego częścią, członkiem Nadzoru, z pewnością wiedzą przewyższał wszystkich mędrców Akademii.

Po chwili Wiarołomca dodał:

– Ale potem... Teraz przypilnuję, by mój towarzysz wrócił bezpiecznie tam, gdzie pcha go los. Spojrzał wymownie na Markiego, zadając nieme pytanie: „Co zdecydowałeś?".

Chłopak przełknął ślinę. Otaczał go zielony las. Nawet przez zabrudzone szkło hełmu był wspanialszy niż wszystko, co czekało na dole. Nie. Nie mógł wrócić. Nie potrafił. Nawet jeśli również miał zasłużyć na miano wiarołomcy. Niech tylko odprowadzą dzieciaka do wioski, nie zostanie ze Stefanem i Tomaszem chwili dłużej.

Niemal niezauważalnie skinął głową. Szymonowi nie umknął ten gest. Odwzajemnił go.

– To już nie jest twój towarzysz – zaprotestował Tomasz, nieświadom niemej rozmowy.

– Zawsze nim pozostanie. – Wiarołomca ukazał w uśmiechu swoje krzywe, pożółkłe zęby.

– Niech ci będzie. – Stefan lekceważąco machnął dłonią. – Tylko nie przeszkadzaj. Ani ty – zwrócił się do Marka, unosząc nieco paralizator.

Grubas gorliwie pokiwał głową. Nerwowo rozglądał się na boki. Zapewne ostatnio przebywał na powierzchni całe lata temu.

– Gdzie teraz? – zainteresował się Marki.

– Do wioski. Dotrzemy tam za około godzinę, do tego czasu wszyscy będą już spali.

Chłopak zerknął w niebo. Ponad drzewami zaczynały przebłyskiwać pierwsze, najjaśniejsze gwiazdy. Mieszkańcy wioski jeszcze długo nie położą się spać.

– Jest za wcześnie – zaprotestował.

Tomasz zbył go milczeniem. Ruszył między drzewa. Kierunek, tak jak kiedyś Piotr, sprawdzał, spoglądając na niewielkie okrągłe urządzenie, które trzymał w dłoni. Przypominało zegar, lecz uzbrojono je tylko w jedną wskazówkę.

– Idziemy – ponaglił resztę.

Wiarołomca zrównał z nim krok.

– Wojownicy w wiosce są uzbrojeni i naprawdę niebezpieczni. Nie byłoby rozsądniej zaczekać kilku godzin?

Zdawało się, że Tomasz go zignoruje, lecz po chwili odparł:

– Nigdy nie zdajemy się na naturalny sen. Dlatego musimy znaleźć się w odpowiednim miejscu o odpowiednim czasie. Inaczej cała wyprawa na nic.

– Ponownie uśpicie ich wyziewami – domyślił się Szymon. – Ale w takim razie...

Tomasz odwrócił się do niego.

– Tak, tobie i naszemu byłemu bratu nie wolno tam wejść. Równie dobrze możecie odejść już teraz. Nie zatrzymujemy was.

– Zaczekamy w bezpiecznej odległości – uparł się Wiarołomca.

Nie mógł stracić z oczu Markiego. Ucieczka była możliwa dopiero po odstawieniu Alena do rodziców. Inaczej mieszkańcy Schronu zabraliby go z powrotem do siebie.

Dotarcie do wioski zajęło masę czasu. Głównie przez to, że Marki i członkowie Zakonu poruszali się wolno i niezgrabnie. Panowała nieznośna cisza, choć wcześniej las kipiał naturalnymi odgłosami.

Tomasz zerknął na zegarek. Stefan popatrzył na niego wyczekująco.

– Można?

– Tak.

– Wy zostajecie – mężczyzna wskazał Wiarołomcę i Marka – inaczej zaśniecie i obudzicie się wraz ze wszystkimi. – Odnieśli wrażenie, że się zaśmiał, choć przez tłumiący odgłosy hełm trudno było to stwierdzić z całą pewnością.

– Może Marki też nie powinien ryzykować? – zaproponował Szymon.

– Założył skafander. Poza tym jest już jednym z nas, nie zapominaj o tym.

Dał znać, by szli za nim.

Marki prowadził za rękę Alena. Dzieciak był wystraszony, ale wyraźnie podekscytowany. Gdyby nie mocny uścisk, wyrwałby się i pobiegł do chaty. Przez całą drogę nie odzywał się, a teraz po jego twarzy płynęły łzy radości. Wracał do domu.

– Nic mu nie będzie? – upewnił się Marki.

– Najwyżej zaśnie, gaz nie jest szkodliwy dla zdrowia. Zresztą jeśli chcesz, każ mu oddychać przez jakiś materiał. Mniej się wtedy nawdycha.

Chłopak zadarł koszulę dzieciaka, pokazując mu, że powinien zasłonić nią usta i nos. Zagłębili się pomiędzy chaty. Wioska wydawała się opuszczona. Wystarczyło jednak zajrzeć do pierwszej z brzegu ziemianki, by przekonać się, że mieszkańcy nie znikli. Niektórzy leżeli na łóżkach, inni spoczywali na ziemi zwinięci w kłębek lub wsparci o ściany. Z całą pewnością nie zasnęli nagle. Zdążyli przybrać stosunkowo wygodną pozycję. Większość pozostała w chatach, choć dostrzegli też kilka osób na zewnątrz. Ogniska jak gdyby nigdy nic płonęły spokojnie. Osada pogrążyła się we śnie, lecz wyraźnie stało się to stosunkowo niedawno.

Trzy pręgierze ze skrzyżowanych bali niezmiennie delikatnie górowały nad wioską. Wystarczył rzut oka w ich kierunku, by po plecach Markiego przebiegły dreszcze. Jeszcze nie tak dawno stał, a właściwie wisiał przy jednym z nich, czekając na egzekucję. Poszukał wzrokiem chaty Renet. Z nią wiązały się lepsze wspomnienia. I to ją wolałby zapamiętać. Przytulną ziemiankę, ze śpiącą w środku pulchną kobietą i jej mężem. Nawet gdyby zapomniał drogi, Alen ciągnął go we właściwą stronę. Kilkakrotnie szarpnął się, lecz Marki trzymał go mocno. Postanowił, że puści drobną rączkę dopiero, gdy znajdą się w środku.

Odsunął zasłaniającą wejście skórę. Renet spała na klepisku, na wpół oparta o łóżko, lecz Jankiego nie było. Marki nie zwrócił na to uwagi. Z rozrzewnieniem przyglądał się, jak chłopczyk tuli się do nieprzytomnej matki.

– Mamo! – wołał, z narastającym zdenerwowaniem, szarpiąc jej ramię. – Mamo, obudź się!

– Tylko śpi – spróbował uspokoić go Marki. – Nie martw się, niedługo otworzy oczy. Gdy tylko środek usypiający przestanie działać.

Nie przekonał chłopca, ale i nie oczekiwał tego. Odwrócił się do wyjścia. Nie miał tu nic więcej do roboty. Alen – czy też jak naprawdę nazywał się dzieciak – będzie dorastał w wiosce, z rodzicami, z rówieśnikami, na powierzchni. Marki zrealizował cel. Ze wszystkimi negatywnymi aspektami sukcesu. Głodem, zimnem, chorobami, których malec najpewniej nie zaznałby, pozostając pod ziemią.

– Za późno na wątpliwości – szepnął i energicznie wyszedł na zewnątrz.

Teraz czekał go drugi krok. Odszukał wzrokiem towarzyszy. Tomasz i Stefan myszkowali po ziemiankach. Zaglądali do nich, czasem znikając w środku, czasem od razu przechodząc do kolejnej.

Oddali Alena, szukają więc jego następcy, a także następcy Feliksa – uzmysłowił sobie Marki. Uszczęśliwił Renet i jej męża, zsyłając nieszczęście na kogoś innego. Być może jego nowi bracia – to słowo miało gorzki posmak – zamierzali nawet zabrać dzieci jeszcze dziś. Biorąc pod uwagę, jak niechętnie wychodzili ze Schronu, było to bardzo prawdopodobne. Poczuł ucisk w żołądku.

I wtedy rozległ się krzyk.

Strzała wbiła się w brzuch. Nic jej nie zapowiadało. Niezmąconą ciszę przerwał dopiero cichy świst. Za nim drugi i trzeci, lecz pozostałe pociski minęły cel. Jeden utkwił w pniu tuż nad głową Wiarołomcy, drugi poszybował w leśne zarośla.

Więc jednak nie wszyscy zasnęli. Nie wiedzieć czemu, Szymonowi ta myśl wydała się zabawna. Nie panikuj, zrugał się natychmiast. Nie było niczego wesołego w tym, że mieszkańcy wioski zyskali okazję, by zakończyć egzekucję, o której zdecydowali kilkanaście dni wcześniej. Zwłaszcza że wreszcie zdobył to, na czym mu zależało. Solidną porcję wiedzy i maszynę wytwarzającą elektryczność. Mocniej ścisnął paralizator. Mieszkańcy Schronu używali go jako broni, lecz przyrząd nie mógł równać się z łukiem czy włócznią.

Marek wrzeszczał. Zdaniem Wiarołomcy to cud, że nadal pozostawał przytomny. Jeden z tych wrednych cudów, o które nikt się nie modli. Mężczyzna był już martwy, nawet jeśli nie zdawał sobie z tego sprawy. Strzała wbiła się głęboko, przeszywając ciało niemal na wskroś. Nikt nie mógł go już uratować. Nawet medycy ze Schronu. Może Starożytni posiadali odpowiednie środki. Zakon jednak nie był Starożytnymi, a jedynie ich marnym cieniem, karykaturą. Gorliwie przechowywał wiedzę, która do niczego już nie służyła. Działał w przeświadczeniu słuszności wyższej sprawy, był jednak niezamierzenie śmieszny w przejawianej skwapliwości. Świat zapomniał o starych czasach i zapomniał o mieszkańcach podziemnego kompleksu. Skarb, którego strzegli, w dużej mierze stał się bezużyteczny.

Więc czemu tak go pożądasz?

Szymon przypadł do ziemi. Pozostanie na miejscu oznaczało śmierć. Próba udzielenia jakiejkolwiek pomocy Markowi skończyłaby się tak samo. Musiał uciekać i to natychmiast. Miał do czynienia z tropicielami, którzy w swych zdolnościach znacznie go przewyższali. Pełzł w stronę zarośli. Krzaki dawały jakie takie schronienie, wśród wolno rosnących drzew mimo zmierzchu pozostawał widoczny jak na dłoni. Martwił się o Markiego. Chłopak przebywał w osadzie. Wrzask Marka musiał go zaalarmować, jednak Marki odziany w krępujący ruchy skafander pozostawał łatwym celem.

– Martwy mu nie pomożesz – szepnął do siebie.

Wbrew wewnętrznemu nakazowi, by niezwłocznie ratować przyjaciela, czołgał się ku krzakom. Nie porzucał Markiego, wróci po niego. Lecz nie teraz, chwilowo rozsądek górował nad poczuciem obowiązku. Jeśli skończy jak Marek, z grotem w brzuchu, nie pomoże już nikomu.

Próbujesz ocalić świat, zapomnij o chłopaku!

Nie potrafił. Zwyczajnie nie potrafił. Idąc przez życie, spotkał niewiele osób, które mógłby nazwać przyjaciółmi. Trzymał się na uboczu. Nie planował tego, ale Marki stał się mu bliski. Znacznie bliższy niż ktokolwiek przed nim. Niczym syn.

Dopadł kujących zarośli i nie bacząc na ostre kolce, zanurzył się w gęstwinę. Już się nie czołgał, pełzł na czworakach. Musiał się oddalić. Upewnić, że nikt za nim nie podąża – lub zgubić ewentualny pościg – a potem wrócić. Jedyna szansa. Jeszcze przez chwilę słyszał wrzaski Marka. Potem raptownie ucichły.

-

Marki usłyszał przepełniony bólem krzyk. Wbrew wszystkiemu odczuł ulgę – głos nie należał do Wiarołomcy. Szymon potrafił o siebie zadbać. Jeśli nie zginął od razu, miał szansę. Mieszkańcy wioski byli zręczniejszymi tropicielami, lecz przecież i on przeżył pół życia, wędrując po lasach. W rodzimej Strefie niewielu mogło się z nim równać. Odszukał wzrokiem Stefana i Tomasza. Na szczęście stali niedaleko.

– Nadchodzą! – rzucił.

– Wioska została uśpiona! – sprzeciwił się ostro Tomasz. – To pewnie twój przyjaciel wyciął jakiś numer.

Czy to możliwe? Marki pokręcił głową. Nie, Szymon nie skrzywdziłby Marka, by odegrać podobne przedstawienie. Naprawdę nadciągały kłopoty. Szarpnął za zapięcie skafandra. Nazywali to suwakiem. Nie zamierzał tracić czasu na jałowe spory. Najmniejsza chwila zwłoki mogła zaważyć o ich losie.

– Co robisz?!

– W tym daleko nie uciekniemy, dopadną nas, nim opuścimy wioskę.

Pozbył się hełmu. Świat nagle odzyskał głębię i rześkość – odetchnął pełną piersią. I zapach, zapach przede wszystkim, aromaty igieł i wilgotnej kory niesione przez delikatny wietrzyk. Jeden z podmuchów przywiał dym z ogniska. Jakie to było wspaniałe, jak mu tego brakowało! Podziemny kompleks przepełniała woń stęchlizny i nic więcej.

Bał się tylko, że środek, który uśpił wioskę, podziała również na niego, ale póki co czuł się dobrze. Być może gaz już się rozwiał.

– Nie wolno, to zabronione! Poza tym skafandry są cenne!

Marki prychnął zniecierpliwiony.

– Postawmy sprawę tak: jeśli je ściągniemy, może dotrzemy do Schronu. Stracimy ubiór, ale zachowamy życie. Jeśli w nich pozostaniemy, przegramy jedno i drugie. To prosty wybór!

Pozbycie się hełmu było najłatwiejsze. Wysupłanie się z reszty znacznie gorsze. Marki zsunął sztywny, podszyty drobną siatką materiał do ramion i wyswobodził ręce. Połowa sukcesu. Stefan z wahaniem poszedł w jego ślady. Tomasz stał jednak bez ruchu, przyglądając się im z mieszaniną dezaprobaty i strachu.

– Nabiera nas – wychrypiał wreszcie. – Uzgodnił to z towarzyszem. Zamierza uciec, bo ani myśli pozostać w Schronie. Jest obcy. Piotr jednak się pomylił, wyrzucając Marka. A my poszliśmy za jego błędem. Bądźmy przeklęci za głupotę i zdradę!

– A jeśli nie?

Stefan ściągnął skafander do połowy. Usiadł na ziemi i pozwolił Markiemu pomóc sobie ze spodniami i złączonymi z nimi butami. Tak było znacznie szybciej. Skafandry leżały na ziemi jak białe olbrzymie wylinki. Pozbycie się ich miało jednak i wady. Stali boso, a chłód wieczoru wywoływał gęsią skórkę. Za to nic nie ograniczało im ruchów.

– Dalej, nie możemy tu zostać!

Ledwie Marki wypowiedział te słowa, na dachu ziemianki ukazał się Janki. W ręku ściskał włócznie.

– Ukradłeś mi syna! – wysyczał w stronę chłopaka. – Ty i reszta Demonów.

– Nie! On tu jest! Przyprowadziliśmy go! – Marki wskazał chatę.

Mężczyzna lekko potrząsnął głową. Nie uwierzył.

– Dość kłamstw. Raz ci zawierzyliśmy. Ponownie mnie nie omotasz!

Skóra w wejściu ziemianki poruszyła się i ukazał się Alen. Dzieciak popatrzył na Markiego i jego towarzyszy, a potem odwrócił się i zadarł głowę.

– Tato! – krzyknął.

Janki drgnął zaskoczony. Przesunął się nieco do przodu, jakby zamierzał zeskoczyć do malca, lecz ostatecznie pozostał na miejscu. Nie opuścił również broni.

– Schowaj się.

Dzieciak nie posłuchał. Nadal stał w wejściu ziemianki. Marki wolno uniósł w górę dłonie.

– Pozwól nam odejść – poprosił. – Przyprowadziliśmy twojego syna, nic mu nie jest, nie spadł mu włos z głowy. Ani ja, ani oni – kiwnął w stronę towarzyszy – nie jesteśmy demonami. To zwykli ludzie, mieszkają w podziemnym kompleksie pod waszymi stopami. I wszyscy pochodzą stąd. Kto wie, może któryś z nich jest twoim bratem lub kuzynem. Zostali porwani za młodu i wychowani w ciemnościach...

– A mój syn?! – pytanie było tak niespodziewane, że Marki aż podskoczył. Nie zauważył, że z drugiej strony nadeszła Ksawera.

Chłopak przełknął ślinę. To, co miał do powiedzenia, nie mogło się jej spodobać.

– Chorował. Starali się, ale nie zdołali go uratować.

Kobieta lekko się zachwiała.

– Czułam, że jest już z przodkami – szepnęła, po czym wymierzyła w trójkę przybyszów oskarżycielsko palec. – Zamordowaliście go!

– Nieprawda – głos Stefana był słaby, drżał – to był ubytek w przegrodzie międzykomorowej serca, na powierzchni także by umarł.

Ksawera zacisnęła pięści.

– Ale zrobiłby to w moich ramionach! – krzyknęła. – Zabij ich!

Alen pobiegł do ojca. By do niego dotrzeć, musiał przejść koło Tomasza. Mężczyzna, wyraźnie zaskoczony, zrobił krok w stronę malca, lecz w tej chwili trafiła go włócznia Jankiego. Nie wbiła się głęboko, metalowa siatka usztywniająca strój stłumiła impet uderzenia. Tomasz zachwiał się i upadł na ziemię.

Alen wpadł w ramiona ojca. W jednej chwili Jankiego przestali interesować przybysze. Ksawera jednak o nich nie zapomniała. Nie miała broni, więc przyskoczyła do Tomasza i postawiwszy stopę na jego torsie, szarpnęła za włócznię, wyciągając ją.

– W nogi! – pisnął Marki, rzucając się do ucieczki.

Nie parzył, czy Stefan pobiegł za nim. Jeśli został z umierającym Tomaszem, sam też był już trupem. Marki nie wątpił, że kobieta błyskawicznie się z nim rozprawi. Stefan zapewne nie ćwiczył się w walce, a wygodne życie pod ziemią nie sprzyjało rozwijaniu sprawności fizycznej. Choć był od Ksawery wyższy niemal o głowę, kobieta zaprawiona latami ciężkiego życia pokonałaby go bez trudu.

Chłopak odważył się obejrzeć dopiero kilkadziesiąt metrów dalej. Stefan został nieco w tyle, lecz biegł. Ksawera zaprzestała pościgu. Cisnęła włócznią. Długa dzida przeleciała nad Stefanem i wbiła się w ziemię tuż obok Markiego. Mierzyła właśnie w niego. Po plecach przebiegł mu dreszcz. Albo był głównym celem, albo zamierzała dopaść ich obu. Najpierw jego, bo odbiegł dalej, a potem podążyłaby tropem Stefana. Zapewne prędzej czy później by go dopadła. W zemście za syna bez mrugnięcia okiem wyprułaby im flaki.

Marki dostrzegł, że Stefan przy każdym kroku krzywi się z bólu. Pozbywając się skafandrów, zostali boso. Chłopakowi zdarzało się maszerować w ten sposób, nawet po lesie, zapewne jednak Stefan nigdy tego nie robił. Nawet chodzenie po ziemi, igłach i porozrzucanych patykach byłoby dla niego przykre, a co dopiero szaleńcza ucieczka na oślep.

– Szybciej! – krzyknął Marki, choć zachęta nie była konieczna, biegli po życie.

Ile osób ich goniło? Widział jedynie Ksawerę. Janki został z synem. Jeśli mieli przeciw sobie wyłącznie nieuzbrojoną kobietę, wreszcie szanse się wyrównały, jednak w każdej chwili ktoś mógł przyjść jej z pomocą. Krzyk Marka zdradzał, że nieuśpionych tubylców było więcej.

Marki poczekał na Stefana, po czym zrównał się z nim. Łzy na twarzy mężczyzny sprawiły, że nie potrafił zostawić go na pastwę losu.

To ty go tu przyprowadziłeś. I będziesz odpowiadał za jego życie lub śmierć, tak jak odpowiadasz za śmierć Tomasza.

W tej chwili mogli jedynie biec.

Wiarołomca zatrzymał się. Skulony za szerokim, spróchniałym pniem dawno już obalonego drzewa wypatrywał pościgu. Nikt nie podążał jego śladem, a w każdym razie nikogo nie widział. Mieszkańcy tej Strefy byli świetnymi tropicielami, lecz każda umiejętność ma swoje ograniczenia – gdyby za nim podążali, musiałby ich zobaczyć. Zwłaszcza, że spodziewał się obławy, nie śledzenia. Wytłumaczenie, które się nasuwało, nie przynosiło spokoju. Nie gonili go, bo zajęli się czymś innym.

Kimś innym.

Marek dogorywał lub nawet już skonał, tubylcy raczej nie tracili czasu na pastwienie się nad zwłokami. Poszli za Markim, Stefanem i Tomaszem. Ich nowe ofiary nosiły kombinezony i poruszały się w nich jak olbrzymie niezgrabne drewniane kukły. Łatwy cel.

Wiarołomca ostrożnie wstał. Rozsądek nakazywał ucieczkę. Wizyta w podziemnym kompleksie dała mu więcej, niż się spodziewał. Sporą dawkę wiedzy i urządzenie wytwarzające prąd, paralizator jak je nazywali. Jeśli miał podążać dalej obraną przed laty ścieżką, powinien odejść, nie ryzykować. W walce o świat bez burz śmierć jednej czy kilku osób była akceptowalną ceną. Gdyby tylko nie chodziło o Markiego... Czyż sam nie namawiał go do złamania danego słowa i ucieczki? To był jeden z powodów, dla których chłopak wyszedł dziś ze Schronu. Odprowadzenie Alena do rodziców stanowiło tylko wygodny pretekst.

Wolno ruszył z powrotem w stronę wsi. Aby choć odrobinę zmniejszyć ryzyko, obrał nieco inną drogę niż ta, którą tu dotarł. Może jednak mylił się i wojownicy wciąż podążali jego śladem. Ilu ich mogło być? Sądził, że nie więcej jak czterech, może pięciu. Zapewne przebywali poza osadą, gdy mieszkańcy Schronu użyli swych środków, by uśpić jej mieszkańców. Polowali albo...

Zaśmiał się chrapliwie.

...szukali Alena, czy też raczej porwanego przez Demony dzieciaka o nieznanym im imieniu. Nie porzucili nadziei, mimo że od zniknięcia malca minął już szmat czasu. Może z początku las przeczesywali wszyscy dorośli. Teraz została ich garstka. Tych najbardziej niestrudzonych, fanatycznych. Nie zawahali się zabić Marka, nawet nie próbowali brać ich żywcem. Nie mieli litości i tym bardziej nie będą jej mieli dla ludzi w skafandrach – potworów.

Skulony, ruszył truchtem ku osadzie. Może jeszcze nie było za późno...

Hałasy sprawiły, że przypadł do najbliższego drzewa. Ktoś biegł, więcej niż jedna osoba. Słychać było też coś na kształt płaczu. Ostrożnie wychylił się zza pnia. Zobaczył półnagich Markiego i Stefana. Stefan wyraźnie utykał, lecz mimo to nie zatrzymywał się. Marki podążał krok za nim. Z pewnością nie ze zmęczenia, nie zamierzał porzucić towarzysza.

Szymon zapamiętał kierunek, w którym się oddalili, ale nie ruszył się z miejsca. Nie musiał długo czekać, by w ślad za uciekinierami pojawiła się Ksawera. W dłoni trzymała nóż, to była jej jedyna broń. Wiarołomca wyszedł z kryjówki.

– Zostaw ich! – zawołał.

Kobieta przystanęła, niepewna, czy kontynuować pościg, czy obrać nowy cel. Jej twarz wykrzywiał grymas nienawiści.

– Jeszcze jeden Demon – zaskrzeczała.

– Człowiek – zaprzeczył spokojnie – jak ty czy oni. – Kiwnął głową, lecz w inną stronę niż pobiegł Marki i Stefan. Nie sądził, by to ją zmyliło, ale nie zawadziło spróbować.

– Ci, którzy kradną dzieci, nie zasługują na miano ludzi! – warknęła.

– Nie zjadają ich. Zabierają tam, gdzie jest zawsze ciepło, nie ma głodu i burz, przed którymi kulicie się ze strachu w tej waszej Siatce. Opiekują się nimi i uczą je, przyjmują do wspólnoty. Ich samych też kiedyś porwano. Teraz biorą następnych, by krąg się powtórzył. Owszem, zabierają wiele, ale też wiele dają.

Ksawera splunęła. Wolno zmierzała ku Wiarołomcy.

– I co daliście mojemu synowi? Śmierć z dala od matki! Oto wasz wspaniałomyślny dar! Dar tych, którzy wyłącznie zabierają!

– Ich dar – sprostował. – Nie mieszkam pod ziemią. Przywędrowałem zza Pęcherza. Wszystko, co wam mówiliśmy, było prawdą.

Nie dała mu wiary lub zwyczajnie było jej wszystko jedno. Dla niej stał się wrogiem, nic nie mogło tego zmienić.

Dzieliło ich zaledwie kilka metrów. Mierzyli się wzrokiem. Wreszcie Ksawera z krzykiem rzuciła się do przodu. Nóż trzymała wysoko. Uskoczył i uderzył ją w przedramię. Wrzasnęła, lecz nie wypuściła broni. Błyskawicznie się odwróciła, przypuszczając kolejny atak. Szymon musiał przyznać, że jest szybka. Nienawiść dodawała jej sił. Poczekał, aż ponownie uderzy, i cofnął się o krok. Nóż przeszył powietrze. Próbował chwycić ją za przegub dłoni, lecz przewidziała jego ruch. Cięła i ostrze prześlizgnęło się po jego ramieniu. Poczuł ból i ciepły strumyk spływający w dół ręki.

– Zaskoczony? – wysyczała.

Nie był. Potrafił ocenić przeciwnika. Nie miało znaczenia, że walczy z kobietą, Ksawera była niebezpieczna.

Tym razem to on zaatakował. Uderzył ją w ramię i błyskawicznie odskoczył, by znaleźć się poza zasięgiem noża. Był bezbronny, musiał czekać na błąd przeciwnika. Ukryty w kieszeni kamizelki paralizator wymagał bliskiego kontaktu, nazbyt niebezpiecznego. Nie zamierzał ryzykować, by nie skończyć z ostrzem wbitym w brzuch.

– Poddaj się, a daruję ci życie – zażądała Ksawera.

Kłamała. Zresztą gdyby nawet nie zabiła go na miejscu, w wiosce uczyniliby to jej współbratymcy. Już raz został skazany na śmierć.

– Ładnie oszukiwać? – zmusił się do uśmiechu.

– Masz rację, to było łgarstwo – przyznała.

Krążyli wzajemnie wokół siebie, wypatrując sposobnej chwili do ataku. Chwila nieuwagi mogła przesądzić o wszystkim. Gdy kolejny raz przyskoczyła, był na to gotowy. Odchylił się nieznacznie, jednocześnie łapiąc ją za przedramię. Liczył, że odbierze nóż lub przynajmniej zmusi kobietę, by go upuściła, lecz Ksawera trzymała broń zbyt mocno. Obróciła dłoń, starając się sięgnąć ostrzem jego ręki. Niemal się udało, ostry kamienny czubek ponownie przeorał mu skórę. Z rozcięcia popłynęła krew.

Szymon włożył całą siłę, by wykręcić dłoń Ksawerze. Ostrze miast celować w niego, skierowało się w jej stronę. Nie mogli jednak trwać tak wiecznie, a impas mógł przełamać jedynie w jeden sposób, nie pozostawiła mu wyboru, pchnął. Usłyszał cichy jęk i nagle siła, z jaką kobieta ściskała nóż, zmalała. Wiarołomca cofnął się o krok.

Ksawera stała chwiejnie, nadal ściskając rękojeść. Nóż sterczał z jej brzucha. Skórzany kaftan przy ranie poczerniał od świeżej krwi.

– Nie chciałem – szepnął Szymon.

Nie zamierzał jej zabijać, próbował obezwładnić. Potem wszystko potoczyło się nie po jego myśli. Kobieta nieznacznie pokręciła głową.

– Wreszcie znów go zobaczę – jęknęła, po czym osunęła się na kolana.

Wiarołomca obszedł ją dokoła. Nie mógł już pomóc, a podejrzewał, że gdyby się zbliżył, jeszcze spróbowałaby go zaatakować. Za plecami usłyszał kroki. Nadbiegali współplemieńcy umierającej.

Nie uciekł, nie od razu. Poczekał, aż go zauważą i dopiero wtedy rzucił się w stronę przeciwną do tej, w którą pobiegli Marki i Stefan. Zamierzał dać im czas na dotarcie do Schronu. Nie wątpił, że Stefan znacznie spowolni Markiego, a chłopak mimo to nie zdecyduje się go zostawić. Zapewne wróci z nowym bratem do podziemnego kompleksu. W tej sytuacji było to rozsądniejsze niż pozostawienie Stefana przed wejściem i ucieczka w las. Niedługo wieś wybudzi się ze snu i wszyscy wojownicy ruszą na poszukiwania. Nikt, łącznie z Szymonem, nie miał wielkich szans na wymknięcie się z takiej obławy.

Biegł, zastanawiając się, kiedy powietrze przetnie kolejny świst i poczuje grot między łopatkami. Tubylcy głównie używali włóczni, lecz łuki również nie były im obce. Stawiał jednak kolejne susy, przeskakiwał nad suchymi gałęziami i wykopanymi przez zwierzęta dołami, a cios nie padał. Dzielącej ich przestrzeni nie przemierzyła strzała ani dzida. Być może jego prześladowcy mieli przy sobie jedynie noże, a może sądzili, że dokądś ich doprowadzi.

Zaśmiał się ponuro.

Cóż, nie pozostawało mu nic innego, jak biec dalej. Biec aż do śmierci.

Marki zaklął w duchu chyba już po raz setny. Stefan zwolnił tak, że ledwie człapał. Stopy mu spuchły, a z niezliczonych otarć i zadrapań sączyła się krew. Z pewnością każdy jego krok okupiony był cierpieniem, lecz tu chodziło o życie. Ich obu.

Zostaw go. Ratuj siebie.

Nie potrafił posłuchać wewnętrznego nakazu. Poza tym wciąż liczył, że lada moment spomiędzy drzew wyłoni się Wiarołomca. Odprowadzą Stefana do wejścia do Schronu, a sami zagłębią się w las.

By po kilku dniach Powierzchniowcy wytropili nas i zabili.

Zdawał sobie sprawę, że rozważania o wymknięciu się pogoni były zwyczajną mrzonką. Najbezpieczniejszym rozwiązaniem, ba, jedynym rozwiązaniem, był powrót pod ziemię. Do ciemności już na zawsze.

Jeśli tam wejdę, nigdy mnie nie wypuszczą.

Zacisnął zęby. Jeśli da się zabić, nie czeka go nic lepszego. Przeciwnie, jeszcze gorsza ciemność, której nie oświetli już żadna lampa. Czy powinien ryzykować?

Masz szansę.

Zagłuszył wewnętrzny sprzeciw. Jasne, nadal ją miał. Świetlistą niczym gwiazda na niebie. I w równym stopniu osiągalną.

– Kompas! – zawył Stefan, przerywając rozmyślania Markiego.

– Co?

– Nie masz kompasu, został przy Tomaszu, prowadzisz nas donikąd!

– Nie potrzebuję waszych zabawek, by trafić do Schronu! – odwarknął. Stefan zatrzymał się i odwrócił. Marki dostrzegł płomień bólu w jego oczach. Złość w jednej chwili uleciała. – Wierz mi, trafię – dodał spokojniej.

Wioskę od wejścia do kompleksu dzieliły nie więcej jak dwa, trzy kilometry. Odnalezienie drogi nie stanowiło większego problemu.

Stefan nie wydawał się przekonany, lecz dłużej nie protestował. Jęcząc z bólu, ruszył we wskazaną przez Markiego stronę. Pokonali już co najmniej połowę drogi, ale to właśnie odcinek, który im pozostał, mógł okazać się najtrudniejszy. I być może również najbardziej niebezpieczny. Ksawera powinna ich dawno dogonić, lecz znikła. A jeśli – być może nawet wraz z towarzyszami – udała się wprost do Kamiennego Ołtarza, jak tubylcy nazywali nadziemną część Schronu, by tam czekać na uciekinierów? Gdyby tak rzeczywiście było, zmierzali właśnie wprost w pułapkę.

Cokolwiek zdecydujesz – ryzykujesz.

Stefan przeszedł jeszcze kilka kroków i runął jak długi. Po jego policzkach wartko płynęły łzy.

– Już nie mogę – łkał.

Marki spojrzał na las za nimi. Zdawało się, że nikt ich nie ściga, lecz mogło to być jedynie złudzenie. Prędzej czy później ktoś z całą pewnością ruszy ich śladem. Nie mogli odpoczywać. Pościg błyskawicznie nadrobi stracone metry. Zresztą kilka minut wytchnienia w niczym nie pomogłoby Stefanowi. Jego stopy zamieniły się w żywe rany. Nawet gdyby spędzili tu dwa dni i tak nadal nie mógłby chodzić.

– Poniosę cię – zaoferował.

Pomógł bratu z Zakonu wstać, a potem załadował go sobie na plecy. Jak niemal wszyscy mieszkańcy Schronu, Stefan był szczupły, wręcz wątły. Mimo wysokiego wzrostu okazał się też zdumiewająco lekki. Niosąc go, Marki poruszał się szybciej niż przed chwilą, wlokąc się za nim.

Mężczyzna trzymał się kurczowo i drżał. Co jakiś czas oglądał się lękliwie za siebie, wykręcając ciało i o mało raz czy dwa nie pozbawiając Markiego równowagi. Upomniany ponownie nieruchomiał, przynajmniej póki po raz kolejny nie opanowało go przeświadczenie, że słyszy tupot nóg biegnących za nimi Powierzchniowców. Wtedy znów zaczynał się wiercić i odwracać.

– Są blisko, idą! – powtarzał przy tym gorączkowo, wyrzucając te słowa Markiemu wprost do ucha.

Chłopak skupił się na drodze. Usiane suchymi gałęziami i licznymi wykrotami podłoże nie pozwalało choć na chwilę nieuwagi. Kilkakrotnie potykał się o ukrytą w trawię przeszkodę, co niemal kończyło się upadkiem. Przed oczami miał cel, co prawda w tej chwili nadal schowany za drzewami, ale już coraz bliższy, zdający się wręcz znajdować na wyciągnięcie ręki.

Minął jeszcze kwadrans, nim wśród pni zamajaczyły szare betonowe ściany. Dotarli na miejsce.

Marki ominął główne, dawno zawalone wejście i obszedł budowlę z boku. Wyprostował się, by postawić Stefana na ziemi, i skamieniał.

– Dotarliście wreszcie do nory – usłyszał.

Byli coraz bliżej, tylko przez moment Szymon sądził, że ich zgubił bądź zostawił w tyle. Złudna nadzieja. Doskonale znali teren, a on biegł zupełnie na oślep. Niemal czuł na karku ciepłe oddechy. Rzut oka wystarczył mu, by stwierdzić, że jeden z prześladowców ma kamienny toporek, a drugi włócznię. Dotąd nie zrobili z nich użytku i to dziwiło go najbardziej. Może obawiali się, że niecelny rzut pozbawi ich broni, choć wydawało się to mało prawdopodobne. Z tej odległości nie powinni chybić. Nawet do ruchomego celu.

Przeskoczył zwalony pień. Stopą zahaczył o popękaną korę, lecz w porę odzyskał równowagę. Jeszcze nie czuł się zmęczony, wiedział, że nie wolno mu wyczerpać sił, wkładając całą energię w bieg. Podobne pogonie nie były dla niego niczym nowym, z tą różnicą, że dotąd to on zawsze czuł się górą, a w najgorszym razie miał do czynienia z równymi sobie.

Zaryzykował rzut oka za siebie. Tubylcy byli naprawdę blisko. Przed nim pomiędzy drzewami zamajaczyła jaśniejsza plama. Światło przebijało przez gęste zarośla. Nieomylny znak, że dotarł do polany albo nawet na kres lasu. Skierował się w tamtą stronę. Nie liczył już, że zgubi prześladowców w puszczy, mógł więc chociaż biec po łatwiejszym terenie. Przebił się przez splątane krzewy i wypadł na coś, co przypominało olbrzymią polanę. Ze wszystkich stron otaczał ją las, lecz łąka mierzyła co najmniej dwieście metrów szerokości i zapewne nie była wcale krótsza. Porastała ją jedynie trawa i tylko gdzieniegdzie próbowały wzrosnąć niewielkie drzewka.

Pokonał kilkadziesiąt metrów i tchnięty nagłym przeczuciem, odwrócił się.

Mieszkańcy wioski stali na skraju lasu. Nie spuszczali go z oczu, lecz nie podchodzili też bliżej. Co ich powstrzymywało?

Rozejrzał się uważnie. Łąka wydawała się płaska i pusta. Aż nazbyt. Czemu puszcza w ciągu wieków nie objęła jej władaniem? Chyba wiedział. Poszukał śladów świadczących, że ma rację. Nietrudno było je znaleźć.

Wojownicy nadal trzymali się linii drzew, lecz rozdzielili się. Każdy z osobna ruszył w jego stronę. Gdyby Wiarołomca spróbował skryć się ponownie w puszczy, natychmiast znaleźliby się na jego tropie. Stąd już nie było ucieczki.

Ostrożnie ruszył przed siebie. Z kieszeni kamizelki wyciągnął paralizator. Niczego więcej w tej chwili nie potrzebował. Dostrzegł jej krawędź z daleka. Największej Studni, jaką dane mu było kiedykolwiek oglądać. Wystarczyło włączyć urządzenie i wrzucić je w jej tunel, by na zawsze znikła. Czyż nie tego kiedyś pragnął? Likwidacji wszystkich Studni w nadziei, że osłabi to lub nawet powstrzyma burze entropiczne? Teraz mógł rozprawić się z jedną z nich. Kto wie, może największą, jaka istniała. A potem...

Uśmiechnął się ponuro do prześladowców. Co mieszkańcy wioski powiedzą, jeśli to sprawi? Uznają, że pomylili się względem niego, i przyznają jeszcze jedną szansę, czy też w ich oczach popełni niewyobrażalne świętokradztwo? Wędrując po rodzinnej Strefie, spotykał różnych ludzi i różne przekonania. Większość bała się Studni. Trafiali się jednak i tacy, którzy obdarzali je nieomal boską czcią. A właściwie nie nieomal – składali im ofiary, wrzucając do środka owoce, mięso i drobne przedmioty. Dawniej ponoć również ludzi: dzieci, kobiety, mężczyzn. Modlili się do Studni i prosili o opiekę oraz łaskę.

Zacisnął palce na paralizatorze.

– Studnia! – wrzasnął, wskazując w kierunku, gdzie jak sądził znajdowało się jej światło.

– Niewidzialny Wąż! – odkrzyknął jeden z wojowników. – Matka Wszystkich Węży!

– Matka Węży! – Wiarołomca przez moment smakował te słowa.

Podszedł bliżej. Przy każdym kroku potrącał drobne kamyki i piach, sprawdzając, czy już nie unoszą się w górę. Wreszcie dotarł nad samą krawędź. Studnia faktycznie była ogromna. Olbrzymi krater z porywającym wszystko ze sobą niewidzialnym nurtem. Zniszczy ją i co dalej? Zginie z kamiennym ostrzem w plecach? Nie. Nie chciał tego. Skoro już kostucha wyciągała po niego łapska, niech zobaczy, że potrafi dać jej raz jeszcze po palcach, nawet jeśli ona ledwie to poczuje!

– Mamuśka, twój ostatni kęs! – warknął. – Udław się nim!

Skoczył. Trafił w pustkę, która jednak była lepka i grząska. Utknął. Przez moment czuł się jak owad, którego przykryła kropla żywicy. Potem świat ruszył z kopyta.

W dłoni trzymał paralizator. Jeszcze go nie włączył. Palec drgał nerwowo na spuście. Zrobi to za chwilę.

Za sekundy lub minuty, gdy nacieszy się lotem...

Marki odwrócił się powoli. Za nim stał Janki. Był sam. W dłoni ściskał włócznię. Nie mogła to być ta, którą przebił Tomasza, tamtą zabrała Ksawera. Zdobył drugą. Jego czy wziął od kogoś? Marki potrząsnął głową. Głupie myśli! Co za różnica, skąd ma broń, którą się z nimi rozprawi? Chłopak puścił Stefana. Wydawało się, że mężczyzna utrzyma równowagę, lecz ostatecznie runął w trawę.

– Kamienny Ołtarz – szepnął tubylec, rozglądając się, jakby był w tym miejscu po raz pierwszy. – Złe miejsce, przeklęte. Tabu. Nie wolno nam tu przychodzić bez zezwolenia Zgromadzenia. Byłem pewny, że tu podążycie...

– Skąd wiedziałeś, gdzie dokładnie?

Ruiny były całkiem spore, a on czekał na nich dokładnie przy wejściu. Z drugiej strony mógł ich śledzić. Byłoby to dziecinnie proste.

Janki zmieszał się.

– Ja... – zawahał się i lekko poczerwieniał. – Znalazłem to miejsce wcześniej. Ale zabrakło mi odwagi, by komuś o nim powiedzieć. Musiałem za to odpokutować. To dlatego padło na mojego syna.

– Zwróciliśmy ci go.

Mężczyzna potrząsnął głową.

– Czy to na pewno on? Nie podmieniliście go? Na jednego z was? Na Demona?

– Przyjmij do wiadomości to, co powiedziałem ci we wsi. Oni są wami. To dzieci porwane przed laty. – Marki wskazał leżącego Stefana. – Może to twój brat, może kuzyn, a może jedynie dzieciak, z którym bawiłeś się, gdy jeszcze dobrze nie potrafiłeś mówić. Zdajecie się być w podobnym wieku, kto wie. To nie Demony, tylko ludzie! – Pochylił się nad Stefanem i uniósł jego poranioną stopę. – Widzisz, krwawi. Wiesz też, że możesz go zabić! Chcesz to zrobić?! Zabić kogoś, kto pochodzi z krwi twojej wioski?

– Wciąż kłamiesz!

Marki zaśmiał się sucho. Zdawał sobie sprawę, że Janki w każdej chwili może zaatakować, lecz było mu już naprawdę wszystko jedno. Bieg ze Stefanem na plecach sprawił, że ledwie trzymał się na nogach.

– Ja kłamię czy ty jesteś głupi?! Pomyśl przez chwilę! Porywają waszych synów, by wychować ich między sobą, bo sami nie mają dzieci. To wyłącznie mężczyźni. A chcą trwać. Nadal strzec sekretów starego świata, który już dawno jest jedynie zimnym truchłem.

Janki milczał. Wyraźnie rozważał słowa Markiego. Chłopak postanowił pójść za ciosem.

– Porwali kogoś z twojej rodziny? – rzucił cicho.

Wydawało się, że Janki zignorował pytanie, jednak po dłuższym milczeniu odparł:

– Starszego brata. Nawet go nie pamiętam, lecz jest mi bliski, jakbym go znał, wysłuchałem tylu opowieści matki i ojca... Oni do końca o nim nie zapomnieli.

– Może leży właśnie przed tobą, a może zabiłeś go mniej niż godzinę temu! – Oceniając po wieku, Tomasz zdawał się lepszym kandydatem.

– Łżesz!

– Jesteś przekonany?! To zrób użytek z włóczni, a potem rozważaj moje słowa po grób! Pozwolą ci spokojnie zasnąć?

Janki opuścił broń. Ręce mu drżały.

– I co teraz?

Marki kiwnął głową w stronę betonowej ściany.

– Pozwól nam odejść.

– Znikniecie na zawsze?

Powinien skłamać, lecz nie potrafił się na to zdobyć.

– Wiesz, że nie. Zabiłeś jednego z nich, oddaliśmy ci syna, mają braki. Prędzej czy później zjawią się po kolejnych chłopców, by wychować ich pod ziemią. Z dala od słońca i rodzin, za to bez głodu, chorób i zagrożenia burzami. Coś za coś.

– Nikogo nie oddamy! Będziemy się strzec.

– Starajcie się.

Marki odwrócił się do Jankiego plecami. Gdy po chwili obejrzał się za siebie, mężczyzny już nie było. Odszedł. Chłopak dłużej nie czekał, dopadł do ściany. Znalezienie wejścia okazało się trudniejsze, niż sądził. Choć wiedział, gdzie mniej więcej wyszli, gęsta zasłona splątanego bluszczu znakomicie maskowała wylot jamy. Wreszcie odsunął wiotkie pędy, odsłaniając ciemny tunel. Stefan na czworakach wpełzł do niego pierwszy. Drżał. Być może z chłodu, a może wciąż na nowo przeżywając ostatnie minuty.

Z każdym metrem pogrążali się głębiej w czerń.

# Czwarta Strona Fantastyki